BASTEI LÜBBE

John Hubner

Ich muß dich töten, Bruder

Ins Deutsche übertragen
von Ralph Tegtmeier

TRUE CRIME
Der wahre Kriminalfall

BASTEI
LÜBBE

BASTEI-LÜBBE-TASCHENBUCH
Band 13 512

Erste Auflage:
Januar 1994

Deutsche Lizenzausgabe 1994
Bastei-Verlag Gustav H. Lübbe
GmbH & Co., Bergisch Gladbach
Originaltitel: Bottom Feeders
Lektorat: Dr. Edgar Bracht
Titelfoto: Dave Patrick
Unser Titelfoto zeigt die Brüder
Jim und Artie Mitchell
Umschlaggestaltung:
Quadro Grafik, Bensberg
Satz: KCS GmbH,
Buchholz/Hamburg
Druck und Verarbeitung:
Brodard & Taupin, La Flèche,
Frankreich
Printed in France

ISBN 3-404-13512-1

Der Preis dieses Bandes
versteht sich einschließlich der
gesetzlichen Mehrwertsteuer.

Für Jill,
die mich wieder rausgehauen hat

Die Tugend ist ein Mittelmaß zwischen zwei vom Verstand bestimmten Extremen.

Aristoteles

Said, »Hey, Babe, take a walk on the wild side.«

Lou Reed

Prolog

›Onkel Jim hat uns den ganzen Spaß verdorben‹

Ein kühler Sommernachmittag in San Francisco: Herb Gold, Romanautor, Essayist, Weltreisender und durchaus auch ein Schwerenöter, ging die Polk Street zum O'Farrell Theatre der Brüder Mitchell entlang und fragte sich gerade, ob die Nackttänzerinnen wohl dort sein würden. Immerhin war er ja unterwegs zu einer Totenwache, und Tänzerinnen hatten auf einer Totenwache eigentlich nichts zu suchen. Andererseits handelte es sich um Artie Mitchells Totenwache. Sie fand im O'Farrell Theatre statt, wo der Sex das Theater war, und niemand hatte mehr Sinn für diese Form des Theaters bewiesen als Artie. Ja, sagte sich Herb Gold, es würde mit Sicherheit exotische Tänze geben.

Eigentlich hatte er im O'Farrell vorbeischauen wollen, um Jim und Artie Mitchell nach zwanzig Jahren mal wieder hallo zu sagen. Aber ohne Artie würde es nie mehr dasselbe sein. Der kokaindürre Artie mit der spitzen Zunge war oben im O'Farrell Gastgeber und Clown gewesen. Gold bedauerte zwar, daß Artie nicht mehr unter den Lebenden war, aber als Kenner und Liebhaber des Fremdartigen, des Abseitigen, freute er sich auch auf die bevorstehende bizarre Totenwache.

Gold nahm einen Umschlag aus der Tasche und studierte die Einladung. Es war ein Prägedruck und für einen Mitchell-Bruder ungewöhnlich förmlich gehalten: »Bitte leisten Sie uns bei einer Trauerfeier für Artie Mitchell am Sonntag, dem 23. Juni 1991, 13–15 Uhr, Gesellschaft. U. A. w. g.«

Der Einladung war ein schwarzweißes Glanzfoto von Artie

im Format acht mal zehn beigelegt, das ihn vor einem Jägerzaun zeigte, auf dem, nur wenige Fuß von ihm entfernt, ein Rabe hockte: Artie hatte jenen schelmischen Ausdruck in den Augen, den er immer bekam, wenn etwas Unglaubliches geschah.

Gold hatte nicht verstanden, warum man dieses Foto beigelegt hatte, und so hatte er herumgefragt und erfahren, daß es sentimentalen Wert besaß. Das Bild war im Mai 1990 in Aspen gemacht worden, dem Schauplatz dessen, was sich als Arties letzter Triumph erweisen sollte.

Die Brüder hatten sich auf eine Reise begeben, um das Nest ihres Kumpels Hunter S. Thompson aufzusuchen. Jahre zuvor hatte Thompson einen Vertrag über ein Buch unterschrieben, in dem er seine Zeit als Nachtmanager des O'Farrell Theatre Revue passieren lassen sollte. Der Doyen des Schmierenjournalismus hatte das Buch nie abgeliefert, aber er war oben im O'Farrell Insider Nummer eins geworden, der lebende Beweis dafür, daß die Jungs im Clubhaus die absolut wildesten und coolsten Drogen konsumierten, die auf dem ganzen Planeten zu haben waren.

Da Thompson sich unter Romantik ein Amalgam von Waffen, Drogen und Alkohol vorstellte, hat er immer wieder einmal die Aufmerksamkeit der Behörden auf sich gezogen. Nachdem Hilfssheriffs elf Stunden damit zugebracht hatten, Thompsons Haus zu durchsuchen, hatte der Bezirksstaatsanwalt von Pitkin County, Colorado, ihm eine Anklage wegen sexueller Nötigung aufgebrummt, dazu vier Schwerverbrechensanklagen wegen unerlaubten Drogen- und Dynamitbesitzes.

»In Hunters Haus können unmöglich Drogen gefunden worden sein!« hatten Jim und Artie in gespielter Empörung gesagt, als sie von der Festnahme hörten. »Hunter klinkt die Drogen doch viel zu schnell, um noch irgendwas davon herumliegen zu lassen.«

Ob die Sache nun manipuliert gewesen war oder auch nicht, auf jeden Fall boten Hunters Schwierigkeiten den Brüdern Mitchell einen Vorwand, sich mit den Behörden einen Spaß zu erlauben. Um den Bezirksstaatsanwalt hochzunehmen, hatten die Brüder vor der Erstanhörung eine Versammlung auf den

Stufen des Gerichtsgebäudes abgehalten und Hunter einen riesigen Büffelkopf überreicht (eine Anspielung auf den Spielfilm *Where the Buffalo Roams*), dazu die Schlüssel zu einem klassischen Chryslercabrio.

Es waren solche Aktionen, die Herb Gold die Brüder Mitchell sympathisch machten. In einer Zeit, da alle nur ihren Magister in Betriebswirtschaft machen wollten, waren sie die letzten Hippie-Lausejungen. Als Königin Elizabeth II. 1983 San Francisco besuchte, hatten die Mitchells die ›Irische Republikanische Marine‹ gegründet und die Seemöwen hundertpfundweise mit Makrelen gefüttert in der Hoffnung, daß einer der vollgefressenen Vögel (*»ein einziger würde schon genügen«*), durchkommen und die Königin besudeln würde, während sie auf dem Deck der *Britannia* stand.

Während er die Erinnerung an diese Episode heraufbeschwor, entschied Gold, daß seine Lieblingsaktion der Streich war, den sie Dianne Feinstein gespielt hatten, als diese das Amt des Bürgermeisters bekleidet hatte. Feinstein war eine alte Erzfeindin, die ihre Karriere als einsame Anti-Pornographie-Kriegerin im Überwachungsausschuß von San Francisco begonnen hatte. ›Di-Fi‹ trug Strickanzüge und Blusen mit breitem Kragen und war die professionelle Prüderie in Person. Kaum hatte sie ihren Sitz im Bürgermeisterbüro des Rathauses eingenommen, als die Polizei auch schon damit begann, die Liveshows im O'Farrell mit Razzien heimzusuchen. Die Brüder Mitchell vermuteten, daß Mrs. Feinstein hinter den Hausdurchsuchungen stehen mußte, und so schrieben sie auf die Programmtafel, direkt unter dem Filmtitel und der Liste der Darsteller, ›Uhrzeiten bitte bei Bürgermeisterin Feinstein erfragen‹, gefolgt von der Büronummer der Bürgermeisterin. Jedesmal, wenn sie ihre Telefonnummer wechselte, wurde prompt die neue auf dem schwarzen Brett angeschlagen.

Die Brüder Mitchell waren also eine prächtige Fundgrube für den Klatschjournalismus, und fast jedesmal, wenn Herb Gold im Theater erschienen war, hatten oben im ersten Stock Journalisten herumgelungert. Gold war sein ganzes Leben mit Journalisten zusammen gewesen und konnte fast ihre Gedanken lesen: Ich mag vielleicht nicht viel Geld machen, wahrscheinlich werde ich meinen Roman nie zu Ende schreiben, den Job bei der *New York Times* oder der *Washington Post* kann ich mir aus dem Kopf schlagen, aber schau sich doch mal einer an, wo ich gerade bin! Wunderschöne nackte Frauen spazieren hier wie beiläufig vorbei. Im Kühlschrank steht Bier, hinter der Theke warten die härteren Drinks, die große Wurlitzer Jukebox ist mit Jimmy Reed und den Stones bestückt, Artie rollt wieder einen Joint, und der Bursche neben mir hat gerade den witzigsten Einzeiler vom Stapel gelassen, den ich seit Monaten gehört habe. Wenn Kerouac noch am Leben wäre, wäre er hier! Mann, das ist vielleicht cool!

Herb Gold gefiel das O'Farrell, denn es erinnerte ihn an seine Jahre in Paris. Das Haus hatte *louche*, ein französischer Begriff, den er grob mit ›unverblümter Sexualität‹ übersetzte. Das O'Farrell hatte kein Gespür für die Erotik des Schmuddeligen. Statt dessen zeichnete es sich durch eine überzogene, abseitige Verrücktheit, einen bohèmeartigen Sinn fürs Spielerische aus, der sich – mit Ausnahme von New Orleans vielleicht – nirgendwo sonst in Amerika finden ließ.

Und auch nirgendwo sonst in San Francisco. Vor allem aber nicht auf der Polk Street, der deprimierendsten Straße der ganzen Stadt, wie Gold meinte. Die Polk Street war ein Fleischmarkt, wo Jungen im Teenageralter, Flüchtige und Ausgestoßene aus dem ganzen Land, dreist dreinblickende Kinder mit unreiner Haut, verkehrt herum getragenen Baseballmützen und Amateurtätowierungen auf und ab wanderten, auf der Suche nach der nächsten Nummer. Sie waren um sieben Uhr morgens da, wenn sie Geschäftsleute auf dem Weg zur Arbeit bedrängten, und um ein Uhr nachts, wenn die Bars ihre letzten Gäste ausspuckten, standen sie immer noch dort.

Gold hatte irgendwo gehört, daß Jim hundertneunzigmal verhaftet worden war und Artie hundertfünfundachtzigmal. Weshalb hatten die Bullen die Brüder Mitchell in die Mangel genommen, aber hartnäckig ignoriert, was nur wenige Häuserblocks entfernt von dem Theater auf der Polk Street vorging? Vielleicht weil die Brüder Mitchell großes Geld mit dem Sex machten, diese armen Straßenkinder dagegen nicht.

Gold erblickte die blinkenden Lichter auf der Anschlagtafel

des O'Farrell, ein Stück die Straße hinunter, und dachte nicht mehr über die Kinder nach, deren Karriere direkt ins Leichenschauhaus führte. Das O'Farrell war ein Fall für sich, so fröhlich wie ein Straßenkarneval. Ein riesiges Wandgemälde mit Unterwasserszenen, sehr detailreich und äußerst kostspielig angefertigt, bedeckte die Rückseite des Gebäudes. Buckelwale schwammen majestätisch im Meer, und Delphine spielten über Kraken, Lachs und bunten Riff-Fischen. Auf der Polk-Street-Seite zeigte ein noch größeres Wandgemälde das Leben in einem tropischen Regenwald: zahllose Tiger, Gorillas, Pythons, Tukane und exotische Orchideen.

Gold wartete, bis die Fußgängerampel auf Grün schaltete, dann überquerte er die O'Farrell Street. Er schlüpfte zur Glastür, an der ein Schild die Besucher warnte, lieber draußen zu bleiben, falls sie etwas gegen freizügige Darstellungen der Sexualität hätten.

Im Inneren des Theaters fiel Gold einmal mehr die Einzigartigkeit des Etablissements auf. Die Touristenfallen am North Beach verwendeten meterweise selbstklebenden roten Samt und überweich gepolsterte viktorianische Sofas, um ein an New Orleans erinnerndes Huren-Haus-Neomafia-Image zu erzeugen. Schon beim Betrachten des Mobiliars konnte einem dort schlecht werden. Im O'Farrell wurde der Kunde dagegen von Direktionsgehilfen in gestärkten weißen Hemden mit schwarzen Fliegen begrüßt, während in einem großen Salzwasseraquarium, das hinter der Kasse ein L bildete, exotische Fische schwammen.

Wenn der durchschnittliche Sexclub ein *Kmart* war, so war das O'Farrell ein *Bloomingdale's*. Herb Gold hatte in dem Theater schon lange ein wichtiges Kunstwerk San Franciscos gesehen, ein Monument, das den Unterschied zwischen San Francisco und anderen Städten hervorhob. Wenn Gold Besuch von einem alten Freund aus Cleveland, Golds Heimatstadt, bekam, pflegte er ihn ins O'Farrell zu führen, um ihm zu zeigen, daß ein Sexclub auch Offenheit und Vergnügen bedeuten konnte, und nicht unbedingt etwas mit der schmuddeligen, verstohlenen, geizigen und lähmenden Atmosphäre der Kaschemmen zu Hause zu tun haben mußte, die nur überlebten, indem sie den Bullen Schmiergelder zahlten.

Wenn ein kulturell modebewußter, verwöhnter Redakteur aus New York zu Besuch einflog, führte Gold ihn ins O'Farrell und erklärte ihm, wie zwei Provinzler aus einem Nest namens Antioch die sexuelle Revolution zu Reichtum und Verrufenheit weitergeführt hatten und wie sie sich in manchen Kreisen den Kultstatus als sexuelle Libertins und Verteidiger des Ersten Verfassungszusatzes errungen hatten.

Bevor Jim und Artie die Szenerie betreten hatten, so pflegte Gold zu erklären, war der größte Teil amerikanischer Pornographie in New York ausgeheckt worden. Sie hatte etwas von der Härte der 42. Straße an sich gehabt, weil die Typen, die sie erstellten, glaubten, daß sich unter dem Ladentisch nur verhökern ließe, was schmutzig war.

Jim und Artie dagegen waren Pornographen der Blumenkinder. Sie hatten die Kernidee der sexuellen Revolution aufs Tapet gebracht: Sex ist nichts Schändliches oder Schmutziges, er ist gesund, er macht Spaß. Anstelle von tätowierten Nutten, die die Sache nur abzogen, um sich den nächsten Schuß Heroin zu beschaffen, hatten die Brüder Mitchell ›Hippie-Häschen‹ aus Haight-Ashbury ins Spiel gebracht, frische, arglose Kinder, deren Einstellung sich in dem Satz zusammenfassen ließ: ›Es ist mein Körper, damit kann ich ja wohl machen, was ich will.‹

Golds Pointe seines kleinen Vortrags war stets dieselbe: Keine Schauspielerin hatte dieses Ideal besser verkörpert als Marilyn Chambers. Deswegen war *Behind the Green Door* auch einer der ersten pornographischen Filme gewesen, die den Durchbruch in den Mainstream-Markt geschafft hatten.

»*Green Door* haben diese Burschen produziert?« hatte schon mehr als ein konservativ ausgebildeter Redakteur da in plötzlichem Respekt ausgerufen. »Das war der erste Porno, den ich je gesehen habe!«

Ein eingerahmtes Poster aus *Green Door,* auf dem Marilyn Chambers mit einem frechen Gesichtsausdruck in die Kamera schaute, der ihr erfrischendes Wesen nur noch betonte, hing im Empfangsraum des O'Farrell, auffällig wie eine Ikone. Der Empfangsraum selbst war jetzt völlig überfüllt, aber Gold erblickte Jim Mitchell sofort und ging zu ihm hinüber, um ihn zu begrüßen.

Es war merkwürdig, Jim ohne Artie zu sehen. Geschäftspartner, allerbeste Freunde, enger miteinander verbunden als jedes Ehepaar, waren die Mitchells die Verkörperung brüderlicher Liebe gewesen. Wenn einer von ihnen in ein Zimmer kam, in dem auch sein Bruder war, ging er stets zu ihm hinüber, um ihm die Hand auf die Schulter zu legen, selbst wenn sie sich gerade erst vor einer Stunde gesehen hatten. Jim und Artie hatten einander so sehr geähnelt, vor allem als beide noch Bärte trugen, daß man sie eher für eineiige Zwillinge gehalten hätte als für Brüder, die altersmäßig zwei Jahre auseinanderlagen.

Jim, der ältere Bruder, hatte immer eher wie ein nüchterner Schuldirektor ausgesehen als wie ein typischer Pornograph. Kein dickes Haar, keine Goldkettchen oder schweren Goldarmbanduhren, keine Dreihundert-Dollar-Schuhe. Wie Artie war auch Jim über einsneunzig groß und achtzig Kilo schwer, und wie Artie hatte auch er eine breite Stirn, die in eine von blondem Haar umkränzte Kugel überging. Mit siebenundvierzig Jahren war Jim schlank und wirkte kraftvoll, ein Mann, dessen Stoffwechsel immer noch heiß genug war, um die Hüftringe wegzubrennen, die ja die meisten Männer heimsuchen, wenn sie in die mittleren Jahre kommen.

Die Brüder hatten sich hauptsächlich durch ihr Temperament voneinander unterschieden. Artie war ein Kuschelhund gewesen, der seinen alten Freunden fast in die Arme sprang, wenn sie das O'Farrell besuchten. Jim dagegen war ernst und verhalten. Seine dünnen Lippen waren oft zusammengepreßt, was ihm ein resolutes, fast grimmiges Äußeres verlieh.

Jim hatte in letzter Zeit unter erheblichem Streß gestanden, aber an diesem Tag der Totenwache für seinen Bruder ließ er es sich nicht anmerken. Er war braungebrannt und gesund und wirkte in seinen Sommerhosen, seinem Pullover mit V-Ausschnitt und dem geknöpften Hemd entwaffnend jugendlich.

»Wo ist Michael Kennedy?« fragte Gold, nachdem sie sich begrüßt hatten.

»Keine Rechtsanwälte, heute sind nur Freunde anwesend«, erwiderte Jim.

Das ist merkwürdig, dachte Gold. Kennedy, ein brillanter, politisch radikaler Rechtsanwalt, hatte die Brüder Mitchell schon seit Ende der sechziger Jahre gegen Unsittlichkeitsanklagen verteidigt. Obwohl sie Hunderte von Malen verhaftet worden waren, hatten weder Jim noch Artie jemals eine Nacht im Gefängnis verbracht, was zu einem großen Teil Michael Kennedy zu verdanken gewesen war. Und jetzt brauchte Jim diesen Kennedy mehr denn je.

Immer wieder traten Leute auf Jim zu, um ihn zu begrüßen oder in die Arme zu nehmen. Gold sah sich in dem Raum um und staunte, wie es Jim und Artie doch gelungen war, sich in allen gesellschaftlichen Schichten San Franciscos ihren Platz zu verschaffen. San Francisco mochte zwar einen Ruf als offene, freundliche, junge Stadt haben, aber tatsächlich war es abgeschottet und snobistisch, beherrscht von alteingesessenen Familien, die ebenso selbstzufrieden und -gerecht waren wie der europäische Adel.

Gold entdeckte den Staatssenator Quentin Kopp, einen der mächtigsten Politiker San Franciscos, wie er mitten im Empfangssaal an Fleischmassen herumknetete. Nur in San Francisco würde ein Mann, der gerade Gerüchte darüber in Umlauf brachte, daß er für den U.S. Senat kandidieren würde, an einer Totenfeier für einen Pornokönig in einem Pornopalast teilnehmen. Stadtrat Terence Hallinan war ebenfalls da; er war seit 1972 mit Jim und Artie befreundet, als die Brüder eine Spendenveranstaltung zugunsten von Hallinans Vater Vincent veranstaltet hatten, der sich in jener Zeit um ein Richteramt beworben hatte. Vincent war eine Stadtlegende in San Francisco, ein mutiger, mit beiden Händen zupackender Anwalt, der einst Harry Bridges verteidigt hatte, den Führer der internationalen Gesellschaft der Schauerleute, die 1934 den größten Generalstreik in der Geschichte Amerikas angeführt hatten.

Gold holte sich an einer offenen Bar einen Drink und sah zu, wie die Besitzer einiger der besten Restaurants und beliebtesten Salons von San Francisco sich im Raum drängten. George McDonald, der sich selbst einst als San Franciscos ersten männlichen Pornostar tituliert hatte, kam mit seiner gewohnten *Giants*-Baseballmütze und dem schwarzen T-Shirt, seinem Markenzeichen. George blieb eine Weile stehen, bis er eine passende Gelegenheit sah, dann ging er zu Jim und schüttelte ihm die Hand.

Eine zierliche, hübsche Frau mit der schmalen Taille einer Tänzerin trat aus dem hinteren Teil des Theaters in den Empfangssaal, und sofort schritt Jim auf sie zu und legte den Arm um seine Mutter: Georgia Mae Mitchell sah gut gelaunt und fröhlich aus, als handele es sich hier nur um eine weitere jener legendären Parties ihrer Söhne.

Gold fragte sich, wie die Mutter sich wohl gefühlt haben mußte, als sie die Nachricht vom Tode ihres Sohns erhielt. Er sah sie lächeln und Hände schütteln und lachen, und plötzlich wurde ihm klar, daß er es niemals erfahren würde, wenn er sie nur beobachtete. Georgia Mae Mitchell war anscheinend eine sehr zähe Dame.

Gold ging an der ›Kopenhagen Intimate Lounge‹ vorbei, die an diesem Tag geschlossen war. An gewöhnlichen Tagen würden dort Kunden auf weichen Kissen sitzen, um die Lichtkegel der langen roten, phallisch geformten Taschenlampen auf Frauen zu richten, die gerade eine lesbische Vorführung gaben. Gold schritt am Eingang vorbei zur Filmbühne, einem kleinen Kino, wo ununterbrochen Pornofilme gezeigt wurden und die Tänzerinnen in einer den männlichen Fantasien entsprechenden Unterwäsche von *Frederick's of Hollywood* oder *Victoria's Secret* durch die Gänge schritten und immer dieselben beiden Fragen stellten: »Hallo. Magst du etwas Gesellschaft?«

»Hallo. Magst du spielen?«

Wenn die Antwort ›ja‹ lautete, setzte sich die Frau auf den Schoß eines Kunden und vollführte einen ›Schoßtanz‹. Dabei wiegte sie sich rhythmisch vor und zurück und trieb ihre nur dürftig bekleideten Gesäßbacken in die Lenden des Kunden, bis der Bursche aller Wahrscheinlichkeit nach einen Orgasmus erlebte. Zwar schwankte der Tarif, doch nach einer stillschweigenden Übereinkunft kostete das ›Schoßtanzen‹ in der Regel einen Dollar pro Minute.

Der Gang, durch den Gold nun schritt, endete im ›Green Door Room‹, einem großen, ovalen Zimmer, das einem Nachtclub glich. Hier gab es eine gebogene Bühne, eine Reihe kleiner runder Tische, große, geschwungene Kabinen und üppige Gemälde von Nymphen und Satyrn an den Wänden. Alle Sitzplätze waren belegt, und eine Menschenmenge umstand ein reichliches Büfett mit Meeresfrüchten. Jim und Artie hatten einmal mit einer zweiten Karriere als Berufsfischer geliebäugelt und wußten, wo es den besten Salm und die dicksten Austern gab. Mit typischem selbstironischem Humor hatten die Brüder ihr erstes Fischerboot *Bottom Feeder* genannt.

»Würdet ihr Junkies endlich mal vom Büfett abrücken und kommen, um die Show zu besuchen?«

Die Stimme dröhnte aus dem ›New York Live‹, einer kleinen Arena mit einer großen Bühne, die mit den neuesten Ton- und Beleuchtungssystemen ausgerüstet war. Gold trat ein und entdeckte Sharon McKnight, eine aufregende Kabarettdarstellerin, die für die Brüder Mitchell einige Filme gedreht hatte und nun eine Show ansagte, die Artie gewidmet war.

Das ist jetzt wirklich bizarr, dachte Gold, als er sich gegen die hintere Wand lehnte. Eine Tänzerin vollführte gerade einen ›Liebestanz für Artie‹, und zwar nackt auf dem Boden, breitete langsam die Beine zu einem großen V, während aus der kristallklaren Beschallungsanlage ›Some Day we'll be together‹ von den Supremes ertönte. Dann kam eine Frau auf die Bühne, die sich als Artie Mitchells Geliebte seit siebzehn Jahren vorstellte und ein langes, selbstgeschriebenes Gedicht über Artie vortrug, den letzten wahrhaft freien Geist in Amerika. Als eine weitere Tänzerin auf die Bühne kam, um wieder einen ›Liebestanz für Artie‹ vorzuführen, diesmal zu ›Stairway to Heaven‹ von Led Zeppelin, hatte Gold genug.

Er kehrte zum *Green-Door*-Zimmer zurück und wollte sich gerade ans Büfett begeben, als alle Gespräche plötzlich abrupt abbrachen und der ganze Raum verstummte. Ein Mann, der gerade eine Auster von ihrem Eisbett gehoben hatte, erstarrte mitten in der Bewegung und blickte über die Schulter gewandt zum Eingang.

Dort stand Missy Manners, sehr schwanger und sehr elegant, das blonde Haar hochgesteckt. Sie trug ein handbesticktes weißes Kleid und hielt Mister T im Arm, den Zwergpudel, den Artie ihr geschenkt hatte. Missy nahm Mister T überall mit hin.

Die Erinnerungen kehrten mit einer solchen Wucht zurück, daß es Missy schon fast schwindelte. Sie ergriff den Arm ihres Mannes Robert, bekam sich wieder in den Griff und schritt weiter in den Raum hinein. Missy war gerade aus der Gedächtnisshow im ›New York Live‹ gekommen, und ihr war schlecht davon. Artie hatte mit diesen Mädchen ein-, vielleicht zweimal gebumst, das war alles. Sie hatten ihm nicht das geringste bedeutet. Missy dagegen hatte ihm sehr wohl etwas bedeutet: Sie und Artie waren Seelengefährten gewesen. Sie hatten eine spirituelle Ehe geschlossen.

Missy sah sich im *Green-Door*-Zimmer um und erinnerte sich an den Sechzehn-Stunden-Tag, den sie hier mit dem Filmen von *Green Door: The Sequel* zugebracht hatte. Missy war in dem Film aufgetreten, dem ersten und immer noch einzigen teuer finanzierten Safersex-Pornofilm. Nach dem Film hatte sich ihre Familie von ihr abgewandt, und in den Kinos war er durchgefallen, aber Missy war stolz darauf, ihn gedreht zu haben.

Missy musterte die Bühne und erinnerte sich an jene Nacht, als sie mit ein paar Freunden von oben herunter gekommen war, um die Tänzerinnen zu sehen. Missy trug damals Straßenkleidung und war stark betrunken. Einer Laune folgend, hatte sie sich auf die Bühne gestellt und einen bösartigen Strip abgezogen, bei dem die Knöpfe platzten und der Kleiderstoff riß. Sie hatte eine Bullenpeitsche aufgenommen, ein Zubehör, das die letzte Tänzerin zurückgelassen hatte, und knallte damit nach den Zuschauern, als Artie auf die Bühne gesprungen war und sofort die Hosen herunterließ. Missy hatte Artie eins über den Hintern gebraten, und das Publikum war in Raserei geraten. Tänzerinnen und Angestellte, die herbeigeeilt waren, um nachzusehen, was hier vorging, hatten Tränen gelacht.

Das O'Farrell war Missys Bühne gewesen, der Hintergrund für ein Stück, das sie gelebt hatte, ein echtes Stück aus dem wirklichen Leben, in dem sie die Person, die sie einst war, vernichtet hatte, um sich selbst aufs neue zu erschaffen. Eines Abends hatten sie und Artie Acid genommen und waren schließlich, wie schon so oft, im oberen Stock geendet, wo sie sich in die Schutzdecke des Billardtischs gekringelt und stundenlang unter dem Tisch unterhalten hatten, bis sie eingeschlafen waren.

»Weißt du, was das O'Farrell ist, Missy?« hatte Artie gefragt. »Es ist ein riesiges Scheiß-auf-das-ganze-Establishment!«

Das hatte Missy begeistert. Darum war es in ihrer Pornofilmkarriere auch gegangen: um ein riesiges Scheiß-auf-euch für ihre Familie und die Republikanerwelt, die sie damit zurückgelassen hatte. Missy Manners war eine Gesetzlose, die mit Artie Mitchell geritten war. Ach Gott, was hatte sie für einen Spaß gehabt!

Missy hatte Jim noch nicht gesehen. Seit Arties Tod hatte sie nicht mehr mit ihm gesprochen. Es hatte Zeiten gegeben, da sie es gewollt hatte, und sie hatte ihm auch mehrere Briefe geschrieben, doch nun, da sie hier war, war sie sich nicht sicher, wie sie damit zurechtkäme, ihn tatsächlich zu sprechen.

Doch irgendwann mußte sie mit Jim einmal reden, warum also nicht jetzt. Missy nahm ihren Mut zusammen, ihren Ehemann bei der Hand, und machte sich auf die Suche nach Jim. Sie erblickte ihn im Gang, wo er mit einer Gruppe von Leuten sprach. Jim sah sie nahen, löste sich von der Gruppe und ging auf sie zu.

»Hallo, Miss«, sagte Jim leise, als sie aufeinandertrafen.

›Hallo, Miss.‹ So hatte Jim sie immer begrüßt, ob sie ins Büro kam, um mit ihm etwas Geschäftliches zu besprechen, oder auch damals, als sie alle zusammenlebten. Jim pflegte nach Hause zu kommen, seinen Hut auf den Tisch zu legen und zu sagen: »Hallo, Miss.«

Missy versuchte es zwar, hatte aber das Gefühl, eher zu ersticken, als hallo sagen zu können. Sie umarmte Jim, und Jim schlang die Arme um sie, und Missy begann zu weinen. Jim hielt sie einen Augenblick fest, dann wich er ein Stück zurück.

Missy nahm sich zusammen und stellte Jim und Lisa Adams, einer früheren Tänzerin, die jetzt Jims Freundin war und bei ihm wohnte, ihren Ehemann vor.

»Wie geht es den Kindern?« fragte Missy.

Artie hatte sechs Kinder hinterlassen. Jim hatte vier. Sie hatten so viele Wochenenden gemeinsam verbracht: Jim und Artie und Missy und die zehn Kinder. Den ganzen lieben Tag lang schrie mindestens immer ein Kind gerade »Papa!!!« oder »Onkel Jim!!!« oder »Onkel Artie!!!«

»Es geht ihnen prima, ganz prima«, erwiderte Lisa Adams.

»Gut, das ist gut«, sagte Missy, machte kehrt und ging zum Green-Door-Zimmer zurück, wobei sie sich die Tränen aus den Augen wischte.

Missy blickte zu den Wandgemälden hoch, und plötzlich verflüchtigte sich ihr Zauberreich. Das Sextheater, in dem sie Szenen dargestellt hatte, in denen nur wenige Frauen zu erscheinen gewagt hätten, die Bühne, auf der sie sich so intensiv und so *lebendig* gefühlt hatte, wo sie die schlimmsten Alpträume ihrer Eltern Wirklichkeit hatte werden lassen, sah plötzlich so billig und heruntergekommen aus, so verlogen wie eine Touristenfalle in North Beach. Die Tänzerinnen wirkten auf sie wie Mißgeburten aus einem expressionistischen Film. Leute, die Artie nur flüchtig gekannt hatten, redeten davon, wieviel Artie ihnen bedeutet habe. Alles war falsch, verlogen, und Artie hatte Verlogenheiten ebensosehr verabscheut wie all die Heuchler, die die Pornographie öffentlich verurteilten und privat konsumierten.

Artie war nicht mehr da. Das O'Farrell hatte sein Herz verloren. Missy Manners begann wieder zu weinen.

»Was ist los? Stimmt irgend etwas mit Mister T nicht?« fragte ein alter Freund, der zu ihr getreten war, um hallo zu sagen.

Zwischen den Schluchzern platzte Missy heraus: »Onkel Jim hat uns den ganzen Spaß verdorben!«

Nackttänzerinnen auf einer Totenwache, das war wirklich ungewöhnlich, doch nicht sie waren es, die diesem Ereignis seinen bizarren Anstrich gaben. Es war vielmehr Jim, der freundliche Gastgeber, der Bursche, der alle Umarmungen einheimste. Denn dieser Jim hatte auch seinen Bruder umgebracht.

Es war vor vier Monaten geschehen, in der verregneten Nacht des 27. Februar 1991. Jim war über die Golden Gate Bridge nach Corte Madera gefahren, einer verschlafenen Mittelklassensiedlung in Marin. Er hatte seinen Ford Explorer drei Häuserblocks vom Haus seines Bruders entfernt geparkt und die Reifen von

Arties Wagen zerschnitten. Mit einem Gewehr Kaliber .22 und einer Pistole .38 in einem Schulterhalfter war er durch eine unversperrte Tür getreten und hatte acht Schuß aus dem Repetiergewehr Winchester .22 abgefeuert und Artie dabei dreimal getroffen.

Jim wäre vielleicht sogar entkommen, wenn Julie Bajo, eine frühere Tänzerin im O'Farrell und Arties gegenwärtige Geliebte, die auch bei ihm lebte, nicht so geistesgegenwärtig gewesen wäre, ein Telefon zu ergreifen, in einem Wandschrank zu verschwinden und die Notrufnummer anzurufen. Zufälligerweise war der nächste Polizist nur einen Häuserblock entfernt, wo er gerade ein Strafmandat schrieb. Er nahm Jim fest, eine dunkle Gestalt, die mit steifem Gang dahinschritt – er hatte die .22er in sein Hosenbein gesteckt –, ungefähr hundert Meter von Arties Haupteingangstür entfernt.

Viele der welterfahrenen und politisch aufgeklärten Gäste auf dieser Totenwache weigerten sich immer noch zu glauben, daß Jim seinen Bruder getötet hatte. Unmöglich! *Jim hatte Artie doch geliebt!*

»Wir können zwar im Augenblick nicht reden, aber ich muß unbedingt mit Ihnen sprechen«, sagte Jim, als Meredith Bradford durch die Tür kam.

»*Ich* muß unbedingt mit *Ihnen* sprechen«, erwiderte Meredith.

Es war das erste Mal, daß Meredith mit Jim sprach, seit er sie als Hausanwältin der Brüder Mitchell gefeuert hatte, was beinahe auf den Tag genau zehn Jahre zurücklag.

Meredith war Artie Mitchells erste Frau, die Mutter seiner drei ältesten Kinder. Sie hatte dabei geholfen, das Gebäude ausfindig zu machen, aus dem später das O'Farrell Theatre wurde, und sie hatte die Vorhänge für den Empfangssaal genäht. Sie hatte die Werbefilme der Brüder Mitchell vertont und viele ihrer frühen Selbstdarstellungen gefilmt. Als sie im Gerichtssaal gesessen und mitangesehen hatte, wie Michael Kennedy die Brüder verteidigte, war sie zu dem Schluß gelangt: He, was Kennedy kann, kann ich auch! Sie hatte Jura studiert, ihre

Zulassung bekommen und war Anwältin der Brüder Mitchell geworden.

Meredith und Artie wurden 1976 nach siebenjähriger Ehe geschieden. Sie hatte weiterhin eine gute Beziehung zu Artie und seinem Bruder unterhalten, doch plötzlich hatten sie sich überworfen. Dann hatte sie sich wieder mit Artie angefreundet. Manchmal hatte Meredith den Eindruck, daß sich ihr ganzes Erwachsenenleben säuberlich in Perioden unterteilen ließ, in denen sie entweder zum inneren Kreis der Brüder Mitchell gehörte oder von diesem ausgeschlossen war.

Und jetzt hatte Jim seinen Bruder Art umgebracht. Erst nachdem das geschehen war, hatte Meredith begriffen, wie sehr sie sich auf Jim verlassen hatte. Trotz ihrer Fehde hatte sie doch immer gewußt, daß Jim, sollte Art irgend etwas zustoßen, die Familie schon zusammenhalten würde. Jim war fair, er würde dafür sorgen, daß Arties drei älteste Kinder alles erhielten, was ihnen zustand.

Zutiefst aufgewühlt ging Meredith durch das O'Farrell. Sie begriff, worum es bei der Totenwache ging. Es war eine Art zu zeigen, daß Jim Mitchell kein untergetauchter Verbrecher war, eine Art zu sagen: »Ich habe nichts, dessen ich mich schämen muß. Ich tue dies, weil es das ist, was mein Bruder gewollt hätte. Wenn ich meinen Bruder nicht liebte und wenn ich keine Freunde hätte, die das begreifen, wären sie nicht hier.«

Es war auch ein ›Ich-scheiß-auf-euch‹ an die Selbstgefälligen, die nur in Schwarzweißbegriffen dachten, und das fand Meredith durchaus in Ordnung. Es hatte ihr schon immer Freude gemacht, den Leuten eins auszuwischen, die glaubten, daß sie darüber entscheiden könnten, was für andere richtig und falsch war.

Was Meredith bekümmerte, waren die Einschußlocher. Meredith hatte mehrere Tage nach dem Vorfall damit zugebracht, Arts Haus sauberzumachen. Die von Jim zurückgelassenen Einschußlöcher lagen dicht beieinander und waren in Brusthöhe.

Die Leute sagten immer wieder, daß Jim dorthin gegangen sei, um Art dazu zu bringen, sich in ein Krankenhaus zu begeben, das über ein Therapieprogramm für Drogen- und Alkoholabhängige verfügte. Artie sei so sehr außer Kontrolle geraten, daß man ihn nur mit vorgehaltener Waffe dazu bringen konnte. Jim habe ihn nicht umbringen wollen. Der Schuß sei von Arties Handgelenk abgeprallt und in sein rechtes Auge eingedrungen.

Doch Meredith kam immer wieder auf diese Einschußlöcher zurück. Jim hatte acht Schüsse abgefeuert, und alle bis auf einen waren sie auf Brusthöhe gewesen. Für Meredith sah es so aus, als sei Jim in dieses Haus in der Mohawk 23 in Corte Madera gekommen, um seinen Bruder zu töten. Für sie sah es wie ein vorbereiteter Mord aus.

Jim hat unsere Familie kaputtgeschossen, dachte Meredith, als sie in das *Green-Door*-Zimmer schritt. Aber aus welchem Grund? Niemand hatte Artie mehr geliebt als Jim. Nicht einmal sie selbst. Das war der eigentliche Grund, weshalb Meredith sich von Art hatte scheiden lassen. Jim war immer als erster gekommen.

Und doch hatte Jim Art getötet! Es war unvorstellbar. Absolut unvorstellbar. Das einzige, was man sich vor einem der beiden Brüder nicht erlauben durfte, war der Versuch gewesen, den anderen zu kritisieren. Leistete man sich das mehr als ein- oder zweimal, war man gebrandmarkt oder wurde gefeuert. Für Jim und Art gab es nichts Wichtigeres als Loyalität.

Aber Jim hatte seinen Bruder getötet!

Es mußte dafür einen Grund geben, sagte Meredith sich. Irgend etwas war zwischen den Mitchell-Brüdern vorgefallen, irgend etwas, das Jim hatte durchdrehen lassen. Es mußte irgend etwas sein, das tief in ihrer Beziehung wurzelte, das sowohl in Jim als auch in Art lange Zeit gegoren hatte, etwas, das weit zurückreichte. Bis in jene Tage zurück, als sie noch Jungen gewesen waren, die in Antioch aufwuchsen.

Mühlenfutter

»A. J., in welcher Klasse fängst du heute an?« fragte die Mutter.

»Das ist einfach! In der ersten Klasse!« erwiderte Artie, ein niedlicher kleiner, etwas gefallsüchtiger Junge mit einem blonden Bürstenhaarschnitt.

»Jim, das bedeutet, daß du heute eine sehr wichtige Aufgabe vor dir hast, nicht wahr?« sagte sein Vater und legte eine Hand auf Jims Schulter.

»Ich weiß, Papa. Du hast es mir ja schon ungefähr eine Million mal gesagt«, erwiderte Jim, ein Drittkläßler mit kurz geschnittenem hellbraunem Haar und dunkelbraunen Augen. Artie war unbeschwert, der geborene Komiker; Jim war ein ernster kleiner Junge, der darauf beharrte, daß man ihm die Dinge auch erklärte.

»Und ich werde es dir noch einmal sagen«, fuhr Jims Vater fort. »Du paßt auf deinen kleinen Bruder auf. Es ist sein erster Schultag. Du paßt auf ihn auf. Hast du verstanden?«

Jim runzelte die Stirn und nickte. Artie verlagerte sein Gewicht von einem Bein auf das andere, begierig darauf, daß es bald losging.

»Dann fort mit euch«, sagte Georgia Mae Mitchell und reichte jedem von ihnen einen brandneuen Butterbrotkasten.

»Ich erwarte einen vollständigen Bericht, wenn ihr nach Hause kommt«, sagte James Robert Mitchell, den seine Freunde ›J. R.‹, seine Frau ›Rob‹ nannten.

Jim nahm Artie an der Hand und ließ ihn nicht mehr los, bis sie die labyrinthähnliche, einstöckige Grundschule erreicht hatten, die ein paar Häuserblocks von ihrem Elternhaus entfernt lag.

Als die Klingel an diesem Schultag zum letzten Mal läutete, öffnete Arties Klassenlehrer die Klassentür und sah einen kleinen Jungen im Gang stehen. Es war Jim Mitchell, der darauf wartete, seinen kleinen Bruder mit nach Hause zu nehmen.

Jeden Tag öffnete der Lehrer die Tür, und von nun an würde jedesmal Jim dastehen, der seinen Auftrag mit großem Ernst erfüllte.

Eines Samstagmorgens trat Jim vorsichtig an seinen Vater heran. Als er seine Aufmerksamkeit auf sich gezogen hatte, begann Jim mit einer Rede, die er schon tagelang geübt hatte.

»Papa, kann ich ein neues Fahrrad haben?« fragte Jim. »Mein altes ist ziemlich kaputt. Unten in der Stadt steht eins im Schaufenster, und das ist wirklich schön. Es ist rot. Ich werde gut darauf aufpassen, Papa, ganz ehrlich. Es wird sehr lange halten. Praktisch so lange, bis ich erwachsen bin.«

»Wieviel kostet es?« fragte J. R.

»Sechzig Dollar«, antwortete Jim, und er mußte sich beherrschen, bei der Nennung dieser Summe nicht außer Atem zu geraten.

J. R., ein glatzköpfiger, nicht gerade hübscher Mann mit groben Gesichtszügen, griff in seine ›Bank‹, seine rechte Hosentasche, schälte drei Zwanziger von einem Geldscheinbündel und reichte sie Jim.

»Papa! He! Danke, Papa!« rief Jim.

Dann pellte J. R. drei weitere Zwanziger ab. Jim sah ihn verwundert an.

»Kauf Artie auch eins.«

»Papa!« rief Jim.

»Nimm deinen Bruder mit und kauf ihm auch eins«, beharrte J. R.

»Aber Papa! Ich bin doch zwei Jahre älter! Warum soll der immer alles bekommen, was ich auch kriege?«

»Weil er dein Bruder ist, deshalb. In diesem Haus sind alle gleich.«

Die ›Mit-allen-teilen, einer-für-alle-und-alle-für-einen‹-Philosophie, die J. R. und Georgia Mae Mitchell ihren Jungen vermittelten, bezog auch die entfernte Verwandtschaft mit ein. Während der Ferien pflegten Verwandte von überallher in den kleinen Stuckbungalow mit den zwei Schlafzimmern, dem Bad und der winzigen Frontveranda in der Gragnelli Avenue 405 in

Antioch, Kalifornien, zu kommen. Mae kochte tagelang – das ganze Haus duftete nach Brötchen und gebratenem Truthahn und Kürbispasteten –, und Cousins jagten einander übermütig von einer Tür zur nächsten.

Es war nicht nur eine Frage der Gastfreundschaft. Es ging darum, *sich um die Seinen zu kümmern.* Für einen armen Weißen wie J. R. Mitchell, der nie die große amerikanische Rolltreppe zur Mittelklassse bestiegen hatte, war die Verwandtschaft besonders wichtig. Verwandte waren Verbündete in einer Welt, die ohne jede Vorwarnung feindselig werden konnte.

Auf seine Freunde mußte man sich verlassen können. Die armen Weißen, die in Antioch siedelten, waren ›Okies‹, Provinzler aus Oklahoma, die hierhergezogen waren, um in Fabriken zu arbeiten, in denen einfache technische Produkte wie Wellblechkisten hergestellt wurden. Die Löhne waren zwar niedrig, aber ein Mann, der in einer Fabrik arbeitete, machte mehr Geld, als er, seine Frau und ihre Kinder bei der Arbeit in dem verdient hätten, was der kalifornische Historiker Carey McWilliams ›Ackerfabriken‹ zu nennen pflegte.

Anders als ihre Eltern, die durch Versteppung und Banken von ihrem Land vertrieben worden waren, brauchten diese Okies nicht den Ernten zu folgen, im Herbst gen Norden zur Apfelernte, im Winter gen Süden ins Imperial Valley, um Melonen auszugraben. Sie brauchten nicht mit dem Sonnenaufgang aufzustehen und sich in eine Warteschlange in der Hoffnung einzureihen, einen Tagesjob zu erhalten. Die Fabriken arbeiteten rund ums Jahr und stellten auch eine medizinische Versorgung sicher.

Doch die Okies vergaßen nicht, daß ein Mann immer dann, wenn die Kinder hungerten, das Geld ausging und der nächste Pflanzenanbauer, der Tagelöhner anheuerte, zweihundert Meilen entfernt war, sich immer auf seine Freunde verlassen konnte, wenn er Hilfe brauchte. Jeder war irgendwann einmal in einer solchen Lage gewesen.

»Wir sind stolz darauf, Okies zu sein, aber unseren Eltern gefiel dieser Begriff nicht sehr«, erzählt Richard Lackey, Jim Mitchells bester Freund auf der High-School. »In den dreißiger Jahren waren Okies das, was illegal eingewanderte Mexikaner heute sind: Nichtseßhafte, die jede Arbeit annahmen, die sie bekamen. Jene von uns, die in Antioch aufwuchsen, waren halbe Okies. Fast alle waren wir in Kalifornien geboren, standen aber immer noch unter einem starken Okie-Einfluß: Haustüren wurden nicht abgeschlossen, die Kühlschränke auch nicht, und die Freunde konnten auf der Couch schlafen.«

Tausende und Abertausende winziger Gebäude, die jenem Haus zum Verwechseln ähnlich waren, in dem Jim und Artie Mitchell aufwuchsen, wurden vor, während und nach dem Zweiten Weltkrieg in Kalifornien schneller aus dem Boden gestampft, als Bienen ihre Stöcke bauen konnten. J. R. Mitchell hätte sein Haus schließlich kaufen können, entschied sich aber dagegen. Wie so viele Okies vertraute J. R., sei es aus Instinkt, sei es wegen seiner Konflikte mit dem Gesetz, weder Bankern noch Polizisten. Gern prahlte er damit, daß er seine ganzen Bankgeschäfte aus seiner rechten Hosentasche erledigte. Etwas so Substantielles zu besitzen wie ein Haus, war ihm fremd.

In den frühen fünfziger Jahren, als Jim und Artie aufwuchsen, prägten Fabrikarbeit, Industrie, Landwirtschaft und Flußschiffahrt das ungefähr fünfzehntausend Einwohner umfassende Antioch. Fünfundvierzig Meilen östlich von San Francisco am nördlichen Ende des großen San Joaquin Valley gelegen, liegt Antioch am San Joaquin River, unweit von der Stelle, wo er in den Sacramento mündet. Obwohl das Städtchen nur etwa eine Stunde von San Francisco entfernt war, trennten es von der hochentwickelten Stadt am Meer doch ganze Welten.

Antioch gehört zum Contra Costa County, das von einem Vorgebirgszug durchzogen wird, der vom eintausendzweihundertdreiundachtzig Meter hohen Mount Diablo beherrscht wird. Westlich des Mount Diablo befinden sich Vorposten der Bay Area wie Lafayette, anspruchsvolle, komfortable Mittelklassestädte, deren Bewohner sich hauptsächlich aus Angestellten und Akademikern zusammensetzen. Überquert man in östlicher Richtung den Willow Paß, gelangt man gewissermaßen in den Busch, in ein Hinterland voller reinrassiger Okies.

»Wir sind alle ziemlich arm aufgewachsen«, sagte Bill Boyer, ein freundlicher, unkomplizierter Mann, der heute eine Bar und einen Comedy-Club besitzt und in der Schule Arties bester Freund war. »Wer nicht in den Fabriken arbeitete, pumpte höchstwahrscheinlich Gas oder war in den Bars tätig.«

Es war die leichte Verfügbarkeit von Süßwasser und auch der Tiefseekanal im großen, mächtigen Sacramento, die in den dreißiger Jahren die Industrie ins kalifornische Delta lockten. Südlich der Stadt, auf den wunderschönen braunen Hügeln, gab es noch immer Farmen und Rinderranches. Mandel- und Walnußhaine gediehen am Fluß, wo Tafeltrauben wuchsen, bis die kalifornischen Weine in Mode kamen und Trauben wie die *Zinfandel* die *Thompson Seedless* ablösten. An den Samstagen fuhren Farmer und Rancher zum Einkaufen nach Antioch. Die Stadtbewohner arbeiteten in den Fabriken. Die Väter von Jims und Arties Freunden drückten die Stechuhr bei Dow Chemical, Du Pont, Crown Zellerbach, Fibreboard oder Continental Can. Vier Meilen weiter lag die Industriestadt Pittsburgh mit U.S. Steel, Shell und Union Oil. Dazwischen befand sich ein Dampfkraftwerk der Pacific Gas & Electric.

Für die meisten Menschen, die in den Fünfzigern und Sechzigern dort lebten, war Antioch der Mittelpunkt des Universums. Die Erwartungen reichten nicht weiter als das Auge an jenem Tag im Sommer, da der Schilfnebel das Tal mit seiner trüben Decke überzog. Nur wenige Leute machten sich die Mühe, eine Zeitung zu lesen. Jeder, der eine führende Stellung hatte oder auch nur ein gebügeltes Hemd und eine Krawatte trug, war suspekt. Das Leben war gut, wenn man in einer Fabrik eine leichte Arbeit hatte. Das Leben war schlecht, wenn man sich den Hintern aufreißen mußte.

»Wir waren Mühlenfutter«, sagte Richard Lackey, ein lebhafter, intelligenter Mann mit einer Scheitelglatze und langem Haar über den Ohren. »Jeder von uns würde in einer Mühle arbeiten, die Frage war nur, in welcher. Die Hierarchie orientierte sich daran, wie hart man arbeiten mußte. U.S. Steel stand ziemlich an der Spitze. Dort gab es Programme, mit deren Hilfe man sich zum Ingenieur ausbilden lassen konnte. Fibreboard war am schlimmsten. Das war heiße, schmutzige, körperliche Arbeit.«

Der Wetteifer und das Streben nach Höchstleistungen fanden

nicht in den Klassenzimmern und Fabriken statt, sondern auf dem Footballfeld. Wie in den Stahl-, Gummi- und Kohlestädten von Ohio und dem westlichen Pennsylvania, stieg und fiel Antiochs Selbstwertgefühl mit dem Tabellenplatz der High-School-Footballmannschaft. Auf dem Spielfeld wurde der Junge zum Mann und verdiente sich die Eintrittskarte zu einem guten Job in einer soliden Fabrik. Ein siegreiches Team bestätigte die Überlegenheit der Kommune über die umgebenden Städte, vor allem über den Erzrivalen Pittsburgh.

Antioch war eine graue Stadt ohne Charme. Lange Frachtzüge rumpelten die Gleise entlang, die die Unterstadt vom Fluß abschnitten. Am Fluß gab es keine breiten, grasbewachsenen Ufer, die zum Picknick eingeladen hätten, keine ruhigen, schattigen Wege für Spaziergänger. Die Wasserfront wurde von einer riesigen Dosenfabrik beherrscht. Auf der Second Street drängten sich ein Dutzend Bars mit ihren Kartenspielzimmern; harte, verqualmte Etablissements, wo man unter Musik ausschließlich Country und Western und unter einem ›gemixten Drink‹ Bourbon und Wasser verstand.

J. R. Mitchell war nicht nach Antioch gekommen, um an einer Maschine zu schwitzen, die in der Fibreboard-Mühle Pappmasse umrührte. Er war gekommen, um im Jack's, im Blu's, im Nevada Club, im Santa Fe und im Rendezvous Karten zu spielen. Die meisten Clubs sind inzwischen von der Bildfläche verschwunden, aber das Blu's, J. R.s Stammkneipe, ist noch dort, auch wenn es nur noch ein Abklatsch jenes belebten Lokals ist, das J. R. einst besuchte.

Im schmutzigen, zugigen Blu's werden Leute bedient, die zuviel trinken, zu laut reden und schlechte Zähne haben. Der Kartenspielraum ist mit einem Vorhängeschloß versperrt und von Staub bedeckt. Alles, was dort noch übriggeblieben ist, ist ein einsamer, grüner Filztisch am Ende der Theke. Wenn die Bewohner von Antioch heute dem Glücksspiel frönen wollen, können sie auf eine Autobahn fahren und in wenigen Stunden in Reno oder Lake Tahoe sein.

Zu J. R.s Zeit gab es keine Interstate-Autobahnen. Ein Arbeiter, der gerade seinen Lohnscheck eingelöst hatte, sich auf ein paar Drinks freute und gern ein wenig Karten spielen wollte, begab sich in die Unterstadt zur Second Street.

J. R. Mitchell war ein professioneller Glücksspieler, ein lebensechtes Exemplar jener Rolle, die Jim und Artie jede Woche James Garner im *Maverick* spielen sahen. Wenn die anderen Väter ins Bett gingen, begab sich J. R. zur Arbeit. Wenn sie die Stechuhr in der Fabrik drückten, lag J. R. im Bett.

Der professionelle Sportsmann, der in einem Privatzimmer eines Kasinos in Monte Carlo ein Kartenspiel um hohe Einsätze führt, ist nichts anderes als der höher entwickelte Vetter zweiten Grades des ländlichen Kartenhais, der in vom Bierdunst geschwängerten Kartenspielzimmern seinen Lebensunterhalt mit Minimum-Einsätzen von einem Dollar bestreitet. Beide müssen hervorragende Schauspieler sein. Beide müssen charmant sein, sonst mag sich niemand zu ihnen an den Tisch setzen. Beide müssen auf den ersten Blick den Charakter anderer Menschen durchschauen können. Beide müssen dazu in der Lage sein, eine Situation blitzschnell einzuschätzen.

Die Rolle, die J. R. spielte, war die des guten, alten Jungen, der sich der Spielrunde nur angeschlossen hatte, weil er jedermanns Gesellschaft genoß. J. R. trug stets einen Stroh- oder Filzhut mit breiter Krempe und weite Kleider. Wenn er mit Fremden oder in einem Kartenraum außerhalb der Stadt spielte, pflegte J. R. sich als ›Manteca‹ vorzustellen, ein Birnenpflanzer aus dem kleinen Ackerbaustädtchen im San Joaquin Valley. Es hatte keinen Sinn, die anderen wissen zu lassen, daß er ein Profi war.

Mit einer Stimme, die so träge war wie ein Sommernachmittag und so krächzend wie eine Gitarrensaite, erzählte J. R. endlos lange komische Geschichten. Wenn die Spieler sich dabei von einer Geschichte so sehr einnehmen ließen, daß sie sich nur noch halb auf die Karten konzentrierten, die sie in der Hand hielten, um so besser.

»Ich habe ab und zu einmal mit J. R. Karten gespielt, und ich habe es jedesmal genossen«, erzählt Michael Sweeny, ein pensionierter Lehrer aus Antioch, der sowohl Jim als auch Artie unterrichtete. »Er hatte Charisma. Man mußte J. R. einfach mögen. Er hatte einen hervorragenden Humor und kam mit jedermann zurecht.«

J. R. war schlauer als die meisten Fabrikarbeiter, die im Blu's am Tisch saßen. Er verstand mehr von Karten als sie, und obwohl er ein starker Raucher war, der ebensogern etwas trank wie alle anderen auch, rührte J. R. doch keinen Tropfen an, solange er spielte. Das Glücksspiel war sein Geschäft, der Lebensunterhalt seiner Familie, und er konnte eine Geschichte erzählen und Witze machen und sich dabei zugleich ganz auf das Spiel konzentrieren.

Das Wohlergehen seiner Familie war ihm wichtiger als sein eigenes. Er pflegte nie für einige Tage zu verschwinden und sich Lügengeschichten auszudenken, wo er gewesen war. Einmal pro Nacht rief er zu Hause an, um Mae wissen zu lassen, wie er zurechtkam. Er ging nicht auf Sauftouren und jagte auch keinen Schürzen nach.

»Gehen Sie ins Blu's, sprechen Sie dort mit den Leuten. Die werden Ihnen bestätigen, daß J. R. Charakter hatte«, beteuerte Georgia Mae. »Wenn Sie uns auch nur im geringsten verstehen wollen, müssen Sie begreifen, daß *ein Berufsspieler Charakter haben kann.*«

Das bedeutet nicht, daß J. R. Mitchell ein Tugendbold gewesen wäre. J. R. war in Oklahoma aufgewachsen, an der Grenze zum Wilden Westen; er war das Produkt einer Familie, die nicht davon träumte, ihre Kinder nach Harvard zu schicken, weil sie noch nie etwas von dieser Universität gehört hatte. Das einzige Ziel von J. R.s Familie war das Überleben.

Einer der wenigen Züge, die J. R. Mitchell mit seinem Vater geteilt zu haben schien, war seine Vorliebe für willensstarke jüngere Frauen. Georgia Mae Guynn war liebliche siebzehn und trug noch Schuhe mit Seitenkappen, als sie und J. R. sich im Jahre 1941 das Jawort gaben. J. R. war vierunddreißig, ein Spieler, der Tausende von Runden gegeben, zahllose Zigaretten geraucht und sich des öfteren mit dem Gesetz angelegt hatte.

J. R.s Eltern, James Samuel und Minnie Lee, wurden 1893

getraut. Damals war James Samuel achtundzwanzig, Minnie Lee vierzehn Jahre alt gewesen.

James und Minnie waren Pächter, die einen Teil ihrer Pacht mit Ernteerträgen bezahlten und auf einer Reihe von Farmen im südlichen und zentralen Oklahoma draußen vor Städten wie Mannsville und Wapanucka arbeiteten. Meistens bauten sie Mais und Baumwolle an und hielten sich selbst einen Gemüsegarten, eine Kuh und einige Hühner.

In jener Zeit hätte man James wohl als rastlos bezeichnet, als unbeständig oder als Tunichtgut. Er war zwar oft genug zu Hause, um elf Kinder zu zeugen – J. R., das siebte, wurde 1907 geboren –, aber die meiste Zeit war James unauffindbar.

»Vater pflegte davonzugehen, ohne der Familie mitzuteilen, wohin er wollte, und dann hörten wir nichts mehr von ihm, bis er eines Tages wieder erschien, was auch erst nach drei oder vier Jahren der Fall sein konnte«, teilte Charles, J. R.s zwei Jahre älterer Bruder, Georgia Mae mit, als sie ihn 1984 nach der Familiengeschichte befragte. »Als wir älter wurden, begannen wir Mutters Mut und Pioniergeist zu bewundern, daß sie tapfer genug war, die ganze Familie zu entwurzeln, um sich auf das Abenteuer eines Umzugs auf eine neue Farm einzulassen.«

Durch Charles' weitschweifigen Bericht zeichnet sich das Bild der Mitchells als einer Familie ab, die der Joad-Familie von John Steinbeck gleicht, die in Oklahoma Land bestellen. Wurde das Leben auf einer Farm zu hart, packte Minnie Lee ihre Familie und alles, was sie besaßen, auf ein paar Wagen und zog zu einer neuen Farm um. Im Jahre 1912 fuhr die Familie samt einigen Schwiegersöhnen (Minnies ältere Töchter heirateten fast ebenso früh, wie sie es getan hatte) siebzig Meilen über Feldwege zu einer Farm im Choctaw-Indianderreservat in Oklahoma. Dieses Farmhaus war größer als alle, in denen sie bisher gelebt hatten, und dahinter lag ein Apfelhain. Die Scheune war in einem guten Zustand, und der Boden war besser, als sie es gewohnt waren; ganz in der Nähe war der Clear Boggy Creek, in dem man fischen und schwimmen konnte. In diesem Jahr war das Wetter gut. Die Familie arbeitete hart und brachte eine hervorragende Mais- und Baumwollernte ein.

Am Weihnachtstag bekamen die Kinder ihre Belohnung. Als

sie aus ihren Schlafzimmern traten, entdeckten sie, über das ganze Wohnzimmer verteilt, Strümpfe, die mit ihren Namen versehen waren und von der Decke herabhingen. Darin fanden die Kinder Äpfel, Orangen, Süßigkeiten und einen Vierteldollar. Zum ersten Mal bekamen sie Geld, das sie einfach ausgeben durften.

J. R. und seine Geschwister waren so wild wie die Wildnis am Rande der Farmen, die sie pachteten. Minnie Lee hatte nicht viel Zeit, für Disziplin zu sorgen; sie hatte alle Hände voll damit zu tun, die Farm zu leiten und sich um die jüngeren Kinder zu kümmern. Die beiden Schwäger waren keine geeigneten Vaterfiguren. Sie waren selbst noch Kinder, unstet und launisch wie der Wind.

Bahngleise führten durch die Felder in der Nähe der Farm. Charles und J. R. waren eines Tages draußen auf der Jagd, als der Zug ihren Lieblingshund überfuhr.

»Drecksack! Drecksack!« rief J. R. und kämpfte die Tränen nieder, während er den zerfetzten Kadaver aufnahm.

»Das zahlen wir ihnen heim«, schwor Charles.

Die beiden Brüder vergruben ihren Hund und versteckten sich am nächsten Tag im Gehölz neben den Bahngleisen, wo sie warteten. Als die Maschine vorbeifuhr und J. R. das Signal gab, lehnte sich Charles gegen einen Baumstamm, zielte sorgfältig und feuerte einen Schuß auf den Lokomotivführer ab.

»Hast du ihn erwischt? Hast du ihn erwischt?« fragte J. R. voller Ungeduld.

»Ich glaube nicht«, meinte Charles. »Er sitzt immer noch da, und der Zug fährt weiter.«

Der Lokomotivführer erfuhr nie davon, daß man einen Schuß auf ihn abgegeben hatte, und die Jungen versuchten es auch nicht wieder. Ihr Zorn und ihr archaisches, vom Wilden Westen geprägtes Rechtsempfinden waren befriedigt. Sie waren quitt.

Im März 1917 fand man J. R.s Vater tot unter einem Zaun. Minnie Lee schrubbte die Kinder sauber, zog ihnen ihre besten Sachen an, dann bestieg die Familie einen Zug, um die vierzig Meilen bis Ardmore, Oklahoma, zu fahren, wo die Familie den

Leichnam beanspruchte und zur Beisetzung nach Hause überführte.

»Er hat an diesem Abend sein Gewehr genommen und ist jagen gegangen«, erinnerte sich Charles. »Am nächsten Morgen fand man ihn an einer Stelle, wo er durch einen Zaun kroch. Es ließ sich nicht feststellen, wie oder weshalb Paps erschossen wurde. Die Frage bewegt uns schon seit Jahren.«

Die Familie Mitchell vermißte ihren Vater nicht sonderlich, dazu war er zu oft und zu lange außer Haus gewesen. Sie setzte das Erntepachten fort, und 1923 hatte sie ihr bestes Jahr. Charles und J. R. wurden so ›reich‹, daß sie taten, was heißblütige amerikanische Jungen mit Geld in der Tasche schon früher und auch seitdem immer wieder getan haben: Charles, achtzehn Jahre alt, und J. R., sechzehn, kauften einen Wagen.

Die Jungen fuhren mit der Bahn nach Oklahoma City und suchten den erstbesten Autohändler auf, an dem sie vorbeikamen. Sie hatten die Autoanzeigen studiert und wußten genau, was sie wollten.

»Wir nehmen den hier«, sagte Charles und zeigte auf ein Modell T.

»Schön, hervorragend, Jungs, einfach hervorragend. Und wie wollt ihr ihn bezahlen?« fragte der Verkäufer, den die dreisten Farmjungen erheiterten.

»Damit«, sagte J. R. und holte ein Bündel Banknoten aus seiner rechten Hosentasche hervor.

»Schön! Es ist mir ein Vergnügen, ein Geschäft mit jungen Männern zu machen, die so gut vorbereitet sind«, antwortete der Verkäufer. »Kommen Sie bitte hierher, dann erledigen wir den Verkauf, und Sie können mit dem guten Stück gleich davonfahren.«

»Darüber müssen wir uns unterhalten«, versetzte Charles.

»Wieso?« wollte der Verkäufer wissen.

»Keiner von uns kann Auto fahren«, erläuterte J. R.

»Ich kann Ihnen doch keinen Wagen verkaufen, den keiner von Ihnen fahren kann!« meinte der Verkäufer und schlug die Hände über dem Kopf zusammen.

»Wir haben uns überlegt, daß Sie es uns beibringen könnten«, erwiderte J. R. »Wir haben uns überlegt, daß wir, falls Sie das nicht tun möchten, den Wagen eben bei jemandem kaufen wollen, der dazu bereit ist.«

Für J. R. war der Autokauf der Übergang ins Mannesalter. Es ging nicht um den Wagen selbst; es war der Ausdruck im Gesicht des Verkäufers, als J. R. das Bündel Banknoten hervorgeholt hatte, und die Einwilligung des Verkäufers, ihm und Charles wegen dieses Bündels das Fahren beizubringen. Nie wieder vergaß J. R. die Lehre, daß man mit Geld die Menschen zu allem möglichen bewegen konnte. Von diesem Augenblick an hatte er, sofern er nicht pleite war, ein Bündel Geldscheine in seiner Tasche bereit.

J. R. war ein cleverer Junge vom Lande, der nur die rudimentärste Schulbildung genossen hatte. Instinktiv wußte er, daß das Leben eine größere Herausforderung war, wenn man seinen Verstand und nicht seine Hände gebrauchte. Und so nahm J. R. nicht die Zügel eines Maultiers auf, sondern begann damit, ein Kartenspiel zu mischen.

Wie es dazu kam, daß J. R. mit einer Nummer in der Hand einem Polizeifotografen in die Linse blicken mußte, ist eine Geschichte, die für immer von jenem Mythos verschleiert bleiben wird, den seine Söhne um ihn herum erschaffen haben. Im Laufe der Jahre gaben Jim und Artie verschiedene Berichte darüber zum besten, wie ihr Vater hinter Gittern landete.

Nach einer Version mußte J. R. zehn Jahre in einem Bundesgefängnis wegen bewaffneten Raubüberfalls absitzen. Doch weder der Federal Inmate Locator Service noch ein Bundesgefängnisarchivar in Washington, D. C., konnten Gefängnisaufzeichnungen über einen James Robert Mitchell ausfindig machen, der in oder um 1907 geboren war.

Einer anderen Version zufolge zogen J. R. und ein Partner in heruntergekommenen texanischen Kleinstädten einen Kartenschwindel durch. J. R.s Partner tat so, als wäre er sturzbetrunken, und J. R. zwinkerte den ›Landeiern‹ zu und ermunterte sie unterschwellig, dem Betrunkenen das Fell über die Ohren zu ziehen. Der Betrunkene verlor eine Runde nach der anderen. Und dann, ganz plötzlich, bekam er eine überraschende Glückssträhne – die einzigen Runden, die er verlor, gingen an J. R. –, und bevor die armen Kerle etwas gemerkt hatten, waren sie blank, während der Betrunkene der Tür entgegenschwankte.

Eine andere Fassung erzählt, daß J. R. und zwei gutaussehende Mädchen im Südwesten Scheckschwindeleien in Kleinstädten ausführten. Sie pflegten lange genug dort zu bleiben, um ein Konto zu eröffnen und das Vertrauen der ansässigen Bankdirektoren zu gewinnen. Dann überzogen sie an einem Freitagnachmittag ihre Konten und erzählten den Bankleitern, daß das Geschäft, dessentwegen sie in die Stadt gekommen waren, nunmehr zum Abschluß gekommen sei. Sie versprachen ihnen, daß sie am Montagmorgen vorbeikommen würden, um eine großzügige Summe einzuzahlen, die die kleine Unbequemlichkeit mehr als wettmachen würde.

Am Montag war das Trio dann schon meilenweit fort.

Georgia Mae hat alle drei Geschichten gehört, und nicht einmal sie weiß genau, welche davon stimmt.

»Das geschah, bevor Rob und ich heirateten, und ich kann mich ehrlich nicht daran erinnern, weshalb er ins Gefängnis mußte«, sagte Mae. »Wenn so etwas in einer Familie vorkommt, bringt man es hinter sich und geht zur Tagesordnung über. Ich weiß nur, daß er in Huntsville, Texas, war. Wie immer das Gefängnis dort auch heißen mag.«

Eine gründliche Überprüfung der Gefängnisakten des Staates Texas über Huntsville förderte keinen James Robert Mitchell zutage. Im Staatsgefängnis von Oklahoma gab es zwar einen James Robert Mitchell, doch der war schwarz und 1911 geboren. Das Staatsgefängnis von Arkansas hat nie einen J. R. Mitchell als Insassen geführt.

Als die Teenagerin Georgia Mae Guynn sich in J. R. Mitchell verliebte, war er möglicherweise auf der Flucht nach Kalifornien gekommen. Sollte dem so gewesen sein, scheint es Mae nicht weiter bekümmert zu haben. Nachdem sie erst ihren Entschluß gefaßt hatte, mit Rob zusammenzusein, konnte sie niemand, weder ihre Mutter noch ihr Vater, davon abhalten.

Georgia Mae ist gleichsam die Arkansas-Version der Oklahoma-Mitchells. Sie wurde in einer Kleinstadt in Saline County geboren, westlich von Little Rock, Arkansas, und war die Tochter eines Holzarbeiters. Ihr Vater und ihre Mutter waren gläubige Baptisten. Jedem, dessen Wachsamkeit für jenen kurzen Augenblick nachließ, den Satan brauchte, um sein Lager im menschlichen Herzen aufzuschlagen, drohten Höllenfeuer und Pech und Schwefel. Als Heranwachsender gestatteten Maes Eltern ihr nicht einmal ein Kartenspiel im Haus, weil sie die Versuchung fürchteten. Und da ging sie nun einfach davon und heiratete einen Berufsspieler!

Arkansas hatte immer noch unter der großen Depression zu leiden, als Maes Familie 1938 auf der Suche nach Arbeit nach Kalifornien auswanderte. Maes Vater und seine älteren Brüder fanden Stellungen in den Wäldern Nordkaliforniens; ihre Mutter und die ältere Schwester arbeiteten in einer Fabrik im San Joaquin Valley.

Mae und J. R. begegneten sich 1940. J. R. pflegte damals in und um Lodi, Kalifornien, zu spielen und wurde Mae von Freunden ihrer Mutter vorgestellt. Er war ein Gentleman, aufmerksam und vergnüglich als Gesellschafter, und Mae, ein schlankes Mädchen mit schmalen Hüften, fühlte sich so geschmeichelt von der Aufmerksamkeit, die er ihr widmete, daß sie schon bald seinen Besuchen entgegenfieberte.

Im Jahre 1941 hatte Maes Familie genug Geld zusammengespart, um nach Arkansas zurückzukehren, wo ihr Vater ein Sägewerk aufmachen wollte. Nachdem sie darüber nachgedacht hatte, gelangte Mae zu dem Schluß, daß sie tun würde, worum Rob sie gebeten hatte: ihn zu heiraten und in Kalifornien zu bleiben.

J. R. und Georgia Mae Mitchell begannen ihr gemeinsames Leben auf einer Ranch im San Joaquin Valley. Jede Nacht fuhr J. R. in Städte wie Lodi und Stockton, um dort in heruntergekommenen Kartenzimmern zu spielen. In den dreißiger und vierziger Jahren fanden sich in jeder Arbeiterkommune Kaliforniens Kartenspielräume. Erst Mitte der Fünfziger dezimierten strengere Reglements in Groß- und Kleinstädten im ganzen Staat ihre Anzahl.

J. R. brachte etwas Kapital zusammen und eröffnete mit einem Partner das Black Cat, eine Bar mit Restaurant und Kartenzimmer in Stratford, einem winzigen Punkt auf der Landkarte mitten im San Joaquin Valley. Ihr Publikum bestand aus mexikanischen Farmarbeitern, die die ganze Woche unter der allgegenwärtigen Sonne Salat geschnitten hatten und sich Freitag- und Samstagnacht auf etwas Abwechslung freuten.

Finanziell lebte das Black Cat von der Hand in den Mund. Es war ein schäbiges kleines Lokal, das sich die Woche über von den Wochenendeinnahmen durchschlug. Aber Mae und J. R. waren schwere Zeiten gewöhnt. Beide machten Überstunden, und keiner von ihnen beschwerte sich. Wenn J. R. am Straßenrand an einem toten Hasen vorbeikam, blieb er stehen. War das Tier noch frisch, brachte er es Mae nach Hause mit, um es zuzubereiten.

Für J. R. und Mae stellten finanzielle Schwierigkeiten kein Hindernis dar, Kinder zu bekommen. Beide wollten sie Kinder, beide waren sie davon überzeugt, daß sie hervorragende Eltern abgeben würden. Sie sorgten sich nicht darum, wie sie für ihre Kinder aufkommen, welche Schulen sie besuchen oder wie sie jemals Geld für das College beiseitelegen sollten. Der Wunsch, Kinder zu haben, und die Entschlossenheit, für sie zu sorgen, gleich was kommen mochte, mußte ausreichen.

Am 30. November 1943 brachte Georgia Mae in Stockton einen gesunden Jungen zur Welt, den sie und ihr Mann James Lowell nannten. Ein weiterer gesunder Junge, Artie Jay, wurde am 12. Dezember 1945 in Lodi geboren. Ein dritter Sohn, Robert Lewis, erblickte am 8. Juli 1947 das Licht der Welt, überlebte aber nur vier Monate, bis er an Lungenentzündung starb.

Jim war acht und Artie sechs, als J. R. im Black Cat das Handtuch warf und mit der Familie nördlich nach Antioch zog, wo die Fabriken dem Kartenhai einen beständigen Strom von ›Klienten‹ bescherten. Doch vom Kartenspiel zu leben ist ebenso schwierig, wie von Pferdewetten leben zu wollen. J. R. hatte seine Hochs und seine Tiefs.

»Er war erfolgreich, aber man braucht sich nichts vorzumachen – mit Pokerspielen verdient man sich keine goldene Nase«, sagt Georgia Mae.

Georgia Mae Mitchell ist eine Frau mit zwei unterschiedlichen Seiten. Auf der einen Seite war sie J. R.s kleine, süße

Frau, sein ganzer Stolz. Bill Boyer erinnert sich daran, wie er einmal in Arties Haus kam und Mae dort in Hosen und Bluse vorfand, so frisch wirkend wie eine junge Collegestudentin. Mae besaß, was man in den Fünfzigern ›einen großartigen Körperbau‹ nannte – und was heute oft als ›Figur einer Tänzerin‹ bezeichnet wird.

»Nun, Bill«, sagte Mae mit einem Lächeln, »es ist schön, dich wiederzusehen. Du bist ja seit heute morgen nicht mehr hier gewesen.«

J. R. pflegte seiner Frau nachzublicken, wenn sie den Raum verließ, und dann den Kopf zu schütteln.

»Ist das nicht ein Wunder, was meint ihr, Jungs?« pflegte J. R. in seinem langgezogenen, ländlichen Tonfall zu fragen. »Was macht so ein liebliches kleines Ding nur mit so einem ausgemergelten alten Lumpen wie mir? Könnte es sein, daß ich vielleicht doch etwas jünger bin, als es den Anschein hat?«

Dann zwinkerte J. R. mit den Augen und widmete sich wieder seiner Zeitung.

Mae war eine wunderbare Mutter, eine Mutter, auf die man stolz sein konnte. Sie war nicht nur jünger und schöner als die anderen Mamis in Antioch, sie war auch anmutig, großherzig und sehr entgegenkommend. Artie und seine Freunde pflegten nach einem Baseballspiel im Park ins Haus zu platzen, Artie rief dann: »He, Mami, wir haben Hunger!« Und Mae würde antworten: »Na, das habe ich mir gedacht«, um in die Küche zu gehen und für alle Mann Hamburger zu braten.

Doch hinter der lieblichen Mami lebte noch eine zweite Frau. Mae stellte J. R.s Tun niemals direkt in Frage. Das hätte ihrer Erziehung widersprochen. Sie betrachtete sich und Rob immer als Team, und er war der Kapitän. Aber sie war eine zähe, widerstandsfähige Frau. Sie war in Kalifornien geblieben, um Rob zu heiraten. Sie hatte Hasen abgezogen, wenn es nichts anderes zu essen gab. Und nun, da Jim und Artie den ganzen Tag in der Schule waren, beschloß Mae, daß auch sie zur Schule gehen sollte – als Lehrerin.

Für eine konservative Arbeiterkleinstadt wie Antioch, wo die meisten Frauen morgens das Nachthemd auszogen, um die Schürze anzulegen, war das eine bemerkenswerte Entscheidung. Natürlich wollte sie damit auch das unstete Einkommen ihres Mannes ausgleichen. Aber es gab auch noch einen tiefersitzenden Grund.

»Ich hatte das Gefühl, als wäre nichts mehr von mir übrig«, erklärte Mae. »Das Lehramt gab meinem Leben wieder einen Sinn.«

Mae machte ihr Zweijähriges am Diablo Valley College und sprang an der Grundschule von Antioch als Vertretung ein. Sie setzte ihre Ausbildung fort, indem sie den langen Weg nach San Francisco auf sich nahm, um am San Francisco State College das Abendgymnasium zu besuchen. Schließlich machte sie ihren Bakkalaureus und ihr Lehramtsdiplom und begann eine Vollzeittätigkeit als Lehrerin.

Als Artie in die vierte Klasse ging, las sein Lehrer eine Mitteilung vor, die seine Aufmerksamkeit erregte. Am nächsten Tag sollte es nach dem Schulunterricht eine Versammlung für jene Schüler geben, die sich dafür interessierten, Schülerlotsen zu werden. Es würde Milch und Doughnuts geben.

Schülerlotsen trugen weiße Gürtel auf der Brust. Das gefiel Artie. Auch der Gedanke an die Doughnuts gefiel ihm, und so beschloß er, zu der Versammlung zu gehen. Doch als er in den Raum kam, sah der für die Schülerlotsen zuständige Lehrer auf und fragte: »*Was tust du denn hier, Mitchell*?«

»Ich . . . ich wollte einen Doughnut«, stammelte Artie. Seine Beine fühlten sich plötzlich wacklig an, und er fürchtete schon, sich in die Hose zu machen.

»Na, hier bekommst du jedenfalls keinen!« erwiderte der Lehrer und vertrieb Artie mit seinen Blicken aus dem Raum.

»Weshalb hat der Lehrer das gemacht?« fragte Artie seinen Vater, als er wieder zu Hause war. »Ich habe doch gar nichts angestellt.«

»Du hast auch nichts angestellt. Der Lehrer denkt, daß *ich* etwas angestellt habe«, erklärte J. R.

»Du? Du hast etwas angestellt, und der Lehrer hat es herausbekommen?«

»Nein. Er meint, daß die Arbeit, die ich tue, unrecht ist«, antwortete J. R. »Die Leute blicken schon auf Spieler herab, seit der erste Höhlenmensch das erste Paar Würfel aus den Stoßzähnen eines Mastodons geschnitzt und irgend jemandem das Bärenfell abgeklopft hat, das er am Leib trug.«

»Was ist denn an Spielern verkehrt?« fragte Artie.

»Nichts!« entgegnete J. R. heftig. »Dein Papa bestreitet seinen Lebensunterhalt damit, daß er seinen Verstand einsetzt, und das ist ja wohl gottverdammt besser, als kleine Kinder dazu zu bringen, sich mies zu fühlen!«

Es sollte noch Jahre dauern, bis Artie und Jim auch zu dieser Einstellung gelangten. Solange sie auf die Grundschule gingen, sprach keiner der Jungen über den Beruf des Vaters. Richard Lackey, Jims bester Freund, erfuhr erst davon, daß Jims Vater ein Glücksspieler war, als sie auf die High-School gingen. Wenn Arties Freunde ihn danach fragten, wovon sein Vater lebte, erzählte er ihnen meistens, daß J. R. nachts Taxi fuhr.

Weil J. R. erst gegen zehn oder halb elf abends ins Blu's oder Jack's loszog, paßte er in den Nächten, in denen Mae in San Francisco den Unterricht besuchte, auf die Jungen auf. Dann sahen sie gemeinsam fern, und J. R. riß Witze, die Artie und Jim irrsinnig komisch fanden. So begann er beispielsweise mit einer Geschichte über das Aufwachsen in Oklahoma, um gerade dann, als sie am aufregendsten wurde, die Jungen ins Bett zu schicken. Am nächsten Morgen zog er sie auf – »Seid ihr sicher, daß ihr noch den Rest dieser uralten Geschichte hören wollt?« –, bevor er ihnen den Rest schließlich erzählte.

Als Jim und Artie etwas älter geworden waren, brachte J. R. ihnen das Jagen und Fischen bei. Da er keine Stechuhr in der Fabrik drücken mußte, konnte er sich nach der Schule mit ihnen am Fluß treffen und den Nachmittag am Ufer Katfische angeln. Im Sommer war J. R. oft der einzige Vater auf den Zuschauerplätzen, wenn Jim und Artie in der Juniorliga spielten. Im Herbst nahm er sie auf Wildgansjagd in die Sümpfe am Fluß mit. Sie jagten Tauben in den Obsthainen und Hasen im Gebirge.

Doch was J. R. seinen Söhnen vermittelte, ging weit über die traditionellen männlichen Beschäftigungen des Jagens und Fischens hinaus. Im Laufe der Zeit begriffen Jim und Artie, daß ihr Vater nicht nur die schönste Frau in der Stadt hatte, er war auch *anders* als alle anderen Väter in der Stadt.

J. R. Mitchell war schon immer ein Autonarr gewesen. Alle zwei Jahre tauschte er den alten Rambler gegen einen neuen ein. Wer einen guten Wagen besitzt, fährt ihn auch gern aus, und so nahm J. R. Georgia Mae, Jim und Artie mit auf eine Fahrt aus der Stadt heraus, als er im Rückspiegel sah, wie sich der Wagen eines Sheriffs rasch von hinten näherte. Der Straßenkreuzer hängte sich an das Heck des Rambler und wollte ihn unbedingt überholen.

»Jungs, da überholt uns gleich ein Bulle«, sagte J. R. zu seinen Söhnen. »Wenn er vorbeikommt, zeigt ihm den Vogel.«

Jim und Artie, die damals ungefähr zehn und zwölf waren, wirbelten herum, um sich den Polizisten anzuschauen. Einige Augenblicke später kam ein gerades Stück Autobahn, und der Polizist scherte aus, um zu überholen. Er fuhr fast auf gleicher Höhe mit dem Rambler, als Jim und Artie ihm den Vogel zeigten. Der Polizist rammte den Fuß auf die Bremse, schwenkte wieder hinter dem Rambler ein und stellte sein Rotlicht an. J. R. fuhr an die Seite, blieb stehen und stieg aus dem Wagen.

»Das kann ich mir gar nicht vorstellen, daß meine Jungs so etwas tun«, teilte J. R. dem Bullen so erstaunt mit, wie er es nur mimen konnte. »Ich bin jedenfalls froh, daß Sie mich darauf aufmerksam machen. Glauben Sie mir, wenn wir wieder zu Hause sind, werde ich die Hintern der beiden da auch darauf aufmerksam machen!«

Der Hilfssheriff bestieg wieder seinen Straßenkreuzer und fuhr davon. J. R. stieg in den Rambler und erzählte von seinem Gespräch mit dem Polizisten. Mae schüttelte den Kopf, sagte aber nichts. Jim und Artie kamen aus dem Lachen nicht mehr heraus.

»Rob mochte die Polizei nicht«, sagt Georgia Mae. »Dieses Mißtrauen hat er als Familientradition vererbt, und es hat auf die Jungen mehr abgefärbt als auf mich. Ich habe immer versucht, Polizisten als Individuen zu sehen.«

J. R. spielte ständig solche Streiche. Andere Väter waren

langweilig; J. R. war quicklebendig. Er teilte Jim und Artie Dinge mit, die sie niemals auf der Schule lernen würden, Dinge wie: »Jungs, einen ehrlichen Mann kann man nicht reinlegen, denn wenn man dem ein Schwindelgeschäft anbietet, steigt er gar nicht erst ein.« Und: »Ihr müßt immer an die Vorlieben und Neigungen der anderen denken. Jeder hat welche. Wenn ihr herausbekommt, welche es sind, könnt ihr den Betreffenden auch um den Finger wickeln.«

Wenn man die Wahl hatte, wer wäre man dann lieber? Der Bursche, der sich durch eine erbärmliche Woche in der Fabrik quälte, um dann in die Unterstadt zu gehen und sein Geld bei Blu's zu lassen? Oder der Spieler bei Blu's, der die Neigungen und Angriffspunkte der Leute ermittelt hatte und dem Arbeiter das Geld aus der Tasche zog?

Jim und Artie mögen zwar vorsichtig genug gewesen sein, ihren Freunden nicht mitzuteilen, womit ihr Vater sein Geld verdiente. Sie mögen zwar nur symbolische Weihnachtsgeschenke erhalten haben – andere Väter waren zu Hause geblieben und hatten auf Geschenke für ihre eigenen Kinder gespart, anstatt im Blu's dem Glücksspiel zu frönen –, doch das machte Jim und Artie nichts aus. Ihr Vater war ihre ganz persönliche Version des Zauberers von Oz, eine magische Gestalt, die das Leben in ein Spiel verwandeln konnte. Sie waren die Guten; die Bullen und die anderen Autoritätspersonen, die ihnen über den Weg liefen, waren die Bösen. Und nichts bereitete mehr Vergnügen, als den Bösen eins überzubraten.

»Jim und Artie liebten ihren Vater. Von ihm haben sie ihre natürliche Dreistigkeit«, berichtet Bob Cecchini. »Sie waren die Söhne eines *richtigen* Trickbetrügers. Sie hielten sich für sehr gerissen, und das waren sie auch tatsächlich. Niemand würde sie reinlegen.«

Als sie auf die High-School kamen, hatten sich Jim und Artie ein für alle Male zu Söhnen ihres Vaters entwickelt. Beide waren sie coole Burschen aus Antioch, die sich ihr blondes Haar zurückkämmten und T-Shirts mit aufgerollten Ärmeln trugen, blaue Jeans oder schwarze Levis, Stiefel oder schwarze Tennisschuhe. Jim und Artie waren zähe Burschen, aber keine Schläger; clevere Jungs, die in der Schule nicht besonders glänzten. Und beide waren sie Beispiele für die Grundparadoxie des Teenagers: selbststilisierte Individualisten, die in einer abgeschotteten Meute von Kumpeln herumliefen.

»Sie waren keine schlechten Schüler, aber sie hätten besser sein können, wenn sie sich mehr Mühe gegeben hätten«, sagte Mike Sweeney, der pensionierte Lehrer, der sowohl Jim als auch Artie unterrichtet hatte. »Sie waren mehr der Typ Huck Finn und Tom Sawyer, durch und durch amerikanische, zu Streichen aufgelegte Kinder. Vor allem Artie. Der war wirklich ein kleiner Satansbraten.«

Jim und Artie waren ein Meter sechsundsechzig und ein Meter achtundsechzig groß und wogen fünfundsiebzig und achtundsiebzig Kilo. Beide, besonders Artie, hatten einen sehr kräftigen Oberkörper. Artie hätte durchaus Wettkampfschwimmer oder -ringer werden können, doch er war nicht daran interessiert. Dazu gab es viel zu viele andere Dinge, die man tun konnte.

Jim war leistungsfähig genug, um Football zu spielen, aber zu klein für die erste Garnitur. »Wenn er nicht zur ersten Garnitur gehören konnte, wollte er lieber gar nicht spielen. So war er eben«, sagt Richard Lackey.

Es stellte sich heraus, daß Jims und Arties wirklicher Sport das Poolbillard war. Und ihr zweites Zuhause war eine jugendliche Version des Blu's, ein Billardsaal namens Jimmy's Billards, nur wenige Häuser von J. R.s Basisstation in der Second Street entfernt.

Das Jimmy's war ein altmodischer, rauchgeschwängerter Billardsalon mit einem Schuhputzstand und einem Snooker-Tisch im vorderen Teil, sechs oder acht Pooltischen in der Mitte und zwei oder drei weiteren Snooker-Tischen im hinteren Teil. Wie das Blu's war auch Jimmy's eine reine Männerwelt. Die einzige Frau, die jemals ihren Fuß dort hineinsetzte, war Gladys, die strenge, runzlige, spitzzüngige Dame, die den Laden tagsüber leitete. Das Lieblingsspiel war Straight- oder Rackpool. Dabei legte man seinen Stoß vorher fest, und der erste Spieler, der hundert Kugeln versenkte, gewann das Spiel.

Das Jimmy's war zu Jims und Arties zweiter Heimat geworden, als Arties Freund Bill Boyer dort einen Job bekam und sie umsonst spielen ließ, wenn sie gerade kein Geld hatten und noch Tische frei waren. Im Jimmy's liefen immer zwei Spiele gleichzeitig: Poolbillard und verbale Aggressivität, die sich als Witz verkleidete. Beim zweiten dieser Spiele galt Artie Mitchell als anerkannter Meister. Wenn er glücklich und gelöst war, konnte Artie sehr komisch sein. War er aber gereizt, wenn beispielsweise irgendein Bursche, von dem Artie meinte, daß er ihn schlagen müßte, etwas mehr Glück hatte und statt dessen Artie schlug, wurde er ätzend.

»Wenn an Artie irgend etwas originell war, dann war es, daß seine Spitzen treffender waren als die der anderen«, sagt Bill Boyer. »Art wußte immer noch eine Spur giftiger zu kontern als die anderen.«

»Artie als Kind war bösartig, ein hagerer Klugscheißer, der über mehr Mutterwitz verfügte, als es einem normalen Menschen zustand«, meinte Richard Lackey. »Ich blieb auf Distanz zu ihm, weil ich nicht wollte, daß er mich zur Zielscheibe seines Spotts machte. Hätte er es getan, hätte mich das verärgert, und Jim und ich wären keine Freunde mehr geblieben.«

Jim hatte sich zu einem natürlichen Anführer entwickelt – ein solider Bursche mit ausgeprägtem Selbstvertrauen. Er war energisch und ein guter Organisator, der immer dafür sorgte, daß etwas los war. Er war von grenzenloser Großzügigkeit. Eines Tages kaufte Jim im Tastee-Freez zwei Eiscremewaffeln, eine für sich und eine für einen Freund. Auf dem Weg zurück zum Wagen seines Freundes blieb er an einem Wasserspender stehen, um etwas zu trinken. Ein kleines Kind rannte herbei, um den Wasserspender anzustellen. Jim trank etwas, reichte dem Kind eine der Waffeln, dann ging er zurück und kaufte eine weitere.

»Sie wissen doch, man merkt einfach, daß einige Leute einen weichen und andere einen harten Kern haben«, meinte Bill Boyer. »Man konnte merken, daß Jim einen festen Kern hatte. Er hatte stahlharte Augen und einen entschlossenen Blick. Er war sehr beharrlich; wenn er wirklich etwas wollte, tat er es auch. Und er war auch sehr überzeugend. Wenn er wollte, daß man etwas glaubte, redete er die ganze Nacht auf einen ein, bis man genauso dachte wie er. In dieser Hinsicht war er kaltschnäuzig.«

Jim war der Anführer einer Gruppe von Jungen, die sich die Studs (›Deckhengste‹; Anm. d. Übers.) nannten. Was Artie betraf, hegten sie alle ähnliche Gefühle wie Richard Lackey, und sie taten ihr Bestes, Artie von ihren Parties fernzuhalten und ihn nicht in die Wagen zu lassen, mit denen sie umherkreuzten. Das frustrierte Artie und machte ihn eifersüchtig, und so richtete er seine spitze Zunge bei Jimmy's immer wieder einmal gegen einen der Studs.

Gelegentlich ging Artie dabei zu weit, dann kam der Stud um den Billardtisch auf ihn zu. Artie verdrückte sich, und der Stud blieb für einen Sekundenbruchteil stehen, um darüber nachzudenken, ob er hinter ihm herjagen sollte. Der Stud wußte, daß er, sollte er Hand an Artie legen, wahrscheinlich gegen Jim würde kämpfen müssen. Doch gegen Jim wollte er nicht kämpfen, selbst wenn er es mit ihm aufnehmen könnte. Er wollte Jims Freund bleiben. Also pflegte der Stud die Achseln zu zucken oder die Hände zu spreizen und zu seinem Spiel zurückzukehren.

Neben Football und vielleicht auch Poolbillard waren die beiden beliebtesten Sportarten in Antioch das Herumfahren und das Trinken. Jim war zu arm, um sich einen Wagen leisten zu können, und Artie war zu jung, und wenn sich Jim nicht mit einem motorisierten Stud zusammentat, verbrachte er mit Artie den Samstagabend vor Jimmy's, auf die Queues gelehnt und Sundrops trinkend, während sie zusahen, wie die Straßenkreuzer vorbeifuhren.

Als Jim und Artie alt genug waren, sich mit ihren Freunden darüber zu zanken, wer auf dem Hintersitz Platz zu nehmen hatte, gehörten die Stippvisiten in Pittsburgh, um dort eine Prügelei zu erleben, weitgehend der Vergangenheit an. Anfang der sechziger Jahre war es nicht mehr cool, ein Schläger zu sein. The Wild One und The Blackboard Jungle wirkten veraltet, und echte Hardrocker wie Gene Vincent und Eddie Chochran waren ins britische Exil ausgewandert. Die Popmusik war eine Domäne der unverblümten Jammerlappen, der ›Bobbys‹: Bobby Vinton, Bobby Vee, Bobby Rydell. Das war ein oder zwei

Jahre bevor die Beatles kamen, aber selbst Arbeiterkinder in Antioch waren mehr daran interessiert, Liebe statt Krieg zu machen.

»Wir holten uns ein Sechserpack, fuhren in ein Drive-in oder hoch in die Berge und betranken uns«, berichtet Boyer. »Wir fuhren in der Gegend herum und hielten Ausschau nach der perfekten Blondine, die anstandslos mit einem gehen würde, so daß man zum Bumsen kam. Aber natürlich ist es niemals geschehen. Doch der Traum, der Mythos, war immer präsent.«

Die Jungen fuhren umher, bis es sie langweilte, nach diesem Fantasiemädchen Ausschau zu halten, oder bis ihr Benzingeld verbraucht war. Dann war die Zeit gekommen, weiteres Bier aufzutreiben, ein Sport, den sie fast ebensosehr genossen wie das Herumfahren oder das Poolbillard.

Das erste, was Artie tat, als er sechzehn wurde und seinen Führerschein bekam, war, sein Geburtsdatum zu fälschen, um sich fünf Jahre älter zu machen. Seine Ausweispapiere zu fälschen gehörte in Antioch geradezu zu den Übergangsriten. Die Qualität der Fälschung war nicht unbedingt entscheidend. Es gab kleine Bars, kleine abgelegene Orte, wo man dem Barkeeper einen Aufsatz zeigen konnte, den man im Englischunterricht geschrieben hatte, damit er einem ein Bier zapfte.

Artie und ein Freund pflegten dort hineinzugehen, einen falschen Ausweis vorzuzeigen, ein Bier vom Faß zu bestellen, es herunterzustürzen und ein weiteres zu bestellen, um dann lässig, als hätten sie es fast vergessen, hinzuzufügen: »Ach ja, und geben Sie uns noch einen Kasten zum Mitnehmen.« Den Kasten brachten sie dann hinaus ins Auto und fuhren an den Fluß oder ins Gebirge, wo sie das Bier herunterkippten und sich über Mädchen unterhielten.

Jim und Artie verbrachten beide sehr viel mehr Zeit damit, mit den Jungen herumzuhängen und über Mädchen zu sprechen, als sie tatsächlich auf Mädchen verwandten. Eine Reihe von Mädchen verliebte sich in Jim, und eine Weile lang ging er fest mit einem Mädchen namens Judy, doch schließlich wurde er ihrer überdrüssig und kehrte zu den Studs zurück. Viele Mädchen mochten den witzigen, ständig unter Volldampf stehenden Artie, doch war er zu rastlos, zu beschäftigt damit, mit seinen Freunden herumzualbern oder in dem Billardsalon herumzuhängen, um sich mit einer Freundin einzulassen.

Es ist sehr wahrscheinlich, daß die beiden späteren Pornohändler auf der High-School dem tatsächlichen Geschlechtsakt nicht näherkamen als einem Film, den Bill Boyer zeigte.

Es war in Bill Boyers Haus (tatsächlich in seinem Zimmer; Bill verfügte nämlich über diesen Traum jedes Teenagers, ein Zimmer mit Außeneingang), wo Artie Mitchell die erste Berührung mit kommerziellem Sex hatte. Boyers älterer Bruder hatte eine Kopie von *The Nun* besorgt, ein Acht-Millimeter-Schwarzweißfilm, der von Verkäufern vertrieben wurde, die immer erst nach rechts und links schauten, bevor sie den Kofferraum ihres Wagens öffneten. Der Film wurde allgemein bei Herrenabenden in einer American Legion Hall oder einem Elks Club gezeigt.

Wie die allgemeinen Filme reflektiert auch die Pornographie die Gesellschaft, die sie produziert. In jedem abgeschmackten alten Western gibt es immer die gleiche ermüdende Szene. John Wayne legt die Arme um eine lebhafte, unabhängige junge Dame und versucht sie zu küssen. Die junge Dame hämmert mit ihren Fäusten gegen seinen Brustkorb und versucht sich loszureißen. Schließlich schmilzt sie dahin, schließt die Augen und erwidert leidenschaftlich den Kuß.

Die Pornographie der damaligen Zeit war eine endlose Wiederholung dieser Szene. Nur daß das Mädchen sich anstelle eines Kusses begierig dem Sex hingibt.

Im Prinzip war die Pornographie die Version des männlichen Jugendlichen von der Romantik der Sexualität: Junge trifft Mädchen; Mädchen erfüllt jedes fleischliche Begehren des Jungen. Das Leben ist nicht so (und darin liegt auch der Reiz der Pornographie), vor allem nicht in einer konservativen Arbeiterstadt wie Antioch, wo ein Mädchen das Handgelenk eines jungen Mannes mit tödlichem Griff packen konnte, um ihm in die Augen zu blicken und zu sagen: »*Das* hebe ich mir für meinen Ehemann auf.«

In *The Nun* dagegen liefen die Dinge so, wie sie junge Männer sich wünschten. Eine als Nonne gekleidete Frau kommt in ein Zimmer, und ein Spanner beobachtet durch ein Fenster, wie sie sich entkleidet. Schließlich steigt er durch das Fenster.

Natürlich leistet die Frau zunächst Widerstand, doch wie die herrischen Damen in den alten John-Wayne-Filmen gibt sie schnell nach.

Jahrelang wiederholten amerikanische Illustrierte und Tageszeitungen die Mär, daß Jim und Artie damals beide auf Boyers Zimmer waren und daß der eine sich dem anderen zudrehte und sagte: »He, Brüderchen. Mit diesen Filmen könnte man eine Menge Kohle machen.« In diesem Augenblick habe angeblich ihre Karriere begonnen.

In Wahrheit wußten weder Jim noch Artie, was sie machen würden, wenn sie erst einmal die High-School verlassen hatten. Nur einer Sache waren sie sich sicher – sie würden aus Antioch verschwinden, gleich wie.

Im Sommer 1961, nach Jims Abschluß, kamen die Studs unten am Fluß zusammen, um Bier zu trinken. Die Stimmung wurde wehmütig, als sie an die guten alten Zeiten zurückdachten.

»Wißt ihr noch, wie wir uns damals haben vollaufen lassen und auf den Mast dort geklettert sind?« fragte einer und zeigte auf den riesigen Turm, der die Hochspannungskabel stützte, die über den Fluß führten.

»Ja«, sagte Jim, »wir sind oben angekommen und . . .«

»Ohne Hände!« warf Richard Lackey ein.

»Erinnerst du dich noch an den Ranchero draußen auf Highway 4?« fragte Jim.

»Ja«, sagte Lackey. »Wir sind hinten, fahren ungefähr mit einhundertachtzig Sachen, wir stehen auf und . . .«

»Ohne Hände!« sagte Jim lachend.

»Wie war das denn damals, als wir das öde Ding hinaufgeklettert und in den Fluß gesprungen sind?« fragte einer der Studs und zeigte wieder auf den Mast. »Wie weit sind wir hochgeklettert, bis wir sprangen?«

»Viel zu hoch«, meinte Lackey. »Jetzt, wo ich es mir anschaue, jagt es mir mehr Angst ein als damals, als wir es getan haben.«

»Die Studs, Mann«, sagte jemand, »die Studs.«

»So etwas wie uns hat die Stadt noch nie gesehen. Und wird es auch nie wieder tun«, meinte jemand.

»Zeigen wir denen doch, daß wir hier sind!« schlug Jim vor. »Verabschieden wir uns nach Art der Studs.«

Am nächsten Morgen traf ein Hausmeister in der Antioch-High-School ein und mußte feststellen, daß das ganze Gebäude von oben bis unten mit DIE STUDS und JAHRGANG 61 bemalt war.

Zwei Tage später kam Lackey zu Jim hinüber und brachte ihm die schlechte Nachricht: Die Bullen hatten einen Stud aufgegriffen, und er hatte gestanden. Die anderen stellten sich gerade freiwillig.

»Jimmy und ich steckten in der Klemme«, beendet Lackey seinen Bericht. »Ich konnte mir die Strafe nicht leisten, und ich glaube, er konnte es auch nicht. Es hieß also, entweder die Strafe zu bezahlen, ins Gefängnis zu gehen oder sich bei der Armee einzuschreiben.«

Richard und Jim taten, was fünfundneunzig der einhundertfünfundzwanzig Jungen, mit denen sie zusammen die Schule abgeschlossen hatten, bereits getan hatten: Sie gingen zur Armee. Jims Problem, wie er aus Antioch herauskommen und was er mit seinem Leben anfangen sollte, war – wenigstens vorübergehend – gelöst.

Zwei Jahre später – 1963 – stand Artie vor dem gleichen Problem.

Arties Noten waren mittelmäßig, und so ziemlich das einzige, was er auf der High-School eingeheimst hatte, war ein Brief, in dem er wegen Trinkens vom Unterricht suspendiert worden war. Er ertappte sich dabei, wie er Bill Boyer beneidete, den Sprecher ihrer älteren Klasse, der gerade auf dem Weg ans Diablo Valley College war. Boyer war entschlossen, hart zu arbeiten und gute Noten zu bekommen, um danach auf ein staatliches College überzuwechseln und seinen Abschluß in Journalismus zu machen.

»Ich muß fort aus dieser gottverdammten Stadt!« sagte Artie eines Nachts im Hazel's bei einem Hamburger zu Boyer. »Kannst du dir vorstellen, dein Leben als Fabrikarbeiter zuzubringen? Oder in diesem gottverdammten Lokal Hamburger zu wenden? Mann, hier sind doch die Totmacher durchgekommen. Diese Leute sind doch lebende Tote.«

»Niemand schreibt dir vor, hierzubleiben, Art«, erwiderte Boyer.

»Ich weiß«, sagte Artie. »Ich weiß nur noch nicht, wie, zum Teufel, ich hier rauskomme.«

Filmschule

»Amerika verpißt sein moralisches Kapital!« sagte ein aufgewühlter Langhaariger am Diablo Valley College in einem politologischen Seminar des Jahres 1966. »Wir schicken Marineinfanteristen in den Dschungel, um dort zu töten und getötet zu werden, und verbreiten Lügen darüber, weshalb wir dort sind! Einen Vorzug hat dieses erbärmliche Durcheinander allerdings. Die Leute wachen langsam auf und merken, daß dieses Land von einer Horde moralisch Aussätziger regiert wird!«

»Das ist doch Blödsinn!« sagte Jim Mitchell ruhig, aber entschieden, wobei er den Langhaarigen von seinem Sitz auf der gegenüberliegenden Seite des Seminarraums aus anblickte.

Alles an dem Freak ging Jim gegen den Strich, von seinen politischen Ansichten bis zu seinem zerfetzten T-Shirt und den abgelatschten Sandalen. Der Typ hatte einfach keinen Respekt.

Jim, der schon vorzeitig zu erkahlen drohte und einen tödlichen Ernst ausstrahlte, sah aus wie jemand, den man hinter einem Schreibtisch in einem Büro von H & R Block erwartet hätte. Doch hinter diesem unscheinbaren Aussehen loderte ein Feuer. Nachdem er in der Armee doch alles eher gelassen angegangen war, stellte Jim zu seiner eigenen Überraschung fest, daß er am DVC viel militanter empfand als während der Zeit, da er grünen Drillich getragen hatte.

»Völliger und totaler Blödsinn!« wiederholte sein Freund Richard Lackey, der es ebenso tödlich ernst meinte wie Jim.

»Wenn du gedient hättest, wüßtest du, daß es nur darum geht, die Kommunisten an der Übernahme der Weltherrschaft zu hindern«, sagte Jim.

»Na klar! Die Nordvietnamesen werden Kalifornien wahrscheinlich in Sampans angreifen!« schoß der Langhaarige zurück.

»Erst Vietnam, dann Thailand, dann Indien und dann – wer

weiß?« ergänzte Richard, den Jungen ignorierend. »Ich sage, wir sollten Nordvietnam dem Erdboden gleichmachen. Dann brauchen wir uns keine Sorgen mehr darüber zu machen, daß die noch nach Süden kommen.«

»Hanoi plattmachen«, stimmte ihm Jim zu. »Dann müssen sie zu Hause bleiben, um es wieder aufzubauen.«

Die Lehrer am DVC genossen diese hitzigen Debatten, und es gab Zeiten, da Jim und Richard mit vor Wut zitternden Händen aus dem Seminar kamen. Merle Haggard hatte Jims und Richards politische Ansichten in ›Okie fromm Muskogee‹ definiert. Sie waren keine Rechtsideologen, auch keine ehemaligen Schlammschweine, die hatten mitansehen müssen, wie ihre besten Freunde in Vietnam von Bodenminen in Stücke gerissen wurden. Richard hatte eine ruhige Kugel in Frankreich geschoben. Jim hatte als Nachrichtendienstoffizier in Okinawa gedient, bevor die Armee ihn an einen Sicherheitsstützpunkt in der Nähe des kalifornischen Petaluma zurückversetzte.

Jim war keiner von jenen Nachrichtendienstoffizieren gewesen, die mit Geheimcodes arbeiteten oder Informationen über Panzer- oder Truppenbewegungen auswerteten. Er hatte den Bus gefahren, der die Soldaten durch die Basis in Marin County beförderte, und das hatte ihm genügt. Er hatte keinerlei Interesse daran gehabt, ein dienstgeiler Nachrichtenoffizier zu werden oder überhaupt irgend etwas zu unternehmen, was zu einer Beförderung erforderlich war.

Jim hatte die typische Einstellung eines Arbeiters zur politischen Welt. Er meinte, daß die USA eine starke Armee brauchten, um die Roten in Schach zu halten, hielt die Armee aber auch für doof, für einen schlimmen Witz, der drei oder vier Jahre andauerte. Jeder, der ein bißchen Grips im Kopf hatte, konnte doch nur eins wollen: Sich verdrücken und versuchen, mit ein paar guten Kumpels einen draufzumachen.

Doch jetzt, da er die Armeezeit hinter sich hatte, hatte sich Jim mit der gleichen Ernsthaftigkeit der Schule gewidmet, die er einst entwickelt hatte, wenn es darum ging, in einem Streitgespräch zu obsiegen oder der Anführer der Studs zu sein. Jim war nach Antioch zurückgekehrt und stand dort wieder vor demselben Problem, das ihn schon auf der High-School heimgesucht hatte: Seine Freunde steckten karrieremäßig in der Sackgasse und interessierten sich für nichts anderes als Autos und die guten alten Zeiten. Was, zum Teufel, konnte er nur tun, um dort rauszukommen?

Jim hatte beschlossen, das GI-Versorgungsgesetz in Anspruch zu nehmen und den gleichen Weg zu gehen, den seine Mutter schon vor ihm gegangen war: erst aufs Diablo Valley College, dann an die San Francisco State University. Für einen Okie wie Jim war San Francisco ein magisches Land, wo die Leute interessante Berufe hatten, in herrlichen Häusern wohnten und ein aufregendes Leben führten. Jim war entschlossen, auch dazuzugehören. Er wußte nicht genau, welchem Beruf er in San Francisco nachgehen wollte, war aber davon überzeugt, daß die Eintrittskarte dazu ein Collegeabschluß war, und er wußte auch, daß ihm ein Abschluß jede Menge Möglichkeiten eröffnen würde, die ihm jetzt noch nicht offenstanden.

Jim hatte erwartet, am DVC Studenten vorzufinden, die ebenso ernsthaft daran interessiert waren weiterzukommen, wie er selbst. Statt dessen waren die Seminare mit pickligen Hippies überfüllt. Jim hatte auch geglaubt, daß seine Dienstzeit ihm einen Vorteil bieten würde. Er war in der Welt herumgekommen und hatte einiges gesehen, wenngleich er auch einige Federn dabei hatte lassen müssen. Statt dessen hielten die Hippies ihn für einen Debilen, für ein Werkzeug des Faschismus oder für beides.

Was die Hippies über ihn dachten, machte Jim weniger aus als ihre extreme Selbstgerechtigkeit. Als Moralisten waren sie absolut davon überzeugt, im Besitz der endgültigen Wahrheit über alles und jeden zu sein. Wenn sie wirklich glaubten, daß das College Scheiße war, daß das Geschäftsleben Scheiße war, daß die Regierung Scheiße war, warum besuchten sie dann Seminare auf einem Juniorcollege?

Jim hatte die Hippies das während ihrer Seminargespräche mehrmals gefragt, und ihre Antwort war immer dieselbe gewesen: Wir arbeiten daran, das System zu verändern. Schön, und wie willst du etwas ändern, hatte Jim gefragt. Indem ich ich selbst bin, hatte ihm mehr als ein Hippy geantwortet.

Die Hippies redeten Blödsinn, und für Blödsinn hatte Jim keine Zeit.

Das Diablo Valley College befindet sich in Pleasant Hill, fünfzehn Meilen von Antioch entfernt im anspruchsvollen östlichen Teil der Contra Costa County. Das DVC zog Studenten aus dem ganzen Bezirk an sich, und seine modernen Unterrichtszimmer und grünen Wiesenflächen stellten einen scharfen Kontrast zur Antioch-High-School dar, die so kahl und reizlos war wie ein Kasernenbau.

Die Studenten am DVC waren ebenfalls anders. Keine Kaugummi kauenden Mädchen mit Bienenstockfrisuren mehr. Die DVC-Mädchen aus dem nahegelegenen Orinda, einer wohlhabenden Pendlervorstadt, waren schlanke, sonnengebräunte Blondinen, die alle so aussahen, als trainierten sie in der Schwimm-Mannschaft. Zuerst hatte Jim nicht begriffen, warum sie ihn anlächelten, wenn er im Gang an ihnen vorbeikam. Mochten sie ihn etwa, oder so etwas?

Dann erkannte er, daß sie einfach nur gern nett waren. Anders als die Mädchen auf der High-School, die alle Jungen immer nur argwöhnisch beäugten, weil Jungen ja immer nur dasselbe wollten, lächelten die Mädchen aus Orinda jedermann an.

Auf der Antioch-High-School tauchten die Burschen mit ihren Flugzeugträgerfrisuren in Levis und weißen Socken auf. Am DVC sahen die Jungen aus der oberen Mittelklasse aus Lafayette und Danville so aus wie die Beach Boys. Ihr langes Haar war stets sorgfältig gepflegt, die kurzen Ärmel ihrer gestreiften Sporthemden waren stets aufgerollt, und meist trugen sie sauber gebügelte khakifarbene Drillichhosen und flache Slipper, oft ohne Strümpfe.

Doch die Arbeiterkinder aus dem Dickicht fühlten sich durch die Kinder aus der westlichen Hälfte des Landes eingeschüchtert, und die gesellschaftlich höherstehenden Studenten aus Städten wie Lafayette machten einen Bogen um die Landeier aus Antioch. Die Studenten aus Antioch saßen in der Cafeteria am selbsterklärten Antioch-Tisch. Studenten aus Pendlerstädten wie Concord und Walnut Creek blieben an ihren eigenen Tischen.

»Welcher Lehrer taugt etwas? Wen belegen die Burschen aus Antioch?« hatte Jim Bill Boyer, Arties besten Freund, an dem Tag gefragt, als er aufs DVC ging, um sich für seine Seminare einzuschreiben.

Bill begann gerade sein letztes Semester am DVC und war bereits für das Chicago State College zugelassen, wo er im Hauptfach Journalismus studieren würde. Artie war Bill ans DVC gefolgt, aber das war ihm kein Herzensanliegen gewesen. Er hatte in der Gegend herumgebumst und den Unterricht geschwänzt, hatte ein paar Seminare abgebrochen, war in anderen durchgefallen und lag schließlich mit seinen Zensuren unter dem Durchschnitt, den das Wehrersatzamt verlangte, um Studenten vom Wehrdienst zurückzustellen. Um nicht eingezogen und nach Vietnam geschickt zu werden, hatte Artie sich freiwillig gemeldet.

»Gerald Hurley«, hatte Bill erwidert. »Alle Burschen aus Antioch nehmen Hurley. Ich hatte ihn schon dreimal. Er ist großartig.«

Gerald Hurley glaubte daran, daß große Schriftsteller zu tiefen Wahrheiten vorstoßen und allen Menschen zu allen Zeiten etwas zu sagen haben, und so lehrte er die Studenten, nach der tieferen Bedeutung der Texte zu suchen. Jay Gatsby war nicht einfach nur ein Schwarzbrenner, der wegen einer reichen, dürren Mieze namens Daisy durchdrehte, erklärte Hurley seinen Studenten. Gatsby war vielmehr eine größere Version eines Jungen aus Antioch, eines armen Jungen aus dem Nirgendwo, der entschlossen war, dafür zu sorgen, daß die Wirklichkeit sich seinen Träumen anpaßte.

Jim und Bill Boyer nahmen auch an einem Seminar über Filmkritik teil, das Hurley in diesem Semester anbot. Das war das erste Filmseminar am DVC, und es stellte einen Triumph für Hurley dar, dem es endlich gelungen war, die Verwaltung davon zu überzeugen, den radikalen Schritt zu tun, dem Lehrplan ein Seminar hinzuzufügen, in dem das mächtigste Medium des zwanzigsten Jahrhunderts untersucht wurde.

Jim genoß Hurleys Englischseminar, aber es hatte nicht annähernd die gleiche Wirkung auf ihn wie das Filmseminar. Im Englischunterricht ließ Hurley seine Studenten sehr viel

Textanalyse betreiben. Es war harte Arbeit, die Absätze aufzuspüren, die den Charakter des Jay Gatsby enthüllten. Studenten aus Lafayette, die auf der High-School einen besseren Englischunterricht genossen hatten, schienen sie immer als erste zu finden. Das frustrierte Jim und vermittelte ihm das Gefühl der Unterlegenheit.

Im Filmseminar dagegen konnte man sich zurücklehnen und zusehen, wie sich die Geschichte vor einem entfaltete. Jim und Artie waren immer große Kinofreunde gewesen. Als Kinder hatten sie es genossen, aufzubleiben, um The Late Show zu sehen. Doch nie hatte Jim Filme wie *Geburt einer Nation, Panzerkreuzer Potemkin, Hiroshima Mon Amour, Die Jungfrauenquelle* oder *Jules und Jim* gesehen. Er hatte keine Vorstellung gehabt, daß Filme so ernst sein konnten – nicht so ernst und langweilig wie Hawthorne oder andere tote Schriftsteller, sondern ernst und lebendig!

Die wohlhabenden, über eine bessere Schulbildung verfügenden Kinder aus Lafayette waren Jim gegenüber im Filmseminar nicht im Vorteil. Es war eher umgekehrt. Wenn Hurley einen Film zerlegte und erklärte, wie eine Geschichte in Bildern erzählt wurde; wenn er davon sprach, den grundlegenden Konflikt herauszustellen, die Charaktere zu entwickeln und eine Geschichte zu erzählen, wußte Jim genau, was er damit meinte. Denn das hatte sein Vater jahrelang getan.

J. R. war kein großartiger Geschichtenerzähler, weil er ein geborener Komödiant gewesen wäre oder besonders gut Stimmen imitieren konnte. J. R. hatte vielmehr Geschichten erzählt, in denen echte Charaktere vorkamen und die einen Anfang, einen Mittelteil und ein Ende hatten.

Hurley betonte, daß ein Regisseur vor allem danach strebt, die Kontrolle über sein Material zu erlangen. Am Beispiel von *Jules und Jim* zeigte er, wie Truffaut jede Szene dazu benutzt hatte, einen bestimmten Effekt zu erzielen.

Am DVC bekamen Jim und Richard Lackey weitaus bessere Zensuren als auf der High-School. Als sie ihren Abschluß machten, waren die beiden sich darin einig, daß die Hippies ihnen zwar äußerst lästig gewesen seien, daß die politischen Schlappmänner, die sie im Seminar bekämpft hatten, aber wahrscheinlich mehr getan hatten, um sie auf die große Welt von San Francisco vorzubereiten, als alles andere, was sie aus Büchern gelernt hatten. Die Burschen aus Antioch waren durch die schärfste Feuertaufe gegangen, die die Hippies und Roten aufzubieten gehabt hatten, und sie waren daraus hervorgegangen, ohne von ihren Ansichten abzurücken.

Das sollte sich bald ändern.

Die Bay Area der späten sechziger Jahre war der Mittelpunkt einer sich ausweitenden Spiralbewegung. Hippies hatten die Haight, ein Stadtgebiet voller heruntergekommener viktorianischer Gebäude an der Grenze zum Golden Gate Park, in ein internationales Mekka verwandelt. Die Hippies waren ein verrücktes Sammelsurium von Naivlingen, die glaubten, das ganze Leben sei ein Trip, den sie gerne einwarfen. Manche von ihnen waren dezidierte Hedonisten: »Was ist gut? *Sex and drugs and rock 'n' roll.* Was ist noch besser? Noch mehr *sex*, noch mehr *drugs*, noch mehr *rock 'n' roll.*« Andere waren Romantiker: »Wir können die Welt verändern.« Und wiederum andere waren bürgerliche Liberale: »Wir, das Volk, werden über unser eigenes Schicksal bestimmen.« Vereint wurden sie durch einen Haß auf den Vietnamkrieg und die Wehrpflicht, vor allem aber durch ein starkes Verlangen, das in Langeweile erstarrte Leben, das ihre Eltern geführt hatten, nicht zu wiederholen.

Während einer kurzen, heißen Phase schien die Welt in der Bay Area tatsächlich anders zu sein. Junge Männer und Frauen trampten ohne Zwischenfälle überallhin. Leute trafen sich im Park und luden einander zum Abendessen ein. Sie bildeten Kommunen und studierten Zen und Yoga. Sie schmissen Acid, um alles zu erforschen, von den Härchen einer Raupe bis zum wahren Wesen der Liebe.

Die Bewegung fand ihren kulturellen Ausdruck in der Musik, in einem wunderbar smarten, auf den Blues aufbauenden, eher federnden als stampfenden Rock 'n' Roll. The Grateful Dead, Big Brother and the Holding Company, Jefferson Airplane, Santana und Quicksilver Messenger Service spielten in ganz

San Francisco ihre Gigs in Clubs. Allen Ginsberg und Ken Kesey organisierten Love-ins und Be-ins und Happenings im Golden Gate Park, Ereignisse, die die Mehrzahl der Darsteller und Zuschauer mit einem durch Marihuana und LSD veränderten Bewußtsein erlebten. Bill Graham, der Anführer der San Francisco Mime Troupe, schlich sich am Türwächter des *Chronicle* von San Francisco vorbei, schubste seinen Freund, den Kolumnisten John Wasserman, vom Schreibtisch und verbrachte Stunden mit Ferngesprächen, um das Netzwerk zusammenzustellen, das ihn zum großen Rockimpressario machen sollte.

Drüben im *Ramparts*-Magazin rieben sich Warren Hinckle und die Linken in seinem Stab schadenfroh die Hände. Ronald Reagan war zum Gouverneur von Kalifornien gewählt worden, ganz wie sie es erhofft hatten. Reagan war ein Einfaltspinsel, ein Schmierenschauspieler, dessen politische Redemanuskripte von rechten Neandertalern verfaßt wurden. Hinckle und seine Freunde in der Neuen Linken waren sich sicher, daß Reagans Machtantritt die Revolution auslösen würde, die sie so sehnlichst erwarteten.

Auf der gegenüberliegenden Seite der Bucht, an der University of California von Berkeley, war das Free Speech Movement zu einer Serie von Massendemonstrationen gegen den Krieg und die bürokratisierte, fabrikmäßige Ausbildung an der Schule angewachsen. Auf der Telegraph Avenue lieferten sich Studenten und Leute von der Straße mit Pflastersteinen und Tränengas Schlachten mit der Polizei wegen des ›Volksparks‹, eines kleinen, offenen Grundstücks, auf dem die University of California ein Bauprojekt plante, während die politischen Aktivisten und die Hippies es in einen Park verwandeln wollten. Vor dem Rekrutierungszentrum der Streitkräfte in Oakland schleppte die Polizei Dutzende von Antikriegsdienstdemonstranten fort. Ihre in passivem Widerstand erschlafften Körper erwachten plötzlich auf zauberhafte Weise zu neuem Leben, um zu lächeln und das Friedenszeichen aufblitzen zu lassen, bevor die Protestler in den Mannschaftswagen verschwanden.

Im Getto von Oakland brachte die Black Panther Partei den

Protest auf die Straße und sammelte tonnenweise Unterschriften. Die Panther hatten Eldridge Cleaver, den eloquenten Autor des Bestsellers *Seele auf Eis*, und Huey P. Newton auf ihrer Seite, einen Märtyrer, der angeblich von den Bullen gelinkt worden war, ein schwarzer Revolutionär mit einem schönen Gesicht und prächtiger Haut, ein Sexsymbol im schwarzem Käppi und schwarzer Lederjacke.

Obwohl sie national nicht so bekannt war wie die Universität von Berkeley, jene berüchtigte Brutstätte radikaler Studenten, brachte der eintönige Campus der San Francisco State ebenfalls gesellschaftlich aktive Studenten hervor. Wenn die Radikalen von Berkeley sich mit dem Proletariat identifizierten, so waren die SFS-Studenten *selbst* das Proletariat. Die meisten von ihnen hatten nicht die Zensuren, derer es bedurft hätte, um in Berkeley zugelassen zu werden, oder Eltern, die sich die Studiengebühren leisten konnten. Die meisten hatten eine Teilzeitarbeit und pendelten zu der Hochschule auf der 19. Avenue, am Rande der fest in der Hand der Mittelklasse stehenden Stadtteile und des Lake Merced.

Die Protestpolitik der sechziger Jahre hatte in San Francisco früher eingesetzt als in den anderen Städten. Im Jahre 1960 sollte eine Routinesitzung des *House for Un-American Activities Committee* (Kongreßausschuß zur Überprüfung unamerikanischer Aktivitäten) im Rathaus von San Francisco routinemäßig tagen. Joe McCarthy war inzwischen tot und in Ungnade gefallen, aber das HUAC war noch aktiv. Beatniks, Radikale und Studenten aus Berkeley und von der SFS tauchten auf, um gegen die Sitzungen zu protestieren, und es kam zu einer Überreaktion der Polizei. Irgend jemand schloß einen Wasserlöschschlauch an und versuchte, die Protestierenden die Marmorstufen von San Franciscos protzigem Rathaus herunterzuspülen; Polizisten auf Motorrädern prügelten mit Schlagstöcken auf Collegekinder ein.

Der Krawall weckte die vormals verschlafene, unauffällige Hochschule gründlich auf. Anfang der sechziger Jahre stellten SFS-Studenten Streikposten vor Automobilsalons auf der Van Ness Avenue auf, die die Autohändler auf Plakaten beschuldigten, Rassisten zu sein, weil sie keine schwarzen Verkäufer beschäftigten. Mitte der sechziger Jahre hatte die Hochschule bereits eine der mächtigsten schwarzen Studentengewerkschaften des ganzen Landes. Wortgewandte schwarze Führer suchten überall die Konfrontation mit der Verwaltung und organisierten Protestveranstaltungen, auf denen Studienprogramme über schwarze Kultur und ein Ende des Vietnamkrieges gefordert wurden. Die Veranstaltungen erregten große Aufmerksamkeit, und plötzlich hatte eine bis dahin im Schatten von Berkeley und Stanford ihr Dasein fristende Hochschule den politischen Stempel, eine der radikalen Universitäten Amerikas zu sein.

»Sagt ›nein‹ zum faschistischen Amerika!« riefen die SFS-Aktivisten den Studenten zu. »Verbrennt euren Einberufungsbescheid! Boykottiert den Unterricht! Studiert die Geschichte nicht, macht lieber Geschichte! Tragt den Krieg auf die Straßen!«

»Jimmy, für heute mittag ist eine große Veranstaltung angesagt, die sich interessant anhört«, sagte Richard Lackey zu Jim, wenige Wochen nachdem sie an der SFS eingetroffen waren. »Die Radikalen diskutieren mit einigen Profs und Leuten aus der Verwaltung. Hast du Lust hinzugehen?«

»Warum nicht? Wird wahrscheinlich nicht anders laufen als alles andere hier«, erwiderte Jim.

Das DVC hatte Jim und Richard *nicht* auf die San Francisco State vorbereitet. Für die Jungen aus Antioch war San Francisco immer so etwas wie Ausland gewesen, dort fuhr man zu Besuch hin, sah sich etwas um, ging vielleicht zu einem Spiel der Giants oder schaute sich einen Film an, um dann schnell wieder aufs Heimfeld zurückzukehren. Jetzt waren Jim und Richard jeden Tag in San Francisco, und was sie dort erlebten, überwältigte sie. Die Seminare schienen irrelevant, waren das unwichtigste von allem, was hier geschah. Das Wesentliche fand außerhalb der Seminarräume statt, auf dem Campus oder wo immer zwei Studenten mit wirrem Blick sich in die Haare bekamen und andere Studenten sich zusammenscharten, um zuzuhören. Schon bald begannen die Zuschauer Partei zu ergreifen, und ehe man es sich versah, waren alle am Diskutieren. Je lauter die Stimme, je extremer die Ansichten, um so mehr Aufmerksamkeit zog man auf sich.

Am DVC hatten Jim und Richard sich am Getümmel beteiligt; an der SFS hielten sie den Mund. Es mit einem Hippy aus einem Vorort der East Bay aufzunehmen war eine Sache; etwas völlig anderes dagegen war es, sich mit einem schwarzen Aktivisten aus einer gefährlichen Straße anzulegen, der eine Putzlappenfrisur hatte und die Kunst des Lächerlichmachens beherrschte.

An diesem Mittag begaben sich Jim und Richard zu einer Diskussion zwischen Campusradikalen und konservativen Vertretern der Fakultät und der Universitätsverwaltung. Wie so oft zuvor und danach endete der Versuch, eine ›sachliche Diskussion der anstehenden Probleme‹ zu führen, in einer schieren Travestie.

Ein Radikaler eröffnete die Auseinandersetzung mit den üblichen Tiraden gegen den US-Imperialismus. Ein Professor trat ans Mikrophon und las aus seinen Aufzeichnungen ab, als der Radikale aufsprang und ihn unterbrach. Der Professor wollte darauf warten, daß der Radikale aufhörte zu reden, und als er es nicht tat, bat er ihn, sich zu setzen. Der Radikale verlangte, daß der Professor die Fragen beantworten solle, die er ihm gestellt hatte. Der Professor setzte die Vorlesung seiner Aufzeichnungen fort, und der Radikale unterbrach ihn erneut.

»Das ist unerträglich!« rief der Professor schließlich. »Bevor Sie nicht die Grundregeln der Diskussion anerkennen, bevor Sie nicht wenigstens ein wenig Höflichkeit entwickeln, *bevor Sie nicht erwachsen geworden sind*, ist eine sachliche Diskussion auf diesem Campus ein Ding der Unmöglichkeit!«

Mit diesen Worten verließ die Delegation der Fakultät und der Verwaltung das Podium, begleitet von lauten Buhrufen.

In der letzten Reihe schüttelten Jim und Richard die Köpfe, eher belustigt als angewidert. Es war aufregend, mitanzusehen, wie die Leidenschaften hochkochten. Doch Fakultätsmitglieder, die auf diese Weise vom Podium stampften, erschienen ihnen arrogant.

Jim und Richard waren darauf stolz, ›faire Jungs‹ zu sein, die sich anhören wollten, was alle Seiten zu sagen hatten. Sie waren zwei der wenigen Leute im Publikum, die mit der Bereitschaft zu der Diskussion gekommen waren, sich auf die Seite der Konservativen aus Fakultät und Verwaltung zu stellen. Weshalb waren die Professoren also nicht geblieben und hatten es durchgestanden? Konnten sie etwa keine Kritik vertragen? Wenn sie nicht den Mut hatten, die Sache durchzustehen und bis zum Ende zu kämpfen, warum waren sie dann überhaupt in den Ring gestiegen?

Richard Lackey pendelte von Antioch, wo er einen Teilzeitjob in einem Lucky-Supermarkt hatte, zur SFS. Jim hatte sich mit Bob Cecchini, einem weiteren alten Freund von der Antioch High, ein Apartment in der Diamond Street über einer Kneipe genommen. Es war ein hübsches San-Francisco-Apartment – große Räume mit hohen Decken und Holzfußböden, das in einem überwiegend von der unteren Mittelschicht bewohnten Stadtteil lag.

Jim hatte Politologie als Hauptfach und Filmwissenschaft als Nebenfach gewählt, und mit der Zeit freundete er sich mit anderen Filmstudenten an, die seine Leidenschaft für dieses Medium teilten. Oft waren sie bis spät in die Nacht auf und diskutierten über die Unterschiede zwischen Jean-Luc Godard und François Truffaut.

Viele von Jims neuen Freunden waren Radikale und Möchtegern-Revolutionäre, die nach San Francisco gekommen waren, um für die gerechte Sache zu kämpfen. Jim begleitete sie, um die Grateful Dead im Golden Gate Park zu hören, ebenso zu formlosen Be-ins, wo Allen Ginsberg, Lawrence Ferlinghetti und Ken Kesey aus ihren Werken lasen. Die Filmstudenten machten Jim stoned und führten ihn auf lange Spaziergänge durch das Haight, um nachzusehen, was bei den Hippies los war. Einige Male schmissen sie zusammen Acid.

Binnen weniger Monate hatte Jim eine Welt betreten, deren Existenz er sich nicht einmal vorgestellt hatte, eine Welt, die weiter von Antioch entfernt war, als er jemals zu reisen erwartet hatte. Jim beobachtete und hörte zu und behielt seine politischen Ansichten weitgehend für sich. Eher durch Osmose nahm er die linke Rhetorik in sich auf, die in jener Zeit ebenso allgegenwärtig war wie der Marihuanarauch. Nach einer Weile erkannte Jim, daß er auf der falschen Seite gestanden hatte.

Die Radikalen hatten recht mit ihrer Sicht der Dinge. Weshalb hatte er das nicht früher bemerkt? Nichts von dem, was sie sagten, unterschied sich in Wirklichkeit sonderlich von dem, was J. R. schon seit Jahren gesagt hatte. Die Fettsäcke, die in Amerika die Karten austeilten, hatten das Blatt gegen Burschen wie Jim Mitchell gezinkt. Er war weißer Abschaum, ein Okie, der von Rechts wegen in Antioch hätte bleiben müssen, um Mühlenfutter zu werden. Und in der Zwischenzeit wurden die Leute, die nichts anderes taten, als in die Firmen zu investieren, denen die Mühlen und Fabriken gehörten, immer reicher.

Auf seine eigene, einzigartige Weise hatte J. R. gegen diese Machtstruktur rebelliert. Aber was war schon aus ihm geworden! Weil er sich nicht an die Regeln der Machtstruktur gehalten hatte, war er, der klügste Mann, den Jim je gekannt hatte, in das Fegefeuer der Kleinkartenspiele im Blu's verbannt worden. Jim wurde jedesmal wütend, wenn er darüber nachdachte.

Doch es war nicht nur die Rhetorik, die Jim Mitchells politische Ansichten umstülpte. Es war die Gewalt.

J. R. hatte seine Abneigung und sein Mißtrauen gegen die Polizei an Jim überliefert, und jedesmal, wenn Jim den Campus betrat, erblickte er dort noch mehr Bullen. Der Forderung der Schwarzen Studentengewerkschaft nach Lehrveranstaltungen zur Geschichte der Schwarzen war nicht entsprochen worden, und so hatten radikale Studenten damit begonnen, Gebäude zu stürmen und den Unterricht zu übernehmen. Das hatte dazu geführt, daß junge Männer mit Schnurrbärten, kurzem Haar und Anoraks aufgetaucht waren, die sich gelassen und scheinbar unbeteiligt durch die Menge bewegten. Und dann pflegten plötzlich zwei der Anoraks in die Menge vorzustoßen, einer sagte: »Polizei! Sie sind verhaftet!«, packte einen Jungen und legte ihm Handschellen an, während der andere Bulle ihm seine Rechte vorlas. Danach schleppten sie ihn durch die Menge.

Natürlich heizten solche Festnahmen die Stimmung der Studenten an, und es gab immer jemanden, der versuchte, die Freiheitsberaubung zu verhindern. Das führte dann zu weiteren Festnahmen wegen Behinderung einer Festnahme.

An einem Dienstag im Jahre 1968 waren Lackey und Jim gerade unterwegs zu einer Antikriegsversammlung, als Richard Jims Arm packte und sagte: »Schau mal. Da oben auf dem Dach. Schau dir diese Typen an.«

Jim sah auf und erblickte Männer, die auf dem Dachrand eines Gebäudes standen, von dem sie auf den Versammlungsort hinunterblicken konnten. Einer der Männer sagte gerade etwas in ein Sprechfunkgerät.

»Bullen«, sagte Jim.

»Sie sind überall. Schau mal da drüben, und da hinten auch, an dem Gebäude da«, sagte Richard und zeigte um sich.

Die Versammlung begann, und die taktische Polizeitruppe marschierte ein und bildete einen Ring um den Außenrand der Menge. Die taktische Truppe war schon öfter auf dem Campus gewesen, weshalb sie niemand in der Menge sonderlich beachtete, auch wenn die Bullen heute in großer Stärke angerückt waren.

Die Versammlung begann, und wieder lief das gleiche alte Szenario ab: Polizisten in Zivil stießen in die Menge vor und verhafteten einen Teilnehmer. Studenten mischten sich ein, woraufhin weitere Zivilbeamte erschienen. Und dann brach die Hölle los.

»Jimmy! Die taktische Truppe greift die Menge an!« rief Lackey. »Schau mal! Die haben ihre Abzeichen abgenommen! Die Drecksäcke haben ihre Abzeichen abgelegt!«

Die Polizisten der taktischen Truppe hatten ihre Schlagstöcke gezückt und hoben sie mit beiden Händen hoch. Einige der Bullen hatten Axtstiele. Langsam, beharrlich stießen sie in die Menge vor. Es gab Schreie und Kreischen und das gräßliche Geräusch von Schlagstöcken, die auf Fleisch und Knochen trafen. In alle Richtungen stoben Leute davon. Doch wohin sie auch liefen, stießen sie auf Bullen. Die Polizei hatte jeden Fluchtweg abgeschnitten.

»Lackey! Dort oben, auf dem Dach!« rief Jim. »Die Ärsche benutzen Sprechfunkgeräte, um den Bullen zu sagen, wohin sie sollen!«

»Jimmy! Hier entlang!« schrie Richard.

Lackey hatte eine Bresche in der Polizeilinie entdeckt.

Zusammen mit Jim durchbrach er sie, dann rannten sie zwischen zwei Gebäude und trennten sich. Lackey lief die 19. Avenue hinauf, solange, bis er seinen Wagen erreichte. Er sprang hinein und fuhr sofort nach Hause nach Antioch. An diesem Abend ging er zu seinem Teilzeitjob im Supermarkt.

»He, Lackey, was ist denn da drüben heute passiert?« fragte einer seiner Kollegen, als er hereinspaziert kam. »Ich habe die ganze Sache im Fernsehen gesehen. Sie haben es ›Blutiger Dienstag‹ genannt.«

Drei oder vier Arbeiter, Leute, die Lackey schon sein ganzes Leben kannte, versammelten sich um ihn.

»Das glaubt ihr mir nie!« antwortete Lackey. »Die Bullen haben es ausgelöst! Das war ein Polizeikrawall!«

»Blödsinn, Polizeikrawall! Radikale und Fremdagitatoren haben die Sache vom Zaun gebrochen, wie sie es immer tun«, widersprach einer der Arbeiter.

»Ganz genau«, setzte ein weiterer Arbeiter hinzu. »Ich habe es im Fernsehen gesehen. Genau das ist passiert.«

»Einen Augenblick mal, einen Augenblick«, sagte Lackey und winkte ab. »Ich war da – und da wollt ihr mir erzählen, daß das, was ich gesehen habe, nicht passiert ist?«

»Du warst zu dicht dran, Lackey. Bei einem solchen Durcheinander kann man unmöglich feststellen, was los ist«, versetzte einer der Arbeiter.

»Blödsinn! Es war ein Polizeikrawall!« sagte Lackey und wurde lauter.

»Weißt du was, Lackey? Je mehr Zeit du auf dieser Hochschule verbringst, um so mehr hörst du dich wie einer von diesen gottverdammten Hippies an.«

»Weißt du was? Vielleicht hast du recht!« erwiderte Lackey und drehte sich zu dem Burschen um. »Und ich will dir noch etwas sagen: Ich bin lieber ein Hippy, der mit eigenen Augen sieht, was los ist, als ein blöder Okie, der alles glaubt, was er in der Glotze sieht!«

Lackey wechselte tatsächlich in die Gegenkultur über, verließ das SFS, um immer wieder durch die Vereinigten Staaten zu trampen, und jedesmal, wenn er auf seinen Wanderzügen wieder in die Bay Area kam, wohnte er bei Jim. Schließlich ließ er sich in Alaska nieder, wo er Fischer wurde.

Jims leidenschaftliche Liebe zum Film sollte sich als der Anker erweisen, der ihm half, die radikale Flut zu überstehen, die seinen alten Kumpel aus Antioch fortspülte. Zu diesem Zeitpunkt seiner Karriere war es weniger wichtig, ob Jim über Phantasie verfügte oder gut mit einer Kamera umgehen konnte – viel wichtiger war die Tatsache, daß Jim ein geborener Führer war.

Als eine von Maschinen abhängige Kunst braucht der Film Geld und Leute. Ein Romanautor braucht Zeit, einen Arbeitsplatz, einen Schreibstift, Papier und Briefumschläge, in denen er sein Werk hoffnungsfroh in die Welt hinausschicken kann. Ein Filmemacher braucht eine Kamera und eine Mannschaft, die ihm bei der Beleuchtung, beim Ton und beim Schneiden behilflich ist. Wenn die Mitglieder einer Filmmannschaft einander mögen und gern zusammenarbeiten, schaffen sie mehr in kürzerer Zeit und bringen ein besseres Werk zustande als eine Mannschaft, die ihre Zeit mit Zank und Streitereien vergeudet.

Jim, der in einer Großfamilie aufgewachsen war und sich zu einem Anführer der Studs entwickelt hatte, erwies sich als herausragender Produzent. Die Mitglieder der kleinen Gruppe studentischer Filmemacher, der Jim angehörte, wußten einander hervorragend bei der Entwicklung von Filmideen zu helfen. Jim war ihr Macher, er wußte immer, wie sie die Ausrüstung miteinander teilen und einander bei ihren Projekten helfen konnten, ohne daß jemand verärgert war oder sich gekränkt fühlte.

Durch den Film hatte Jim eine Möglichkeit gefunden, sich mit der Welt auseinanderzusetzen. Niemals hätte er sich vollständig mit den Hippies identifizieren können, denen jeder Ehrgeiz fehlte. Und er war auch kein richtiger Radikaler. Politische Theorien waren zwar ganz interessant, aber in großen Dosen wurden sie langweilig, und Jim fühlte sich auch nicht getrieben, die Welt zu verändern.

Ein Filmemacher brauchte die Welt nicht zu verändern. Er mußte nur die Dramatik in dem wahrnehmen, was vorging. Ein Filmemacher konnte losgelöst hinter einer Kamera stehen, er konnte beobachten, und das gefiel Jim. Es war ihm sehr viel behaglicher dabei zumute, ein Ereignis aufzuzeichnen, als daran teilzunehmen.

Was das Akademische anging, so fand es Jim sehr viel leichter und vergnüglicher, einen Film zu machen, als ein Referat zu schreiben. Dazu brauchte er keine These zu entwickeln oder zu recherchieren. Beim Filmen konnte er alles tun, was ihm gefiel. Es spielte keine Rolle, ob die Ereignisse, die er aufzeichnete, in der Wirklichkeit oder nur in seinem Kopf stattfanden.

In den sechziger Jahren verkörperte die SFS das neue Laissez-faire auf dem Gebiet der Ausbildung, das man je nach Standpunkt als erfrischenden Wind werten kann, der den Mief aus den Akademiehallen vertrieb, oder als geistloses Verhackstücken von Ausbildungsstandards. Im Unterricht für kreatives Schreiben arbeiteten Studenten an dubiosen Projekten wie William Blake als Comicbuch. Auf der Filmhochschule wurden die Studenten dazu ermuntert, Experimentalfilme zu drehen, die ihre Träume und Phantasien dokumentierten, gleich wie erotisch diese sein mochten.

»Die Arbeit der Studenten wurde nicht von vornherein reglementiert«, berichtet James Goldner, der Jim im Filmemachen unterrichtete und noch heute an der SFS lehrt. »Als Filmleute gab es für uns keine Tabus.«

Junge Filmemacher sehen sich selbst meist als Wiedergeburt von Fellini oder Truffaut, faseln von der Einzigartigkeit ihrer Vision und von dem Mut, den man braucht, das Medium nach eigenen Bedingungen und nicht nach denen Hollywoods anzugehen. Jim wurde zum Star seiner Klasse, vielleicht weil er reifer war und das Medium eher pragmatisch betrachtete.

»Jim war ein sehr fleißiger Bursche«, sagte James Goldner. »Er hob sich hervor. Er schien die nötige Energie zu haben, er würde es schaffen. Ich würde mich heute auch noch an ihn erinnern, wenn er später nicht so berüchtigt geworden wäre.«

»Ich glaube, ich habe es. Ich denke, ich weiß, wie wir an das Geld kommen, das wir brauchen, um unsere Filme zu drehen«, verkündete Jim eines Abends bei Spaghetti im Apartment von

Earl Shagley. Earl war zu Jims bestem Freund unter den SFS-Filmemachern geworden.

»Wahrscheinlich ist einer deiner reichen Onkel in Oklahoma gestorben und hat dir ein Vermögen hinterlassen, stimmt's?« witzelte Annie, eine weitere Filmstudentin.

»Nein, nein, hören wir es uns an, Annie«, warf Shagley ein. »Laß uns feststellen, ob da gerade Jim spricht oder der Joint.«

»Was ist denn der Unterschied?« scherzte Annie, und alles lachte.

Earl war blond, bärtig und langhaarig, ein Amateurfolkloresänger aus Indiana, der nach San Francisco gekommen war, weil er ›sicher war, daß es eine Revolution geben würde‹, und der dabei helfen wollte, sie herbeizuführen. Er verließ die Bewegung, ›als es zum Einsatz von Kanonen und zu Sprengstoffattentaten kam‹.

Annie, eine zwanzigjährige Filmemacherin aus Los Angeles, war klein und sehr klug. Sie verstand mehr von der Technik einer modernen Filmausrüstung als ihre beiden männlichen Freunde, und sie hatte den Ehrgeiz, eine ernsthafte Filmemacherin zu werden. Annie war früher mit Earl gegangen. Jetzt waren sie und der zweiundzwanzigjährige Jim ein Paar. Earl hatte begonnen, sich mit einer Frau namens Maureen zu treffen, und alle waren miteinander befreundet geblieben.

Earl zündete den Joint wieder an und versuchte, sich eine andere Pointe auszudenken. Er wollte nicht verraten, wie neugierig er auf Jims Ausführungen war. Tatsächlich war Jim Mitchell für Earl der beeindruckendste Mann, den er kannte.

Jim war immer locker, immer komisch, immer gütig und sehr großzügig. Wenn er etwas besaß, ob es ein Hemd war oder eine Kamera, konnte der andere es getrost als sein Eigentum betrachten. Earl hatte einen großen deutschen Schäferhund, und eines Tages hatte Jim sich vorgebeugt, um dem Hund mit Daumen und Zeigefinger etwas Schleim aus den Augen zu wischen. Das hatte Earl wirklich beeindruckt. Es gab nicht viele Leute, die das für ihren eigenen Hund getan hätten, ganz zu schweigen für einen fremden.

Vor allem aber bewunderte Earl Jims Mut. Der Bursche war absolut furchtlos. Um für seine Miete und seine Studiengebühren aufzukommen, hatte Jim einen Job als Gerichtsvollzieher angenommen. Earl kannte andere Burschen, die es damit versucht hatten und nach ein oder zwei Wochen ständiger Drohungen und Mißhandlungen aufgaben. Jim war unglaublich. Nicht nur, daß er an seiner Arbeitsstelle festhielt, er brachte es auch fertig, an Türen zu hämmern und den Leuten in den Stadtteilen Mission und Fillmore Gerichtsbescheide in die Hand zu drücken – *und zwar mitten in der Nacht!* Wenn irgend jemand ihm dreckig kam, zahlte Jim es ihm in gleicher Münze heim.

Aus diesem Grunde war Earl auch so begierig darauf zu erfahren, was Jim zu sagen hatte. Filmstudenten rissen ständig irgendwelche Witze darüber, wie sie das Geld auftreiben könnten, um ihre großen Filme zu finanzieren. Jim machte keine Witze. Earl wußte, wenn Jim eine Idee hatte, würde er auch dazu stehen und sie durchsetzen.

»Woran ich denke, ist, daß Earl und ich nur halbherzig im Geschäft sind«, meinte Jim. »Warum nicht gleich Nägel mit Köpfen machen?«

»In welchem Geschäft?« fragte Annie. »Im Filmgeschäft?«

»Nein«, erwiderte Jim, »im Fleischhandel.«

Earl hatte schon den größten Teil des Jahres als Nachtmanager im Roxie Theatre im Stadtteil Mission einen Teilzeitjob ausgeübt. Als Earl dort angefangen hatte, hatte das Roxie ausländische Filme ohne Untertitel gezeigt. Aus offensichtlich finanziellen Gründen hatte Harold Greenland, der Haupteigentümer des Kinos, das Programm geändert und damit begonnen, ›Nackedeifilme‹ zu zeigen.

Greenland war die Verkörperung des Showbusiness, eine legendäre Gestalt in der Welt der Burleske, kaum eineinhalb Meter groß; er lebte in dem alten Haus von Hollywood und besaß Kinos im ganzen Land. Jedermann mochte Greenland, weil er bunt und furchtbar komisch war, aber als Geschäftspartner war er windig. Ein Scheck, den Harold Greenland ausstellte, war nicht unbedingt auch gedeckt.

Als Earl davon erfuhr, daß im New Follies, einem früheren Komödienhaus an der Sechzehnten Straße, das Greenland ebenfalls in ein Nackedeihaus verwandelt hatte, eine Teilzeitstelle als Türsteher frei wurde, überredete er Jim dazu, keine Gerichtsbescheide mehr zuzustellen und statt dessen den mit einem Dollar fünfundzwanzig pro Stunde bezahlten Job anzunehmen.

»Ich bin jetzt seit ein paar Monaten im Follies, und es ist ganz unglaublich, wie viele Burschen dort hinkommen, um Nackedeis zu sehen. Es ist wirklich erstaunlich, nicht wahr, Earl?« fragte Jim.

»Im Roxie hat das Geschäft echt Aufwind bekommen, als wir auf Nackedeifilme umgestellt haben, das kann ich dir sagen«, antwortete Earl.

»Woran ich denke, ist Folgendes. Wir könnten selbst den einen oder anderen Nackedeifilm drehen. Vielleicht nicht sofort. Wir könnten mit Standaufnahmen beginnen. Du weißt schon, ein paar Oben-ohne-Fotos von Mädchen schießen und versuchen, sie in der Market Street an die Buchläden zu verkaufen.«

»Das meine ich aber nicht«, erwiderte Annie.

»Weshalb nicht?« wollte Jim wissen.

»Weil das Sklavenhandel ist, deshalb!« entgegnete Annie. »Ihr verkauft Fleisch. Das will ich nicht machen.«

»Wir verkaufen Fleisch – Blödsinn!« erwiderte Jim. »Wir suchen uns eine Hippymieze und fragen sie, ob sie sich oben frei macht und uns fotografieren läßt. Wenn sie ›nein‹ sagt, gehen wir wieder. Wenn sie ›ja‹ sagt, geben wir ihr zehn Dollar. Wem tut das weh, Annie? Wem tut das weh?«

»Es hört sich nicht richtig an«, meinte Annie.

»Es hört sich nicht richtig an, ein Foto von irgendeinem Mädchen mit einem Satz großartiger Titten zu schießen, um es drüben auf Treasure Island an einen Seemann zu verkaufen, damit er beim Streicheln Begleitung hat, wenn er auf einem Schiff tausend Meilen draußen im Pazifik steckt und das nächste weibliche Wesen eine gottverdammte Walkuh ist? Was soll sich daran nicht richtig anhören?«

»Ich weiß es auch nicht«, seufzte Annie. »Ich meine, damit machst du doch die Frau zum Objekt. Sie ist kein Mensch mehr, nur ein Satz Titten.«

»Hör mal, ich sage ja nicht, daß wir ins Geschäft einsteigen und drin bleiben sollen«, konterte Jim. »Ich sage lediglich, daß wir unsere eigenen Filme machen wollen, nicht wahr? Wir wollen machen, was auch John Cassavetes macht, richtig? Und wie sollen wir das tun?« Jim hob den Zeigefinger. »Erstens: Wir können nach Hollywood gehen und unseren Preis bezahlen. Aber eigentlich hatten wir doch schon beschlossen, daß wir darauf scheißen, richtig? Zweitens«, sagte Jim und hob einen zweiten Finger, »wir können nach New York gehen und versuchen, in die Werbefilmbranche einzubrechen. Scheiß drauf, richtig? Drittens: Wir können versuchen, irgendeine Fabrik zu finden, die einen Film von ihrem Fließband machen lassen will. Das turnt niemanden an. Oder, viertens, wir können hierbleiben, ein paar Nackedeis abdrehen und mit dem Geld unsere eigenen Filme finanzieren.«

Die drei schwiegen für eine Weile. Schließlich sagte Earl: »Ich kann das auch politisch sehen.«

»Ach ja?« fragte Jim.

»Ja. Wir sehen uns doch selbst gern als Bilderstürmer, nicht? Wir möchten Filme machen, die die Leute aufwecken und sie dazu bringen, darüber nachzudenken, was sie da sehen, nicht? Na ja, warum tun wir das dann nicht mit Sex? Warum machen wir keine Sexfilme, die dem Sex den Schockwert nehmen? Warum nicht Sex zeigen, wie man sonst eben irgend etwas anderes zeigt?«

»Genau das ist es, Mann!« sagte Jim und setzte sein Glühbirnenlächeln auf.

»Ich meine, was wäre denn unehrlicher als die Art, wie Hollywood mit dem Sex umgeht?« fuhr Earl fort, durch Jims Reaktion ermutigt. »Doris Day und Rock Hudson, die sich gegenseitig um ein Bett jagen? Komm schon, Mann! Und das Fernsehen! Im Fernsehen ist es noch schlimmer! Welches Paar kennt ihr, außer Ozzie und Harriet, das in einem einzigen Bett schläft?«

Annie lachte.

»Das wird Spaß machen, Annie«, sagte Jim, seinerseits von ihrem Lachen ermutigt. »Wir machen es zusammen. Wir bilden unsere eigene Firma und machen alles genauso, wie wir es schon immer gemacht haben. Alles wird mit allen geteilt.«

»Ich denke darüber nach«, meinte Annie.
»Es ist ein Mittel zum Zweck, Annie«, warf Jim ein. »Das Schöne daran ist, wir bleiben unabhängig und lernen etwas übers Filmemachen.«

Einige Wochen später gingen Jim und Earl den Ocean Beach entlang, von ihrem Hals baumelten Kameras.
»Die da drüben. Wie wäre es mit der? Sie hat ihr Oberteil geöffnet«, sagte Earl und zeigte auf eine Frau, die gerade auf einem Badetuch sonnenbadete.
»Geh und frag sie«, sagte Jim.
»Geh du doch und frag sie. Das war schließlich deine Idee«, antwortete Earl.
»Warten wir noch ein bißchen«, meinte Jim.
Ein Mädchen in einem Bikini kam vorbeigelaufen. Sie war groß, schlank und großbrüstig, mit langem, sandblondem Haar. Um einen Fußknöchel trug sie ein Wildlederband mit einer Glocke.
»He! Warte mal!« schrie Jim und lief ihr nach.
Das Mädchen blieb stehen und drehte sich um.
»Was hältst du davon, dein Oberteil abzunehmen?« fragte Jim, als er sie eingeholt hatte.
Das Mädchen sah verwirrt aus, als sei sie noch unentschlossen, ob sie lachen oder wütend werden sollte.
»Wir sind Fotografen. Filmemacher, um genau zu sein«, erklärte Jim. »Wir suchen nach Modellen, nach Oben-ohne-Modellen. Wir könnten dir nicht viel zahlen, vielleicht zehn Dollar, aber es würde auch nicht sehr lange dauern. Wir könnten drüben zu den Klippen gehen und dich gleich dort aufnehmen. Damit würdest du eine Menge Seeleute sehr glücklich machen.
Das Mädchen dachte einen Augenblick nach.
»Okay, warum nicht«, sagte sie schließlich. »Wenn ich meinen Freund in San Diego besuche, gehe ich auch jedesmal an den Nacktbadestrand. Was macht das schon für einen Unterschied?«
Eine Stunde und zwei Filmrollen später bezahlten Jim

und Earl ihr erstes Modell und dankten dem Mädchen überschwenglich. Jim brachte den Film in sein Apartment auf der Diamond Street, wo er eine Dunkelkammer eingerichtet hatte. Als sein Mitbewohner Bob Cecchini an diesem Abend hereinkam, waren Wände und Fußboden, ja überall, wo Cecchini auch hinsah, mit Fotos von einer schönen jungen Frau mit einem großen Lächeln und attraktiven Brüsten bedeckt.

»Sie sind trocken«, sagte Jim, als er Cecchini erblickte. »Was meinst du?«

»Sie ist wirklich süß. Sieht so aus, als hätte ihr jemand gerade einen Witz erzählt«, erwiderte Cecchini.

»Das habe ich auch«, sagte Jim.

»Was denn?« wollte Cecchini wissen.

»Ich habe ihr gesagt, sie soll auf meinen Kopf achtgeben, wenn sie ihr Oberteil abnimmt, weil mir dann mein Haar nachwachsen würde.«

»Guter Witz«, meinte Cecchini.

Die Ladenbesitzer auf der Market Street liebten das Mädchen. Sie kauften jedes Bild, das Jim von ihr hatte, und jedes weitere Bild, das er ihnen danach brachte. Und dann stellte Jim fest, daß die Ladenbesitzer noch mehr für jene Bilder zahlten, die sie unter der Ladentheke in neutralen braunen Papiertüten verkauften.

Eines Nachmittags kam Cecchini nach Hause, und die Wände und Fußböden waren mit Bildern von einem Paar bedeckt, das Geschlechtsverkehr hatte. Jim hatte festgestellt, so unglaublich es ihm auch erschienen war, daß man nur suchen mußte, um einige Leute zu finden, die ebenso bereit waren, sich beim Sex ablichten zu lassen, wie es Frauen gab, die ihre Büstenhalter auszogen.

»Sie taten es in der Hundestellung«, erinnerte sich Cecchini. »Der Typ blickte in die Kamera und lachte. Im ganzen Apartment, überall, wo ich hinsah, sah mich der Typ an und lachte.«

Das Geschäft ging gut, aber Jim war nicht zufrieden. Er war schließlich Filmemacher, kein Standbildfotograf. Außerdem war mehr Geld mit Nacktfilmen als mit Standbildern zu machen, selbst wenn sie sexuell freizügig waren. Das Roxie und das New Follies brauchten ständig frische Filme, um sie ihrem nimmersatten Publikum vorzuführen. Es war Zeit, den Sprung zu wagen und einen Nacktfilm zu drehen.

Jim lieh sich eine Bolex, die damals von Filmstudenten bevorzugt wurde, eine 16-mm-Kamera, mit der man drei bis vier Minuten drehen konnte, bevor sie wieder geladen werden mußte, und schoß seinen ersten Nacktfilm. Das Modell fand er im Haight. Es war ein leichtes Geschäft – fünf Dollar für zehn Minuten ›oben ohne‹ vor einer Kamera –, und das Mädchen schien sich geschmeichelt zu fühlen. Jim brachte den unentwickelten Film zum Roxie, wo ihn der Manager unbesehen kaufte.

»Es schien uns unglaublich«, erinnert sich Earl Shagley. »Das Roxie zahlte hundert Dollar für eine Rolle, außerdem gaben sie einem noch den Film und bezahlten die Entwicklung. Wir konnten mühelos zwei bis drei Rollen pro Woche schießen. Das war, als würde man das Geld geschenkt bekommen. Was immer man produzierte, klatschten sie auf die Leinwand. Man konnte nichts verkehrt machen.«

Die Sexfilmindustrie entstand zwar nicht in San Francisco, aber in San Francisco war es, wo der Sexfilm aus dem Untergrund heraustrat, mit den zwanglosen Herrenabenden in den Elks Clubs und den Peepshows in Vergnügungsbetrieben, die sich in einigen der heruntergekommensten Straßen der Stadt fanden.

San Francisco, das seine Entstehung dem Goldrausch verdankt, war schon immer eine Stadt frauenloser Minenarbeiter, die aus ihrem Schacht zurückgekehrt waren, durch die Straßen zogen und ihre Rückkehr in die Zivilisation feierten. Seeleute von großen Schiffen, die in Richtung Orient auslaufen sollten, um dort chinesische Arbeiter an Bord zu nehmen, oder nach Oregon, um eine Ladung Holz zu befördern, überfluteten die Saloons der Barbary Coast.

In seinem 1855 veröffentlichten Werk *Land of Gold* schreibt Hinton Helper: »Hier in San Francisco habe ich reinere Liköre, bessere Zigarren, feineren Tabak, zielgenauere Gewehre und Pistolen, größere Dolche und Bowiemesser und schönere Kurtisanen gesehen als an jedem anderen Ort, den ich besucht habe. Und es ist meine unvoreingenommene Meinung, daß Kalifornien die besten bösen Dinge von Amerika bietet.«

Im Zweiten Weltkrieg begaben sich Soldaten und Seeleute, die glaubten, Amerika niemals wiederzusehen, auf eine letzte Sauftour und schauten sich ihre letzte Comedy Show an, bevor sie unter der Golden-Gate-Brücke in Richtung des pazifischen Kriegsschauplatzes fuhren. In den sechziger Jahren saßen vereinsamte, verängstigte junge Männer auf dem Weg nach Vietnam in den Bars von North Beach und kippten schweigend ein überteuertes Bier nach dem anderen hinunter, während Oben-ohne-Tänzerinnen zu Motown- und Beatles-Songs arbeiteten.

Der Markt für ›schmutzige Bilder‹, in den Jim vorgestoßen war, begann mit der Entwicklung der Standfotografie im Jahre 1827. Im Jahre 1889 entwickelte Edison die erste kommerziell erfolgreiche Kinokamera, und 1904 wurden pornographische Filme, die den Sexualakt von der Entkleidung bis zur Penetration und zum männlichen Orgasmus zeigten, in Buenos Aires produziert und an Käufer in England, Frankreich, Rußland und den Balkanländern verschickt, die sich ihren hohen Preis leisten konnten. Der Mann auf der Straße bekam die ersten, auf Zelluloid kopulierenden Leute in französischen Freudenhäusern zu sehen, wo es ungefähr dreißig Mark kostete – damals ein sehr stolzer Preis –, sich einen Film anzusehen.

In den Jahren 1907 und 1908 schlugen die Zollbehörden der Länder Europas zu, und das Unvermeidliche geschah – in Frankreich und Deutschland entstand eine eigene pornographische Filmindustrie, vor allem in Frankreich, das zu einem Synonym für das ›Blue Movie‹ wurde. Trotz ihres schmutzigen Rufs betonten französische Filme die Handlung, oft auf Kosten des bloßen Sex.

Die stärkere Gewichtung der Handlung gegenüber dem Sex war auch das Markenzeichen der frühen amerikanischen Sexfilme, die größtenteils nach dem Ersten Weltkrieg in New York City produziert wurden. Die Handlungen waren so hanebüchen und die Charaktere so hölzern wie die einer Harlekinade: Ein Vertreter klingelt an der Tür, eine Hausfrau bittet ihn herein; ein Arzt begleitet seine Patientin in sein Sprechzimmer;

irgend etwas stimuliert die Frauen (Frauen in Blue Movies sind wie Glühbirnen, sie lassen sich per Knopfdruck anschalten; selbst etwas so Harmloses wie eine Anzeige für Nylonstrümpfe in einer Illustrierten kann sie in Verzückung bringen), und ehe man sich versieht, werden Kleider abgelegt und erogene Zonen offenbart.

Der amerikanische Sexfilm entwickelte sich noch unter dieses ohnehin schon niedrige Niveau zurück. ›Vor allem um die dreißiger Jahre beginnt ein frauenfeindliches Grundthema vorzuherrschen, bei dem die Frau als Sexobjekt und nicht als Sexpartner behandelt wird‹, schreiben Arthur Knight und Hollis Alpert in *The History of Sex in the Cinema*‹. ›Den Sitten und Tabus der damaligen Zeit entsprechend, waren viele der Darsteller beider Jahrzehnte (der zwanziger und der dreißiger) relativ unattraktiv und im fortgeschrittenen Alter. Die Männer gehörten meistens den unteren sozioökonomischen Schichten an – Zuhälter, Vagabunden und ähnliche –, die Frauen waren im allgemeinen Prostituierte.‹

In den vierziger und frühen fünfziger Jahren erfuhr das Genre einen weiteren Abstieg. Knight und Alpert schreiben, daß ›die Darsteller weiterhin aus den untersten sozioökonomischen Gesellschaftsschichten ausgewählt wurden. Vor allem in dieser Periode trugen viele der männlichen und einige der weiblichen Darsteller Masken oder versuchten mit streckenweise ziemlich bizarren Verkleidungen ihre Identität zu verbergen. Das war auch die Periode, in der viele der männlichen Darsteller es sich zur Gewohnheit machten, für ihre ›Darbietungen‹ alles auszuziehen bis auf ihre schwarzen Strümpfe; hier wurde der maskierte Mann in Socken zum klassischen Symbol des US-amerikanischen Sexfilms.‹

Die Masken und die schwarzen Socken spiegelten die Tabus einer Gesellschaft wider, die noch immer im Griff jener puritanischen Werte stand, auf denen sie einst gegründet wurde. In Amerika legten Männer Masken an, um eine Bank auszurauben oder in der Öffentlichkeit Sex auszuüben. Sex war schmutzig, etwas, für das man sich schämen mußte.

Gelegentlich gab es auch Ausnahmen von diesen albernen Filmen. Candy Barr, die Stripperin aus Los Angeles, nahm in den frühen fünfziger Jahren einen Freund in ein billiges Motel im kalifornischen Bakersfield mit, wo sie *Smart Aleck* drehten, einen Film, der ebenso geradeheraus und schamlos sexuell ist wie jeder, den die Brüder Mitchell erst noch drehen sollen. Doch neunundneunzig von hundert Filmen interessieren auf Dauer nur solche Menschen, die Paaren gern beim Kopulieren zusehen. In den zwanziger und dreißiger Jahren verdienten einige Männer ihren Lebensunterhalt damit, daß sie von Stadt zu Stadt fuhren und für Privatpartys oder Herrenabende in Bruderschaften und Kriegsveteranenhäusern Filme und Vorführgerät anboten. In den späten vierziger und frühen fünfziger Jahren, als die 8-mm-Ausrüstung allgemein zugänglich und erschwinglich wurde, verwandelten sich die Sexfilmvorführer in Verkäufer, die aus dem Kofferraum eines Wagens heraus Filme verkauften und verliehen. Jeden vierten Freitag im Monat konnte derselbe Projektor, mit dem man den Großeltern den Film von Babys erstem Bad vorführte, in den Elks Club geschleppt werden, um dort einen ebenso unbeholfen gedrehten, aber doch sehr anderen Heimfilm zu zeigen.

In allen fünfzig Bundesstaaten gab es zwar Gesetze gegen das Vorführen und Betrachten von obszönem Bildmaterial, doch nur selten machte die Polizei eine Razzia auf einem Herrenabend. Das Publikum bei einer Sexfilmvorführung bestand aus Mitgliedern des Elks, Lions, Eagels, Kiwanis oder Rotary Clubs, derselben Organisationen also, denen auch der örtliche Polizeichef angehörte. Und der Polizeichef genehmigte keine Razzia, die mit der Festnahme von mehreren Dutzend Säulen der Gesellschaft enden würde.

Wenn das Publikum bei einem Herrenabend auch mehr oder weniger von einer Verfolgung verschont blieb, so liefen die Produzenten und Distributoren von Sexfilmen doch große Gefahr, hinter Gittern zu enden. Die Bundesregierung hatte Gesetze gegen den Transport von obszönem Material über die Grenzen der Bundesstaaten erlassen, und unter J. Edgar Hoover machte das FBI Jagd auf Sexfilmdistributoren, die so töricht waren, den Postweg zu benutzen. Und derselbe Polizeichef, der bei Herrenabenden in den örtlichen Bruderschaftsorganisationen ein Auge zudrückte, war begierig darauf, die Leute festzunehmen, die

Sexfilme erstellten, darin auftraten oder in die Stadt kamen, um sie zu verkaufen.

Es wird viel darüber diskutiert, weshalb der traditionelle Sexfilm eine solche Parodie auf den Sex ist, auf die Schauspielerei, das Geschichtenerzählen und auf alles andere, was mit dem Film zusammenhängt. Die eine Seite argumentiert mit der religiösen oder spirituellen Prämisse, daß der Sex sakrosankt ist. Ihn zu einem Zuschauersport zu degradieren, ist niederträchtig und herabwürdigend, weil er der Sexualität die Romantik, die Intimität und die Leidenschaft raubt, die nicht nur aus den Lenden, sondern auch aus Herz und Verstand strömt, ja von allen Dingen, die den Menschen von kopulierenden Eseln auf einem Acker unterscheiden.

Die Verteidiger des traditionellen Sexfilms haben eingewandt, daß er sich nie zu einem legitimen Genre entwickeln konnte, weil immer nur Furcht und Geldmangel vorherrschten. Sie weisen darauf hin, daß die Sexfilme der vierziger oder fünfziger Jahre nur sehr selten pervers waren, falls überhaupt: Sodomie, Kinderpornographie, gewalttätige S&M oder Filme mit Teenagern waren – und sind – selten oder nichtexistent, und zwar aus dem einfachen Grund, daß die Männer, die auf Herrenabende gingen, Ehemänner und Väter waren, denen beim Gedanken an Sex mit Tieren schlecht geworden wäre. Vor allem aber hatten die Männer im Publikum selbst Töchter. Es gibt nur wenige Väter, die ein vorpubertäres Mädchen auf der Leinwand beim Sex sehen können, ohne zu denken: Das ist ja scheußlich! Das könnte meine Betty sein!

Der traditionelle Sexfilm ist ein schlechter Witz, behaupten jene, die daran glauben, daß an der unzweideutigen Darstellung von Sexualität nichts prinzipiell Verkehrtes ist. Die Filme sind schlecht gemacht, weil die Leute, die sie machten, unfähig waren und nur eine undeutliche Vorstellung davon hatten, was sie da taten. Wäre die Sexualität offen gewesen und als etwas Gesundes angesehen worden, hätte es keine moralischen oder gesetzlichen Strafen für die Herstellung eines Sexfilms gegeben, so hätten Leute, die etwas von ihrem Handwerk verstanden, echte erotische Filme produzieren können und das Genre wäre mit der Zeit hoffähig geworden. Aber weil man für die Herstellung oder die Verbreitung eines Sexfilms im Gefängnis enden konnte, ging kein Filmemacher von Talent, kein Produzent mit Geld das Risiko dieser Herstellung ein.

Die Leute, die den Sexfilm in den sechziger Jahren aus dem Untergrund holten, waren keine Strohmänner des örtlichen Mobs, wie so oft behauptet wird. In der Regel waren es Leute aus den Randgebieten des Einzelhandels oder des Showbusiness. Manche besaßen Zeitschriftenkioske, die schon seit Jahren Exemplare der Nudistenpublikation *Sunshine & Health* in neutralen braunen Papiertüten unter der Ladentheke führten. Andere waren Männer, die einmal Comedy-Strip-Läden besessen hatten wie Harold Greenland. Sie begannen damit, leerstehende Geschäfte in heruntergekommenen Gegenden der Stadt anzumieten und dort Einrichtungen zu schaffen, wo Männer in kleine Kabinen treten, einen Vorhang zuziehen, einen Vierteldollar in einen Schlitz werfen und sich einen Film anschauen konnten.

Die in diesen *Arcades* gezeigten Filme wurden ›loops‹ (›Schlaufen‹) genannt, weil sie zehn bis zwölf Minuten lang waren und immer wieder abgespielt wurden. In manchen Städten machte die Polizei Razzien auf die *Arcades* und versiegelte sie. In anderen ließen die Behörden sie in Ruhe, hauptsächlich deswegen, weil die frühen Loops oder Nackedeifilme (›nudies‹), wie man sie nannte, für jeden außer einem religiösen Fundamentalisten als harmlos galten. In einem typischen Nackedeifilm entblösten Frauen ihre Brüste, aber nicht sehr lange. In einer Oben-ohne-Bar bekam man sehr viel länger sehr viel Besseres zu sehen.

Das Oben-ohne-Phänomen begann in San Francisco ungefähr zur gleichen Zeit, als der Sexfilm sich aus den Arcades in die Kinos mit den großen Leinwänden hochzuarbeiten anfing. Im Jahre 1964 koberte ein einhundertachtzig Kilo schwerer Presseagent namens Davey Rosenberg für einen um seine Existenz kämpfenden Nachtclub an der Ecke Broadway/Columbus, der den Namen Condor Club trug. Im Condor wurden müde Burlesken geboten, die selbst für Touristen aus dem tiefsten Land noch langweilig waren. Rosenberg hatte die Idee, daß eine Tänzerin das Oberteil abnehmen sollte – kein *tease*, sondern es einfach nur ausziehen –, um mit nacktem Oberkörper zu tanzen.

Schon bald stand eine Menschenschlange rund um den Block, um Carol Doda zu sehen, Amerikas erste Oben-ohne-Tänzerin und eine der ersten Frauen, die sich Silikon in die Brüste implantieren ließ und die zum Gegenstand von einigen der ermüdendsten Zeitungsüberschriften der Geschichte (›Carol Doda: San Francisco's New Twin Peaks!‹) wurde. Es dauerte nicht lange, da drängte sich am North Beach eine Oben-ohne-Bar neben der anderen, und ›Go-go-Girls‹ in weißen Stiefeln tanzten barbusig in Bars, die sich über das Land verteilten.

Der Oben-ohne-Tanz stellte einen wichtigen Schritt fort von der burlesken Show dar, die ihm vorangegangen war. Begleitet von Bands und Trommlern mit gedämpfter Schnarrsaite, hatten prunkvoll gekleidete Stripperinnen wie Sally Rand und Gypsy Rose Lee eine Gratwanderung zwischen Sex und Locken tanzend bewältigt, zwischen Tanz um seiner selbst willen und der Zurschaustellung von weiblichem Fleisch. Die Kunst bestand darin, dem Zuschauer einen kurzen Einblick zu gewähren und ihm den Mund wäßrig zu machen (anstatt ihn zu sättigen, denn er soll ja nach mehr gieren).

Der Oben-ohne-Tanz dagegen hatte nur wenig oder gar nichts mit der Kunst des Tanzens zu tun. Nur wenige Oben-ohne-Tänzerinnen konnten sich anmutig genug bewegen, um für das Tanzen bezahlt zu werden. Sie waren da, um ihre Brüste zur Schau zu stellen.

Damals wurde viel darüber geschrieben, welche ›Kulturrevolution‹ der Oben-ohne-Tanz doch sei – es war die Zeit, da die frühen Feministinnen ihre BHs verbrannten –, doch tatsächlich war der Oben-ohne-Tanz eher ein kommerzielles als ein kulturelles Phänomen. Davey Rosenberg hatte lediglich eine weitere Attraktion erfunden, um den die Lokale frequentierenden Spießern das Geld aus der Tasche zu ziehen.

Auf einer Ebene war der Aufstieg des Sexfilms aus dem Untergrund ebenfalls eine Frage der Wirtschaftlichkeit. Die Vergnügungsbetriebe um den Transbay Busbahnhof waren eine beständig sprudelnde Geldquelle. Ein Kinobesitzer wie Harold Greenland überlegte sich, daß Männer, die dazu bereit waren, in einer schmutzigen Kabine zu stehen und Vierteldollars in einen Schlitz zu schieben, um grobkörnige Nackedeifilme zu sehen, auch dazu bereit wären, ein paar Dollar dafür zu bezahlen, um in einem hübschen, dunklen Kino zu sitzen und sich dieselben Filme anzuschauen.

»Mitte der sechziger Jahre zeigte ein Kino wie das Roxie zwei Stunden lang Schlaufen, die einfach nur aneinandergehängt worden waren und von einer Musik begleitet wurden, die keinerlei Zusammenhang zum Geschehen auf der Leinwand hatte«, erzählte Lowell Pickett, der zusammen mit seiner Partnerin Arlene Elster in den späten sechziger und frühen siebziger Jahren zu einem der führenden Pornographen San Franciscos wurde. »Kannst du dir etwas Schlimmeres vorstellen? Ich habe mir oft überlegt, wie es wäre, wenn es eine Hölle gäbe. Dann würde ich dazu verdammt werden, mir in alle Ewigkeit diese Filme anzusehen.«

Doch gibt es nicht nur wirtschaftliche Gründe dafür, weshalb San Francisco zur ›Pornohauptstadt Amerikas‹ bestimmt war. Zur gleichen Zeit, da Jim Mitchell seine ersten kruden Schlaufen drehte, fanden in San Francisco tief reichende Veränderungen statt.

Für einige Leute innerhalb der Bewegung und in ihren Außenbereichen war der Sex zum Politikum geworden. Jahre bevor das Wort ›Swinger‹ geprägt wurde, experimentierten sie ebenso freizügig mit Sex, wie sie es mit psychedelischen Drogen taten.

»Die Sexpartys hier waren völlig anders als anderswo. Es war eins der Dinge, die San Francisco von anderen Städten unterschieden«, erläutert Lowell Pickett, der in seinem großen viktorianischen Haus auf der Hayes Street genialischer Gastgeber zahlreicher solcher Parties war. Pickett hatte nur wenige, aber dafür eiserne Regeln. Die Partygäste mußten zu einer bestimmten Zeit eintreffen, sonst wurden sie ausgesperrt. Bei Betreten des Hauses zogen sie ihre Kleider aus und erhielten Stoffstücke, aus denen sie sich ein Kostüm machen sollten. Es gab keine Paarbildung, und niemand verschwand in irgendwelchen Schlafzimmern. Jedermann hatte Sex in einem einzigen Raum, aus dem das Mobiliar entfernt worden war.

Das Essen mußte reichlich und sehr gut sein.

»Auf anderen Sexparties standen die Leute herum und warteten, wer sich wohl als erster ausziehen würde«, fährt Pickett fort. »Dann hieß es ›ich ficke deine Frau, du fickst meine‹, und die Paare begaben sich in verschiedene Zimmer. Unsere Parties verliefen vielmehr nach dem Motto: ›Jeder soll Spaß haben, benutzen wir unsere Fantasie, experimentieren wir.‹

»Die Leute lernten, daß man vom Masturbieren nicht blind wurde – denn sie befürchteten immer noch, daß das doch stimmen könnte«, setzt Pickett hinzu. »Sie merkten, daß man nicht zum Drogensüchtigen wurde, wie in *Reefer Madness*, wenn man Pot rauchte. Sie stellten fest, daß nette Mädchen – und nette Jungen – Sex mochten.«

Jim fühlte sich ermuntert, als er entdeckte, daß seine politischen Freunde seinen Ausflug in die Pornographie nicht etwa verdammten, sondern sogar priesen. Sie meinten, daß Jim Amerika damit zu einer Befreiung von seiner emotional verkrüppelnden puritanischen Vergangenheit verhalf. Die freie Liebe war ebenso wichtig, um die geistigen Ketten der Gesellschaft zu sprengen, wie die freie Rede – vielleicht sogar noch mehr.

Die politische Rechtfertigung der freien Liebe war ein beinahe tantrischer Glaube daran, daß die Befreiung der Sinne zu einer höheren Bewußtseinsstufe führen würde. Man glaubte, daß Amerika wegen seiner puritanischen Vergangenheit ebenso heuchlerisch mit dem Sex umging wie mit seiner Außenpolitik. Sex war lebensbejahend und konnte daher nicht böse sein. Es waren nicht die Schwulen und Lesben und die Erwachsenen, die in gemeinsamem Einverständnis über die Missionarsstellung hinausgingen, die psychologische Probleme hatten. Das waren vielmehr die Generäle im Pentagon, die die Befehle gaben, Bomben auf vietnamesische Dörfer zu werfen. Sie waren die wirklichen, sexuell unterdrückten Kranken. Sie kriegten ihren Abgang, indem sie Sachen in die Luft jagten.

In der Bewegung gab es dutzendweise schräge Typen – schließlich sind Verrückte die idealen Leitfiguren jeder Gegenkultur –, doch keine von ihnen waren so buntscheckig wie jene, die sich der Sache der sexuellen Befreiung annahmen, vor allem in San Francisco.

Die Galionsfigur der sexuellen Befreiung in San Francisco war Jefferson Poland, der Begründer der Sexual Freedom League (Liga für sexuelle Freiheit). Als Jim an der SFS studierte, zog Poland seine sämtlichen Kleider aus und setzte sich mitten auf den Campus, um seine Sache publik zu machen. Er hatte seine eigene Kirche gegründet, die Psychedelic Venus Church, und änderte seinen Namen später in Jefferson Fuck (›Fick‹). Dann änderte er ihn in Jefferson Clitlick (›Kitzlerleck‹).

»Bei Jefferson war die Sache so, daß er schwere sexuelle Probleme hatte, die er zu überwinden suchte, indem er ausgedehnte Orgien veranstaltete«, sagt Maitland ›Sandy‹ Zane, ein Reporter des *Chronicle* von San Francisco, der in den sechziger Jahren für sein Blatt über die sexuelle Revolution berichtete. »Es war ziemlich armselig, daß ein sexueller Krüppel sich so sehr darum bemühte, die sexuelle Befreiungsbewegung anzuführen, aber in gewisser Weise ist das ja auch typisch für alle Revolutionäre der Geschichte, die ihre privaten Probleme verarbeiten, indem sie zu politischen Exhibitionisten werden.«

Bis zu diesem Zeitpunkt hatten die Leute, die Sexfilme herstellten, es wegen des Geldes getan. Das Spiel verlief folgendermaßen: Man gründete eine Scheinfirma, schoß so viele Filme wie man in kürzestmöglicher Zeit schaffte – drei bis vier pro Nachmittag waren üblich –, verkaufte das Produkt an einen Distributor und verschwand möglichst, bevor die Behörden mitbekommen hatten, daß man dagewesen war. In San Francisco behaupteten zum ersten Mal Filmemacher wie Jim Mitchell und Lowell Pickett, daß sie pornographische Filme nicht nur aus ökonomischen, sondern auch aus politischen Gründen drehten.

»Pornographie war gegen das Establishment, war eine andere Möglichkeit, die Dinge zu verändern«, erklärte Lowell Pickett. »Es war uns sehr darum getan, Grenzen zu sprengen. In den späten sechziger Jahren besuchten meine Partnerin Arlene und ich die erste Versammlung der Adult Film Association (Gemeinschaft für Erwachsenenfilme) in Kansas City. Wir brachten einen Projektor mit, führten einige Schlaufen aus San Francisco vor – und die Leute waren wie vor den Kopf gestoßen. Die hatten bisher nur Filme von volleyballspielenden Nudisten gezeigt.«

Linke und gegenkulturelle Typen fühlten sich von der Pornographie angezogen, weil die eindeutige Zurschaustellung von Sexualität etwas zutiefst Subversives hat. Sie macht den intimsten menschlichen Akt öffentlich, einen Akt, der der Überlieferung zufolge nur im Schlafzimmer von Ehepaaren stattzufinden hat, und auch dann nur in der Missionarsstellung. Die Sexualität streift Identitäten ab, die aufzubauen ein ganzes Leben kostet. Ein nackter, erregter Mann ist kein Gehirnchirurg mehr, kein Universitätspräsident, kein Methodistenbischof. Er ist ein Tier mit einer Erektion.

»Die Sexualität ist das Gebiet, das inhärent subversiv auf die Regeln und Regulative der Gesellschaft wirkt, und Pornographie ist das Zelebrieren der subversiven Seite der Sexualität«, sagte Dr. Martin Blinder, ein prominenter Psychiater aus der Bay Area, der in Dutzenden von Obszönitätsprozessen als Gutachter tätig war. »Die Pornographie schwelgt in sämtlichen gezielt subversiven Spielarten der Sexualität. Sie zeigt den Sex in einem Kloster oder einem Klassenzimmer, an den unwahrscheinlichsten Orten. Wir haben alle Fantasien über unsere Englischlehrerin in der neunten Klasse, und in der Pornographie kann man ihre Würde tatsächlich unterwandern. Da ist sie nun, mit dem Hintern in der Luft, und bekommt es in beide Löcher. Das ist sehr subversiv.«

Jim hatte es geschafft: Er hatte einen Weg gefunden, subversiv zu sein und *gleichzeitig* Geld zu machen. Das Geld, das er zu verdienen begann, war ihm wichtig, weil es half, Antioch endgültig zu entkommen. Jim kehrte häufig zurück, um seinen alten Freunden wie auch sich selbst gegenüber zu betonen, daß er sich tatsächlich von der schäbigen Kleinstadt gelöst habe.

»Jimmy kam gern nach Antioch zurück und wedelte mit einem Bündel Banknoten«, berichtet Richard Lackey. »Die Leute in der Stadt waren stinkarm, selbst wenn sie einen Job hatten. Jim war dagegen ein Okie mit einer Tasche voll Geld. Er prahlte mit seinem Bündel und war dreist.«

Doch hatte die Pornographie für Jim auch noch einen Reiz, der über Geld und radikale Politik hinausging. Jim Mitchell hatte die Gesetzlosen- und Glücksspieler-Ethik seines Vaters geerbt. Es war cool, eine Tricknummer abzuziehen. Es war cool, sich gegen das Gesetz durchzusetzen, wie es J. R. an jenem Tag getan hatte, als er Jim und Artie dazu brachte, dem Polizisten den Vogel zu zeigen.

Für Jim war die Pornographie eine herrliche Tricknummer. Sie machte Spaß, es gab gutes Geld und man brauchte nicht hart dafür zu arbeiten. Am besten aber war, daß man mit der Pornographie Autoritätsfiguren wie den Bullen und all den selbstzufriedenen Strammärschen die lange Nase zeigen konnte, die Leute wie J. R. und Jim Mitchell automatisch als armes weißes Pack abtaten.

»Das Gefühl des Outlaw und Gesetzlosen war in Jim und Artie sehr lebendig. Sie standen unversöhnlich in Opposition zu zentraler Autorität«, sagt Martin Blinder. »Ihre Neigung zur Gesetzlosigkeit mag vielleicht dem gleichen antiautoritären, leicht soziopathischen Antrieb entsprungen sein, der auch Bonnie und Clyde prägte, aber in den Sechziger Jahren nahm er eine gütige, ja sogar therapeutische Form an, im Gegensatz zu jener bösartigen Form, die wir bei den Gangstern der Dreißiger beobachten können. Das war auch gerade das Besondere an den Sechzigern«, schließt Blinder. »Ein Gesetzloser zu sein ließ sich mühe- und nahtlos mit dem besten Ethos des bürgerlichen Liberalismus verbinden. Ich sehe Ralph Nader gern als einen Outlaw, als er sich mit General Motors anlegte.«

Jim war ganz eindeutig einer guten Sache auf der Spur. Das Roxie und das New Follies hatten jeden Film gekauft, den er produziert hatte. Seiner Freundin Annie war zwar bei dem Gedanken daran, Nackedeifilme zu drehen, immer noch unbehaglich zumute, doch sie gewöhnte sich langsam daran. Jim arbeitete wirklich gern mit Annie und Earl zusammen, und sie sprachen davon, eine Firma zu gründen und sich die Aktien in gleichem Verhältnis zu teilen.

Doch kaum wurde Artie aus der Armee entlassen, entschied

Jim, daß er ihn miteinbeziehen würde. Die Pornographie war eine Chance für Jim und seinen Bruder, gemeinsam die Rolle des Outlaw zu spielen. Artie würde die Nummer begreifen. Und Jim brauchte Artie. Wenn es hieß, wir gegen sie, brauchte man jemanden, dem man vertrauen konnte.

›Wir werden von Mal zu Mal besser!‹

Während Jim am Diablo Valley College seine ersten ausländischen Filme sah, saß Artie in Fort Holabird fest, einer Armeebasis in der südöstlichsten Ecke von Baltimore. Die Armee sollte den frühzeitig erkahlenden Zwanzigjährigen eigentlich zum Nachrichtenoffizier ausbilden, doch Artie hatte noch weniger Interesse an dem, was die Armeeausbilder ihm erzählen, als an den Seminaren, die er am DVC abgesessen hatte. High-School, College, Armeeausbildung – nichts als Blödsinn. Da lernte man ja doch nie irgend etwas von Wert.

Artie wachte immer erst richtig auf, wenn er und seine beiden Armeekameraden Jerry Ward und John Rowe Wochenendausgang bekamen. Jerry und John waren eine Art Rückkehr zu Arties Kumpeln in Antioch, witzige Burschen, die sich gern amüsierten und es genossen, mit Pointen aufzuwarten, bei denen sich alle vor Lachen krümmten. Das Trio war per Autostopp die Ostküste hinauf- und hinuntergereist und hatte einige wüste Sauftouren hinter sich gebracht, doch irgendwie war es ihnen immer gelungen, Berührung mit der Militärpolizei zu vermeiden und vor der Ausgangssperre wieder in der Kaserne zu sein.

Jetzt war es Sommer 1966, und die drei standen kurz vor ihrer Versetzung nach Übersee. Sie beschlossen, ihren letzten Drei-Tages-Urlaubsschein zu nutzen, um John Rowes Eltern in der wohlhabenden Kleinstadt Bath, New York, zu besuchen. Jerry Ward, der aus Plainfield, New Jersey, stammte, hatte sich für die Reise den Chevrolet seiner Eltern ausgeliehen.

»Wenn ihr Sonntag nachmittag früh genug wieder da seid, machen wir für euch ein Barbecue«, hatte Jerrys Vater gesagt, als er ihm die Schlüssel gab.

Übermütig von einigen Bieren und ihrer Freiheit auf Zeit waren die Soldaten vier Stunden bis Ithaka, New York, gefahren, wo sie haltmachten, um einen Freund von Jerry zu besuchen. Der Freund hatte sie mit Gin Tonic abgefüllt. Sie begaben sich wieder auf die Straße und schafften es irgendwie bis Bath. Jerry saß hinten, hatte beide Arme auf den Vordersitz gelegt und sich nach vorn gebeugt. Artie saß im Beifahrersitz, ließ das Eis in seinem Gin Tonic kreisen. John Rowe war am Steuer.

»Wo ist denn dieses Haus, das angeblich Peter Sellers gehört?« fragte Artie. »Wir wollen das *richtige* Haus sehen.«

»Es ist dort oben auf dem Hügel«, erwiderte John. »Ich glaube, es ist das Haus mit den dunkelroten Fensterläden.«

»Du meinst, diese Fensterläden wären rot? Ich würde sagen, sie sind flohbraun«, scherzte Artie und versuchte, einen peniblen Innendekorateur nachzuahmen.

»Ganz eindeutig flohbraun«, stimmte Jerry zu.

»Rot, flohbraun, ich weiß ja nicht einmal, ob es wirklich Sellers' Haus ist!« lachte Rowe.

John Rowe sah gut aus und war von einem verträglichen Temperament, das von seinem ausgeprägten Selbstbehagen herrührte, und er war ein talentierter Musiker. Man brauchte nur irgendeinen Song zu nennen, und Rowe konnte ihn nicht nur singen, er hörte sich dann auch an wie Dylan oder Donovan oder irgendein anderer der Folkrock-Künstler, die damals in den Charts waren.

Jerry Ward war erst ein Jahr zuvor noch ein fortgeschrittener Student der Ingenieurswissenschaften mit guten Noten an der Universität Cornell gewesen. Abrupt war er im Hauptfach auf Hotelfachwesen umgesattelt, worauf die adleräugigen Beobachter seiner Einberufungsbehörde zu dem Schluß gelangten, daß er sich dem Wehrdienst entziehen wollte, indem er Bummelstudent wurde. Die Einberufungsbehörde widerrief seine Studentenrückstellung und stufte ihn in der Klasse 1-A ein, worauf Jerry prompt seinen Einberufungsbescheid erhielt.

»Wir sind fast da«, sagte John. »Es ist hier oben auf diesem Hügel.«

Als John die Kurve den Hügel hinauf nahm, übersteuerte er das Fahrzeug und kam von der Straße ab. Er gab Gas, um aus einem kleinen Graben herauszukommen, und lenkte den Wagen in das Spannseil eines Telegrafenmasts. Das Fahrzeug überschlug sich und landete auf dem Dach.

Artie und John hingen in ihren Sitzgurten. Jerry lag ausgebreitet auf dem Innendach. Artie beugte sich vor, holte ein kleines Tablett aus dem Armaturenbrett und ließ einen Strom von Münzen in seine Hand gleiten.

»Da«, sagte Artie und reichte Jerry die Münzen, »die wirst du wohl für den Bus brauchen.«

Sie krochen aus dem Wagen und standen auf. Die Menschenmenge ignorierend, die sich um sie bildete, ebenso die Kartons, Pappbecher und Limonadendosen, die auf der Straße lagen, trat Artie an Jerry heran, der gerade die zermalmte Blechdose mit den geplatzten Fensterscheiben musterte, die noch wenige Augenblicke zuvor das Familienauto gewesen war.

»Ich schätze, damit entfällt wohl das Barbecue«, flüsterte Artie, und Jerry überraschte die Menge, indem er brüllend loslachte.

Der Polizeibeamte, der nun eintraf, um den Unfall aufzunehmen, war ein alter Freund von John und ignorierte die offensichtliche Trunkenheit des Fahrers. Ein Abschleppwagen drehte das Fahrzeug, wo ein Mechaniker Jerry fünfzehn Dollar für das Wrack bot. Jerry lehnte ab, dann hämmerte er mit seinen Kumpeln das Dach auf und füllte frisches Öl in den Kobelkasten. Am nächsten Tag machte sich das Trio auf die fünfstündige Rückreise nach Plainfield, New Jersey, Sonnenbrillen tragend, um die Augen vor Insekten zu schützen, aß Erdnüsse und ließ die Schalen von dem scharfen Wind davontragen, der durch den Wagen strömte.

Einige Wochen später wurde Artie, der sich freiwillig gemeldet hatte, um einer Einberufung zuvorzukommen, nach Heidelberg versetzt, wo er in der Schreibstube arbeitete und endlose Ströme hirntötender Formulare ausfüllen mußte.

Jerry Ward, der Einberufene, ging nach Vietnam.

John Rowe entschied, in die reguläre Armee einzutreten und Hubschrauberpilot zu werden. Jerry und Artie gaben sich alle Mühe, ihn davon abzubringen, einschließlich eines wilden Saufgelages in einer Unteroffizierskantine mit dem ausdrücklichen Ziel, John eine unehrenhafte Entlassung zu bescheren – doch das funktionierte nicht. John ging nach Vietnam, wo er im Einsatz fiel.

Zwei Jahre später beendete Jerry Ward seine Dienstzeit und kehrte nach Plainfield zurück. Er war noch keine zehn Minuten zu Hause, als das Telefon klingelte.

»Jerry!« rief seine Mutter. »Das errätst du nie, wer das ist! Artie Mitchell!«

Jerry nahm den Hörer entgegen. »Was ist der Unterschied zwischen einer jüdisch-amerikanischen Prinzessin und einer mexikanisch-amerikanischen Prinzessin?« fragte er.

»Keinen blassen Schimmer«, sagte die scheppernde Stimme am anderen Ende.

»Bei der mexikanisch-amerikanischen Prinzessin sind die Juwelen falsch . . .«

»Und die Orgasmen sind echt!«

»Artie! Es ist wirklich Artie!« rief Jerry. »Niemand sonst hat es jemals fertiggebracht, einen meiner Witze zu vervollständigen. Wo, zum Teufel, bist du?«

»In Fort Dix, Mann! Ich muß hier nur noch ein paar Papiere unterschreiben, dann sind meine Tage als Krieger vorbei! He, kannst du herkommen und mich abholen?«

»Selbstredend«, erwiderte Jerry.

»Hast du schon einen Job?«

»Ach du liebe Güte, nein. Ich bin gerade erst zu Tür hereingekommen.«

»Gut. Denn ich habe einen Job für dich.«

»Hast du?«

»Ja. Was hältst du davon, mir dabei zu helfen, einen Porsche übers Land zu fahren?«

»Einen Porsche? Du hast einen Porsche???«

»Habe ich, aber er ist noch nicht hier«, erwiderte Artie. »Ich habe meine Piepen gespart und ein bißchen Unterstützung von der Familie bekommen und ihn in Deutschland gekauft. Er wird gerade herübergeschifft. Sollte jeden Tag ankommen. Bist du bereit, die guten alten USA in einem Stil kennenzulernen, an den wir uns schon bald gewöhnen werden?«

»Ich bin bereit!« rief Jerry.

Artie verbrachte zwei Wochen bei Jerry zu Hause, auf den Porsche wartend. Endlich traf er ein, und sie fuhren los, zogen durch den Süden, machten tagsüber halt, um sich die Sehenswürdigkeiten anzuschauen, gingen nachts in Bars, lachten einer über die Witze des anderen und ergänzten sie, wünschten sich, daß diese Reise niemals enden würde.

»Wenn wir nach Las Vegas kommen, können wir bei meiner Tante und meinem Onkel bleiben«, sagte Jerry eines Nachts in einem Motel auf der Interstate 40. »Die werden dir gefallen. Es sind großartige Leute. Mein Onkel sagt, daß er für mich Vorstellungsgespräche in ein paar Casinos arrangieren kann, wenn ich will.«

»Ein Job. Irgendwann mußte dieses furchtbare Wort ja auftauchen«, meinte Artie in plötzlicher Niedergeschlagenheit.

»Was hast du denn jobmäßig vor?« fragte Jerry.

»Ich weiß es nicht«, antwortete Artie seufzend. »Als ich noch in Deutschland war, bekam ich einen Brief von Bill Boyer. Er ist wieder zu Hause und arbeitet in Antioch beim Ledger. Er sagt, wenn ich Journalist werden will, verkauft er mir seine Schreibmaschine und seine Cordjacke. Von Jim habe ich gehört, daß er schmutzige Filme macht. Er will, daß ich mit ihm zusammenarbeite, aber ich schätze, das dürfte wohl Blödsinn sein. Meine Mutter sagt, ich sollte zu Hause wohnen und wieder auf die Schule gehen. Sie sagt, ich könnte einen Job als Nachtwächter in einem neuen Ladenzentrum bekommen. Ich weiß es nicht. Ich hasse die gottverdammte Schule.«

»Vielleicht ergibt sich ja etwas in Las Vegas«, meinte Jerry.

Zwei Nächte später fuhr der Porsche einen Berg hoch, und vor sich in der Ferne sahen sie Millionen weißer Lichter, die in der klaren Wüstenluft funkelten.

Die Lichter von Vegas waren das Aufregendste, was Artie je gesehen hatte. Sie waren ihm Beweis, daß das Leben nicht überall nur von neun bis fünf stattfand. Sie verhießen Vergnügen, Aufregung, Action ohne Unterlaß. Mochten die Spießer überall sonst in Amerika das Sagen haben, Vegas war für Typen, die etwas vom Leben verstanden.

Artie hatte sich zu einem besseren Kartenspieler entwickelt als sein Bruder. Jim war zwar cool und hatte die klassische Pokermiene, die niemand auszudeuten wußte. Doch Artie war ein Schauspieler, der Stimmung und Ausdruck benutzen konnte, um Leute in die Irre zu führen. Die Karten waren eines der wenigen Dinge, mit denen Artie es ernst meinte – er hatte immer das Gefühl, als Stellvertreter von J. R. am Tisch zu sitzen; und wenn er spielte, dann war es ihm sehr ernst damit.

Artie hatte in seiner Armeezeit mit Poolbillard und Pokerspiel ganz gut abgeschnitten. Jetzt wollte er feststellen, wie gut er wirklich war, indem er gegen die großen Jungs in Vegas spielte. Er war aufgeregt wie ein Collegestudent kurz vor der Abschlußprüfung.

Artie spielte in den Casinos den Vegas Strip Blackjack, pokerte im überfüllten, verrauchten Kartenraum des Dunes. Er gewann zwar kein Geld, verlor aber auch keins, und das empfand er als Riesensieg. Wenn er Gewinne machen wollte, würde er nur etwas mehr Zeit und Übung brauchen.

Artie liebte es, bei untergehender Sonne ins Casino zu spazieren, sich zu einem Pokerspiel niederzusetzen und sich von der Kellnerin einen kostenlosen Drink nach dem anderen bringen zu lassen. Er liebte es, die Nacht im Casino mit einem Frühstück aus Steak und Eiern für 1,19 Dollar zu beenden und aus der Tür zu treten, um auf die hinter den Bergen im Osten aufgehende Sonne zu blicken. Das, dachte Artie, als er über den riesigen Casinoplatz zu seinem Porsche ging, war Leben!

»Guten Morgen, Jerry«, sagte Artie, als dieser in das Schlafzimmer kam, das sie sich bei Jerrys Tante und Onkel teilten.

Es war nicht Morgen. Es war Spätnachmittag, und Artie wachte gerade auf.

»Ich heiße nicht mehr Jerry«, sagte Jerry mit hochnäsiger Stimme.

»Wie denn dann?« wollte Artie wissen.

»Mister Juniormanager.« Artie setzte sich im Bett auf.

»Du hast einen Job!« rief er.

»Seit heute nachmittag ist dem so. Du hast den jüngsten Juniormanager des einzigartigen Flamingo Hotels vor dir.«

»He, das ist ja großartig, Mann!« sagte Artie.

Artie dachte darüber nach, und am Abend meinte er zu Jerry: »Ich will dir was sagen. Du suchst dir ein hübsches Apartment. Ich nehme den Porsche und fahre nach Hause, um meinen alten Herrschaften hallo zu sagen. Dann komme ich zurück, ziehe bei dir ein und suche mir einen Job. Vielleicht versuche ich es ja mit der Croupierschule.«

»Ist gebongt!« erwiderte Jerry.

Ein oder zwei Tage später fuhr Artie nach Kalifornien, und Jerry bezog ein Apartment in einem brandneuen Wohnkomplex. Er schickte Artie eine Nachricht mit seiner neuen Adresse und Telefonnummer, doch es vergingen Wochen, ohne daß er etwas von Artie hörte. Jerry wollte Artie schon in Antioch anrufen, als er eines Abends von der Arbeit nach Hause kam und einen Brief im Briefkasten fand. Er war am vierten April 1968 abgestempelt, und Jerry wußte, daß er von Artie war, weil dort anstelle eines Absenders stand: »Machst du Witze? Ich sage überhaupt nichts!«

Jerry öffnete den Brief und erfuhr, daß Artie ihm keine Gesellschaft in Vegas leisten würde.

Jim, so schrieb Artie, hatte es mit den Sexfilmen ernstgemeint. Der Markt florierte, und Jim hatte Artie die Hälfte der Gewinne angeboten, was ihm, wie Artie seinem Armeekumpel gegenüber prahlte, in diesem Sommer fünfzehntausend Dollar einbringen dürfte.

Natürlich würde Artie in San Francisco bleiben. Stichelnd fügte er hinzu, er hoffe, daß Jerry sich ein sündhaft teures Apartment gemietet hatte. An der Miete zu knabbern würde Jerry beibringen, nicht von Artie Mitchell abzuhängen.

Jerry hatte Erfolg im Flamingo. Er hatte festgestellt, daß die Innenpolitik in dem Hotel zwar mit harten Bandagen geführt wurde, hatte sich bisher aber über Wasser halten können. Jerry war groß und stattlich, hatte dichtes schwarzes Haar und einen kräftigen Schnurrbart. Er war kompetent und galt als sehr vergnüglicher Kollege.

Jerry war neugierig, was Arties neue Betätigung anging, und oft fragte er sich, was sein Freund wohl gerade in San Francisco tun mochte. Jerry war katholisch erzogen worden, und man hatte ihm eingeimpft, daß der Sex das Nitroglyzerin des menschlichen Geistes sei, das man nur mit äußerster Vorsicht oder, besser noch, überhaupt nicht handhaben sollte. Das Mädchen, mit dem er während seiner ganzen High-Schoolzeit gegangen war, hatte einen Priester gehabt, der zu ihr sagte:

»Berühre deine Brüste nie mit der Hand. Benutze immer einen Waschlappen.« Jerry liebte es, damit zu scherzen, daß er, bis er an die Cornell ging, Eier so groß wie Kirchenglocken hatte.

Und nun war sein Armeekumpel Artie im Sexgeschäft. Artie mochte Frauen und hatte sich in ihrer Gesellschaft stets sehr wohl gefühlt. Immer war es Artie gewesen, der die Mädchen in den Bars angesprochen hatte. Doch als er genauer darüber nachdachte, gelangte Jerry zu dem Schluß, daß Artie sich immer mehr dafür interessiert hatte, sich zu betrinken und Spaß zu haben, als zu bumsen. Und jetzt war der gute, alte Artie ein... Pornograph. Irgendwie paßten dieses Wort und die Assoziation von Mafiatypen, die verkommene Frauen dafür bezahlten, schmutzige Dinge zu tun, überhaupt nicht zu Artie.

Einige Wochen nachdem Jerry den Brief erhalten hatte, rief Artie ihn an.

»Wir haben bisher sieben Filme gedreht und jeden einzelnen davon verkauft!« sagte Artie mir aufgeregter Stimme. »Und jetzt rate mal, was als nächstes kommt. Wir expandieren.«

»Wohin?« fragte Jerry.

»Nach Vegas!« erwiderte Artie. »Du hast per sofort einen neuen Titel, zusätzlich zum Juniormanager. Du bist jetzt der offizielle Las Vegas Distributor der Gebrüder Mitchell. Ich werde die Filme an das Postamt Las Vegas schicken. Ich würde sie ja an deine Adresse schicken, aber du mußt etwas vorsichtig sein, weil es da irgendeinen juristischen Blödkram über das Verschicken von ›obszönem‹ Material über die Bundesstaatsgrenzen gibt.«

»Artie, ich weiß nicht«, antwortete Jerry.

»Vergiß es!« sagte Artie und schnitt Jerry das Wort ab. »Um diesen Scheiß schert sich doch keiner mehr. Hier dreht alles durch, wir können tun, was wir wollen!«

Jerry verbrachte die nächsten Tage damit, sich zu fragen, wie er die Filme verteilen wollte. Schließlich sprach er einen Fahrstuhlführer an – Fahrstuhlführer schienen immer alles zu wissen. Der Fahrstuhlführer war interessiert, also mietete Jerry sich ein Vorführgerät und lud ihn in sein Apartment ein.

»Dies ist ein Hotel mit vollem Service, Sir. Sollten Sie Interesse daran haben, in der Abgeschiedenheit Ihres Zimmers einen aufregenden Film zu sehen, lassen Sie es mich einfach wissen«, sagte der Fahrstuhlführer mit der tiefen, beruhigenden Stimme eines UKW-Diskjockeys. Dann grunzte er in seiner eigenen Stimme: »Das könnte sich zu einem interessanten kleinen Markt entwickeln.«

Der Fahrstuhlführer und seine Freundin nahmen auf der Couch in Jerrys Apartment Platz und Jerry ging in die Küche, um ein paar Biere zu holen. Jerry war aufgeregt; es machte Spaß, Dinge zu tun, die man eigentlich nicht tun durfte. Als er mit den Bieren zurückkehrte, warf er der Freundin des Fahrstuhlführers einen Blick zu, fragte sich, wie sie wohl reagieren würde. Sie wirkte neugierig, hatte aber noch nichts gesagt.

»Nun, dann wollen wir mal hoffen, daß sie wirklich so scharf sind, wie Artie behauptet«, sagte Jerry und hob das Glas. Dann drehte er das Licht aus und schaltete den Projektor ein.

»Was haben die denn da getan, gewartet, bis der Nebel kommt, bevor sie loslegen?« fragte der Fahrstuhlführer nach einigen Minuten.

»Muß wohl. Irgendwo soll da drin ein Mädchen sein. Siehst du vielleicht ein Mädchen?« fragte Jerry.

»Ich sehe Grau und Dunkelgrau«, klagte die Freundin.

Jerry hielt den Projektor an.

»Versuchen wir es mit dem nächsten«, schlug er vor.

Jerry schickte drei weitere Filme durch den Projektor. Die Belichtung war genauso schlecht wie beim ersten. Jerry war so verlegen, daß er am liebsten Artie angerufen und gebrüllt hätte: »Was hast du vor, willst du mich verarschen?«

»Wieviel, hast du gesagt, bekommt man dafür, wenn man in einem von denen auftritt?« fragte die Freundin. »Ich denke, das würde ich gern tun. Solange niemand etwas sieht, was macht das schon für einen Unterschied?«

Jerry und der Fahrstuhlführer lachten.

»Na ja, versuchen wir noch einen. Was haben wir schon zu verlieren außer unserem Augenlicht?« meinte Jerry und fädelte einen weiteren Film in den Projektor ein.

Diesmal war etwas zu erkennen, aber es gab nicht viel zu sehen. Ein Mädchen lief in einem Park zu einem kleinen Teich und prüfte das Wasser. Sie blickte um sich, dann lief sie hinter einen Baum. Die Kamera folgte ihr. Langsam zog sie ihr Hemd aus. Dann griff sie hinter sich und enthakte ihren Büstenhalter. Sie verbrachte unangemessen viel Zeit damit, ihre Brüste zu streicheln. Schließlich quälte sie sich aus ihren Bellbottoms und lief, nur noch ein Höschen tragend, ans Wasser zurück. Der Film endete, bevor sie hineinstieg.

»Das ist also ein Nackedeifilm«, meinte Jerry, als der Film geendet hatte. »Ich muß sagen, das entspricht nicht ganz dem, was ich mir von der Tätigkeit meines alten Kumpels vorgestellt habe. Mal schauen, ob die beiden anderen besser sind.«

Die anderen beiden Filme waren das gleiche: Frauen, die ihr Oberteil ablegten und ihre Brüste streichelten. Jerry schaltete den Projektor ab und die beiden miteinander identischen Lampen, die zu beiden Enden des Sofas auf Beistelltischen standen, an.

»Für die letzten drei biete ich dir fünfzehn Dollar«, sagte der Fahrstuhlführer in einem Friß-oder-stirb-Ton.

Die Filme sollten eigentlich Jerrys Muster sein. Er sollte sie dazu verwenden, Bestellungen für Dutzende von weiteren Exemplaren zu beschaffen, nicht aber, um sie sofort zu verkaufen. Aber er war verblüfft zu erfahren, wie schlecht Jim und Artie als Filmemacher waren. Vielleicht war es ja etwas anderes im Kino, wo es Musik gab und man neun oder zehn Filme hintereinander zu sehen bekam.

Vielleicht war das Publikum in San Francisco sexuell ja auch so ausgehungert, daß es tatsächlich bereit war, dafür zu *bezahlen,* um sich derart schlechte Filme anzusehen, aber Jerry wußte, daß er ein solch amateurhaftes Zeug in Vegas nicht verkaufen konnte – nicht hier, wo jedes Hotel auf dem Strip eine Revue bot, in der langbeinige Tänzerinnen mit unglaublichem Körperbau auftraten, der aus den Glitzerkostümen hervorbrach.

»Abgemacht«, sagte Jerry zu dem Fahrstuhlführer. »Ach, dann nimm die anderen vier auch noch dazu. Du kannst sie ja an Leute vermieten, die nicht einschlafen können und kein Schlafmittel nehmen wollen.«

In den folgenden Wochen fürchtete Jerry sich vor Arties Anruf. Sollte er ihm die Wahrheit sagen? Oder sollte er nur sagen, daß er mehrere Leute angesprochen hätte, daß denen die Filme aber zu heiß gewesen seien? Jerry wollte Artie nicht verletzen. Nachdem er die Filme gesehen hatte, glaubte er nicht, daß sich Artie im Pornogeschäft noch lange würde halten können, aber es wäre großartig, wenn Artie nach Vegas zurückkäme, um bei ihm einzuziehen.

Die Zeit verging, doch Artie rief nicht an. Jerry fragte sich, ob Jim und Artie vielleicht untergetaucht waren oder ob Artie so beschäftigt war, daß er die Filme schon ganz vergessen hatte. Nach und nach vergaß Jerry selbst die Filme. Im Flamingo lag er karrieremäßig auf der Überholspur, übersprang Angestellte, die schon seit Jahren dort arbeiten. Es dauerte nicht lange, da leitete er das hoteleigene Reisebüro des Flamingo.

Es gab gutes Geld und spektakuläre Zusatzvergünstigungen: Angebote für kostenlose Reisen und Eintrittkarten strömten jeden Tag herein. Als man Jerry einen Stapel Eintrittskarten zu *Hair* anbot, das 1968 in Los Angeles starten sollte, griff er zu. In L. A. lebte ein halbes Dutzend seiner Freunde von der Cornell, die sich im Topanga Canyon ein Haus teilten. Jerry rief sie an, damit sie sich das nächsten Wochenende freihielten, dann rief er Artie an und sagte ihm, er solle nach L. A. fliegen, es stünde ihnen eine Menge Spaß bevor.

Jerry war wirklich aufgeregt. Es würde großartig werden, Artie wiederzusehen, und er hatte auch ein Mädchen für ihn eingeplant. Nachdem er sie Artie beschrieben hatte, sagte Artie wie nebenbei: »He, was ist eigentlich aus den Filmen geworden, die ich dir geschickt habe?«

»Um die Wahrheit zu sagen, Artie, die waren so schlecht gemacht, daß ich sie nicht verkauft bekam«, erklärte Jerry. Er nagte an seiner Unterlippe und wartete auf die Antwort.

»Ja, das waren sie allerdings!« meinte Artie fröhlich. »Aber warte, bis du die nächsten gesehen hast! Wir werden von Mal zu Mal besser!«

»Wo hast du denn dieses Arschloch aufgetrieben?«

»Wen? Was? Artie?« fragte Jerry.

Jerry war in die Küche des Hauses in Topanga Canyon

gekommen, um eine weitere Karaffe Gin Tonic zu mixen, und Sharon, die dreiundzwanzigjährige Graduierte aus Cornell, die er mit Artie verkuppelt hatte, war ihm gefolgt.

»Ja, Artie«, sagte Sharon sarkastisch. »Was für ein mieser Kunde. Mit dem Burschen läßt sich ja kein vernünftiges Wort wechseln. Der reißt dauernd nur Witze.«

»Vielleicht ist er ein bißchen abgespannt«, meinte Jerry.

»Abgespannt! Drei Joints hat der geraucht!« konterte Sharon. »Und diese Stimme! Da ist soviel Schepperdraht drin, daß man damit Heuballen binden könnte.«

»Na schön, dann ist er eben in Rhetorik durchgefallen«, meinte Jerry leicht verärgert.

»Meredith steht auf ihn«, sagte Sharon, Jerry ignorierend. »Das begreife ich einfach nicht. Sie ist da draußen und lacht über alles, was er sagt.«

»Dann soll sie ihn doch haben«, schlug Jerry vor.

»Abgemacht!« erwiderte Sharon und streckte ihr Glas vor, das Jerry prompt wieder füllte.

Meredith Bradford stand tatsächlich auf Artie Mitchell. Art machte sie das ganze Wochenende lachen, und lachen liebte Meredith über alles. Art hatte den verschmitzten Charme eines geborenen Clowns. Gleichzeitig war etwas Liebes an ihm, eine offenherzige Ehrlichkeit. Art trug lederne Hosen und ein weißes Hemd, an dem immer ein paar Knöpfe offenstanden, und Meredith hielt ihn für jemanden, der sexy und männlich war, ohne ein Macho sein zu wollen. An diesem Sonntagabend fuhr Meredith Art zum Flughafen, und sie umarmten sich sehr lange, bis er das Flugzeug nach San Francisco bestieg.

Zwei Tage später rief Art an. Eine Weile lang übten sie sich in Smalltalk, dann sagte Art scheu: »He, ich schätze, wir haben uns verliebt.«

»Ich schätze, das haben wir wohl«, meinte Meredith. »Ich habe wirklich sehr, sehr darauf gehofft, daß du anrufen würdest.«

Art machte eine kurze Pause.

»Warum kommst du dieses Wochenende nicht hoch?« fragte er. »Dann zeige ich dir San Francisco, und du kannst meinen Bruder kennenlernen.«

»Das wäre großartig!« meinte Meredith. »Ich werde mit dem Wagen fahren.«

»Ruf mich von unterwegs an, dann gebe ich dir Fahrtanweisungen und treffe dich im Apartment«, antwortete Art.

Meredith war eine blaublütige Yankee, so weit entfernt von Arts Okie-Wurzeln, wie man es als Amerikaner nur sein konnte. Ihre Familie war nicht einfach nur mit der Mayflower herübergekommen; William Bradford, ihr Urgroßvater in elfter Generation, hatte die Expedition sogar geleitet. Bradford war der Verfasser des Mayflower Compact und ein oft gewählter Gouverneur der Kolonie Plymouth, als er schließlich eine winzige Gruppe von Fanatikern in ein überladenes Schiff packte und sie über schreckliche Meere in ein unbekanntes Land führte, wo er die bürgerlichen und religiösen Fundamente zu einer großen Nation zu legen mithalf.

Bevor sie Artie begegnete, lief Merediths Leben in eine Richtung, die ihr mächtiger Vorfahr sicherlich gutgeheißen hätte. Als durch und durch amerikanisches Mädchen war Meredith in einer Kleinstadt südlich von Boston aufgewachsen, eines von fünf Kindern eines promimenten Chirurgen, der an der Universität von Boston Medizin lehrte. Den Sommer pflegte die Familie am Cape Cod zu verbringen, wo sie an demselben Stand schwammen und spielten, über den einst William Bradford geschritten war.

Meredith hatte in ihrer Familie den Ruf, absolut furchtlos zu sein. Eines Nachts ging sie mit ihrem Bruder Mark lange nach Einbruch der Dunkelheit in Provincetown ein Dock entlang. Als sie hinuntersahen, erblickten sie Tausende und Abertausende von schwärmenden Tintenfischen. »Was das wohl für ein Gefühl wäre, dort zwischen diesen ganzen Tintenfischen zu sein?« fragte Meredith laut. »Das wirst du nie erfahren, dazu bist du viel zu ängstlich«, sagte ihr jüngerer Bruder. Ehe er sich versehen hatte, spritzte das Wasser, und Meredith schwamm in ihrem neuen Sommerkleid mitten zwischen den Tintenfischen.

Dieser mutige, verspielte Geist machte die hübsche, athletische, rotblonde Meredith unter ihren Gleichaltrigen sehr beliebt. Auf der High-School war Meredith gleichzeitig die Homecoming Queen und die Leiterin der Cheerleaders gewesen, die von der Truppe hochgeworfen wurde, um mit verschränkten Armen aufgefangen zu werden. Ein Foto in einem von Merdiths Jahrbüchern zeigt sie, wie sie in der Luft schwebt, darunter das eine Wort: »Siege!«

Meredith war eine hervorragende Studentin und machte in Cornell ihr Physikum. Sie hatte alle Zensuren, um Medizin studieren zu können, doch zur Überraschung und Enttäuschung ihres Vaters entschloß sie sich dagegen.

»Es hat ihn wahnsinnig gemacht, daß ich diese Chance seiner Meinung nach weggeworfen habe«, erläuterte Meredith. »Aber ich haßte die typischen, guten Medizinstudenten, ich wollte nicht mehr auf die Schule gehen, ich wollte einfach nicht mehr Ärztin werden. Ich wollte so weit weg von der Ostküste, wie es nur ging. Ich wollte in Kalifornien herumbumsen.«

In dieser Hinsicht war Meredith durchaus ein Kind ihrer Zeit. Das Leben war ein Trip. Der sichere Weg in das Scheitern war es, diesen Trip nicht einzuwerfen.

Der Trip war eine Reise fort aus der Mittelklasse, fort aus dem Leben, das die eigenen Eltern geführt hatten, ob man sie nun liebte oder nicht. Es ging darum, daß man nur dann zu einem glücklichen Menschen werden konnte, wenn man auch einige Risiken einging. Ein Risiko einzugehen konnte heißen, in das Friedenskorps einzutreten oder per Anhalter durch Europa zu reisen, Acid zu klinken oder mit einem Schwarzen zu gehen, Vegetarier zu werden oder ›Hare Krishna‹ zu singen oder seinen Job aufzugeben, um nach New Hampshire zu gehen und dort im Wahlkampf für Gene McCarthy zu arbeiten.

Für manche Frauen bestand der Trip darin, Ärztin zu werden, statt zu heiraten und Kinder zu bekommen. Aber Meredith war dazu erzogen worden, Medizin zu studieren, und für sie bedeutete ein Risiko einzugehen, daß sie sich von der Ostküste und von Traditionen verabschiedete, die bis in die Puritanerzeit zurückreichten. Sie zog nach Kalifornien, wo sie sich selbst aufs neue erschaffen könnte.

Als Meredith dann Artie kennenlernte, lebte sie in einem kleinen Apartment im lebhaften Hermosa Beach, einer Kleinstadt am Strand zwischen Manhattan Beach und Redondo Beach, die sich beide im großen Stil zu Wohnsiedlungen entwickelten. Meredith wohnte einen halben Block vom Wasser entfernt und fuhr auf einer 250cc BSA durch L. A. Jedes Wochenende ging sie zu einer Antikriegsdemonstration oder fuhr nach Venice hoch, um dort bei den Hippies zu bleiben.

Der Slogan ›In Boston verboten‹ hatte zwar schon mehr oder weniger mit Merediths großem Vorfahr begonnen, doch anstatt den Beruf ihres neuen Freunds moralisch verwerflich zu finden, war Meredith davon fasziniert.

Damals gab es wenige Feministinnen – wenn überhaupt –, die die Pornographie als Degradierung und Ausbeutung der Frau verdammten. Die Pornographie mochte zwar in San Francisco und einigen anderen Großstädten aus ihrem Mauerblümchendasein hervorgetreten sein, doch in den allermeisten Orten empfand man sie noch immer als dunkel, schmutzig und weitgehend irrelevant.

Für viele befreite junge Frauen der sechziger Jahre war es ein zentraler Bestandteil des Trips, ebensoviel Freude aus der Sexualität zu ziehen wie der männliche Partner. Das war eine anerkannte Möglichkeit für eine Frau, sich aus ihrer restriktiven Vergangenheit zu lösen. Artie hatte Meredith erzählt, daß für ihn die Pornographie ein öffentlicher Ausdruck der neuen Freiheit der Frau bedeutete, eine Möglichkeit für eine Frau, zu sagen: »Dies ist mein Körper, ich bin stolz darauf, ich werde damit tun, was ich will!«

Das hatte Meredith gefallen. Auch die Tatsache, daß Pornographie gefährlich war, gefiel ihr. Sie hielt die Polizisten für Schweine, für hirnlose Vollstrecker einer korrupten Gesellschaftsordnung. Wenn die Bullen in der Pornographie etwas Bedrohliches sahen, mußte einfach etwas Gutes daran sein.

Doch das beste daran war, daß Arties Geschäft zwar gefährlich sein mochte, er selbst aber nichts Gefahrliches oder Bedrohliches an sich hatte. Artie war lieb, höflich, einfühlsam und knuddelig. Meredith hatte ein Auge für Schweinehunde. Wenn sie geglaubt hätte, daß Artie in Frauen nur ein Stück Fleisch sah, hätte Meredith keine fünf Minuten mit ihm zugebracht.

Endlich kam der Freitag, und nachdem sie sechshundert Meilen gefahren war, fuhr Meredith durch das Haight, musterte die

Hippies, die Leute auf der Straße und die Musiker, die fast an jeder Ecke standen. Sie fand Arts Apartment zwischen Haight und Broderick, fand einen Parkplatz und klopfte an die Tür, doch Art war, anders als er es versprochen hatte, nicht zu Hause. Meredith ging etwas spazieren, um die Beine auszustrecken, aber es war schon dunkel, und sie kannte die Gegend nicht, also kehrte sie zu ihrem Wagen zurück und verbrachte die nächsten beiden Stunden damit, zu dem Gummihuhn hinaufzublicken, das in Arts Fenster hing. Jeder Ärger, der sich in ihr angestaut haben mochte, war sofort wie weggeblasen, als sie Art die Straße hinauflaufen sah.

»Wir haben einen Film gedreht. Ich konnte nicht weg«, sagte Art und hob spitzbübisch die Augenbrauen. »Wenn du bis Montag bleiben könntest, könntest du uns dabei helfen. Es macht wirklich Spaß, an einem Film zu arbeiten.«

»An einem Sexfilm arbeiten? Ich habe ja noch nicht einmal einen *gesehen*«, erwiderte Meredith.

»Das werden wir ändern!« sagte Art. »Komm hoch, ich zeige dir die Wohnung.«

Mit etwas Mühe hätte man aus der kleinen Wohnung in dem unscheinbaren Haus ein bequemes Apartment machen können, doch das einzige Möbelstück war ein Stuhl. Als Artie im Bad verschwand, sah sich Meredith in der Küche um und öffnete den Kühlschrank. Bis auf ein Glas Pepperoncini und eine Schachtel Rolaids war er leer.

Meredith ging ins Schlafzimmer und stellte fest, daß Artie ihren kleinen Koffer neben das Bett gestellt hatte. Sie hatte es wirklich getan. Sie war nach San Francisco gefahren, um mit diesem Burschen mit dem Kahlkopf und dem flinken Lachen das Wochenende zu verbringen. Sie sah auf das Bett – tatsächlich war es nur eine am Boden liegende Matratze – und empfand plötzliches Unbehagen. Artie mußte es entweder bemerkt haben, oder es war ihm selbst etwas unbehaglich zumute, denn er schlug vor, daß sie zum Abendessen in ein hervorragendes kleines mexikanisches Restaurant in der Nähe gehen sollten.

Das frischgebackene Paar besuchte das Restaurant, einen kleinen Raum neben der Bar, hatte sehr viel Spaß, lachte und lernte sich kennen. Die beiden leerten ein paar Karaffen Margarita, dann kehrten sie in Arties Wohnung zurück und gingen ins Bett.

Am nächsten Tag rauchten sie ein oder zwei Joints und spazierten durch das Haight und den Golden Gate Park. Es machte Meredith so viel Spaß, mit Art zusammenzusein, daß sie überrascht war, als es dunkel wurde und sie feststellte, daß es Zeit war, zum Abendessen zu Jims Apartment zu gehen.

»Sobald wir das Geld haben, um die Ausrüstung zu kaufen, werden wir bessere Filme machen als jedermann sonst«, erzählte Jim Meredith an diesem Abend.

»Das heißt nicht viel«, sagte Annie, Jims Freundin, aus der Küche. »Jeder Schimpanse könnte bessere Filme drehen als das Zeug, das die in den beaver houses (Mösenhäuser; Anm. d. Übers.) zeigen.«

»Beaver houses?« fragte Meredith.

»Zu den vielen Dingen, die die Pornographie so bezaubernd machen, gehört auch die Eleganz der Adjektive zur Beschreibung der weiblichen Genitalien«, meinte Annie, als sie in den Raum kam.

»Mösenhäuser zeigen Mösenfilme«, erklärte Artie beim Rollen eines Joints. »In einem Nacktfilm bekommt man nur Tittenschüsse. Das ist ein alter Hut. Heute würde niemand mehr Geld dafür bezahlen, sich einen Nackedeifilm anzusehen. Heute sind Mösen angesagt. In einem Mösenfilm bekommt man Pussys zu sehen.«

»Es ist immer wieder derselbe gottverdammte Film«, sagte Annie, während sie ins Wohnzimmer zurückkehrte. »Mädchen erscheint in Schlafzimmer. Mädchen erblickt sich im Spiegel. Mädchen nimmt Bluse und BH ab. Mädchen streichelt Brüste und legt sich auf Bett. Mädchen zieht langsam Höschen aus und windet sich, was das Zeug hält. Ende des Films. Das einzig Kreative an den Dingern sind die Titel.«

»*Wie tief ist meine Möse*«, sagte Artie.

»*Tal der Mösen*«, sagte Jim.

»*Der Mösenspalter*«, sagten Jim und Artie und lachten.

»Im Grunde tun mir die Burschen leid, die sich diese Filme

ansehen«, sagte Jim, als er sich an seine Tage als Türsteher im New Follies erinnerte. »Die Filme wechseln zwar einmal die Woche, aber das Publikum nie. Steifschwanzpapis nenne ich sie. Einsame, traurige Burschen. Man könnte glauben, daß sie taubstumm sind, wie sie immer mit gesenktem Kopf hineinkommen und hinausgehen.«

»Sie sind harmlos«, meinte Artie. »Sie gehen hinein, setzen sich so weit auseinander, wie sie können, schlingen das Zeug herunter und gehen wieder nach Hause.«

»Das stimmt«, bestätigte Jim. »Die Arschlöcher, die gegen Pornos sind, behaupten, daß diese Filme von Perversen angeschaut werden, die dann losgehen und katholische Mädchen in Plaidröcken vergewaltigen. Das ist totaler Blödsinn.«

»Wir stellen ein sexuelles Ventil für Leute her, die sonst überhaupt keins hätten«, sagte Annie seufzend und blickte Meredith augenrollend an.

Meredith fragte sich, weshalb Annie so müde wirkte. Lag es vielleicht daran, daß sie dieses Gespräch schon so oft mitanhören mußte?

»Das stimmt, Maus«, sagte Artie. »Was würden die Papis denn machen, wenn man ihnen die Mösenfilme wegnähme? Wahrscheinlich der Dame auf der gegenüberliegenden Straßenseite ins Fenster gucken, schätze ich.«

Meredith merkte, wie sich Annies Schultern anspannten. Anscheinend mochte sie es nicht, Maus genannt zu werden.

»Die Leute, die gegen uns sind, sagen, sie seien gegen Schmutz und Schund«, fuhr Jim fort, der sich für das Thema zu erwärmen begann. »Aber in Wirklichkeit sind sie gegen Sex. Sie meinen, daß Sex schmutzig ist. So einfach ist das.«

»Diese Gesellschaft ist so am Arsch«, fügte Artie hinzu. »In einem Hollywoodfilm kann man neunundneunzig Leute auf neunundneunzig verschiedene Weisen in die Luft pusten, und keiner sagt etwas. Aber kaum zeigst du ein wenig Schamhaar, schon bist du ein Aussätziger. Das ist dann so, als würdest du Speed an Sechstkläßler verkaufen.«

»Auf der Filmschule haben sie uns immer wieder gesagt: ›Macht Filme, die wirken‹«, sagte Jim. »Also machst du einen Film, und wenn das Publikum weint, bist du ein Genie. Aber mach einen Film, bei dem ein Bursche einen hochkriegt, und schon bist du ein Perverser.«

»Mir macht es nichts aus, ein Perverser zu sein, solange Geld drinsteckt.« Artie grinste.

»Um mit Pornos richtiges Geld zu machen, braucht man sein eigenes Kino«, sagte Jim und blickte dabei Meredith an. »Sonst verkauft man einen Film, und der Bursche, dem du ihn verkauft hast, kopiert ihn und verkauft ihn an jemand anders. Der kopiert ihn dann wieder und verkauft ihn auch an jemanden, und du siehst davon keinen Cent. Für Pornos gibt es kein Urheberrecht.«

»Das stimmt, Bob«, warf Artie schnell ein. »Wir müssen tun, was de Renzy getan hat.«

»Du sagst es, Bob«, stimmte Jim zu.

»Wer ist Bob?« wollte Meredith wissen.

»Mit diesem Spitznamen belegen wir uns gegenseitig«, erklärte Artie und lächelte Jim an. »Robert ist der Name unseres Vaters. Es ist eine Art Okie-Sache.«

»Und wer ist de Renzy?«

»Ein Typ, der uns ein bis zwei Schritte voraus ist«, antwortete Jim. »Wir werden ihn noch einholen.«

Alex de Renzy war einer der Pioniere des Sexfilms in San Francisco. 1968 war er einunddreißig Jahre alt, ein ehemaliger Fotograf des Gordon News Service in San Francisco und ein Croupier in Reno, Nevada. Attraktiv, mit langem blondem Haar, das er zu einem Pferdeschwanz zusammengebunden hatte, und einem Fu-Manchu-Bart, hatte de Renzy ein tiefvernarbtes Gesicht und hinkte, die Folge eines Motorradrennens an einem steilen Hügel San Franciscos. Er war dort in einen anderen Wagen geknallt.

Am Tag dieses Rennens hatte de Renzy auf der Straße gegenüber dem Screening Room, seinem Kino im Tenderloin-Vergnügungsviertel, das er besaß, mitangesehen, wie eine Prostituierte einen Mann mit einem Messer abstach. Als er in der Unfallambulanz zu sich kam, war sein Gesicht zerfetzt und sein Bein zerschmettert, und er fand sich neben dem Mann wieder, den die Prostituierte abgestochen hatte.

Der Arzt, der sein Bein operieren sollte, blieb an de Renzys Bett stehen und stellte ihm den plastischen Chirurgen vor, der sich mit seinem Gesicht befassen würde. »Gut, Doc, dann beeindrucken Sie mal Ihre Freunde«, sagte de Renzy. Später teilte er Freunden mit, daß er die Narben mochte, weil er vor dem Unfall zu hübsch ausgesehen hatte. De Renzy lebte mit zwei Frauen und mehreren seiner Kinder aus einer früheren Ehe auf seinem Hügelanwesen in Marin. Er war von Anfang an ein Einzelgänger gewesen, der auf Distanz zu den anderen Pornographen von San Francisco hielt.

Als Meredith am nächsten Morgen erwachte, war sie allein im Bett. Sie roch frischen Kaffee, stand auf und zog ein Kleid an, dann trat sie ins Wohnzimmer. Artie war in der Küche, legte gerade Brötchen auf einen Teller. Auf dem Boden stand ein 16-mm-Projektor, der auf eine kahle weiße Wand zielte, daneben zwei Kissen.

»Was hat denn das zu bedeuten?« fragte Meredith.

Artie hob den Blick und grinste.

»Oh, hallo!« sagte er. »He, iß etwas von diesem dänischen Gebäck. Ich mußte zwanzig Minuten Schlange Stehen, um es zu bekommen, aber das ist die Sache wert. Ich habe Apfel- und Käseteilchen geholt.«

»Und der Projektor?«

»Aus dem Schrank. Ich dachte, als Kirsche darauf gibt es Porno.« Artie grinste.

»Am frühen Morgen?« fragte Meredith ungläubig.

»He, du kannst dich ruhig schon daran gewöhnen«, meinte Artie und grinste wieder spitzbübisch. Dann wurde er ernst. »Diesen Film habe ich selbst noch nicht gesehen. Angeblich ist er wirklich scharf.«

Artie zog die Lamellen zu und schaltete den Projektor ein. Eine dürre Frau mit sehr kurzem blonden Haar, die Meredith an das Modell Twiggy erinnerte, kam in ein Schlafzimmer und entkleidete sich. Mit BH und Höschen ging sie zum Bett hinüber, legte sich hin und zog die Unterwäsche aus. Dann zog sie die Knie an und spreizte die Beine.

Die Kamera fuhr näher heran und brachte die Scheide in Großaufnahme. Die Farben erinnerten an das Cinemascope der frühen 50er. Was rosa hätte sein müssen, war rot. Meredith wurde leicht übel.

»Mein Gott, Art, das ist ja wie ein Besuch beim Gynäkologen«, meinte sie.

»Ja, nicht wahr?« erwiderte Artie, ohne den Blick von der Leinwand zu wenden.

Die Frau rieb mit zwei Fingern langsam über ihren Bauch und ließ sie dann zwischen ihre Beine gleiten. Anscheinend fand sie ihre Klitoris, denn sie streckte die Zunge aus und begann zu beben, als läge sie auf einem Massagebett.

»Hör mal! Kommt man damit tatsächlich durch? Kannst du wirklich diesen Film vorführen, ohne hopsgenommen zu werden?« fragte Meredith, als der Film zu Ende war.

»Klar«, antwortete Artie. »Bisher hatte zwar noch niemand den Mumm, so etwas in einem öffentlichen Kino zu zeigen, aber das wird schon noch geschehen. Und wenn es geschieht, wird es hier zuerst stattfinden. Der Wettbewerb in dieser Stadt ist unglaublich. Jedesmal, wenn jemand einen Zoll weitergeht, geht der nächste noch einen Zoll darüber hinaus.«

»Du meinst wirklich, daß Leute Geld dafür bezahlen werden, um sich das anzuschauen?«

»Ich glaube, die werden Schlange stehen.«

»Aber das ist doch so primitiv«, warf Meredith ein.

»He, primitiv ist doch gut, primitiv ist das, was die wollen«, erwiderte Artie und sah Meredith in die Augen. »Du hast mir noch gar nicht gesagt, was du davon hältst.«

William Bradfords Urenkelin elften Grades schwieg einen Moment.

»Ich glaube, noch einen möchte ich mir nicht unbedingt ansehen müssen«, meinte sie.

»Okay«, sagte Artie offensichtlich enttäuscht.

»Aber wenn andere Leute es wollen«, wüßte ich nicht, weshalb nicht. Wem schadet das schon?«

»Richtig! Das ist richtig!« erwiderte Artie.

»Ich meine, dieselbe Regierung, die behauptet, daß diese Filme obszön sind, läßt in Vietnam Napalm auf Kinder werfen. Wenn die dagegen sind, bin ich dafür!«

Artie kroch um den Projektor und umarmte Meredith.

»Ich wußte doch, daß du in Ordnung bist!« sagte er.

Anfang 1969, als Jim und Artie primitive Filme produzierten und sie an Kinos wie das Roxie und das New Follies verkauften, war die Pornographie in San Francisco zu einer blühenden Heimatindustrie geworden. Der *Chronicle* und die New York *Times* zählten zwischen zwanzig und fünfundzwanzig Kinos, die Pornos zeigten, und hundert Filmemacher und Darsteller, die regelmäßig diese Filme herstellten oder darin auftraten. Einige davon waren Kleinbetriebe, Salons, wo man etwas zu trinken bekam und einen Film auf einer Leinwand hinter der Theke sehen konnte. (Schild über der Tür des Expo 69 auf der Kearny Street: ›Pornographie zum Preis eines Cocktails – wozu mehr bezahlen?‹) Andere Pornopaläste waren feine alte Kinotheater wie das Sutter in der Nähe des Union Square. Die Pornographie war aus dem Keller gekrochen und hatte sich zur Party der sechziger Jahre gesellt. Bis auf Dianne Feinstein, die Kandidatin für den Stadtrat von San Francisco und die Anführerin einer Gruppe von Antiporno-Kreuzzüglern, schienen sich nur wenige Leute in der Stadt darum zu scheren.

»Was San Francisco von allen anderen Orten unterscheidet, ist der Stil, in dem Pornographie vermarktet wird, die Einstellung ihrer Ausübenden dazu und die Toleranz, mit der die meisten normalen Bürger die ganze Frage betrachten«, schrieb *The New York Times Magazine* im Januar 1971 in einer Story mit dem Titel ›Die Pornohauptstadt von Amerika‹. ›Die blühende Untergrundpresse in San Francisco ist sich darin einig, daß die Pornographie, selbst dort, wo sie am unappetitlichsten und am bizarrsten ist, ein wichtiger und auf gesunde Weise revolutionärer Bestandteil der neuen Kultur ist. Die Grundeinstellung (unter den Normalbürgern), selbst von Mrs. Feinstein und einigen ihrer Mitstreiter, besagt, daß ein ›reifer Erwachsener‹ das Recht hat, sich auf jede ihm behagende Weise Vergnügen zu verschaffen, vorausgesetzt, daß anständige Bürger nicht Zeuge dieses Prozesses werden müssen und niemand dabei zu Schaden kommt.‹

Sex wurde in San Francisco schon seit den Zeiten der Zeitungsannoncen für irische ›Waschfrauen‹ verkauft, ein Euphemismus der Jahrhundertwende, mit dem Prostituierte bezeichnet wurden. In San Francisco hatten Huren Leute abgestochen und waren selbst abgestochen worden, hatten sie sich zu Tode gesoffen und eine Überdosis Opium eingenommen. Doch hier übesah man den schmutzigen Tod einer jungen Prostituierten oder die Bordelle von Chinatown, weil, wie Curt Gentry in *The Madams of San Francisco* schrieb ›San Francisco eine Stadt ist, die ungewöhnlich stolz auf ihre vergangenen Sünden ist, seien sie wirklich oder nur eingebildet‹. Die frühen Unternehmerinnen in Sachen Sex, Frauen wie Ah Toy, Belle Cora, Jessie Hayman und Tessie Wall, wurden als hartgesottene, schlüpfrige Damen gefeiert, als Bestandteil der buntscheckigen Folkore dieser Stadt. Und neben physischem Aussehen und gutem Essen ist in San Francisco nichts anderes so wichtig wie das Lokalkolorit.

Bürgermeister Joseph Alioto, Bezirksstaatsanwalt John J. Ferdon und der Polizeichef von San Francisco, Thomas Cahill, begegneten der jünsten Lokalindustrie mit einer Philosophie des Lebens und Lebenlassens. Niemand im Rathaus hatte dem Sexgeschäft sonderlich viel Beachtung geschenkt, bevor Dianne Feinstein in den Rat gewählt wurde. Und innerhalb der Polizei hielt man das Sittendezernat für weitgehend unbedeutend.

»In manchen Städten gelten die Beamten des Sittenderzernats als Helden. In San Francisco nennt man sie die Pussyschwadron«, erklärt Captain Dennis Martel vom San Francisco Police Department, der Mitte der achtziger Jahre als Polizeileutnant Chef des Sittendezernats war. »Die Sitte war nie ein populärer oder begehrter Posten, und das hängt zu einem großen Teil damit zusammen, daß das Sittenderzernat nie Unterstützung erhielt. Wir pflegten einzugreifen und rechtlich zulässige Verhaftungen durchzuführen, dann verfolgte der Bezirksstaatsanwalt die Sache nicht weiter, und so sah es dann aus, als hätten wir ohne genügendes Beweismaterial oder sogar widerrechtlich Leute verhaftet. Deshalb gingen wir die Fälle auch alles andere als begeistert an.«

In den späten Sechzigern, als San Francisco unter dem Ansturm von Hippies, verkrachten Existenzen und Barrikadenstürmern, die alle nur auf Action aus waren, zu versinken drohte, war das Büro des Bezirksstaatsanwalts mit Fällen überflutet. Das Haight war schnell verroht, als die Amphetamine das Marihuana als Lieblingsdroge abzulösen begannen und die Hippiedoktrin von der freien Liebe dem Gewaltkodex der Drogenhändler wich. Die Antikriegsdemonstrationen wurden immer häßlicher, die Zahl der Straßenüberfälle und Morde in der Stadt kletterte unaufhaltsam in die Höhe.

Wenn der Bezirksstaatsanwalt und die Polizei daher die blühende pornographische Industrie übersahen, so lag es daran, daß sie jede Menge andere Dinge zu tun hatten und daß nur wenige Bürger sich wegen der Ausbreitung von Pornopalästen sonderlich zu sorgen schienen.

Während Jennifer, Merediths ältere Schwester, alles *richtig* machte – sich mit einem wunderbaren jungen Mann verlobte, die perfekte Hochzeit plante und vor der Aufnahme in die Jugendliga stand –, stürzte sich Meredith, die frühere Ballkönigin und freche Anführerin der Cheerleader, die vorzügliche Studentin, von der ihr Vater glaubte, daß sie eine hervorragende Ärztin abgeben würde, in die Pornoindustrie.

Nach diesem ersten Wochenende bei Artie flog Meredith fast jedes Wochenende nach San Francisco. Sie wurde schon bald fester Bestandteil des inneren Kreises der Brüder Mitchell, eine Mitspielerin im Entscheidungsprozeß.

Der Entscheidungsprozeß im Stil der ›Bobs‹ war eine Hippie-Parodie auf das, was in Firmenkonferenzen stattfand, mit Joints und Bier anstelle von Zigaretten und Kaffee, und einem Aneinanderklatschen der Hände anstelle von Handschütteln. Jim und Artie liebten diese ›Versammlungen‹. Zu den gängigsten Sprüchen der damaligen Zeit gehörte ›Lebe deinen eigenen Film‹, und die Brüder hatten das Gefühl, daß sie genau das täten. Sie waren J. R.s Jungen. Sie waren nicht in einer Fabrik oder als Versicherungsvertreter gelandet. Sie lebten ihr Leben nach eigenen Regeln.

»Sie konnten keine Entscheidung treffen, wenn nicht mindestens sechs Personen im Zimmer waren«, erzählt Meredith. »Wir machten Brainstorming und sammelten Ideen, und dann hieß es ›Das ist großartig, Bob!‹, ›Das müssen wir unbedingt machen, Bob!‹ Dann überlegte es sich entweder Jim oder Art anders, und am nächsten Tag hieß es dann: ›Nö, das machen wir nicht‹, und dann ging alles wieder von vorn los. Aber es war großartig«, fährt Meredith fort. »Vor uns lag eine ganze Welt, alles war eine einzige Herausforderung. Könnten wir unser eigenes Kino bekommen? Könnten wir bessere Filme drehen als jedermann sonst? Würden wir jemals damit echtes Geld machen?«

Merediths Eltern waren an die Decke gegangen, als sie ihnen von Artie und der Arbeit erzählte, der sie und ihr Freund nachgingen. Ihre Reaktion hatte Meredith aufgewühlt, denn auch wenn sie dreitausend Meilen fortgezogen war, liebte und respektierte sie ihre Eltern doch noch immer; und das hatte dazu geführt, daß sie ihre Haltung zur Pornographie noch einmal überdachte. Und wieder war sie zu dem Schluß gelangt, daß Pornographie unschädlich war – niemand, weder die Frauen, die in den Filmen auftraten, noch die Männer, die ihnen zusahen, schien durch das eindeutige Zeigen von Sexualität Schaden zu nehmen.

Seit dem Zusammenprall mit ihren Eltern und der Seelenforschung, die darauf folgte, hatte Meredith den Problemen, die die Pornographie umgaben, keine große Aufmerksamkeit mehr gewidmet. Dazu war sie viel zu sehr mit dem Filmemachen beschäftigt. Annie brachte ihr viel bei, wie man mit einer Kamera umging, und das war, genau wie Artie es versprochen hatte, sehr aufregend. Filmemachen ist sehr viel verführerischer als Pornographie. Je mehr Meredith das Filmemachen lernte, um so mehr wollte sie noch dazulernen.

Jim konzentrierte sich in der Zwischenzeit darauf, soviel Geld wie möglich zu machen. Er war entschlossen, ein Kinotheater zu eröffnen, und dazu brauchte er Kapital. Kredite waren ummöglich zu beschaffen, weil die Banken nicht sonderlich begierig darauf waren, einem Unternehmer Geld zu leihen, der einen Pornopalast aufmachen wollte.

Aber auf die Dauer war es lukrativ, den Steifschwanzpapis zu geben, was sie haben wollten. Jim wußte, daß sie nackten Sex wollten, und er wußte, daß, wenn er es nicht tat, irgendein anderer ihnen das geben würde. Da konnte er es ebensogut selbst machen.

Sechs Monate nachdem sie Artie kennengelernt hatte, gab Meredith ihren Computerjob in Los Angeles auf und zog nach San Francisco. Eine Weile lebten Artie und sie in dem Apartment im Haight, dann zogen sie in eine größere Wohnung an der Ecke Fillmore und Pacific Heights. Mit der Zeit legten sie sich sechs Katzen zu, einen Hahn namens Poultry Groceries und einen Leguan. Der Leguan hatte in einem Film der Brüder Mitchell mit dem Titel *2001 B. C.* einen Dinosaurier gespielt.

Meredith war so glücklich, wie sie es seit jenen Sommertagen nicht mehr gewesen war, als sie als Kind am Cape Cod einen Strand entlangerannt war. Der Himmel hing voller Geigen. Mit Jim und Artie zu arbeiten war so, als gehörte man zu einer großen Kommune, nur daß dort kein organisches Gemüse angebaut wurden, sondern daß man Sexfilme machte. Jeder Job war austauschbar; jeder war jedermanns bester Freund.

Am meisten Spaß machte es, herumzusitzen und sich zuzurauchen und sich Titel einfallen zu lassen. Artie war der beste, wenn es um den Titel ging. Meredith hielt *Rampaging Nurses* (›Marodierende Krankenschwestern‹) für seinen größten. Wer könnte einem Film mit diesem Titel widerstehen? Oft erfanden sie einen Titel und dachten sich dann einen Film aus, der dazu paßte. Beispielsweise *The A. B. Cs of Sex* (›Das ABC des Sex‹). Natürlich waren sie auch in den Zoo gegangen und hatten dort einen Biber (›Beaver‹ = amerikanischer Slang für weibliches Geschlechtsteil; Anm. d. Übers.) für den Buchstaben B gedreht.

»Es war ein Witz!« sagte Meredith. »Da lachten wir, weil wir einen Biber in einen Film geholt hatten, und später warf uns der Bezirksstaatsanwalt Sodomie vor, wir hätten Filme mit Tieren gedreht! Meine Güte!«

Das Z erwies sich als außerordentlich schwierig. Dazu fiel niemandem etwas ein, und so kehrten sie in den Zoo zurück. Meredith stellte sich an den Zebrakäfig. Während Annie aus weiter Entfernung drehte, hob Meredith ihren Rock und zeigte sich vor der Kamera. Es war ihr erster und letzter Auftritt in einem Film.

Meredith oder Annie oder Maureen, die Frau, die Earl Shagley kürzlich geheiratet hatte, dachten nicht einmal im Traum daran, in einer Sexrolle aufzutreten. Sie waren Profis, die sich etwas darauf zugute hielten, daß sie Distanz zwischen sich selbst und dem Geschehen vor der Kamera hielten. Sollten die Fanatiker doch ruhig ihren Fantasien nachhängen, daß ihr Leben aus wahllosem Sex rund um die Uhr bestand. Das zeigte doch nur, wie krank und verklemmt die Reaktionäre waren, wenn es um Sex ging.

Jim und Annie, Artie und Meredith und Earl und Maureen waren nicht anders als Tausende anderer junger Paare im San Francisco der späten Sechziger. Sie hatten es darauf abgesehen, Spaß zu haben und Zeit mit ihren Freunden zu verbringen. Die Männer waren den Frauen treu, mit denen sie lebten, und versuchten nicht die Schauspielerinnen anzumachen, die in ihren Filmen auftraten. Ein echter Sensualist wie Lowell Pickett mochte vielleicht am Wochenende eine Orgie schmeißen. Aber Jims und Arties Vorstellung von Vergnügen war eher ein Picknick im Golden Gate Park mit Softball und haufenweise gutes Zeug zu essen, zu trinken und zu rauchen.

»Es wird Zeit, daß wir uns ein Kino suchen«, sagte Jim eines Abends beim Essen. »Wir haben jeden Cent gespart, den wir aufbringen konnten, und uns Geld von allen Leuten geliehen, die uns welches geben wollten.«

Der innere Kreis der Brüder Mitchell verbrachte Wochen damit, die Stadt zu durchkämmen und nach dem richtigen Gebäude in der richtigen Gegend zu suchen. Manche Gebäude waren zu teuer; manche Hausbesitzer weigerten sich, an Leute zu vermieten, die einen Pornopalast eröffneten wollten. Manche der Bauten, die sie besichtigten, waren viel zu ekelhaft, um auch nur ans Renovieren zu denken; andere lagen in abgelegenen Teilen der Stadt.

Schließlich fanden sie ein leerstehendes Gebäude an der Ecke Polk und O'Farrell, in dem früher ein Pontiac-Autohaus gewesen war. Die Lage war perfekt: Polk Gulch, nur einen Block westlich von der Van Ness, der Hauptverkehrsader, die durch die Stadt zur Golden Gate Bridge führte.

Es stellte sich heraus, daß das Gebäude einer gewissen Beatrice Presant gehörte, einer Frau, die Ende Fünfzig oder Anfang

Sechzig zu sein schien. Jim und Artie legten saubere Hemden an und zogen eine ›Ach, Ma'am, wir sind einfache Jungs vom Land aus Antioch, die versuchen, es in der großen Stadt zu schaffen‹-Nummer ab. Wie die meisten Leute war Presant sofort von den beiden Brüdern eingenommen. Sie empfand sie als charmant und höflich, Tugenden, die so vielen jungen Leuten von heute fehlten. Und es war doch so nett, Brüder zu sehen, die so eng zusammenarbeiteten.

Natürlich war es auch förderlich, daß das Gebäude schon lange Zeit leergestanden hatte. Schließlich willigte Presant ein, die Miete für die ersten Monate zu stunden, und war froh, einen langfristigen Mietvertrag mit ihnen abzuschließen.

Meredith kaufte eine Nähmaschine und nähte Vorhänge aus dem billigsten Musselin, das sie auftreiben konnte. Als die Vorhänge befestigt waren, sahen sie zwar gut aus, doch hatte der ehemalige Ausstellungsraum Fenster vom Boden bis zur Decke, und die Vorhänge ließen zuviel Licht durch. Schließlich strichen sie die Fenster schwarz an.

Die Brüder besorgten Teppichboden für innen wie außen zum Sonderpreis und entdeckten zweihundert gebrauchte Kinositze bei einem Großhändler. Mark, Merediths jüngerer Bruder, kam am Wochenende des Memorial Day per Flugzeug zu Besuch. Mark war auf die ›richtigen‹ blaublütigen Schulen Exeter und Denison gegangen und hatte, ganz ähnlich wie seine ältere Schwester, die ›richtigen‹ Jobs sausen lassen, um am Cape Cod Thunfischer zu werden.

Mark verbrachte den Feiertag schließlich damit, mit einer umgebauten .22er die Bolzen einzutreiben, mit denen die Kinosessel im Boden verankert wurden. Ein Stockwerk höher, im hinteren Teil des Kinos, hämmerte die Mannschaft ein primitives Studio zusammen. Es ging darum, alles unter einem Dach zu haben: Die Filme, die unten gezeigt werden sollten, würden oben geschossen werden. Wenn dann eine attraktive Frau im Foyer erschien und meinte, daß es doch interessant sein müsse, in einem Film aufzutreten, könnten sie sie sofort oben vor eine Kamera bringen, bevor sie Zeit hatte, es sich anders zu überlegen.

»Schau mal! Da kommt er wieder! Ich weiß es genau – diesmal kommt er herein!« rief Meredith.

»Ich wette einen Dollar darauf, daß er es nicht tut«, sagte Earl Shagley.

»Abgemacht!« erwiderte Meredith.

»Er ist schon zweimal um den Block spaziert«, warf Artie ein.

»Wenn er es jetzt nicht tut, wird er es nie tun«, meinte Maureen, die freundliche, vergnügungssüchtige Frau, die vor kurzem Earl Shagley geheiratet hatte.

»Komm schon, Mister, tu es! Tu es diesmal!« flehte Meredith.

»Er wird einfach vorbeigehen«, unkte Earl.

»Er hat es getan! Er kauft eine Eintrittskarte! Du schuldest mir einen Dollar, Earl!« rief Meredith.

»Da kommt schon wieder einer!« rief Artie.

»Und noch einer!« ergänzte Maureen.

»Das ist ja noch besser, als Sternsänger spielen!« meinte Meredith.

»Wenn das so weitergeht, könnten wir gleich in der ersten Woche die Tausenddollarschallgrenze an der Kasse durchbrechen!« freute sich Jim.

Es war der 4. Juli 1969, der Tag, da das O'Farrell, ›das Erwachsenenkino‹, seine Pforten öffnete. Es gab Kaffee und Sandwiches umsonst, und im Foyer stand sogar ein Kasten für Besuchervorschläge. Die Eintrittskarten kosteten vier Dollar, was 1969 ein relativ hoher Preis war, als es ein Dollar fünfundsiebzig bis zwei Dollar fünfundzwanzig kostete, um sich einen Horrorfilm anzuschauen. Die Kasse nahm in der ersten Woche sechshundert Dollar ein und schritt in den nächsten beiden unaufhaltsam auf die Tausend-Dollar-Grenze zu.

Am Abend des 25. Juli, drei Wochen nach der Eröffnung des Kinos, befanden sich Jim und Artie gerade im oberen Stockwerk und arbeiteten an einem Schichtdienstplan.

»RAZZIA! BULLEN!« rief jemand die Treppe hinauf.

»Was war das?« fragte Jim und sprang auf.

»RAZZIA! Die Bullen haben gerade die Tür eingetreten!«

»Das ist Robert, der Junge, den wir am Fenster postiert haben!« rief Artie. »Was sollen wir tun? Wir müssen setzen!«

»Laufen! Auf den Dachboden!« schrie Jim und ergriff ein Bündel Marihuana.

Die Brüder rannten ins Dachgeschoß und schlossen die Tür hinter sich. Jim vergrub das Bündel unter einem Stück rosa Glasfaserisolation. Auf Zehenspitzen schlichen sie hinter ein paar leere Kisten, kauerten sich nieder und und warteten. Es war keine höfliche Hausdurchsuchung. Neun Polizisten, davon sieben in Uniform und zwei Beamte der Sittenpolizei, schlugen hart gegen das O'Farrell zu. Einer von ihnen zwang Vince Stanich, den Filmvorführer, den Projektor abzuschalten und den Film zu entfernen. Als Stanich das nicht schnell genug tat, riß der Polizist den Film – eine L. A.-Schlaufe mit dem Titel *Lessons in Love* (›Liebeslektionen‹) – aus dem Projektor. Andere Beamte stießen Aktenschränke mit Tritten um und stürmten auf die Toilette, wo sie einen Besucher am Pissoir ihrem Terror aussetzten.

»Die werden wiederkommen, um euch zu holen«, sagte ein Angestellter, als Jim und Artie erschienen.

»Ich gehe rüber und stelle mich«, sagte Jim und versuchte gelassen dreinzusehen.

»Ich komme mit dir«, sagte Artie.

»Es hat keinen Sinn, daß wir beide gehen«, widersprach Jim, öffnete den Bodensafe und nahm das Bargeld heraus. »Das Kino war schließlich meine Idee. Dann nehme ich auch die Strafe auf mich.«

»Einen Teufel wirst du tun«, sagte Artie, plötzlich wütend. »Wir sind Partner. Wir sind zusammen in die Sache hineingegangen, dann tragen wir auch zusammen die Folgen.«

»Das ist dämlich, Art«, meinte Jim. »Das bedeutete nur, daß wir schließlich beide eine Strafe zahlen müssen.«

»Diese Entscheidung obliegt wohl kaum dir«, versetzte Artie und stellte sich vor Jim auf.

»Einen Teufel tut sie«, konterte Jim. »Geh mir aus dem Weg!«

Jim stieß Artie an, und der stolperte ein paar Schritte zurück, dann stürzte er sich auf Jim, der sich erbittert wehrte.

»Du willst hier bloß den Boß spielen!« schrie Artie.

»Kotz doch, Art«, sagte Jim und marschierte aus der Tür.

»Kotz gefälligst selbst!« brüllte Artie ihm nach.

Jim ging die Straße entlang zum Revier Nord, wo er festgenommen und nach Entrichtung einer Kaution von fünfhundert Dollar wieder freigelassen wurde. »Hardcore-Obszönität! Sie haben uns wegen Hardcore-Obszönität hopsgenommen, und dabei hatte die Frau in dem Film ihr Höschen an!« tobte Jim, als er vom Polizeirevier zurückkehrte.

»Ich weiß!« erwiderte Artie. »Und wir haben doch ganz besonders soft angefangen, damit man uns eben *nicht* gleich hopsnimmt.«

Keiner der Brüder ließ sich anmerken, daß sie sich erst kürzlich geprügelt hatten. Der Zorn, die Feindseligkeit und die Ablehnung waren verraucht, ein Schauer an einem heißen Regentag, der schon vergessen ist, sobald das Pflaster trocknet.

»BH und Höschen, Art! Hardcore-Obszönität, und dabei war die Frau nicht einmal nackt!«

»Was haben wir getan? Weshalb haben die sich ausgerechnet auf uns gestürzt?« fragte Artie.

»Ich denke, vielleicht hätten wir sie schmieren müssen«, meinte Jim. »Es hat uns zwar keiner angesprochen, aber vielleicht haben sie die Razzia gemacht, um uns weichzuklopfen. Ich werde ein paar Anrufe tätigen.«

Jim rief die Besitzer einiger weiter, Kinotheater an. Und sofern sie tatsächlich ehrlich zu ihm gewesen waren, und er hatte keinen Grund, etwas anderes anzunehmen, schmierte niemand die Polizei.

An diesem Abend versammelte sich der innere Kreis der Brüder Mitchell und gelangte zu dem Schluß, daß die Bullen zugeschlagen hatten, weil die Mitchells neu im Geschäft waren. Oder weil sie ihren Laden außerhalb von Mission und Tenderloin aufgezogen hatten, den inoffiziellen Pornogebieten.

Aber es gab noch ein halbes Dutzend weiterer Gründe, weshalb die Polizei von San Francisco sich plötzlich dafür begeisterte, Pornohäuser hochgehen zu lassen, und keiner dieser Gründe hatte mit Jim und Artie Mitchell persönlich zu tun.

Die Frieden-und-Liebe-Revolution hatte sich bis zum Sommer 1969 trotz des monumentalen Woodstock-Konzerts abgenutzt.

In San Francisco war die ursprüngliche Hippiebewegung zu schmutzigen Straßenpennern degeneriert, die ohne Unterlaß Ladendiebstähle begingen und bettelten, sich mit immer gefährlicheren Drogen andauernd zudröhnten und häufig in die Notfallambulanzen gebracht werden mußten, weil sie übergeschnappt waren oder unter akuter Rauchmittelvergiftung litten. Die Bettler schliefen in heruntergekommenen Wohnwagen oder in den Parks und vermüllten das Haight um den Golden Gate Park.

Allgemein gesprochen herrschte im Rathaus und bei der Polizei die Stimmung ›genug ist genug‹ vor. Die Beamten hatten die Nase voll von den Hippies und waren es leid mitanzusehen, wie an allen Ecken Pornopaläste aus dem Boden schossen. Ehrbare Bürger beschwerten sich, daß ihre Kinder an Kinotheatern vorbeigehen mußten, auf deren Anzeigetafeln Titel wie *Pink Beaver* (›Rosa Möse‹) zu sehen waren. Die Mission Coalition Organization, eine Graswurzelgruppe von Hausbesitzern und Eltern bestreikte das Porno-Kino Crown Theatre, verteilte Flugblätter, die verkündeten, daß ›Werbung für Pornographie nicht gut für den Stadtteil‹ sei, und forderten, daß das Crown wieder zu dem ›Familienkino‹ zurückkehren sollte, das es früher gewesen war.

Und dann zeigte ein Kinobesitzer einen Film, der so weit über das bisher Tolerierte hinausging, daß er jede Grenze des Anstandes überschritt.

»Irgend so ein Idiot im Tenderloin zeigte einen Sodomiefilm mit einem Schwein. Der Bezirksstaatsanwalt und die hohen Tiere bei der Polizei wurden davon so abgeturnt, daß sie beschlossen, sich jetzt auf jeden Pornohändler zu stürzen«, berichtete Arlene Elster, eine schöne Brünette, die im Sutter Cinema Lowell Picketts Partnerin gewesen war. Elster und Pickett lernten sich kennen, als sie als freiwillige Helfer an der Haight-Ashbury Free Medical Clinic arbeiteten und eine Abtreibung für Elsters High-School-Freundin Janis Joplin organisierten.

Die Stellvertretenden Bezirksstaatsanwälte von San Francisco hatten traditionell stets gezögert, Pornographen zu verfolgen. Bezirksstaatsanwälte neigen dazu, sich auf Gewaltverbrecher zu konzentrieren.

Ehrgeizige junge Staatsanwälte, die darauf abstellten, eine auf Strafrecht spezialisierte Privatkanzlei zu eröffnen, sahen keinen Gewinn darin, ganze Monate auf einen wenig sensationsträchtigen Fall von Obszönität zu verwenden. Außerdem wußten sie, daß Pornographen sich gute Anwälte leisten konnten, was wiederum Verzögerungen und Schikanen wegen juristischen Verfahrensfragen bedeutete und ihre Erfolgsaussichten minderte.

Doch all das änderte sich, als Jerome Benson Stellvertretender Bezirksstaatsanwalt wurde. Benson hatte eine Abneigung gegen Pornographie. Er war begierig darauf, diese Fälle zu übernehmen, und verfolgte sie aggressiv vor Gericht.

Drei Wochen nach ihrer Razzia auf das O'Farrell schlug die Polizei im Peerless Theatre zu. Dieser Überfall erschütterte die Sexindustrie von ganz San Francisco. Nicht nur, daß die Polizisten den Besitzer des Peerless mitschleppten; sie nahmen auch neun Besucher fest und drückten ihnen Anklagen wegen des Betrachtens von obszönem Material aufs Auge.

Am Tag der Polizeirazzia hatte das O'Farrell dreihundertvierzig zahlende Besucher. Am nächsten Tag waren es siebzig. Den ganzen Tag lang riefen Manager und Besitzer anderer Kinos an, um zu berichten, daß sie gehört hätten, daß die Bullen das O'Farrell in dieser Nacht hochnehmen wollten.

Jim und Artie berieten sich und beschlossen, das Eintrittsgeld zurückzuerstatten. Auf diese Weise könnten die Polizisten, sollten sie kommen, niemanden im Publikum festnehmen, weil es sich formaljuristisch nicht um zahlende Kunden handelte.

Die Gerüchte erwiesen sich als halb richtig. Die Polizei plante tatsächlich eine weitere Razzia, doch nicht im O'Farrell. Statt dessen schlugen sie in Alex de Renzys Screening Room zu und schleppten zehn weitere verstörte Filmliebhaber auf die Wache.

Das war eindeutig Krieg. Die Brüder Mitchell konnten sich nicht einfach zurücklehnen und tatenlos zusehen, wie ihr Publikum dezimiert wurde. Sie mußten noch mehr unternehmen, als nur das Eintrittsgeld zurückzuerstatten. Aber was?«

»Geht und sprecht mit meinem Bruder Michael«, sagte Biff Kennedy, ein freundlicher Angestellter des Kinos, den Artie und Meredith so gern hatten, daß sie schließlich eine Katze nach ihm benannten. »Michael wird einen Weg finden, um die Bullen dazu zu bringen, mit dieser Scheiße aufzuhören.«

Michael Kennedy, ein radikaler junger Rechtsanwalt, trug sein blondes Haar im Pagenschnitt und hatte einen Fu-Manchu-Schnurrbart. Er liebte Hemden in kräftigen Farben – Purpur ganz besonders –, Krawatten, die riesig groß waren und von psychedelischen Farben strotzten, und Anzüge mit extrabreitem Aufschlag. Kennedy, der damals dreiunddreißig war, hatte in San Francisco als Anwalt praktiziert, bevor er nach New York ging, wo er mit radikalen Rechtsanwälten wie William Kunstler zusammenarbeitete.

Kennedy war einer der Anwälte bei dem gefeierten Prozeß der Chicago Seven, der auf die Krawalle nach der Parteiversammlung der Demokraten im Jahre 1968 gefolgt war. Als Kennedy nach San Francisco zurückgekehrt war, galt er in Radikalenkreisen als Held. Er und sein Partner Joe Rhine eröffneten eine Kanzlei in einem viktorianischen Haus in der Western Addition und ließen alles, von den Wänden bis zu den Schreibmaschinen, in Schwarz und Rot streichen.

Empörend! erklärte Kennedy, nachdem Jim und Artie ihm von den Razzien erzählt hatten. Die Polizei nimmt Kinogäste fest, weil sie sich einen Film ansehen? Wie können sie das wagen, wenn die Gäste doch gar nicht vorher wissen konnten, was sie sehen würden? Damit trampelten sie ja den Ersten Verfassungszusatz mit Füßen! Als nächstes brechen sie noch in Wohnhäuser ein, um den *Playboy* zu beschlagnahmen!

»Ich rate folgendes«, sagte Kennedy. »Wenn ihr euch umwälzt und totstellt, werden sie euch überrollen. Schlagt zurück. Und zwar hart.«

Jim und Artie verließen Kennedys Büro in bester Stimmung. »Warte, bis du Michael kennenlernt!« sagte Artie zu Meredith, als er nach Hause kam. »Er wird deine Meinung über Rechtsanwälte auf alle Zeiten revidieren!«

Es war ein Kampf wie aus dem Himmel eines linken Outlaw. Die Brüder Mitchell brauchten eine Waffe, um es mit dem Establishment aufzunehmen. Michael Kennedy war die perfekte Waffe. Sie waren Gesetzlose, die das System schlagen wollten. Kennedy war ein Radikaler, der das System niederreißen wollte. Zutiefst gegen das Establishment aufgebracht, waren Ankläger für Kennedy Vertreter der ›Mächte der Finsternis‹ und ›die Proktologen des Corpus juris‹.

Je tiefer Jim und Artie in ihre Rolle als Pornographen einstiegen, um so mehr begannen sie das Leben als Theater zu sehen. Für Michael Kennedy war der Gerichtssaal ein Theater und ein Prozeß ›ein Stück mit dem höchsten denkbaren Einsatz; manchmal das Leben, immer die Freiheit‹. Die Brüder Mitchell zahlten Kennedy ein Pauschalhonorar, das es ihm ermöglichte, sich auf die finanziell unergiebigen Fälle bekannter Mandanten wie George Jackson, dem Autor von *Soledad Brother,* und Huey Newton zu konzentrieren. Kennedy gab den Brüdern Mitchell einen Lebenssinn, der weit darüber hinaus ging, ein paar Dollar zu verdienen und das mit reichlich linker Politrhetorik zu rationalisieren.

Von nun an würden sie sich nicht mehr vor den Bullen verstecken. Mit Kennedy an ihrer Seite würden Jim und Artie in den Gräben des niemals endenden Kriegs um die individuelle Freiheit und den Ersten Verfassungszusatz kämpfen. Vor allem Jim war aufgekratzt. Kennedy faszinierte ihn. Mit diesem Rechtsbeistand vor Gericht aufzukreuzen würde fantastisch werden!

Am 15. August, zwei Tage nachdem die Polizei Alex de Renzys Screening Room überfallen hatte, marschierte Michael Kennedy ins Bundesgericht, um eine Reihe von Eingaben im Namen von Jim Mitchell zu tätigen.

Kennedy machte die Einlassung, daß das Obszönitätsgesetz des Staates Kalifornien einen Verstoß gegen den Ersten, Fünften und Vierzehnten Verfassungszusatz darstellte. Diese verfassungsrechtlichen Fragen waren wichtig, weil sie Kennedy eine Rechtfertigung boten, um in Revision zu gehen, sollte er den Fall verlieren. Er bat das Gericht außerdem um ›eine einstweilige, zehntägige Verfügung gegen den Bürgermeister und andere, um sie daran zu hindern, Mr. Mitchell aus dem Geschäft zu treiben‹.

Der Bürgermeister? Was hatte Joseph Alioto mit einem Okie-Pornographen zu tun, der erst seit sechs Wochen im Geschäft war?

Kennedys Strategie verlief ungefähr auf folgender Schiene: Die Machtstruktur war per definitionem korrupt. Denn alle arbeiteten Hand in Hand miteinander, was wiederum bedeutete, daß der Bürgermeister und nicht der Bezirksstaatsanwalt oder Polizeichef hinter den Razzien standen. Und weshalb dirigierte Alioto die Razzien?

Weil Alioto ein wirtschaftlicher Konkurrent war! Der Prozeßanklage zufolge, die Kennedy zu Protokoll gab, war Alioto an Syufy Enterprises beteiligt, einer landesweit tätigen Kette von Filmtheatern, der allein in San Francisco mehrere Kinos gehörten.

Es war eine völlig überzogene, großmäulige Anklage, aber das machte Kennedy nichts aus. Sie funktionierte.

»Hört euch das an, hört euch das an«, rief Artie am nächsten Morgen. Er las gerade den Bericht des *Chronicle* über die Anklage, die Kennedy erhoben hatte.

Artie räusperte sich, dann las er vor: »›Der Bürgermeister war tatsächlich an hiesigen Filmtheatern beteiligt, hat diese Beteiligung aber abgestoßen, als er sein Amt antrat, um Interessenkonflikte zu vermeiden‹, erläuterte Hadley Roff, ein Berater Aliotos, gegenüber dem *Chronicle*. ›Auf jeden Fall diktiert Bürgermeister Alioto der Polizei nicht ihre Taktik, vielmehr handelt diese nach eigenem Ermessen, um dem Gesetz Geltung zu verschaffen.‹«

»Wir sind ein völliger Niemand, und doch reagiert der Bürgermeister hier abwehrend auf unsere Anklagen! Erstaunlich!« meinte Meredith.

»Es ist wirklich wahr, was die Freaks sagen«, warf Earl Shagley ein. »Man kann wirklich seinen eigenen Film schreiben.«

»Artie, einer von uns muß zu Hause anrufen«, sagte Jim. »Das wird J. R. gefallen!«

»Ich rufe ihn an, Bob«, erbot sich Artie.

Eine Woche später fand eine erste Anhörung im Bundesgericht statt. Kennedy eröffnete die Verhandlung, indem er Richter Alfonso J. Zirpoli im Namen von Jim Mitchell und den Inhabern der anderen Erwachsenenkinos in San Francisco ersuchte, eine einstweilige Verfügung zu erlassen, die den Polizeirazzien auf die Filmtheater einen Riegel vorschieben würde.

Zirpoli, ein hochangesehener Jurist von liberalem Ruf, erwiderte, daß er schon zahlreiche Verhandlungen wegen obszöner Filme eindringlich studiert habe und bereit sei, der Frage der Polizeirazzien in einer Woche eine volle Anhörung zu gewähren.

»Ist die Stadt bereit, die Razzien solange einzustellen, bis diese Anhörung stattgefunden hat?« fragte Richter Zirpoli H. Leroy Cannon, einen Stellvertretenden Staatsanwalt.

»Nein, Sir«, erwiderte Cannon schnell. »Wir werden keinerlei Einschränkungen zustimmen.«

Paul Halvonik, ein Anwalt der amerikanischen Bürgerrechtsvereinigung, den Kennedy gebeten hatte, in der Funktion eines ›Freundes des Gerichts‹ zu erscheinen, erhob sich, um einen Kompromiß vorzuschlagen. Vielleicht würde die Stadt einer begrenzten Innehaltungsverfügung zustimmen, die den Polizeirazzien zwar kein Ende setzte, es der Polizei aber untersagte, Kinobesucher festzunehmen?

»Ohne eine solche Verfügung werden die Leute bis zu der Anhörung in der nächsten Woche Angst haben, die Filmtheater aufzusuchen, einschließlich *Hair,* weil sie nicht wissen, was nun abszön ist und was nicht«, teilte Halvonik dem Gericht mit. »Wenn sie sich fürchteten, eine politische Veranstaltung aufzusuchen, weil sie mit einer Festnahme rechnen müßten, würden Euer Ehren eine solche Verfügung erlassen.«

Halvoniks Argumentation war ein geradezu klassisches Beispiel für die Art von Querbezügen, mit der die Bürgerrechtsvereinigung Law-and-order-Konservative immer wieder in den Wahnsinn treibt: Einen sexuell freizügigen Film zu sehen ist so, als würde man *Hair-Musical* sehen, ist so, als würde man zu einer Versammlung der Jungen Republikaner gehen. Richter Zirpoli allerdings erkannte das Argument an.

»Würde die Stadt einwilligen, die Besucher von Erwachsenenfilmtheatern nicht mehr zu behelligen, bis eine Anhörung stattfinden kann?« fragte der Richter den städtischen Staatsanwalt Cannon.

»Nein!« bellte Cannon. »Es gibt Vorschriften, die das Betrachten von obszönem Material untersagen, und es ist die Pflicht der Polizei, diesen ...«

»Also gut«, sagte Richter Zirpoli und schnitt Cannon das Wort ab. »Ich werde eine einstweilige Verfügung erlassen, die sich ausschließlich auf die Filmbesucher bezieht.«

»Wir haben gewonnen! Wir haben gewonnen!« rief Artie, als er mit Jim die Treppe im O'Farrell hinauf rannte. »Du hättest dabei sein sollen. Der Richter war vielleicht sauer auf die Bullen!«

»Keine Razzien mehr?« fragte Meredith.

»Wir haben eine einstweilige Verfügung, die die Gäste vor einer Verhaftung schützt, aber uns können sie immer noch auf den Pelz rücken«, erklärte Jim. »Ich glaube allerdings nicht, daß sie das tun werden. Nicht nachdem der Städtische Staatsanwalt heute derart vorgeführt wurde.«

An diesem Nachmittag sprang Alex de Renzy auf den Zug mit auf und erhob eine ähnliche Anklage wie Jim Mitchell, in der er eine Verschwörung zwischen dem Rathaus und dem Polizeipräsidium behauptete. De Renzy setzte noch einen drauf, indem er zweihundertfünfzigtausend Dollar Schadenersatz forderte.

Am nächsten Tag führte die Polizei sowohl im O'Farrell Theatre der Brüder Mitchell als auch in Alex de Renzys Screening Room eine Razzia durch.

Das erste, was die Polizisten im O'Farrell taten, war, den Film anzuhalten und im Kino das Licht anzuschalten.

»Meine Herren, sie sollten sich etwas schämen!« rief ein Polizist, während er den Mittelgang entlangschritt. »Draußen ist ein herrlicher Tag, und da sitzen Sie käsegesichtige Perverse hier drin und beflecken sich selbst! Ist Ihnen Ihre Gesundheit denn völlig egal?«

»Alle Mann aufstehen«, sagte ein anderer Beamter.

Die Filmfreaks taten, was ihnen geheißen.

»Genau, was ich mir schon dachte«, sagte der Bulle im Mittelgang. »Niemand von denen hier ist fit. Ihr Burschen solltet wirklich endlich mal anfangen, nicht nur eure Ellenbogen zu trainieren.«

Fünfundvierzig Minuten lang patrouillierten die Polizisten in den Gängen. Als sie schließlich gingen, nahmen sie Artie Mitchell mit.

Früh am nächsten Morgen schleppten Meredith und Artie zehn Exemplare des *Chronicle* ins O'Farrell.

»Nicht schlecht, Bob, nicht schlecht«, sagte Jim und beugte sich über die Zeitung, um durch den Raum zu seinem Bruder zu sehen. Artie sah nicht auf. Er war in die Story vertieft.

»Hört euch das an«, sagte Artie. »›Wir waren es, die einen Prozeß am Bundesgericht angestrengt haben. Da ist es ja wohl sehr vielsagend, daß wir es auch waren, die man hochgenommen hat‹, sagte Artie Mitchell. ›Ich weiß nicht, weshalb sie neun Polizisten einsetzen mußten. Das war eine verantwortungslose Vergeudung polizeilicher Arbeitskraft.‹ Ich höre mich ziemlich gut an, nicht wahr, Bob?«

»Für die Bullen bestimmt nicht, darauf kannst du wetten«, meinte Meredith lachend. »Ich bin sicher, daß die nicht viel dafür übrig haben, wenn ein vierundzwanzigjähriger Pornograph sie darüber belehrt, daß sie die falschen Prioritäten setzen.«

»Irgend jemand muß es ja tun«, meinte Artie.

Die Polizeirazzien hatten die Pornoindustrie und die Brüder Mitchell zur großen Zeitungsstory gemacht. Zwei verschiedene Reporter hatten Jim bereits als ›umgänglich‹ bezeichnet, ein Adjektiv, mit dem man Pornographen nicht allzu oft beschrieb. Der *Chronicle* setzte Sandy Zane, einen Reporter mit zehnjähriger Straßenerfahrung, daran, eine Serie über das Pornogeschäft zu schreiben. Als Zane Jim und Artie interviewte, stellten sie ihm fast ebensoviele Fragen wie er ihnen.

»Die Brüder Mitchell waren nicht von den normalen Mittelklassehemmungen gelähmt wie ich«, sagte Sandy Zane. »Sie waren direkt, frech, entschuldigten sich nicht. Was andere dachten, war ihnen scheißegal. Instinktiv begriffen sie, daß sie sich letztlich durchsetzen würden, wenn sie sich nicht für das entschuldigten, was sie taten, wenn sie sich vielmehr hinstellten und sagten: ›Es ist eine Verschwendung von städtischen Mitteln, uns festzunehmen. Wenn ihr diese Filme nicht wollt, dann geht nicht hin.‹«

Die Storys, die Zane und andere Reporter schrieben, lehrten die Brüder Mitchell ein fundamentales Gesetz ihrer Branche: In der Pornographie gibt es keine schlechte Publicity. Je mehr über die Brüder geschrieben wurde, um so größer wurde das Publikum im O'Farrell. Die Brüder wußten, daß die Steifschwanzpapis nicht wegen des kostenlosen Kaffees ins Kino kamen oder weil man Jim als ›umgänglich‹ bezeichnet hatte. Die Gäste kamen vielmehr, weil sie sich dachten, daß das O'Farrell ja wohl die schärfsten Filme der Stadt zeigen mußte, wenn die Bullen sich ständig auf die Brüder Mitchell stürzten.

Es vergingen Wochen, bevor Richter Zirpoli sein schriftliches Urteil in Jims Prozeß fällte. Die Entscheidung des Richters war ein triumphaler Sieg für San Franciscos Pornographen. Der Richter befahl der Polizei nicht nur, keine Gäste in Sexkinos mehr zu verhaften; er formulierte auch eine Verfügung, die in dem Krieg zwischen der Polizei und den Besitzern von Erwachsenenkinos dauerhafte Konsequenzen haben sollte.

Die Polizisten waren in die Filmtheater gekommen und hatten den jeweils vorgeführten Film mitgenommen. Richter Zirpoli entschied, daß sie damit aufhören mußten. Eine solche Beschlagnahmung sei, entschied der Richter, Zensur. Bevor die Polizei einen Film beschlagnahmen konnte, mußten erst die Parteien angehört werden, und dafür brauchte der Bezirksstaatsanwalt eine richterliche Anordnung.

Zirpolis Entscheidung führte zu einer der Kuriositäten pornographischer Filmtheater: zu dem Polizisten in Zivil mit der Infrarotkamera. Das Programm im O'Farrell wechselte wöchentlich, nämlich dienstags. Das übliche Programm bestand aus zwei Schlaufen aus der Produktion der Filmmannschaft der Brüder Mitchell sowie vier weiteren Schlaufen aus L. A., die Meredith Bradford mit Musik versah. Jeden Dienstag pflegten Sol Weiner oder Pete Maloney oder beide im Kino zu erscheinen und eine Eintrittskarte zu kaufen.

»Pete! Unser größter Fan!« pflegte dann einer der Angestellten zu rufen, wenn Maloney ins Foyer trat. »Der Eröffnungstag wäre nichts ohne Sie! Wir haben Ihnen Ihren Lieblingsplatz reserviert!«

»Sol! Eins muß ich unbedingt wissen, Baby: Wie viele Sterne hast du ihm gegeben?« pflegte jemand zu brüllen, wenn Weiner aus der Vorführung kam. Die Polizisten wiederum lächelten und gingen ihren Geschäften nach.

»Ich freundete mich mit Sol Weiner und Pete Maloney an«, erinnert sich Lowell Pickett. »Das war in der Zeit des Zebrakillers und der Schwarzen Panther, und eines Tages fragte ich sie, was sie von ihrer Arbeit hielten. Sie lächelten, und einer von ihnen sagte: ›Kein Polizist ist jemals in einem Kino erschossen worden.‹ Und dann gingen sie hinein und schauten sich den Film an.«

Die Polizisten vom Sittenderzernat pflegten die Infrarotkameras auf die Leinwand zu richten und alle paar Sekunden zu knipsen. Den Film brachten sie aufs Revier zum Entwickeln, danach begaben sie sich dann mit den entwickelten Bildern zum Büro des Bezirksstaatsanwalts. Die Polizisten zeigten einem Stellvertretendem Bezirksstaatsanwalt die Bilder – meistens Jerome Benson –, der die daraufhin vor Gericht brachte.

Dort pflegte ein Richter einer Anhörung der Gegenpartei vorzusitzen und danach zu entscheiden, ob er einen Durchsuchungsbefehl erließ. Tat er das, kehrten die Polizisten ins O'Farrell zurück, beschlagnahmten eine Kopie des strittigen Films und verhafteten Jim und Artie. Die Jungen hinterlegten Kaution und kamen frei, und in der nächsten Woche geschah alles wieder von vorn. Die Verhaftungen wurden zu einer solchen Routine, daß die Polizisten schließlich gar nicht mehr ins O'Farrell kamen, um die Brüder festzunehmen.

»Mit Pete Malony kam man ganz gut klar«, entsinnt sich Meredith. »Er pflegte Art anzurufen, um ihm mitzuteilen, daß er verhaftet werden würde, und Art pflegte zu antworten: ›Okay, Pete, ich komme gleich.‹ Einmal wurden wir deswegen sogar freigesprochen. Nach dem Prozeß sagte einer der Geschworenen, daß er für einen Freispruch gestimmt habe, weil jeder, der zu einem Polizisten sagen konnte ›Okay, Pete, ich komme gleich‹, ein guter Mensch sein müsse.«

Eines Abends, nachdem die Festnahmen in rascher Reihenfolge stattgefunden hatten, versammelte sich der innere Kreis der Brüder Mitchell bei Meredith und Artie zum Abendessen. Jim brachte Kundenvorschläge mit, die er dem Kasten im Foyer des Filmtheaters entnommen hatte.

»Dieser ist ein Heuler!« quiekte Meredith. »›Bringt Martha Raye wieder. Laßt uns diesen Mund in Aktion sehen.‹«

»Hier ist noch einer«, sagte Artie. »›Wie wäre es mit einem Film, der den Titel *Sex auf dem Mars* trägt? Die Darsteller könnten ausgeklinkte Kostüme tragen. Jeder Mann könnte ungefähr fünfzehn Geschlechtswerkzeuge haben und jede Frau ungefähr fünfzehn Muschis.‹«

»Da ist eine Menge solches Zeug drin, aber wenn man die Sache mal insgesamt betrachtet, sagen sie uns wirklich etwas«, meinte Jim.

»Das stimmt«, sagte Meredith. »Sie wollen kein SM sehen.«

»Sie wollen keine Vergewaltigungen sehen«, warf Annie ein.

»Sie wollen keine Kinder sehen«, ergänzte Artie.

»Sie wollen auch nicht, daß wir Klugscheißer werden«, sagte Jim. »Hört euch das an: ›Letzte Woche im Film war die Kamera in einer Szene hinter einen Gummibaum versteckt. Die Blätter haben einen Teil des Geschehens verdeckt!‹«

»Es ist ziemlich eindeutig, was sie wollen«, meinte Meredith.

»Pussys wollen sie sehen«, erläuterte Jim. »Hört euch das an: ›Schaltet die Lichter an, macht es heller, macht das Bild schärfer, laßt es mich sehen.‹«

»Wie schön es doch ist, in der Pornographie tätig zu sein, wenn der einzige wirkliche Superstar die Vagina ist«, seufzte Annie.

»Ich denke, wir sollten den Superstar in Aktion bringen, Maus«, schlug Artie vor. »Ich denke, wir sollten Bumsen zeigen.«

Stille senkte sich auf das Zimmer, als jeder über Arties Vorschlag nachdachte.

Der Bezirksstaatsanwalt hatte ständig Maginotlinien aufgestellt, und die Pornographen hatten sie immer wieder überrannt, seit der erste Nackedeifilm in San Francisco aus dem Untergrund aufgetaucht war. Erst waren es Schamhaare. Wenn ihr Schamhaare zeigt, lassen wir euch hopsgehen, hatten die Polizisten die Kinoberater gewarnt.

Sie hatten Verhaftungen durchgeführt, doch die Anklagen zeigten keine Wirkung. Also begannen die Frauen in den Filmen ihre Höschen auszuziehen.

Dann war es Masturbation. Wenn wir hier reinkommen und einen Finger in einer Scheide sehen, seid ihr verhaftet, hatten die Bullen geschworen.

Eine Weile lang schnitten die Filmemacher Szenen heraus, in denen Finger in die verbotene Zone gerieten, doch dann ließen sie sie drin. Wieder kam es zu Festnahmen, doch das spielte keine Rolle. Schon bald zeigte jedes Filmtheater in der Stadt Filme mit eindringenden Fingern.

Dann waren es die Männer. Die Frauen können in diesen Filmen tun, was sie wollen, hatten die Polizisten vom Sittenderzernat den Kinobesitzern mitgeteilt, aber wenn ihr einen Mann in einem Film zeigt und es zu einem körperlichen Kontakt kommt, nehmen wir euch hoch.

Die schäbigen alten Junggesellenfilme zeigten Männer, auch wenn sie nur Masken und schwarze Sachen trugen. Doch bisher war das Verbot gegen Männer im Film eingehalten worden, seit die Junggesellen aus den Arcades von San Francisco hervorgekommen waren.

Artie hatte vorgeschlagen, gleich zwei Tabus zu brechen. Er wollte nicht nur einen Mann in einem Film zeigen, dieser Mann sollte auch noch in Aktion sein.

»Wir werden sowieso wieder hochgenommen«, betonte Artie.

»Ich weiß nicht, Bob«, meinte Jim. »Im Augenblick sind etwa fünfzehn Fälle gegen uns in der Schwebe. Vielleicht sollten wir lieber erst einmal abwarten, was passiert, wenn wir vor Gericht stehen.«

»Tun wir es doch einfach«, widersprach Artie. »Das gibt Menschenschlagen rund um den Block. Das Geld können wir verwenden, um damit Kennedy zu bezahlen.«

Die Gruppe diskutierte bis in die Nacht, und schließlich begann Jim die Dinge so wie Artie zu sehen. Als sie sich endlich auflösten, war jeder erregt von dem Risiko, das einzugehen sie im Begriff standen. Der nächste Film würde eine *echte Penetration* zeigen.

Am nächsten Morgen wachte Meredith auf, und stellte zu ihrer Überraschung fest, daß Artie nicht im Bett lag. Sie ging in die Küche und staunte einmal mehr, Artie am Telefon zu sehen.

»Wen rufst du an?« wollte Meredith wissen.

»Jim«, erwiderte Artie.

»Weshalb? Er ist doch erst vor ungefähr sechs Stunden gegangen.«

»Jim?« fragte Artie und hob einen Zeigefinger, damit Meredith ihn sehen konnte. »Ich habe es mir anders überlegt. Wir können es nicht tun. Wir können nicht alles zeigen. Das hieße, geradezu darum zu betteln, ins Gefängnis zu kommen. Machen wir lieber einfach weiter wie bisher, und warten wir ab, was geschieht.«

›Eigentlich können wir auch alles zeigen, Bob‹

Der innere Kreis der Brüder Mitchell hatte sich oben im O'Farrell versammelt, um in einem Brainstorming Ideen für die Schlaufe der Folgewoche zu sammeln. Gutes Marihuana trug zu der beschwingten Atmosphäre bei, doch der eigentliche Spaß bestand darin, die eigenen Ideen auf Zelluloid zu bannen. Die Leute im Raum konnten montags eine Filmidee haben, die noch so aberwitzig oder unausgegoren sein mochte – am folgenden Dienstag war der Film im O'Farrell zu sehen.

»Ich weiß etwas! Schießen wir auf einem Friedhof!« rief Artie.

»Sex und Tod! Was für ein Trip!« meinte Meredith.

»Wir gehen nach Colma«, entschied Jim.

»Colma! Das ist wirklich ein Trip«, warf Earl Shagley ein.

Colma ist eine Merkwürdigkeit der Bay Area, eine Kleinstadt, die vom Tod lebt, seit San Francisco zu Beginn des Jahrhunderts Beerdigungen innerhalb der Stadtgrenzen einschränkte. In der Downtown von Colma, acht Meilen südlich der Downtown von San Francisco, liegen italienische Restaurants gegenüber Leichenhallen und kleinen Firmen, wo Steinmetze polierten und marmorne Grabsteine schlugen. Die braunen Hügel über der Stadt sind von zahllosen Reihen aus Grabsteinen übersät.

»Wir könnten eine Witwe aus ihr machen«, schlug Artie vor. »Sie könnte am Grab ihres Ehemanns trauern.«

»Das ist gut, Bob«, meinte Jim. »Machen wir das. Hast du an irgend jemand Bestimmtes für die Rolle gedacht?«

Jim blickte sich im Raum um, und alles zuckte die Schultern.

»Wir haben die üblichen Anzeigen mit ›Suchen Schauspieler für Kinofilm. Nacktdarstellung erforderlich‹ im *Chronicle* und den ganzen Untergrundblättern – im *Barb* und im *Guardian* und im *Oracle* – aufgegeben«, sagte Artie. »Irgend jemand wird schon aufkreuzen. Das tun sie immer.«

In dieser Nacht kamen Meredith und Artie erst spät nach Hause, und am nächsten Morgen war Meredith wieder im Filmtheater, um an der Vertonung einer Schlaufe zu arbeiten.

»Wir waren alle darauf aus, besserer Produktionen zu liefern, weil wir sehen konnten, daß Filme bessere Qualität die Gäste aus den schmuddeligen Etablissements in der ganzen Stadt abzogen«, sagte Meredith. »Andere Kinos haben Filme ohne Titel gezeigt. Wir haben jedem Film, den wir vorführten, einen Titel gegeben, selbst den Schlaufen aus L. A.«

Der Ton war für Meredith eine Frage des persönlichen Stolzes. Die durchschnittliche L. A.-Schlaufe hatte einen Soundtrack, der so nervtötend war wie Politpropaganda, zehn Minuten langes Frauengestöhn mit ›oooohhhh‹ und ›aaaahhhh‹, während im Hintergrund schreckliche, unpassende Musik lief – das konnte alles mögliche sein, von einem Sousa-Marsch bis zu ›Yes! We have no bananas‹.

Bevor sich die Mannschaft das Nagra-Tonbandgerät leisten konnte, das sie für Tonfilme brauchten, sorgte Meredith selbst für das Keuchen und ergänzte Dutzende von Schlaufen der Brüder Mitchell mit den ›Oooohhhhhs‹ und ›Aaaahhhhs‹. Sie durchkämmte Plattenläden und kaufte jede Platte, von der sie glaubte, daß sie einem Pornofilm mehr Atmosphäre verleihen könnte. Sie verbrachte Stunden mit Kopfhörern oben im Vorführraum und versuchte, den Soundtrack an das Geschehen an der Leinwand zeitlich anzupassen. Wenn in anderen Pornopalästen in San Francisco ein Film endete, spielte die Musik weiter. Wenn im O'Farrell ein Film endete, hörte auch die Musik auf.

Eines Morgens trug Meredith den Plattenstapel, den sie gerade gekauft hatte, im O'Farrell die Treppe hoch und trat ins Studio. Abrupt blieb sie stehen, als sie sah, wie Artie gerade eine Polaroidkamera auf eine nackte Frau richtete, die vor einer weißen Wand stand.

Polaroidfotos gehörten zur Standardroutine. Wenn eine Frau hereinkam und sagte, daß sie gern in einem Film mitspielen würde, ließ man sie sich als erstes ausziehen, damit Jim und

Artie oder ein anderes Mannschaftsmitglied eine Polaroidaufnahme von ihr machen konnten. Was Meredith verblüfft hatte, war der üppige, unglaublich schöne Körper der Frau.

Meredith war schon über ein Jahr im Pornogeschäft und noch immer erstaunte es sie, wie viel Frauen doch dazu bereit waren, bei dieser armseligen Bezahlung – üblich waren fünfundzwanzig bis fünfzig Dollar – in Pornofilmen aufzutreten. Jede Woche brachte das O'Farrell eine neuen Film auf die Leinwand, und jede Woche zeigte er eine Frau – manchmal auch Mädchen im späten Teenageralter –, die noch nie in einem Film aufgetreten war.

Die Frauen waren auch immer hübsch. Jim und Artie erzählten den Leuten gern, daß sie ihre Schauspielerinnen nur an einer einzigen Körperstelle um Make-up baten, nämlich an den Fußsohlen, die vom Herumtapsen im Haight und im Golden Gate Park ständig schmutzig waren.

»Wir haben keine Huren benutzt, denn die konnten auf dem Strich sehr viel mehr Geld verdienen. Und wir haben uns auch keine professionellen Tänzerinnen aus North Beach genommen – die sahen zu sehr nach 42. Straße aus«, berichtete Bill Boyer, der frühere Zeitungsjournalist aus Antioch. Der Journalismus hatte sich als sehr vergnüglich erwiesen, aber die Bezahlung war schrecklich mies, und so hatte Boyer einen PR-Job in Reno angenommen. Der stellte sich als sehr langweilig heraus, weshalb Artie auch nicht sehr lange gebraucht hatte, um seinen alten Freund davon zu überzeugen, sich der Mannschaft der Brüder Mitchell anzuschließen.

»Eine Menge der Mädchen waren Collegekinder, die das Geld brauchten«, fährt Boyer fort. »Unsere Anzeigen sprachen immer von Nacktheit, und sehr häufig glaubten die Frauen auch, daß es nur darum ginge. Aber Jim und Artie waren so charmant, und der Rest von unserer Mannschaft sah so aus, als könnten alle Studenten sein, und wenn Jim oder Artie dann sagten: ›He, machen wir es doch, da ist doch nichts dabei‹, dann taten sie es eben.«

Meredith musterte die Frau, die Artie gerade fotografierte und die aus einem präraffaelitischen Gemälde entsprungen zu sein schien. Sie hatte eine Afrofrisur aus schönem roten Haar, nußbraune Augen, eine cremigweiße Haut und die langen Beine einer Tänzerin.

»Wer ist sie?« flüsterte Meredith einem Mannschaftsmitglied zu.

»Das Mädchen, mit dem wir den Colma-Film machen werden«, erwiderte jemand. »Wir werden ihn *Requiem* nennen. Jim möchte, daß du mit ihr, sobald sie hier fertig ist, rausgehst und ein schwarzes Kleid kaufst. Du weißt schon, ein Trauerkleid.«

Später an diesem Tag schossen Meredith und Annie in Colma die Grabszene. Schwarzgekleidet stand die Frau vor dem Grabstein ihres Mannes, in Trauer versunken, was sie dadurch übermittelte, daß sie den Stein anstarrte, das Kinn auf die Brust legte und dann ihre ganze Kraft zusammenahm und den Kopf wieder hob. Meredith war merkwürdig berührt.

»Weißt du was? Die kann spielen! Die kann wirklich schauspielern!« sagte Meredith leise zu Annie.

»Ich weiß!« erwiderte Annie. »Ist das nicht großartig!«

Das Bild schwenkte von dem Friedhof ins Schlafzimmer der Frau – tatsächlich ins Studio im oberen Stockwerk des O'Farrell –, wo die Frau ihr schwarzes Kleid auszog, sich aufs Bett legte und masturbierte. Für den Soundtrack verwendete Meredith einen gregorianischen Chor mit liturgischen Gesängen aus dem fünfzehnten Jahrhundert. Die düstere Eleganz dieser spätmittelalterlichen Musik verlieh einem physischen Akt Würde, den die Moralisten immer noch als ›Selbstbefleckung‹ verdammten.

»Ich habe mir nie die Mühe gemacht, unsere Filme anzusehen, aber *Requiem* wollte ich wirklich sehen«, erinnert sich Meredith. »Wenn ich überhaupt einmal einen Masturbationsfilm mochte, dann vielleicht diesen. Sie war so gut, so schön und sah so hervorragend am Friedhof aus, daß es schon weh tat zuzusehen. Und als sie dann nach Hause ging und sich ins Bett begab, wurde daraus ein erotischer Film mit einer Botschaft. Wenn ein Liebhaber stirbt, stirbt noch nicht der Sex.«

Requiem, ein fünfzehnminütiger Film, stellt einen wichtigen Wendepunkt in den armseligen Annalen des amerikanischen Sexfilms dar. Die Filmfritzen in ihren glatten Kammgarnanzügen in New York, die nur Pornos drehten, in denen leblose, tätowierte Nutten auftraten, hätten niemals einen gregorianischen Chor in einem Film verwendet. Die aalglatten Produzenten in L. A., die eine Schlaufe nach der anderen herstellten, die so gefühllos war wie ein Industriefilm, der eine Dosensuppe vom Tank bis zum Transportcontainer verfolgte, hätten niemals eine Story zustande gebracht, in der eine trauernde Witwe vorkam.

Requiem war das Ereignis der Atmosphäre des ›Laß los, was soll's, tun wir es einfach‹ im O'Farrell, einem Milieu, das die ›Wir leben alle unseren eigenen Film‹-Mentalität der sechziger Jahre widerspiegelte. Jim und Artie waren wie Lenny Bruce, wenn dieser die Stripshowes in Los Angeles moderierte. Lenny wußte genau, daß er alles sagen und so hanebüchen werden konnte, wie es ihm gefiel, ohne daß das Publikum es ihm übelnehmen würde, solange er nach wie vor die Mädchen nach draußen schickte. Jim und Artie wußten, daß sie die wildesten Plots und verrücktesten Charaktere erfinden konnten, ohne daß die Steifschwanzpapis es ihnen verübeln würden, solange die Frau schließlich aus ihrem Höschen stieg.

Die Atmosphäre des ›Alles ist möglich, Porno ist toll, *let's have fun*‹, die Jim und Artie im O'Farrell herstellten, war es auch, was die Brüder Mitchell von anderen Pornographen in San Francisco unterschied, ja von Pornographen auf der ganzen Welt. Diese Atmosphäre lockte Schauspielerinnen wie die Rothaarige in *Requiem* an, die nur aus Spaß einen einzigen Film drehte und, soweit man weiß, keinen weiteren, Sie brachte eine Offenheit und Unschuld in die Pornographie ein, die man zuvor noch nie gesehen hatte. Durch Schauspielerinnen wie sie brachten die Brüder Mitchell die Grundidee der sexuellen Revolution auf die Leinwand: Sex ist nicht schmutzig und pervers; Sex ist normal und gesund.

»Schauspielen heißt glauben, und die jungen Leute, die in diesem Film schauspielerten, glaubten an das, was sie taten«, erklärt Lowell Pickett. »Das war nur im San Francisco der sechziger Jahre möglich. Arlene und ich pflegten die Haight Street entlangzugehen, wo Arlene Mädchen ansprach und fragte: ›Wir drehen Sexfilme. Hast du Lust, in einem aufzutreten?‹ Wir haben wohl an die achtzig Prozent der Frauen bekommen, die wir wollten, und nicht eine wurde jemals wütend, obwohl wir doch am Anfang nur fünfundzwanzig Dollar pro Film zahlten. Es ging nicht um Geld, es ging um Freiheit«, endet Pickett. »Die Frauen hatten das Gefühl, daß sie mit ihrem Körper tun konnten, was sie wollten.«

»Ich war gerade unten auf der Jones Street, Bob. Da steht eine Menschenschlange bis um die Ecke und wartet darauf, ins Screening Room zu kommen«, teilte Jim seinem Bruder mit.

»O Mann, da hat de Renzy aber einen Volltreffer gelandet!« erwiderte Artie.

»Es kommt noch mehr, Bob. In dieser Menschenschlage stehen Pärchen. Haufenweise Pärchen.«

»Die wollen es sehen, Bob«, sagte Artie. »Sie wollen es alle sehen.«

»Deshalb ist dieser Film auch so ein genialer Schachzug von de Renzy. Er gibt Pärchen *einen Vorwand*, sich einen Sexfilm anzuschauen.«

Im Jahre 1967 schaffte Dänemark als erstes Land der westlichen Welt alle Pornographiegesetze ab. Diese Reform beherrschte die internationalen Schlagzeilen in diesem Jahr, und im nächsten Jahr war die Resonanz noch größer, als die dänische Regierung eine Statistik veröffentlichte, derzufolge die Zahl solcher Sexualdelikte wie Voyeurismus in Kopenhagen signifikant gesunken war.

De Renzy und ein Partner begaben sich nach Kopenhagen, um dort Dänemarks erste Sexmesse zu filmen, und 1969 brachten sie einen Dokumentationsfilm mit dem Titel *Pornography in Denmark* auf den Markt. Die Produktion des Films kostete de Renzy fünfzehntausend Dollar, und in der ersten Woche spielte er im Screening Room fünfundzwanzigtausend Dollar ein. *Pornography* sollte schließlich insgesamt über zwei Millionen Dollar einbringen. Sein Kassenerfolg rührte nicht von dem bahnbrechenden Material her, das er bot; *Pornography* war vielmehr ein unbeholfener, schlicht gestrickter Film, der nur deshalb reüssierte, weil er über Sex in einem skandinavischen Land war, und skandinavische Sexfilme wie *Ich bin neugierig* galten in den späten sechziger und frühen siebziger Jahren als scharfes Zeug.

Pornography in Denmark zog auch schlichtweg deshalb ein breites Publikum an, weil es ein Dokumentarfilm war. Ein Berkeley-Pärchen konnte zu seinen Freunden sagen: »Wir sind neulich abend ins Tenderloin rüber und haben *Pornography in Denmark* gesehen. Das ist eine Dokumentation über ein interessantes Sozialexperiment der Dänen.« Ernsthafte Leute gingen in Dokumentarfilme. Die waren bildungsträchtig und erinnerten an den großen Robert Flaherty und Filme wie ›Nanook of the North‹ (›Nanook aus dem Norden‹) und ›Man of Aran‹ (›Die Männer von Aran‹).

Die Mannschaft der Brüder Mitchell ging aus rein kommerziellen Gründen hinunter in den Screening Room, um sich *Pornography in Denmark* anzusehen. Wenn ein anderes Kino einen scharfen Film brachte, wollten sie ihn auch sehen.

»In diesen Kreisen sprach sich alles schnell herum«, erklärt Meredith. »Wenn wir hörten, daß es in einem anderen Film eine besonders ausdrucksstarke Szene gab, schauten wir ihn uns an, denn Jim und Artie wollten immer um eine Nasenlänge voraus sein.«

In der Pornographie die Besten zu sein, bedeutet, die Berüchtigtsten zu sein, und die Frage, die sich den Brüdern Mitchell stellte, lautete: ›Wir können wir de Renzy überholen?‹ Sie veranstalteten die üblichen Treffen mit Marihuana, Wein und Bier und beschlossen schließlich, den Schritt zu wagen, den sie schon so lange diskutiert hatten.

Die Brüder Mitchell würden die Grenze überschreiten. Sie würden die ersten sein, die in einem öffentlichen zugänglichen Pornofilm einen Mann zeigten. Schließlich wurde Artie dieser Mann.

»Es ist für dich«, sagte Merediths Mutter.

Meredith war zur Heirat ihrer Schwester Jennifer zu Hause in Massachusetts. Sie wußte, daß Artie am Telefon sein mußte, denn ihre Mutter hatte wieder diesen ›Ich bin verärgert, lasse es mir aber nicht anmerken‹-Tonfall und hielt den Hörer fest wie eine tote Ratte.

»Ich habe deiner Mutter gesagt, sie soll dich nach Hause schicken«, sagte Artie, als Meredith das Gespräch entgegennahm.

»Je früher, um so besser, und zwar für alle Beteiligten«, meinte Meredith. »Du fehlst mir.«

»Du fehlst mir auch. Und du hast mein Debüt als Schauspieler verpaßt!« antwortete Artie und klang plötzlich immer aufgeregter.

»DU! IN EINEM FILM?« rief Meredith und sah sich hastig um, um sicherzugehen, daß sie allein war.

»Ja. In unserem Schlafzimmer. In unserem Bett!«

»ART! Du hast doch wohl nicht . . .«

»Natürlich habe ich nicht. Was glaubst du denn, daß wir hardcore geworden sind, seit du weg bist? Wir hatten doch beschlossen, eine Softsexfilm mit einem Pärchen zu machen, weißt du das nicht mehr?«

»Richtig. Aber wie bist du denn darin gelandet?«

»Ganz einfach. Der Bursche ist nicht aufgekreuzt«, erklärte Artie.

»Was ist denn passiert?« wollte Meredith wissen.

»Ich hatte stundenlang vor mich hin geschuftet, an dem Skript zu *Summer of Laura.* Wir haben beschlossen, unsere Wohnung zu nehmen, weil wir ein ganzes Schlafzimmer zeigen wollten, und da war das leichter, als Schränke und Spiegel und das ganze Zeug hoch ins Studio zu schleppen. Wir waren drehbereit, hatten dem Mädchen fünfundzwanzig Dollar bezahlt, und sie war bereit loszulegen, und dann ist der Bursche nicht gekommen. Ich hatte keine andere Wahl, als einzuspringen.«

»Wie soft war der denn, Art? Erzähl mir, was du getan hast.«

»Ich habe sie geküßt. Das war ziemlich alles. Ich habe sie bloß geküßt«, beteuerte Artie.

»In unserem Bett!«

»He, die Welt ist doch eine Bühne«, sagte Artie fröhlich.

Die Softsexfilme, deren Pioniere die Brüder Mitchell waren, erwiesen sich sofort als Kassenschlager im O'Farrell. Es ging nicht so sehr darum, was der Mann auf der Leinwand tat oder nicht tat. Überhaupt einen Mann in den Filmen zu haben, machte es aus. Die Männer im Publikum konnten sich in Fantasien ergehen, daß *sie* dort oben auf der Leinwand mit einer schönen jungen Dame zusammen wären.

Softsexfilme spiegelten die rapide Entwicklung von Millionen Paaren wider, die von dem brannten, was Bob Seger ›Das Feuer da unten‹ genannt hat. Arties zaghaftem Kuß in *Summer of Laura* folgten in späteren Filmen heiße Zungenküsse. Die Wochen vergingen, leidenschaftliches Küssen führte zu Reiben und Stoßen und keuchendem Stöhnen. Dann kam schweres Petting, bei dem Hände unter Röcken verschwanden und sich Oberschenkel hinauftasteten. Und dann kam der simulierte Geschlechtsverkehr, den die High-Schoolkinder ›Trockenbuckeln‹ nannten.

Während sie die Filme ansahen, fragten Artie und Jim sich: Was ist – und was ist kein – Verkehr genau?

»Jim und Artie mochten es nicht, hochgenommen zu werden, sie wollten nicht ins Gefängnis«, erläutert Meredith. »Mal brachten wir einen Film auf die Leinwand, von dem Jim sagte: ›O Mann, das ist eindeutig Verkehr! Den können wir nicht bringen, die buchten uns ein!‹ Dann behauptete Art das Gegenteil. In der nächsten Woche war es dann Art, der sagte: ›Das geht jetzt zu weit! Damit landen wir bestimmt in der Kiste!‹, worauf Jim nun das Gegenteil behauptete.

Schließlich entwickelte es sich so weit, daß es zwischen dem, was wir zeigten, und dem Ficken keinen erkennbaren Unterschied mehr gab«, fährt Meredith fort. »Eines Tages beschlossen sie, einfach weiterzugehen und eine Penetration zu zeigen. Sie wurden ja sowieso ständig verhaftet, was machte es da schon für einen Unterschied? So hieß es: ›Ach, zum Teufel, eigentlich können wir auch alles zeigen, Bob.‹«

»Ich weiß nicht, Jim. Irgendwie habe ich kein gutes Gefühl dabei«, sagte Earl Shagley gerade, als er mit Jim über die Bay Bridge fuhr.

»Wobei?« fragte Jim.

»Hardcore zu drehen, um mal anzufangen. Und dann auch, wo wir ihn drehen werden«, antwortete Shagley.

»He, das ist doch keine Kirche«, wandte Jim ein.

»Es ist ein Seminar! Das ist fast wie eine Kirche«, widersprach Shagley.

Jim zuckte die Schultern. Er hatte auch ohne Earls Vorbehalte schon genug um die Ohren. Er mußte den Ort finden, hineinkommen, die Ausrüstung aufbauen, den Film abdrehen und wieder verschwinden, bevor irgend jemand sie bemerkt hatte.

Der Hauptdarsteller hatte den Drehort vorgeschlagen. Sein Bruder studierte drüben in Berkeley an einem Priesterseminar. Sein Bruder war gerade nicht in der Stadt, und er selbst war schon öfter mit seiner Freundin auf dem Zimmer seines Bruders gewesen, wenn dieser fort war. Sie hatte sich dort immer wohl gefühlt. Das würde die Sache für sie leichter machen.

»Annie ist nicht allzu glücklich darüber, und ich bin es auch nicht, Jim«, fuhr Shagley fort. »Wir sind in die Sache eingestiegen, um das Geld für ernsthafte Filme zusammenzubringen, und ehe wir uns versehen, haben wir plötzlich ein Kino und hauen einen Film nach dem anderen raus, einer noch derber als der andere. Und jetzt fangen wir auch noch mit Hardcore an. Diesmal lassen sie möglichweise nicht nur dich und Artie hopsgehen. Dafür können sie uns alle einsperren.«

»Wir tun doch, was wir uns vorgenommen haben, Earl«, widersprach Jim. »Wir sind in die Sache eingestiegen, um Filmemacher zu werden, und das sind wir auch geworden. Wo hättest du wohl sonst so viele Filme drehen können? Wo hättest du soviel lernen können? Du wirst richtig gut, Mann. Ich kann es gar nicht erwarten zu sehen, was du erst leisten wirst, wenn wir eine anständige Ausrüstung zusammenhaben.«

In Berkeley fuhren sie von der Interstate 80 auf die University Avenue und hielten östlich auf den Campus zu. Das Seminar befand sich oberhalb des Campus auf dem ›Holy Hill‹, einer Ansammlung von Kirchen, Tempeln und Priesterseminaren, die sich um die Graduate Theological Union scharten. Sie fanden das Wohnheim, ebenso das Zimmer, und klopften an die Tür.

Der Hauptdarsteller öffnete. Earl trat ein, warf einen Blick auf die Hauptdarstellerin und stellte die Bolex-Kamera auf den Boden, weil er fürchtete, er könnte sie fallenlassen.

Die Freundin war das perfekte Abbild von Annette, Earls

weiblichem Lieblingsmusketier, der Lieblingsgestalt eines jeden Jungen, der in den 50er Jahren den Mickey Mouse Club sah, wahrscheinlich weil sie als erste Brüste entwickelte. Sie bemerkte, wie Earl sie anstarrte, und als sie ihn anlächelte, sah sie noch mehr wie Annette aus.

Earl war niedergeschlagen. Was ist mit dir geschehen? wollte er fragen. Wie bist du hier gelandet? Weshalb tust du so etwas?

Earl sagte kein Wort. Sobald sie die Tür geschlossen hatten, ging der Hauptdarsteller zu einer Kommode hinüber, an der Earl gerade stand, und riß die obere Schublade auf. Earl beugte sich vor und erblickte Flaschen mit roten Pillen und eine Pistole.

»Wenn irgend jemand versucht, sich in das einzumischen, was heute abend hier abläuft, bekommt er es damit zu tun«, sagte der Mann, zog dabei die Pistole aus der Schublade und zeigte sie herum, damit auch jeder sie sah. »Wenn irgend jemand durch diese Tür kommt, ist wieder Vietnam«, fügte er hinzu und starrte dabei die Kanone an.

Earl wäre zur Tür gestürzt, wenn er nicht zuviel Angst gehabt hätte, um sich auch nur vom Fleck zu rühren.

»He, keine Sorge, ist alles cool. Leg das Ding wieder weg, dann startet die Action«, sagte Jim mit entspanntem Lächeln.

Während Jim das Vorgehen erläuterte, legte sich das Paar ins Bett, stellte die Mannschaft die Scheinwerfer auf und machte Earl die Bolex fertig. Sie schalteten die Schweinwerfer an, und sofort leuchtete der Raum in einem heißen, grellen Gleißen. Das Paar küßte sich gerade und zog sich gegenseitig aus, als jemand an die Tür klopfte.

»Gottverdammt!« zischte der Hauptdarsteller. Er sprang aus dem Bett, stürzte zur Kommode und holte die Kanone hervor. Earl schaltete die Bolex ab und überlegte sich gerade, ob er sich zu Boden werfen sollte, als es erneut klopfte.

»Ja?« fragte Jim.

»Ich habe mir nur Gedanken gemacht, was diese ganzen Scheinwerfer sollen«, sagte eine Stimme auf der anderen Seite der Tür.

»Wir machen Hochzeitsfotos«, antwortete Jim schnell und behielt dabei seinen Hauptdarsteller im Auge.

»Ach so, dann ist ja alles in Ordnung«, sagte die Stimme. »War nur neugierig.«

Wenige Minuten später klopfte es wieder an der Tür. Und wieder sprang der Hauptdarsteller aus dem Bett und griff nach seiner Pistole.

»Wir machen Hochzeitsfotos«, sagte Jimmy zur Antwort auf dieselbe Frage.

»Aber das ist James' Zimmer, und James hat nicht einmal eine Freundin«, wandte die Stimme ein.

»Es ist sein Bruder«, erwiderte Jim und ließ sich dabei seine Gereiztheit anmerken. »Sein Bruder heiratet. Haben Sie etwas dagegen? Und jetzt bitte – Sie vergeuden wertvolle Zeit.«

Das Paar hatte Sex, dann packte die Mannschaft wieder ein und verließ so schnell wie möglich das Zimmer.

»Ich hatte schon Angst, daß der Bursche uns alle umlegt«, sagte Earl, als sie wieder über die Bay Bridge zurück nach San Francisco fuhren.

»Ja, ich hatte auch Angst«, meinte Jim. »Der ist wahnsinnig.«

Nach der Aufnahme waren sie beide erschöpft und fuhren schweigend weiter. Schließlich fragte Earl. »Wie wirst du ihn nennen?«

»*Redball* (›Heißsporn‹)«, erwiderte Jim nüchtern.

Anfang der 70er spielten nur drei der Dutzende von Filmemachern, die in San Francisco ihre Streifen abdrehten, wirklich eine Rolle. Die ›Großen Drei‹ waren Alex de Renzy, der Filme produzierte und sie im Screening Room zeigte; Arlene Elster und Lowell Pickett, die das gleiche im Sutter Cinema taten; und Jim und Artie im O'Farrell.

Als die Brüder Mitchell damit begannen, Hardcore zu produzieren, übernahmen sie eindeutig die Führung, wurden zur Speerspitze der Subkultur, der Huren, Schleimbeutel, Bilderstürmer und Sensualisten.

»Es bedurfte Jims und Arties, um den letzten Schritt zu tun. Sie waren unsere Rädelsführer«, sagte Arlene Elster später in ehrlicher Bewunderung. »Die Pornographen der alten Schule waren wirklich sehr konservativ. Wenn Jim und Artie nicht den

Durchbruch geschafft hätten, hätten Magazine wie der *Playboy* und Vertreter der alten Schule wie Hugh Hefner den Sex bis in alle Ewigkeit zur bloßen Fopperei gemacht.«

Redball und die Hardcorefilme, die darauf folgten, spielten fast jede Nacht im O'Farrell vor annähernd ausverkauftem Haus. Endlich hatten die Steifschwanzpapis ein Heim gefunden. Eine Eintrittskarte zu vier Dollar bot ihnen kostenlosen Kaffee in einem Foyer, das mit interessanter erotischer Kunst dekoriert war. Wenn am Abend nicht viel los war, konnten sie auf einer Couch herumsitzen und zuhören, wie Claire, die Frau, die den Süßigkeitenstand führte, auf ihrer Geige wunderschön Brahms spielte. Im Kinosaal saßen die Steifschwanzpapis in großen Schaukelstuhl-Logensessen. Am besten aber war, daß sie dort jenes Ereignis zu sehen bekamen, das für sie faszinierender war als alles andere: Leute, die es in lebendiger Farbe *taten*.

Schon bald zeigte jedes Filmtheater in San Francisco Hardcorefilme, und die nationalen Medien begannen Storys über ›Das Kopenhagen Amerikas‹ zu bringen. Im O'Farrell erfuhr jeder Reporter eine königliche Behandlung. »Dieser Herr ist vom *Time* Magazin«, pflegten Jim oder Artie zu einem Angestellten zu sagen. »Sorg dafür, daß er alles bekommt, was er braucht.« Und in jedem Interview trat Jim als solider junger Geschäftsmann auf, der eine Marktnische entdeckt hatte.

»Die Leute wollen diese Filme sehen«, teilte Jim den Reportern vom *Examiner* mit. »Das sind keine Prunkproduktionen. Wir sind saubere, amerikanische Jungen. Und wir werden bei sauberen kleinen F... Filmen bleiben.«

Arlene Elster und Lowell Pickett gingen intellektuell etwas anspruchsvoller vor, indem sie im Dezember 1970 das First International Erotic Film Festival (Erstes Internationales Festival des Erotischen Films) organisierten. Don Simpson, der später zu einer Hälfte des berüchtigten Filmproduzententeams Bruckheimer und Simpson werden sollte, übernahm die Publicity; Annie Leibowitz schoß die Bilder für die Werbung; Arthur Knight, der anerkannte Filmkritiker der *Saturday Review*, gehörte zur Jury.

Der Siegerbeitrag war ein von einer Frau gedrehter dreiminütiger Film, der eine Frau beim Schälen einer Orange zeigte.

»Die Dick-Cavett-Show wollte den Film zeigen, also bin ich nach New York geflogen«, erinnert sich Elster. »Ich verabscheue Talkshows, das ist nicht mein Metier, aber ich dachte, ich würde es schaffen, weil der Film ja den größten Teil der Zeit in Anspruch nehmen sollte. In letzter Minute entschieden die Zensoren bei ABC, daß wir den Film nicht zeigen könnten. Sie hielten ihn für zu anzüglich, obwohl nur die Hände der apfelsinenschälenden Frau zu sehen waren. Cavett hatte seine Hausaufgaben nicht gemacht, und die ganze Geschichte wurde ein einziges Fiasko.«

Die Fernsehsender mochten vielleicht zu zaghaft gewesen sein, um auch nur den abstraktesten der Sexfilme aus San Francisco zu zeigen, doch die Besitzer der Erwachsenenkinos, die im ganzen Land aus dem Boden geschossen waren, warteten gierig auf das Produkt. Aufgrund der Bundesgesetze, die es untersagten, unsittliches Material über die Grenzen der Staaten zu befördern, umgingen die Filmemacher des Postsystem und brachten die Filme zum Flughafen, um sie als Luftfracht zu befördern. Oder sie bezahlten, wie es Drogenhändler taten, einen Kurier, der übers Land fliegen und die Ware persönlich abliefern würde.

»Wir pflegten zwei Versionen zu schießen, eine Hardcorefassung für hier und eine Softsexversion für anderswo«, erinnert sich Lowell Pickett. »Die Orte, an die wir die Hardcoreversion lieferten, haben mich immer überrascht – San Diego, Indianapolis und Kleinstädte im ganzen Land, wo die Behörden wohl, wie ich vermute, geschmiert wurden.«

Jim war vorgeblich in die Pornographie eingestiegen, um damit die richtigen Filme, die er, Annie und Earl eigentlich machen wollten, zu finanzieren. Artie pflegte sich zu bekiffen und gelegentlich darüber zu fantasieren, eine Million Dollar zu machen, den Laden zu verkaufen und sich in eine Wohnsiedlung auf Maui zurückzuziehen, bevor er dreißig geworden war.

Jim sprach nicht mehr darüber, normale Filme zu drehen, und bei Artie waren solche Absichtserklärungen wahrscheinlich nur Schall und Rauch. Aber Mark Bradford, Merediths

Bruder, der zu der Filmmannschaft gestoßen war, fragte sich oft, ob Jim und Artie nicht das, was sie taten, selbst in Zweifel zogen. Sie ließen es sich nicht anmerken, doch waren die Verhaftungen eine recht schwere Belastung für sie. Ein oder zwei Verurteilungen, und die Party war vorbei.

Mark überlegte auch, ob die Brüder eigentlich jemals weiterdachten, ob sie sich jemals fragten: »Wie wird das wohl sein, als Vierzigjähriger immer noch Pornostreifen zu drehen?« Mark, ein geborener Beobachter, den die Männer und Frauen faszinierten, die er beim Drehen von Pornofilmen kennenlernte, hatte ein starkes Interesse an Jim und Artie entwickelt. Er hegte den Verdacht, daß die Brüder im Innersten ihres Herzens Okies mit Minderwertigkeitsgefühlen waren. Einige ihrer Filme wirkten auf ihn schäbig und zweitklassig, selbst wenn man den Maßstab des ›Alles zusammenschmeißen und auf die Leinwand klatschen‹ anlegte, der das O'Farrell kennzeichnete. Mark fragte sich manchmal, ob diese stümperhaften Filme vielleicht ein Ausdruck davon waren, wie Jim und Artie sich fühlten.

Wenn Jim und Artie überhaupt jemals innehielten, um darüber nachzudenken, was sie taten, so geschah es jedenfalls nicht häufig. Sie waren Tatmenschen, die nicht zur Nabelschau neigten. Sie waren zu sehr mit ihrer Arbeit beschäftigt und machten zuviel Geld, um noch genug Zeit darauf verwenden zu können, darüber nachzudenken, wer sie waren und was sie leisteten. Der nächste, der im Kino durch die Tür kommen konnte, könnte ein Bulle sein, dennoch zogen weder Jim noch Artie es jemals ernsthaft in Erwägung, das Spiel zu beenden und sich ausbezahlen zu lassen. Ihr Vater war einmal aus Texas verjagt worden. Niemand würde sie aus dem Pornogeschäft jagen.

Außerdem war Jims und Arties Identität voll mit dem Pornographendasein verbunden. In den Augen der Presse waren sie ein Symbol der zurückgekommenen Zeiten der Barbarenküste, Charaktere in einer Stadt, die Charaktere liebte. Für Michael Kennedys radikale Freunde waren sie wahrhaftig Bilderstürmer, eine erfrischende Abwechslung von den blassen akademischen Marxisten. Jim und Artie dagegen hatten den Mumm, dem Establishment die lange Nase zu zeigen. Sie waren bereit, ja geradezu darauf erpicht, den Kampf im Gerichtssaal zu führen.

Die erste Feuerprobe der Brüder Mitchell vor dem Städtischen Gerichtshof von San Francisco (eigentlich war es Jims Prüfung, denn im ersten Fall stand Artie nicht unter Anklage) kam mit einem Geschworenenprozeß, der am 25. November 1970 begann. Aus dem mehr als einem Dutzend Filmen, die bei Razzien beschlagnahmt worden waren, hatte der Stellvertretende Bezirksstaatsanwalt Jerome Benson zwei ausgesucht, um sie der Jury vorzuführen: *Soft Seduction* (›Sanfte Verführung‹) und *Up Against the Wall* (›Vor der Wand‹).

Michael Kennedy, das schwere Geschütz der Brüder Mitchell, kam frisch aus dem Los Siete-Prozeß, in dem er dabei geholfen hatte, sieben junge Chicanos zu verteidigen, denen die Ermordung eines Polizeibeamten im Bezirk Mission von San Francisco zur Last gelegt worden war. Seine Frau Eleanore unterstützte ihn bei der Analyse der Jury.

Wie ein guter Kartenspieler konnte Kennedy während eines Prozesses drei bis vier Züge im voraus denken. Er stellte sein Verhalten im Gerichtssaal darauf ab, bei den Geschworenen Punkte zu machen, und bei diesem Prozeß war er dazu bereit, aus allen Rohren zu feuern, vor rechtschaffener Empörung zu kochen oder bösartig zu werden und zu versuchen, aus einem Zeugen der Staatsanwaltschaft Kleinholz zu machen – eben alles zu unternehmen, dessen es bedurfte, um einige oder wenigstens *ein* Mitglied der Jury davon zu überzeugen, daß die Filme, die Jim Mitchell im O'Farrell vorführte, nicht obszön waren. Kennedy glaubte nicht, daß ein Freispruch möglich wäre. Er hoffte darauf, die Jury zu verblüffen und einen Revisionsprozeß zu erzwingen.

Als erstes verwandelte der Stellvertretende Bezirksstaatsanwalt Benson den Gerichtssaal in ein Pornokino. Ein Projektor wurde hereingeschoben, eine Leinwand aufgestellt und die Lichter gelöscht. Sämtliche Zuschauersitze im Gerichtssaal waren besetzt, und die Neugierigen standen bis auf den Gang hinaus und spähten durch die kreisrunden Fenster in den Türen.

Die Polizisten hatten eine körnige Schwarzweißkopie eines Farbfilms angefertigt, doch niemand im Gerichtssaal wandte den Blick von der Leinwand ab. Ja, als sie sich umsah, stellte Meredith fest, daß nicht einer auch nur blinzelte. Sie studierte die sechs Männer und sechs Frauen, die auf der Geschworenenbank saßen. Ein Mann gähnte – Meredith war sicher, daß er damit nur seine Anspannung linderte. Ein anderer hatte sein Taschentuch gezückt und fuhr sich damit über die Stirn.

»O Gott, das ist ja nun ganz deutlich eine Penetrationsszene!« sagte Meredith leise zu Artie, der vor ihr in der ersten Reihe saß. »Verdammt, ich wünschte, wir hätten das nicht im Film gelassen. Das ist bestimmt die Grenze, die wir nicht überschreiten dürfen.«

»Da kommt das Blasen«, stöhnte Artie. »Ja, sie legt schon los. Ach du liebe Güte, wir sind schuldig!«

Bis zu diesem Augenblick hatte Meredith noch nicht realisiert, wie tief sie in den Sex verwickelt und wie blasiert sie in dieser Hinsicht geworden war. Wenn die Brüder Mitchell einen Film drehten, in dem oraler, analer und lesbischer Sex vorkam, wenn Paare mittendrin die Partner wechselten, begegnete sie dem mit der Einstellung: Na und? Das *tun* die Leute doch wirklich, wenn sie Sex haben.

Die Gäste, die im O'Farrell die Logensitze einnahmen, dachten genauso, und jetzt, da sie im Gerichtssaal auf dem harten Holzstuhl saß, mußte Meredith begreifen, daß sie mehr mit den Steifschwanzpapis gemein hatte als mit den anständigen Bürgern im Publikum und auf der Geschworenenbank. Die waren von Dingen entsetzt, die sie, Meredith, schon längst als selbstverständlich empfand. Offensichtlich war es für diese Leute die erste Begegnung mit eindeutigem Sex im Film.

Doch anstatt sich wie eine schleimige Kreatur zu fühlen, die gerade unter einem Stein hervorgekrochen war, empfand Meredith Stolz. Sie hatte es getan. Sie hatte sich aus der Mittelklasse befreit. Die Leute um sie herum waren Scheintote, Spießer, die kein Recht hatten, über die Brüder Mitchell zu Gericht zu sitzen. Sie verstanden es nicht, würden es nie verstehen. Meredith sehnte sich danach, wieder im ersten Stock des O'Farrell zu sein und bei den anderen zu sein, die sich von der heuchlerischen, von Schuldgefühlen verborgenen Mittelklasse losgelöst hatten.

Meredith dachte an J. R. und Georgia Mae. Sie waren kürzlich in einen Vorort von Sacramento gezogen, und sie, Jim, Artie und wer immer es mochte, fuhren häufig samstags oder sonntags zu Besuch dorthin. Man konnte sich nur schwer zwei Familien vorstellen, die unterschiedlicher waren als die Mitchells und die Bradfords, doch wenn es um die Dinge ging, die wirklich wichtig waren, fühlte sich Meredith häufig mit Arties Familie ebensosehr verbunden wie mit ihrer eigenen. J. R. und Georgia Mae wußten, wohin der Hase läuft.

J. R. hatte seinen Jungen von Anfang an gesagt, daß man sie festnehmen würde. Das war eben der Preis, den man dafür zahlte, sich gegen die Gesellschaft zu stellen. Nie sprach er moralisch über den Beruf seiner Söhne oder zog ihn in Zweifel. Vielmehr verbrachte er Stunden damit, gemeinsam mit ihnen juristische Strategien auszuhecken und sich Möglichkeiten zu überlegen, wie die Kasseneinnahmen im O'Farrell zu steigern waren.

Georgia Mae hätte auch nicht größeren Stolz auf ihre Söhne empfinden können, wenn sie ein führendes Filmstudio in Hollywood besessen hätten. Zwar gefiel ihr persönlich die Pornographie nicht, aber das Kartenspiel hatte ihr ja auch nie zugesagt. Sollte sie deshalb etwa die Menschen verdammen, die darüber hinaus anders dachten? Georgia Mae sah in den häufigen Verhaftungen ihrer Söhne keinen Fleck auf der Familienehre, und sie sorgte sich auch nicht darum, daß Jim und Artie im Gefängnis landen könnten. Ihre Jungen standen für das Recht der Leute ein, sich jeden Film anschauen zu können, den sie sehen wollten. In einer Welt, in der es stets Wir gegen Sie hieß, war die Seite der Freiheit immer die richtige.

Meredith wünschte sich, daß J. R. und Georgia hier wären, um ihnen moralische Unterstützung zu geben. Sie blickte zu Jim hinüber, der am Tisch der Verteidigung saß. Er hatte das längliche Haar sorgfältig gestutzt und trug einen neuen Anzug und eine getönte Brille. Seine Miene zeigte nicht das leiseste Anzeichen der Verlegenheit oder der Sorge. Er hätte auch ein Versicherungsagent sein können, der gerade auf einem Seminar einen Ausbildungsfilm betrachtete. Dafür bewunderte Meredith ihn.

»Haben Sie draußen vor dem Filmtheater in der Nähe der Kasse ein Schild gesehen?« fragte Kennedy, als er Ben Luttinger, den Polizisten, der die Filme heimlich kopiert hatte, ins Kreuzverhör nahm.

»Ja, das habe ich« erwiderte Luttinger.

»Was stand darauf?«

»Es warnte einen davor, daß die dort gezeigten Filme eindeutige, freizügige Akte der Sexualität zeigten, und besagte, daß man, sollten einem dererlei Handlungen mißbehagen, nicht eintreten solle.«

»Wer hat denn dann die Beschwerden eingebracht, die zu den Razzien führten? Haben irgendwelche Kinogäste sich bei der Polizei beschwert?« fragte Kennedy.

»Ich weiß es nicht«, erwiderte Luttinger. »Ich arbeite im Fotolabor.«

»Sie haben mit ›Ja‹ geantwortet, als der Bezirksstaatsanwalt Sie fragte, ob der Film *Soft* wesentlich über die Grenzen dessen hinausgeht, was gesellschaftlich noch als schicklich empfunden wird, nicht wahr, Sergeant?« fragte Kennedy, als er Sergeant Sol Weiner, den freundlichen ›Grünen Weenie«, ins Kreuzverhör nahm.

»Das ist richtig«, antwortete Weiner.

»Würden Sie sagen, daß sich die gesellschaftlichen Normen auf dem Gebiet der Sexualität in den letzten Jahren verändert haben?«

»Das ist richtig«, erwiderte Weiner und bestätigte unter weiterer Befragung, daß es 1968 in Kalifornien keine Filmtheater gegeben habe, die Hardcorefilme boten. Bis zum Jahr 1970 gab es einhundertfünfundzwanzig und davon über zwanzig allein in San Francisco.

»Was sind denn dann die gesellschaftlich akzeptierten Normen?« wollte Kennedy wissen. »Stimmt es etwa nicht, daß das, was den einen stört, den anderen möglichweise nicht stört? Ist nicht die Tatsache, daß es in San Francisco zweiundzwanzig bis vierundzwanzig Erwachsenenkinos gibt, ein Beweis dafür, daß der Sexfilm Bestandteil der Hauptkultur geworden ist?«

»Ja«, bestätigte Weiner, und nach weiterer Befragung brachte Kennedy den Beamten der Sittenpolizei zu dem Geständnis, daß ein Film zwar ›erregend‹ sein könnte, deshalb aber nicht unbedingt ›obszön‹ sein müsse.

»Haben Sie den kürzlich erschienen Bericht des *Präsidialausschusses zur Untersuchung von Obszönität und Pornographie* gelesen?« fragte Kennedy Sergeant Weiner.

»Nicht vollständig«, erwiderte Weiner.

»Ist Ihnen bekannt, daß dieser erlauchte Ausschuß zu der Folgerung gelangte, daß das freizügige Zurschaustellen von Sexualität *nicht* zu asozialem Verhalten führt?«

»Ich weiß, daß in einem davon abweichenden Bericht behauptet wird, daß Pornographie durchaus schädliche Folgen hat.«

»Ist Ihnen bekannt, daß die Mehrheit dieses Ausschusses die Empfehlung ausgesprochen hat, sämtliche Gesetze über ›obszönes‹ Material abzuschaffen? Ist Ihnen bekannt, daß die Sie arbeitslos machen wollen?«

Das Publikum lachte, und Kennedy setzte sein Kreuzverhör des Sergeant Weiner als Vehikel der Belehrung der Jury über die Ergebnisse der sogenannten Johnson-Kommission fort.

Im Jahre 1968 war der achtzehnköpfige Ausschuß von einem tatenlahmen Präsidenten aus der Taufe gehoben worden, um zu ermitteln, welche Auswirkung die Verbreitung sexuellen Materials auf die amerikanische Gesellschaft hatte. Da Gesetzeshüter von J. Edgar Hoover bis zu den Sheriffs auf dem Lande jahrelang Pornographie mit Gewalttaten in Verbindung gebracht hatten, sollte die Kommission Empfehlungen erarbeiten, welche rechtlichen Schritte unternommen werden könnten, um die Ausbreitung des Gifts einzudämmen.

Als 1969 eines der Kommissionsmitglieder von seinem Amt zurücktrat, um einen diplomatischen Posten in Übersee anzutreten, ernannte Präsident Nixon Amerikas führenden Pornographiegegner zu seinem Nachfolger. Charles Keating, der in seiner Heimat Cincinnati ›Mister Clean‹ (›Mister Saubermann‹) genannt wurde, war der Gründer der Citizens for Decent Literature (Bürgerinitiative für anständige Literatur).

Dreiundzwanzig Jahre später, nach dem Lincoln Savings and Loan-Finanzdebakel, nannte man Keating ›Mister Swindler‹ (›Mister Schwindler‹).

Die Kommission verfügte über einen Etat von zwei Millionen Dollar und hatte zwei Jahre Zeit. Ihr Hilfsstab interviewte

Beamte der Postaufsicht, Experten auf dem Gebiet des organisierten Verbrechens und Gefängnisinsassen, die wegen Sexualdelikten verurteilt worden waren. Kommissionsmitglieder gingen die riesige Sammlung von Erotika am Kinsey Institute for Sex Research (Kinsey Institut für Sexualforschung) in Bloomington, Indiana, durch und sahen sich dort Filme an. Sie schickten sogar ein Forscherteam nach Dänemark, um die Auswirkungen der Entkriminalisierung von Pornographie zu studieren.

Schließlich machte die Mehrheit der Kommissionsmitglieder dieselbe Entdeckung, die Knight und Alpert gemacht hatten, als sie für *Sex in the Cinema* recherchierten. Wenn dem organisierten Verbrechen auch eine Handvoll Filmtheater in New York oder Chicago gehören mochte, war die Pornographie insgesamt doch keine vom Mob gesteuerte Industrie. Die Kommission mußte auch feststellen, daß die Leute, die Nacktmagazine kauften, keine Perversen waren, die nur auf der Suche nach Anreizen für Vergewaltigungen waren. Vergewaltiger waren weitaus weniger Konsumenten von Pornographie, deren Publikum sich eher aus Männern zusammensetzte, die ›überwiegend weiß, der Mittelklasse angehörig‹ in den mittleren Jahren, verheiratet, in Geschäftsanzügen oder ordentlicher Freizeitmode gekleidet‹ waren. Diese Männer stammten aus ›konservativen, repressiven, sexuell unterdrückten Verhältnissen‹.

Die Mehrheit der Kommission sprach die Empfehlung aus, daß die Vereinigten Staaten das gleiche tun sollten wie Dänemark: alle Gesetze über Pornographie abschaffen und die Industrie von den Kräften des Markts regulieren lassen.

›Die Kommission ist der Auffassung, daß es keine Rechtfertigung für eine fortgesetzte Einschränkung der Freiheit Erwachsener durch die Regierung gibt, da ausgiebige empirische Untersuchungen sowohl durch die Kommission als auch durch andere Stellen keinerlei Beweise dafür fanden, daß die Verfügbarkeit oder der Gebrauch sexuell freizügigen Materials eine signifikante Rolle bei der Verursachung gesellschaftlicher oder individueller Schäden wie Kriminalität, Straftaten, sexueller oder nicht-sexueller Devianz oder schwerwiegender Störungen des Gefühlslebens spielen.‹

Dieser Mehrheitsbericht ärgerte Charles Keating, den Anwalt der hohen Moral. Zusammen mit dem Pater Morton Hill und mehreren anderen Kommissionsmitgliedern stellte er die Schlußfolgerung der Mehrheit radikal in Frage und warnte das Weiße Haus vor dem moralischen Schaden, den dieser Bericht im Land bewirken könne. Richard Nixon, der am Strand von San Clemente auch schon mal in einem Anzug erschien, bei dem alle drei Knöpfe geschlossen waren, verfaßte eine Erklärung, in der die Empfehlungen der Mehrheit ›völlig abgelehnt‹ wurden. Ein demokratischer Präsident hatte die Kommission eingesetzt; die Demokraten waren in Sachen Pornographie halbherzig wie bei der Frage des Kommunismus. Ein republikanischer Präsident würde niemals in dem ›nationalen Bemühen, den Schmutz zu reglementieren und aus unserem nationalen Leben zu beseitigen‹ nachlassen.

Michael Kennedy nahm ein Exemplar des Berichts der Johnson-Kommission auf und trat damit an den Zeugenstand. »Der Mehrheitsbericht besagt, daß die Leute, die sich die meisten Sorgen wegen Pornographie machen, die ›Übereifrigen und religiös Aktiven‹ seien, sowie Bürger, die der Auffassung sind, ›daß Zeitungen nicht das Recht haben sollten, Artikel abzudrucken, in denen die Polizei kritisiert wird, daß Leute keine Bücher veröffentlichen dürften, die unser Gesellschafts- oder Regierungssystem angreifen, und daß man keine Reden gegen Gott führen dürfe‹«, las Kennedy vor. »Nun sagen Sie uns doch einmal«, fuhr Kennedy fort und blickte Sergeant Weiner an, »wie viele Beschwerden über pornographische Filme das Polizeipräsidium erhalten hat?«

»Sehr wenige«, antwortete Sergeant Weiner.

»Können Sie sich an die letzte erinnern?«

»Das war vor ungefähr zwei Wochen.«

»Wer hat diese Beschwerde vorgebracht?«

»Sie war anonym.«

Am nächsten Tag gaben sich die obligatorischen Gutachter im Zeugenstand ein Stelldichein. Dr. Louis Noltimier, ein Psychiater und konservativer Republikaner, der den Physicians for Good Government (Ärzte für eine gute Regierung) vorstand und Mitglied des Advisory Committee on Mental Health (Beratungskommission für Psychohygiene) des Gouverneurs Ronald Reagan war, bestätigte, daß es tatsächlich einen Zusammenhang zwischen Pornographie und asozialem Verhalten gäbe. Im Kreuzverhör mußte Dr. Noltimier allerdings einräumen, daß es keine Studien gab, die zu ›absoluten‹ Beweisen für einen solchen Zusammenhang gelangt waren.

Im Gegenzug rief die Verteidigung Dr. John Davies Black auf, einen Psychiater aus San Francisco, der das Beraterzentrum der Universität Stanford leitete. Dr. Black sagte aus, daß die drei Filme der Brüder Mitchell, die Gegenstand des Verfahrens waren, ›sittlichen Nährwert‹ besäßen. Die Filme führten keineswegs zu Sexualverbrechen, vielmehr hätten sie sogar für Tausende von einsamen, frustrierten Männern, die unfähig waren, zu erfüllenden Geschlechtsbeziehungen zu gelangen, einen therapeutischen Wert.

»Ohne diesen Film würde deren Sexualverhalten durchdrehen«, teilte Dr. Black den Geschworenen mit.

Als nächstes kam Martin Blinder, der Psychiater aus der Bay Area, der im medizinischen Zentrum der Universität von Kalifornien lehrte. Dr. Blinder führte die Auffassungen von Dr. Davies noch einige Schritte weiter.

Ein Mann begeht keine Vergewaltigung, weil er einen Sexfilm gesehen hat, sagte Dr. Blinder aus. Vielmehr vergewaltigt ein Mann eine Frau, weil er einen tiefsitzenden Haß oder Angst vor Frauen hat.

»Ein Mann wird zum Vergewaltiger, weil er sich die falsche Mutter ausgesucht hat, nicht den falschen Kinofilm«, teilte Dr. Blinder der Jury mit. Als Kennedy ihn fragte, was denn ›normalen‹ und ›anomalen‹ Sex ausmache, stellte Dr. Blinder fest, daß das Spektrum normalen Sexualverhaltens viel weiter gefaßt ist, als es die Moralisten oder Verklemmten die Gesellschaft glauben machen wollen. An oraler, analer oder jeder anderen gewaltfreien geschlechtlichen Aktivität ist nichts Krankhaftes oder abartig Lüsternes.

»Gott hat uns diese zusätzliche erogene Zone geschenkt«, sagte Dr. Blinder zum Thema Analsex aus. »Ich kann in derlei Aktivitäten nichts Ungesundes oder Anomales erkennen.«

Der Stellvertretende Bezirksstaatsanwalt Benson verwendete

zwanzig Minuten auf sein Schlußplädoyer. Es geht nicht darum, ob Pornographie schädliche Auswirkungen hat oder nicht, sagte Benson. Es spielt keine Rolle, wie viele Kinos für schmutzige Filme in San Francisco existieren. Eine Rolle spielt nur, daß die Vorführung von obszönen Filmen gegen das Gesetz verstößt.

»Verbrechen darf nicht geduldet werden, gleich wie sehr es sich ausbreitet«, teilte Benson den Geschworenen mit.

Kennedy sprach in seiner Zusammenfassung zwei Stunden zur Jury und bestand darauf, daß die Polizei sich lieber darauf konzentrieren sollte, Straßenräuber festzunehmen, als ›zu versuchen, den Leuten Vorschriften zu machen, was sie sehen dürfen‹.

Die Jury zog sich zur Beratung zurück, und nun begann das qualvolle Warten – für die Brüder Mitchell war es der erste von vielen noch folgenden Gerichtsterminen. Zehn Stunden und zehn Abstimmungen später kehrten die Geschworenen wieder aus ihrer Beratung zurück – sie hatten sich hoffnungslos in eine Sackgasse verrannt. Die Abstimmung stand sieben zu fünf für eine Verurteilung im Falle von zwei Filmen, und elf zu eins für einen Freispruch wegen *Up against the wall.*

»Das Gesetz ist zu vage formuliert«, teilte Ralph Lockett, der erschöpfte Geschworenenrichter dem *Chronicle* mit, nachdem der Richter die Jury entlassen hatte. »Wir waren nicht dazu in der Lage, festzustellen, was ›gesellschaftliche Normen‹ sind. Ich glaube nicht, daß es, was diese Sache angeht, so etwas wie gesellschaftliche Normen gibt.«

Als er nach dem sittlichen Nährwert gefragt wurde, spreizte der Geschworenensprecher die Hände und sagte: »Das fällt in den Zuständigkeitsbereich der Psychiatrie.«

Dann machte Lockett noch eine Andeutung, die darauf hinwies, wie frustrierend es im Geschworenensaal zugegangen sein mußte. Nachdem sie die Filme angesehen hatten, berichtete er, »waren ein paar Mitglieder der Jury in einem solchen Schockzustand, daß sie nicht einmal mehr darüber diskutieren wollten.«

Es ist unmöglich, zu einer einstimmigen Entscheidung zu gelangen, wenn einige Mitglieder einer Jury sich weigern, den

Fall auch nur zu diskutieren, eine Tatsache, die den entzückten Brüdern Mitchell und ihren Freunden nicht entging. Jim konnte als freier Mann nach Hause zurückkehren, während der Bezirksstaatsanwalt sich überlegen durfte, ob er noch einen weiteren Obszönitätsfall vor Gericht bringen wollte. Prozesse kosten Zeit und Geld. Vielleicht würde es sich der Bezirksstaatsanwalt zweimal überlegen, bevor er wieder vor Gericht zog.

Zur Verärgerung der Brüder Mitchell stand Jim jedoch drei Monate später, am 3. März 1971, wieder vor Gericht. Diesmal saß Artie neben ihm auf der Anklagebank. Die Brüder waren angeklagt, einen obszönen Film mit dem Titel *Glowy Flesh* (›Leuchtendes Fleisch‹) gezeigt zu haben. Diesen Streifen hatten sie nicht selbst gedreht. Es war eine L. A.-Schlaufe, die sie verwendet hatten, um ein neunzigminütiges Programm aufzufüllen.

»Der Film zeigte einen Akt des Neunundsechzig«, sagte der Beamte des Sittenderzernats Gerald Shaughnessy aus.

»Können Sie den Geschworenen erklären, was Neunundsechzig ist?« fragte der Stellvertretende Bezirksstaatsanwalt Jerome Benson.

»Das ist ein homosexueller Akt«, erwiderte Shaugnessy.

Meredith war als Rechercheurin für Michael Kennedy tätig und saß in dieser Funktion neben Artie am Tisch der Verteidigung. Artie beugte sich vor und flüsterte: »Ach du liebe Güte! Dieser Typ ist der Polizeiexperte und hat sich noch niemals einen blasen lassen!«

Meredith und Jim mußten sich anstrengen, nicht laut loszulachen. Doch wie es so schön heißt, wer zuletzt lacht, lacht am besten, und als die Geschworenen mit dem Urteil in den Gerichtssaal traten, gab es weder für Jim noch für Artie oder Meredith etwas zu lachen. Kennedy hatte im Prinzip den gleichen Fall wie beim ersten Prozeß dargestellt, doch diesmal kaufte es ihm kein einziges Mitglied der Jury ab. Die Jury aus neun Männern und drei Frauen kamen nach zehneinhalbstündiger Debatte mit einem Schuldspruch herein.

Sechs Monate später verurteilte Richter Frank E. Hart Jim zu sechs Monaten Gefängnis und einer Geldstrafe von eintausend

Dollar. Artie bekam vier Monate und ebenfalls eintausend Dollar Geldstrafe. Kennedy ging sofort in Revision, und zwar mit der Begründung, daß ›die Belehrung der Geschworenen (durch Richter Hart) auf ein vordiktiertes Urteil hinausgelaufen war‹.

»Art war außer sich, er machte Kennedy dafür verantwortlich«, erinnert sich Meredith. »Ich weiß noch, wie er sagte: ›Es war Kennedys Schuld. Er hat uns dazu gebracht, uns anzuziehen wie die Zuhälter.‹

Es war eine ernste Sache«, fährt Meredith dort. »Die erste Straftat ist noch ein Ausrutscher. Die zweite aber ein Schwerverbrechen, das mit fünf bis fünfzehn Jahren Gefängnis geahndet wird. Wir hätten hundertmal vor Gericht ziehen und neunundneunzig Mal gewinnen können. Alles, was die Gegenseite brauchte, war diesen einen weiteren Sieg, und Jim und Art wären weg vom Fenster gewesen.«

Die Urteile wurden in einem späteren Revisionsverfahren verworfen, und Jim und Artie brauchten nicht ins Gefängnis. Doch die Niederlage setzte eine wichtige Entwicklung im filmischen Schaffen der Brüder Mitchell sowie in der Pornographie überhaupt in Gang.

In den späten 60er und 70er Jahren war ein Pornofilm wie *Requiem,* der eine Handlung hatte, eine Rarität. Die typische Schlaufe wie *Glowy Flesh* hatte weder Handlung noch Dialog. In *Glowy* haben zwei Frauen erst Sex miteinander und dann mit einem Mann. Es war den Geschworenen relativ leichtgefallen, zu einem Schuldspruch zu gelangen, weil *Glowy,* ›völlig ohne jede rechtfertigende gesellschaftliche Bedeutung‹ war.

Der Ausdruck ›rechtfertigende gesellschaftliche Bedeutung‹ stammt aus dem Präzedenzfall *Roth gegen die Vereinigten Staaten von Amerika,* der 1957 vor dem Obersten Bundesgericht behandelt wurde. Samuel Roth war damals siebenundsechzig Jahre alt, ein ernsthafter Mann und echter Bilderstürmer, dessen langes Strafregister Festnahmen wegen des Verkaufs von *Lady Chatterleys Liebhaber* und des Einschmuggelns von Druckplatten von *Ulysses* aus Paris aufwies. Diesmal war Roth zu einer fünfjährigen Haftstrafe verurteilt worden, weil er Flugblätter per Post verschickt hatte, in denen erotisches Material beworben wurde, darunter Aubrey Beardsleys *The Story of Venus and Tannhäuser.*

Das Gesetz, das 1957 in den Vereinigten Staaten die Obszönitätsfrage regelte, war der *Hicklin*-Entscheidung angepaßt, die 1868 in England gefallen war. Hicklin hatte entschieden, daß ein Buch bereits verboten werden konnte, wenn auch nur ein Absatz oder eine Seite als lüstern einzuschätzen war. Damit verfolgte er die Absicht, die verwundbarsten Mitglieder der viktorianischen Öffentlichkeit, nämlich unschuldige Jugendlische zu schützen, deren Moral auf alle Zeiten befleckt werden könnte, wenn sie über den angefochtenen Absatz stolperten.

Zum Unglück von Samuel Roth bestätigte das Oberste Bundesgericht seine Verurteilung, schrieb aber zugleich das Obszönitätsgesetz der Vereinigten Staaten um.

In einer Mehrheitsentscheidung, die von dem Richter William J. Brennan formuliert wurde, definierte er Material als obszön, das ›völlig ohne rechtfertigende gesellschaftliche Bedeutung‹ war. Nun ließ sich ein Buch nicht mehr allein aufgrund einer einzigen anstößigen Passage verbieten. Jetzt ›muß erst ein vorherrschendes Thema eines Buches als obszön eingestuft werden, damit es verboten werden darf.‹ Ein Buch konnte nicht länger verboten werden, wenn es einen naiven Heranwachsenden mit einer größeren Welt vertraut machte, als sie – denn der Richter im Fall Hicklin hatte mit Sicherheit an eine Sie gedacht – zu verkraften bereit war. Jetzt mußte der ›Durchschnittsbürger‹ ein Buch anstößig finden, bevor es verboten werden durfte.

Doch die Schlüsselformulierung in der Roth-Entscheidung war ›völlig ohne rechtfertigende gesellschaftliche Bedeutung‹. Der Richter Brennan schien sagen zu wollen, daß ein Buch oder ein Film, in dem es um ein ernstzunehmendes gesellschaftliches Problem und nicht allein um die Darstellung der Sexualität ging, nicht als obszön eingestuft werden konnte.

Im ersten Prozeß der Brüder Mitchell hatten die Geschworenen mit sieben zu fünf für ein Schuldurteil wegen *Soft* und *Seduction* plädiert, dagegen mit elf zu eins für einen Freispruch wegen *Up Against the Wall.* Alle drei waren zwar eindeutig Sexfilme. Der Unterschied war jedoch der, daß *Up Against the Wall* eine Handlung hatte, die beiden anderen Filme dagegen nicht.

Ein Sexfilm, der auch eine Geschichte erzählte, bot einer Jury immerhin *einen Grund,* zu einem Freispruch zu gelangen. Es schien geradezu unausweichlich, daß während des Entscheidungsfindungsprozesses mindestens ein unvoreingenommener Geschworener sagen würde: »Nun, ich glaube nicht, daß wir behaupten können, daß dieser Film *völlig* ohne rechtfertigende gesellschaftliche Bedeutung war, denn immerhin besaß er Charaktere und eine Story.« Und alles, was die Pornographen brauchten, um eine Jury platzen zu lassen, war eine einzige Stimme.

Wenn sich in der Vergangenheit ein Pornograph überhaupt die Mühe gemacht hatte, eine Handlung aufzubauen, war diese meist so schlicht, daß sie sich auf ein ›Hallo! Laß uns bumsen!‹ reduzierte. Nach dem Glowy-Prozeß begannen die Brüder Mitchell, ›Kleinfeatures‹ (›featurettes‹) zu produzieren, zwanzig- bis fünfundzwanzigminütige Filme, die zumindest nach den Maßstäben der Pornographie Charaktere zeigten und versuchten, eine Geschichte zu erzählen. Das taten die Brüder nicht, weil sie das Genre weiterführen oder sich als Künstler entwickeln wollten. Wie Jim später bemerkte: »Unsere Filme spiegeln unsere täglichen Bemühungen wider, nicht ins Gefängnis zu müssen.«

Die Golden Gate Bridge ist von überwältigender Schönheit. Wenn der Nebel kommt, sind die Türme von ständig in Bewegung befindlichen, gespenstischen Schwaden umhüllt. An einem klaren Tag dagegen ragen sie in schwindelerregende Höhe empor, ein monumentaler Beweis dafür, daß der menschliche Ehrgeiz so maßlos ist wie das große blaue Firmament.

Und die Pendler bemerken es natürlich kaum. Nur durch eine Reihe orangefarbener Plastikkegel voneinander getrennt, rasen die Wagen über die Brücke, als wäre es ein Tunnel, dem die Fahrer nicht schnell genug entfliehen können. Nicht so allerdings an diesem Nachmittag im Sommer 1971. Auf der Brücke geschah etwas Aufregenderes als bloße schöne Szenerie. Wagen fuhren langsamer, der Verkehr geriet ins Stocken, Pendler reckten die Hälse. *Da drehte jemand einen Film.*

Der Verkehrsstau erregte schon bald die Aufmerksamkeit der Polizei, die auch bald mit blitzendem Rotlicht eintraf. Die beiden jungen Frauen, die den Film drehten, zogen scharf die Luft ein, verspannten sich und wechselten vielsagende Blicke. Sie hatten nicht die Genehmigung der Stadt eingeholt, die für Außenaufnahmen erforderlich gewesen wäre. Ihre Kamera war eine primitive Bolex, die alle vier bis fünf Minuten mit frischem Film gefüllt werden mußte. Anstatt ›Action!‹ und ›Schnitt!‹ lauteten die häufigsten Anweisungen an die Schauspieler ›Einfrieren!‹ oder ›Stillhalten!‹, während sie die Spulen wechselten.

Doch das war den Pendlern und den Polizisten völlig gleichgültig. Nach wir vor reckten sich die Hälse, und die Polizisten fragten sich danach, was hier für ein Film gedreht wurde oder ob eine Drehgenehmigung vorlag. Sie sprangen aus dem Streifenwagen und begannen damit, die Fahrzeuge um die Filmemacher herumzuwinken.

Annie und Meredith blähten die Wangen, tauschten erleichterte Blicke und ein spitzbübisches Lächeln aus und machten sich wieder an die Arbeit.

Eine junge Frau mit langem braunem Haar trat auf die Kamera zu, so ausdruckslos wie ein Geistesgestörter unter Betäubungsmitteln. Ihr Kopf hing herab, ebenso die Schultern; ihre Arme waren schlaff und leblos, und ihr hübsches Gesicht war jedes Ausdrucks entleert, zeigte nicht einmal Schmerz.

Die Frau blieb stehen und wandte sich zum Geländer um. Die steife Brise ließ ihr Haar wehen, als sie auf die kalten grauen Wellen in die Tiefe hinunterblickte. Sie zögerte einen Moment. Dann stellte sie einen Fuß auf das Geländer und zog sich hoch. Gleich würde sie springen.

»Halt! Warte!« schrie ein junger Mann, der nun herbei stürzte, der Frau einen Arm um die Hüfte legte und sie vom Geländer riß. Er sagte ihr, daß sie jung und schön sei und daß das Leben noch vor ihr liege. Er legte den Arm um sie, und beide drehten sich um und verließen gemächlich die Brücke.

»Schnitt!« schrie Annie, dann sammelte sie mit Meredith Ausrüstung und Mannschaft ein und eilte so schnell von der Brücke, wie sie konnte.

»Ich habe San Francisco kennengelernt, indem ich die gesellschaftlich rechtfertigenden Teile der Brüder-Mitchell-Filme drehte«, sagte Meredith lachend. »Haben Sie schon einmal von Sprungschnitten gehört? Nun, wir hatten Fickschnitte. Mal eine Szene mit der Golden Gate Bridge, dann ein Schnitt und ein fickendes Paar im Bett.

Tatsächlich haben wir die Sexszenen immer zuerst gedreht«, fährt Meredith fort. »Wenn dann ein Schauspieler oder eine Schauspielerin sich verdrückte, nachdem erst der halbe Film abgedreht war, wie es manchmal geschah, hatten wir wenigstens den wichtigsten Teil. Den Rest konnten wir vorgaukeln. Einmal mußten wir eine Gesprächsszene neu drehen, und das Mädchen, das wir beim Akt gefilmt hatten, tauchte nicht mehr auf, also setzten wir meinen Bruder Mark ein. Er hatte langes Haar, und so zeigten wir nur seinen Hinterkopf.«

The Bridge (›Die Brücke‹) ist ein klassisches Beispiel für ein Kleinfeature der Brüder Mitchell. Der Plot war eng begrenzt, weil ein Film mit nur zwei Darstellern immer sehr handlungsarm ist. Außerdem war der Plot nicht dazu da, eine Geschichte zu erzählen, Spannung aufzubauen oder Charaktere zu entwickeln. Er diente lediglich dazu, daß ein Rechtsanwalt einer Jury mitteilen konnte: »In diesem Film geht es nicht um Sex. Es geht um das *Leben*, um Leben und Tod! Die junge Dame, die Sie auf der Leinwand gesehen haben, wollte Selbstmord begehen. Der Geschlechtsakt mit ihrem Lebensretter, den Sie gesehen haben, ist etwas Lebensbejahendes gewesen. Es war eine Art, sie nach ihrer Rückkehr ins Land der Lebenden willkommenzuheißen. Sexualität ist lebensbejahend, meine Damen und Herren! Das ist die Botschaft des Films. Und diese mächtige Botschaft ist es auch, die diesem Film seine rechtfertigende gesellschaftliche Bedeutung verleiht.«

»Die *Roth*-Entscheidung führte dazu, daß wir bessere Filme drehten«, meint Meredith im nachhinein. »Wir hätten wahrscheinlich bis in alle Ewigkeit Schlaufen abgedreht und niemals Features gemacht, weil die Entwicklung von Charakteren nichts war, was das Publikum sehen wollte.«

»Nun? Was wird nun werden? Wie habt ihr euch entschieden?« fragte Jennifer, Merediths Schwester, Artie.

Das nordkalifornische Licht strömte durch das Küchenfenster in dem Apartment Fillmore Ecke Pacific. Artie stand in demselben Basketballhemd, in dem er geschlafen hatte, am Herd und wartete darauf, daß der Kessel zu kochen begann, damit er sich eine Tasse Kaffee machen konnte.

»Entschieden? Was entschieden?« fragte Artie.

»Ach, komm schon, Artie!« schoß Jennifer zurück. »Egal in welche Richtung, entscheide dich endlich. Ich kann nicht ewig hier herumhängen.«

Jennifer war von Massachusetts eingeflogen, weil Meredith ihre Familie angerufen hatte, um ihr mitzuteilen, daß sie und Artie heiraten wollten. Merediths Eltern hatten sich aus offensichtlichen Gründen dazu entschieden, der Feier nicht beizuwohnen, und so waren Jennifer und Merediths jüngerer Bruder Mark als Vertreter der Familie gekommen.

Meredith und Artie hatten es sich mit der Heirat schon anders überlegt, bevor Jennifer aus dem Flugzeug gestiegen war. Heirat war eine Verneigung vor einer Autorität, die fortschrittliche junge Paare wie sie weder der Kirche noch dem Staat zugestanden. Wer läßt sich von einem Mitglied des Klerus oder einem Standesbeamten eine Beziehung segnen oder für rechtskräftig erklären? Doch nur Vertreter des hilflosen Bürgertums.

Ein oder zwei Tage nach Jennifers Ankunft hatten Artie und Meredith es sich dann schon wieder anders überlegt. Weshalb sollten sie *nicht* heiraten? Das wäre doch eine tolle Party. Aber dann dachten sie auch: Warum nicht einfach nur die Party feiern?

»Weißt du, was dein Problem ist?« fragte Artie und drehte sich zu Jennifer um. »Du und deine Familie, ihr denkt, daß es einen richtigen und einen falschen Weg gibt. Ihr glaubt, daß alles auf eure Weise geschehen muß, weil euer Weg der richtige ist. Deshalb bist du auch hergekommen. Um sicherzugehen, daß wir das Richtige tun und heiraten.«

»Artie, mir ist es gleich, was ihr tut. Ich möchte nur, daß ihr euch endlich mal entscheidet, damit ich von diesen Katzen wegkomme«, sagte Jennifer, die unter Asthma litt und schwer schnaufte.

»Also gut, also gut, scheiß drauf! Wir tun es! Wir tun es noch heute! Willst du es heute tun?« fragte Artie Meredith, die soeben in die Küche gekommen war.

»Warum nicht?« meinte Meredith beiläufig. »Das ist jedenfalls besser, als die ganze Zeit nur davon zu reden.«

»Dann such du den Priester und die Kirche aus. Ich rufe im Kino an«, sagte Artie und reichte Meredith eine Tasse Kaffee.

Meredith nahm die Gelben Seiten und blätterte, bis sie die Rubrik *Kirchen* gefunden hatte.

»Hier ist etwas«, sagte sie Augenblicke später. »Das sieht mir abgefahren genug aus. ›Kirche der Religiösen Wissenschaft.‹ Ich rufe sie an.«

Jennifers eigene Hochzeit war sorgfältig geplant worden, ein wichtiges gesellschaftliches Ereignis in der Kleinstadt südwestlich von Boston. Nun sah sie ihre Subkulturschwester über den Tisch an und schüttelte den Kopf.

»Ich kann einfach nicht glauben, daß du so etwas tust«, meinte sie. Meredith zuckte die Schultern und wählte die Nummer. Ja, der Pastor führte auch Trauungen durch. Ja, es wäre ihm eine Freude, heute eine durchzuführen.

»Um zwei heute nachmittag«, sagte Meredith und legte den Hörer auf. Artie ergriff ihn und rief im Theater an.

»Jim? Okay, sag jedem, der da ist: Meredith und ich werden heute nachmittag heiraten.« Artie nannte seinem Bruder Uhrzeit und Ort, dann fügte er hinzu: »Sag ihnen, daß jeder, der will, kommen kann.«

Meredith wählte ein kurzes grünes Lederkleid mit einer perlenbestickten Bordüre aus. Es war die Kopie eines Kleids, das Grace Slick, ein früheres Model, dessen Kleider ebenso einzigartig waren wie ihre Stimme als Sängerin der Jefferson Airplane auf der Bühne getragen hatte. Artie setzte den grauen Filzzylinder auf, der im letzten Jahr zu seinem Markenzeichen geworden war.

»Und der Ring? Wo ist der Ring?« fragte der Pastor, als das Paar vor ihm am Altar stand.

Meredith blickte Artie an, Artie schaute auf Meredith. Sie besaßen keinen Ring.

Zu Jims großen Kostbarkeiten gehörte ein Ring mit einem Drachen, dessen Augen aus Smaragden bestanden und der auf Goldklümpchen ruhte. Es war das erste, was er sich nach seiner Entlassung aus der Armee gekauft hatte. Jetzt zog er ihn ab und reichte ihn Artie.

»Das ist ein Hochzeitsgeschenk«, flüsterte er.

Die Jungvermählten begaben sich in den Philosophers Club, eine Eckbar an der Market Nähe Castro, einer Gegend, die sich zunehmend von einem Arbeiterviertel in eine Schwulenenklave entwickelte. Jeder bestellte Drinks und nahm sich ein Päckchen Twinkies aus der Schachtel, die jemand als Ersatz für eine Hochzeitstorte mitgebracht hatte. Die ganze Sache war ein Klamauk, ein riesiger Klamauk, und selbst Jennifer geriet in Stimmung. Sie fing an, eine Parodie der Hochzeitsgeschichten zu formulieren, wie sie in den Klatschkolumnen zu lesen waren.

»Und im smaragdgrünen Licht der Poolbillardtische genossen die Feiernden Twinkies und Bier zu Musik aus einer echten amerikanischen Jukebux. Eine Hochzeitsreise ist geplant ... He«, rief Jennifer und unterbrach sich selbst. »Werdet ihr auf eine Hochzeitsreise fahren?«

»Aufgrund beruflicher und rechtlicher Verpflichtungen werden wir es nicht können«, erwiderte Artie. »Der Bräutigam, ein bekannter Filmregisseur, und die Braut, eine führende Cinemafotografin, sind im Augenblick mit Dreharbeiten in jedermanns Lieblingsstadt San Francisco beschäftigt. Wegen ihres dichtgedrängten Produktionsplans und des Interesses, das die örtlichen Gerichte an ihrer Arbeit entwickelt haben, plant das glückliche Paar, seine Hochzeitsreise ›am Drehort‹ zu verleben.« Alle jubelten, und Jennifer verneigte sich dankend, dann hob sie ihr Bierglas.

Die frischgebackenen Mr. und Mrs. Mitchell küßten sich kokett.

Geburt eines Pornostars

»Ich will mir keinen Nacktfilm anschauen. Als ich bei der Luftwaffe war, sind einige von uns die ganze Strecke bis Merced gefahren, um sich einen anzuschauen, und das war der totale Nepp«, sagte George McDonald.

»Heute sind diese Filme kein Nepp mehr«, sagte Georges Freund Duane. »Inzwischen ist das Hardcore, mein Guter. Ich schaue sie mir ständig an.«

Es war an einem Samstagabend im Frühjahr 1971, und George und Duane saßen eingesperrt in Georges erbärmlichem kleinen Zimmer für drei Dollar am Tag im Coronado Hotel auf der Ellis Street im Tenderloin und überlegten, wie sie den Abend verbringen sollten. Duane war einer von Georges wenigen Freunden in San Francisco, ein dicker, schlampig aussehender, einsamer Bursche in mittleren Jahren, der in einer Schmuckfabrik als Buchhalter arbeitete. Duane war auch freundlich, intelligent und großzügig, schnell dabei, sein hervorragendes Marihuana und seine nur auf Rezept erhältlichen Diätpillen mit anderen zu teilen. An den meisten Abenden, da sie zusammen waren, schluckte George ein paar von Duanes Pillen, und dann machten sie, aufgeputscht vom Speed, eine Spritztour durch die Stadt, bis der Morgen anbrach, während Duane ohne Unterlaß gelehrte Vorträge über Architektur und die kleineren Sehenswürdigkeiten San Franciscos hielt.

Der zweiundzwanzigjährige George war zu allem bereit, nur nicht zu Sexfilmen. Er arbeitete als Verkäufer in einem Schmutzbuchladen im Tenderloin, wo er über der Theke Softsextitel wie *Die Wahrheit über Sodomie* und unter dem Ladentisch Hardcorebücher verkaufte. Der Laden bot auch 8-mm-Filme an sowie eine Reihe von ›Ehehygieneartikel‹ wie Dildos und künstliche Scheiden, die man mit warmem Wasser füllen konnte. Die Männer, die sie kauften, taten das immer für ›einen Freund‹, als ›Riesengag‹. George verdiente zehn Dollar pro

Schicht und zehn Prozent von allem, was er über fünfzig Dollar verkaufte. Am Samstag arbeitete er zwölf Stunden, und das war mehr als genug Sex, selbst für George, der auf Sex fixiert war. Außerdem hatte George gerade mal genug Geld für die Zimmermiete.

»Ach, ich weiß schon, ich kenne dich doch, du machst dir Sorgen wegen des Geldes«, sagte Duane. »Komm schon, ich gebe einen aus. Ich will, daß du dir das anschaust.«

»In dem Fall sage ich natürlich nicht nein«, meinte George, der kaum in einer Position war, um irgend etwas abzulehnen, was es umsonst gab.

Abgesehen von dem Spiegel über dem Waschbecken hing an der Wand von Georges schäbigem Zimmer nur das Bild des Filmschauspielers Elliot Gould, das George aus einer Illustrierten entnommen hatte. Es hing dort, weil die Leute George immer wieder sagten, daß er eine attraktive Version des Stars von M*A*S*H sei.

Es gab nur zwei Dinge im Leben, derer George sich wirklich sicher war: Er sah gut aus, und er war ein Herzensbrecher.

Der junge Mann mit dem schwarzen Kraushaar und den gleichmäßigen weißen Zähnen, die beim Lächeln immer aufblitzten, war im kalifornischen Fresno als Waisenkind aufgewachsen. Fast zehn Jahre hatte er bei einem Malermeister und seiner Frau gelebt. Der Maler war distanziert und wortkarg, seine Frau ein Tyrann. Das Paar stritt sich unentwegt, trennte sich und kam wieder zusammen, nur um sich wieder zu trennen. Eines Abends hatte George dem Maler die Stirn geboten, und ihm gesagt, daß er ausgehen würde, ob es dem Maler gefiele oder nicht, und wenn nicht, solle er doch die Bullen rufen.

Der Maler hatte die Bullen tatsächlich gerufen. Die Rückfahrt im Fond des Polizeiwagens von Georges ›Heim‹ in ein Heim für schwererziehbare Kinder war ihm die glücklichste Reise seines Lebens gewesen.

Danach wurde George in acht verschiedene Heime abgeschoben. Der ständige Ortswechsel machte George weltklug. Wenn der Leiter eines Heims homosexuelle Annäherungen machte, wehrte George ihn zwar ab, erwähnte den Vorfall aber mit keinem Wort. Er tat, als sei nie etwas geschehen, es sei denn, er bekam Blickkontakt zu dem Heimleiter, und dann ließ George ihn stumm wissen, daß er es nicht vergessen hatte.

Es dauerte nicht lange, bis der Leiter den Sozialarbeiter anrief und ihm mitteilte, welch eine Schande es doch sei, daß George nicht bleiben könne. Er sei zwar ein wunderbarer Junge und passe auch hervorragend in die Gruppe, aber der Leiter sei knapp bei Kasse, und sie würden umziehen müssen.

Als er schließlich auf die High-School kam, gab es zwei George McDonalds. Zu Hause war George ein mürrischer, introvertierter Junge, der ganze Stunden allein auf seinem Zimmer zubrachte, wo er ein Buch nach dem anderen verschlang. Er war verängstigt, unfähig, jemandem zu vertrauen, fürchtete, daß es ihn verletzen würde, wenn er jemandem zu nahe kam.

Außerhalb seines Heims verwandelte er sich in Super George, einen Pfadfinder mit dreiundzwanzig Belobigungsabzeichen und eigener Rolle als Zeitungsausträger. Er war ein hervorragender Schüler und gehörte zur Lauf- und Football- und Ringermannschaft, wie auch zum Debattierclub, und bei jeder Versammlung stand er hinter dem Mikrofon. In seinem letzten Jahr an der Herbert Hoover High School war George Vorsitzender des Studentenparlaments, wurde zum ›erfolgversprechendsten Schüler‹ des Jahres 1967 gewählt und erhielt die Auszeichnung ›Junge des Jahres‹ des North Fresco Exchange Clubs.

George träumte davon, eines Tages Gouverneur von Kalifornien zu werden. Er war der geborene Politiker, mit seinem überwältigenden Bedürfnis geliebt zu werden und im Mittelpunkt der Aufmerksamkeit zu stehen. George glaubte, daß er, wenn er Leuten zuhörte und Dinge tat, die sie glücklich machten, wenn er härter arbeitete als jeder um ihn herum, sich eine politische Karriere würde aufbauen können. Auf der High-School hatte es jedenfalls funktioniert.

Doch trotz all seiner Erfolge war Super George eine sehr brüchige Erfindung. Super George wußte, daß eine Militärkarriere für einen politischen Werdegang wesentlich war, und er sprach auch unentwegt davon, nach West Point oder Annapolis zu gehen, doch irgendwie kam er nie dazu, die Examen abzulegen. Er nahm zwar an der Aufnahmeprüfung für die Küstenwache teil, wurde jedoch nervös und fiel durch. Und so schrieb sich George am Tag nach seinem Schulabschluß bei der U. S. Air Force ein.

Die Air Force war öde, alles andere als eine Herausforderung. George wurde in sämtlichen Prüfungen seines Lehrgangs Klassenbester und fand sich schon bald auf einer Schule wieder, wo er lernte, die klobigen Mainframecomputer zu programmieren, die das Militär in den später 60er Jahren benutzte. Die Air Force schickte ihn schließlich auf den Luftwaffenstütztpunkt Castle in der Nähe von Merced, nur vierzig Meilen von seiner Heimatstadt entfernt. Dort stellte George das Lohnzahlungssystem der Basis auf EDV um, und weil er der einzige war, der begriffen hatte, wie das System funktionierte, ließen seine Vorgesetzten ihn in Ruhe.

George mietete ein kleines Apartment in der Downtown von Merced, und hier begegnete er auch den 60ern. Kameraden aus der Basis pflegten vorbeizukommen, um ein paar Drinks bei ihm zu nehmen, und schon bald brachten sie auch Hippiemädchen aus der Stadt mit. Jeden Abend gab es eine Party mit Wein in Krügen und mit Joints und (unvermeidlicherweise) Sex – jede Mange Sex. George wußte nie, wer aufkreuzen würde, wer schließlich auf seinem Schoß enden oder mit wem er Hand in Hand in eines der Schlafzimmer spazieren würde.

George übernahm das Antikriegsgefühl, das die Stadtbewohner zu den Partys mitbrachten, und es dauerte nicht lange, bis Super George auch gegen den Krieg war und anfing, unter seiner Uniformjacke Liebesperlen zu tragen. Er interessierte sich zwar für Politik, doch die Antikriegsbewegung und ihre Probleme konnten ihn nicht annähernd so sehr erregen wie der Sex mit jungen Hippies, die gegen den Krieg waren. Dope zu rauchen und Sex zu haben schienen die wichtigsten Betätigungsfelder zu sein, um die eigene Ablehnung der korrupten Gesellschaftsordnung auszudrücken.

George liebte die heiße körperliche Intimität, die prickelnde Erregung, in eine Frau einzudringen, vor allem beim erstenmal. Er schwelgte in den Augenblicken, da er und seine Partnerin heiß und kräftig dabei waren, vor allem dann, wenn er kurz vor dem Orgasmus stand oder gerade kam. Das war die einzige

Möglichkeit, aus sich selbst herauszutreten, Super George und den traurigen, einsamen anderen George zu vergessen.

Und er liebte die Eroberung. In seinen Waisenhäusern hatte George gelernt zu schwindeln und zu überzeugen. Er hatte gewußt, sich auf das zu konzentrieren, was eine Pflegemutter zu ihm sagte, die perfekte Antwort auf eine Frage zu bringen, im richtigen Augenblick sein bezauberndes Lächeln aufblitzen zu lassen.

Als er auf die High-School kam, setzte George das bei den Mädchen ein. Er gab Zeitungsanzeigen auf, um Mädchen auszuführen. Er hörte sich aufmerksam an, was ein Mädchen zu sagen hatte, und vermittelte ihr das Gefühl, daß er als einziger wußte, wie einzigartig sie doch war; er führte sie auf Spaziergänge an einen Wasserfall, um dort vor romantischer Kulisse über den Unterschied zwischen bedeutungslosem Sex und Sex, der etwas bedeutete, zu dozieren.

Nach dem Bumsen legte er sich aufs Kissen, um auf den Schlaf oder die nächste Erektion zu warten und seine Liste durchzugehen. Mal sehen, fragte er sich dann, war sie jetzt Nummer 27 oder 28? Dieses Listenführen gab George das, was ihm das Obsiegen in einer Debatte auf der High-School gegeben hatte: Machtgefühl; es sättigte sein unersättliches Verlangen danach, jemand zu sein.

George war davon ausgegangen, daß er den Krieg und seine Dienstzeit auf einer Basis im staubigen San Joaquin Valley aussitzen würde. Doch plötzlich mußte er Hunderte von Anträgen auf Überstundenzulagen von B-52-Mannschaften und Fliegern bearbeiten, die in Munitionsabteilungen arbeiteten. Schließlich stellte er fest, daß die B-52-Bomber der Luftwaffenbasis Castle Ziele in Nordvietnam bombardierten.

Die Einsätze waren streng geheim. Die Maschinen starteten bis oben hin mit Bomben beladen in Castle, wurden über dem Pazifik von KC-130-Flugzeugen betankt und warfen ihre Last über Nordvietnam ab. Dann wurden die riesigen Bomber in Thailand wieder aufgetankt und mit Munition beladen. Auf dem Rückflug bombardierten sie erneut Vietnam, wurden wieder über dem Pazifik betankt und landeten schließlich in Castle, wo dann das Ganze wieder von vorn begann.

Jane Fonda war gerade von ihrer berüchtigten Reise nach Nordvietnam zurückgekehrt. Als George die Bilder von der in Schutt und Asche liegenden Unterstadt Hanois und von Krankenschwestern mit verstümmelten Kindern im Arm sah, ließ er sich einen Gesprächstermin mit seinem kommandierenden Offizier geben und verkündete daselbst, daß er die amerikanischen Kriegsbemühungen nicht länger unterstützen könne.

Die Militärpolizei stellte George unter Arrest und sperrte ihn im Gefängnis der Basis ein. Um Haaresbreite wäre er unehrenhaft aus dem Dienst entlassen worden, doch da entdeckte der Ankläger bei der Durchsicht seiner Unterlagen einen Eintrag in Georges Akte, in dem er als ›der beste Unteroffiziersdienstgrad, den wir in den letzten zwanzig Jahren hier hatten‹, beschrieben wird. Der Ankläger übergab die Akte dem Kommandeur, der daraufhin die Empfehlung aussprach, George ehrenhaft zu entlassen.

Nun wohnte George in einem von Kakerlaken heimgesuchten Hotel im Tenderloin, arbeitete in einem Schmutzbuchladen und nahm Unterricht an der Bill Wade School of Radio and Television Announcing, einer Schule für Radio- und Fernsehansager. George merkte schon nach den ersten Unterrichtsstunden, daß die Diskjockeyschule eine Sackgasse darstellte. Er wußte, daß es nirgendwo hinführen würde, immer und immer wieder alte Nachrichten vorzulesen, und so stellte er seinen Besuch des Unterrichts weitgehend ein. Er träumte zwar immer noch davon, eines Tages zum Gouverneur von Kalifornien gewählt zu werden, mußte aber erst einmal eine Möglichkeit finden, Tenderloin zu entfliehen.

Georges Charme war so ziemlich das einzige, worauf er noch bauen konnte. Auf der Luftwaffenbasis Castle hatte er den Schlüssel zu der Schublade mit den Orden besessen. Er wußte, daß der Papierkram nur schlampig erledigt wurde und niemand so genau wußte, welche Orden sich darin befanden, und so war George, kurz bevor er seine Ablehnung des Krieges verkündete, hineingeschlichen, hatte die Schublade aufgesperrt und sich ein paar Beutel voll Orden und Abzeichen geholt.

Wenn George ein paar Dollar hatte, begab er sich in eine Treffpunktbar, wo er ein Gespräch mit einer jungen Frau anfing. Er gab ihr ein paar Drinks aus und erzählte ihr, daß er gerade zwischen zwei Einsätzen in Vietnam auf Heimaturlaub sei. Er beschrieb ihr den Krieg, ließ sie merken, welche Gewissensbisse und Seelenqualen er ihm bereitete. Und dann, wenn es spät wurde und die Bar schließen wollte, griff er in seine Tasche und sagte: »Du hast mir so toll zugehört, ich habe das Gefühl, dich so gut kennengelernt zu haben, daß ich dir das hier geben möchte. Ich habe sonst niemanden, dem ich es geben könnte. Hier, das ist mein Luftkampforden.« Oder: »Hier, das ist meine Antarktis-Auszeichnung.«

»Ich war skrupellos«, sagte George. »Aber es funktionierte.«

Jetzt gingen George und Duane gerade durch das Tenderloin, und George staunte, wie er es immer tat, über den menschlichen Zoo, in dem er da gelandet war. Penner in öligen Lumpen, die Gesichter von Fusel und geplatzten Adern rot angelaufen, kauerten vor den Gebäuden und erzählten zusammenhangloses Zeug. An jeder Ecke standen Prostituierte in unglaublichen Miniröcken.

Nach der starken Dosis städtischen Schmutzes erwies sich das O'Farrell als angenehme Überraschung. George war beeindruckt, wie hell und sauber und gut besucht das Filmtheater war. Im Foyer sah es aus wie in einer Kunstgalerie, und die junge Frau hinter der Süßigkeitentheke war wirklich hübsch.

George war noch überraschter, als der Film begann. Er war in Farbe, er war vertont, und die Schauspielerin sah hervorragend aus, absolut schön. Sie hatte das kurze blonde Haar mit einem eleganten Kopftuch zusammengebunden, das ihr über die rechte Schulter fiel. George verlangte es sofort nach ihr.

»Junge, ich habe mir nichts sehnlicher gewünscht, als von dieser Party verschwinden zu können«, sagte der Mann im Film.

»Ich weiß«, erwiderte die Frau. »Ich wollte einfach ganz allein mit dir sein.«

»Schön, dann tun wir es doch«, meinte der Mann.

Ist das alles, was denen als Plot einfällt? fragte sich George. Da haben sie eine wirklich schöne Frau, aber das ist alles, was sie ihr zu sprechen geben? Nicht, daß es eine Rolle spielte. Er war begierig darauf zu erfahren, wie die Schauspielerin ohne ihre Kleider aussah.

Es stellte sich heraus, daß sie sogar noch schöner war, als George es sich vorgestellt hatte: Mit großen, festen Brüsten, einem flachen Bauch, blondem Schamhaar, das sorgfältig geschnitten war, und langen, herrlichen Beinen, wie sie George sonst immer nur in Illustriertenanzeigen zu sehen bekam.

Ohne ihn auch nur zu küssen, begann die Frau sofort damit, dem Mann einen zu blasen. Das muß am Drehbuch liegen, dachte George. Frauen tun so etwas nicht. Als sie aufhörte, war das Glied des Mannes immer noch schlaff. Das Publikum begann zu stöhnen und wurde unruhig in seinen Sesseln. »Der alte Spaghettischwanz«, sagte jemand einige Reihen weiter vorn, und die Männer um George herum fingen an zu kichern.

Die Kamera schwenkte auf das Gesicht des Mannes und George sah, daß er völlig entsetzt dreinblickte. George lachte laut los.

»Du solltest nicht lachen«, flüsterte Duane ihm zu.

»Ich weiß, aber ich kann es einfach nicht ertragen. Da ist ja soviel Verspanntheit in dem Gesicht von dem Burschen«, erwiderte George.

»Das ist gar nicht so leicht«, meinte Duane.

»Machst du Witze? Bei der Muschi? Mann, das könnte ich auch.«

»Nein, könntest du nicht.«

»Könnte ich wohl«, widersprach George. »Und ich könnte nicht nur, ich werde auch.«

Den ganzen Weg zurück zu seinem Zimmer hatte George damit angegeben, wieviel besser er doch gewesen wäre als der Bursche in dem Film. Duane meinte aber, daß es eine Sache sei, mit ausgeschaltetem Licht zu bumsen, etwas völlig anderes dagegen, es auf Befehl unter Kamerascheinwerfern zu tun, umringt von einer Mannschaft und einem Regisseur, der gerade brüllte: »Jetzt schieb ihr schon die Hände unter den Arsch und bring ihn zum Wackeln, die liegt ja bloß da rum.«

Kein Problem, hatte George gesagt, die Selbstzufriedenheit in Person.

George hatte den ganzen Sonntag damit verbracht, über das nachzudenken, was er gleich als erstes Montag früh zu tun geschworen hatte. Jetzt wünschte er sich, daß er nicht so verdammt selbstsicher gewesen wäre. Wenn er jetzt einen Rückzieher machte, würde Duane ihn für einen blöden Angeber halten.

George hatte Pornographie immer als schmutzig empfunden, als fremd, etwas, worauf sich nur kranke Gemüter einließen. Eines der wenigen Dinge, die er an seiner Arbeit in dem Schmutzbuchladen mochte, war das Gefühl, den gehetzten, verstohlenen Burschen in ihren Straßenanzügen überlegen zu sein, die ins Geschäft gehuscht kamen, ein paar Magazine kauften und sie in einer Aktentasche verstauten, um sofort wieder hinauszuhuschen. Wenigstens auf diesem Gebiet hatte er keine Probleme.

Doch darum ging es ja auch genau. George hatte *wirklich* keine Probleme mit Sex. Deshalb meinte er ja gerade, daß er in einem Sexfilm auftreten könnte. George war hervorragend im Bett und stolz darauf. Er hatte nichts dagegen, wenn die Welt ihn in Aktion sah. Tatsächlich erregte ihn diese Vorstellung. George dachte, daß der Film, den er im O'Farrell gesehen hatte, von brutaler Ehrlichkeit gewesen war. Er hatte eine Tür geöffnet, um zu zeigen, was Leute hinter verschlossenen Türen taten. Daran war nichts verkehrt. Und George war sehr beeindruckt vom Ausdruck der Angst im Gesicht des Schauspielers, der keinen Steifen bekam.

In einem Sexfilm konnte man nicht schwindeln. Entweder man schaffte es, oder man schaffte es nicht. Wenn die Brüder Mitchell eine Rolle mit einem Typen besetzt hatten, der in einem ihrer Film keinen hochbekam, müßten sie eigentlich Bedarf nach einigen guten Männern haben. Nun, George war ein guter Mann. Er schwindelte nie. Und er würde auch nicht schwindeln, wenn der Regisseur ›Action!‹ brüllte.

Je mehr er darüber nachdachte, um so mehr gelangte George zu dem Schluß, daß er nichts zu verlieren hatte. Er war einsam und abgebrannt, ein Niemand im Tenderloin, der auf einem durchhängenden Bett in einem stinkigen kleinen Zimmer lag und mitanhören mußte, wie die Heizung klapperte und wie die Betrunkenen nebenan sich in die Wolle bekamen. Wenn er einen Film drehte, würde er damit wenigstens ein Risiko eingehen, etwas versuchen, das ihn hier herausholen würde. Nichts konnte schlimmer sein als das hier.

George würde für seine Auftritte in den Filmen bezahlt werden. Wenn sie erst einmal bemerkt hatten, wie gut er war, würden sie ihm wahrscheinlich haufenweise Geld zahlen. Er hatte keine Freundin, und er würde Gelegenheit bekommen, mit schönen Frauen ins Bett zu gehen. Er sah gut aus, war ein eher extrovertierter Typ, und er hatte schon immer den Verdacht gehegt, über ein schlummerndes schauspielerisches Talent zu verfügen. Was, wenn er in einem dieser Filme wirklich gut war und jemand Wichtiges ihn sah und ihn für einen normalen Film engagierte? Dergleichen hatte er in Illustrierten schon gelesen.

Am wichtigsten aber war, daß ein Auftritt in einem Sexfilm George sofort eine Identität bescheren würde. Er schloß die Augen und stellte sich vor, wie er an einem Abend ins O'Farrell kam, als der Film gerade gezeigt wurde, in dem er aufgetreten war. »He«, würde das hübsche Mädchen hinter dem Süßwarenstand sagen, »du bist doch der Bursche in dem Film!«

»Das stimmt«, würde George lächelnd antworten.

Am Montagmorgen ging George auf dem Pflaster vor dem O'Farrell auf und ab. Er hatte seinen inneren Konflikt immer noch nicht völlig aufgelöst. Ein Teil von ihm war noch immer Super George, Mister ›Vielversprechendster Schüler‹, der Star an der Herbert Hoover High-School, der immer noch davon träumte, Gouverneur zu werden. Schon mehrere Male war er zu der Tür gegangen, um wieder kehrtzumachen und wegzugehen. Schließlich sagte George sich: Scheiß drauf: Ronald Reagan hat auch einen Haufen schlechte Filme gedreht, und der ist Gouverneur!

Damit trat George ein.

Am Süßwarenstand war ein anderes Mädchen als Freitagnacht, eine Blondine mit großen Brüsten, sehr heller Haut und einem wunderschönen Lächeln. George sagte ihr, weshalb er gekommen war, worauf sie lächelte und einen Telefonhörer aufnahm. Sie bot George eine Tasse Kaffee an, während er wartete, doch dazu war er viel zu nervös. Er ging im Foyer auf und ab, die feuchten, klammen Hände hinter dem Rücken verschränkt, damit sie nicht zitterten. Er starrte gerade ein Bild an, ohne es wirklich zu sehen, als jemand rief: »He, Elliot Gould!«

Das bin ich! dachte George. Sie haben die Ähnlichkeit schon bemerkt!

George drehte sich um und erblickte einen großen, athletisch wirkenden Mann mit dichtem schwarzen Haar und einem Schnurrbart, der ihm gerade zuwinkte. Später erfuhr er, daß es John Fontana war, ein alter High-School-Freund Jims. Fontana war auf der High-School ein Starathlet in drei Sportarten und ein Student gewesen, der die Fragen des Lehrers nicht nur einfach beantwortete, sondern auch weiterführte. Fontana hatte einen Abschluß in Philosophie, liebte abstraktes Denken und war der Haustheoretiker des Lichtspieltheaters. Er und Earl Shagley waren die Kameraleute der Brüder Mitchell.

»Ich war am Samstagabend im Publikum, und da sah es so aus, als könntet ihr Jungs etwas Hilfe gebrauchen«, sagte George, auf die Unfähigkeit des Hauptdarstellers anspielend, eine Erektion zu bekommen.

»Klar könnten wir das«, meinte Fontana. »Kennst du irgendwelche Frauen?«

»Nein«, erwiderte George.

»Hast du eine Frau, mit der du arbeiten könntest?« fragte Fontana.

»Nun . . . äh . . . nein«, stammelte George, während seine Fantasievision von den Brüdern Mitchell, die ein paar gute Männer gebrauchen konnten, sich in Luft auflöste.

»Okay, paß auf, wir machen oben gerade Aufnahmen, deshalb habe ich es eilig«, sagte Fontana. »Aber gib Marianna am Süßwarenstand deinen Namen und deine Telefonnummer, dann rufen wir dich an, wenn wir etwas haben. Und ruf uns sofort an, wenn du ein Mädchen findest, mit dem du arbeiten kannst.«

Im Jahre 1971, als George McDonald beschloß, in einem Sexfilm aufzutreten, war die Hippiebewegung schon so tot wie Lyndon Baines Johnsons politische Karriere. Doch beide hatten noch ihre Nachwehen.

In San Francisco trafen keine Horden von Jugendlichen mehr ein, um Frieden und Liebe zur Wirklichkeit zu machen. Der scheinbar nie versiegende Zustrom gesunder, fröhlicher Hippiemiezen, die ohne nachzudenken vor eine Kamera traten und für ein paar Dollar ihre Kleider ablegten, war zu einem bloßen Tröpfeln geworden. Es war eine Sache, sich auszuziehen und vor einer Kamera selbst zu streicheln; eine ganz andere war es jedoch, dabei gefilmt zu werden, wie man Sex mit einem Mann hatte, den man gerade erst kennengelernt hatte.

In manchen Wochen antwortete keine einzige Frau auf die Zeitungsanzeigen der Brüder Mitchell. In anderen Wochen tauchten gleich vier oder fünf neue Gesichter im O'Farrell auf. Für die Mannschaft war es unmöglich zu wissen, wer die Frauen waren oder wo sie herkamen.

Manche der Darstellerinnen waren in Familien am Ende der sozioökonomischen Leiter, in Gemeinden der East Bay wie San Leandro und Union City aufgewachsen. Im allgemeinen waren sie nicht gerade Intelligenzbestien und auch nicht allzu attraktiv. Wenn man eine von ihnen fragte, weshalb sie in einem Film auftreten wollte, antwortete sie wahrscheinlich: »Na ja, ich wüßte nicht, was daran verkehrt sein soll. Und ich muß etwas Geld verdienen, weil ich die High-School abgebrochen habe und jetzt zurückkehren und einen Abschluß machen möchte, damit ich später die Berufsschule besuchen und zahntechnische Assistentin werden kann.«

Was tatsächlich nur einem winzigen Prozentsatz der Darstellerinnen jemals gelang.

Einige Darstellerinnen, wie die Flötistin im Oakland Symphony Orchestra oder die Jurastudentin von Stanford, kamen, um neue Erfahrungen zu machen. Ob sie nun Céline oder Genet gelesen haben mochten oder auch nicht, jedenfalls glaubten sie, daß man, wenn man in die eigenen Tiefen eindrang, schließlich dem, der man wirklich war, von Angesicht zu Angesicht gegenübertreten würde. Ein paar waren echte Intellektuelle, Rebellen, die Kerouac und John Osbornes Stücke gelesen und immer und immer wieder die Filme mit Marlon Brando und James Dean gesehen hatten. Sie wußten, daß es Möglichkeiten gab, in Amerika ein Zorniger Junger Mann zu sein. Sie wollten Zornige Junge Frauen werden, eine weitaus schwierigere Aufgabe, weil es dafür keine Rollenvorbilder gab. In einem Sexfilm aufzutreten war jedenfalls ein Versuch in diese Richtung.

Wiederum andere hatten eine Rechnung mit ihren Eltern zu begleichen. In einem Sexfilm aufzutreten ist schon ein starker Affront. Bob Cecchini, Jims Klassenkamerad an der Antioch High-School, der zu der Filmmannschaft der Brüder Mitchell gestoßen war, erinnert sich an Schauspielerinnen, die Andeutungen darüber machten, weshalb sie gekommen waren.

»Manchmal machten wir eine Pause, und dann sagte ein Mädchen vielleicht: ›Meinem Vater wird das mächtig gefallen. Der ist nämlich Vorsitzender des Schulausschusses in meiner Heimatstadt in Nebraska‹«, berichtet Cecchini. »Das war alles, was sie dazu zu sagen hatten.«

Andere Schauspielerinnen waren sexuelle Libertinistinnen, Swinger, die ihre Partner wechselten wie andere ihre Karten beim Spiel. Für sie war Sex eine Möglichkeit, eine Rolle in einem echten Lebenstheater zu spielen, Fantasien auszuagieren und einem Leben Dramatik zu verleihen, das sonst keine gehabt hätte. Die Mehrzahl der Swinger war verheiratet und lebte in Vorstädten, und sie waren in jeder erdenklichen Hinsicht ganz normale Menschen, nur daß sie sich samstagsabends keine familienfreundlichen Filme anschauten, sondern zu einer Orgie gingen.

Schließlich gab es auch die Frauen, die nur in den Filmen auftraten, weil sie verzweifelt Geld brauchten und der Auftritt in einem Film leichter und weniger angsteinflößend war, als auf den Strich zu gehen. Hier brauchte man keinen Freier anzumachen und mußte auch nicht allein auf ein Motelzimmer mitgehen und die Tür hinter sich schließen.

»Es gab Zeiten, da die Darsteller sehr viel Spaß hatten, und das war okay«, erinnert sich Earl Shagley. »Dann begannen wir Leute zu bekommen, die ganz dringend Geld brauchten und die es unter anderen Umständen auf keinen Fall getan hätten. Ich erinnere mich noch an eine Frau, die das Geld für die Miete brauchte, weil sie gerade ein Kind bekommen und der Vater sie verlassen hatte.«

Doch wie George McDonald feststellen mußte, als er das O'Farrell besuchte und sich erbot, die Brüder Mitchell von der Geißel des schlaffen Penis zu lösen, gab es einen Überschuß an Männern, die dazu bereit waren, in Sexfilmen aufzutreten.

»Frauen waren immer schwer zu bekommen«, sagt Cecchini. »Aber Typen – mit denen hätten wir die Straße pflastern können.« Alle wollten sie in die Filme, vom Bankangestellten über den Arzt bis zu den Straßenbewohnern. Für die meisten Burschen war das ein Kick, eine Fantasie, die sie Wirklichkeit werden lassen konnten. Wir hatten einen Typen, der mit zwei zahmen Klapperschlangen zu uns kam. Einen Burschen, der zum Mädchen werden wollte und uns kurz vor seiner Geschlechtsumwandlungsoperation aufsuchte. Einmal sind vier Typen auf Motorrollern gekommen, die sich wie die Beatles auf dem St. Pepper's-Album verkleidet hatten.

Wir ließen jeden einen Fragebogen ausfüllen, fährt Cecchini fort. »›Was haben Sie für sexuelle Vorlieben? Was würden Sie tun? Was würden Sie nicht tun?‹ In der Regel bekamen wir von den Typen die Antwort: ›Mache alles mit.‹«

Im Laufe der Jahre entwickelten sich Mitglieder der Filmmannschaft bei den Brüdern Mitchell wie Bob Cecchini zu herausragenden Beobachtern des menschlichen Sexualverhaltens. Während einer Drehpause oder bei einem Bier im Büro stritten sie sich gelegentlich darüber, weshalb so viel mehr Männer begierig darauf waren, in Sexfilmen aufzutreten, als Frauen.

Eine gängige Theorie besagte, daß Männer Sex wollten und davon nicht genug bekamen – deshalb waren die Brüder Mitchell ja überhaupt im Geschäft –, während Frauen eher Romantik wollten – weshalb Harlequin jedes Jahr Millionen von Büchern verkauft. Eine andere Theorie ging davon aus, daß es in einer Durchschnittsbeziehung die Frau war, die die Kontrolle über den Sex ausübte, die darüber entschied, wann und wo er stattzufinden hatte, oder in dieser Hinsicht zumindest ihr Vetorecht ausübte. Auf der Leinwand dagegen hatte sie keine Verfügungsgewalt; sie war nur dort, um Sex zu haben. Folglich hatte sie auch wenig oder gar kein Interesse daran, in einem Sexfilm aufzutreten.

Es gab auch Diskussionen über den Gemeinplatz, daß Männer im Kern Voyeure sind – ›es gibt keine Spannerinnen‹ –, während Frauen im Grunde ihres Herzens Exhibitionistinnen sein sollen: »Schaut euch doch nur einmal an, wie sie sich kleiden, wie sie ihre Titten und ihren Arsch zur Schau stellen!« Die

Mehrheit der Mannschaft sah diese Theorie durch die Tatsache widerlegt, daß sich zehnmal mehr Männer als Frauen um den Auftritt in Filmen bemühten und daß die Männer, die tatsächlich Rollen bekamen, mindestens ebenso exhibitionistisch veranlagt zu sein schienen wie die Frauen, mit denen sie zusammenarbeiteten, wenn nicht sogar noch mehr.

Die Mannschaft war sich auch darin einig, daß Männer raubtierhafter mit dem Sex umgingen als Frauen, daß es für einen Haufen Typen viel normaler war, ihre sexuellen Eroberungen in allen Einzelheiten zu besprechen, während Frauen das nur selten taten. Sie begriffen auch, daß sich weitaus mehr Männer als Frauen durch den Sex identifizierten. So wußte niemand ein weibliches Gegenstück zu dem Begriff ›Deckhengst‹, und es fiel schwer sich an eine Frau zu erinnern, und wenn es die schamloseste der Swingerinnen war, die damit herumprahlte, mit wie vielen Männern sie schon Verkehr gehabt hatte.

Letztlich lief die Diskussion auf die Frage nach dem Grund für diese Unterschiede hinaus. Ein Teil der Mannschaft war der Auffassung, daß Männer und Frauen biologisch verschieden waren, wenn es um Sexualität ging. Männer wollten in erster Linie einen Abgang. Für Frauen war die Sexualität heiliger, hatte mehr mit Liebe und Treue zu tun, wahrscheinlich weil sie auch Kinder gebaren.

Andere Mitglieder der Filmmannschaft glaubten, angeführt von Artie, daß diese Unterschiede rein kultureller Natur seien.

»Gib ihnen die Erlaubnis, es zu tun, Bob«, pflegte Artie zu sagen, ob Jim im Raum war oder nicht, »sag ihnen, daß es in Ordnung ist zu ficken und zu lutschen und mit jedem Typen rumzumachen, den sie haben wollen. Dann wirst du sehen, wie die Frauen schlangestehen, um in einem Film aufzutreten.«

Viele der Männer, die auf die Anzeigen der Brüder Mitchell antworteten, versuchten in Wirklichkeit, eine tiefsitzende Deckhengstfantasie auszuleben. Wenn dann die Wirklichkeit in Form eines Anrufs von Bob Cecchini auf sie zukam, geschah es häufig, daß gerade der Bewerber, der sich auf dem Fragebogen als eifrigst interessiert ausgegeben hatte, antwortete: »Ach, ich habe es mir anders überlegt.« Oder, was sehr viel schlimmer war, der Bewerber versprach zu kommen, um dann doch nicht aufzutauchen.

Manche der Männer kniffen zweifellos, weil sie akute Performanzangst entwickelten. Noch wahrscheinlicher war, daß inzwischen etwas Zeit verstrichen war und sie sich die Konsequenzen dessen, was sie vorhatten, genauer überlegt hatten – was angesichts der Langlebigkeit eines Films ein ganzes Leben bestimmen könnte.

Nicht so George McDonald. George belästigte Fontana genauso, wie es ein Möchtegernschauspieler mit seinem Agenten getan hätte. Er hatte sich selbst überzeugt, daß der Auftritt in einem Pornofilm eine schnelle Möglichkeit darstellte, eine Glanzrolle im Leben zu spielen, und er war darauf versessen, seine Chance zu bekommen.

Schließlich rief Fontana George an: »Wir haben etwas für dich«, sagte er. »Komm morgen früh um zehn ins O'Farrell.«

In dieser Nacht machte der Pornostar in spe kein Auge zu.

»Ich war völlig verschreckt«, sagte George. »Jetzt ging es um die Wurst.«

Als er am nächsten Morgen im Foyer des O'Farrell wartete, schob George immer wieder die Hand in die Hosentasche und berührte seinen Penis, um sich davon zu überzeugen, daß er nicht geschrumpft oder verschwunden war. Immer und immer wieder stellte er sich dieselbe Frage, die er sich auch in der Nacht gestellt hatte, als er sich auf seiner dünnen Matratze wälzte: »Kriege ich auf Befehl einen hoch?«

Fontana kam ins Foyer, um George abzuholen, und George folgte ihm die Treppe hinauf ins Studio. Jim und Artie sprangen aus ihren Sesseln und kamen zu ihm, um ihm die Hand zu geben. Diese beiden ganz gewöhnlich aussehenden Typen in Jeans und Polohemden strahlten etwas Behagliches aus. Als Jim zufällig erwähnte, wo er und Artie aufgewachsen waren, wußte George gleich, wo das war.

»He, ihr Burschen stammt aus Antioch? Ich bin aus Fresno«, sagte George. »Wir sind Talbewohner!«

Jim führte George kurz durchs Studio und zeigte auf Earl

Shagley, der gerade damit beschäftigt war, eine brandneue, sechzehntausend Dollar teure Arriflex-Kamera auszupacken, die technisch fortgeschrittenste Kamera, die es gab.

»Das ist ein großer Augenblick für uns«, sagte Jim zu George. »Was du da siehst, ist unsere erste Tonfilmkamera. Das bedeutet, daß wir den Ton nicht mehr synchronisieren müssen. Wir werden sie heute einsetzen, sofern wir herausbekommen, wie sie funktioniert.«

George nickte, als würde er jeden Tag ein Filmstudio besuchen. Sein Herz raste dafür inzwischen dreimal so schnell wie sonst, sein Kopf schwindelte, seine Beine fühlten sich schwach an, die Männer, die sich im Studio umherbewegten, waren nur verschwommene Gestalten, und George wollte sich sehnlichst setzen. Oder vielleicht doch noch einmal nach unten gehen, um es sich zu überlegen.

»Gehen wir durch den Gang, dann kannst du gleich deinen Co-Star kennenlernen«, schlug Jim vor.

Sie schritten gerade durch den Gang, als ein junger Mann aus einem Zimmer kam, direkt auf George zuging, ihn mit der Schulter anrempelte und brummte: »Du Arschloch!«, dann ging er weiter. George dachte: ›O Gott, was habe ich denn getan?‹ und sah Jim an, doch Jim sagte nichts, also stellte George auch keine Fragen. Sie gingen durch die Tür, und Jim zog einen Perlenvorhang auf.

»George, das ist Lelania«, sagte Jim.

George traute seinen Augen nicht. Lelania war die wunderschöne Frau aus dem Film, den er zusammen mit Duane gesehen, die Frau, von der er seitdem immer wieder fantasiert hatte. Sie hatte dasselbe kurze blonde Haar und die sonnengebräunte Haut und trug ein schwarzes, durchsichtiges Oberteil und hautenge schwarze Hosen.

Und dann fiel George ein, daß der Rempler im Gang derselbe Typ war, der in dem Film keinen hochbekommen hatte.

Jim erläuterte, daß sie damit beginnen würden, die Szene durch den Perlenvorhang zu schießen.

»Das ist für den gesellschaftlich rechtfertigenden Teil«, sagte Jim. »Dann können wir vor Gericht behaupten, daß es ein künstlerischer Film ist.«

Fontana kam herein und bemerkte, was Jim ignorierte: George war so bleich wie die Farbe an den Wänden, seine Oberlippe zuckte, und er verlagerte unentwegt sein Gewicht von einem Bein aufs andere wie ein Kind im Büro des Schuldirektors. Vor einer Kamera bumsen? Dieser Bursche sah ja so aus, als könnte er nicht einmal seine Hosen allein ausziehen.

»Warum lassen wir euch nicht fünf Minuten Zeit«, schlug Fontana vor. »Wir drehen ein paar von den Lampen herunter, dann könnt ihr euch etwas kennenlernen. Wenn euch behaglich zumute ist, laßt es uns wissen.«

»Okay, klar«, antwortete George.

Fontana und Jim gingen, und George setzte sich auf die Bettkante, ging in volle Fötusstellung. Irgendwie hatte er sich vorgestellt, daß die Kamera hinter einem Einwegspiegel versteckt sein würde. Er hatte sich nie ausgemalt, daß so viele Leute um ihn herum wären oder daß er so . . . so exponiert sein müßte.

»Na ja . . . hallo«, brachte George heraus und verabscheute sich dafür, daß er so schüchtern war. In den Bars hatte er seine Eröffnungssätze immer auswendig gewußt.

»Mein wirklicher Name ist Judy, und das hier ist wohl dein erster Film, nicht wahr?« fragte die Frau.

»Ja«, antwortete George. »Äh . . . ich, äh, habe deinen Film gesehen.«

»Das hast du? Wirklich? Welchen denn?« fragte Judy, ehrlich interessiert.

»Ich glaube, es ging darum, was nach einer Party passierte«, erklärte George.

»Hat er dir gefallen?« fragte Judy weiter.

»Ich fand ihn wirklich klasse«, sagte George. »Du warst wirklich wunderschön. Tatsächlich bist du auch gewissermaßen der Grund dafür, weshalb ich hier bin.«

»Du wirkst ein wenig nervös«, bemerkte Judy.

»Bin ich auch«, erwiderte George und sah sie zum ersten Mal an.

»Na, komm, ich werde dir helfen«, sagte Judy. Sie knöpfte Georges Hemd auf und ließ ihre Hand auf seine Brust gleiten. Die Hand war warm und weich, und plötzlich war George sehr erregt.

»John!« schrie George, ohne Judy erst zu fragen. »Wir sind bereit!«

Die langhaarigen Mannschaftsmitglieder strömten herein. Na ja, dachte George, wenn ich schon vor Leuten bumse, dann wenigstens vor Freaks. Shagley und Fontana bekamen die Arriflex nicht in Gang, also bauten sie die Bolex auf. Endlich waren sie aufnahmebereit.

»Okay, dann nehmen wir euch beide jetzt gleich nackt«, entschied Jim. »Lelania, du legst dich aufs Bett, und George, du kniest über ihrem Brustkorb. Dann machst du, Lelania, dich über George her. Wenn du ihn hochbekommen hast, gehen wir gleich in eine schlichte Missionarstellung und führen die Kamera zu dem Perlenvorhang hinüber, dort werden dann die späteren Aufnahmen hineingeschnitten.«

»Sagst du uns, wann wir uns bewegen sollen oder wenn wir irgend etwas anderes tun sollen?« fragte George Jim.

»Entspann dich einfach und laß es ganz natürlich fließen«, meinte Jim.

Natürlich? Bei all diesen Scheinwerfern und Leuten um ihn herum? Was sollte denn daran noch natürlich sein, fragte sich George.

Während Jim der Mannschaft letzte Instruktionen erteilte, griff Lelania hoch und begann Georges Glied zu streicheln. George bekam sofort eine Erektion.

Ich kann es! sagte George sich. Ich wußte doch, daß ich es kann!

Die Scheinwerfer gingen an, und George fühlte sich plötzlich wie Alice, als sie das Kaninchenloch hinabstürzte. Er hatte sich selbst noch nie in einem derart grellen Licht gesehen. Noch nie hatte er eine Frau so nahe betrachtet. Er konnte jedes Härchen auf Lelanias Armen erkennen, jede Pore ihrer Haut. Alles war überwirklich, und doch schien es wie eine Fantasie. Es durfte einfach nicht wahr sein.

Lelania hob den Kopf und nahm Georges Glied in den Mund. George blickte nach links, und Jim bellte: »Schau nicht in die Kamera!« Er sah hinab und war erstaunt über das, was er da erblickte.

George hatte schon sehr viel Sex gehabt, doch oralen Sex

hatte noch nie eine Frau mit ihm gemacht. Und da war nun diese wunderschöne Frau mit seinem Penis in ihrem Mund! George sah fasziniert zu und begann seine Hüften zu drehen, um den Penis zu bewegen. Es fühlte sich sehr, sehr gut an.

Dann bemerkte er, daß Lelania eine Grimasse schnitt. Die Stellung mochte im Film vielleicht gut aussehen, aber es war eine schreckliche Belastung für ihren Nacken. George dachte, daß sie vielleicht aufhören sollten.

In diesem Augenblick huschte Jim ans Kopfende des Betts und signalisierte George, Cunnilingus zu vollziehen. Das hatte George auch noch nie gemacht. Er zögerte einen Moment. Jim und die Mannschaft waren so locker, als hätten sie ihn nur gebeten, sich eine Zigarette anzuzünden, und so dachte sich George, daß nichts dabei sein konnte. Er rutschte hinunter und begab sich in Position. Er hatte sich schon immer gefragt, wie das wohl sein mußte, und jetzt, vor der Kamera, würde er es erfahren.

Einige Augenblicke später schoß George kerzengerade in die Höhe, rang nach Luft. Er hatte sich so sehr in die Sache vertieft, daß er vergessen hatte zu atmen.

Jetzt war es Zeit für den Verkehr, in Missionarsstellung. George begann mit tiefen, schnellen Stößen, legte alles hinein, was er hatte, entschlossen, eine kraftvolle Vorstellung zu bieten. Er war immer noch heftig dabei, als Jim rief: »Schnitt! Brechen wir hier ab.«

»Großartig, George, ganz großartig!« sagte Jim. »Wenn wir wieder weitermachen, macht ihr ein paar Stellungen und kehrt dann wieder in die Missionarsstellung zurück. Wenn du kommst, ziehst du heraus und kommst auf ihrem Bauch, damit wir es sehen können. Kapiert?«

Kapiert, dachte George und überlegte sich, wie merkwürdig es doch war, daß ihm dieser glatzköpfige Kerl sagte, wann er bumsen, wann aufhören und wie er kommen sollte.

George kam aus dem Bett und schritt über die Bühne. Ein Mitglied der Mannschaft trat auf ihn zu und reichte ihm ein Tuch.

»He, prima. Ein Star«, meinte das Mannschaftsmitglied.

George strahlte.

»Ja«, meinte ein anderes Mitglied der Mannschaft. »Echt gut, wie du dich da reinkniest, Mann.«

»He, danke, Leute«, erwiderte George.

George war so aufgeregt, daß er sich kaum beherrschen konnte. Mit einem dämlichen Grinsen auf dem Gesicht hüpfte er nackt umher, musterte die Ausrüstung, nickte der Mannschaft zu. Er bemerkte, daß Lelania im gegenüberliegenden Teil des Raums gerade von einem Radioreporter von KCBS interviewt wurde. Er trat dicht genug heran, um mitanhören zu können, wie der Reporter ihr ein paar Fragen darüber stellte, wie es war, als Pornostar zu arbeiten.

Ich wußte es doch! dachte George, als er mit Visionen davon weiterging, wie er eines Tages selbst Interviews geben würde. Ich wußte, daß das weiterführt.

George und Lelania legten sich wieder ins Bett. Die Scheinwerfer gingen, an und die Kamera begann zu surren. George bekam sofort eine Erektion, hatte aber Mühe, wieder die gleiche Leidenschaft aufzubieten, die er vor der von Jim angeordneten Pause zum besten gegeben hatte. Er vergrub das Gesicht in Lelanias Haar und roch ihr Parfüm. Das war hilfreich. Er begann immer stärker und stärker zu stoßen, bis er und Lelania beide schwitzten und er ihr Geschlecht riechen konnte. Das war ebenfalls hilfreich.

George blickte hinunter und sah, daß sich in der Mulde unter Lelanias Brüsten eine Schweißpfütze gebildet hatte. Vielleicht mag sie es nicht, wenn mein Schweiß auf sie herabtropft, dachte George, und im selben Augenblick fühlte er sich verlegen und unsicher.

»Es ist wirklich heiß unter diesen Scheinwerfern«, sagte George. »Da muß man einfach schwitzen.«

»Ich weiß«, erwiderte Lelania. »Ich mag das. Es turnt mich echt an.«

Lelania rieb mit der Hand über ihren Brustkorb und verschmierte den Schweiß auf ihrem Körper. George wußte, daß sie nur so tat als ob. Schweiß turnte sie nicht wirklich an. Sie tat es nur, damit er sich gut fühlte und die Mannschaft und die Scheinwerfer und die Kamera vergaß. Das war so ziemlich das Netteste, was jemals irgend jemand für George getan hatte, und eine Woge der Zärtlichkeit durchschoß ihn.

George küßte sie, schloß die Augen und begann mit einer Reihe langer, langsamer, herzlicher Stoßbewegungen. Plötzlich fühlte er etwas Kaltes am hinteren Hodensack. Er fuhr mit dem Kopf herum und erblickte Jon Fontana, der einen Zoll von seinem Unterleib entfernt einen Belichtungsmesser hielt.

»Tut mir leid, Mann«, sagte Fontana. »Wollte nur sichergehen, daß wir alles richtig eingestellt haben. Wir kriegen schließlich nur eine Spritzaufnahme, weißt du.«

George machte sich wieder an die Arbeit und stellte zu seiner Überraschung fest, daß er zwar so steif war wie ein Truthahnhals, aber nicht kommen konnte. Er schloß die Augen, vergrub den Kopf tief in Lelanias Haar, preßte ihre Beine zusammen und vollzog einige kurze Stöße, um seine Eichel zu reizen. Als er schließlich zum Orgasmus kam, fühlte sich sein Glied so warm und pricklig an, daß er es am liebsten drin gelassen hätte. Doch er war ja jetzt ein Profi, er mußte tun, was der Regisseur ihm sagte, also zog er es heraus und beobachtete zum ersten Mal seinen eigenen Orgasmus. Eine wunderbare Ruhe legte sich über George. Er hatte es geschafft. Er hatte triumphiert.

Jim zeigte George, wo er sich saubermachen konnte, und sagte ihm, daß sie sich alle im Foyer treffen würden. Sie würden nach Ocean Beach fahren, um den gesellschaftlich rechtfertigenden Teil des Films abzudrehen.

Die Pornographie ist das genaue Gegenteil des wirklichen Lebens, dachte George, als er sich wusch. Im wirklichen Leben lernt man ein Mädchen kennen, man geht zusammen aus und danach vielleicht ins Bett. Im Porno geht man erst ins Bett, um danach auszugehen.

George begab sich ins Foyer und setzte sich neben Lelania auf ein Sofa. Sie teilte ihm mit, daß der Typ, der ihn angerempelt hatte, ihr Mann Johnny gewesen war. Johnny war ein früherer Kinderstar, der in *Life with Father* und *The Fighting Sullivans* gespielt hatte. Er war mit Marihuana im Schuh über die mexikanische Grenze spaziert und hatte die zweifelhafte Auszeichnung errungen, der erste gewesen zu sein, der unter Richard Nixons Operation Intercept festgenommen wurde. Er hatte die Kaution verfallen lassen, und nun waren sie auf der Flucht vor dem FBI.

Jetzt wurde George alles klar. Jim und Artie hatten das Pärchen dazu verlockt, noch einmal zurückzukommen, wissend, daß sie Johnny gegen George austauschen würden. Kein Wunder, daß der Bursche sauer gewesen war. Der frühere Kinderstar war aus einem Pornofilm geschmissen worden, und ein Typ von der Straße würde seine Frau bumsen. Sie mußten das Geld wirklich dringend brauchen, dachte George bei sich.

Die Dreharbeiten waren für George ebenso fantastisch, wie es die Sexszene gewesen war. Hand in Hand ging er mit Lelania dahin, ab und zu blieben sie stehen, um einander in die Augen zu blicken. Dann schritten sie händchenhaltend die Stufen zum Cliff House empor, einem der Wahrzeichen San Franciscos, das auf den Ozean hinabblickte.

George machte sich glauben, daß sich Lelania wirklich in ihn verliebt hatte, daß sie wirklich sein Mädchen war. Warum auch nicht? Schließlich hatte er getan, was ihr Ehemann nicht konnte. Sie waren so gut zusammen, vielleicht würden sie gemeinsam noch einen weiteren Film drehen. Und dann noch einen. Vielleicht würden sie auch zusammen berühmt werden.

Die Dreharbeiten waren zu Ende. George und Lelania umarmten und verabschiedeten sich, dann stieg sie in den Wagen eines der Mitarbeiter, der sie zu ihrem Apartment mitnehmen würde. George fuhr in der Econoline zurück ins O'Farrell.

»Das war ein Stummfilm, und meistens bezahlen wir fünfundzwanzig Dollar für einen Stummfilm, aber du warst so gut, daß ich dir fünfzig gebe«, teilte Jim ihm im Kino mit. »Hast du morgen schon etwas vor? Komm doch wieder, dann beschaffen wir dir ein anderes Mädchen.«

Als George aus dem Kino trat, war ihm, als würde er auf Wolken schweben. Er hatte es geschafft! Er hatte seine Ängste überwunden. Er hatte Lelania erobert, Lelanias Ehemann besiegt, die Kamera, die Mannschaft, alles! Duane hatte recht gehabt. Es war tatsächlich ein Unterschied, ob man es in einem dunklen Schlafzimmer tat oder vor der Kamera. Aber George hatte es geschafft! Er hatte sich so stark konzentriert, daß Kamera und Mannschaft und Scheinwerfer verschwunden waren. Er war ein Darsteller!

Eine neue Welt hatte sich ihm eröffnet. George würde davon

leben, mit schönen Frauen ins Bett zu steigen! Er würde ein Filmstar werden! Er würde endlich jemand sein!

Nach *Lelania* wurde George McDonald zu einem begehrten Darsteller, der regelmäßig in Pornofilmen aus San Francisco auftrat. Er sah gut aus, wirkte vor der Kamera sanft, tat, was die Regisseure von ihm wollten, stritt sich nie um das Geld und, was das wichtigste war, er bekam ihn stets hoch.

Es dauerte nicht lange, da war George genauso selbstgerecht, was seine Arbeit betraf, wie ein missionierender Priester. Er fühlte sich den Filmmannschaften überlegen, mit denen er arbeitete. Er mußte sich nackt ausziehen und spielen; sie dagegen konnten sich hinter der Kamera verstecken. Wenn er in einer Bar war und jemand dort herausfand, was er beruflich machte, oder wenn er es jemanden wissen ließ, war er schon bald von lauter Typen umringt, die von ihm wissen wollten, wie es war, all diese Frauen zu vögeln. Wenn George ihnen dann in die Augen sah, bemerkte er, daß er ihre Fantasien für sie auslebte. Er war der Typ, der den Mumm hatte, es zu tun, der Typ, der keine Angst davor hatte, die Kleider auszuziehen und sich von aller Welt beim Geschlechtsakt zusehen zu lassen.

»Ich war der sexuelle Outlaw«, sagt George, um die Rolle zu beschreiben, die er abseits der Leinwand spielte. »Ich war im wahrsten Sinne des Wortes der Schwanz auf dem Gehsteig.«

Für George reduzierte sich alles auf Ehrlichkeit. Er war zu dem Schluß gelangt, daß Amerikas Problem darin bestand, daß alle Leute alles mögliche immer nur vormachten. Der Barkeeper hatte einen Magisterabschluß in Englisch von der Universität Berkeley und behauptete, daß er an einem Roman arbeite, doch das machte er den anderen nur vor. Der Taxifahrer, der angeblich ein Drehbuchautor war, schwindelte. Die Künstler und Politiker und Musiker, die ganze Tage über ihren Espressos bei Enricos, einem Café auf dem Broadway in North Beach, verbrachten, waren alles Schwindler.

George mochte vielleicht nicht gerade der gesellschaftlich angesehensten aller Tätigkeiten nachgehen, aber wenigstens tat er nicht so als ob. In Hollywood tat man beim Sex nur so als ob, und das Ergebnis war ein Haufen alberner, unehrlicher Filme. Die Filme, in denen George auftrat, mochten vielleicht primitiv sein, aber wenigstens waren sie echt.

George liebte es, den sexuellen Outlaw zu spielen. Die Männer, die ihn ansprachen, waren meistens vorsichtig, erfüllt von jener seltsamen Mischung aus Furcht und Respekt, die sie nur den Ausgestoßenen vorbehalten. (»Dieser Bursche muß verrückt sein, wenn er so etwas tut. Ich sollte besser aufpassen.«)

Für manche Frauen war George der Archetyp sexueller Zügellosigkeit. Jeden Samstagabend ging George zu einer Orgie, die von einem Sensualisten wie Lowell Pickett oder einem Swinger aus der Sexual Freedom League (Liga für sexuelle Freiheit) organisiert wurde. Immer stand er im Mittelpunkt der Aufmerksamkeit. Alle Frauen wollten es mal mit dem Pornostar versuchen. »Das war wie ständiger Sex auf Hochzeitsreise«, meint George rückblickend. »Sex ist immer am aufregensten, wenn es das erste Mal ist. Ich pflegte Sex mit einer Frau zu haben und sie danach nie wiederzusehen. Es machte mir nichts aus; es gab immer wieder neue Leute.«

Die Bezahlung war zwar nicht sonderlich gut, aber das machte George auch keine Sorgen. Er verdiente seinen Lebensunterhalt und war dem Tenderloin entflohen, um in einem Apartment für zweihundert Dollar im Monat im Herzen von Sausalito zu leben. Was ihm an Geld abging, machte er durch Anerkennung wieder wett. George war wer.

Die Männer, die normalerweise in San Franciscos Pornofilmen auftraten, waren meistens Eintagsfliegen, die einen einzigen Film drehten und dann wieder von der Bildfläche verschwanden. In seinem ersten Jahr im Geschäft drehte George dagegen vierzig Filme. Er war intelligent, charmant und von Natur aus beredt, und er bemühte sich aktiv um Interviews, indem er Radiosender anrief und sagte: »He, Porno in San Francisco ist gerade die Sache. Ich trete in allen Filmen auf, ich bin San Franciscos erster männlicher Pornostar. Sie sollten mich interviewen.«

Damals drehten Michael Douglas und Karl Malden *Die Straßen von San Francisco*, und wenn George zufällig an der Mannschaft vorbeikam, die gerade vor Ort drehte, hielt er immer nach Douglas Ausschau. Er empfand sich als Douglas ebenbürtig. Douglas war ein Star auf seinem Gebiet, George auf einem anderen.

Paradoxerweise war George dagegen in der Filmmannschaft selbst gerade *kein* Star. Die Brüder Mitchell und ihre Mannschaft hegten tiefe Verachtung für jeden, der verrückt genug war, auf der falschen Seite der Kamera zu agieren.

»Ich war nie Teil des Clubs«, sagte George Jahre später. »Dafür war ich nicht qualifiziert. Ich war ›das Fleisch‹. In keinem der Filme hatte ich bei den Dreharbeiten etwas zu sagen. Wenn ich sagte: ›He, das sehe ich aber anders‹, schnitten sie mir sofort das Wort ab. ›Vergiß es nie, du bist nur Fleisch‹, sagten sie dann.

Das war hart, weil ich wirklich an das glaubte, was ich tat, und weil sie verachteten, was sie selbst machten.«

Je häufiger George in Filmen der Mitchells auftrat, um so ambivalenter wurde sein Verhältnis zu den Brüdern. Auf der einen Seite liebte er Jim und Artie dafür, daß sie ihm eine Chance gegeben hatten. Es war eine Freude, in ihrer Gesellschaft zu sein. Sie zahlten prompt und führten eine Klassefirma, vor allem, wenn man sie mit einigen der anderen Schmuddelunternehmen der Stadt verglich, für die George schon gearbeitet hatte. Aber sie schienen keinerlei Respekt für das zu hegen, was sie taten, ganz bestimmt aber keinen für ihn. Dafür haßte George sie.

Jim war beschäftigt. Er teilte einem nackten Paar, das gerade im Bett lag, mit, was es tun sollte und in welcher Reihenfolge. Artie trat an seinen alten Kumpel Jerry Ward heran, den die Brüder Mitchell aus Las Vegas fortgelockt hatten, und flüsterte: »Ist das zu glauben? Mein Bruder versucht diesen Leuten beizubringen, wie sie ficken sollen.«

Jerry mußte sich in den Finger beißen, um nicht laut loszuprusten. Artie hatte es wieder einmal auf den Punkt gebracht: Wie konnte man jemandem beibringen, wie man das tat? Was gab es da schon Neues? Wahrscheinlich hatten Adam und Eva in ihrer ersten Nacht außerhalb des Gartens Eden schon sämtliche Stellungen ausprobiert.

Als Akt der Entdeckungsreise, der Eroberung, des Sichverlierens in tiefer körperlicher Freude, des Teilens einer spirituellen Erfahrung mit einem anderen Menschen kann die Sexualität ein Leben lang ihren Reiz bewahren. Doch wenn man nicht gerade aus irgendeinem tiefsitzenden psychologischen Grund darauf fixiert ist, wird Sexualität als Zuschauersport sehr schnell langweilig. Es gibt nur ein paar Körperöffnungen und nur ein paar Möglichkeiten, sie zu füllen, und schon bald verliert das Fleisch seinen Zauber.

Sex zu filmen verliert noch schneller seinen Reiz, als ihn zu betrachten. Hat man erst einmal alle Stellungen durch, hat man auch schon so ziemlich alles hinter sich.

»Wenn du voll auf Sex einsteigst, verflüchtigt sich jede Aufregung. Es kommt nicht einmal mehr an eine Ahnung von Aufregung heran«, sagt Mike Bradford, der in den frühen siebziger Jahren zur Filmmannschaft der Brüder Mitchell gehörte. »Es wird wirklich langweilig, weil es sehr arbeitsintensiv ist. Man verbringt eine Menge Zeit mit Leerlauf, während man darauf wartet, daß ein Darsteller ihn hochkriegt, und denkt dabei: Man, bin ich hungrig, oder: Ist es nicht mal wieder Zeit für einen Joint?«

Es stellte sich heraus, daß das Drehen von Sexfilmen sich nicht allzusehr von der Produktion von Industriefilmen unterschied, die Jim, Annie und Earl doch auf jeden Fall vermeiden wollten. Im Porno wechseln zwar die Darsteller, nie aber die Handlung. Ein Paar, das einen Strand entlanggeht oder sich bei einem Abendessen und Kerzenlicht in die Augen blickt, wird immer aus demselben Winkel gefilmt. Dann dreht man es in Aktion im Bett. Es folgen die obligatorischen Aufnahmen von oralem Sex und die obligatorische Penetration, die obligatorischen Aufnahmen von der Frau in Ekstase und vom vor Leidenschaft verzerrten Gesicht des Mannes und, natürlich, die allerwichtigste, obligatorische Ejakulationsaufnahme.

»Wir wurden alle ziemlich achtlos, was den Sex betraf«, erinnert sich Mike Bradford. »Wenn ein neues Mädchen hereinkam, sagten wir: ›Zieh deine Kleider aus, dieser Typ hier wird dich erst ficken, und danach machen wir einen Arschfick.‹ Sie traute ihren Ohren nicht, wie kaltschnäuzig wir die Sache angingen, weil es für sie solange unwirklich gewesen war, bis sie ins Studio spaziert kam.

›Ihr meint das wirklich ernst. Das wird wirklich so passieren, nicht?‹ fragte sie dann. Und wir sagten: ›Klar meinen wir es ernst. Zieh dich aus.‹ Dann zog sie ihre Kleider aus, und irgend jemand sagte: ›Ach, Scheiße! Die hat ja einen Pickel auf der linken Backe. Dann müssen wir ihren Arsch von rechts filmen.‹«

Mike Bradford war Student an der Ohio State University gewesen, als seine Eltern beschlossen, Worthington, Ohio, zu verlassen und nach San Francisco zu ziehen. Mike besuchte sie, um mit ihnen den Sommer zu verbringen, und das erste, was ihm seine Mutter erzählte, war, daß die Dame im Apartment unter ihrem denselben Nachnamen hatte wie sie. »Ihr Vorname ist Meredith, und ihren Mann, Artie, wirst du wirklich mögen. Das ist wirklich ein wunderbarer, charmanter Bursche. Paps und ich haben sie beide sehr gern. Nie würde man darauf kommen, daß sie im Schmuddelfilmgeschäft sind.«

Mike, ein hervorragender Mechaniker, der Maschinen liebte, bemerkte sofort, daß Artie seinen in Deutschland gekauften Porsche handbemalt hatte.

»Artie hatte so eine flippige ›Och, scheiß drauf!‹-Einstellung«, erinnert sich Mike. »Das war seine Art, zu betonen, daß dieser Kram nicht wirklich wichtig war, selbst wenn man ihn sich leisten konnte.«

Mike fand alles an Artie faszinierend. Arties Lieblingsshow war *The Prisoner*, und jede Woche schalteten sie die Sendung ein, kifften sich zu, während Artie eine Serie von einzeiligen Pointen vom Stapel ließ, die zugleich komisch und scharfsinnig waren. Er schien instinktiv zu wissen, daß nichts komischer ist als die Wahrheit. Artie teilte die Welt in zwei Sorten Mensch ein: jene, die den Witz verstanden, und jene, die es nicht taten, und Mike war entzückt, den Witz zu begreifen. Das gab dem netten Collegejungen aus Ohio das Gefühl, sehr hip und sehr besonders zu sein.

Das beste war die jährliche Auktion des Senders KQED. Die zog sich über Wochen hin, und jede Nacht pflegte Artie stoned zu werden, den Sender einzustellen und einen laufenden Kommentar zu den Angeboten abzugeben. Irgendwie ließ er die

Reise zur Weinprobe in Napa und die Wochenendspritztouren nach Sonoma als fade erscheinen, als etwas, das doch nur Stumpfhirne haben wollten, die republikanisch wählten und bei denen die Sexualität immer nur samstagsnachts stattfand. Die Schokoladennaschereien, die von dem aalglatten Auktionatoren als ›wild‹ und ›frech‹ angekündigt wurden, ließen Artie vor Lachen fast platzen.

»Fickt euch doch selbst ins Knie!« pflegte Artie den Auktionator anzubrüllen. »Ihr wollt es wild haben? Ihr wollt es frech haben? Wie wäre es denn dann mit einem Wochenende oben im O'Farrell? Wir stellen sogar die Schokolade!«

Und dann, ganz plötzlich, interessierte sich Artie für irgendein Angebot, und so wurde er schlagartig ernst, griff nach dem Telefon und begann zu bieten. Die Mitchells hatten inzwischen die Zeiten hinter sich zurückgelassen, da sie jeden Dollar sparen mußten, nur um sich eine neue Kamera leisten zu können. Eines Abends ersteigerte Artie einen Morgan, den klassischen, kleinen englischen Sportwagen. An einem anderen endete er als stolzer Besitzer eines riesigen Elchskopfs.

Gegen Artie wirkten die salbungsvollen weißen Liberalen, die die KQED-Auktion leiteten, unglaublich zahm. Das waren Spießer, die keinen blassen Schimmer hatten, wie man Sex machen, ein Höllenspektakel veranstalten oder einfach nur Spaß haben konnte. Keiner von ihnen hatte jemals irgendwelche echten Risiken auf sich genommen, keiner hatte jemals seit ihrem letzten Saufgelage auf dem College etwas mit wahrhaftiger Hingabe getan, und selbst das war mehr oder weniger mit offizieller Billigung geschehen. Nun, Artie wußte, was es hieß, lebendig zu sein, und das hatte mit Sicherheit nicht allzuviel mit Designerklamotten, einem Wochenende im Weinbaugebiet oder einer Schokoladenfreßorgie zu tun.

Mike, der neben ihm saß, begriff, daß er, sollte er in Ohio bleiben, mit einiger Wahrscheinlichkeit zu einem Fred MacMurray-Typ werden würde, der gelbe Hosen zu einer Madrasjacke trug und jeden Samstagabend zum Dinner in den Golfclub fuhr. Mike empfand das zunehmend als eine Form des Lebendigbegrabenseins.

In diesem Sommer verbrachte Mike sehr viel Zeit im O'Farrell und staunte darüber, was dort so los war. Schöne Frauen kamen durch die Tür, zogen sich aus, taten Dinge, die Mike noch nie eine Frau hatte tun sehen, zogen sich wieder an, ließen sich bezahlen, dankten allen und verschwanden wieder durch die Tür, als sei das alles ein ganz normales Tagwerk gewesen.

Wer waren diese Frauen? Wer waren die Männer in der Mannschaft, die mit einer solch kühlen Indifferenz ihre Arbeit taten? Wie war das, Teil des sexuellen Untergrunds zu sein? Wie war das, wenn man soviel Sex haben konnte, wie man wollte, ohne die üblichen Ausgehrituale durchlaufen zu müssen, wie es Mike an der Ohio State tat, wo man die Mädchen ins Heidelberg auf der Highstreet führte und danach eine Runde im Auto herumfuhr und sich die ganze Zeit fragte: Wird sie? Soll ich es versuchen?

Die politische Erziehung, die Mike im O'Farrell genoß, war ebenso unglaublich. Er hatte immer angenommen, daß es Gute und Böse gäbe und daß jemand wie Daniel Ellsberg, der *Die Pentagonpapiere* veröffentlicht hatte, ganz eindeutig zu den Guten zählte. Doch als Ellsberg einmal das Kino besuchte und eine Zeit im ersten Stock verbrachte, hatten Jim und Artie sich beide sehr frostig gegeben. Und als er gegangen war, hatte Artie gemurmelt: »Was für ein Arschloch!«

»Wieso? Wieso ist er ein Arschloch?« hatte Mike wissen wollen. »Er hat das ganze Establishment auf die Hörner genommen, das Pentagon, das Weiße Haus, das FBI. Was verlangst du denn noch?«

»Der *ist* das Establishment, der steckt bis über beide Ohren mittendrin«, hatte Artie geantwortet. »Den sollen wir zum Helden machen, weil er ein paar Geheimnisse ausgeplaudert hat? Scheiße! Er war doch Mitwisser dieser Geheimnisse! Ich wette, sobald die Leute, die er verpfiffen hat, nicht mehr an der Macht sind, wird er wieder versuchen, reinzukommen. Das ist ein klassischer Halbheitenliberaler, und ich hasse Saumänner!«

Für Insider wie Mike war das O'Farrell der coolste Club der Welt. Jim und Artie hatten die beste Bruderschaft oder Verbindung in Amerika geschaffen. Die Betas oder die Phi Deltas an der Ohio State konnten es ganz bestimmt nicht mit dem Clubhaus oben im O'Farrell aufnehmen, mit seinem endlosen Nachschub verfügbarer Frauen, echter Exzentriker, Marihuana, Alkohol und guter Burschen, denen man vertrauen konnte, Burschen, die, wenn ihnen danach war, bereit waren, auf ein Motorrad zu springen, mit dem Wind um die Wette nach Yosemite zu fahren und dort zu zelten und zu fischen.

Als der Guru der Männerbewegung, Robert Bly, noch ein aufstrebender Poet war, hatten Jim und Artie bereits eine Ritualloge installiert, in der Männer zusammensein konnten. Am Anfang war das Sakrament noch Marihuana, und der Eintrittspreis waren Freundschaft und Talent. Später wurde das Kokain zum Sakrament, und der Eintrittspreis war der Ruhm – Hunter S. Thompson, Warren Hinckle, Huey Newton.

Doch die ungeschriebenen Gesetze änderten sich nie. Alternde Hippies wie Vince Stanich führen aufgeweckte junge Männer wie Mike Bradford durch die Eingeweide der Innenstadt. Männer ließen ihre Frauen und Freundinnen sitzen (Frauen können so kompliziert sein; ständig wollen sie über Gefühle und Treue und Zukunftspläne reden) zugunsten des behaglichen Gestanks von Marihuana und Kameradschaft.

»Es war ein Dorf auf Sizilien«, sagt Mark Bradford. »Es war ein Clan. Wenn man dazugehörte, dann vollständig.«

Mike kehrte zwar im Herbst wieder an die Ohio State zurück, doch der Scioto River konnte sich nicht mit dem Golden Gate messen, und Woody Hayes Buckeyes waren keine Konkurrenz zu der Szene oben im O'Farrell. Er vermißte seinen Freund Artie, den finsteren Clown. Er vermißte das warme, behagliche Gefühl, oben im O'Farrell von einem Haufen großartiger Kerle umgeben zu sein. Wo immer er sich auf dem Campus umsah, erblickte er nur zukünftige Mitglieder des Rotary Club.

Mike verfaßte einen Brief an Jim und Artie, in dem er seine Gefühle erkundete und äußerst diplomatisch um einen Job bat. Wenige Tage nachdem er ihn abgeschickt hatte, rief Artie an und sagte: »Mann, du hättest doch nicht diesen ganzen Scheiß zu schreiben brauchen. Du hättest nur fragen müssen. Komm schon, du bist per sofort das achte Mitglied der Filmmannschaft.«

Cinema 7, die Filmfirma der Brüder Mitchell, war aus dem

Studio oben im O'Farrell ins Stage A umgezogen, ein Tonstudio von der Größe eines Flugzeughangars auf der Tennessee Street nahe Potrero Hill. Mike baute Bühnenkulissen, erkundete Drehorte, lud das Gerät ab und baute es auf, wenn sie irgendwo vor Ort drehten, und sprang beim Ton und bei der Beleuchtung ein.

Erst kam das Vergnügen, dann die Arbeit. Einige der ersten Maßnahmen, die die Brüder trafen, nachdem sie Stage A gemietet hatten, war, ein Basketballnetz aufzuhängen. In den Pausen machte die Mannschaft ein Spiel nach dem anderen. Die Mannschaft begann jeden Morgen mit einem Joint; den ganzen Tag über gab es weitere Joints, um high zu bleiben. Oft fand man sie in Als Anchor, einer nahegelegenen Taverne, die einem alten Seemann gehörte, wo sie Bier in sich hineinschütteten und über irgendwelche komischen Ereignisse lachten, die an diesem Tag bei den Dreharbeiten vorgefallen waren.

Doch trotz all des Drogenmißbrauchs, des Basketballs und des allgemeinen Herumlungerns schaffte es die Filmmannschaft der Brüder Mitchell, sehr viel Arbeit zu erledigen. Jede Woche mußten im O'Farrell eineinhalb Stunden neuer Film auf der Leinwand sein. Am Montag war ein Teil der Mannschaft mit der letzten Überarbeitung eines Films beschäftigt, der am nächsten Tag im O'Farrell Premiere haben sollte. In der Zwischenzeit arbeiteten Artie und Bill Boyer das Konzept zu dem Film aus, den die Mannschaft in dieser Woche abdrehen sollte.

Es wäre irreführend, würde man behaupten, daß Artie und Bill Boyer ein Lichtspiel schrieben. Zu einem Lichtspiel gehört ein Skript mit Dialog und einer Handlung, die Szene um Szene ausgearbeitet ist. Für solche Schnörkel hatten die Brüder Mitchell keine Zeit. Die Mannschaft pflegte gemeinsam im Brainstorming eine Idee – ein Konzept, wie es in Hollywood heißt – zu einem ›Junge trifft Mädchen, Junge bumst Mädchen‹-Film zu entwickeln. Den drehten sie in zwei oder drei Tagen ab, um sich danach zu fragen: Schön, und was bringen wir nächste Woche?

»Oft wußten wir nicht einmal mehr, welchen Wochentag wir hatten, aber das spielte wirklich keine Rolle«, erinnert sich Mike. »Eine Rolle spielte dagegen die Tatsache, daß wir alle Kumpel waren, daß wir alle Spaß hatten.«

Als das Geld zu strömen begann, schienen Jim und Artie sich keine Sorgen mehr darüber zu machen. Wegen des Sex waren sie auch nicht im Geschäft. Manche der Mannschaftsmitglieder ›dachten‹ zwar mit dem ›Schwanz‹ und gingen ›sportficken‹, doch die allermeisten verbrachten ihre Zeit lieber mit den Kumpeln, als hinter dem jeweiligen Pornostarlett der Woche her zu jagen.

Pornographie war eine Möglichkeit, Spaß zu haben, eine Möglichkeit, wie ein paar Typen zusammenbleiben konnten. Indem sie alte Freunde aus Antioch wie Jon Fontana, Bill Boyer und Alex Benton anheuerten, hatten Jim und Artie im wesentlichen eine Großstadtversion der Studs erschaffen. Im Club oben im O'Farrell herrschte eine Okie-Freundlichkeit. Wenn ein alter Freund aufkreuzte, begrüßte Jim ihn mit einem: »Hallo, wie geht es dir denn? Hoffentlich hast du heute abend noch nichts vor. Bei Art findet ein Barbecue statt, und du mußt unbedingt kommen.«

Frauen waren im Club zwar nicht verboten, doch war nur wenigen von ihnen Einlaß gewährt worden. Margo St. James, eine Exprostituierte mit einem Hang zur Dramatik, die COYOTE – Call Off Your Old Tired Ethics (›Mach Schluß mit deiner alten müden Ethik‹) gegründet hatte, die erste Prostituiertengewerkschaft, war Mitglied, ebenso wie Sharon McKnight, eine spitzzüngige Cabarett-Artistin, die nicht nur komisch war, sondern auch singen und schauspielern konnte.

Meredith und Annie waren natürlich Gründungsmitglieder gewesen. Doch Annie war ausgestiegen. Sie und Jim hatten sich getrennt. Annie war schließlich zu dem Schluß gelangt, daß Jim und Artie glücklich damit waren, Hardcorefilme am Fließband zu produzieren, und daß sie sich sehr viel mehr dafür interessierten, mit ihren Kumpeln zusammenzusein, als für das Drehen von echten Filmen. Annie hatte alles gelernt, was sie beim Pornodrehen lernen konnte, und war nach Los Angeles zurückgezogen.

Meredith war nicht mehr das nicht totzukriegende Clubmitglied von früher. Sie hatte einen völlig neuen Aufgabenbereich, denn sie hatte erst vor kurzem Liberty geboren, ein schönes kleines Mädchen. Meredith und Artie hatten sich ein Tudor-

Herrenhaus mit Swimmingpool und Tennisplatz auf der Frankie Lane in Lafayette gekauft. Dort verbrachte sie den größten Teil ihrer Zeit und kümmerte sich um das Baby. Meredith kam zwar immer noch dann und wann ins Filmtheater, doch meistens bekamen die Jungs sie nur an Wochenenden zu sehen, wenn alles nach Lafayette hinausfuhr, um dort am Pool oder im Wohnzimmer des großen Hauses herumzuhängen.

In der Zwischenzeit hatte Jim eine weitere Frau in den Club eingeschleust – oder es versucht. Er hatte Adrienne kennengelernt, als sie bei Dennis Roberts, einem der Rechtsanwälte der Brüder Mitchell, als Rechtsanwaltsgehilfin gearbeitet hatte. Sie waren zusammengezogen und Adrienne hatte begonnen, im Filmtheater mitzuarbeiten. Zwar war sie sehr häufig im Clubhaus, aber die meisten Burschen hatten etwas gegen ihre Anwesenheit. Mike Bradford etwa hielt Adrienne für ›ein klassisches Biest‹.

Doch war Adrienne nur ein kleineres Reizmittel, weil sie die meiste Zeit zu Hause war, wo sie sich um den Haushalt kümmerte oder für Jim ausgiebige Mahlzeiten kochte. Art und Jim hatten beide begonnen, ein Doppelleben zu führen. Zu Hause waren sie junge Männer mit stabilen Partnerbeziehungen. Das große Gelände bei Artie und Meredith war immer frisch gemäht, und das Wasser im Swimmingpool funkelte stets vor Sauberkeit. Adrienne servierte das Abendessen auf englischem Porzellan und schenkte hervorragenden kalifornischen Wein in schwedisches Kristallglas, das sie bei Gumps erstanden hatte.

Im Kino waren Jim und Art den ganzen Tag lang von Sex und Drogen und ihren Kumpeln umgeben. Die Jungen im Club waren natürlich ewige Jugendliche, die mit ihren Kumpeln rauchten, tranken, Poker spielten und Unfug anstellten, genau wie sie es auf der High-School getan hatten.

»Man könnte sagen, daß die Brüder Mitchell nie erwachsen wurden«, meint Herb Gold, der Romanautor. »Aber man schaue sich auch einmal die Leute an, die tatsächlich erwachsen wurden. Die stiegen als Partner bei Buchhaltungsfirmen ein. Die Einstellung der Mitchells dazu lautete: Wer will schon wie die werden?«

Langsam hatte sich der Kreis der Brüder Mitchell ausgeweitet, um auch städtische literarische Gestalten wie Herb Gold einzuschließen. Der Karikaturist Dan O'Neill lebte im Vorführraum, und der legendäre Robert Crumb, dessen wunderbare Zeichnungen direkt aus dem Es entspringen, war zu einem regelmäßigen Besucher im ersten Stock geworden. Huey Newton, ein Mandant von Michael Kennedy, kam gelegentlich vorbei, und Filmemacher von der San Francisco State sowie aufstrebende junge Künstler suchten in Scharen das Filmtheater auf und hofften darauf, Mitglieder der Insiderclique zu werden, die sich im oberen Stock traf.

Anfang der Siebziger war das O'Farrell zu einem Brückenkopf der Bohème geworden, einer echten San Francisco-Version eines Cafés am linken Seineufer in Paris oder eines Kaffeehauses in Greenwich Village. Wie alle wahren Bohèmiens führten Jim, Artie und ihre Filmmannschaft eine Meuterei gegen die Werte der Mittelklasse durch. Diese Rebellion war der *eigentliche* Spaß.

Seit den Tagen des William Bradford bis zu den albernen Filmen mit Titeln wie *Nette Mädchen tun das nicht*, die man High-School-Mädchen im Sportunterricht vorführte, wurde der Sex in Amerika stets als etwas Sakrosanktes und Todernstes behandelt. Jim und Artie und die Mannschaft von Cinema 7 waren entschlossen, das zu unterwandern, so schamlos und ketzerisch mit dem Sex umzugehen, wie sie nur konnten. Alles war erlaubt – je kühner, um so besser.

Es konnte nicht ausbleiben, daß diese Sexualanarchisten auch die katholische Kirche aufs Korn nahmen. Jim und Artie taten es nicht etwa, weil sie irgendwelche hochtrabenden künstlerischen Ziele verfolgten, etwa die Kirche als eine von Männern beherrschte, zutiefst sexualfeindliche Institutionen anzugreifen, sondern weil die Kirche so ein offensichtliches Ziel darstellte.

Für den Film *Reckless Claudia* (›Leichtsinnige Claudia‹) baute Mike Bradford einen Beichtstuhl aus Pappe. Claudia, die von einer Musikstudentin aus Stanford gespielt wurde, die sich einmal austoben wollte, hat Schuldgefühle wegen ihrer Sünden und geht zur Beichte. Der Beichtvater ist Artie. Die Fragen, die er ihr stellt, werden immer eindeutiger, und der Priester wird immer erregter. Schließlich hält er es nicht mehr aus. Er steht auf, tritt hinter den Beichtstuhl, und plötzlich stößt ein geiler Penis durch ein Loch im Vorhang des Beichtstuhls. Claudia sagt fünf Ave Marias auf, bekreuzigt sich zweimal und nimmt den Penis in den Mund. Sekunden später zieht sich der Penis zurück und bespritzt Claudias Gesicht mit Samen.

Der Penis gehörte nicht Artie.

Der Filmmannschaft bereitete es auch Spaß, eine endlose Anzahl von Insiderwitzen zu reißen. Manchmal gingen sie auf eigene Kosten, etwa als sie die Hauptdarstellerin in einem Film nach Jon Fontanas Freundin auf der High-School nannten, natürlich ohne Fontana etwas davon zu sagen. Als er ihren Namen hörte, schoß sein Kopf hinter der Kamera hoch, aber er drehte weiter.

Ein Standardgag war es auch, in jedem Film aufzutreten, aber *ausschließlich* in nichtsexuellen Rollen. Über diese Linie hinauszugehen hätte bedeutet, ›Fleisch‹ zu werden, ein Darsteller, ein Idiot.

»Wir hatten alle Gelegenheit, unsere Schwänze in einen Mädchenmund zu schieben und unsere Schwänze einfach nur ablichten zu lassen, aber das haben wir nie getan«, entsinnt sich Mike Bradford. »Das wäre nicht akzeptiert worden, die Jungs hätten dir dafür viel zu sehr die Hölle heiß gemacht. So war das auch, als wir *Reckless Claudia* schossen«, fährt Mike fort. »Das wäre ein kostenloses Blasen gewesen, aber Artie wollte es nicht tun, und von uns wollte es auch niemand. Es gab einen Typen namens Jones, der immer bei den Aufnahmen herumhing und bumsen wollte. Man hat ihn toleriert, aber nicht geschätzt, eine Nervensäge, die wir einsetzten, wenn es gerade bequem war. Wir fragten ihn, ob er es machen wollte, und er sagte: ›Warum nicht?‹ Dann stieg er auf die Leiter. Er kam sofort, sehr zum Schrecken und Entsetzen von Claudia.«

In einem Sexfilm der Brüder Mitchell war thematisch alles erlaubt – Tod, Religion, Erziehung und Ausbildung (sie legten Wert darauf, *Wild Campus* [›Wilder Campus‹] am Diablo Valley College zu drehen, Jims, Bill Boyers und [beinahe] Arties Alma mater) sowie Fantasien. Vor allem aber Fantasien.

Sofort nach der Beichtstuhlszene in *Reckless Claudia* führte Jon Fontana die Darstellerin zu George McDonald hinüber, der in der nächsten Szene auftreten sollte.

Sie war gerade damit beschäftigt, sich den Samen abzuwischen, wütend über das, was geschehen war und daß sie niemand vorgewarnt hatte, und so sagte sie gerade einmal knapp »hallo« zu George.

»Hör mal, Jon, kannst du mir vielleicht mal sagen, was ich hier tun soll? Ich weiß das immer gern vorher, damit ich mich in die Rolle hineinversetzen kann«, sagte George zu Fontana.

»Das ist eine Traumsequenz«, antwortete Fontana. »Es ist besser, wenn du es erst beim Drehen merkst.«

Fontana ging davon, und George fragte sich, weshalb er ihm auswich. Dann erblickte er im Augenwinkel einen riesigen Gorillakopf, der auf einem Stuhl in einer Studioecke stand. Auf einer Plattform neben dem Stuhl war ein mit Leopardenfellimitation bezogenes Bett. Von den Deckenbalken hing ein Seil herab.

George bekam ein flaues Gefühl im Magen.

»He, Jon, warte mal!« brüllte George. »Hat dieses Seil und das Zeug da drüben irgend etwas mit meiner Szene zu tun?«

Fontana drehte sich um.

»Das *ist* deine Szene, George«, sagte er. »Bleib locker, du wirst es schon noch erfahren.«

Fontana und sämtliche Mannschaftsmitglieder in Hörweite machten auf dem Absatz kehrt und entfernten sich so schnell wie möglich von George. Der stand da und fühlte sich nackter, als wenn er alle Kleider ausgezogen hätte. Wie konnten Jim und Artie ihm das antun? Er hatte ihnen nie etwas getan, hatte immer nur sein bestes gegeben. Das waren doch vielleicht Klugscheißer! Für die Mitchell-Brüder war alles ein Ulk. Ein Scherz bedeutete für sie, irgend jemanden zu demütigen, und das mochte George nicht, vor allem nicht, wenn er selbst dieser Jemand war.

Es war ihm auch kein Trost, als er sich umschaute und eine Reihe der Leute wiedererkannte, die sonst oben im O'Farrell herumhingen. Das sah Jim und Artie ähnlich, auch noch ihre

Kumpel einzuladen, um sich dieses Spektakel anzuschauen. George dachte schon daran, die Sache zu schmeißen und wegzugehen, aber er war völlig pleite, und die Miete war fällig. Seitdem die anderen Filmemacher San Franciscos den Brüdern Mitchell gefolgt waren und selbst ihre eigenen Kleinfeatures drehten, hatte George immer weniger zu tun bekommen. In der guten alten Zeit der Schlaufen hatte es in jeder Ausgabe von *The Berkeley Barb* zehn bis fünfzehn Anzeigen gegeben, in denen Darsteller gesucht wurden. Anfang der Siebziger brauchten die Filmemacher ein bis zwei Wochen, um einen Film zu produzieren, und so gab es nur noch wenige Anzeigen, die jede Woche erschienen.

Was soll's, dachte sich George, ich habe ja auch alles andere mitgemacht. Da kann ich es auch hiermit versuchen. Er begab sich in eine Ecke, holte einen Joint aus seiner Tasche und rauchte das ganze Teil auf einmal auf, um das, was auf ihn zukam, durchzustehen.

George mußte sich nackt ausziehen und den Gorillakopf aufsetzen. Mit einer Hand eine Banane haltend, sollte er an dem Seil über dem Bett, auf dem Claudia schlief, hin und her schwingen. Dann sollte er sich aufs Bett fallenlassen und damit beginnen, Claudia die Dschungel-Jane-Leopardenfellersatzkleidung vom Leib zu reißen. Claudia sollte verschreckt aufwachen und dann – das war der komische Teil – den Gorilla angreifen.

George schwang an dem Seil, ließ sich aufs Bett fallen und bewegte sich im Gorillagang auf Claudia zu. Er riß an ihren Kleidern. Sie wachte auf und sprang George an. Er schlug sich einige Male gegen die Brust und legte sich auf dem Bett zurück. Claudia bewegte sich vor und begann mit oralem Sex.

In diesem Augenblick stellte sich die Sexszene, von der George gedacht hatte, daß es die schwierigste seines Lebens werden würde, als die leichteste von allen heraus. Der Gorillakopf war lichtundurchlässig. Ihm war, als befände er sich immer noch in Merced bei der Air Force, in einem dunklen Schlafzimmer mit einer Hippiemieze. George entspannte sich und ließ Claudia die ganze Arbeit machen.

Schwierig wurde die Szene erst, als er sich herumwälzte und sie mit konventionellem Sex begannen. George lieferte eine für ihn typische energische Vorführung, hatte aber soviel Schwierigkeiten dabei, den großen Gorillakopf aufzubehalten, daß er ihn mit beiden Händen festhalten mußte.

Als die Szene abgedreht war und George endlich den Gorillakopf abnehmen konnte, hob er den Blick und sah, wie Jim, Artie, die Mannschaft und ihr Anhang ihn alle auslachten. Er zog sich an, kassierte sein Geld und verschwand so schnell er konnte aus Stage A.

Im Mai 1972 suchte sich der Bezirksstaatsanwalt von San Francisco *Reckless Claudia* aus naheliegenden Gründen (darunter Gotteslästerung und ›Sodomie‹) als nächsten Film der Brüder Mitchell aus, den er vor Gericht bringen wollte. Sicherlich würden es Sex in einem Beichtstuhl und George McDonald beim Sex in einem Gorillakostüm einer Jury schwermachen, ›zeitgemäße gesellschaftliche Normen‹ und ›rechtfertigende gesellschaftliche Bedeutung‹ geltend zu machen.

Der Prozeß war Teil einer doppelten Angriffsstrategie gegen die Brüder Mitchell, die auf Dianne Feinstein zurückging, die Antipornographieaktivistin, die inzwischen Präsidentin des Überwachungsausschusses von San Francisco war. Auf Feinsteins Drängen hatte der Ausschuß seine Leben-und-leben-lassen-Einstellung gegenüber Hardcorekinos aufgegeben und die Spielregeln so geändert, daß die Pornographen nicht mehr gewinnen konnten.

Jahrzehntelang waren Kinolizenzen in San Francisco von der Brandschutzbehörde ausgegeben worden, deren Inspektoren nur auf Sicherheit achteten und nicht auf Verstöße gegen die Moral. Im Jahre 1971 billigte der Ausschuß in aller Stille eine Verfügung, die es Kinobetreibern auferlegte, vor dem 10. Mai eine Betriebsbewilligung beim polizeilichen Zulassungsamt zu beantragen.

Im Foyer des O'Farrell erschienen Schilder, auf denen jene Gäste, denen an ›Wahlfreiheit‹ gelegen war, dazu aufgefordert wurden, eine Anhörung im Justizpalast am 5. Mai zu besuchen.

Anstelle der üblichen Menschenmenge von Bürgern, die wütend auf die Schmutzseuche in ihrem Stadtteil waren, drängten sich bei der Anhörung vielmehr jene Bürger, die im O'Farrell einen Zugewinn für die Gemeinschaft sahen. Robert Charles, der ein paar Häuser den Block entlang ein hochklassiges französisches Restaurant betrieb, teilte den Polizeikommissaren mit, daß die Brüder Mitchell hervorragende Nachbarn seien, ordentliche Geschäftsleute, die nicht nur ihrem Gebäude, sondern der ganzen Gegend zu einer Aufwertung verholfen hatten. Ein Landschaftsarchitekt beschwor die Kommission, die Betriebsbewilligung zu erteilen, weil Menschen, die Hardcorefilme mochten, gern einen netten, sauberen Ort haben wollten, wo sie sie sich anschauen konnten, während die ›Leute, die diese Filme nicht mögen, ja die Freiheit haben, woanders hinzugehen‹.

Der Restaurantbesitzer und der Architekt hätten ebensogut zu Hause bleiben und sich *All in the Family* ansehen können. Die Karten waren gezinkt. Das Zulassungsamt war eingerichtet worden, um den Erwachsenenkinos die Genehmigung zu verweigern, und genau das geschah auch, sowohl mit den Brüdern Mitchell als auch mit allen anderen Kinobetreibern der Stadt. Die Brüder appellierten an den Petitionsausschuß und blitzten auch dort ab. Schließlich brachten Michael Kennedy und sein Partner Joe Rhine den Fall vor das Bundesgericht und erstritten eine einstweilige Verfügung, die es der Stadt untersagte, ihre neue Bewilligungspraxis anzuwenden. Später entschied das Gericht, daß die neue Verwaltungsanordnung nicht verfassungsmäßig sei, weil sie gegen geltendes Recht verstieß.

Kennedy und Rhine hatten in dem Bewilligungsprozeß gezeigt, was sie wert waren, und nun sollten sie es auch im *Reckless Claudia*-Prozeß tun. Dabei stand sehr viel auf dem Spiel, weil Jim und Artie in dem *Glowy Flesh*-Verfahren verloren hatten. Eine erste Verurteilung wegen der Vorführung eines obszönen Films stellte nur ein minderes Delikt dar; eine zweite machte es zu einer schweren Straftat, die eine fünf- bis fünfzehnjährige Gefängnisstrafe zur Folge haben würde. Sie mußten dafür sorgen, daß wenigstens ein Geschworener die komischen Teile in *Reckless Claudia* begriff, sonst wäre der Witz auf Kosten von Jim und Artie gegangen.

Nachdem sie im *Glowy Flesh*-Prozeß verloren hatten, hatten Jim und Artie sich mit Michael Kennedy zusammengesetzt und ihre Prozeßstrategie revidiert. Joe Rhine, ein ruhiger, methodischer Rechtsanwalt, gesellte sich zu seinem feurigen Partner, damit sich die Geschworenen im *Reckless Claudia*-Verfahren zwischen verschiedenen Stilen entscheiden konnten. Der Grundgedanke war, daß jene Geschworene, die Kennedy nicht mochten, dafür Rhine mögen würden, und umgekehrt.

Meredith trug ihren Teil dazu bei, indem sie für sich und die kleine Liberty entsprechende Kleider nähte. In jeder Verhandlungspause standen sie draußen mit Artie im Gang, so adrett wie aus einer Anzeige im *Familiy Circle,* um der Jury zu signalisieren, daß Artie kein böser Pornograph war, sondern vielmehr der Vorstand einer wunderschönen kleinen Familie.

Außerdem führte die Verteidigung in diesem Prozeß eine brandneue Taktik vor. Nicht nur, daß Rhine und Kennedy das Gesetz gegen Unsittlichkeit angriffen, sie hatten bei der Field Research Corporation auch noch eine Meinungsumfrage in Auftrag gegeben. Dabei wurden tausendundfünfzig Männer und Frauen dazu aufgefordert, ›die zwei oder drei drängendsten Probleme‹ zu benennen, ›vor denen das Land heute stünde‹.

»Unsere Umfrage hat ergeben, daß erwachsene Kalifornier sich weitaus mehr um andere Probleme sorgen als um die Pornographie«, sagte Peter N. Sherill, ein Vizepräsident von Field Research, im Zeugenstand aus.

Während des zweiwöchigen Prozesses kamen Kennedy und Rhine immer wieder auf Sherills Aussage zurück. Von den Befragten hatten über sechzig Prozent gesagt, daß der Vietnamkrieg gegenwärtig Amerikas größtes Problem sei. Nur knapp zwei Prozent hielten die Pornographie für ein ernstes Problem. Von den Befragten waren dreiundsechzig Prozent der Auffassung, daß die Werbung und Vermarktung der Pornographie zwar gesetzlichen Beschränkungen unterliegen sollten, daß es aber keine Einschränkungen ›der Verfügbarkeit sexuellen Materials jedweder Form für Erwachsene, die es sich anzusehen wünschen‹ geben solle.

Die Einbringung dieser Meinungsumfrage funktionierte besser, als die Verteidigung zu hoffen gewagt hatte. Die Partei der Brüder Mitchell hatte allenfalls auf eine Pattsituation innerhalb der Jury gehofft. Doch diesmal entschieden sich die Geschworenen nach sechsstündiger Beratung mit zwölf zu null Stimmen für einen *Freispruch.* Es war das erste Mal, daß Pornographen in San Francisco einen Freispruch errungen hatten!

Am nächsten Tag teilte ein triumphierender Michael Kennedy der Presse mit, daß die Geschworenen ihm nach dem Prozeß gesagt hätten, daß der Fall überhaupt nicht vor Gericht hätte gebracht werden dürfen, ›vor allem angesichts der Tatsache, daß das Filmtheater sein Angebot ausdrücklich damit bewirbt, daß es nur für Erwachsene zugänglich ist‹.

Jim und Artie bekamen Oberwasser. Offensichtlich wurde es immer schwieriger, in San Francisco einen Pornographen wegen Verstoßes gegen die Sittlichkeit zu verurteilen. Vor allem solche Pornographen, die für kostspielige Meinungsumfragen aufkommen und sich innovative Rechtsanwälte leisten konnten.

»Ach du lieber Gott! Was, zum Teufel, tut ihr da!« schrie Artie.

»Wonach, zum Teufel, sieht das wohl aus, was wir hier tun?« schoß Earl Shagley zurück.

Earl und Maureen Shagley standen draußen auf der O'Farrell Street und demonstrierten vor dem Kino mit Schildern, die die Aufschrift trugen: ›Gebrüder Mitchell unfair zur Arbeiterschaft‹.

In der Welt der Brüder Mitchell war das, was Maureen und Earl da taten, das gleiche, als hätten sie die Fahne verbrannt. Das O'Farrell Theatre war eine erweiterte Familie, eine Hippiekommune. Und nun standen zwei der ältesten Angestellten des O'Farrell als Streikposten davor wie die Stahlarbeiter vor einer Fabrik in der South Side von Chicago.

»Sprecht mit Jim«, drängte Artie. »Geht einfach nach oben und sprecht mit Jim. Was immer es sein mag, das könnt ihr schon geradebiegen.«

Die Shagleys willigten ein und betraten das Kino. Als er die Treppe hinaufging, dachte Earl darüber nach, wie sehr sich die Dinge doch in so kurzer Zeit geändert hatten. Annie war schon lange fort. Earls letzten Informationen zufolge lebte Annie jetzt in Los Angeles, wo sie mit Keramik arbeitete. Irgend jemand hatte ihm erzählt, daß sie gerade ein Badezimmer für Bob Dylan einrichtete.

Dann war da noch das Problem Adrienne. Sechs Monate nachdem Artie und Meredith geheiratet hatten, heiratete Jim Adrienne, und nun wollte Adrienne im Filmtheater den Ton angeben; so teilte sie alteingesessenen Angestellten wie Earl mit, daß sie gefälligst zu tun hätten, was sie ihnen sagte, obwohl Adrienne nicht den blassesten Schimmer vom Filmemachen hatte. In der Zwischenzeit tat Maureen, die mindestens ebenso klug wie Adrienne und schon sehr viel länger dabei war, was sie schon seit dem ersten Tag getan hatte: Sie arbeitete an den Vertonungen.

Die Konfrontation mit Jim würde nicht einfach sein. Shagley war des Pornogeschäfts überdrüssig. Er mochte die überwältigende Mehrheit der Leute, die er dabei kennengelernt hatte, nicht, weder die Distributoren noch die Schlaufenmacher aus L. A. in ihren teuren Ledermänteln. Für Shagley waren sie allesamt nur billige Zuhälter ohne jede Moral.

Doch das galt nicht für Jim. Er hatte immer noch großen Respekt vor Jim. Jim war einer der charakterstärksten Menschen, die er je kennengelernt hatte.

Shagley erinnerte sich an jenen Abend, als sie mit einem französischen Filmemacher oben im Kino gewesen waren, der gerade eine Dokumentation über Jean-Luc Godard drehte. Das Gespräch kam auf die Plakate der Bank of America, die gerade in der ganzen Stadt aufgehängt waren. Die Plakate zeigten einen riesigen Blankoscheck, und sie waren zu dem Schluß gelangt, daß es eine großartige Idee wäre, eins davon mit der Aufschrift zu besprühen: ›Zahlen Sie der Bank of America: hundert Milliarden $ für hunderttausend Vietnamgefallene‹. Sie besorgten sich eine Farbsprühdose, drängten sich in einen MG und fuhren zu einem Plakat, das im Fillmore angebracht war.

Gerade hatten sie begonnen, die steile Leiter zu dem Plakat hinaufzusteigen, als ein Haufen Schwarzer aus einer Billardhalle kam und von ihnen wissen wollte, was sie da täten. Earl hatte damit begonnen zu erklären, wie radikal sie doch seien, aber irgendwie wirkten sie, wie sie nun von schwarzen Männern mit Billardqueues umgeben waren, gar nicht mehr so radikal.

Wenn Jim nicht dazwischengetreten und die Spannung aufgelöst hätte, indem er sagte, daß sie nur ein Haufen Hippies seien, die selbst nicht genau wüßten, was sie da täten; daß es ihnen zwar als prima Idee erschienen sei, ein Plakat der Bank of America zu verunstalten, nachdem sie einen Joint geraucht hatten, daß sie aber jetzt, da sie tatsächlich hier waren, begriffen hätten, daß sie auf dem Holzweg seien und daß es Zeit sei, wieder abzuhauen, hätte die Sache ein ziemlich böses Ende nehmen können.

Aber wenn Earl Jim auch mochte und bewunderte, bedeutete das noch lange nicht, daß dieser auf ihm herumtrampeln durfte. Annie und Meredith waren wahrscheinlich die einzigen, die noch härter an den frühen Filmen der Brüder Mitchell mitgearbeitet hatten als Earl. Earl war es gewesen, der sich selbst beigebracht hatte, die Arriflex zu bedienen, und Earl hatte Nacht um Nacht im Schneiderraum damit verbracht, ein System zu entwickeln, das den Ton mit dem Geschehen auf der Leinwand synchronisierte. Earl war es auch, der den Film zum Drucker brachte und sich sorgte, ob der ihn zerreißen oder in der Entwicklungs›suppe‹ verkochen könnte.

Als er jetzt in das Clubhaus-Büro trat, war Earl müde, von einem Gefühl der Fruchtlosigkeit überwältigt. Es war die Sache nicht wert gewesen.

»Was ist denn das für ein Scheiß?« fragte Jim wütend und mit funkelnden Augen.

»Du hast den Burschen aus Antioch eine Gehaltserhöhung gegeben. Aber wir haben keine bekommen«, sagte Earl.

»Von denen verdient keiner so viel wie ihr«, wante Jim ein.

»Darum geht es nicht«, erwiderte Earl. »Wir waren zuerst hier. Du gibst denen ständig Gehaltserhöhungen. Warum kommen die immer zuerst und erst danach das Talent? Warum werden sie überhaupt in allem bevorzugt?«

»Wir spielen hier ein faires Spiel, Earl«, antwortete Jim kalt. »Ihr beide lauft da draußen mit diesen Schildern rum und sagt den Leuten, daß wir das Gegenteil täten.«

»Fair? Du willst mir etwas von fair erzählen?« brüllte Earl. »Wie oft haben du und ich und Annie über Solidarität und Gemeinschaft gesprochen und davon, eine Firma zu gründen und die Aktien so aufzuteilen, daß jeder, der die Arbeit machte, einen gerechten Anteil bekommt? Na, wie oft wohl, Jim? Das ist allerdings ziemlich schnell den Bach runtergegangen, als das Geld zu fließen begann.«

»Das ist etwas, worüber wir später sprechen können«, antwortete Jim. »Bleiben wir jetzt erst einmal bei eurem Problem mit der Gehaltserhöhung.«

»Später! Später!« schrie Earl. »Das habe ich schon öfter von dir gehört, Jim. Wenn es ein paar mal so gelaufen ist, begreift man, daß dieses Später niemals kommen wird. Und dann gelangt man eben zu dem Schluß, daß man die Dinge entweder so hinnimmt, wie sie sind, oder weggeht.«

»Und wozu neigt ihr?« fragte Jim.

»Das macht doch keinen Spaß mehr«, sagte Earl ruhig. »Es fing mal an mit einer Sache, für die man kämpfte. Aber jetzt ist es nur noch ein Geschäft.«

Zwar schafften die Shagleys und Jim es, den Gehaltsstreit zu klären, doch es machte keinen Unterschied mehr. Kurze Zeit darauf stiegen Maureen und Earl aus. Earl drehte mehrere Industriefilme, dann stieg er auch aus der ganzen Branche aus. Obwohl er weiterhin in San Francisco lebte, sah er Jim oder Artie Mitchell nie wieder.

»Am Anfang haben wir geglaubt, daß wir wirklich etwas verändern würden, indem wir dem Sex den Schockwert nahmen und zeigten, daß er nichts Schändliches sei«, berichtet Earl. »Aber das ist ein zweischneidiges Schwert. Moral braucht man trotzdem noch. Man muß die Verantwortung dafür übernehmen, über die bloße Tat hinaus auch auf ihre Konsequenzen zu blicken. Das wollten Jim und Artie nicht tun. Wenn man eine wirkliche Revolution durchführen will, muß man sehr viel

Zeit darauf verwenden, an ihr zu arbeiten. Jim und Artie haben begriffen, wieviel Arbeit das war, und da beschlossen sie, sich lieber auf die faule Haut zu legen und bloß noch das Geld einzustreichen. Ich denke, das war ein Rohrkrepierer«, sagt Earl im Rückblick auf die sexuelle Revolution. »Ich habe nie geglaubt, daß das, was wir taten, irgend etwas sozial Wertvolles war. Es war einfach nur Ausbeutung, und Ausbeutung ist an sich schon schlecht.«

Hinter der grünen Tür

»Jim! Komm her! Schnell! Cybill Shepherd ist gerade hereingekommen!!«

Jim eilte an Arties Seite und blickte mit ihm zusammen durch das Bürofenster hinunter auf die Menschenmenge, die sich um Stage A scharte.

»Die Blondine, die Blondine mit der Bildermappe!« rief Artie. »Siehst du sie? Sie kommt auf die Tür zu!«

»Mein Gott, Art, du hast recht! Das ist sie!«

Jim und Artie stürmten aus dem Büro und blieben oben am Absatz der langen Metalltreppe stehen.

»HE! DU DA!« schrie Artie.

Leute drehten sich um und sahen die Treppe hinauf.

»DU DA! DU DA AN DER TÜR!« rief Artie.

Eine schlanke, athletisch wirkende junge Frau mit kurzem blonden Haar drehte sich um.

»Wer? Ich?« fragte sie und zeigte auf ihre Brust.

»Ja! Du! Komm hoch«, rief Artie.

»O nein. Nein, danke«, sagte sie und drehte sich wieder zur Tür um.

Jim und Artie rannten die Treppe hinunter, ihr nach.

»Wohin, zum Teufel, willst du? Was ist denn los?« fragte Jim.

»Ich wußte nicht, daß es *so* ein Film sein würde«, erwiderte die Frau. »Die Anzeige im *Chronicle* hat nur gesagt: ›Darsteller für großen Spielfilm gesucht.‹«

»Es wird auch ein großer Spielfilm. Es ist *unser* großer Film«, meinte Jim.

»Aber es ist ein Sexfilm!« antwortete die Frau und entfaltete den grünen Fragebogen, den sie in der Hand hielt. »›Do you want a balling or nonballing part?‹ Ich habe es gelesen und dachte: Bowling? Ist das etwa ein Bowlingfilm? Dann habe ich es noch mal gelesen und verstanden, was das hieß. ›Willst du eine Bums- oder eine Nichtbumsrolle?‹ Da bin ich zur Tür gegangen.«

»Komm doch wenigstens rauf und unterhalte dich mal mit uns«, bat Artie.

»Ja, rede wenigstens mit uns. Du brauchst auch nicht erst deine Kleider auszuziehen, um mit uns zu reden«, ergänzte Jim und lächelte sie herzlich an.

Vor ihrem geistigen Auge sah die Frau plötzlich das Bild eines Büros. Diese beiden Glatzköpfe schienen ja ganz nett zu sein, aber sie würden sie wahrscheinlich zu einem Fettwanst mit Zigarre führen, der gerade die Füße auf den Schreibtisch gelegt hatte. Dort würden sie sich eine Weile unterhalten, bis der dicke Typ die Zigarre aus dem Mund nahm und sagte: »Süße, entweder du kapierst es, oder du kriegst die Rolle nicht.«

»Wir sind ziemlich gut, was Reden angeht«, fuhr Artie fort. »Wir kriegen jede Menge Übung.«

Die Frau lachte. Konnten diese Typen wirklich einen schmutzigen Film drehen? Sie erinnerten sie an die Jungs auf der High-School, die ganze Wochen brauchten, bis sie den Mut faßten, sie auszuführen, um dann kaum ein Wort herauszubringen. Ja, sie sahen so aus, als hätten sie mit ihr zusammen in Westport, Connecticut, aufgewachsen sein können. Einer der beiden trug eine Strickweste über einer Krawatte und einem Hemd mit festgeknöpften Kragen. Alles, was noch fehlte, um das Schuljungenaussehen zu vervollständigen, waren die zweifarbigen Oxfordschuhe.

»Na schön, ich habe eine Stunde gebraucht, um den Laden zu finden«, sagte die Frau. »Da können wir uns meinetwegen auch noch eine Weile unterhalten.«

»Großartig! Ich bin Jim, und das ist Artie. Wie heißt du?«

»Marilyn Briggs«, antwortete die Frau und streckte die Hand aus. »Angenehm.«

Marilyn folgte den beiden die Treppe hinauf und glaubte, daß sie sie jetzt zu dem dicken Mann führen würden. Sie würde sich anhören, was er zu sagen hatte, mit nein antworten, und das wäre es auch schon. Das hatte sie schon öfter getan. Obwohl sie erst neunzehn war, war Marilyn schon weit herumgekommen.

In New York City hatte Marilyn eine Karriere als Model begonnen und Fernsehspots für Pepsi und Clairol gedreht.

1970, als sie siebzehn war, war es ihr gelungen, eine kleine Rolle in *The Owl and the Pussycat* (Die Eule und das Kätzchen) zu bekommen, einem New Yorker Film mit Barbara Streisand als Prostituierte mit losem Mundwerk und George Segal als gescheitertem Schriftsteller. Marilyn spielte die Freundin eines kleineren Darstellers. Ihre eine, große Szene fand im Bett statt, oben ohne mit ihrem Freund.

Die Streisand hatte sich geweigert, die Publicitytour zu übernehmen, und so hatte die Columbia, die den Film produzierte, Marilyn in die Talkshowmühle geschickt. Marilyn hatte sich gefragt, wieso. Sie hatte schließlich nur eine winzige Rolle gespielt und war froh gewesen, überhaupt eine Aufnahme zu bekommen. Dann war sie in Los Angeles gelandet und hatte den wirklichen Grund dafür erfahren, weshalb man sie ausgewählt hatte.

Ein sehr wichtiger Produzent hatte sie auf ihrem Hotelzimmer besucht und Marilyn mitgeteilt, daß er schon auf sie wartete, seit sie sich in New York kennengelernt hatten. Dann begann der Produzent, ein Angebotspaket zu schnüren.

Marilyn sollte seine Geliebte werden. Dafür würde sie ein Apartment bekommen, einen Wagen, Schauspielunterricht, Taschengeld – und Rollen, das war das Wesentliche. Ein unsichtbarer Engel würde über ihre Karriere wachen. Der Produzent hatte nur eine einzige Forderung: Sie sollte ihm und nur ihm allein gehören. Unter keinen Umständen dürfe sie mit einem anderen Mann ausgehen.

Der Produzent war Mitte Sechzig, ein Fleischsack mit tiefen Runzeln, Leberflecken auf den Händen und einem widerlichen Bierbauch. Er erinnerte Marilyn an ihren Großvater, und wenn Marilyn irgend etwas ganz bestimmt nicht wollte, so war es Sex mit ihrem Opa.

Dennoch hätte Marilyn sich vielleicht auf das Geschäft eingelassen. Sie wußte genug über Hollywood, um zu begreifen, daß es eine Chance darstellte. Der Produzent war ein sehr herrischer Typ und könnte eine Menge Beziehungen spielen lassen. Wenn sie dafür nur ein wenig schönzutun und ab und zu mit dem geilen alten Bock schlafen müßte, könnte das die Sache durchaus wert sein. Aber der alte Mann wollte sie mit Haut und

Haar besitzen, und das war es, was Marilyn zu schaffen gemacht hatte. Sie stellte sich vor, wie sie irgendwo in einem Apartment eingesperrt war, gelangweilt und einsam. Etwa alle zwei Wochen würde der Produzent dann zum Abendessen und zum Sex zu ihr kommen. Er würde sie ausfragen, wo und mit wem sie zusammengewesen war. Früher oder später würde sie dann doch ausgehen. Wie sollte sie das auch ertragen? Früher oder später würde er sie dabei erwischen, und dann würde die ganze Chose auffliegen.

Marilyn hatte dem Produzenten gedankt und sein Angebot so höflich, wie sie nur konnte, abgelehnt. Der Produzent war kein Mann, der allzuoft ein Nein zu hören bekam, und er faßte es nicht sehr freundlich auf. In Hollywood war es schwieriger, einen leckeren Doughnut zu finden als eine schöne junge Frau. Aus irgendeinem Grund hatte diese kesse kleine Blondine ihn zu faszinieren begonnen, und nun hatte das blöde Luder ihn abblitzen lassen. Wußte sie etwa nicht, daß es hier um das Bäumchen-wechsle-dich-Spiel ging und daß sie das Mädchen hinter Tür Nummer drei war? Wußte sie denn nicht, daß sie hocherfreut darüber zu sein hatte, daß er sie auserwählt hatte?

»Ich hoffe, du hast nicht vor, in dieser Stadt noch zu arbeiten«, hatte der Produzent über die Schulter gewandt gesagt, als er aus dem Hotelzimmer spaziert war.

Marilyn hatte ein Apartment gefunden und mehrere Monate in Los Angeles zugebracht, wo sie versuchte, eine Rolle zu bekommen, doch nach *Die Eule und das Kätzchen* wurde sie zu keinem weiteren Film zum Vorsprechen geladen. Sie verabscheute die häßliche, riesige, smoggeschwängerte Stadt und ihre vierundzwanzigstündigen Verkehrsstaus, und es war ihr nicht schwergefallen, sich selbst davon zu überzeugen, daß sie ohnehin nicht in Los Angeles arbeiten mochte. Wenn sie städtisches Chos haben wollte, könnte sie immer noch in New York wieder ihre Karriere als Fotomodell aufnehmen.

Doch dann überlegte sie sich: Warum nicht die Küste hinauf nach San Francisco ziehen? Marilyn hatte die Stadt zum erstenmal im Laufe der *Eule und das Kätzchen*-Tour besichtigt. San Francisco war sauber und schön und schien voller junger Leute zu sein, die so waren wie sie selbst. Sie könnte sich dort eine

Agentur suchen und wieder als Model arbeiten, zu ein paar Vorsprechsitzungen gehen und in die örtliche Theaterwelt einbrechen, vielleicht auch eine Rolle im Fernsehen oder sogar beim Film anpeilen. San Francisco war eine Stadt, in der etwas los war; irgend etwas würde schon funktionieren.

Tatsächlich war in San Francisco allerdings überhaupt nichts los, jedenfalls nicht was Film, Fernsehen oder Fotomodelle betraf. San Francisco war vielmehr ein bezauberndes Hinterland, ein Zufluchtsort für Künstler und Schauspieler, die nicht den erforderlichen Preis bezahlen wollten, um eine reguläre Karriere zu ergattern, oder die sich dafür auch gar nicht interessierten. Marilyn bekam so häufig ein ›Tut uns leid, kein Interesse‹ zu hören, daß sie sich schon wünschte, sie könnte die Szene mit dem Produzenten noch einmal durchspielen.

Marilyn hatte in New York gelegentlich als Oben-ohne-Modell gearbeitet – das tat damals jeder, es war nichts Besonderes dabei –, und nach ihrer Ankunft in San Francisco war sie bald verzweifelt genug, um es kurz als Unten-ohne-Tänzerin zu versuchen. Auf der Junior High-School war sie olympische Springtaucherin gewesen, Cheerleader auf der High-School, Hochspringerin und Sprinterin im Leichtathletikteam. Marilyn konnte wirklich tanzen, aber unten ohne zu tanzen, empfand sie als deprimierend, und so gab sie es bald wieder auf.

Sie arbeitete gerade in einer Fabrik, die Moschus- und Kamasutra-Öle herstellte, als sie Doug kennenlernte, einen echten Hippie, der manchmal auf den Straßen Dudelsack spielte, um sich etwas Kleingeld zu verdienen. Sie hatten geheiratet und waren in ein Apartment in der Nähe von Potrero Hill gezogen, wo sie sich mit Dougs Freunden – Männern in Batikhemden und Frauen mit Glöckchen an den Zehen – angefreundet hatte. Im Augenblick betreute sie Gäste in einem Naturkostrestaurant. Wenn sie und Doug zu Hause waren, kreiste meistens ein Joint, und Marilyn liebte es, mit einer Dose Bier durch das Apartment zu spazieren.

Als sie die Anzeige im *Chronicle* gesehen hatte, war Marilyn zum Telefon gelaufen und hatte angerufen. Die Frau, die das Gespräch entgegennahm, teilte ihr mit, daß die Bewerbungsgespräche bereits beendet seien. »Nein! Warten Sie! Sie müssen unbedingt auf mich warten!« hatte Marilyn gerufen. Die Frau am anderen Ende der Leitung hatte geseufzt und gesagt, daß sie kommen könne, daß es aber wahrscheinlich nichts nützen würde.

Marilyn hatte ihre Modelmappe ergriffen und war zur Tür gestürzt. Endlich hatte sie die Tennessee Street gefunden und war ins Stage A gestürmt, wo sie auf eine Menschenmenge und einen Mann traf, der ihr ein grünes Blatt Papier überreichte, auf dem merkwürdige Fragen über Bowling standen.

»Zeig uns doch mal deine Mappe«, sagte Jim, nachdem er hinter einem Schreibtisch Platz genommen hatte. Marilyn überreichte sie ihm, froh, daß die netten Glatzköpfe und kein wabbeliger dicker Mann den Laden zu schmeißen schienen.

Die Glanzfotos im Format acht mal zehn zeigten eine Frau mit sandblondem Haar, dunkelblauen Augen, einer süßen kleinen Nase, breitem, sinnlichem Mund und einem sehr lieblichem Lächeln. Marilyn strahlte die Wärme und Frische einer Collegestudentin aus, die gerade den Aufnahmeschwur bei der Studentenverbindung Kappa Kappa Gamma abgeleistet hatte.

Jim und Artie wußten, daß dieses Mädchen in einem Pornofilm das pure Dynamit wäre. Jeder Typ, der sich jemals in seinen Fantasien ausgemalt hatte, es mit einem Cheerleader-Mädchen zu treiben, würde auch sie ins Bett bekommen wollen. Sie war frisch, unschuldig, offenherzig und unverdorben, genau die Art von Mädchen, die jeder Junge in seinen Träumen gern zum Collegeball führen würde. Sie erinnerte Jim und Artie an die gute alte Zeit, als San Francisco noch voller sanfter, idealistischer Hippiekätzchen war, die den Auftritt in einen Sexfilm als Teil des Trips verstanden. Jetzt war es Winter 1971, nur wenige Jahre nach dem Sommer der Liebe, doch die Hippieära schien bereits unendlich weit zurück.

Jim blätterte eine weitere Seite um, und da war Marilyn – in einem Badeanzug. Sie sah sehr fit aus, wie eine echte Athletin, und das war ein Pluspunkt. Dieselben Burschen, die gern mit ihr vögeln wollten, könnten auch darüber fantasieren, sie beim Firmenpicknick in ihrer Softball-Mannschaft zu haben.

Jim schloß die Mappe und sah Artie an. Sie brauchten nichts zu sagen. Sie wußten, was sie da vor sich hatten. Unten gab es zwar noch zahlreiche andere Bewerberinnen, aber das war ein ziemlich armseliger Haufen: Die übliche Kollektion von Miezen aus der Unterschicht war dort aufgekreuzt, ebenso eine Auswahl an Swingern, die heutzutage immer zynischer dreinzublicken schienen.

Jim und Artie waren es so müde, mit dieser Art von Leuten Sexszenen zu drehen, daß sie beschlossen hatten, dem Ganzen etwas Würze zu verleihen, indem sie auch bizarre Elemente hinzufügten. Die dreihundertfünfundzwanzig Pfund schwere Frau im Erdgeschoß, die in einem silbernen Minirock erschienen war, hatte eine Rolle in dem Film bekommen, ebenso ihr hundertfünfundzwanzig Pfund schwerer Mann.

Es war eine enttäuschende Auswahlsitzung gewesen. Das einzige frische Gesicht, das dort aufgetaucht war, war eine philippinische Stewardeß – bis Artie Marilyn erblickte. Sie war absolut perfekt für den Film. Jetzt mußten sie sie nur noch davon überzeugen, sich darauf einzulassen.

»Du bist genau das, wonach wir suchen«, sagte Jim, als er die Mappe schloß.

»Wirklich? Oh!« sagte Marilyn.

Marilyn war überrascht, daß Jim so geradeheraus zu ihr sprach. Eigentlich sollte das Spiel doch mit Andeutungen und Täuschungen gespickt sein. Und auch ihre eigene Reaktion überraschte sie. Sie war mit ihrem ›Oh!‹ herausgeplatzt wie ein naives Kind. Das lag wahrscheinlich daran, daß sie seit ihrer Ankunft in San Francisco nichts als Ablehnung erfahren hatte.

»Ihr Jungs macht doch Filme, in denen die Männer alles ausziehen bis auf ihre Masken und schwarzen Socken, richtig?« sagte Marilyn stichelnd, um wieder etwas Vorsprung zu gewinnen.

»Nur, wenn sie Akne und Wasser in den Füßen haben«, schoß Artie zurück.

»Ich habe nichts gegen Sexfilme«, sagte Marilyn und zündete sich dabei eine Zigarette an. »Ich möchte nur nicht in einem auftreten.«

»Hör mal, du hast Klasse, und das wird auch ein Klassefilm«, sagte Jim. »Wir legen alles hinein, was wir haben. Laß uns dir einfach nur mal das Konzept erklären. Laß uns dir die Geschichte erzählen. Das Ganze ist eine Fantasie.«

»Klar, nur zu«, meinte Marilyn. »Fantasien sind schon in Ordnung.«

Jim rückte seinen Stuhl dichter an Marilyn und auch Artie zog seinen Stuhl heran, drehte ihn um und setzte sich verkehrt herum darauf. Die Brüder erzählten Marilyn die Geschichte zusammen, wechselten sich ab, ergänzten einander so fugenlos, daß es schon wirkte, als sprächen sie auf Stichwort. Je mehr sie sich in ihre Geschichte vertieften, um so mehr wich ihre professionelle Ruhe einer jungenhaften Erregung, die Marilyn recht bezaubernd fand.

»Wir waren schon ziemlich erfolgreich mit Hardcorefilmen«, meinte Artie. »Dieser nächste Film ist der Versuch, das allgemeine Publikum zu erreichen. Es ist also nicht so, daß wir dich bitten, in einem einfachen Bumsstreifen aufzutreten. Das wird ein richtiger Film über richtigen Sex.«

»Hast du schon mal die Geschichte von *Behind the Green Door* (›Hinter der grünen Tür‹) gehört?« fragte Jim.

»Natürlich hat sie das nicht«, erwiderte Artie, bevor Marilyn etwas antworten konnte. »Sie ist ja kein Mann.«

Artie erklärte, daß *Green Door* eine anonyme Geschichte war, die mindestens seit dem Zweiten Weltkrieg unter Männern kursierte. Darin wird eine Frau namens Gloria aus einem Hotel entführt und in einen geheimen Sexclub verschleppt, wo sie von einer Gruppe von Frauen empfangen wird, die sie entkleiden.

»Hört sich furchtbar an, nicht?« fragte Jim. »Eine Frau, die entführt und dazu gezwungen wird, gegen ihren Willen Dinge zu tun. Wir waren uns am Anfang nicht einmal sicher, ob wir das drehen sollten.«

»So etwas ist gar nicht unser Stil«, fügte Artie hinzu und beugte sich vor. »Wir waren schon immer gegen Gewalt. Unsere Filme bekommen ihren Kick daher, daß die Frauen es genauso genießen wie die Männer. Vielleicht sogar noch mehr.«

Artie lehnte sich zurück und gewährte Marilyn das lüsterne Grinsen, das mittlerweile zu seinem Markenzeichen wurde. Marilyn sah verwundert drein, als wisse sie nicht genau, was sie von ihm halten solle.

»Jedenfalls passiert Gloria nichts«, sagte Jim und lenkte Marilyns Aufmerksamkeit wieder auf sich. »Eine der Frauen verabreicht ihr eine Massage, hilft ihr gewissermaßen, eine Beziehung zu ihrem Körper herzustellen. Sie erzählt ihr, daß ihr vor Jahren das gleiche passiert ist und daß es die erstaunlichste Erfahrung ihres Lebens wurde. Laß einfach los und mach die Erfahrung, sagt sie zu Gloria. Sei frei.«

»Gloria fängt an sich zu entspannen«, unterbrach Artie, hingerissen von der Vorstellung. »Verstehst du, da beginnt dann die Fantasie! Es stellt sich heraus, daß Gloria fantasiert hat, daß ihr etwas Derartiges widerfahren würde. Und jetzt, da sie in der Macht eines anderen steht, hat sie die Freiheit, Dinge zu tun, die sie sich sonst niemals trauen würde!«

»Deshalb ist es auch so eine tolle Rolle«, meinte Jim. »Während all das geschieht, sagt Gloria kein Wort. Es ist eine Rückkehr zum Stummfilm. Gloria muß gleichzeitig verängstigt und fasziniert sein. Ein Teil von ihr will, daß es geschieht, und der andere Teil will losschreien. Und sie muß diesen inneren Konflikt allein mit ihrer Mimik ausdrücken.«

»Das ist eine Herausforderung für jede Schauspielerin«, verkündete Artie.

»Aber du schaffst das schon. Wenn ich dich so ansehe, weiß ich, daß du das rüberbringen kannst«, ergänzte Jim.

»Wie sieht es bis hierher aus? Kannst du dir vorstellen, diese Rolle zu übernehmen? Ich weiß ja nicht, vielleicht hast du auch schon Fantasien wie Gloria gehabt?« fragte Artie.

»Lassen wir meine Fantasien mal aus dem Spiel«, konterte Marilyn. »Was geschieht dann?«

»Okay. Hör zu, wir wollen ganz offen zu dir sein: An dieser Stelle wird es etwas hart«, sagte Artie.

»Hart?« fragte Marilyn mißtrauisch.

»Ein Schwarzer. Du bumst mit einem Schwarzen«, sagte Jim und sah ihr dabei in die Augen.

»Einem Schwarzen!«

»Er ist ein Deckhengst«, sagte Artie. »Wie viele weiße Mädchen träumen davon, mit einem schwarzen Mann zu vögeln? Jede Menge, nicht wahr? Wir sind einfach nur ehrlich. Alles, was wir tun, ist, die Fantasie aus dem Schatten hervorzuzerren.«

»Es wird alles sehr gut laufen«, fügte Jim hinzu. »Der

schwarze Typ, den wir haben, ist wirklich nett, er wird dir gefallen. Er ist in einer Produktion von *Hair* aufgetreten und war früher Preisboxer, deshalb hat er einen unglaublichen Körperbau. Er wird hinter der Grünen Tür hervorkommen, mit weißen Hosen und weißem Make-up um die Augen. Das wird sehr wirkungsvoll, denn, wie mein Bruder schon sagte, wir glauben, daß es wirklich eine hochkarätige Fantasie ist.«

»Erzähl ihr den Rest, Bob«, meinte Artie.

»Na schön, ohne uns allzu sehr in Einzelheiten zu verlieren, weil wir die Sache noch nicht voll ausgearbeitet haben, wirst du jedenfalls auf dem Höhepunkt des Films von Typen auf Trapezen umgeben sein.«

»Trapezen! O Gott!« rief Marilyn und drückte ihre Zigarette aus.

»Das ist eine wilde Sache, wir sind alle sehr aufgeregt deswegen, aber nicht so wild, wie du vielleicht denkst«, wandte Artie ein.

»Um die Trapeze geschieht nichts wirklich Merkwürdiges«, sagte Jim. »Es ist alles ziemlicher Standardsex. Der einzige Unterschied ist der: Es geschieht nämlich alles auf einmal.«

Jim und Artie machten eine Pause und sahen Marilyn an. Marilyn starrte zu Boden.

»Na, was meinst du?« fragte Artie.

»Ich weiß nicht, was ich meine«, antwortete Marilyn. »Bei der Sache mit dem Schwarzen habe ich gewissermaßen den Anschluß verloren.«

»Das ist doch nur ehrlicher Sex«, versetzte Jim.

»Es geht um Leidenschaft, um die Macht der Leidenschaft«, fügte Artie eilfertig hinzu.

Marilyn stellte zu ihrer Überraschung fest, daß sie fasziniert war. Der Gedanke, daß der Film eine Fantasie war, gefiel ihr. Es könnte Spaß machen, eine Fantasie auszuleben. Doch das im Schlafzimmer zu tun war eine Sache, in einem Film eine völlig andere. Marilyn mußte schließlich an ihre langfristige Karriere denken.

Doch genau das war es ja auch: Sie hatte gar keine Karriere vor sich. Und wenn sie einen Film wie diesen machte, würde sie möglicherweise auch nie eine haben. Dann wäre sie eine angeschlagene Ware. Was, wenn sie tatsächlich den Durchbruch schaffte und sich gerade auf dem Weg zum Star befand, und der *National Inquirer* herausbekam, daß sie in einem Sexfilm aufgetreten war? Dann wäre sie für alle Zeiten gebrandmarkt.

Vielleicht aber auch nicht. Vielleicht war das hier ja das beste, was ihrer Karriere widerfahren konnte. Die Ächtung der Sexualität im Film brach langsam zusammen. *Der letzte Tango in Paris* und *Shampoo* waren Riesenerfolge, über die monatelang geredet wurde. Und die Glatzköpfe hatten doch gesagt, daß dies ein Film fürs allgemeine Publikum werden sollte.

War das wirklich ernstgemeint oder nur heiße Luft? Stage A war riesig; sie schienen eine ziemlich große Firma zu führen. Aber waren sie auch groß genug? Hatten sie die Kontakte, um einen Film auch bundesweit zu verleihen?

Wenn sie die haben sollten, dann wäre sie vielleicht – aber nur vielleicht! – interessiert.

Jeder Film, der bundesweit verbreitet wurde, müßte gut produziert werden. Man konnte nicht einfach ein Stück Schrott ausspucken und erwarten, damit Erfolg zu haben. Sollte der Film tatsächlich in dem bundesweiten Verleih kommen, würden auch Hollywoodproduzenten ihn zu sehen bekommen. Nach dem, was sie gerade gehört hatte, würde sie selbst den ganzen Film ausmachen. Falls sie großartig spielte, falls sie den Film wirklich erotisch machte, mußten die Studios von ihr auch Notiz nehmen.

Marilyn Monroe hatte ihren Nacktkalender gemacht. Das hatte sie getan, weil sie abgebrannt war, aber anstatt ihr zu schaden, hatte es nur ihren Nimbus erhöht. Könnte dieser Film vielleicht Marilyn Briggs' Äquivalent zu Marilyn Monroes berühmtem Kalender werden?

Marilyn dachte einige Sekunden darüber nach und kam zu dem Schluß, daß das unmöglich war. Nicht, wenn sie mit einem Schwarzen vögeln und Gott weiß was mit irgendwelchen Typen auf Trapezen machen mußte. *So weit* war die Gesellschaft einfach noch nicht.

Artie bemerkte, daß Marilyn zögerte, und beschloß, ihr ein wenig nachzuhelfen. Das hatte schon so oft bei Frauen funktioniert.

»Trau dich doch einfach«, sagte er. »Was hast du schon zu verlieren?«

»Ach, nichts, überhaupt nichts!« sagte Marilyn handwedelnd. »Nur den Rest meines Lebens!«

»Laß uns wenigstens eine Polaroidaufnahme schießen«, schlug Jim vor. »Dann hast du einen Vorgeschmack darauf, wie das ist, und wir würden auch gern sehen, wie du aussiehst.«

Marilyn war verärgert. Wie weit gehen diese Burschen eigentlich, mich nach der knappen halben Stunde, die wir uns jetzt kennen, schon dazu aufzufordern, mich auszuziehen? Doch dann hielt sie inne: Einen Moment mal, das ist schließlich ihr Geschäft. Die spielen keine Spielchen, die meinen es ernst. Natürlich wollen sie, daß ich mich ausziehe.

Nur daß Marilyn sich nicht ausziehen wollte.

»Es tut mir leid, daber das kann ich unmöglich tun«, sagte Marilyn und stand auf, um zu gehen. »Ganz plötzlich erscheint mir dieses Gespräch reichlich dämlich.«

»Weshalb denn?« wollte Jim wissen.

»Na ja, erst sitze ich hier und höre mir an, wie ihr darüber sprecht, daß ich vor der Kamera mit einem schwarzen Typen vögele. Dann fragt ihr mich, ob ihr eine Polaroidaufnahme machen könnt, und mir wird speiübel. Das ist nichts für mich. Tut mir leid, Leute, ich wollte nicht eure Zeit verschwenden.«

»Nein, warte, wir brauchen doch gar kein Bild. Setz dich, reden wir noch etwas«, bat Artie.

»Klar, da ist ein großer Unterschied zwischen einem Foto und einem Film«, fügte Jim hinzu. »Laß uns dir erzählen, wie das ist, einen Film zu drehen.«

Plötzlich war Marilyn wütend. Diese beiden Glatzköpfe wollten *ihr* etwas übers Filmemachen erzählen? Umgekehrt würde ein Schuh daraus: Sie konnte allenfalls *ihnen* noch erklären, wie man einen Film machte. Die hielten sie offensichtlich für ein naives Kind, für ein dummes Häschen, das sich davon betören ließ, wenn sie nur mit ein paar Stars herumwedelten. Denen würde sie es zeigen!

»Also gut«, sagte Marilyn und nahm wieder Platz. »Zunächst einmal – wieviel zahlt ihr?«

»Für dich? Vielleicht zweitausendfünfhundert. Das ist fünf-, vielleicht zehnmal mehr, als wir jemals einer Darstellerin bezahlt haben«, sagte Artie stolz.

»Kommt überhaupt nicht in Frage!« sagte Marilyn und Jim und Artie nahmen beide die Verachtung in ihrer Stimme wahr.

»Also gut. Wieviel willst du?« fragte Jim.

»Mindestens doppelt so viel, höchstwahrscheinlich mehr«, sagte Marilyn und begriff plötzlich, daß sie soeben in das Spiel ›Wer wagt, gewinnt!‹ eingetreten war. Was, wenn sie jetzt sagen: ›Nenn deinen Preis?‹ Was würde sie dann tun?

»Weißt du was?« fragte Artie, ein wenig wütend. »Es hat Mädchen gegeben, großartig aussehende Mädchen, die glücklich waren, daß sie für fünfzig Dollar in einem unserer Filme vögeln durften.«

»Die vielleicht, aber ich nicht«, erwiderte Marilyn. »Ach ja, und außerdem müßte ich zehn Prozent vom Gewinn bekommen. Und nicht etwa netto. Vom Bruttogewinn.«

Jim lachte laut los. »Ach du liebe Güte, bist du etwa in Hollywood aufgewachsen?«

»Nein, aber ich weiß, wie es funktioniert«, sagte Marilyn und erzählte ihnen von *Die Eule und das Kätzchen.*

»Na ja, hör zu, es war uns wirklich eine Freude, mit einer echten Schauspielerin zu sprechen«, sagte Jim schließlich mit einem Lächeln, das seinen ironischen Unterton nicht verbergen konnte. »Ich will dir was sagen. Gib uns deine Nummer, und wie heißt es doch so schön in unserem Geschäft: ›Wir rufen dich an.‹«

Nachdem die Mitchell-Brüder dreißigminütige Kleinfeatures wie das berüchtigte *Reckless Claudia* produziert hatten, hatten sie nun damit begonnen, sechzig- und siebzigminütige Filme zu drehen. Die Brüder hatten sowohl den Kurzfilm mit Handlung als auch den pornograpischen Handlungsfilm in San Francisco eingeführt, und nun blieb ihnen nichts anderes übrig, als immer weiter zu produzieren. Das taten sie nicht nur, weil sich Filme mit einem Plot besser vor Gericht verteidigen ließen. Das Publikum hatte sich nämlich inzwischen an Filme mit einer Handlung und verschiedenen Charakteren gewöhnt und fühlte sich betrogen, wenn es das nicht bekam.

Außerdem lockten pornographische Spielfilme große Zuschauerzahlen an, zu denen zum ersten Mal nicht nur alleinstehende, einsame, frustrierte Männer gehörten, die sich heimlich vor Frauen fürchteten. Inzwischen besuchten auch Geschäftsleute aus der Mittelklasse und Collegestudenten regelmäßig die Filme. Und – zum ersten Mal – sogar Pärchen! Sie saßen in den Logensitzen, legten einander die Hände auf die Knie oder Oberschenkel, vielleicht auch noch höher, und kamen händchenhaltend wieder heraus.

Jim und Artie und der innere Kreis waren froh, daß sie endlich auch Pärchen im O'Farrell zu sehen bekamen. Nun drehten sie ihre Filme nicht mehr allein für Steifschwanzpapis. Langsam aber sicher wurde ihre Arbeit salonfähig.

Die anderen Erwachsenenkinos in San Francisco waren den Brüdern Mitchell gefolgt und hatten ebenfalls damit begonnen, pornographische Spielfilme zu zeigen. Lowell Pickett und Arlene Elster im Sutter zeigten Filme, die zugleich erotisch und künstlerisch sein wollten. Alex de Renzy hatte Schwierigkeiten mit der Steuerbehörde bekommen und war ziemlich tief gesunken, als er versuchte, den Erfolg von *Pornography in Denmark* mit Pseudodokumentationsfilmen zu wiederholen, in denen Pärchen auf gestellten Orgien herumbumsten.

Was Plot, Thema und Produktionsqualität – vor allem den Ton, den sie niemals richtig hinbekamen – anging, waren die Spielfilme der Mitchell-Brüder oft ebenso primitiv wie ihre Schlaufen. Aber verglichen mit den absurden Blue Movies der Vierziger und Fünfziger und einiger der wirklich üblen Filme, die zeitgleich mit ihren produziert wurden (Mann reibt Besenstiel mit Vaseline ein und schiebt ihn in Frauenscheide, drei Männer vergewaltigen Frau und beenden Film mit Natursekt, indem sie ihr auf Haare und Gesicht urinieren), wirkten die Brüder Mitchell wie ein kollektiver Elia Kazan der Pornographie.

Ihre ersten Spielfilme unterlegten die Brüder Mitchell mit einer politischen Botschaft, die insgesamt ebenso pennälerhaft wie der Sex primitiv war. In einem frühen Spielfilm mit dem Titel *Inside the Flesh Factory* (›In der Fleischfabrik‹) spielt George McDonald den Mitbesitzer einer Tütenfabrik, die soeben einen Vertrag mit einem Wert von vierhunderttausend Dollar mit äußerst enger Lieferfrist unterzeichnet hat. (Eine Tütenfabrik mag einen vielleicht als etwas merkwürdiges Ambiente für einen Pornofilm erscheinen, aber dieser Drehort war typisch für die Mitchell-Brüder: Sie brauchten ständig neue Drehorte; ein Freund mit einer Tütenfabrik meinte, daß sie dort filmen könnten; also dachten sie sich eine Geschichte um Sex und Industriespionage aus.)

George und sein Partner teilen dem Geschäftspartner, der ihnen den Auftrag erteilt hat, mit, daß sie zusätzliche Hilfskrafte brauchen werden, um den Vertrag erfüllen zu können. »Kein Problem«, sagt der Geschäftspartner. »Ich kenne ein paar Mädchen, die gerade Arbeit suchen. Ich werde sie Ihnen schicken.« Zwei engelgleiche Hippiemiezen mit langem Haar und bunten Kleidern kommen in die Tütenfabrik, wo George und sein Partner sie ans Fließband stellen.

Heimlich sabotiert eine der Frauen eine Maschine. Sie teilt dem niedergeschlagenen George mit, daß sie einen Schwager hat, der Industriemechaniker ist, und George bittet sie, ihn doch anzurufen. Der Schwager trifft ein, überprüft die Maschine und sagt, daß er sie reparieren könne, daß es aber eine Weile dauern werde, weil er erst in San Jose ein Ersatzteil holen muß.

Weil sie nichts anderes zu tun haben, lernen die Mädchen George und seinen Partner etwas näher kennen – ja sogar sehr viel näher. Die Sexszenen umfassen sämtliche Positionen und alle Varianten, lesbischer Sex zwischen den beiden Hippies eingeschlossen, nachdem George und sein Partner gegangen sind. So taumelt der Plot immer weiter und hält immer wieder inne, um noch mehr und noch längere Sexszenen einzuschließen. Die Kameraführung ist fahrig und unkonzentriert, die Farben sind grell, der Ton verstümmelt und der Sex monoton.

Die ›Feuchtszenen‹, also die Szenen mit der externen Ejakulation, die für die Pornographie ebenso obligatorisch sind wie die Untreue für die Seifenoper, erinnern den Zuschauer ständig daran, daß es in dem Film um Sex geht, daß der Sex echt und daß der wahre Star des Films ein ejakulierender Penis ist.

»Der Ursprung der Feuchtszene lag in dem Bedürfnis, zu zeigen, daß ein Darsteller kommen konnte, damit er seinen nächsten Job bekam«, erklärte Bob Cecchini. »Ich erinnere mich, wie ein Regisseur einmal zu einem bekannten Pornostar sagte: ›Okay, diesmal will ich, daß du in ihr kommst.‹ Der Typ sah ihn fassungslos an. ›Aber dann werden die doch gar nicht wissen, daß ich gekommen bin!‹ sagte er.«

»Sie mußten unbedingt Feuchtszenen haben«, ergänzte Debbie Marinoff, eine Studioleiterin im O'Farrell, die später Jims Freundin wurde. »Es war die alte Spritzszene, die an der Kinokasse das Geld einbrachte.«

In jedem Spielfilm, in dem er auftrat, stellte George McDonald einen sensiblen jungen Mann dar, der eine Frau erst kennen- und mögenlernen wollte, bevor er Sex mit ihr hatte. Das mag vielleicht nicht gerade weltbewegend sein, aber in einem Umfeld, in dem der Dialogtext des Hauptdarstellers sich meistens auf ›saug kräftiger, Baby‹ beschränkte, war es doch immerhin so etwas wie ein Anfang.

Bevor er Sex mit einem der Hippiemädchen in *Flesh Factory* hatte, setzte sich die Figur, die von George gespielt wurde, erst mit ihr hin und teilte ihr mit, daß er alles über sie wissen wolle. Sie erzählte ihm, daß sie in Wisconsin als Tochter eines Apothekers aufgewachsen war. George wirkte wirklich interessiert und stellte ihr einige weitere Fragen, bevor sie sich gegenseitig auszogen.

Georges Sensibilitat zahlte sich später aus, als ihm die Frau, die ihn inzwischen mögen gelernt hatte, gestand, daß sie, ihre Hippiefreundin und ihr falscher Schwager in Wirklichkeit Industriespione waren. Die Maschine war nicht wirklich defekt, teilte sie George mit. Sie hatte nur eine Sicherung entfernt. Sie arbeiteten alle für den Klienten, der den Auftrag über Einkaufstüten im Werte von vierhunderttausend Dollar plaziert hatte.

»Er wird eure Firma übernehmen«, erzählte das von Gewissensbissen geplagte junge Hippiemädchen George. »Er knebelt euch mit engen Lieferfristen, und wenn ihr dann nicht liefern könnt, kommt er mit seinen Rechtsanwälten.«

Die Frau ersetzte die Sicherung, George betätigte einen Schalter, und die Maschine erwachte wieder summend zum Leben.

Die Frauen, George und sein Partner arbeiteten die ganze Nacht, um den Auftrag erfüllen zu können, und konterkarierten schließlich den heimtückischen Plan.

Die *Flesh Factory* zugrunde liegende Botschaft ist klar: Der Kapitalismus ist durch und durch verfault. Das Geschäftsleben ist korrupt, Sex und Frauen sind Werkzeuge, die man benutzt, alles ist erlaubt.

Die fundamentale Korruption aller Institutionen ist auch das Thema von *Wild Campus,* dem Film, den die Mitchell-Brüder am Diablo Valley College, ihrer Alma mater, drehten.

Der Film beginnt mit Dean Filbert, einem dicken, erkahlenden Mann in den mittleren Jahren, der gerade einen Brief diktiert: »Wir sind stolz darauf, das erzieherische, soziale und moralische Rückgrat dieser Gemeinde zu sein«, intoniert der Dekan feierlich. »Wie Sie bei Ihrem Besuch auf diesem Campus selbst sehen konnten, gibt es hier keinerlei Anzeichen für solch unmoralische oder unzivilisierte Handlungen wie Gewalttätigkeit oder Studentenunruhen. Wir sind sehr stolz auf unsere Studenten.«

Die Sekretärin geht, und eine junge Studentin kommt herein. Als Dekan Filbert ihr Zeugnis liest, muß er feststellen, daß sie nicht viel hat, worauf sie stolz sein kann, zumindest akademisch gesprochen. Sie hat sogar eine Sechs in Töpfern. Die Studentin wickelt den nörgelnden Dekan um den Finger und endet schließlich auf seinem Schreibtisch, wo sie mit geübtem Auge zusieht, wie er Cunnilingus praktiziert.

»Ich könnte Sie wirklich in Schwierigkeiten bringen, wenn Sie mir nicht mein Diplom garantieren«, sagt die alles andere als unschuldige Studentin schließlich.

»Da brauchst du dir keine Sorgen zu machen, Kleines«, erwidert der Dekan. »Ich werde dafür sorgen, daß du notfalls gleich mehrere Diplome bekommst.«

Campus ist ebenso primitiv produziert wie *Flesh Factory,* mit der amateurhaften Kameraführung, dem schrecklichen Ton und den gestelzten Dialogen, die zu einem Markenzeichen der Filme der Mitchell-Brüder wurden.

Für jeden Meter Film, der in einer Hollywoodproduktion schließlich auf der Leinwand erscheint, enden Tausende von

Metern auf dem Fußboden des Schneidetischs. Die Brüder Mitchell drehten fast immer eins zu eins – jede aufgenommene Kameraeinstellung gelangte auch auf die Leinwand. Das führte zu solch unvergeßlichen Augenblicken der Kinogeschichte wie jener Szene in *Wild Campus*, in der George gerade mit einer schönen jungen Dame spricht, die jede Illusion, sie könnte eine zaghafte Studentin sein, zunichte macht, als sie wie beiläufig ankündigt: »Entschuldigung, ich muß mal pissen.«

George folgt ihr in die Damentoilette, wo sie Sex miteinander haben.

»George, was du für einen Schwanz hast!« sagt die Schauspielerin.

»Mark«, sagt George und erinnert sie an den Namen seiner Filmgestalt.

»Mark«, wiederholt sie, und die Sexszene wird fortgesetzt.

Nach Hunderten von Schlaufen und Dutzenden von Spielfilmen wie *Flesh Factory* und *Wild Campus (Behind the Green Door* sollte ihr dreihundertsiebenunddreißigster Film werden), waren Jim und Artie endlich so weit, das zu drehen, was Annie und Earl Shagley von Anfang an gewollt hatten: einen ernsthaften Film. Sie beschlossen, eine Fantasie zu filmen, was eine kluge Entscheidung war, weil eine Fantasie nicht nur die Möglichkeit von einfallsreicheren Sexszenen eröffnete, sondern es den Filmemachern auch gestattete, über den krude-realistischen Sex hinauszugehen.

Obwohl es ihnen immer noch Spaß machte, Sexfilme am Fließband zu produzieren, fingen Jim und Artie doch an, sich zu langweilen. Sie drehten zwar bessere Filme als alle anderen im Geschäft, und sie machten auch Geld damit, doch das genügte ihnen nicht mehr. Sie wollten einen *richtigen* Film drehen, in dem es um mehr als das bloße Kopulieren ging.

»Damals hatte noch niemand einen großen Pornofilm gedreht«, erinnert sich Mike Bradford. »Jim und Artie wollten die ersten sein, die es taten.«

Die Motivation der Brüder rührte teilweise daher, daß Jim seinen ehemaligen Freunden Annie und Earl zeigen wollte, daß er sie nicht brauchte, um den Film zu machen, über dessen Herstellung sie so lange gesprochen hatten.

Doch war es zweifellos eher ein sekundäres Motiv, sich vor alten Freunden zu beweisen oder einen Film zu produzieren, der künstlerische Ansprüche hatte. Jim und sein Bruder waren Spieler. Sie hatten den Drang, um mehr zu spielen, sie wollten den Einsatz erhöhen, wollten alles auf einen Würfelwurf setzen.

Um einen besseren Film zu machen, mußten sie, das wußten die Brüder Mitchell, eine bessere Story bieten als die zusammengeschusterten Plots von *Flesh Factory* und *Wild Campus.* Dazu konnten sie nicht einfach eine Idee aus dem Blauen angeln und eine Geschichte daraus zusammenzimmern. Zum ersten Mal in ihrer Karriere würden sie ein Drehbuch brauchen. Und das Drehbuch mußte gut genug sein, um die Zeit und das Geld zu rechtfertigen, die die Brüder in diesen Film investieren wollten.

Die Mannschaft traf sich in dem Raum hinter Stage A, um in einem Brainstorming Ideen für den großen Film zu sammeln. Sie riskierte bei diesem Spiel fast ebensoviel wie Jim und Artie. Der Umsatz im O'Farrell war zwar ausgezeichnet, doch hing er auch davon ab, daß alle zwei Wochen ein neuer Film angekündigt wurde. Wenn der Film nicht wechselte, blieb das Publikum aus und damit auch der Umsatz.

Jim und Artie hatten vor, Wiederholungen im O'Farrell zu zeigen, während sie ihren großen Film produzierten. Das bedeutete aber, daß der Umsatz mit Sicherheit zurückgehen würde. Um die mageren Zeiten zu überbrücken, in denen sie den Film schossen, willigte die Mannschaft ein, für einen niedrigeren Lohn zu arbeiten und sich dafür an dem Film beteiligen zu lassen. Wenn Jim und Artie bereit waren, ihr Glück mit der Produktion eines erstklassigen Films zu wagen, waren sie es auch.

»Wir hatten schon viele Fantasien verwendet, und ich erinnerte mich an eine Geschichte mit dem Titel *Behind the Green Door,* die auf der High-School kursierte«, entsinnt sich Mike Bradford. »Es war ein maschinengeschriebenes Manuskript, das irgend jemand fotokopiert hatte. Ich erzählte ihnen davon, und Jerry Ward, Arties alter Armeekamerad, wurde aufmerksam und sagte: ›He, einen Augenblick mal! Die habe ich doch in New Jersey gelesen!‹

Wir wußten, daß wir da etwas in der Hand hatten, denn das war eine Untergrundstory, die zwei Typen, die doch Hunderte von Meilen voneinander entfernt aufgewachsen waren, beide gelesen hatten«, fährt Mike fort. »Wir erinnerten uns beide an die Trapeze. Das war das Einzigartige daran.«

Jim und Artie hatten die Geschichte zwar noch nie gehört, doch als sie Freunde in der Industrie befragten, stellten sie fest, daß die Green-Door-Story schon mindestens seit dem Zweiten Weltkrieg kursierte, als das anonyme Manuskript zur Lieblingslektüre der GIs gehörte. Die Tatsache, daß es keinen Autor gab und sie daher nichts für die Nutzungsrechte an der Geschichte zu bezahlen brauchten, war für Jim und Artie ein deutlicher Anreiz. Sie ließen Mike Bradford und Jerry Ward die Geschichte skizzieren, dann entwickelten Artie und Bill Boyer – unter anderem – ein Drehbuch.

Alles war recht glatt verlaufen. Die Brüder hatten das stattliche Alta Mira Hotel in Sausalito gemietet, um die Szenen abzudrehen, in denen das Mädchen entführt wird. Mike Bradford sollte einen Parkwächter spielen, Jerry Ward einen Barkeeper, andere Mannschaftsmitglieder sollten als Rezeptionisten, Liftboys und Statisten auftreten. Jim und Artie würden die Kidnapper spielen.

Und nun war eine neunzehnjährige Blondine hereinspaziert und hatte ihren Bluff auffliegen lassen. Sie war die absolut perfekte Hauptdarstellerin, aber Jim und Artie hatten sie gehen lassen, weil sie zuviel Geld verlangte.

Was sollten sie tun? Wieviel waren sie bereit zu riskieren? War es ihnen wirklich ernst damit, einen großen Pornofilm zu drehen, oder würden sie wieder nur kleinkariert vorgehen und eine etwas teurere Version ihrer üblichen, halbherzigen Bemühungen produzieren?

Man hatte Jim und Artie auf tausend verschiedene Weisen, mal subtil, mal weniger subtil, mitgeteilt, daß sie zweitklassig waren: Angefangen hatte es damals, als der Lehrer Artie aus der Versammlung von Kindern hinausgeworfen hatte, die gern Schülerlotsen werden wollten. Sie waren Okies, weißes Pack aus einer Kleinstadt, für das niemand etwas übrig hatte. Ihr Vater war ein Spieler, ein Beruf, auf den jedermann herabsah. Sie waren auf Schulen gewesen, auf die jeder gehen konnte.

Zwar hatten sie es in der großen Stadt geschafft, doch in einem Bereich der Unterhaltungsindustrie, der trotz der sexuellen Revolution immer noch fast überall als minderwertig angesehen wurde. Jim und Artie wußten, daß Pornographen wahrscheinlich bis in alle Ewigkeit dazu verdammt bleiben würden, im hinteren Teil des Busses zu fahren. Doch das hieß noch lange nicht, daß die Jungs im hinteren Teil keinen erstklassigen Film produzieren konnten.

Erstklassig zu werden bedeutete aber, die unschuldig wirkende Blondine mit dem tollen Stehvermögen unter Vertrag zu nehmen. Warum auch nicht? Es war doch bloß Geld. Und Geld erhöhte nur den Einsatz und machte alles viel interessanter.

Als Marilyn Briggs bereits zwei Stunden wieder in ihrem kleinen Apartment am Potrero Hill war, klingelte das Telefon.

»Hallo, Marilyn, ich bin es, Artie Mitchell«, sagte eine scheppernde Stimme.

»Und Jim Mitchell. Wir sind beide in der Leitung, weil wir beide mit dir sprechen müssen.«

Marilyn hatte das Interview fast im selben Augenblick vergessen, als sie Stage A verlassen hatte. Es war nur eins von hundert gewesen, die nirgendwo hingeführt hatten. Wenn man sich damit aufhielt oder versuchte, zu analysieren, was vorgefallen war, wurde man nur verrückt.

»Was gibt es, Jungs?« fragte Marilyn.

»Wir haben es uns anders überlegt«, sagte Artie. »Wir wollen dich wirklich haben.«

»Wir werden dir alles geben, was du willst. Im Rahmen des Vernünftigen«, fügte Jim hinzu.

»Das werdet ihr?« fragte Marilyn. »Aber . . . aber ich bin mir immer noch nicht sicher.«

»He, das wird schon alles werden«, meinte Artie. »Gib uns deine Adresse, dann kommen wir gleich rüber, um die Sache mit dir zu besprechen.«

Dreißig Minuten später klopften Jim und Artie an die Tür.

»Wir müssen über die Gewinnbeteiligung verhandeln«, sagte Jim, nachdem sie Platz genommen hatten. »Wir sind zwar gern großzügig, aber so großzügig können wir auch wieder nicht sein.«

»Also gut«, sagte Marilyn. Sie ermahnte sich ständig, daß sie eigentlich sagen müßte: ›Schaut mal, Leute, vielen Dank, aber ich kann das nicht machen, ich kann es wirklich nicht.‹ Aber es war ja ›Wer wagt, gewinnt‹ angesagt, und sie meinte, keinen Rückzieher machen zu dürfen.

»Mach dir keine Sorgen wegen der Dreharbeiten«, versetzte Jim. »Artie und ich werden die ganze Zeit dabei sein. Wenn es irgend etwas geben sollte, was dich wirklich stört, etwas, was du wirklich nicht tun willst, dann sag es uns, wir finden dann schon eine Lösung.«

Jim holte einen Vertrag hervor, und Artie reichte Marilyn einen Schreibstift.

»So fühlt sich das wohl an, wenn man sein Leben verpfändet«, sagte Marilyn, während sie auf ihre Vertragskopie blickte.

»Das wird ein Abenteuer werden, ein großes Abenteuer«, sagte Artie mit gewinnendem Lächeln. »Ach ja, noch etwas, wir haben sogar schon einen Namen für dich.«

»Marilyn Chambers«, sagte Jim. »Wie gefällt er dir?«

»WAS HAST DU GETAN?« fragte Doug, Marilyns Ehemann seit ein paar Monaten, als sie ihm beim Abendessen die Neuigkeit berichtete.

»Ich habe einen Vertrag für einen Pornofilm unterzeichnet«, sagte Marilyn wie beiläufig und befingerte dabei ihre Bierdose. »Das ist kein hanebüchener alter Junggesellenfilm. Es ist eine Fantasie. Er wird Klasse haben. Die Burschen, die ihn drehen, werden dir gefallen. Sie möchte, daß ich dich beim nächsten Mal ins Tonstudio mitbringe, damit sie dich kennenlernen.«

»Wann hast du das getan?« fragte Doug.

»Heute«, antwortete Marilyn.

»Heute! Du hast mir ja nicht einmal erzählt, daß du irgendwo vorsprechen würdest!«

»Ich habe die Anzeige in der Zeitung erst gelesen, als du schon weg warst.«

»Aber weshalb? Weshalb einen Pornofilm drehen? Das wird es ja wohl sein, egal wieviel ›Klasse‹ er angeblich haben wird.«

»Na ja, die Bezahlung ist gut«, meinte Marilyn. »Und ich denke, es könnte ein ganz guter Job werden.«

Marilyn hielt inne.

»Und?« fragte Doug.

»Und überhaupt!« versetzte Marilyn.

»Hör mal, es ist dein Körper, es ist deine Entscheidung, es ist dein Leben«, meinte Doug, der, verheiratet oder nicht, nicht in den *Freiraum* seiner Frau eingreifen wollte. »Ich sage nur, überleg es dir erst einmal, okay?«

Die nächsten beiden Nächte verbrachte Marilyn hellwach und tat genau das. Sie wußte, daß sie den Vertrag brechen könnte. Welcher Richter würde schon einen Pornographievertrag gelten lassen? Sie versuchte nur herauszufinden, ob sie ihn auch tatsächlich brechen wollte.

Seit sie in der zweiten Klasse war, hatte Marilyn, das dritte von drei Kindern, ihr Leben damit verbracht, und zwar erfolglos, wie sie meinte, mit ihrem älteren Bruder und ihrer Schwester um die Aufmerksamkeit ihrer Eltern zu wetteifern. Auf allen Familienfotos war Marilyn die junge Schauspielerin, die sich um die Kamera riß. Marilyn war überzeugt, daß ihr älterer Bruder und ihre Schwester sie dafür haßten.

Marilyns Vater war groß und stattlich, ein ehemaliger Kapitän der Leichtathletikmannschaft an der Brown University, der es in New York City zu einem erfolgreichen Werbemanager gebracht hatte. An jedem Werktag bestieg er um sieben Uhr morgens den Zug und kam erst nach acht Uhr abends wieder nach Hause in Westport, Connecticut. Marilyn vergötterte ihn, sehnte sich nach seiner Liebe und seiner Aufmerksamkeit mehr als nach allem anderen, hatte aber das Gefühl, von beidem nur sehr wenig zu bekommen. Wenn er zu Hause war, wirkte er müde und distanziert und wollte alleingelassen werden.

Ihre Mutter war eine Krankenschwester, die ihren Abschluß in Pembroke gemacht hatte, eine radikal selbständige Frau, die nicht etwa arbeitete, weil die Familie das Geld brauchte, sondern weil sie es so wollte. Immer wieder war sie an die Schule zurückgekehrt, um weitere, fortgeschrittene Abschlüsse zu machen, bis sie schließlich selbst Krankenschwestern bis zum Diplom ausbildete.

Wenn Marilyn von der Schule nach Hause kam, stand das Haus fast immer leer. Dann schlenderte sie durch die Zimmer, fühlte sich einsam und verlassen, um schließlich vor dem Fernseher zusammenzusacken. Wenn ihre Mutter oder ihr Vater eintraf, sprang sie auf und stürmte zur Tür, doch erinnert sich Marilyn nicht, daß sie auch nur von einem der beiden die Liebe und die Aufmerksamkeit bekam, nach denen sie sich so sehr sehnte.

»Mein Vater ist Engländer, und die Familie meiner Mutter stammt aus Schottland. Beide sind sehr kalte, distanzierte Menschen. Als ich aufwuchs, gab es nicht allzuoft ein ›Ich liebe dich‹ zu hören«, entsann sich Marilyn Jahre später.

In der Schule war Marilyn eifrigst darum bemüht, alles zu tun, was ihr die Liebe und Aufmerksamkeit ihrer Eltern eintragen könnte. Ihr Vater war Athlet gewesen, und so wurde auch Marilyn Athletin, begann mit Turmspringen und schloß sich der Leichtathletikmannschaft an.

»Ich habe Hochsprung gemacht, genau wie mein Vater«, sagt Marilyn. »Das war ein ›Komm schon, Paps, du mußt mich mögen.‹«

Als sie auf die High-School kam, hatte sich Marilyns Bedürfnis nach Anerkennung und Aufmerksamkeit auch auf ihre Gleichaltrigen ausgedehnt.

Sie gab das Turmspringen auf – es war sehr harte Arbeit, niemand kam zu den Treffen, und einen Lohn durfte man sich erst nach Jahren erhoffen –, um Cheerleader zu werden. Cheerleader waren beliebt, und wenn Marilyn irgend etwas sein wollte, dann beliebt.

Wenn man ein hübsches, beliebtes Teenagermädchen ist, das es darauf abgesehen hat, Leute zu beeindrucken; wenn man den größten Teil seiner Ideen aus dem Magazin *Seventeen* bezieht, ist es unvermeidlich, daß man früher oder später beschließt, Modell zu werden. Marilyn grübelte über ihre schicksalsträchtige Entscheidung nach und entschied sich, es als erstes ihrem Vater zu erzählen. Er war schließlich in der Werbebranche. Wie stolz er doch auf sie sein würde!

»Tu das nicht«, hatte ihr Vater geantwortet. »Dazu bist du nicht hübsch genug. Das schaffst du nie.«

Marilyn war am Boden zerstört.

»Ich weiß, daß er es getan hat, um mich vor diesem halsabschneiderischen, gräßlichen Geschäft abzuhalten, aber die Art, wie er es tat, war verkehrt«, erinnert sich Marilyn. »Ich dachte, daß er mich unmöglich lieben könnte, wenn er mir so etwas sagte.«

Wochenlang schmollte Marilyn daraufhin in ihrem Zimmer. Ihr Vater wollte nicht, daß sie in seiner Welt arbeitete, und ihre Mutter erwartete von ihr, daß sie das gleiche Leben führte, wie sie es getan hatte. »Geh aufs College, Liebes; such dir einen Beruf wie Krankenpflege aus, auf den du immer zurückgreifen kannst, Liebes; heirate einen netten Jungen und bekomm Kinder, Liebes.«

Marilyn schwor sich, daß es nicht so kommen würde. Sie würde etwas tun, das ihre Eltern verrückt machte, etwas, das sie wachrüttelte, bis sie sagten: »Oh, Marilyn! Wir hätten nie geglaubt, daß du das kannst!« Sie würde es *ihnen zeigen!*

Marilyn ließ sich fotografieren und stellte eine Mappe zusammen. Sie klapperte die ganze Madison und Lexington Avenue ab und kam auch ganz gut allein zurecht: Sie trat in Fernsehspots für Pepsi und Clairol auf und schoß ein halbes Dutzend Bildserien für andere, bundesweite Werbeetats. Sie war sogar in *Die Eule und das Kätzchen* aufgetreten.

Doch ihre Erfolge hatten ihre Eltern nicht beeindruckt. Sie hatten sie nach wie vor ermahnt, daß ihre Arbeit zwar sehr schön sei, aber nirgendwo hinführe. Als sie in San Francisco gegen die Mauer lief, hatten sie gesagt: »Das haben wir dir doch gleich gesagt. Warum kommst du nicht zurück nach Hause, wo du hingehörst, und gehst aufs College?«

Marilyn hatte den Versuch aufgegeben, ihre Eltern zu beeindrucken und ihre Zustimmung zu gewinnen. Sie war davon überzeugt, daß nichts, was sie täte, für sie jemals gut genug wäre. Da sie ihre Anerkennung nicht gewinnen konnte, entschloß Marilyn sich, gegen sie zu rebellieren. Und so war sie nicht nach Hause gekommen, sondern in San Francisco geblieben, um einen Hippie zu heiraten.

Jetzt hatte Marilyn die Gelegenheit, gleichzeitig zu rebellieren und ihre Familie auf eine Weise zu beeindrucken, die sie in alle Ewigkeit nicht vergessen würde. Ihre Eltern hatten bisher alles ignoriert, was sie versucht hatte. Sollten sie doch mal versuchen, auch das hier zu ignorieren.

Marilyn entschied, den Film zu drehen. Sie überzeugte sich selbst davon, daß es eine große Herausforderung sei. Sie hatte irgendwo gehört, daß Schauspielerinnen in Pornofilmen Kaugummi kauten und während des Drehens heimlich auf ihre Uhren lugten. Sie war entschlossen, ihre Rolle in *Green Door* ebenso intensiv anzugehen, wie es die Streisand mit ihrer Rolle als Prostituierte in *Die Eule und das Kätzchen* getan hatte.

»Ich glaube, ich wußte nicht so recht, auf was ich mich da einließ«, meint Marilyn später. »Es war ein Sprung in eine andere Welt. Ich wußte, daß es unanständig sein würde, aber ich hielt es nicht für schmutzig oder obszön. Ich glaubte, ich könnte es erotisch, sexy und schön machen.«

Jim und Artie gaben ihr das Drehbuch, doch nachdem sie darüber nachgedacht hatte, beschloß Marilyn, es lieber nicht zu lesen. Sie wollte, daß ihr Rollenspiel möglichst echt wirkte.

»Ich denke, deshalb wurde der Film auch zum Renner«, sagt Marilyn. »Ich habe meine Hemmungen zur selben Zeit auf der Leinwand verloren, als die Amerikaner überall ihre Hemmungen zu verlieren begannen.«

Mike Bradford betrat den Drugstore Ecke 20. Straße und stellte sich ans Ende der Schlange älterer Damen, die gerade auf den Apotheker warteten.

»Hallo«, sagte Mike, als er an die Reihe kam. »Ich drehe einen Pornofilm. Wir haben gerade eine Hochgeschwindigkeitskamera bekommen, die wir dazu benutzen werden, um einige Zeitlupenaufnahmen von Ejakulationen zu machen. Haben Sie irgendeine Ahnung, was wir dabei als Sperma verwenden könnten?«

Der Apotheker starrte Mike an.

»Wollen Sie mich nur aufziehen, oder ist das tatsächlich ernst gemeint?« fragte er.

»Oh, das ist durchaus ernst gemeint«, antwortete Mike. »Ich gehöre zur Mannschaft der Mitchell-Brüder. Sie wissen doch, das O'Farrell Theatre?«

Der Apotheker wußte Bescheid. Nun fand ein Gespräch statt, das sehr einfach anfing und mit der Zeit mehr in Fachsimpelei ausartete, bis Mike schließlich mit einer Riesenmenge teurer Handlotion davonging.

Von der Apotheke fuhr Mike zu Center Hardware an der Ecke 4. Straße und Townsend, einem der letzten echten Eisenwarenläden in San Francisco. Center führte alles, von Badematten bis zu Klempnerzubehör, die Verkäufer waren alte Männer, die den Standort jedes staubigen Waschbeckens kannten. Sie liebten Mike. Er kam immer herein, um das Zubehör für seine Bühnenbilder einzukaufen, und er erzählte immer erstaunliche Geschichten und verteilte Freikarten für das O'Farrell.

»Womit können wir Ihnen heute dienen, Mike?« fragte ein älterer Verkäufer namens Monte.

»Trapeze, Monte. Ich muß Trapeze bauen, und ich glaube, ohne Ihre Hilfe schaffe ich das nicht.«

»Mike! Nein! Trapeze! O Gott, ich weiß zwar, wofür das ist, aber erzählen Sie es mir doch, Mike.«

»So weit bin ich inzwischen«, sagte Mike und zog vorsichtig eine Zeichnung aus einer Mappe.

»Gehen wir ins andere Zimmer und sprechen wir über deinen Vertrag«, sagte Jim zu George McDonald, während er ihn von dem Menschenauflauf im Studio A in den Raum führte, wo die Mannschaft sich die Drehbücher ausdachte.

George wußte, daß er in *Green Door* eine Hauptrolle spielen würde, und er hatte sich schon sehr auf dieses Treffen gefreut. George war in achtundvierzig Filmen aufgetreten, davon in achtzehn Streifen der Mitchell-Brüder, und dies war das erste Mal, daß ihm jemals ein Vertrag angeboten wurde. Die Brüder wurden wirklich richtig solide.

In letzter Zeit hatte es nicht viel zu tun gegeben. George blickte auf die alten, zerbeulten Hush Puppies hinunter, die er aus einem Laden der Heilsarmee hatte, und erlaubte sich, darüber zu fantasieren, wieviel Jim ihm wohl als Bezahlung anbieten würde. Die höchste Gage, die George jemals für einen Film der Brüder Mitchell bekommen hatte, waren dreihundertfünfzig Dollar gewesen. Diesmal hoffte er auf tausend Dollar. Mit einem Tausender könnte er seine Miete bezahlen und sich ein Paar anständige Schuhe kaufen.

»Ich lasse dich zwei Verträge unterzeichnen«, sagte Jim gegen ein Fenster gelehnt und auf George hinunterblickend, der in einem Sessel saß. »Wir zahlen zwar allen eine Tagesgage, aber du und Marilyn Chambers bekommt ein Pauschalhonorar. Sie ist übrigens deine Mitdarstellerin. Du hast sie noch nicht kennengelernt, aber das wirst du noch nachholen. Wie klingen zweitausend Dollar? Fünfhundert im voraus, der Rest nach sechs Monaten.«

»Na ja, ich ...«

»Wir schaffen es nur, wenn wir die Auszahlung verschieben«, unterbrach ihn Jim. »Die Sache kostet uns echt Geld.«

»Aber, Jim, wie kann ein Vertrag rechtsgültig sein, wenn es dabei um eine illegale Handlung geht? Könnte das nicht vor Gericht gegen uns verwendet werden?«

»Scheiß auf das Gericht. Sollen sich die Rechtsanwälte doch den Kopf über das Gericht zerbrechen«, warf Jim ein. »Aber weil wir den größten Teil deiner Auszahlung verschieben, geben wir dir auch einen Anteil am Film. Was hältst du von zwei Prozent?«

George wirbelte der Kopf. Er hatte die Frage über die Rechtswirksamkeit des Ganzen nur gestellt, um etwas Zeit zu gewinnen, bis er sich wieder beruhigt hatte.

George haßte Jim Mitchell. Er hätte alles dafür gegeben, wenn er mit Jim hätte tauschen können, wenn Jim die Erfahrung gemacht hätte, wie das war, sich einen Gorillakopf aufzusetzen und ein Mädchen zu vögeln, um dann von der Mannschaft und einem Haufen von Freunden der Brüder Mitchell ausgelacht zu werden. Doch jetzt bot Jim ihm doppelt so viel Geld, wie er erhofft hatte, und sprach auch noch von Gewinnanteilen. War er nach Hollywood gekommen?

»Die Rolle wird dir gefallen«, sagte Jim und versuchte, über das Thema der Zahlen hinauszugehen.

Georges Beine begannen zu zittern.

»Jim, Mann, zwei Riesen, zwei Prozent! He, Mann, das hört sich ja großartig an!« sagte George und sprang aus dem Sessel, um Jims Hand zu schütteln.

»Okay, dann zur Sache. Du wirst einen jungen Werbefritzen spielen, deshalb mußt du dir das Haar schneiden lassen.«

George liebte sein langes schwarzes Haar.

»Vielleicht könnte ich es unter dem Hals zusammenbinden, Jim«, schlug George vor.

»Du läßt es dir schneiden«, widersprach Jim. »Wir haben eine Coiffeuse engagiert. Und ein Mädchen fürs Make-up.«

»Mann! Das haben wir ja noch nie getan«, sagte George.

»Und wir werden auch vor Ort drehen. Im Alta Mira Hotel«, ergänzte Jim stolz.

»In diesem schönen, alten Hotel?« rief George. »Das liegt ja auf dem Hügel direkt über meinem Apartment in Sausalito!«

»Wir haben es gemietet«, sagte Jim mit einem breiten Lächeln.

»Gemietet! Mann! Bisher waren die Dreharbeiten vor Ort immer eher wie ein Bankraub als wie eine Filmaufnahme. Den Motor laufenlassen, hinausstürzen, Außenaufnahmen machen und sofort wieder verschwinden, bevor jemand hinauskommt und fragt, was wir da machen. Endlich steigen wir in die erste Klasse auf, Jim!«

»Wir werden Marilyn filmen, wie sie ins Hotel eincheckt, danach zeigen wir dich, wie du in das Foyer kommst und ihr nachsiehst, als sie die Treppe hinaufgeht«, erklärte Jim. »Das ist wirklich eine entscheidende Szene, denn später bist du im Publikum in dem streng geheimen Sexclub, wo es den Mitgliedern untersagt ist, sich in das Geschehen auf der Bühne einzumischen, gleich was dort passiert. Du erkennst das Mädchen aus dem Hotel wieder. Du weißt, daß sie entführt wurde. Du wartest den richtigen Augenblick ab, stürmst auf die Bühne, hebst sie auf und trägst sie hinaus, und danach kommst du mit Marilyn zur Sache.«

»Hört sich gut an, Jim«, meinte George. »Wer führt denn eigentlich Regie? Du?«

»Nein. Artie ist der Regisseur. Diesen Film produziere ich«, antwortete Jim. »In ein bis zwei Tagen wird er dir das Drehbuch geben, damit du an deinem Dialogtext arbeiten kannst.«

»Dialogtext!« wiederholte George.

»Dialogtext!« Jim lächelte.

George kam mit einem Hochgefühl aus der Besprechung. Er war kein einfacher Pornostar mehr, der für seinen Lebensunterhalt fickte. Er war ein Schauspieler. Ein richtiger Schauspieler.

Die Mannschaft war bereit. Die Coiffeuse und das Make-up-Girl hatten alle Darsteller bearbeitet. Statisten gingen als Barkeeper und Kellner umher, Servietten in den Halsausschnitt gesteckt, um ihre gemieteten Fräcke vor dem Make-up zu schützen.

Als George seine Szene spielte, war seine Miene zu ernst, dann wieder nicht ernst genug. Schließlich, am späten Nachmittag, war Artie zufrieden.

Am nächsten Morgen band George sich gerade zum dritten Mal die Krawatte, als das Telefon klingelte. Ein Produktionsgehilfe rief an, um zu sagen, daß der zweite Drehtag im Alta Mira abgesagt worden sei, weil Jim und Artie sich erst die Probekopie anschauen wollten, bevor sie weitermachten. George entschied, daß er die Probeabzüge auch sehen wollte, und so legte er die Levis und die Cowboystiefel an, die er sich von seinem Vorschuß gekauft hatte, und fuhr mit dem Bus über die Golden Gate Bridge.

Als er im Stage A eintraf, dachte George erst, daß irgend jemand zu Schaden gekommen sei. Techniker lehnten an den Wänden, starrten zu Boden. Andere Mitglieder der Mannschaft wanderten ziellos umher und schüttelten gelegentlich den Kopf.

»Was ist los, Mann?« fragte George ein Mitglied der Filmmannschaft.

»Gestern war eine Katastrophe«, erwiderte der. »Die Beleuchtung war völlig falsch. Alles, was wir gedreht haben, ist schwarz. Wir können nicht das geringste davon verwenden. Geh bloß nicht in Nähe des Büros, Mann. Jim und Artie sind gerade drin und liegen sich deswegen in den Haaren.«

»Du dummer Arsch! Weshalb bist du so ein dummer Arsch? Warum bist du nur so gottverdammt inkompetent?« brüllte Jim.

»Du hättest es auch nicht besser gemacht, versuch bloß nicht, mir das weiszumachen«, schrie Artie zurück. »Du hast auch oft genug Scheiß gebaut, aber das hängt ja niemand an die große Glocke, weil sie alle Angst haben, daß du sie feuern könntest!«

»Nenn mir mal eine Sache, nur eine einzige Sache, die du für diese Firma allein getan hast. Komm schon, Art, nur eine gottverdammte Sache«, sagte Jim wütend.

»Ich habe Jerry Ward reingebracht. Und Gish«, sagte Art widerspenstig. Jim Gish war ein Armeekamerad, der mit Artie in Deutschland gedient hatte. Er war ruhig und intelligent, einer der geschätztesten Angestellten des O'Farrell.

»Na schön, das will ich dir zugestehen«, meinte Jim zähneknirschend.

»Und ich würde auch noch sehr viel mehr tun, wenn du Arsch mich lassen würdest«, schrie Artie. »Wenn du nicht darauf bestehen würdest, bei jeder gottverdammten Kleinigkeit das Sagen zu behalten!«

»Wenn ich das nicht tue, wer sollte es denn dann sonst tun?« fragte Jim. »Du schaffst das doch nicht, das hast du ja wohl eindeutig bewiesen!«

»Weißt du was?« fragte Artie und neigte sich seinem Bruder entgegen. »Du schaffst das auch nicht. Du kannst keine Filme drehen, Mann. Du hast ja nicht die geringste Ahnung, was du da tust. Jedesmal, wenn du eine Kamera in die Hand nimmst, klinkt die Mannschaft aus. Die finden deine Ideen doch Scheiße. Jedesmal, wenn du dort rausgehst, flehen die zu Gott, daß du wieder abhaust, bevor du irgendeinen Scheiß baust.«

»Das ist Blödsinn, und das weißt du auch, Art«, sagte Jim und wedelte mit der gleichen Bewegung in die Richtung seines Bruders, mit der er sonst eine Fliege verscheuchte.

»Blödsinn? Das ist kein Blödsinn!« kreischte Artie. »Wenn die bloß etwas Courage hätten, würden sie es dir selbst sagen. Und das weißt du auch nur zu gut. Du hast Burschen wie Fontana angeheuert, damit du dir nie anhören mußt, daß du nicht den leisesten Scheiß von einer Ahnung hast, wie man einen Film dreht.«

»Du willst mir etwas von Courage erzählen? Das ist doch nicht die Möglichkeit – du stehst hier vor mir und erzählst mir was von Courage«, brüllte Jim. »*Du* hast Scheiß gebaut, Art. Und wenn du Mut hättest, würdest du es auch zugeben.«

»Du hast mich reingelegt, du Drecksack«, schrie Artie zurück. »Du wolltest, daß ich Scheiß baue, damit du das Kommando übernehmen kannst. Immer über alles die Kontrolle haben, das ist doch alles, was dich interessiert. Das ist alles, was dich jemals interessiert hat.«

Die Brüder Mitchell waren zwar erwachsen geworden und hatten geheiratet, aber im Grunde ihres Herzens blieben sie immer noch kleine Jungen: Auf alle Zeiten in einem Machtkampf befangen, der sich aus der Rollenverteilung ›großer Bruder/kleiner Bruder‹ ergab, die schon damals fest eingespielt gewesen war, als Jim Arties Hand ergriff und ihn zum ersten Mal in die Schule brachte.

Jim und Artie waren fast so eng zusammengewachsen wie siamesische Zwillinge. Nur zusammen bildeten sie eine vollständige Person. Artie war feurig, ein fröhlicher Geist, dessen Gutmütigkeit bei den Dreharbeiten und im Clubhaus als Schmiermittel für die Gruppeninteraktion fungierte. Jim war der ruhige, ernste Geschäftsmann, dem es sehr schwerfiel, sich zu entspannen, fröhlich zu sein, wenn sein kleiner Bruder nicht da war.

Wenn man sich so nahesteht wie Jim und Artie, ist es schwierig, vielleicht sogar unmöglich, daß der eine Bruder den anderen als Geschäftspartner sieht, obwohl sie genau das waren. Es ist schwierig, den eigenen Bruder als verheirateten Mann zu sehen, der ein eigenes, unabhängiges Leben führt, auch wenn er eine Ehefrau hat. Es ist und bleibt nun mal der eigene Bruder. Man mag ihn nicht etwa, man liebt ihn. Und man hat keine Abneigung gegen ihn, sondern haßt ihn. Und weil er der eigene Bruder ist, hört man nie auf, mit ihm zu wetteifern.

»Sie haben sich täglich gegenseitig gequält«, sagt Mark Bradford. »Jim liebte Artie absolut, und Artie liebte Jim absolut, aber es gab keine Zwischentöne, kein Verständnis dafür, was der andere gerade durchmachen mochte. Es war immer hundert Prozent, in beide Richtungen. Wenn sie sich stritten, schossen sie mit Kanonen. Meistens hielt so ein Streit nicht allzulange an. Denn einer der beiden pflegte dann hinauszustürmen, dann sprachen sie ein, zwei Wochen kein Wort mehr miteinander, und dann hieß es wieder ›Hallo, Artie‹ und ›Hallo, Jim‹, und alles war wieder in Ordnung.«

Am Ende gewann Jim jeden Kampf. Er war der ältere Bruder, und diesen Vorteil verstand er auszunutzen.

»Jim traf immer die letzte Entscheidung«, berichtet Mark Bradford. »Jim pflegte Artie zwar bei Laune zu halten, aber wenn Artie ihn jemals wirklich herausforderte, wurde daraus ein Streit, den Jim schließlich gewann, und das war es dann auch. Jim unterdrückte Artie, weil er nicht wollte, daß Artie besser war als er. Es gab nie einen Zweifel daran, daß Jim der Herr im Hause war.«

»Art hatte den schwierigsten Job im ganzen Laden«, fügt Jack Harvey hinzu, der wegen seiner schnellen Sprechweise den Spitznamen ›Fast‹ hatte. Harvey war ein großartiger Handwerker, der über zwanzig Jahre lang für das O'Farrell Bühnenbilder entwarf und Räume ausbaute.

»Arts Job bestand darin, Jims jüngerer Bruder zu sein, die zweite Geige zu spielen«, fährt Harvey fort. »Das war das ganze Problem.«

Jim und Artie hatten sich eine Mannschaft zusammengesucht, die viel unterschiedlicher und talentierter war als jede andere Gruppe von Leuten, die in der Pornoindustrie jemals einen Lohnscheck – oder eine Barauszahlung – erhalten hatten. Phil Heffernan, Mark Bradfords bester Freund aus Exeter, war zum Atelierleiter avanciert. Heffernan liebte den Job, weil er dabei experimentieren und fast alles tun konnte, was er wollte, solange er nur pünktlich ablieferte. Jerry Ward, den die Brüder mit dem Versprechen eines Gehalts von fünfhundert Dollar pro Woche aus dem Flamingo abgeworben hatten, war der Generalmanager des O'Farrell.

Aber es stand nicht alles zum besten. Trotz der Kameradschaft im Team und der schönen Zeit im Clubhaus waren die Angestellten der Brüder Mitchell doch nicht jene große, potrauchende erweiterte Familie, die Jim und Artie erschaffen zu haben glaubten. Und das lag hauptsächlich an der Tatsache, daß Jim und Artie nicht die gelassene, freundliche Beziehung zueinander hatten, die sie der Presse verkauften.

Jim und Artie waren Konkurrenten geworden, und so blieb es nicht aus, daß ihre Angestellten sich in zwei Lager teilten: Arties Leute und Jims Leute. Wer die Wahl hatte, stand lieber in Jims Lager.

»Ich war zwar durch Art hereingekommen, aber als ich Phil Heffernan reinbringen wollte, wußte ich nur zu gut, daß es weitaus besser für ihn wäre, wenn er auf Jims Seite stünde und nicht auf Arties«, erinnert sich Mike Bradford. »Also habe ich ihn Jim vorgestellt, und Jim hat ihn interviewt und angeheuert. Das bedeutete, daß Phil Jims Mann war, und sie kamen hervorragend miteinander aus.

Bei mir war es umgekehrt«, fährt Mike fort. »Jim mochte mich nie allzusehr, weil ich durch Meredith und Artie in die Firma gekommen war.«

Einer der Gründe für Earl Shagleys Ausscheiden lag in seiner Abneigung gegen den Zustrom von Jims und Arties alten Freunden aus Antioch, und die Spannungen zwischen den Leuten aus Antioch und den anderen, die in San Francisco eingestellt worden waren, blieben bestehen.

»Wenn Jim und Artie Leute bekamen, die klüger waren als sie, machte sie das nervös«, weiß Debbie Marinoff, eine junge Künstlerin, die einen Job im O'Farrell annahm, weil sie es für das Zentrum des Untergrunds von San Francisco hielt. »Jim pflegte einige der besten Leute vom Kunstinstitut anzuheuern, Leute, die sehr viel klüger waren als er. Er hielt sie sich, um ihre Ideen abzukupfern. Danach entließ er sie.«

Es gab auch andere Gründe, weshalb Jim und Artie sich mit den guten, alten Jungs aus Antioch umgeben hatten. Wenn man auf fremdem Boden steht und dort angegriffen wird, wie es die Brüder Mitchell ständig wurden, ist es eine instinktive Reaktion, sich eine Festung zu bauen und sie mit Leuten zu besetzen, denen man vertrauen kann. Die Leute in der Festung erfüllten die gleiche Funktion, die die Verwandtschaft für J. R. gehabt hatte: Sie stellten eine erweiterte Familie dar, auf die man sich in einer häufig sehr feindseligen Welt verlassen konnte.

Die Leute in der Festung waren wie die ›Verschollenen Jungen‹, die sich Peter Pan im Nimmerland anschlossen. Im Inneren der Festung konnten Jim und Artie für immer die sich kabbelnden Brüder bleiben, ohne daß einer ihrer Kumpel ihnen jemals sagte, sie sollten gefälligst erwachsen werden und damit aufhören. Im Gegenzug bekamen die Jungs Dope zu rauchen, Bier zu trinken, Musik zu hören und Mädchen zum Aufreißen. Kurzum: Sie konnten ewige Jugendliche bleiben.

»George! Ich muß mit dir reden!« schrie Jim, nachdem er aus der Besprechung mit Artie gestürmt war und im Laufschritt die eiserne Treppe hinunterrannte.

»Ich übernehme Arts Job. Ich werde Regie führen«, sagte Jim zu George.

»Okay.« George nickte.

»Wir ändern das Drehbuch«, entschied Jim. »Du bist jetzt kein junger Werbefritze mehr. Du bist ein Lastwagenfahrer. Zur nächsten Aufnahme kreuzt du in deiner Levis auf.«

»Das ist cool«, meinte George. »Dabei werde ich mich wohler fühlen.«

»Und denk dir einen Truckerdialog aus«, sagte Jim, als er davonging.

Mehrere Tage später kam George um sieben Uhr morgens im Stage A an, das sich in einen exotischen Nachtclub verwandelt hatte. An den Wänden hingen riesige Vorhänge und Perserteppiche; große, viel zu üppig gepolsterte viktorianische Sofas standen vor einer Bühne. Über der Bühne hingen Trapeze, und dahinter ragte die ominöse Grüne Tür empor.

Zwei Stunden später – für eine Produktion der Brüder Mitchell bemerkenswert schnell – waren die gut dreißig Darsteller alle geschminkt, die Masken aus Rheinkieseln angebracht, schwarze Krawatten und Kleider sorgfältig zurechtgerückt, und Jim hatte bereits ›Kamera ab!‹ gerufen.

Sechs Frauen in schwarzen Kutten wie die Hexen in *Macbeth*

führten Marilyn Chambers auf die Bühne. Die sechs seltsamen Schwestern hielten sie fest, zogen ihr das weiße Kleid aus und begannen mit heftigem Oralsex.

Marilyn war entsetzt, und das war nicht nur gespielt. Sie schaute die Frauen an, die über ihr aufragten, und konnte nicht glauben, daß sie das tatsächlich mitmachte. Andererseits war das, was hier geschah, eindeutig aufregend. Vor allem natürlich, weil sie der Star der Show war, der Mittelpunkt der Aufmerksamkeit. Im Studio herrschte eine erwartungsvolle Atmosphäre.

Die Kamera richtete sich auf George, der in Marilyn plötzlich das Mädchen aus dem Hotel wiedererkannte. (Jim hatte die Szene draußen auf der Veranda des Alta Mira nachgedreht; in der hellen kalifornischen Sonne konnte man schwerlich Fehler mit der Beleuchtung machen, und es war billiger, als noch einmal die Empfangshalle zu mieten.) Die Frauen führten Marilyn zu einem riesigen schwarzen Kissen auf der Mitte der Bühne. Dort saugten sie weiterhin an ihren Brüsten und vollführten Cunnilingus, dann schwenkte der Scheinwerfer auf die Grüne Tür. Die Tür ging auf, und Johnny Keyes, ein ehemaliger Preisboxer mit gedrungenem Oberkörper, trat gemächlichen Schrittes ein.

Johnny war so schwarz, wie Marilyn weiß war. Weiße Streifen zogen sich über seine Stirn und mündeten zwischen seinen ebenfalls stark geschminkten Augen ineinander. Von seinem Hals hing eine Kette mit einer Bärenkralle herab und seine muskulösen Beine waren in weiße Strumpfhosen gekleidet, aus denen im Lendenbereich ein Stück herausgeschnitten war.

Johnny schritt gerade in seinem langsamen Matadorgang auf die Bühnenmitte zu, als Jim rief: »Schnitt!«

»Könnte eine von euch Mädchen ihm mal helfen?« fragte Jim und zeigte auf die sechs Frauen, die Marilyn gerade auf das Kissen preßten. »Wir müssen ihn hochkriegen, bevor er durch die Tür kommt.«

Ein Mädchen namens Candy sprang auf, und begleitete Johnny hinter die Grüne Tür.

Ein flauschiges Mädchen, dachte George bei sich. Von allen Filmen, in denen er jemals gearbeitet hatte, war dies der erste, bei denen sie eigens ein Mädchen zum Hochkriegen engagiert hatten.

Wenige Minuten später kam Candy wieder herbeigerannt und ging erneut in Stellung.

»Aufnahme!« rief Jim.

Johnny Keyes kam wieder durch die Tür, mit einer Erektion, die der des Dionysos auf den griechischen Vasen ebenbürtig war.

Johnny kam zu Marilyn und vollführte einen scheinbar endlosen Cunnilingus. Marilyn versuchte die Augen zu schließen und so zu tun, als sei er nicht da und als würde das alles nicht wirklich passieren. Dann sagte sie sich: Es ist doch nichts dabei, das ist wie ein Besuch beim Frauenarzt. Aber es war kein Besuch beim Frauenarzt, und das wußte Marilyn auch. Sie gemahnte sich daran, daß dies ein Abenteuer war, daß sie Gloria war und daß Gloria zwar keinen Einfluß auf das Geschehen hatte, aber auch nicht gezwungen war, es zu mögen. Ein gequälter Ausdruck legte sich auf Marilyns Gesicht, und sie blickte sich mit Augen um, die darum flehten, daß es bald vorbei sein möge.

Johnny schob sich auf Marilyns Brust und steckte sein Glied zwischen ihre Beine. Er machte tiefe, harte Stöße, und Marilyn schloß die Augen, schnitt eine Grimasse und sah beiseite. Johnny schob sich noch weiter auf ihre Brust und wartete darauf, daß sie die Augen öffnete. Als sie es tat, sah er auf sie herab, sagte dabei stumm: Ich bumse dich, ich bumse dich, schau mich gefälligst dabei an.

Gloria/Marilyn wandte den Blick ab und Johnny folgte ihren Augen, bestand stumm darauf, daß sie ihn erkannte. Marilyn schlug um sich, und dann beschloß jene Instanz in ihr, die den Widerstand leistete, sich zu ergeben. Sie schlang einen Arm um Johnnys Schulter. Mit dieser einen Bewegung verwandelte sich die passive Gloria/Marilyn in eine aktive Sexpartnerin. Johnny hob den Kopf, um sie zu küssen, und Gloria/Marilyn erwiderte den Kuß.

»Schnitt! Großartige Szene!« schrie Jim, nachdem Johnny seinen Orgasmus gehabt hatte.

Jetzt war es Zeit für die große Szene. Mike Bradford tat einen tiefen Atemzug und ließ seine Trapeze auf die Bühne herunter. Dann schien er eine ganze Stunde lang die Luft anzuhalten.

Fünf Männer in weißen, in der Schamgegend aufgeschnittenen Strumpfhosen traten auf die Bühne. Drei von ihnen kletterten auf die drei Trapeze, und ein Mann legte sich in der Mitte auf den Boden. Einmal mehr erschienen die unheilvollen Schwestern mit Marilyn.

»Aufnahme!« rief Jim.

Die Schwestern führten Marilyn zu dem rücklings auf dem Boden liegenden Mann, und er schob sein Glied in ihre Scheide. Marilyn hatte vor den Dreharbeiten einen Joint geraucht, es war ja nichts dabei, doch jetzt hatte sie ein Gefühl, als wäre sie auf einem LSD-Trip. Es geschah zwar wirklich, doch merkwürdigerweise fühlte sich nichts davon wirklich an. Alles schien in einem Traum stattzufinden. Da sie das Ganze wie eine bloße Fantasie durchlebte, war Marilyn irgendwie in der Lage, sich gleichzeitig von dem Geschehen zu distanzieren, während sie daran teilnahm.

Sie nahm das Glied des Manns auf dem Trapez vor ihr in den Mund und staunte einen Augenblick selbst, was sie da tat. Ich frage mich, wie das wohl im Film aussehen wird? dachte Marilyn. Das machte sie schaudern, und so wurde sie hastig wieder zu Gloria.

Gloria/Marilyn begann damit, die Männer auf den Trapezen rechts und links von ihr oral zu beglücken. Ein fünfter Mann huschte herum, suchte nach einer Position, in der er an ihren Brüsten saugen konnte. Die hexischen Schwestern drängten sich um sie, versuchten sie zu streicheln. Marilyn begann die Männer noch kräftiger zu streicheln, begierig, zu sehen, was geschehen würde, oder die ganze Sache hinter sich zu bringen – sie wußte selbst nicht, was von beiden.

»Also gut, alle Zuschauer fangen an zu masturbieren!« befahl Jim, während er durch ihre Reihe schritt.

George bumste zwar jederzeit auf Befehl, aber niemand hätte ihm genug dafür bezahlen können, um vor anderen Leuten Hand an sich zu legen. Er zog sein Hemd aus der Hose, bedeckte seinen Schoß damit und tat so als ob.

»Okay, los!« rief Jim einige Minuten später. »Mädchen, stürzt euch auf die Jungs!«

Dem Drehbuch zufolge wurde das Geschehen auf der Bühne so scharf, daß die Zuschauer in eine spontane Orgie ausbrachen, die von den supergeilen Frauen eingeleitet wurde, als sie sich auf die Männer stürzten. Zwei Frauen stürmten auf George zu. Eine große, dunkelhäutige Frau mit langen Beinen riß ihn zu Boden und setzte sich auf sein Gesicht. Eine weitere Frau öffnete den Reißverschluß seiner Hose und begann mit oralem Sex.

»Also gut, George! Wenn ich das nächste Mal ›Aufnahme‹ rufe, will ich, daß du dein Mädchen beiseite schiebst, die Hose hochziehst und auf die Bühne stürmst. Dort hebst du Marilyn auf und bringst sie durch die Grüne Tür«, sagte Jim. Er hielt einen Augenblick inne, dann schrie er: »So, alles bereit! Aufnahme!«

George sprang in seine Hose, streifte ein Bein nach dem anderen an, rannte hinauf und hob Marilyn vom Boden. Er raste auf die Grüne Tür zu und schlug Marilyns Kopf dabei gegen den Rahmen.

»Schnitt!« schrie Jim. »Machen wir das noch einmal. Und diesmal geh etwas pfleglicher mit dem Star um, okay, George?«

»Es tut mir wirklich leid«, sagte George, nachdem Marilyn ihm versichert hatte, daß es ihr gutging. »Du hast gar nicht gewußt, daß du von Don Knotts gerettet werden würdest, was?«

Die Jungs kommen groß raus

»Scheinwerfer und Platzanweiser in Smokings grüßen die Freunde des Schunds, die hier in San Francisco im O'Farrell Theatre eintreffen, zur Premiere von *Behind the Green Door,* dem jüngsten und größten Film der Brüder Mitchell«, sprach ein Fernsehreporter in sein Mikrofon, während er, unter der Anzeigetafel des O'Farrell stehend, in die Kamera blickte. »Marilyn Chambers, der Star des Films, ist vor wenigen Minuten in einer überlangen Limousine erschienen, und es bedarf keiner gesteigerten Vorstellungskraft, um festzustellen, daß sie die Menschenmenge begierig darauf gemacht hat, mehr von ihr zu sehen, was auch zweifellos folgen wird.

Nun möchte ich mich beeilen hinzuzufügen, daß ich, wenn ich von den ›Freunden des Schmutzes‹ spreche, damit natürlich nicht den Mann neben mir meine«, fuhr der Reporter fort und äffte einen Angstanfall nach, während die Kamera langsam zu einem sehr großen Mann hinüberschwenkte. »Dieses wohlbekannte Markenzeichen von einem Schnäuzer gehört natürlich keinem anderen als Ben Davidson, dem früheren Profiverteidiger der Oakland Raiders. Ben, ich habe gehört, daß Sie in *Green Door* eine Rolle spielen.«

»Das ist richtig«, knurrte Davidson.

»Äh, Ben, ist das eine, äh, aktive Rolle?«

»Was soll das heißen, ›aktiv‹?« bellte Davidson.

»Äh, Sie wissen schon, Ben. Sozusagen in Action.«

»Vielleicht sollten Sie lieber reinkommen und das selbst feststellen«, knurrte Davidson und tat so, als wollte er den Reporter am Kragen packen und ins Filmtheater tragen.

In seiner Sportlerzeit, vor allem in jenem erinnerungswürdigen Spiel des Jahres 1968, als er seinen Helm benutzte, um ihn dem Quarterback der Kansas City Chiefs, Len Dawson, in den Rücken zu rammen, war Ben Davidson das Inbild der Oakland Raiders gewesen. Damals waren die Raiders die Außenseiter des professionellen Football, und Davidson war als Anführer der Verteidigung der schlimme Junge, ein gnadenloser Spieler, dessen Einstellung lautete: Wer Härte nicht verträgt, hat auf dem Feld nichts zu suchen.

Davidson war inzwischen Besitzer des ironisch titulierten Gentle Ben (›Zum sanften Ben‹), einer gediegenen Bar in Danville, der betuchten Gemeinde in Contra Costa County. Davidson hatte sich gedacht, daß es recht spaßig sein könnte, in einem Pornofilm aufzutreten – in einer Nebenrolle –, und so hatte er eingewilligt, den Rausschmeißer zu spielen, der die Grüne Tür bewacht und die Besucher einschüchtert, indem er einen Football so stark zusammendrückt, bis er explodiert. Jim und Artie waren entzückt. Zusammen mit Davidson hatten sie gleich zwei Zugpferde für ihren Film – ein frisches junges Starlet, das so aussah, als könnte es in Wimbledon spielen, und einen knorrigen NFL-Veteranen, der wiederum so aussah, als hätte er im Ring mit John L. Sullivan kämpfen können.

Das Foyer des O'Farrell glich einem riesigen Wohnzimmer. In einer Ecke stand ein alter Friseurstuhl, und ein Salzwasseraquarium nahm den größten Teil einer Wand ein. Artie und Jim trugen Smokings, und der jüngere Bruder war überall gleichzeitig zugegen, umarmte mal hier jemanden, brach dort drüben mal in Gelächter aus.

Der Veranstaltungsort und die Art von Film, den sie sich gleich anschauen würden, gaben den zweihundert Leuten, die sich im Foyer drängten, die Narrenfreiheit, sich vollzudröhnen und es damit ordentlich zu übertreiben. Kellner schritten mit Silbertabletts voller Champagnergläser umher, und die Besucher schnappten die Gläser so schnell weg, daß die Kellner nicht einmal mehr genug Zeit hatten, um die Tabletts überhaupt zu senken.

Der Wandel von den geselligen sechzigern in die hedonistischen siebziger Jahre zeigte sich an den Drogen, die jetzt konsumiert wurden. Im Foyer pflegte irgend jemand – mit den Empfehlungen der Brüder Mitchell – einen grünen ›Hausjoint‹ zu entzünden, sich ein paar Züge reinzuziehen und ihn an den Nächststehenden weiterzugeben. Dann drehte er sich um und bekam den nächsten grünen Joint gereicht. In der Zwischenzeit verschwanden die wirklichen Insider, jene, die ultrahip waren und es sich leisten konnten, auf den Toiletten und kamen mit weißen Pulverflecken unter der Nase wieder hervor.

George McDonald traf mit seiner Freundin Gunilla ein, einer Schwesternschülerin aus Schweden. Er war der klassischen skandinavischen Schönheit in Sausalito auf der Straße begegnet und hatte sie mit seinem Smalltalk bezaubert. Smokey, Georges Zimmergenosse, war ebenfalls mitgekommen. Smokey stammte aus Florida, er war ein ehemaliger Radrennfahrer, der damals, als die Polizei eine Razzia im Radrennclubhaus machte, so vollgedröhnt mit Drogen gewesen war, daß er mit dem Gesicht voran in eine Schlammpfütze gestürzt war. Die Polizisten hatten den Radfahrern vorgeworfen, sie hätten sich ihrer Verhaftung widersetzt, aber Smokey hatte Fernsehmaterial, das ihn dabei zeigte, wie er gerade in Ohnmacht fiel, dazu verwendet, um diese Anklage abzuwehren. Jetzt arbeitete er als Tontechniker für pornographische Filme.

Fat Larry, ein mit George befreundeter Rechtsanwalt, vervollständigte die McDonald-Partei. Fat Larry war einsvierundachtzig groß und hundertfünfzig Kilo schwer, ein brillanter Rechtsanwalt, der an der Hastings, der Rechtsschule der Universität von Kalifornien, die Law Review herausgegeben hatte. Leider war seine Lust auf Drogen noch größer als sein Appetit auf Essen, und so ging es mit seiner Praxis noch schneller bergab als mit einem Kleinlastwagen mit verkohlten Bremsbelägen.

Um sich auf Georges große Nacht vorzubereiten, hatten George, Smokey und Fat Larry sich Crank oder Methamphetamine eingepfiffen. Als das Crank anschlug und sie sich ordentlich aufgeputscht fühlten, hatten sie eine ziemlich besorgniserregende Menge reinstes LSD geschluckt. Danach waren sie in Larrys großen schwarzen Lincoln gestiegen und zum O'Farrell gefahren. Wenige Augenblicke nachdem sie das Foyer betreten hatten, waren Smokey und Fat Larry schon auf allen vieren und suchten den Teppichboden nach einem Joint ab, den sie bereits im Lincoln aufgeraucht hatten.

Die Premiere sollte ursprünglich Punkt einundzwanzig Uhr beginnen. Inzwischen war es zwar schon nach zehn, aber bisher war diese Verspätung noch niemandem aufgefallen. Die Gäste, die sich noch daran erinnern konnten, weshalb sie eigentlich gekommen waren, hatten es nicht eilig damit, den Spaß abzubrechen, um sich einen Film anzuschauen.

Aber Bob Cecchini wurde, treuer Angestellter, der er nun einmal war, langsam nervös. Dies war die große Nacht der Mitchell-Brüder, und Cecchini machte sich Sorgen, daß irgend jemand von all den Drogen, die hier kursierten, so sehr ausklinken könnte, daß er irgendwelchen Mist baute. Cecchini verließ das Foyer und schlenderte ins Kino, um sich davon zu überzeugen, daß das Boot nicht aus dem Ruder lief. Drinnen saßen einige wenige Paare und unterhielten sich, und in einem Seitengang vögelte ein weiteres Paar.

Vielleicht sollte ich ihnen sagen, daß sie damit aufhören sollen, dachte Cecchini bei sich. Was, wenn sich hier ein Bulle mit einer von diesen Infrarotkameras herumtreibt? Die würden wirklich ein großartiges Bild abgeben. Doch dann beruhigte er sich wieder. Hier sind keine Bullen, sagte Cecchini sich. Draußen in der Lobby waren Reporter aller Zeitungen und Fernsehsender der Stadt, dazu eine Horde wichtiger Rechtsanwälte und großer Nachtclubbesitzer. Heute abend im O'Farrell eine Razzia durchzuführen wäre so, als würde man einen Club auf der Bourbon Street mitten im Mardi Gras schließen wollen. Die Bullen waren zwar blöd, aber so blöd nun auch wieder nicht.

Cecchini begab sich in den Vorführraum, wo sich einige Mitglieder der Mannschaft um den immerfreudlichen Vince Stanich geschart hatten. Vince, ein alternder Hippie mit Pompadourfrisur und dünnem Bärtchen, war oft ein Fels in der Brandung. Heute abend jedoch wirkte er besorgt und fahrig, nahm alle paar Minuten den Hörer auf, um das Filmlabor anzurufen.

»Im Labor drehen sie gerade durch, sie versuchen noch in letzter Minute, irgend etwas mit der Tonspur zu machen«, sagte Vince zu Cecchini. »Jedesmal wenn ich anrufe, sagen sie: ›Keine Sorge, der Film ist unterwegs.‹ Aber der Film ist nicht hier, und es wird auch nicht gerade früher.«

Endlich traf ein Kurier mit drei Filmdosen ein. Vince grabschte die Dose mit der Aufschrift ›Rolle Nr. 1‹ und spulte sie in den Projektor. Unten im Foyer schaltete jemand die Lichter an und aus, und so strömten die drogengesättigten Premierebesucher in den Kinosaal.

George McDonald hatte es sich zur Regel gemacht, sich niemals einen seiner Filme anzuschauen. Er fürchtete, daß er, sollte er sich selbst einmal lebensgroß auf der Leinwand sehen, beim nächsten Mal, wenn er bei den Dreharbeiten die Augen schloß, dieses Bild vor sich sehen würde, und daß dies seiner Leistungsfähigkeit Abbruch tun könnte. Heute nacht wollte George sich erst recht nicht in Aktion sehen. Er war sehr nervös und auf Acid. Was, wenn er hineinging, und der George auf der Leinwand sich in den Gorilla aus *Reckless Claudia* verwandelte?

Dies war die größte Nacht in Georges Karriere. Wenn ihn überhaupt irgendein Film zum Star machen sollte, dann nur *Green Door.* Sollte er durchfallen, würde es nicht mehr lange dauern, bevor er wieder die Hush Puppies der Heilsarmee tragen mußte.

George nahm ein Champagnerglas, zündete sich eine Zigarette an, setzte sich auf eine Couch und wartete auf das Ende des Films.

Green Door war halb vorbei, als eine Frau in einem eleganten schwarzen Kleid aus dem Kinosaal kam. Sie war groß, dünn und attraktiv, Ende Dreißig oder Anfang Vierzig, mit langem, graugesprenkeltem Haar und, wie George bemerkte, hübsch konturierten Waden. Er kategorisierte sie sofort als ein Mitglied der oberen Zehntausend von Pacific Heights, wie er sie in Sausalito jeden Tag beim Mittagessen zu sehen pflegte.

»Du! Du bist das! Ich habe dich gerade dort drin gesehen«, sagte die Dame, als sie George entdeckte.

»Wie ist der Film?« fragte George.

»Ich empfand ihn als sehr beunruhigend«, erwiderte die Dame.

»Oh, hm, das tut mir echt leid«, meinte George. »Viele Leute reagieren so. Das ist eben nichts für jeden.«

»Ich habe meinen Sohn drin gelassen«, sagte die Dame. »Ich bin wirklich sehr unruhig.«

»Na ja, tut mir wirklich leid«, sagte George. »Wir wollte niemanden verletzen.«

Die Frau stellte sich über George und zog ihr schwarzes Kleid bis zu den Hüften hinauf. George sah, daß sie einen Schlüpfer über einem schwarzen Bikinihöschen trug.

»Ich bin nicht *so* beunruhigt«, sagte die Dame und ließ sich auf Georges Schoß nieder. »Ich bin nur *so* beunruhigt.«

Die Dame begann auf Georges Levis hin und her zu schwingen. George blickte nach unten und stellte fest, daß er eine Erektion hatte.

»Ich möchte, daß Sie mich ficken, Mister Deckhengst. Ich möchte, daß Sie mich hier auf der Stelle ficken«, sagte die Dame mit Entschiedenheit in der Stimme.

»Hier? Nein, wirklich. Ich meine, doch nicht hier«, sagte George und hob die Hüften der Dame sanft, aber bestimmt hoch. »Wir würden ja dem Film Konkurrenz machen.«

»Ich will, daß du mich fickst!« beharrte die Dame.

George hob sie von sich und sprang von der Couch.

»Ein anderes Mal«, sagte er und ließ sein gewinnendes Lächeln aufblitzen. »Gib mir deine Telefonnummer, dann komme ich vorbei.«

»Also gut, wenn du schon darauf bestehst, den launischen Filmstar zu spielen«, meinte die Dame. Sie nahm ihre kleine schwarze Handtasche von der Couch, holte einen Bleistift und einen kleinen Notizblock hervor, schrieb eine Nummer auf und reichte sie George.

»Ich höre also von dir?« fragte sie.

George nickte und steckte die Telefonnummer in seine Brieftasche. Die Dame begab sich auf die Toilette, und George ging hinaus, um etwas frische Luft zu schnappen.

Zweiundsiebzig Minuten nachdem *Behind the Green Door* mit der Szene begonnen hatte, in der Marilyn Chambers in einem roten Porsche Cabrio eine Serpentinenstraße hinauffuhr, endete der Film, und die Platzanweiser öffneten die Türen. George drückte eine Zigarette aus und kehrte ins Foyer zurück. Sanfte Jazzmusik tönte aus den Lautsprechern, und sein Herz begann heftig zu pochen. Er bemühte sich angestrengt, cool auszusehen, während er sich an eine Wand lehnte, wo er für die Leute sichtbar war und er ihre Reaktionen studieren konnte.

»Du warst großartig!« sagte ein Mann im Vorbeigehen.

»Hervorragend!« meinte auch die Dame an seinem Arm.

»Es hat zwar keinerlei Sinn gemacht, aber ich habe jede Sekunde genossen!« sagte ein anderer Mann und zeigte George den guten, alten, emporgereckten Daumen.

»Solange es scharf ist, ist das doch wohl egal, ob es Sinn macht oder nicht, nicht wahr, George?« meinte ein großer Mann, den George noch nie gesehen hatte.

Keinen Sinn machen? Was sollte das denn heißen, es machte keinen Sinn? fragte sich George. Er wartete, bis die Menschenmenge sich lichtete, dann ging er zu einem der Platzanweiser hinüber und fragte ihn, wie es gelaufen war.

»Binky hat die Sache versiebt«, sagte der Platzanweiser, Vince Stanich bei seinem Spitznamen nennend. »Er hatte es so eilig damit, den Film auf die Leinwand zu bringen, daß er die Rollen vertauscht hat. Er hat sie in der Reihenfolge eins-drei-zwei gezeigt.«

George ließ den Kopf hängen. Heute nacht sollte der Durchbruch stattfinden. Vertreter aller wichtigen Medien der Stadt waren hier. Und die Brüder Mitchell hatten die Sache verbockt.

»He, nun schau doch nicht so niedergeschlagen drein, Mann!« meinte der Platzanweiser. »Blick dich doch mal um! Es hat allen gefallen!«

Der Platzanweiser hatte recht. Die Leute lachten und plauderten, waren offensichtlich high von dem Film, fühlten sich sehr auserwählt, sehr hip, sehr froh, hier sein zu können.

Die fröhliche Menge deprimierte George. Letztendlich war doch alles unwichtig. Die Brüder Mitchell hatten die wichtigste Nacht ihrer Karriere versiebt. Seiner Karriere. Und es machte doch keinen Unterschied.

Nur in der Pornographie konnte man einen Film in falscher Reihenfolge vorführen, ohne daß es einen Unterschied machte.

Selbst in der richtigen Reihenfolge vorgeführt, ergibt *Behind the Green Door* nicht allzuviel Sinn. Fünfzehn entscheidende Filmminuten waren in der Entwicklersuppe des Labors verkocht. Der Sechzehn-Millimeter-Film war körnig und manchmal unscharf, und der Ton war, wie meistens bei Filmen der Mitchell-Brüder, amateurhaft.

Doch das alles schien keine Rolle zu spielen. *Green Door* erhielt sensationelle Kritiken. Der *Playboy* bezeichnete ihn als ›Katzenminze für junge Pärchen‹, und Arthur Knight schrieb in der *Saturday Review:* ›Was Beleuchtung, Fotografie, technische Experimente und erotischen Inhalt betrifft, steht er weit und breit ziemlich allein da. Das ist Sex als Ritual, Sex als Fantasie, Sex, wie er nur im Kino stattfinden kann‹.

Im ersten Jahr seines Erscheinens lief *Green Door* vor allem in drei Filmtheatern – im O'Farrell, in einem weiteren Kino in Berkeley, das Jim und Artie gehörte, sowie in einem dritten Pornohaus der Brüder Mitchell in Richmond, einer Ölraffineriestadt nördlich von Berkeley an der San Pablo Bay – sowie in einigen ausgesuchten Filmtheatern im ganzen Land. Anstatt die Filme in ihren eigenen Kinos alle zwei Wochen zu wechseln, hatten die Brüder *Green Door* ununterbrochen laufen lassen.

Es hatte die Mitchell-Brüder ungefähr achtzehntausend Dollar gekostet, *Green Door* auf die Leinwand zu bringen – zusammen mit den gestundeten Zahlungen für die Filmmannschaft und die Darsteller beliefen sich die Gesamtkosten auf etwa sechzigtausend Dollar. Doch in den zehn oder elf Monaten, in denen er gelaufen war, hatte der Film fast zwei Millionen Dollar eingespielt.

Als der Film sich seinem einjährigen Jubiläum näherte, gingen die Kasseneinnahmen allerdings zurück. Es war Zeit, einen weiteren Film zu drehen, einen Film, der ebenfalls Marilyn Chambers zum Star hatte.

Auf ihrem Weg ins O'Farrell, wo sie den neuen Film besprechen wollten, fragte sich Marilyn, ob ihre Eltern wohl jemals einen ihrer Filme sehen würden. Natürlich hatten sie *Green Door* nicht gesehen. Aber sie hatten eine Menge darüber *gehört.*

»O mein Gott, Marilyn! Du hast unseren Ruf ruiniert!« hatte Marilyns Mutter kurz nach der Premiere zu ihr gesagt.

»Welchen Ruf? Was meinst du damit? *Ich* hab' es doch getan, nicht du«, hatte Marilyn erwidert.

»Unsere Freunde sind alle entsetzt, das meine ich damit!« hatte ihre Mutter zurückgeschossen. »Ständig kriegen wir zu hören: ›Ach, ihr armen Leute, daß ihr damit leben müßt!‹«

Trotz des Entsetzens ihrer Eltern – vielleicht aber auch gerade deswegen – hatte Marilyn eingewilligt, einen weiteren Film zu drehen. Doug hatte *Green Door* gefallen, und sie waren beide mit ihrer darstellerischen Leistung im Film zufrieden. Sie hatte das Gefühl, daß sie selbst der Hauptgrund für den Erfolg des Films war und daß sie tatsächlich erreicht hatte, was sie sich vorgenommen hatte: Sie hatte etwas Neues, etwas Erotisches in den Sexfilm eingebracht.

Marilyn konnte spielen, und das war wichtig, selbst in der Pornographie. Sie wußte, daß sie dort oben auf der Leinwand eine Sexfantasie war. Sie wußte, daß sie diese Fantasie leben, sie fühlen, daß sie zu ihr werden, sich in ihr verlieren mußte, damit das Publikum sie durch sie erleben konnte.

Früher oder später würde irgend jemand in Hollywood darauf kommen, daß man echtes Talent brauchte, um die Leute zu erregen.

Marilyn begab sich ins Clubhaus, wo Jim und Artie von dem Pokertisch, den sie als Schreibtisch verwendeten, aufsprangen, um ihr eine Mitchell-Brüder-Umarmung zuteilwerden zu lassen. Artie baute sich vor ihr auf, Jim stellte sich hinter sie, und so drückten sie sie zu einem Sandwich. Artie rollte einen Joint, und Jim schlurfte zum Kühlschrank, um Marilyn ein Heineken zu holen. Nachdem der Smalltalk vorbei war, kam die Diskussion auf *The Resurrection of Eve* (›Die Auferstehung Evas‹), Marilyns nächstes Projekt.

Es sollte zwei Evas geben. Die erste, gespielt von Mimi Morgan, einer recht unscheinbaren Brünetten, würde mit Frank Paradise zusammenleben, dem heißesten der coolen Nachtprogramm-Diskjokeys. Frank wird wahnsinnig vor Eifersucht auf Evas Freundschaft mit dem Preisboxer Johnny Keyes. Franks Bezichtigungen regen Eva so sehr auf, daß sie hinausstürzt und ihren Wagen zu Schrott fährt.

Die Eva, die aus einer großen kosmetischen Operation hervorgeht, ist Marilyn Chambers. Reumütig und gleichzeitig ehrfurchtsvoll angesichts ihrer neuen Schönheit, heiratet Frank sie, und Eva macht sich daran, glückliche Hausfrau zu werden. Doch Frank langweilt sich und drängt Eva dazu, an einer Orgie teilzunehmen. Nun geschieht das Unausweichliche: Eva ist zwar von der ersten Orgie angewidert, aber Frank schleppt sie zu weiteren mit, und schließlich entdeckt Eva, daß sie unpersönlichen Sex mag.

Bei einer Orgie römischen Ausmaßes entledigt sich Eva ihrer letzten Fesseln und hat wilden Sex mit Johnny Keyes. In der letzten Szene teilt sie dem aberwitzig eifersüchtigen Frank mit, daß ihre Ehe vorbei sei.

»Die Story von *Green Door* war ja eigentlich ein Witz«, sagte Artie zu Marilyn. »Das hat nur funktioniert, weil du so schön warst und dabei Erfahrungen gesammelt hast. Diese Story ist sehr, sehr viel stärker. Hier gibt es echte Charaktere, und du bekommst wirklich Gelegenheit, zu spielen.«

»Wir sind wirklich begeistert von Matthew Armon, dem Typen, der für uns den Frank Paradise spielen wird«, fügte Jim hinzu. »Er hat unten in Santa Cruz Shakespeare gespielt und hat eine großartige Stimme. Er klingt wirklich wie ein DJ aus dem Nachtprogramm.«

Marilyn nickte und nippte an ihrem Bier.

»Wir werden in fünfunddreißig Millimeter schießen«, fuhr Jim fort. »*Green Door* haben wir in sechzehn Millimeter gedreht, weil wir dieses körnige, realistische Gefühl rüberbringen wollten. *Eve* wird sich wirklich wie ein echter Spielfilm anfühlen.«

»Ach, wißt ihr was, Jungs?« fragte Marilyn. »Ich wollte euch nicht unterbrechen, aber ich vergesse ständig, es euch zu sagen. Vor ungefähr zwei Jahren habe ich als Modell für die Ivory-Show-Seifenschale Aufnahmen gemacht. Bis vor kurzem hatte ich über die ganze Sache kaum noch nachgedacht. Da rief die Agentur an und sagte mir, daß die Seifenschale jetzt jeden Tag in die Regale kommen muß.«

Ausnahmsweise verstummte Artie einmal. Er starrte Marilyn an, dann blickte er zu Jim hinüber. Jim musterte Marilyn, seine Miene war so ausdruckslos wie eine kahle Wand.

»Sag uns . . . noch einmal . . . was du gerade gesagt hast«, bat Jim.

Marilyn wiederholte die Geschichte und beschrieb auch ihr

Foto: Sie hielt ein Baby in der Hand und blickte liebevoll in sein süßes, kleines, weißes Gesicht.

Das war der Wendepunkt in Jims und Arties Karriere. Sie strebten immer danach, einen draufzusetzen, dachten immer an den nächsten großen Spieleinsatz. Und der Zufall hatte ihnen soeben eine einmalige Chance in den Schoß gelegt.

»Neunundneunzigkommaviervier Prozent«, sagte Jim mit gelassener Stimme zu Artie.

»Die gute kleine Mami ist aber auch ein schlimmes Mädchen«, erwiderte Artie mit bösem Grinsen.

Jim sammelte das Papier auf dem Pokertisch gründlich ein. Dann warf er es, für ihn völlig untypisch, plötzlich in die Luft und schrie: »ICH GLAUBE ES EINFACH NICHT!!!!«

Artie sprang auf und umarmte Marilyn, dann rannte er im Zimmer umher und warf immer wieder beide Fäuste hoch wie ein siegreicher Boxer.

»Das ist der Hammer! Das ist der absolute Hammer!« rief er unentwegt.

Den Rest des Tages – und viele Tage danach – verbrachten die Brüder Mitchell am Telefon. Sie sprachen mit Dutzenden von Journalisten und heuerten die besten PR-Firmen an, die sich in New York und Chicago finden ließen. Als die Seifenschale mit Marilyns Konterfei endlich in den Handel kamen, kauften die Mitchells gleich kartonweise Ivory Snow. Sie ließen Tausende von T-Shirts und Buttons mit Marilyns Bild auf der Seifenschale herstellen.

»Sie wußten wirklich, wie man so etwas ausschlachtet«, erinnert sich Marilyn. »Genaugenommen waren sie am besten, sobald es um den Umgang mit der Presse ging.«

Marilyn fand sich schon bald in der teuersten Suite, die man für gutes Geld bekam, im Plaza Hotel wieder, wo sie nonstop Fernseh-, Radio- und Zeitungsinterviews gab. So erschienen Artikel mit Überschriften wie ›Ist sie die nächste Marilyn Monroe?‹ *Green Door* lief im World Theater in New York, wo *Deep Throat* seinen spektakulären Start gefeiert hatte, ebenso in Hunderten von Filmtheatern im ganzen Land. Johnny Carson, Amerikas ultimative Schiedsrichterinstanz der Popkultur, witzelte in der *Tonight Show* über Ivory Snow.

Procter & Gamble zogen die Seifenschale mit Marilyns Bild schließlich wieder zurück und ersetzten sie durch eine andere, die eine idealisierte *Zeichnung* von einer jungen Frau zeigte. (Zwanzig Jahre später ist Marilyns Schale zu einem Sammlerstück geworden). Doch es war schon zu spät. Marilyn Chambers war auf alle Zeiten ›Das Mädchen auf der Ivory Snow Seifenschale‹, das vollkommene Symbol der Salonfähigkeit von Pornographie. Marilyn war das Mädchen von nebenan, das Sex mochte.

Die Volkskultur braucht immer einige Jahre, um mit der Avantgarde gleichzuziehen, und wie die Menschenschlangen vor dem World Theater in New York zeigten, als dort *Green Door* lief, wollten inzwischen viele ganz normale Amerikaner Pornographie sehen. Was in den sechziger Jahren in San Francisco geschah, wiederholte sich nun im ganzen Land. Anbieter reagierten auf die Nachfrage der Konsumenten; Massagesalons, Bars mit Oben-ohne-Tanz sowie Pornokinos schossen in jeder größeren Stadt aus dem Boden.

Die Akzeptanz der Pornographie war eines der vielen erstaunlichen gesellschaftlichen Phänomene der Siebziger. Nur wenige Jahre zuvor hätte ein junger Mann aus einem Staat im Mittleren Westen, der sich einen pornographischen Film im Kino anschauen wollte, nach San Francisco, zum Times Square oder auf den Sunset Boulevard aufbrechen müssen. Inzwischen konnte er diesem Bedürfnis sogar in einer traditionell konservativen Kleinstadt wie Tucson, Arizona, nachgehen, auch wenn dort Baptistenprediger die Verbreitung von Schund und Schmutz wortreich geißelten.

Darstellungen, die von der Mittelklasse Amerikas immer mit schärfsten Tabus belegt worden waren – exotische Stellungen; oraler Sex; Gruppensex; lesbischer Sex; analer Sex; Sex zwischen weißen Frauen und schwarzen Männern und, weitaus seltener, zwischen schwarzen Frauen und weißen Männern –, gelangten auf die Leinwand, wo sie jeder, der achtzehn oder älter war, sehen konnte.

Es kann keinen Zweifel daran geben, daß einige Mitglieder

des neuen Publikums der Pornograpahie nach Hause gingen und versuchten, das, was auf der Leinwand gezeigt worden war, nachzumachen, um dabei ebenso zweifellos festzustellen, daß das Spektrum des ›normalen Sexualverhaltens‹ viel weiter gespannt ist, als Eltern oder High-School-Gesundheitslehrer sie hatten glauben machen wollen.

Einer der ersten, die die Auswirkungen der sozialen Akzeptanz der Pornographie zu spüren bekamen, war George McDonald. Endlich war George der Star, der er so sehnsüchtig hatte werden wollen. Auf dem Höhepunkt der Beliebtheit von *Green Door* wurde er täglich zwei- bis dreimal auf der Straße oder im Restaurant angesprochen.

Wie so viele Prominente vor ihm machte George die Entdeckung, daß Ruhm nicht befreit; er war ihm eher eine Last. Jeder Filmstar, jeder berühmte Athlet kann bizarre Geschichten über unglaublich aufdringliche Leute erzählen, die sich in sein Leben drängen. Georges Erlebnisse waren besonders merkwürdig, weil, wie er feststellte, modische Filme wie *Green Door*, Fantasien und sexuelle Unsicherheiten ans Tageslicht brachten, die vorher tief vergraben gewesen waren.

»Ständig sagten die Frauen: ›Ooohhh, das hast du gemacht?‹«, erinnert sich George. »Manchmal wollten sie, daß ich sie in den Film führe. Dahinter stand der Gedanke, daß wir uns gemeinsam den Film anschauen würden, um dann irgendwohin zu gehen, wo wir das Ganze wiederholen könnten.

Und bei Männern ... na ja, wenn man da über Sex spricht, legt man ja immer gleich Geständnisse ab«, fährt George fort. »Die meisten Burschen wollten, daß ihre Vorstellung bestätigt wurde, es sei schwer, ihn auf Befehl hochzukriegen. Es gab auch Männer, die wollten mir einen Tritt in den Arsch geben. Solche Leute hatten den Film mit ihrer Frau oder Freundin gesehen, das hatte die Frau erregt, und jetzt wollten sie mir dafür in den Arsch treten. Fremde setzten sich in Restaurants an meinen Tisch und fingen an, eine Szene aus dem Film zu beschreiben, und es war immer dasselbe! Immer hätten sie es besser gekonnt. Es war wirklich schade, daß ich so ein schlechter Ficker war. Wenn doch nur sie diese Szene hätten drehen können.«

Für einen Psychiater wie Dr. Martin Blinder war die Integration der Pornographie in die Volkskultur eine gesunde kulturelle Entwicklung. Wenn Fantasien und Ängste zum Vorschein kommen, können die Menschen sie untersuchen und ihre eigene Sexualität besser verstehen lernen. Doch für einen engagierten Pornogegner wie Charles Keating bedeutete die Woge des Schmutzes, die über das Land spülte, nicht nur eine Herabwürdigung des Menschlichen, sie entfesselte auch Dämonen, die tief in menschlichen Herzen lauerten. Wurden diese Dämonen erst einmal freigelassen, hatten sie die Macht, die Menschen zur Vergewaltigung, zur sexuellen Belästigung und sogar zum Töten zu treiben.

»Manchmal haben mich die übelsten Rechten angesprochen, die man sich nur vorstellen kann«, entsinnt sich George. »Die sagten dann: ›Du bist ein Star in Schmutzfilmen! Du beutest Frauen aus!‹ Ich habe festgestellt, daß ich sagen konnte, was ich wollte, es änderte nichts an ihrer Meinung; deshalb blieb ich einfach sitzen und ließ mir von ihnen sagen, daß ich für den Niedergang der amerikanischen Zivilisation verantwortlich sei. Manchmal lief mir auch der eine oder andere echte Verrückte über den Weg. Der hackte dann erst eine Weile auf mir herum, um mir dann zum Schluß zu erzählen, daß er das mit seinem Hund eigentlich gar nicht wirklich hatte machen wollen, es sei einfach über ihn gekommen.«

Ein kulturelles Phänomen solcher Bedeutung wie die Pornographie kann nicht lange unkommentiert bleiben, und so marschierten gebildete Essayisten auf, um die Tatsache, daß der Sex auf dem kapitalistischen Marktplatz frei verfügbar geworden war, zu erklären, zu billigen oder zu verurteilen. Pornograpahie war nicht länger einfach nur schmutzig, nein sie war *wichtig* geworden.

In ›The Pornographic Imagination‹ (›Die pornographische Phantasie‹) sah Susan Sontag die Ausbreitung der Pornographie als weiteren Beweis für den Zusammenbruch der christlichen Vision, die einst die westliche Welt vereinte, eine Desintegration, die Matthew Arnold in ›Dover Beach‹ so eindringlich beklagt hatte.

»Die Albernheit und der Mangel an Kunstfertigkeit der meisten Pornographie«, schrieb Susan Sontag, »weist auf etwas noch viel allgemeineres als die sexuelle Beschädigung hin. Ich meine das traumatische Versagen der modernen kapitalistischen Gesellschaft, der urmenschlichen Neigung nach visionären Besessenheiten legitime Ventile zu verschaffen, den Hunger nach erhabenen, sich selbst transzendierenden Modi der Konzentration und der Ernsthaftigkeit zu befriedigen.«

Kenneth Tynan, der immer aufregend zu lesende Kritiker, der die Grenze zwischen Kritiker und Autor überschritt, um *Oh! Calcutta!* zu schreiben, eine Nacktrevue, die ganze Ewigkeiten am Broadway lief, glaubte, daß Literatur, wenn sie Gefühle der Trauer und des Mitleids, des Zorns, des Friedens, der Liebe und des Spiritualität entstehen lassen konnte, das gleiche ganz gewiß auch mit der Lust zu tun vermochte. Tynan hielt Hardcore-Pornographie nicht für primitiv oder entmenschlicht. In seinem Essay ›Dirty books can stay‹ bezeichnete Tynan Hardcore-Pornographie als eine besondere Kunstform, ›die in ihrer Intension orgasmisch ist und von den anderen Motiven traditioneller Kunst unberührt bleibt‹.

Hardcore-Pornographie sollte an ihrem eigenen Maßstab gemessen werden, nämlich der Erschaffung ›körperlicher Freude‹.

Da Masturbation die ›körperliche Freude‹ sei, die die Pornographie am häufigsten herstelle, argumentierte Tynan, daß die Kritiker der Pornographie von der Furcht vor und dem Haß auf ›Selbstbefleckung‹ getrieben seien.

»Vor hundert Jahren, als man allgemein glaubte, daß die Selbstbefriedigung zu Haarverlust, Blindheit und geistiger Paralyse führte, hätte ich diese Einstellung noch verstehen können«, schrieb Tynan in seinem typisch ironischen Ton. »Heute empfinde ich sie als ebenso rätselhaft und abstoßend wie damals, als ich ihr zum ersten Mal begegnete, nämlich im Alter von vierzehn Jahren. Der Debattierclub an meiner Schule sollte die These diskutieren: ›Die heutige Generation hat die Fähigkeit verloren, sich selbst zu unterhalten.‹ Als ich mich erhob, um meine Jungfernrede vorzutragen, sagte ich mit wackliger Stimme: ›Herr Vorsitzender – solange noch masturbiert wird, kann niemand ernsthaft behaupten, daß wir die Fähigkeit verloren hätten, uns selbst zu unterhalten.‹ Der aufsichtsführende Lehrer brach die Sitzung sofort ab.«

Der prominente Essayist George Steiner griff die Pornographie mit der Begründung an, daß sie einen totalitären Angriff auf das Individuum darstelle. Es gebe keine großen Charaktere in der Pornographie, schrieb Steiner in ›Night Words‹ (›Worte zur Nacht‹), weil die Pornographie keine Liebe zu der und keinen Respekt für ›die Heiligkeit des autonomen Lebens, die hartnäckige Integrität der Existenz aufbringe‹. Pornographen behandelten ihre Charaktere wie Sklaven, denen befohlen werde, ›sich zu entkleiden, zu kopulieren, diesen oder jenen Akt sexueller Perversion auszuführen. So taten es auch die SS-Wächter mit lebendigen Männern und Frauen‹.

Steiner glaubte, daß die Pornographie in ihrem Angriff auf den letzten Überrest menschlicher Intimität gefährlich und faschistoid sei.

›Sexuelle Beziehungen sollten eine der Zitadellen der Intimität sein, der geschützte Nachtort, an dem es uns gestattet sein muß, die zersplitterten, gepeinigten Elemente unseres Bewußtseins zu einer unverletzlichen Ordnung und Ruhe zu sammeln‹, schrieb Steiner. ›Die neuen Pornographen unterminieren diese letzte, lebenswichtige Intimität; sie trüben unsere Phantasie ... Die Bilder unseres Liebemachens, des Stammelns, zu dem wir in der Intimität greifen, kommen unverpackt zu uns ... Das Sexualleben siedelt, vor allem in Amerika, zunehmend in die Öffentlichkeit um. Das ist ein zutiefst häßliches und entwürdigendes Phänomen ...‹

Marilyn Chambers' Auftritt in *Green Door* wurde zu einer Art Blitzableiter der Pornographiedebatte.

Verteidiger der Pornographie sahen in Marilyns Figur ein ›nettes Mädchen‹, das sich selbst durch Sexualität entdeckt. Je mehr Sex sie erlebt, um so mehr will sie erleben, bis sie schließlich vollkommen befreit daraus hervorgeht.

Die Gegner der Pornographie nahmen die genau entgegengesetzte Haltung ein. Marilyns Figur ist vom Augenblick ihrer Entführung an versklavt. Die Handlungen, die sie über sich ergehen lassen muß, sollen sie demütigen und ihren Willen brechen, ihrer Psyche derart tiefe Wunden zufügen, daß sie aus dem Sexclub als ein Roboter hervorgehen wird, der auf Jasagen programmiert ist.

Jim und Artie genossen diese Debatte. Niemand wußte besser als die Mitchell-Brüder, daß eine gute, heftige Kontroverse die beste Werbung für einen Pornofilm ist. Sie waren auf eine Goldader gestoßen, die sehr viel tiefer ging als alle, auf die Tausende von Menschen im Goldrausch 1849 gestoßen waren. Nun mußten sie dafür Sorge tragen, daß das Gold in ihre eigenen Taschen und nicht in andere strömte.

»Wir werden Partner sein« sagte der Mann, der sich selbst als Robert DeSalvo vorgestellt hatte. »Wir werden Partner sein, fifty-fifty, ob es Ihnen gefällt oder nicht.«

Jim und Artie saßen oben im O'Farrell hinter dem Pokertisch. Sie trugen Jacken, Levis und Turnschuhe und musterten die beiden Männer in ihren Straßenanzügen, die ihnen nun gegenüber saßen.

»Sehen Sie, Sie haben nämlich keine andere Wahl«, fuhr DeSalvo fort. »Wir haben Ihren Film. Wir haben bereits Kopien angefertigt. Wir haben vor, ihn zu verteilen. Wenn wir zur Zusammenarbeit kommen, werden beide Seiten gut daran verdienen. Wenn nicht, nun wie ich schon sagte, wir haben Ihren Film.«

»Gentlemen, wir sind nicht interessiert«, sagte Jim.

»Überhaupt nicht interessiert«, bestätigte Artie.

»Darf ich mir den Hinweis erlauben, daß Sie einen Fehler machen?« sagte DeSalvo.

»Die haben wir schon öfter gemacht und werden sie auch noch öfter tun«, erwiderte Artie.

»Nun, ich denke, Sie sollten sich das sehr, sehr genau überlegen«, meinte DeSalvo. »Wir werden noch einmal nachfragen, um festzustellen, ob Sie es sich anders überlegt haben.«

»Der Mob!« sagte Jim, nachdem die beiden Männer gegangen waren.

»Der gottverdammte Mob!« sagte Artie ungläubig. »Endlich ist es passiert. Wir sind auf den Mob gestoßen.«

»Was sollen wir tun, Bob?« fragte Jim.

»Ich weiß es nicht, Bob«, erwiderte Artie.

»Stellen wir fest, wer sie sind.«

»Gute Idee, Bob.«

Jim und Artie sprachen mit Leuten im Pornogeschäft und fanden heraus, daß die Leute, die auf sie zugekommen waren, nicht die echte Mafia waren; sie waren nur die Möchtegernmafia«, sagt Meredith Bradford. »Aber das bedeutet nicht, daß ihre Entscheidung, ihnen die Stirn zu bieten, nicht jede Menge Mut verlangt hätte.«

Es verlangte tatsächlich Mut, und es war auch aufregend. Die Guten standen gegen die Bösen, es war eine Chance, Krieg mit echten Kanonen zu spielen. Besonders aufregend daran war, daß Jim und Artie zum erstenmal die Guten waren.

»Jim und Artie erinnerten mich immer an kleine Kinder, die auf einem Spielplatz Festung spielten«, sagt Jack Harvey, der talentierte Handwerker, der über zwanzig Jahre im O'Farrell gearbeitet hat. Jack ist ein dezidierter Familienvater, den das Geschehen im O'Farrell immer faszinierte, ohne daß er jemals mehr als ein beiläufiges Interesse an dem Produkt zeigte, das dieses Filmtheater verkaufte.

»Jim und Artie pflegten zu reden und zu reden und Schlösser aus Luft zu bauen«, sagt Harvey. »Luftschlösser habe ich sie genannt. Keine Substanz, einfach nur Luft.«

Zum größten Teil waren Jims und Arties ›Luftschlösser‹ Überreaktionen auf aktuelle Tagesereignisse. Während der Energiekrise der Jahre 1972-73 kaufte Jim einen Eagle-Kleinlaster mit Vierradantrieb und ließ sich einen Dieselmotor sowie zusätzliche Treibstofftanks einbauen. »Insgesamt hat er wahrscheinlich fünfzigtausend gekostet, und sofern Jim ihn überhaupt für irgend etwas Bestimmtes haben wollte, war er völlig nutzlos«, meinte Mike Bradford.

Jim, der davon überzeugt war, daß die Gesellschaftsordnung, an die er nie wirklich geglaubt hatte, kurz vor dem Zusammenbruch stand, wurde zu einem Überlebensfanatiker, der den Keller des O'Farrell mit 200-Liter-Tanks voll Wasser und Benzin füllte, dazu kistenweise Trockennahrung der Marke Honey Bee. Artie hielt das Hamstern seines Bruders für albern, machte aber dennoch mit.

»Diese Überlebensgeschichte war ganz eindeutig auf Jims Mist gewachsen«, sagt Meredith. »Art sagte dazu: ›Mein gottverdammter Bruder. Der ist paranoid. Aber soll er mal machen. Es hält ihn beschäftigt.‹«

Angesichts Jims Antwort auf das Muskelspiel der OPEC ließ sich leicht vorhersagen, wie er auf den Besuch der beiden Männer in Anzügen reagierte. Jetzt war seine Chance gekommen, aus dem Festungsspiel Wirklichkeit werden zu lassen.

»Die ganze Zeit wurde darüber geredet, daß Gangster versuchten, den Laden an sich zu reißen« erinnert sich Jack Harvey. »Ich weiß nicht, ob es stimmte oder ob es nur an den Drogen lag. Drogen können einen ziemlich paranoid machen. Aber im Endeffekt spielte es auch keine Rolle, weil wir den Laden befestigten«, fährt Jack fort. »Wir haben die Fenster mit Beton ausgegossen, damit sie keine Molotow-Cocktails hineinwerfen konnten. Wir versuchten den Bau so zu versiegeln, daß niemand so leicht eindringen konnte. Und dann beschafften sie haufenweise Schußwaffen.«

Bis ins Jahr 1973 hatte das organisierte Verbrechen sich nur im Einzelfall und auf örtlicher Ebene auf Pornographie eingelassen. Mobster wie Lou und Tony Peraino, die *Deep Throat* gemacht hatten, waren einfach nur zwei Typen aus New York City gewesen, die eben auch Pornofilme finanzierten. Im allgemeinen interessierte sich der Mob nur für Unternehmungen, die hohe Umsätze machten – legales und illegales Glücksspiel, Rennbahnen, gewerkschaftliche Pensionsfonds. Sie hielten die Pornographie für Kleinkram, weil die Filme nur in wenigen Kinos liefen, so daß dabei nur ›Kleingeld‹ herauskam. Außerdem bedeutete Pornographie sehr viel Arbeit. Man mußte sich mit unzuverlässigen Leuten wie Junkies herumplagen, und man mußte ständig Filme auswerfen, um die immerwährende Nachfrage des Pornopublikums nach neuen Gesichtern zu befriedigen.

Doch im Jahr 1973, zur gleichen Zeit, als der Mob damit begann, sich wegen der im ganzen Land aus dem Boden schießenden Pornokinos ernsthaft mit dieser Branche zu beschäftigen, fällte das Oberste Bundesgericht eine Entscheidung, die genau den gegenteiligen Effekt hatte, den der Oberste Bundesrichter Warren Burger beabsichtigte. Die Rechtssache ›Miller gegen Kalifornien‹ trieb ernsthafte Pornographen wie Arlene Elster schließlich aus dem Geschäft. Gleichzeitig bot sie dem organisierten Verbrechen aber eine Möglichkeit, in das Geschäft einzusteigen.

Der entscheidende Teil des Urteils Burgers in der Sache ›Miller gegen Kalifornien‹ dreht sich um die Formulierung ›Gesellschaftliche Normen‹. Der konservative Oberste Bundesrichter und seine Bundesgenossen am Gericht waren bestürzt darüber, daß Pornokinos, Pornoläden und Massagesalons sich von San Francisco und dem Times Sqare bis in jede Hauptstraße Amerikas ausgedehnt hatten. Mit seiner Entscheidung versuchte das Gericht, der Seuche Herr zu werden.

Vor dem *Miller*-Urteil konnte ein Ortsgericht einen Film zwar unter Berufung auf ›gesellschaftliche Normen‹ für anstößig befinden, doch waren Rechtsanwälte dazu in der Lage, das Urteil vor einem übergeordneten Gericht anzufechten, wo eine wie vage auch immer definierte nationale Norm für die Entscheidung als maßgeblich galt, was anstößig war und was nicht. Im Fall *Miller* erklärte das Oberste Gericht, daß jede Gemeinde innerhalb ihrer eigenen Grenzen das Recht habe zu bestimmen, was anstößig sei. Wenn es um Obszönitätsfälle ging, war jede Gemeinde ein eigenständiges Gebilde, das seine eigenen Gesetze formulieren durfte.

Nicht nur Pornographen wie Jim und Artie Mitchell wurden von diesem Urteil hart getroffen. Mehrere Tage nach seiner Verkündung schloß die Polizei in Salt Lake City ein Filmtheater, das den *Letzten Tango in Paris* zeigte. Jack Valenti, der Präsident der Motion Picture Association of America (Verband der amerikanischen Filmindustrie) äußerte, daß es nun unmöglich sei, im voraus zu bestimmen, ob ein Film gegen das Obszönitätsgesetz verstoße, weil das Burger-Urteil im Fall *Miller* ›fünfzig oder mehr unterschiedliche Meinungen darüber in die Welt setzte, was als obszön zu gelten hat‹.

Das Burger-Urteil, kommentierte die New Yorker *Times* in

einem Editorial zu der *Miller*-Entscheidung, gibt ›örtlichen Zensoren freie Hand. Auf lange Sicht wird es jede lokale Gemeinde und jeden Staat zum Richter darüber machen, was als akzeptabel zu gelten hat, wodurch alle literarischen, künstlerischen und Unterhaltungsproduktionen mit sexuellem Thema auf den kleinsten gemeinsamen Nenner der Duldung zurückgeführt werden. Die Polizeigerichtsmoral wird fröhliche Urständ feiern‹.

Nach dem *Miller*-Urteil hatten jene Pornographen, die keinen gut laufenden Film wie *Green Door* ihr eigen nennen konnten und nicht über genug Geld verfügten, um sich Rechtsanwälte zu leisten, nicht mehr den Mut, einen endlosen Gerichtskrieg zu führen, und da sie nicht im Gefängnis enden wollten, stiegen sie aus dem Geschäft aus.

»Dieses Urteil machte es so gut wie unmöglich, einen Film über die Staatsgrenzen hinaus zu vermarkten«, sagt Arlene Elster, die heute im kalifornischen Sonoma County eine Baumschule unterhält. »Ich wußte, daß die Filme niemals besser werden würden, wenn man sie nicht auch vermarkten konnte, also gab ich es auf und stieg aus.«

Jim und Artie hatten *Green Door* ursprünglich auf die drei Kinos in der Bay Area begrenzt, die ihnen selbst gehörten, sowie auf einige wenige, ausgesuchte Filmtheater im Land, weil sie sich nicht mit der Bundesbehörde anlegen wollten. In einer Stadt wie New York wegen Obszönität angeklagt zu werden, was den Mitchells passierte, als *Green Door* seine Premiere im World hatte, war für einen Pornographen äußerst lästig. Doch konnte er immer noch Rechtsanwälte anheuern und mit künstlerischem oder rechtfertigendem gesellschaftlichen Wert argumentieren. Und wenn er den Fall doch verlor, war es eine bloße Ordnungswidrigkeit, die eine kleine Geldbuße nach sich zog, die er immer anfechten konnte.

Wirkliche Sorgen machten sich die Pornographen dagegen wegen der *Bundespolizei*.

Einen anstößigen Film über eine Staatsgrenze zu bringen war ein Verstoß gegen das Bundesgesetz. Es ist sehr viel zeitraubender und daher auch sehr viel teurer, einen Fall vor einem Bundesgericht zu verhandeln als vor einem Ortsgericht. Und wenn ein Pornograph von einem Bundesgericht verurteilt wurde, hatte er auch mit strengeren Strafen zu rechnen.

Angesicht der Menschenschlangen vor *Deep Throat* und *Green Door* brauchte ein Mobster kein Meyer Lansky zu sein, um eine Gelegenheit zu wittern. Der Mob konnte die Filme unter dem Ladentisch vermarkten, was dem Produzenten diese Last abnahm, genau wie es Robert DeSalvo den Mitchell-Brüdern vorgeschlagen hatte. Der Mob konnte den Film aber auch kopieren und selbst vermarkten, was ebenfalls geschah.

»Überall war plötzlich *Green Door* zu sehen. Wir haben es sogar in Orten wie Phoenix in Ladenkinos angekündigt gesehen«, berichtete Bob Cecchini. »Wir versuchten, dem zuvorzukommen. Also habe ich im ganzen Land persönlich Kopien verteilt.«

Schließlich bekamen die Brüder Mitchell eine höchst unwahrscheinliche Schützenhilfe: nämlich vom FBI. Beamte besuchten das O'Farrell und teilten Jim mit, daß sie Beweise dafür hätte, daß Robert DeSalvo Raubkopien von *Green Door* verbreitete. Wenn Jim und Artie bereit seien auszusagen, würde die Regierung DeSalvo unter Anklage stellen.

»Das FBI ist nicht eingestiegen, weil es irgend jemanden beschützen wollte«, sagte Bob Cecchini. »Für die Universal Studios hätten sie das vielleicht getan, aber bestimmt nicht für einen Pornographen. Es war einfach nur eine Möglichkeit, gegen das organisierte Verbrechen vorzugehen.«

Jim und Artie standen vor einer sehr schwierigen Entscheidung. Sollten sie für die Regierung aussagen, dieselbe Regierung, die schon seit Jahren versuchte, sie ins Gefängnis zu bringen? Konnten sie es riskieren, dem Mob in die Quere zu kommen? Oder auch nur dem Möchtegernmob?

Die Brüder gelangten schließlich zu dem Schluß, daß sie aussagen mußten. *Niemand*, weder die Bullen noch der Mob, würden sie aus dem Pornogeschäft treiben.

»Ihre Einstellung war: ›Das ist eine niedere Mobcharge‹, erinnert sich Merdith. ›Wenn wir uns jetzt nicht wehren, werden die großen Burschen uns plattwalzen.‹«

Der Prozeß fand vor einem Bundesgericht in Houston statt, und Jim und Artie wurden beide in den Zeugenstand gerufen –

zum erstenmal als Zeugen der Staatsanwaltschaft. Die Verteidigung machte die Einlassung, daß überhaupt kein Verbrechen begangen worden sei, weil Pornographie nicht unter das Urheberrecht fiele.

In einer bahnbrechenden Entscheidung entschied das Gericht jedoch anders: Pornographie sei urheberrechtlich geschützt. Zum erstenmal genoß die Pornographie, jene Kröte im Garten der Erotik, den gleichen Schutz wie die literarisch anspruchsvollen Beschreibungen der Sexualität in John Updikes *Rabbit*-Romanen.

Trotz des Copyrightsiegs blieb das Problem der Vermarktung jenseits der Staatsgrenzen bestehen. Jim und Artie entschieden schließlich, daß sich mit einer bundesweiten Vermarktung zwar riesige Gewinne scheffeln ließen, daß das Geld aber keine Haftstrafe im Bundesgefängnis von Leavenworth, Kansas, wert sei. So beschlossen die Brüder Mitchell klugerweise, ihre eigene Kinokette *innerhalb* des Staats Kalifornien zu schaffen. Auf dem Höhepunkt ihres Erfolgs sollten sie elf Filmtheater von der Bay Area bis Orange County ihr eigen nennen.

Die meisten dieser Kinos waren große, schöne alte Gebäude mit Barock- oder Rokokofassaden. Jim und Artie konnten sie zu einem lächerlichen Preis erwerben, weil die Industrie in den Vororten fieberhaft an Multikinoanlagen baute und die großen alten Filmtheater aufgegeben wurden. Jedes Kino wurde von einem Manager geleitet, dem die Brüder Mitchell vertrauten, und jeder Manager rief das O'Farrell nächtlich zwischen zwölf Uhr und ein Uhr morgens an, um die genauen Einnahmen der Tageskasse durchzugeben.

Doch nach dem Prozeß in Houston waren Jim und Artie noch nicht mit dem Mob fertig. Einige Jahre später kaufte Michael ›Mickey‹ Zaffarano, eine wirklich wichtige Figur im Mob, die Distributionsrechte zur *Autobiography of a Flea* (›Autobiographie eines Flohs‹), und zwar noch bevor die Mitchell-Brüder überhaupt damit begonnen hatten, den Film zu drehen. Zaffarano war ein Mobster alten Stils, der als Hauptmann in der Organisation Carmine Galante in New York City tätig war. Er besaß das Playhouse im District of Columbia, ein gediegenes Erwachsenenkino, zwei Blocks vom Weißen Haus entfernt, das Pussycat Theater in New York und war an mehreren Filmtheatern in Südkalifornien beteiligt.

Zaffarano stand unter intensiver Beobachtung durch das FBI, und die Brüder Mitchell kamen schließlich wieder aus der Abmachung heraus. »Mickey brachte zuviel Ärger mit«, sollte Artie später sagen. Doch war es aufregend gewesen, mit einem echten Mobster auf Tuchfühlung gegangen zu sein. Jim und Artie gingen regelmäßig mit Zaffarano abends essen und lauschten mit großen Augen den Geschichten des alten Mannes.

Als Zaffarano einmal nach San Francisco flog, organisierten die Brüder eine Limousine, um ihn abzuholen; hinten auf dem Ledersitz wartete eine Prostituierte. Jim und Artie hatten die Prostituierte dafür bezahlt, dem Mobster bei der Fahrt in die Stadt einen zu blasen, aber Zaffarano lehnte ab. Selbst mit getönten Scheiben war ihm der Fond einer Limousine nicht der richtige Ort für Sex.

Und dann war da noch der Anruf, den Jim von einem schweren Jungen in Chicago erhielt, der schon seit Jahren Filme der Brüder Mitchell raubkopiert hatte.

»Ich glaube, sein Name war Murray«, entsinnt sich Jack Harvey. »Er kam nach San Francisco, um einen Pornofilm zu drehen. Er hatte eine Story, die in Asien spielte, und auch einen asiatischen Pornostar, eine Frau, die dann aber ausgestiegen ist. Und so rief er Jim an und sagte: ›Ich brauche einen asiatischen Pornostar.‹ Und Jim sagte: ›Einen Moment mal! Weshalb sollten wir Ihnen aushelfen? Sie diebischer Mistkerl, Sie klauen ja schließlich uns unsere Filme!‹

Da sagte der Bursche: ›Hören Sie, ich bin jetzt ziemlich in der Klemme. Schicken Sie mir eine Pornokönigin, dann werde ich nie wieder von Ihnen klauen.‹

Das klang fair. Sie schickten eine Lady namens Jana zu ihm und machten den Film. Und wie ich hörte, hat er nie wieder von uns geklaut. Sie machten Hunderttausende von Dollar Profit mit den Verkäufen von Filmen an diesen Kerl.«

»Wir haben etwas sehr Wichtiges anzukündigen«, sagte Jim und machte eine Kunstpause.

»Ich bin schwanger«, verkündete Adrienne.

»Ach, wie toll! Adrienne! Das ist ja wunderbar!« sagte Meredith und sprang von der Couch, um Adrienne zu umarmen.

»He, Bob, gratuliere!« sagte Artie dem strahlenden Jim.

»Seit wann weißt du es schon?« fragte Meredith.

»Seit gestern«, antwortete Adrienne. »Ihr seid die ersten, denen wir es erzählen.«

»Das ist ja vielleicht aufregend!« meinte Meredith. »Ich habe noch meine ganze Schwangerschaftskleidung verstaut. Ich hole sie morgen raus, dann kannst du rüberkommen und dir aussuchen, was du haben möchtest.«

»Das wäre ganz prima!« sagte Adrienne.

»Es wird dir gefallen, als Vater, Bob«, meinte Artie. »Ein Kind zu haben, das ist . . . das ist . . . ach, es ist einfach unvergleichlich.«

»Das hast du mir schon gesagt«, antwortete Jim. »Viele Male.«

»Sollte es ein Junge werden, habt ihr bereits beschlossen, ihn Artie zu nennen, nicht wahr?« fragte Artie.

Die beiden Paare hatten soeben eins von Adriennes fantastischen Abendessen beendet. Sie unterhielten sich über Schwangerschaft und Geburtshelfer und darüber, daß man glaubt, wahnsinnig zu werden, wenn man Nacht um Nacht dreimal aufgestanden ist, um ein weinendes Baby zu trösten. Und dann war es Zeit für Meredith und Artie, nach Hause zu gehen. An der Tür gab es noch weitere Umarmungen und Küsse und Glückwünsche.

Meredith und Artie stiegen in ihren Wagen, und Artie startete den Motor. Er schob die Schaltung zwar auf D, behielt dabei aber den Fuß auf der Bremse und sah zu Meredith hinüber.

»Sie lügt«, sagte Artie.

»Ich weiß«, erwiderte Meredith. »Sie hat mir früher einmal erzählt, daß sie sich ihre Eileiter hat abbinden lassen.«

Als Jim sie kennenlernte, arbeitete Adrienne, die einen akademischen Abschluß an der Berkeley-Universität gemacht hatte, bei Dennis Roberts, einem der Rechtsanwälte der Brüder Mitchell, als Kanzleigehilfin. Die männlichen Mitglieder es inneren Kreises hielten Adrienne weder für sexy noch für besonders attraktiv. Sie war flachbrüstig und sah ziemlich unscheinbar aus.

Kurzum, Adrienne war das genaue Gegenteil der Frauen, die im O'Farrell auf der Leinwand erschienen, und das war auch ein Grund, weshalb Jim sich zu ihr hingezogen fühlte. Adrienne war älter als Jim, eine ernsthafte Frau mit Vergangenheit.

»Adrienne hatte drei Kinder von ihrem ersten Mann«, erklärt Meredith. »Da sie große Angst vor neuen Streiten mit ihrem Exmann hatte, überließ sie ihm das Sorgerecht für die Kinder.«

Als Jim schließlich Adrienne heiratete, war er nicht von dem Verlangen nach Sex oder Aufregung getrieben. Davon hatte er mehr als genug. Er suchte Stabilität, ein ruhiges, häusliches Leben, ein Gegenbild zum Treiben im O'Farrell. Und in der Tat konnte ihm Adrienne das bieten. Sie kleidete sich elegant, kaufte gern ein und verzierte ihr gemeinsames Heim mit Kristallglas und kostbarem Porzellan, mit schönen Teppichen und skandinavischen Möbeln.

Adrienne und Eleanore Kennedy, Michaels Frau, ebenfalls eine intelligente Frau von tadellosem Geschmack, waren enge Freundinnen geworden. Die Kennedys waren häufige Gäste auf Adriennes wunderbaren Dinnerpartys, während Adrienne, Jim Meredith und Artie oft Eleanores Soireen in Pacific Heights aufsuchten, wo sie auf Tuchfühlung mit der radikalen-schicken Elite gingen, mit Huey Newton, Jane Fonda und Tom Hayden.

Meredith und Adrienne verbrachten fast ebensoviel Zeit zusammen wie Jim und Artie. Adrienne liebte die Gartenarbeit und kam wunderbar mit Liberty und dem kleinen Storm, Merediths und Arties zweitem Kind, klar. Zusammen mit Meredith ging sie einkaufen oder hielt sich mit ihr im O'Farrell auf. An Wochenenden besuchten die beiden Paare das Tivoli-Restaurant auf der Grand Avenue in North Beach, wo sie die vorbeiziehende Parade beobachteten.

Natürlich gab es auch Probleme. Obwohl es ›neue‹ Pornofilme gab, deren Geschichten darauf beruhten, daß Frauen den Sex ebensosehr genossen wie Männer, ist es schwer, wenn nicht gar unmöglich, gleichzeitig in einem Geschäft tätig zu sein, in dem Frauen eine auszubeutende Ware sind, *und* ein liebevoller Ehemann zu sein, der eine reine, monogame Zweierbeziehung zu seiner Frau unterhält.

Meredith und Artie umgingen dieses Problem, indem sie Freunde wurden. Jims Lösung bestand darin, sich eine Frau zu suchen, die so weit von der sexfixierten Welt des O'Farrell entfernt war wie möglich, eine starke Frau, die ihn davor bewahrt, von den Strudeln des Sex und der Drogen, die sein Leben bestimmten, fortgespült zu werden. Aber Jim hatte sich schon sehr an die Herrscherrolle gewöhnt, und er wollte Adrienne ebensosehr beherrschen, wie er sich wünschte, daß sie auf ihn aufpaßte.

Als Adrienne bei Jim einzog, teilte er sich ein Apartment an der Ecke Taylor und Broadway mit Jerry Ward. Jerry war eines der wenigen Mitglieder des inneren Kreises, die sich gut mit Adrienne verstanden. Meistens kam Jerry abends früher nach Hause als Jim, dann setzten er und Adrienne sich gern aufs Sofa und rauchten einen Joint.

»Wir haben uns wirklich köstlich amüsiert, als Jim einmal hereinkam und sich furchtbar ärgerte, ja so sehr ärgerte, daß er eine Regel erließ: Adrienne durfte kein Dope mehr rauchen, bevor Jim nach Hause gekommen war«, weiß Jerry zu berichten.

Je mehr Jim versuchte, Adrienne zu Hause zu beherrschen, um so stärker versuchte sie, ihrerseits Einfluß auf seine Welt zu nehmen. Ihre Versuche, in der von Männern dominierten Welt des O'Farrell den Ton anzugeben, trugen ihr die Feindschaft der jungen Männer im Club ein.

»Adrienne wurde zur klassischen Ehefrau eines Firmendirektors«, sagt Phil Heffernan, der damalige Studioleiter der Mitchell-Brüder. »Sie stolzierte mit einem falschen Lächeln durch die Gegend, mit dem sie ausdrückte: ›Tu, was ich dir sage, sonst teile ich Jimmy mit, daß du ein Arsch bist.‹ Ich weiß wirklich nicht, was sie für eine Rolle hatte, außer ihren Lohn zu kassieren und sich überall einzumischen, wo es ihr gerade paßte.«

»Im Filmtheater hatte sie ein Gewicht, das in keinem Verhältnis zu ihren Fähigkeiten stand«, fügt Mike Bradford hinzu. »Sie war das klassische Biest, eine Nörglerin, für die Jim nie genug tun konnte. Ich gebe große Stücke auf Jim, und ich konnte nie verstehen, weshalb er sich nichts Besseres genommen hat als Adrienne. Das war besonders merkwürdig, weil er doch eine Mutter hatte, die so viel Charakter besitzt. Man hätte doch annehmen müssen, daß sich sein Frauengeschmack daran orientiert hätte.«

Jim konnte über seine Probleme mit Adrienne hinwegsehen, weil für ihn seine wichtigste Beziehung nicht die zu seiner Frau, sondern die zu seinem Bruder war. Doch auch diese Beziehung hatte ihre Krisen.

Die enge Verbundenheit der Brüder hatte dazu geführt, daß sie einander fast ebensosehr haßten, wie sie sich liebten. Die Brüder Mitchell bestärkten sich gegenseitig in ihrem Mut, den Konventionen der Gesellschaft, den Bullen und dem Mob die Stirn zu bieten. Und sie konnten zusammen lachen und herumalbern.

Aber Jim und Art waren oft genug auch deprimiert über ihre Beziehung. Sie standen sich so nahe, daß sie einander nie aus der Ferne betrachten konnten, sich nie voneinander lösen konnten, keinerlei Aussicht darauf hatten, die Kräfte zu begreifen, die ihr Leben formten.

Artie hatte eine instinktive Abneigung gegen jeden, der sich zwischen ihn und Jim stellte. Er war eifersüchtig auf Annie gewesen, hatte ständig gestichelt und sie ›Maus‹ genannt, was sie verabscheute, hatte ihre Arbeit kritisiert. Nun war es Adrienne, auf die sich Arties Haß richtete.

Adrienne hatte ein keckerndes Lachen an sich, das Artie die Wände hochtrieb. Sie brauchte nur einmal zu oft zu lachen oder etwas zu sagen, das ihn erzürnte, und schon begann er sie auf seine scherzhaft-ernste Art aufzuziehen, bis die entnervte Adrienne flehte: »Jim! Sag ihm, er soll aufhören!«

Dann starrte Jim ins Leere hinaus, als sei nichts geschehen.

Gleichzeitig war Jim aber auch in einen tiefsitzenden, unbewußten Wettstreit mit seinem jüngeren Bruder verstrickt, an dem sich Adrienne sehr bald beteiligte. Meredith mietete sich ein Klavier, weil sie dieses Instrument gern spielte; daraufhin kaufte Adrienne ein großes Piano und begann Unterricht zu nehmen. Artie und Meredith zogen in ein neues, teureres Apartment. Jim und Adrienne zogen ebenfalls in ein neueres, teureres Apartment. Artie und Meredith kauften in Lafayette das Herrenhaus im Tudor-Stil. Jim und Adrienne rasten umher und erwarben schließlich in San Francisco ein ebenso spektakuläres Haus mit einem wunderbaren, gläsernen Atrium.

Die Beziehung der Mitchell-Brüder war ein einziges Auf und Ab von Anziehung und Abstoßung. Sie hatten ihre Kräche und gingen dann schmollend getrennte Wege, manchmal sogar eine Woche oder noch länger. Währte eine solche Entfremdung lange genug, so blieb es nicht aus, daß irgendein Bekannter dem einen Bruder etwas Abwertendes über den anderen sagte. Ebenso unvermeidlich pflegte der Angesprochene dann in rechtschaffener Empörung zu explodieren und seinen Bruder zu verteidigen.

»Er ist ein harter Mann, aber auch ein fairer Mann, und ich liebe ihn!« sagte Artie.

»Er hat mehr Mut als alle, die ich je kennengelernt habe, und ich will nicht, daß Leute hinter seinem Rücken Scheiße erzählen«, warnte Jim.

Was Jim und Artie so schnell zu verteidigen bereit waren, war nicht so sehr der Charakter des anderen. Seit ihrer frühesten Kindheit hatte man den Brüdern beigebracht, daß keine Beziehung im Leben so wichtig sein konnte wie ihre. Jede Form der Kritik erweckte den Eindruck, daß diese Beziehung im Scheitern begriffen war. Das löste dann ein Bedauern über ihren endlosen Kopf-an-Kopf-Wettstreit aus. Und bald auch Furcht. Wo wäre ich ohne meinen Bruder? Wie kann ich ohne ihn zurechtkommen?

Jim und Artie gaben ihr Bestes, die Spannungen in ihrer Beziehung gering zu halten. Jeder ignorierte die schlechten Angewohnheiten des anderen und huldigte dem Gerechtigkeitssinn. Wenn Jim sich ein neues Hemd kaufte, kaufte er auch gleich eins für Artie mit. Wenn Artie ein neues CB-Funkgerät erwarb, kaufte er auch eins für Jim. Sie fuhren die gleichen Autos und die gleichen Boote. Sie umgaben sich mit Freunden und luden häufig drei oder vier Paare zum Abendessen ein, damit Jim und Artie oder Adrienne und Artie nicht anfingen aufeinander einzuhacken.

Diese Vorsichtsmaßnahmen waren zwar hilfreich, vermochten aber nicht jenes Bedürfnis nach Überlegenheit zu zügeln, das für ihre Beziehung ebenso grundlegend war wie die Bruderliebe. Jim war immer bereit, Arties Erfolge anzuerkennen. Und doch hörte Jim nie auf, seinen kleinen Bruder auszustechen. Dieser Wettstreit erstreckte sich auch auf das Thema Frauen.

»Jim war entzückt, Adrienne gefunden zu haben«, erinnert sich Meredith. »Sie war wie ich, aber sie kam nicht aus dem Filmtheater und hatte einen akademischen Abschluß, was ihm sehr viel bedeutete. Ich habe mir nie die Mühe gemacht zu kochen, sie dagegen war eine großartige Köchin, und das war ihm ebenfalls wichtig, weil sie mich damit ausstechen konnte.«

Als Mutter allerdings konnte Adrienne jedoch Meredith nicht ausstechen. Immerhin war Adrienne jetzt wenigstens schwanger. Aber war sie es wirklich? Adrienne fing an, Schwangerschaftskleidung zu tragen, doch es vergingen Wochen, und ihr Bauch blieb flach.

»Die Situation wurde immer absurder«, sagt Meredith. »Ich wagte nicht zu sagen: ›Adrienne, ich glaube nicht, daß du schwanger bist‹. Aber ich konnte mich auch nicht beherrschen. Wenn ich mal fragte: ›Warst du beim Arzt?‹ sagte sie: ›O ja, das war ich‹, aber ich spürte, daß sie es nicht gewesen war.«

Artie war typischerweise sehr viel undiplomatischer.

»Deine alte Dame ist überhaupt nicht schwanger«, sagte er eines Tages zu Jim im Filmtheater.

»Du bist doch nur an Meredith gewöhnt, und Meredith ist wie eine Sau«, erwiderte Jim. »Sie hat einfach zuviel Gewicht zugelegt, als sie schwanger war. Adrienne achtet lediglich mehr auf sich.«

Artie war der einzige, der die Erlaubnis hatte, Jim direkt nach Adriennes Schwangerschaft zu fragen. Der Rest der Bande sah in morbider Faszination dieser Farce zu und flüsterte etwas über ›Adriennes Baby‹.

»Für die Untergebenen war es etwas hart«, meint Mike Bradford. »Das eine Lager sagte: ›Adrienne ist schwanger‹, und die andere Hälfte sagte: ›Blödsinn, Blödsinn, Blödsinn.‹ Die Monate verstreichen und verstreichen, und achteinhalb Monate später ist es klar, daß die Frau gar nicht schwanger ist. Aber die Phantasterei wird aufrechtgehalten.«

»Es ging immer und immer weiter«, fügt Meredith hinzu. »Erst waren es zehn Monate, dann elf. Ich sagte immer wieder: ›Was sagt denn der Arzt dazu?‹ Und sie antwortete: ›Er sagt, es ist lediglich etwas spät dran‹, worauf ich erwiderte: ›Aber du bist doch so schlank!«

»Hallo, Meredith, ich bin's, Adrienne.«

»Hallo, Adrienne. Wie geht es L. A.?«

Jim und Adrienne hatten eine Reise nach Los Angeles unternommen. Meredith meinte zu wissen, was nun folgen würde.

»L. A. geht es gut, aber ich habe schlimme Nachrichten«, sagte Adrienne. »Gestern abend habe ich meine Wehen bekommen und das Kind verloren.«

»Nein!« sagte Meredith. »Wie ist das denn passiert? Hat Jim dich ins Krankenhaus gebracht?«

»Jim war ausgegangen, deshalb nahm ich ein Taxi«, erklärte Adrienne. »Ich wollte niemanden belästigen.«

»Wo bist du denn hingegangen? Was war das für ein Krankenhaus?« erkundigte sich Meredith.

»Ein Kaiser-Krankenhaus«, antwortete Adrienne.

»Wer hat dich denn da behandelt? Wie hieß denn der Arzt?«

Adrienne nannte Meredith den Namen des Arztes, und Meredith schrieb ihn sich auf.

»Hör zu, Jim und ich werden jetzt eine Reise auf dem Motorrad unternehmen, um uns zu entspannen und die Sache zu vergessen«, sagte Adrienne. »Rufst du vielleicht Mae an und erzählst ihr, daß das Baby tot ist?«

»Äh, okay, ja«, erwiderte Meredith.

Meredith wußte es zwar, mußte sich aber erst hundertprozentige Bestätigung holen: Sie rief das Kaiser-Krankenhaus an – dort hatte sich in der letzten Nacht keine Adrienne Mitchell eingetragen. Der Arzt, den Adrienne erwähnte, hatte schon vor acht Monaten gekündigt.

An diesem Abend ging Meredith ans Telefon, als es klingelte.

»Hallo, Meredith, ich bin es, Adrienne. Hast du Jims Mutter angerufen?«

»Ich habe sie angerufen«, erwiderte Meredith.

»Was hast du ihr gesagt?«

»Die Wahrheit.«

»Die Wahrheit? Was soll das heißen, ›die Wahrheit‹?«

»Ich habe ihr gesagt, daß es nie ein Baby gegeben hat, Adrienne«, erwiderte Meredith. »Ich habe gesagt: ›Mae, Adrienne wollte, daß ich dich anrufe und dir sage, das Baby sei gestorben. Aber es ist kein Baby gestorben. Ich weiß, wie aufgeregt du warst, daß Jim sein erstes Kind bekommen sollte, aber es hat nie ein Baby gegeben, und ich werde nicht zulassen, daß man dir einredet, ein Enkelkind gehabt zu haben, das gestorben ist.‹«

»Du Biest! Ich habe es mir schon gedacht, als du mir einige von deinen ziemlich unhöflichen Fragen gestellt hast!« schrie Adrienne, bevor sie auflegte.

Dieser Anruf markierte das Ende der Freundschaft zwischen Meredith und Adrienne.

»Adrienne und ich haben danach nicht mehr miteinander gesprochen«, erinnert sich Meredith. »Als wir nach Cannes gingen, wahrten wir zwar die Höflichkeit, aber die Stimmung war sehr gereizt. Zu jener Zeit war ich mit Mariah schwanger und mußte mich häufig übergeben. Aber Art und ich haben niemandem davon erzählt, bis ich schließlich so aufgebläht war, daß man es unmöglich übrsehen konnte. Wir fürchteten, Jim und Adrienne damit zu verhöhnen, da wir eine echte Schwangerschaft vorweisen konnten.«

»Das ist es! Heute ist *die* Nacht!« sagte Artie und griff in einen Korb, um sich ein weiteres Croissant zu nehmen.

»Mir macht das hier soviel Spaß, daß es mir fast lieber wäre, wenn der Film gar nicht käme«, sagte Marilyn Chambers.

»Da sagst du etwas!« stimmte Meredith Bradford zu. »Die Kinder fehlen mir zwar, aber ich wünschte mir, es könnte ewig so weitergehen.«

Meredith drehte sich um und konnte es immer noch nicht fassen, daß sie, Doug (Marilyns Mann), Jim, Artie und Adrienne vor einem Schloß an einem Tisch saßen und den Ausblick auf Cannes und das blaue Mittelmeer genossen. Freunde von Michael und Eleanore Kennedy, die in dieser Gegend wohnten, hatten dieses Schloß für sie angemietet: Bougainvillea rankte sich die Häuserwand empor, im Garten Mitchells blühten exotische Blumen; und die wunderbare Dame, die für die Mitchells kochte und das Haus sauberhielt, hatte ihnen soeben ein spektakuläres Kräuteromelette serviert.

Nachdem sie in Amerika jahrelang Obszönitätsanklagen hatten abwehren müssen, war es für Meredith ein befreiendes Gefühl, an den Felsenstrand hinunterzugehen, ihr Oberteil auszuziehen und sich in der Sonne zu aalen, ohne daß irgend jemand davon Notiz genommen hätte.

Merediths Yankee-Eltern waren zunächst entsetzt gewesen, daß sie einen *Pornographen* geheiratet hatte. Bevor sie Artie das erste Mal mit nach Hause brachte und ihren Eltern vorstellte, hatte sie sich in ihrer Phantasie schreckliche Szenen ausgemalt. Und natürlich hatte Artie kaum fünf Minuten gebraucht, um alle für sich zu gewinnen.

Ihre Mutter liebte Artie: Er versprühte ja soviel Energie und Witz! Ihr Vater lernte in seinem Schwiegersohn einen der wenigen Menschen kennen, die noch leidenschaftlicher angelten als er selbst. Meredith und Artie fuhren jeden Sommer wieder nach Cape Cod, wo es Artie und ihr Vater dann nicht erwarten konnten, ins Boot zu steigen und aufs Wasser hinauszufahren, wo es große Schwärme von Blaufischen gab.

Die Reise nach Cannes war für Meredith bisher die schönste. Meredith hatte sich zwar Sorgen gemacht, Storm, ihr Baby und Liberty, ihre Zweijährige, bei ihren Eltern zurückzulassen. Aber abgesehen von dem täglichen Anruf in Massachusetts, der manchmal ein bis zwei Stunden in Anspruch nahm, und den anhaltenden Spannungen mit Adrienne, war es ein wunderbarer Urlaub.

Es war ein kühner Schachzug von Jim und Artie gewesen, *Green Door* als Beitrag zum prestigeträchtigsten Filmfestival der Welt einzureichen. Sie hatten eigentlich erwartet, daß das Auswahlkomitee den Film ablehnen würde, doch als er angenommen worden war, hatte Jim sofort vorgeschlagen, nach Frankreich zu fliegen. Einen Film in Cannes vorzuführen war für den früheren Filmemacher der San Francisco State University die Erfüllung eines Wunschtraums. Jetzt würde er auf alle Zeiten jedem die lange Nase zeigen können, der ihm vorwarf, nie einen ›richtigen‹ Film gemacht zu haben. Was hätte wohl ›richtiger‹ sein können, als einen Film in Cannes vorzuführen?

Außerdem, sagte Jim immer wieder, könnten sie dabei nicht verlieren. Wenn er den Franzosen nicht gefiel – na und? Dann hatten sie dennoch einen Film in Cannes vorgeführt. Wer hätte denn geglaubt, daß ein paar Okies aus Antioch so etwas fertigbringen könnten?

Doch als der Tag der Vorführung von *Green Door* nahte, wurde Meredith immer nervöser. Sie wollte nicht, daß der Film durchfiel und ihr die schönste Reise ihres Lebens verdarb.

»Mann! Leute, ihr seht großartig aus! Wenn die Kritiker euch anstelle des Films besprechen würden, bekämen wir mit Sicherheit vier Sterne!« sagte Artie, als die drei Paare sich auf der Terrasse versammelten, um gekühlten Weißwein zu trinken, bevor sie in die Limousine stiegen, die sie zur Premiere fahren sollte. Mit ihrer Sonnenbräune und den eleganten Sommerkleidern waren Marilyn, Meredith und Adrienne Prototypen der ›Gesundheit-ist-Schönheit-Vorstellung‹, die Kalifornien mit dem Rest der Welt verband. Jim, Artie und Doug sahen in ihren neuen Sommeranzügen würdevoll aus.

Die Menschentrauben um das Filmtheater waren dicht gedrängt, als die Brüder Mitchell eintrafen. Sie begaben sich zu ihren reservierten Sitzen im hinteren Teil des Kinos; das Licht ging aus, und schon war Marilyn auf der Leinwand zu sehen, wie sie den roten Porsche fuhr.

Als der Film endete und das Licht wieder eingeschaltet wurde, stand das Publikum wie mit einer einzigen Bewegung auf und drehte sich zur Gruppe der Brüder Mitchell um. Die Leute starrten und starrten. Das Schweigen war grauenhaft.

»O Gott«, flüsterte Artie Meredith zu, »sie verabscheuen ihn! Sie werden uns packen! Sie werden uns hinausschleppen und am nächsten Laternenpfahl aufknüpfen!«

Das Schweigen schien endlos zu währen.

»Sagt doch endlich etwas, ihr verdammten Froschfresser!« sagte Artie halblaut. »Bringen wir es hinter uns!«

Irgend jemand begann zu klatschen. Jim und Artie rissen die Köpfe herum, um zu sehen, wer es war. Dann klatschten noch mehr Leute, und schließlich applaudierte ihnen das gesamte Publikum.

»Bravo! Bravo!! Bravo!!!« hallte es von den Kinowänden wider.

Die stehende Ovation nahm kein Ende. Jim, Artie und Marilyn erhoben sich schließlich, und Marilyn sprach in ihrem ungelenken High-School-Französisch eine kleine Dankesrede. Das trug ihr noch lauteren Jubel ein.

»Danach war es in Cannes schier unglaublich«, erinnert sich Meredith. »Der Film wurde in allen Lokalblättern besprochen, und draußen vor dem Kino kam es regelmäßig zu einem Menschenauflauf. Wir waren auf einen Schlag berühmt geworden. Wir konnten in kein Restaurant mehr gehen, ohne Aufsehen zu erregen.«

Henry James, der Meister des Gesellschaftsromans, veröffentlichte im Jahre 1878 *Daisy Miller.* Die Titelheldin ist ein rein amerikanisches Produkt, frisch, unschuldig, von Lebendigkeit und Sorglosigkeit strotzend. Sie verliebt sich in einen italienischen Adligen und trifft sich gegen den Rat aller nachts mit ihm im Kolosseum. Der Adlige ist ein Symbol europäischer Dekadenz. Er ist so korrupt, und Daisy ist so rein, daß ihr Stelldichein auf fatale Weise endet: Daisy stirbt an der Cholera, die sich in den brackigen Wasserpfützen auf dem Boden des Kolosseums ausgebrütet hat.

Keine hundert Jahre später hatten die Dinge sich um hundertachtzig Grad gewendet. Als *Green Door* in Cannes seinen Triumph feierte, ware es die Amerikaner, die den Europäern – noch dazu den Franzosen! – etwas über Dekadenz beibrachten.

Schätzungen zufolge soll *Green Door* fünfzig bis sechzig Millionen Dollar eingespielt haben, bevor er auf Videokassetten endete. Diese Zahlen könnten maßlos übertrieben sein, ebenso wäre es aber auch möglich, daß es in Wirklichkeit das Doppelte war. Es läßt sich nicht mehr genau feststellen. Raubkopien von *Green Door* wurden quer durch Amerika und auf der ganzen Welt gezeigt. Aber Raubkopierer melden ihre Bruttoeinnahmen nicht der Steuerbehörde oder der Illustrierten *Variety*.

Die Brüder Mitchell wußten ja nicht einmal, wieviel sie selbst mit *Green Door* verdient hatten. Sie hatten die Entdeckung machen müssen, daß ihr Prokurist ein Betrüger war.

»Ihr Prokurist landete mit seinem zweimotorigen Flugzeug in Mexiko«, sagte Mike Bradford. »Prokuristen besaßen eigentlich im allgemeinen keine zweimotorigen Privatflugzeuge, aber Jim und Artie waren nicht Geschäftsleute genug, um das zu wissen. Die Brüder Mitchell glaubten immer, daß gutes Management spontan sei. Was ihren Prokuristen anging, so hatten sie getan, was sie für richtig hielten, nämlich, ihm zu vertrauen.«

Wieviel er auch veruntreut haben mochte, der Verrat des Prokuristen schmerzte die Mitchell-Brüder mehr emotional als finanziell. Sie hatten ihm vertraut, und er hatte ihr Vertrauen mißbraucht. Er war ein Mitglied des Clubs und hatte seine Freunde übers Ohr gehauen. Man mußte schon ein echter Dreckskerl sein, um das Geld der Freundschaft vorzuziehen.

Für die Brüder Mitchell hatten Freunde und Vergnügen schon immer die höchste Priorität gehabt, und jetzt, da sie groß herausgekommen waren, entschieden sich die Brüder auch für Vergnügungen im großen Stil.

Erst waren es nur Fahrräder, weil Mike Bradford ein großer Rennfahrer war. Die Brüder ließen über Mike das beste Tandem auf dem Markt bestellen, doch als es ankam, war ihr Interesse bereits wieder eingeschlafen. Sie unternahmen nicht einmal mehr eine Probefahrt.

Dann kaprizierten sie sich auf Schußwaffen. Bradford war ein geübter Scharfschütze, der sein Geld so lange sparte, bis er sich eine Feinwerkbau-Luftpistole leisten konnte, die er als »wahrscheinlich den genauesten Schießmechanismus auf der ganzen Welt« beschreibt.

»Es ist wirklich ein sehr schönes Gerät, und als ich Artie und Jim davon erzählte, sagte einer von ihnen: ›Mann, davon hätten wir gern eine‹, und der andere sagte: ›Nein, wir brauchen zwei.‹ Ich besorgte ihnen zwei der Pistolen und ging zu ihnen hinauf, um ihnen zu zeigen, wie sie funktionierten. Sie waren ganz aufgeregt und stellten im Büro eine Zielscheibe auf, waren die Sache aber schon ziemlich bald wieder leid, und ich habe keine Ahnung, was mit den Pistolen geschehen ist. Es war alles nur ein Strohfeuer.«

Selbstverständlich gehörten auch Autos zu ihrem Spielzeug. Jim und Artie waren in Antioch aufgewachsen und hatten mit staunenden Augen den vorbeirollenden Straßenkreuzern zugesehen. Jetzt, da sie sich alles leisten konnten, was sie wollten, war es für sie nur natürlich, sich die heißesten, exotischsten Maschinen zuzulegen, die auf vier Rädern fuhren.

Jim kaufte große, leistungsstarke Caravans und gab ein Vermögen für neue Motoren und Getriebe aus. Er und Artie schafften sich im Laufe der Jahre eine ganze Flotte von Luxusmobilen an, die bald durch Motorräder ergänzt wurden. Sie liebten es, Ausflüge zu unternehmen und fischen zu gehen.

Manchmal pflegten Jim und Artie, während sie draußen auf Fang waren, über die alten Zeiten in Antioch zu sprechen. Sie hatten keine Ahnung, warum das Leben so gut zu ihnen gewesen war, und sie waren zu klug, um dem näher nachzugehen. Ein Spieler stellt sein Glück nie in Frage.

Eigentlich war ihnen nur ein einziges schlimmes Ereignis widerfahren: J. R. war 1972 gestorben.

J. R. und Mae waren sehr aufgekratzt gewesen, weil Storm, ihr zweites Enkelkind, gerade zur Welt gekommen war. Sie genossen die Rolle der Großeltern und hatten beide Kinder ins Herz geschlossen. Meredith und J. R. waren sich außerordentlich nahegekommen, weil J. R. soviel Zeit damit zugebracht hatte, ihr bei Libertys Versorgung zu helfen.

J. R. und Mae hatten einen Ausflug mit dem Wagen gemacht. Plötzlich hatte J. R. sich über Unwohlsein beklagt und war an den Straßenrand gefahren. Dort erlitt er einen heftigen Herzanfall und starb auf der Stelle.

Es war immer ein Ereignis gewesen, wenn J. R. das O'Farrell besuchte. Dann rollten die Brüder den Teppich aus, der sonst nur für anerkannte Journalisten reserviert war, und führten mit ihm eine große Besichtigung durch, bei der sie alle Einzelheiten ihrer Firma erläuterten. Am Schluß hatte J. R. stets im Clubhaus hofgehalten, hatte Karten gespielt und Geschichten erzählt. Und jetzt war er fort.

Freunde, die Jim und Artie nur flüchtig kannten, sahen in ihnen immer nur die fröhlichen, glücklichen Pornoprinzen. Wer sie aber wirklich kannte, wußte, daß die Mitchell-Brüder tief in ihrem Inneren kleine Jungen waren, die den Tod ihres Vaters nicht verwinden konnten.

Jim und Art konnten kein Kartenspiel in die Hand nehmen, ohne an ihren Vater denken zu müssen. Sie konnten nicht fischengehen, ohne sich zu wünschen, daß er an Bord wäre. Sie verwandten mehr Zeit damit, das jährliche J. R. Mitchell Lo Ball Turnier im O'Farrell zu organisieren, als auf die meisten ihrer Filme.

Kleine Jungen neigen dazu, in Tränen auszubrechen, und noch Jahre nachdem J. R. gestorben war, beweinten Jim und Artie ihn.

Georgia Mae erinnert sich, wie Adrienne ihr einmal erzählte, daß ›Jim im Flugzeug plötzlich in Tränen ausbrach, weil ihm sein Vater so sehr fehlte‹. Eine Freundin von Art erinnert sich an eine Nacht während eines Urlaubs in Mexico, als sie ins Hotelzimmer zurückkehrte und ihn vorfand, wie er schluchzend über das Meer blickte. Sie eilte an seine Seite, legte ihm die Hand auf die Schulter und fragte ihn, was los sei. Artie schüttelte den Kopf und weinte weiter. Immer und immer wieder sagte er: »Mein Vater fehlt mir. Er fehlt mir so sehr.«

Wirklichkeitstheater

Jim und Artie wollten die Pornographie zwar nicht aufgeben, aber sie wollten auch mehr sein als bloße Pornographen. Sie hatten auf alle mögliche Weisen begonnen, über die Pornographie hinaus ein größeres Publikum zu erreichen.

Jim und Artie hatten damit begonnen, Spendenveranstaltungen für progressive Politiker zu organisieren, und schon bald hatten die Brüder unter den Spendenorganisatoren den Ruf, ›die aufgeschlossensten in der ganzen Stadt‹ zu sein. So unterstützten die Brüder unter anderem Umweltschutzgruppen und Organisationen, die sich für die Rechte von Strafgefangenen einsetzten. Jim und Artie hatten unverkennbar eine Sympathie für Männer und Frauen, die hinter Gittern saßen. Wenn man Dutzende von Malen für etwas verhaftet worden ist, das man nicht für unrechtmäßig hält, fällt es einem schwer zu glauben, daß irgend jemand tatsächlich ein Unrecht begehen könnte.

Um der Gemeinde zu zeigen, daß das O'Farrell kein bloßer Sündenpfuhl war, hatten die Brüder den Künstler Lou Silva beauftragt, ein bemerkenswertes Wandgemälde von einer Figur anzufertigen, die teilweise Königsfalter, teilweise Frau war.

Und nun hatte Vince Stanich eine weitere Idee entwickelt, über die Pornographie hinauszugehen und gleichzeitig dem wahren Geist des O'Farrell treu zu bleiben. Jim und Art waren spontan begeistert: »Großartig! Machen wir das!«

»Wir haben Experimentalfilme gebündelt, Untergrundklassiker wie *Reefer Madness*, selten gesehene Zeichentrickfilme, Werbespots und ganz allgemein das verrückteste Zeug, das wir nur auftreiben konnten«, erläutert Vince die Entstehung des Untergrundfilmtheaters im O'Farrell. »Zuerst haben wir fünfundzwanzig Cent Eintritt verlangt, und es ist niemand gekommen. Schließlich haben wir den Preis auf zehn Cent, also einen Nickel, gesenkt, das ganze Nickelodeon genannt – und schon war alles brechend voll.«

Diese oft noch von Auftritten diverser Freaks angereicherten Shows waren die Schöpfung von zwei äußerst lebhaften Damen, die im O'Farrell arbeiteten. Debbie Marinoff, deren Familie in Los Angeles eine der größten Immobilienfirmen gehörte, war als reiches Mädchen in Beverly Hills aufgewachsen. Sie war nach San Francisco gekommen, um dort Kunst zu studieren, und war schließlich zur künstlerischen Direktorin der Brüder Mitchell avanciert.

»Ich war ein Snob«, berichtet Debbie. »Ich verabscheute Pornographie. Ich fand, daß die Brüder Mitchell völlige Versager waren, und ich fragte mich immer, wie lange das Idiotenglück, das sie mit *Green Door* gehabt hatten, wohl vorhalten würde. Andererseits waren sie echte Revolutionäre, die Dinge in Bewegung setzten. Sie waren die einzigen Leute im Untergrund von San Francisco, die genug Geld und Macht hatten, um Projekte auch tatsächlich umzusetzen.«

Debbies Mitverschwörerin war Denise Larson, die im O'Farrell als Kassiererin und Empfangsdame arbeitete. Denise hatte ihren Abschluß in Theaterwissenschaften an der San Francisco State gemacht und meinte es sehr ernst mit der Bühnenkunst. Die Arbeit im O'Farrell war ihr Broterwerb, während sie mit ihren Freunden experimentelle Dramen aufführte. Ein Stück beruhte auf dem *Tagebuch der Anais Nin*, das andere *Der erotische Neurotiker*, handelte von Dracula.

»Ich war die Empfangs- und Abwimmeldame«, berichtet Denise. »Mein Job bestand darin, den Summer zu betätigen, der die Tür ins obere Stockwerk öffnete und schloß, und Leuten, die Jim und Artie nicht empfangen wollten, etwas vorzuflunkern. Mein Lieblingskunde war jener Typ, der ständig versuchte, ein Geschäftsgespräch mit Jim und Artie in die Wege zu leiten. Eines Tages kam er vorbei, und ich sagte: ›Sie sind nicht hier. Sie sind in Cannes, in Frankreich.‹ Worauf er antwortete: ›Die sind doch ständig auf irgendwelchen Konferenzen!‹«

Denise und Vince Stanich lebten zusammen, und eines Tages schlug Vince ihr beiläufig vor: »Warum machst du im Nickelodeon nicht mal eine Cheerleader-Nummer?« Denise gefiel die Idee, ihren Mitautorinnen am Theater allerdings weniger.

»Die beiden Frauen, mit denen ich zusammenarbeitete, sagten nein«, erinnert sie sich. »Sie hatten es mit wahrer Kunst. Also stellte ich eine Gruppe von Frauen zusammen, mit denen wir es durchführten, und es machte wirklich eine Menge Spaß, also hörten wir auch nicht mehr auf. Es gab niemals Proben, und jede, die mitmachen wollte, durfte sich uns anschließen.

Die *Nicks* wurden zu einer Szene für sich, jedermann wollte sie sehen«, fährt Denise fort. »Ich arbeitete immer noch an dem Anais Nin-Stück, als eines Tages jemand zu mir sagte: ›Warum vergißt du das Ganze nicht und machst nur noch die *Nicks*?‹ Ich dachte mir: Mein Gott, wie kann man nur so etwas vorschlagen? Ich will doch eine *ernsthafte Künstlerin* werden. Doch da dämmerte es mir: Die *Nicks* waren durchaus eine ernsthafte Sache. Sie waren ein Vehikel, eine Möglichkeit, etwas auszudrücken.«

Die Hauptaussage der Nicks war die Verwerfung der Pornographie. Sie waren Unschuldslämmer, ansässige Jungfrauen des O'Farrell.

»Die *Nicks* waren *für* die Frauen, die Mitchell-Brüder dagegen *benutzten* die Frauen«, erläuterte Debbie Marinoff. »Letztlich lief es darauf hinaus, daß man uns nicht kaufen und verkaufen konnte, und das war das genaue Gegenteil dessen, worum es bei den Brüdern Mitchell ging.«

Die *Nicks* liebten es, Pornographie zu veralbern. Es spielte keine Rolle, daß Denise die einzige Talentierte unter ihnen war, daß der Rest der *Nicks* eigentlich kaum singen und tanzen konnte, daß sie dick waren – eine der *Nicks*, Priscilla, wog zweihundertfünfzig Pfund. Die Amateurhaftigkeit war gerade der Witz der Sache!

Ernst war es ihnen nur mit der schamlosen Übertreibung, und darin waren sie einfallsreich. Sie entwarfen Satiren auf sie Sex-Maniacs, marschierten mit Gummidildos auf die Bühne und machten sich über die humorlosen Feministinnen lustig.

Jahre bevor die Performancekunst zur Mode wurde, verunsicherten die *Nicks* damit die Straßen. Eines Nachts legten sie Brownie-Uniformen an und schnallten riesige Plastiktitten über die kleinen braunen Anzüge, die Debbie Marinoff bei einem Ausstattungshaus in Hollywood bestellt hatte.

Die *Nicks* sprangen in einen Kleinbus und fuhren nach North

Beach, wo sie einen Guerillaüberfall auf das Condor verübten, die *Tittenzentrale* von Amerika, wo Carol Doda Nacht um Nacht vor den Touristen auftrat. Die *Nicks* wollten eine deutliche Erklärung über die Überschätzung von Milchdrüsen abgeben.

»Das haben wir auch getan«, sagte Debbie. »Nachdem Carol abgetreten war, gaben wir eine Nummer auf der Bühne und begaben uns schließlich wieder hinaus, wo wir den Broadway entlanggingen. Ständig grabschten die Typen nach unseren Plastiktitten.«

Doch der wirkungsvollste Überfall war mit Abstand jener, den die *Nicks* auf die Oper verübten. San Francisco schmeichelt sich damit, auch kulturell eine Stadt von Weltrang zu ein. Um einen solchen Anspruch zu begründen, bedarf es auf jeden Fall einer Oper, die für üppige Produktionen berühmt ist, und so stellte der Eröffnungsabend der Oper stets den Höhepunkt der gesellschaftlichen Saison von San Francisco dar. In Nerze gehüllte und schmuckübersäte Witwen stiegen dann aus ihren Limousinen, um huldvoll den Arm eines fracktragenden Einzelhandelsmagnaten oder Zeitungsverlegers anzunehmen.

Die *Nicks* gelangten zu dem Schluß, daß die Oper zweifellos reif für einen Angriff war. Debbie Marinoff, die bei der Ausführung ihrer Kunst stets Frauenkleider trägt, besorgte Ballkostüme und mexikanische Hochzeitskleider, die sie massenhaft mit Glitter ausstaffierte. Während die *Nicks* gerade die letzten Feinheiten ihrer Kleidung richteten, planten Debbie und Denise zusammen mit Vince Stanich den Überfall.

Am Eröffnungsabend sprangen sie in einen Kleinbus, der Vince gehörte und auf beiden Seiten einen großen Regenbogen aufwies. Vince fuhr sie langsam die Van Ness entlang und reihte sich in die Schlange der Limousinen ein, die darauf warteten, die Opernvorfahrt zu ereichen. Als der Bus vor dem mit einem Teppich ausgelegten Eingang hielt, sprangen die *Nicks* heraus, und irgend jemand rief: »Da sind sie!«

Junge Männer mit Jackett und Krawatte und Filzhüten im Stil der vierziger Jahre, in deren Hutbändern ›Presseausweise‹ staken, stürzten aus dem Presseabschnitt hervor. Das waren die Freunde der *Nicks,* und sie trugen alle Blitzlichtkameras. Lampen blitzten, und die ›Fotografen‹ legten furios neue Filme ein, um die stolzierenden, koketten *Nicks* aufzunehmen. Kameramänner des Fernsehens hielten auf den Auftritt der *Nicks*, und so erschienen sie an diesem Abend in allen örtlichen Nachrichtensendungen. Die *Nicks* hatten es geschafft – sie waren berühmt.

Die Publicity und die niemals endenwollenden Übertreibungen zogen jeden Dienstag zu Mitternacht immer mehr Freaks ins O'Farrell. Die Leute standen stundenlang Schlange, um hineinzukommen, und manche von jenen, die sich tagsüber im Kino keine Eintrittskarten besorgt hatten, erschienen sogar mit gefälschten Tickets. Das Nickelodeon war von Anfang an als Riesenparty konzipiert gewesen, vor allem im riesigen Vorführraum, wo sich die wirklichen Insider versammelten, um Dope zu rauchen und vom jeweiligen Büfett des Abends zu naschen. Stets gab es Haschisch und oft auch Meskalin oder Peyote, das von Insidern wie Mike Bradford nur sparsam als ›Anregungsmittel‹ verwendet wurde.

Doch nun eskalierte der Drogengebrauch. Die Brüder Mitchell koksten, wie auch viele andere unter den Insidern und Zuschauern. Später pflegten Freaks aus dem Publikum in den Pausen die Toiletten aufzusuchen, um sich Heroin zu schießen.

Artie hatte zwar noch einige der ersten Nickelodeons besucht, kam dann aber nicht mehr wieder. Die *Nicks* bereiteten ihm Unbehagen. Er wußte, daß Denise und Debbie ihn für einen Philister hielten. Nachdem er fast dreihundertfünfzig Pornofilme gedreht hatte, war Artie daran gewöhnt, daß Frauen alles taten, was man von ihnen verlangte. Und jetzt gab es da plötzlich die *Nicks*, die öffentlich verkündeten, daß sie ›frei‹ seien und daß niemand sie ›benutzen‹ könne. Und die keinen Hehl aus der Tatsache machten, daß sie Pornographie und die Leute, die sie herstellten, für dämlich hielten. Diese Kritikaasgeier machten ihn nieder, und das gefiel Artie nicht.

Artie war auf seine Weise ebenso herrschsüchtig wie sein älterer Bruder. Er war zu einem Star des Untergrunds geworden, zu einem Freigeist und Hofnarren, das lebende Symbol des O'Farrell Theatre. Nur dienstag abends, da konnten die *Nicks* alles übernehmen. Wenn Artie nicht im Mittelpunkt der Aufmerksamkeit stand, wollte er auch nicht dabei sein. Und so wurde der Dienstag zu einem jener Abende, da Artie zu Hause in Lafayette bei Meredith und seinen Kindern blieb.

Jim hatte den Start des Nickelodeons unterstützt, hatte Geräte geordert und Arbeitspläne aufgestellt. Doch wie Artie war auch er danach wieder in den Hintergrund getreten. Denise, Debbie und Vince brauchten Jim nicht. Das Nickelodeon war ihre eigene Show.

Je beliebter dieses Untergrund-Varieté wurde, um so unangenehmer wurde es Jim. Schließlich war es ja sein Filmtheater. Er hatte hier doch das Sagen. Aber was geschah? Die Freaks liefen einfach Amok!

Jim und Artie berieten sich darüber und beschlossen, daß das O'Farrell von nun an volle sieben Nächte in der Woche ihnen gehören sollte und nicht nur sechs.

»Wir müssen das Nickelodeon aufgeben«, teilte Jim Vince eines Nachmittags mit. »Wir haben keine andere Wahl. Der Drogenkonsum gerät außer Kontrolle, damit betteln wir förmlich um eine Razzia des Drogendezernats. Die Menschenmenge wird zu groß, das verstößt gegen die Brandschutzbestimmungen. Wir wollen *Resurrection of Eve* drehen, und das Nickelodeon bringt den ganzen Arbeitsplan durcheinander.«

Wie üblich, sagte Vince Stanich okay und hielt den Mund. Doch nur wenige Angestellte des inneren Kreises kauften Jim seine Begründung ab. Sie glaubten vielmehr, daß er nur ein Machtspielchen trieb.

Die Nicks zogen in andere Theater um, und Denise Larson produzierte mehrere abendfüllende Shows – *Anarchy in High Heels* und eine eigenwillige Version von *Peter Pan*, in der Peter als Rockstar agierte, während Tinkerbell von der zweihundertfünfzig Pfund schweren Priscilla gespielt wurde und die Piraten Lesben waren. Im Oktober 1982 standen sie in der Danceateria in New York City auf dem Spielplan, der auch »die Weltpremiere der hochkarätigen Aufnahmekünstlerin Madonna« bot. Doch es war nie wieder so wie vor der Zeit, als Jim der Show im O'Farrell ein Ende gesetzt hatte. Die Anarchie, das Gefühl, »daß wir Stars sind, daß wir alles können«, war verschwunden.

Debbie Marinoff und Jim waren gute Freunde geworden, und sie traf sich mit Dan O'Neill, dem brillanten Untergrund-Kartoonzeichner, dessen Zeichnungen die Wände im Clubhaus bedeckten. Debbie liebte es, eine Bewohnerin des Untergrunds zu sein, Künstler, Schriftsteller und Filmemacher kennenzulernen und zuzusehen, wie Theaterleute ihr theatralisches, verkorkstes Leben führten.

»Wir sind so cool, wir sind nicht der Untergrund, wir sind schon Unterwasser. Wir sind nicht nur die Kultur, wir sind die Ultrakultur«, sagte Debbie gern zu Jim.

Debbie hatte keine Ahnung, wie ›ultra‹ das O'Farrell war, bis Dan O'Neill an einem späten Abend zu ihr sagte: »Gehen wir ins O'Farrell hinüber. Da wird etwas laufen, das glaubst du nicht.«

Das Kino war dunkel, als Dan und Debbie eintrafen, aber Dan klopfte an die Tür, worauf Jerry Ward plötzlich erschien und sie einließ. Ein Angestellter war gerade dabei, Zweiliterflaschen Whiskey, Wodka und Gin auf die Theke des Süßigkeitenstands zu stellen, während ein anderer sich mit Eis, Plastikbechern und Rührstäben beschäftigte.

Jim Mitchell hatte Debbie eine wichtige Lektion erteilt. »Wenn du nicht weißt, was los ist«, hatte Jim zu ihr gesagt, »dann halt den Mund und sieh zu. Die Leute werden dich nicht etwa für blöd halten, sie werden vielmehr glauben, daß du cool bist.«

Debbie lehnte sich an eine Wand und sah zu, wie ein Angestellter Pornomagazine auf einem Tisch stapelte. Die Brüder Mitchell pflegten sie für ein oder zwei Dollar einzukaufen und für zehn bis fünfzehn Dollar an japanische Touristen weiterzuverkaufen. Debbie fing an sich zu fragen, ob die Aktivitäten heute nacht mit den Japanern zu tun haben würden.

Seit Jahren hielten japanische Touristenbusse vor dem O'Farrell. Dann klatschte der Reiseführer zweimal in die Hände, worauf die Japaner, sehr häufig auch in Begleitung ihrer Ehefrauen, aus dem Bus stiegen. Sie verhielten sich ordentlich und diszipliniert wie immer, bis sie die Magazine entdeckten. Dann gerieten sie in eine Art Rausch. In Japan waren zwar Gewaltdarstellungen erlaubt, Hardcorepornographie aber nicht. Und so deckten sich die Touristen eifrig ein, kauften manchmal bis zu zehn Magazine auf einmal.

Als der japanische Zoll zuschlug und damit begann, die Magazine zu beschlagnahmen, fingen die Mitchell-Brüder an, kleine Pornomagazine zu vertreiben, die man als ›Taschenfreunde‹ bezeichnete. Damit konnten die Japaner die Argusaugen der Zollbeamten umgehen, indem sie vor der Einreise die kleinen Magazine in ihre Jackentaschen stopften. Die ›Taschenfreunde‹ kosteten ebensoviel wie die großformatigen Magazine, und für jedes Exemplar, das sie verkauften, gaben die Brüder Mitchell dem jeweiligen Reiseleiter einen Dollar Provision weiter.

Die Japaner blieben immer, um sich eine Darbietung anzuschauen, und soweit Debbie wußte, begaben sie sich vom O'Farrell stets zur nächsten Attraktion von San Francisco. Doch inzwischen war es nach ein Uhr morgens, und so spät würden die japanischen Touristen doch wohl nicht mehr unterwegs sein, oder?

Tatsächlich fuhren wenige Minuten später zwei glitzernde neue Mercedesbusse mit riesigen Panoramascheiben vor, aus denen japanische Männer mit Schlips und Kragen strömten. Sie verhielten sich leise und ernst und huschten so schnell sie konnten von der Straße ins Kino. Als der letzte Tourist ausgestiegen war, fuhren die Busse wieder davon und verschwanden irgendwo auf der O'Farrell Street.

An einem Ende des Foyers hatte man eine improvisierte Kasse aufgebaut, vor der sich die Japaner gehorsam aufstellten.

Debbie schlenderte dorthin und sah, daß die Japaner fünfzehn Dollar Eintritt pro Person bezahlten.

Nachdem sie ihr Eintrittsgeld bezahlt hatten, deckten sich die Männer mit Magazinen ein, und einige von ihnen nahmen auch noch einen Drink, bevor sie in den Zuschauerraum gingen. O'Neill bedeutete Debbie, ihm die Stufen hinauf zu folgen, und so begaben sie sich in den Vorführraum.

Zu ihrer Überraschung stellte Debbie fest, daß der Projektor leer war. Statt dessen hantierten ein paar Angestellte an der Beleuchtungsanlage herum; Vince Stanich stellte gerade einen Scheinwerfer ein. Irgend jemand reichte Debbie einen Joint, und Dan O'Neill brachte ihr einen Drink, dann schritten sie zu der Fensterscheibe und sahen zu, wie sich das rein japanische Publikum setzte.

Die Lichter erloschen, und über die Lautsprecher kam Rock 'n' Roll. Eine junge Frau im Minirock hüpfte auf die Bühne, riß sich, zu der Musik tanzend, die Kleider vom Leib. Und dann fuhr Debbies Kopf hoch. Ein Freund von ihr, Mark, war plötzlich auf der Bühne erschienen. Mark trug eine Kamera und begann damit, die Frau zu fotografieren. Je mehr Bilder er schoß, um so größer wurde seine Erregung. Schließlich riß auch er sich die Kleider vom Leibe, umarmte die Frau und zusammen gingen sie zu Boden.

Es war eine ziemlich gewöhnliche Sexshow. Das Paar vollzog gegenseitig oralen Sex, dann durchlief es eine Reihe von Stellungen, bis Mark seinen Orgasmus bekam und die Frau ihren eigenen vortäuschte. Als alles vorbei war, klatschten die Japaner höflich Applaus und strömten wieder aus dem Filmtheater. Wie auf ein Zauberwort erschienen die Touristenbusse vor dem Gebäude, und wenige Minuten später war der ganze Spuk vorbei.

Debbie und O'Neill kehrten in den Vorführraum zurück und rauchten zusammen mit Vince noch einen Joint. Jim und Artie waren nirgends zu sehen, aber Debbie wußte, daß sie die ganze Sache arrangiert hatten, sonst wäre sie nicht geschehen.

Debbie hatte schon immer eine ›Mir kann man nichts vormachen, ich bin hip‹-Einstellung zur Schau getragen. Doch jetzt, da sie im Vorfuhrraum in einem Sessel saß, war sie wie vor den Kopf geschlagen. Nicht wegen der Live-Sexshow; die hatte sie kaum berührt. Nein, sie hatte eine Offenbarung erfahren: Jetzt endlich begriff Debbie die Brüder Mitchell.

Jim und Artie hatten das Nickelodeon geschlossen und damit dem aufregendsten Theater von ganz San Francisco den Garaus gemacht, weil es ›außer Kontrolle‹ geraten war. Und doch waren sie soeben ein sehr viel größeres Risiko eingegangen, indem sie eine verbotene Live-Sexshow für die Japaner anboten. Wenn die Bullen hereingeplatzt wären, hätten sie sofort den Vordereingang mit einem Vorhängeschloß versiegeln und den Schlüssel wegwerfen können.

Weshalb hatten sie das getan? Nach *Green Door* brauchten Jim und Artie das Geld nicht mehr. Und sie brauchten auch nicht erst Geschäftsbeziehungen zu den Japanern herzustellen. Schließlich kamen japanische Touristen schon seit Jahren ins O'Farrell, um sich dort Filme anzuschauen und Magazine aufzukaufen.

Debbie wurde klar, daß Jim und Artie diese Live-Sexshow inszenierten, um sich zu rächen. Je mehr Dinge sie ungestraft durchsetzten, um so besser fühlten sie sich.

Debbie hatte immer geglaubt, daß Jim und Artie das Nickelodeon geschlossen hatten, weil sie es nicht kontrollieren konnten und es nicht ihre Show gewesen war. Nun begriff sie, daß das nicht der einzige Grund gewesen war. Trotz ihrer Aufgekratztheit und wilden Satire waren die *Nicks* für Jim und Artie zu zahm gewesen. Wenn es darum ging, den Streit gegen das Establishment zu führen, wollten die Brüder nicht mit Parodien kämpfen.

»Das war die erste von vielen Live-Shows dieser Art, und sie zogen sie mit völliger Nonchalance ab«, berichtet Debbie. »Ich habe zwar meine Wut auf die Brüder wegen der Schließung des Underground-Varietés nie überwunden, aber gleichzeitig liebte ich ihren Wahnwitz, ihre Rotzfrechheit.«

Der kommerzielle Erfolg von *The Resurrection of Eve* war mit dem von *Green Door* nicht zu vergleichen. Die Pornographie war inzwischen zu einem festen Bestandteil der Unterhaltungsindustrie geworden, und da es nicht mehr als mutig galt, in einen Pornofilm zu gehen, war es auch nicht mehr schick. Offensichtlich hatte ein großer Teil des Publikums, der sich *Green Door* angeschaut hatte, den Schluß gezogen, daß man, wenn man auch nur einen Porno gesehen hatte, damit alle gesehen hatte.

In geringerem Maß als *Green Door* war *Eve* durchaus ein Hit, und Marilyn Chambers etablierte sich als Pornostar. Linda Lovelace hingegen galt als Eintagsfliege. Niemand würde noch einmal sehen wollen, wie sie die Goldkehle spielte. Außerdem war Lovelace mausgrau, langweilig. Georgina Spelvin, die Hauptdarstellerin von *The Devil in Miss Jones* (›Der Teufel in Miss Jones‹), war hart und kalt und bot eigentlich der Fantasie keinen Anreiz.

Aber Marilyn war ein Kindsweib. Sie würde noch mindestens zehn Jahre lang das typisch amerikanische, blonde, blauäugige Mädchen auf dem Sextrip spielen können. Um an den Kassen Geld zu machen, brauchten die Brüder Mitchell sie einfach immer nur in die richtigen Filme zu stecken.

»Hallo, Leute«, sagte Marilyn eines Nachmittags, als sie fröhlich ins Büro stolziert kam. Jim und Artie sprangen, wie immer, sofort auf und umarmten sie.

»Ich habe Neuigkeiten, Leute«, sagte Marilyn, nachdem alle sich wieder gesetzt hatten. »Ich gehe.«

»Ach ja?« fragte Artie. »Gehst du auf eine Reise? Wohin denn?«

»Nein, ich gehe. Wie man eben geht«, erwiderte Marilyn.

»Verläßt du die Stadt?« wollte Jim wissen. »Ziehst du um?«

»Ich gehe, Punkt«, sagte Marilyn.

Sie machte eine Pause, bevor sie hinzufügte: »Ich werde mit Chuck Traynor gehen.«

»Was wirst du???« schrie Artie.

»Was wirst du???« wiederholte Jim.

Wäre Marilyn hereinspaziert, um ihnen zu sagen, »Wißt ihr was, Leute, ich bin in Wirklichkeit eine verdeckte FBI-Agentin, und ihr seid beide verhaftet«, die Brüder hätten nicht schockierter sein können.

»Das kannst du doch nicht machen, Marilyn«, sagte Jim.

»Ich habe es bereits gemacht«, erwiderte Marilyn. »Ich habe den Vertrag bereits unterzeichnet. Chuck ist jetzt mein Exklusivagent.«

»Das ist doch ein Drecksack!« kreischte Artie. »Ein gottverdammter Rasputin! Weißt du, wie er Linda Lovelace dazu gekriegt hat, die *Deep Throat*-Nummer durchzuziehen? Er hat sie hypnotisiert, um ihren Würgereflex auszuschalten. Er wird dich ruinieren, Marilyn!«

»Nein, das wird er nicht. Wir haben dieselben Interessen. Er will einen Star managen, und ich will ein Star sein. Er hat alle möglichen Ideen, wie ich ins Hollywoodkino überwechseln kann.«

»Ich mag einfach nicht glauben, daß du uns das antust, Marilyn«, sagte Artie, und sein Ton wurde immer wütender. »Wir haben dich schließlich entdeckt. Wir haben uns um dich gekümmert.«

»He, ich war doch kein Fall für die Wohlfahrt«, wandte Marilyn ein. »Ihr Burschen habt einen ganz guten Schnitt damit gemacht, Marilyn Chambers zu verkaufen.«

»Du schuldest uns noch etwas, Marilyn«, sagte Jim.

»Bei dir klingt ›schulden‹ ungefähr wie ›Du gehörst uns, Marilyn‹.«

»Du hast uns verraten, Marilyn«, versetzte Jim. »Du hättest wenigstens vorher mit uns darüber sprechen können.«

»Ich hatte einfach das Gefühl, es tun zu müssen, Jim«, antwortete Marilyn. »Schließlich geht es ja um meine eigene Karriere und nicht um deine und Arties. Und außerdem können wir immer noch zusammenarbeiten.«

»Du schuldest uns noch etwas, Marilyn«, sagte Artie.

»Das müßt ihr schon mit Chuck besprechen«, meinte Marilyn und stand auf, um zu gehen.

Chuck Traynor hatte seine Frau und sein Geschäftsprodukt Linda Lovelace tatsächlich hypnotisiert, damit sie heftigen Oralsex ausüben konnte.

»Das ist ein Trick, den ich in Bangkok gelernt habe«, erklärte Chuck. »Ich habe dort gesehen, wie es gemacht wird, und habe es Lovelace beigebracht. Es gleicht der Technik der Schwertschlucker. Ich habe ein Diplom vom American Institute of Hypnosis (Amerikanisches Hypnoseinstitut) und habe eine Form der Selbsthypnose benutzt, damit sie dabei ein angenehmes und kein Würgegefühl bekommt.«

Chuck beschreibt sich selbst als Jungen vom Lande aus Homestead, Florida. Er hat sich schon immer wie ein Cowboy gekleidet, mit Stiefeln, Jeans, einem Gürtel mit großer Rodeoschnalle und Hemden im Westernstil. Er ist hager und drahtig, und sein Gesicht ist windgegerbt und tief gezeichnet. Die Baseballmütze, die er immer trägt, verdeckt sein schütter werdendes Haar. Er ist willens, so ziemlich alles von sich preiszugeben – bis auf sein Alter.

»Ich bin über einundzwanzig, aber das heißt gar nichts«, bellt Chuck. »Innerlich bin ich einundzwanzig. Alle Männer sind einundzwanzig.«

Als er noch im Marine Corps war, gewann Chuck einen Schießwettbewerb. Sein Preis war ein Treffen mit Natalie Wood. Nach dem Marine Corps arbeitete Chuck in der Unkrautbekämpfung, bevor er im südlichen Florida auf die gleiche Weise ins Sexgeschäft einstieg wie Jim Mitchell in San Francisco: Mit Standaufnahmen von nackten Frauen.

In den späten Sechzigern eröffnete Chuck in North Palm Beach, Florida, eine Bar namens Las Vegas Inn und heuerte Oben-ohne-Tänzerinnen an. Schließlich heiratete er Linda Lovelace, ein einsames, unglückliches junges Mädchen.

In ihren rührenden, aber peinlichen Autobiographien *Ordeal* (›Ich packe aus‹) und *Out of Bondage* (›Ich bin frei‹) behauptet Linda, daß Chuck sie zur Prostituierten gemacht habe, und beschreibt alle möglichen Formen körperlicher Demütigung und des Mißbrauchs. In einem Zeitalter der Opfer porträtiert Linda sich selbst als das Opfer schlechthin, als gestrauchelte Kreatur, die dem Zauber eines modernen Svengali anheimgefallen ist und noch weniger Handlungsfreiheit besitzt als eine islamische Frau, die im Iran Khomeinis mit einem brutalen Ehemann verheiratet ist.

Chuck stellt die Vorfälle, die Linda beschreibt, eigentlich nicht in Frage. Er besteht lediglich darauf, daß Linda daran freiwillig beteiligt war. Chuck hatte von Linda niemals etwas anderes als absoluten Gehorsam verlangt, und nachdem *Deep Throat* zu einem Erfolg und sie selbst zu einem Star wurde, war sie nicht mehr so bereit wie früher, sich unterzuordnen und genau das zu tun, was er ihr auftrug. Als Linda anfing, ungehorsam zu werden, begann Chuck seinerseits, sich Gedanken darüber zu machen, ob er sie verstoßen sollte.

»Linda hätte nur an der Leine zu bleiben brauchen und sie

wäre berühmt geworden, aber das hat sie nicht getan«, sagt Chuck angewidert. »Kurz nachdem wir nach Hollywood kamen, fing alle Welt an, ihr einzureden, was für ein großer Star sie doch sei und daß ich alles falsch machte.

Frauen haben nur deswegen einmal im Monat schwere Krämpfe, weil sie sie verdient haben«, sagt Chuck, bevor er die mit dem Stichwort »Leine« angerissene Metapher weiter ausführt. »Ich züchte hervorragende Reitpferde, und heutzutage gibt es ein kleines Ding, das man am Pferdehals befestigt, um Koliken zu verhindern. Ich weiß nicht, warum man so etwas nicht für Frauen herstellen kann, warum wir nicht diese kleinen Dinger bekommen können, die wir ihnen um den Hals hängen, damit sie richtig funktionieren.«

Man braucht kein Diplompsychologe zu sein, um zu begreifen, daß Chuck Traynor ein Frauenfeind ist.

Chuck war auf Marilyn Chambers zugekommen, als er noch mit Linda verheiratet gewesen war. Ein Theater in Florida hatte Linda eine große Summe dafür geboten, dort nackt zu tanzen, aber Linda war als Tänzerin völlig unbegabt. Chuck hatte Marilyn angerufen und versucht, sie für den Auftritt zu gewinnen, doch sie hatte ihn abgewiesen.

Nachdem er sich von Linda getrennt hatte, begann Chuck sich ernsthaft um Marilyn zu bemühen. Schließlich willigte Marilyn ein, sich mit Chuck auf einer Reise nach New York zu treffen, wo Chuck sie am Flughafen von einer Limousine abholen ließ.

Chuck überzeugte Marilyn Chambers davon, daß er besser als jeder andere in der Branche dazu geeignet sei, den ewigen Einundzwanzigjährigen anzusprechen, der in allen Männern lauerte. Er sagte zu ihr, daß die Mitchell-Brüder sie zwar auf den Weg zum Star gebracht hätten, daß sie sie aber niemals würden weiterbringen können. Sie waren Amateure, die keinen Sinn für wirklich Großes hatten.

Marilyn ließ sich nur auf das Geschäft ein, das Chuck ihr anbot. Binnen eines Jahres hatte sie sich von Doug, ihrem Mann, scheiden lassen und ihren Manager geheiratet. Die Hochzeit fand in Las Vegas statt, und der Trauzeuge war Chucks und Marilyns bester Freund, Sammy Davis Jr. Mister

Bojangles war ein schrulliger kleiner Bursche mit einem riesigen Sexhunger.

So schwer es auch fällt zu glauben, daß eine Frau, die als Kind nicht körperlich mißhandelt wurde, einen Mann wie Chuck Traynor heiraten konnte, gibt es doch eine Reihe von Gründen, weshalb Marilyn Chambers sich ihm überantwortete. Marilyn wollte ein Star werden, und junge Männer und Frauen, die sich danach sehnen, Stars zu werden, sind dafür berühmt, daß sie dabei über sehr viele Mißhandlungen hinwegsehen. Das ist es ja gerade, was Hollywood zu Hollywood macht.

»Chuck war für meine Karriere da«, sagt Marilyn. »Ich hatte das Gefühl, daß ich ihn dazu benutzte, um meine Karriere voranzutreiben, und er benutzte mich, um Geld zu machen. So ist das eben im Showgeschäft.«

Marilyn glaubte einfach nicht daran, daß Jim und Artie als Geschäftsleute klug genug seien, sie zu dem Ruhm zu führen, nach dem sie verlangte, dem Ruhm, der es ihrer Familie zeigen würde.

»Ständig haben sie über irgendwelche verrückten, unausgegorenen Ideen gesprochen, von denen ich schon im voraus wußte, daß daraus nichts werden würde«, berichtet Marilyn. »›Stümper‹ ist zwar ein schreckliches Wort, aber das waren sie nun einmal, auf eine irgendwie treuherzige Weise.«

Aber die Sache ging noch tiefer: Marilyn wollte nicht nur jemanden, der ihre Karriere für sie in die Hand nahm, es sollte auch jemand sein, der ihr Leben für sie lenkte.

Marilyn war in der am meisten von Männern beherrschten Industrie Amerikas zu einer Königin avanciert.

»Ich war Chuck gegenüber äußerst devot«, erläutert Marilyn. »Er war ganz zweifellos der Stärkere. Ich habe mich in allem auf ihn verlassen.«

In San Francisco hatte Marilyn zwei verletzte kleine Jungen zurückgelassen. Jim und Artie reagierten, wie man es von kleinen Jungen erwartet: Sie schlugen zurück.

Die Mitchell-Brüder ließen ihre Mannschaft das gesamte Filmmaterial sichten, das sie von Marilyns Filmen hatten. Dann schnitten sie es zusammen, fügten ein paar Interviews hinzu und nannten die Collage *Inside Marilyn Chambers*. Marilyn erfuhr erst, was Jim und Artie getan hatten, als der Film kurz vor der Freigabe stand.

»Ich habe diesen Film verabscheut und tue es noch immer. Es soll die Geschichte meines Lebens sein, und das stimmt einfach nicht. Jim und Artie haben mich übers Ohr gehauen. Sie meinten, daß ich sie verraten hätte. ›Wie konnte ich es wagen, nicht loyal zu sein? Wie konnte ich es wagen, sie zu hintergehen!‹ Ich dagegen meinte, daß sie mich verraten hätten, und so sprachen wir viele Jahre lang kein Wort mehr miteinander. Erst als es darum ging, Geld zu verdienen, fingen wir wieder an, miteinander zu reden.«

In den goldbraunen Hügeln draußen vor Livermore, Kalifornien, war es neununddreißig Grad warm, und George McDonald saß mit seinem mit Olivenöl eingeschmierten Penis auf dem Ast einer prächtigen Eiche – zusammen mit einem neuen Pornostarlet namens Gina Fornelli. George und Gina hatten sich gerade erst kennengelernt, und eines der ersten Dinge, die sie zu ihm gesagt hatte, war: »Ich werde ein größerer Star sein als Marilyn Chambers es jemals werden wird.«

George und Gina waren gerade mit Analverkehr beschäftigt, denn sie befanden sich im Lande Sodom, wo der Gott Anu, um eine Hungersnot durch Überbevölkerung zu verhindern, erklärt hatte »Kein Mann darf einer Frau Möse schänden, sonst ist er des Todes.«

»Du tust mir weh«, rief Gina.

»Soll ich aufhören?« fragte der immer sensible George.

»Nein, nimm mehr Olivenöl«, erwiderte Gina.

Während dies geschah, befanden sich Lot und seine Töchter, die soeben in der Nähe von Sodom eingetroffen waren, auf der Suche nach fruchtbarem Land, um es zu beackern. Unter der Eiche legte Lot eine Pause ein. Als er es rascheln hörte, hob er den Kopf gerade im richtigen Augenblick, um von einem Samenstoß voll ins Auge getroffen zu werden.

Von dieser Szene an geht es mit *Sodom and Gomorrha* immer weiter bergab.

Im Jahre 1973 hatten die Richter am Obersten Gerichtshof von New York entschieden, daß vier Filme, darunter *Green Door,* so viele »Akte sexueller Perversion enthielten, daß sie selbst nach der gesellschaftlichen Norm Sodoms und Gomorrhas als obszön einzustufen« seien. Mit ihrer typischen ›Scheiß drauf, euch werden wir es zeigen‹-Einstellung hatten die Brüder daraufhin beschlossen, einen Film mit dem Titel *Sodom and Gomorrha: The Last Seven Days* (›Sodom und Gomorrha: Die letzten sieben Tage‹) zu drehen.

Nach *Green Door* und *Eve* hatten Jim und Artie Oberwasser. Sie meinten, daß es in der Pornographie nichts gäbe, was sie nicht tun könnten, weil sie doch schon so viel vollbracht hatten. Warum es jetzt nicht *wirklich* versuchen? Warum nicht die Cecil B. De Milles der Pornographie werden?

Diesmal mußten die Brüder Mitchell gegen ihren eigenen Erfolg ankämpfen. Sie mußten einen Film machen, der noch größer, noch besser und noch erfolgreicher war als *Green Door* oder *Eve*. Und sie mußten es ohne Marilyn Chambers schaffen.

Jim und Artie kamen zu dem Schluß, daß sie alles würden überrennen können, indem sie ein Epos drehten, das alle Maßstäbe früherer Pornofilme sprengen würde. Sie wollten ein überlebensgroßes Spektakel filmen, das an richtigen Drehorten stattfand, mit authentischen Kostümen, Massenszenen und innovativer Cinematographie. Sie wollten neuen Boden betreten, indem sie ein biblisches Epos mit *echtem* Sex drehten. Wenn Jim und Artie damit erst einmal fertig waren, würde Cecil B. De Milles dagegen wie ein alter Stümper aussehen.

Das Unterfangen führte dazu, daß die Brüder Mitchell zwischen vierhundertfünfzig und siebenhunderttausend Dollar für den vielleicht ödesten, dümmlichsten, unerotischten Film in den Annalen der Pornographie ausgaben. *Sodom and Gomorrha* sollte eigentlich Jims und Arties Ruf als Filmemacher festigen und sie auf alle Zeiten aus dem Pornoghetto befreien. Statt dessen machte der Film nur die erheblichen Schwächen der Mitchell Brothers Film Group deutlich.

Es waren die gleichen Faktoren, die schon manch einem Hollywoodfilm den Garaus gemacht haben, nämlich zuviel Geld, zuviel Macht, aufgeblasene Egos von der Größe eines Heißluftballons und zuviel Kokain, die *Sodom and Gomorrha* zum pornographischen Äquivalent von *Kleopatra* oder *Heaven's Gate* machten.

Jim war davon überzeugt, daß er ein wirklich großer Filmemacher war. Er hatte einen Erfolg in Cannes gelandet und war entschlossen, sich wie ein Schwergewicht aufzuführen, gleich, was es kosten mochte. Er mietete draußen vor Livermore einen Teil einer Ranch an und bezahlte den Farmer dafür, einen Stacheldrahtzaun niederzureißen, weil dieser der authentischen Darstellung biblischer Zeiten im Wege stand. Als die vorgesehene Aufnahmedauer überschritten wurde, konnte der Farmer sein Vieh nicht hinaus auf die Weide bringen, und so mußte Jim Extrafutter bezahlen, weil das Volk von Sodom aus Schäfern und nicht aus Cowboys bestand. Er mietete für fünfhundert Dollar pro Tag einen Kran, weil er Galgenaufnahmen machen wollte. Er flog nach Hollywood zu einem Einkaufsbummel, kaufte Kulissen und Kostüme, die in biblischen Epen verwendet worden waren.

Nachdem er jahrelang eins zu eins geschossen hatte, drehte Jim nunmehr eine Spule nach der anderen ab. Und je mehr er drehte, um so mehr entglitt ihm die Story.

»Es wurden siebenundzwanzig Stunden Material für einen Film verdreht, der keinen Anfang und kein Ende hat«, meint Jack Harvey kopfschüttelnd. »Ein Jahr Produktionszeit und siebenundzwanzig Stunden Film in der Kiste, Tausende und Abertausende von Dollar, für einen unglaublichen Mist ausgegeben!«

Wenn man einen Low-budget-Pornofilm dreht, selbst einen relativen finanzschwachen wie *Green Door,* kann man eine schnoddrige ›Zum Teufel, tun wir es doch einfach‹-Einstellung zum Filmemachen einnehmen. Bei einem teuren Film mit komplizierten Szenen und großer Darstellerschar läßt sich jedoch nicht so hemdsärmelig arbeiten. Jim und Art hatten kein solides Skript, als sie mit den Dreharbeiten anfingen, und sie erstellten auch keinen richtigen Drehplan. Niemand unter den Darstellern und der Filmmannschaft wußte so genau, um was es bei der Story eigentlich ging oder welche Szene als nächste dran war.

Das führte zu einem ständigen Durcheinander, und das Durcheinander führte wiederrum zum Bruderkrieg.

Einmal mehr benahmen sich Jim und Artie eher wie kleine Jungen, die in einem ewigen Machtkampf gefangen waren, denn wie Geschäftspartner. Aufgeputscht vom Kokain, mit flatternden Nerven und klopfenden Schläfenarterien ergingen Jim und Artie sich in wechselseitigen Schuldzuweisungen.

Da Jim und Artie ihre Probleme nicht in Angriff nahmen, durfte es niemand wundern, wie die übrige Filmcrew sich aufführte: *Sodom and Gomorrha* war für die Schauspieler und Techniker wenig mehr als eine einzige Ausrede, die längste Party in der Geschichte der Brüder Mitchell zu schmeißen.

Die Drehmannschaft von *Sodom and Gomorrha* hauste in einer kleinen Zeltstadt, die um einen Marktplatz errichtet worden war und ein großes, offenes Feuer hatte. Es war eine weite Fahrt zurück nach San Francisco, und zum Pendeln gab es keinen Grund – Drehmannschaft und Darsteller konnten in den Zelten wohnen. Es gab jede Menge Drogen und Sex und hervorragendes, üppiges Essen, weil Jim der Auffassung war, daß alles erstklassig zu sein habe. Jeden Tag brachte eins von San Franciscos besten Restaurationsunternehmen das Essen zum Drehort. Die Rechnung dafür war schwindelerregend.

Wozu einen Film machen, wenn man doch einen Film *leben* konnte? Wozu die viele Arbeit, wenn man sich doch zudröhnen und bumsen konnte, um sich danach wieder zuzudröhnen und zu bumsen? Nacht um Nacht überfütterten sich Darsteller, Techniker und Mitläufer mit Alkohol, Drogen, bestelltem Essen und Nonstopsex.

Wenn die Brüder tatsächlich einmal zum Filmen kamen, waren die Szenen nicht annähernd so vital und erotisch wie der Sex, der abseits der Kamera stattfand. Der Sex in *Sodom and Gomorrha* war einfach nur verrückt.

Der Ruf der Brüder Mitchell beruhte zu einem großen Teil auf der Tatsache, daß die Frauen in ihren Filmen den Sex ebensosehr mochten wie die Männer. Doch als sie bei *Sodom and Gomorrha* angelangt waren, konnte gewöhnlicher Sex Jim und Art nicht mehr hinter dem Ofen hervorlocken, gleich wie viele Paare ihn ausführten. Und so glitten die Brüder Mitchell, wie es die sexuell Übersättigten anderer Kulturen und Zeitalter auch schon getan haben, ins Abstruse ab.

Doch war es auf eine grobschlächtige, an Antioch erinnernde Weise abstrus. In *Sodom and Gomorrha* wird einer Frau ein Ameisenbär in den Schoß gedrückt. Es gibt Sexszenen mit einer Banane und einer Riesenzucchini. Als Strafe für einen Verstoß gegen die Gesetze Anus wird der Penis eines Mannes mit Honig beschmiert und auf einen Ameisenhaufen gelegt.

›Flutie‹, ein zwei Meter großer Einwohner einer städtischen Gemeinde, der im O'Farrell aufgekreuzt war und den üblichen Fragebogen ausgehändigt bekommen hatte, hatte auf die Frage ›Haben Sie irgendwelche Spezialitäten?‹ geantwortet: ›Ich kann mich selbst lutschen‹. Sofort hatten Jim und Artie ihm eine Rolle in *Sodom and Gomorrha* verpaßt.

»Da ist die Sache aus dem Ruder gelaufen«, meint Bill Boyer im nachhinein. »Auf Jim und Art lastete sehr großer Druck, sich selbst zu übertreffen, und das versuchten sie eher mit Gags als mit einem ernsten Film, der schönen, erotischen, sinnlichen Sex zeigte.«

Die Nonstopparty und die endlose Filmerei kamen zu einem abrupten Halt, als Mannschaft und Darsteller eines Morgens beim Aufwachen feststellten, daß Adrienne Mitchell, die Kostümchefin von *Sodom and Gomorrha,* verschwunden war. Kurz darauf bemerkte jemand, daß auch Bram, einer der Schauspieler, fehlte. Eins und eins machte zwei: Adrienne und Bram waren zusammen davongelaufen.

Jim war zutiefst verletzt und wollte das ganze Projekt kippen. Adrienne zu verlieren, tat ihm nicht annähernd so weh wie der Schlag gegen sein Ego. Er war schließlich der Pornokönig, und doch hatte seine Frau ihn wegen eines Schauspielers verlassen. Und dabei waren Schauspieler doch nur ›Fleisch‹.

Joy Horner-Greenberg, eine frühere Angestellte im O'Farrell und, wie Meredith, eine enge Freundin von Adrienne, bis sie sich schließlich überwarfen, traf Adrienne noch einmal wieder, nachdem sie Jim verlassen hatte.

»Adrienne erzählte mir, daß Jim und sie schon seit langem nicht mehr miteinander klargekommen waren«, erinnert sich Joy. »Sie sagte, daß es ein einziger Machtkampf war. Sie wollte alles unter Kontrolle haben, und er wollte auch alles unter Kontrolle haben, und sie fanden nie zu einem Kompromiß.«

Über den Machtkonflikt hinaus gab es noch einen weiteren Grund, weshalb Jims und Adriennes Ehe in den Händen der Scheidungsanwälte endete. Nachdem sie jahrelang in Filmen Frauen benutzt hatten, benutzten Jim und Artie sie nun auch im wirklichen Leben. Sex wurde zu einem Instrument der Machtausübung. Er war zu einem Werkzeug geworden, mit dem man seine Freunde ausbootete.

Es hatte bereits angefangen, bevor Jim Adrienne heiratete, und es ging weiter, nachdem er ein weiteres Mal heiratete und eine Familie gründete. Arties promiskuöses Verhalten begann, nachdem er Meredith geheiratet hatte, und es eskalierte im Laufe der Jahre soweit, bis Artie – gleich, welchen Maßstab man anlegen mochte – eine ausgewachsene Sexualpsychose entwickelt hatte.

Für viele der Angestellten im O'Farrell war Vince Stanich das Herz und die Seele des Filmtheaters. Vince war stets stabil und hatte die Gabe, Dinge zu sagen, die die Leute dazu brachten, über sich selbst zu lachen.

Doch als es darum ging, über seine Freundin herzufallen, war es sowohl Jim als auch Artie völlig gleichgültig, daß Vince einer der ältesten und geschätztesten Angestellten im O'Farrell war. Es spielte auch keine Rolle, daß er einer ihrer engsten Freunde war. Ebensowenig spielte es eine Rolle, daß Vince und Denise Larson zusammenlebten und es sehr ernst miteinander meinten. Jim und Artie wollten beide Sex mit Denise haben, und das war das einzige, was zählte.

»Sie waren beide weitgehend auf dem klassischen Heilige-und-Huren-Trip«, sagt Denise, auf Jim und Artie zurückblickend. »Sie heirateten, bekamen Kinder, dann steckten sie sie nach Oakland oder in die Vororte. Während ihre Familien draußen in den Vororten lebten, blieben sie selbst abends noch spät im Kino und hatten nebenbei weitere Mädchen. Die Frauen im Kino waren ihre kleinen Spielzeuge. Wenn sie einen nicht haben konnten, wollten sie einen um so mehr«, fährt Denise fort, womit sie sich selbst meint. »Artie kam immer wieder auf mich zu, wenn ich bei Vince war. Er war gnadenlos.

Auch Jim machte seine Annäherungsversuche. Wir waren zusammen nach Hawaii gefahren, und kaum waren wir zurückgekehrt, als er mich schon wieder anrief. Jim pflegte mich vor den Augen seiner Frau anzurufen. Dann sagte er: ›Ich weiß, daß Vince unten im Kino ist. Kann ich vorbeikommen?‹ Und ich sagte: ›Nein!‹ Vielleicht wollte er Vince nur ausstechen«, schließt Denise. »Nachdem Vince herausfand, was der Chef da tat, verbrachten wir keine Zeit mehr mit Jim. Aber schließlich stellte sich heraus, daß Vince Jim treu ergeben war.«

Vince und Denise trennten sich schließlich. Denise verließ das O'Farrell, während Vince dort blieb.

Jim und Adrienne bekamen schließlich ihre Scheidung. Nachdem er es überwunden hatte, den Laufpaß bekommen zu haben, bändelte Jim mit Debbie Marinoff an. Jim schwor Debbie gegenüber, daß er Adrienne »zermalmen« würde, um sie dafür büßen zu lassen, daß sie ihn verlassen hatte. Im Zuge einer eidesstattlichen Aussage wurde offenbar, daß er seinen Schwur gehalten hatte. Seine Rechtsanwälte bekämpften sie in jedem einzelnen Punkt, so trivial er auch sein mochte.

»Er siegt«, sagte Adrienne und brach während ihrer eidesstattlichen Erklärung in Tränen aus. »Er hat mich gewarnt. Er hat gesagt: ›Adrienne, wenn du auf mein Angebot nicht eingehst, werde ich dir das Leben zur Hölle machen.‹ Er gewinnt. Er ist stärker. Er wollte immer der Stärkere sein. Er gewinnt. Ich will mein Leben zurückhaben.«

Nachdem sie sich etwas Zeit genommen hatten, damit Jim sich von dem Verlust Adriennes erholen konnte, machten Jim und Artie sich wieder an die Arbeit zu *Sodom and Gomorrha*. Als er die Probeabzüge sah, entschied Jim, daß die ›ernste‹ biblische Geschichte, die er in ein Pornoepos hatte umgestalten wollen, nicht funktionieren konnte. Der Film war nur noch zu retten, indem man eine Parodie daraus machte.

Inspiriert von Erich von Dänikens fadem Bestseller *Erinnerungen an die Zukunft*, entwickelte der Braintrust der Brüder Mitchell einen Teilerzählstrang über Tarzania, ein Raumschiff, das von Jahwe ausgeschickt wurde, um die Sodomiter von der

Gonorrhöe zu heilen. Jahwe ist ein Schimpanse, der so redet wie John Wayne.

Jack Harvey hatte im Studio eines Gebäudes auf der Turk Street, das die Mitchell-Brüder erst kürzlich erworben hatten, ein umfängliches Raumschiff gebaut. Jim und Artie trommelten die Mannschaft wieder zusammen, und die Aufnahmen begannen von neuem. Aber der Schimpanse und das Raumschiff waren nicht komisch und trugen nur noch mehr zur Konfusion eines Films bei, der ohnehin schon aus einem einzigen Durcheinander bestand. Die Brüder Mitchell wußten zwar selbst, daß *Sodom and Gomorrha* eine Riesenente war, gaben den Film aber dennoch frei.

»Es blieb uns keine andere Wahl, als ihn zu bringen«, berichtet Bill Boyer. »Wir mußten versuchen, wenigstens etwas von dem Geld zurückzuholen. Wir hatten schon immer großartige Premieren gehabt, und das Motto von dieser lautete ›Das war vielleicht eine Party!‹. Mit diesem Motto versuchten Jim und Artie, den Film unter den Teppich zu kehren.«

Doch kein Motto der Welt hätte einen Flop von solcher Größenordnung noch retten können. Der *Chronicle* war (was er überwiegend dem Kritiker John Wasserman zu verdanken hatte) die erste Tageszeitung, die regelmäßig pornographische Filme besprach. Und der *Chronicle* war auch immer wohlwollend mit den Mitchell-Brüdern umgesprungen, diesmal jedoch nicht. Die Besprechung stampfte *Sodom and Gomorrha* in Grund und Boden, formulierte, daß den Film zu betrachten ›so langweilig sei, als würde man einem Gabelstapler an einer Baustelle zuschauen . . . Es ist ein unbeschreiblich schäbiges Spektakel von Sex und Gewalt, das . . . ohne Humor, Einfallsreichtum oder technischen Wert ist, eine erbärmliche, peinlich witzlose, dämliche Nacherzählung der Geschichte von Lot und seinen Töchtern in Sodom.‹

Sodom and Gomorrha war das Waterloo der Brüder Mitchell als Filmemacher. Als der Film durchgefallen war, zog sich Jim auf ein Hausboot in Sausalito zurück, um seine Wunden zu lecken und schließlich mit einer Idee zu einer Serie namens *Ultrakore* hervorzukommen.

»Nach *Sodom and Gomorrha* waren wir pleite; wir mußten

gleichzeitig abspecken und viel auf den Markt bringen, also kehrten wir zu Grundplots zurück, die im Prinzip nur dem Schema ›Hallo, gehen wir vögeln‹, folgten«, erinnert sich Bill Boyer. »*Ultrakore* war der nächstliegende Schritt – Nackedei, Möse, offene Möse, Softcore, Hardcore, Ultracore.«

Ultrakore war eine Rückkehr zu den Schlaufen, die die Pornographie beherrscht hatten, als die Brüder Mitchell in dieses Metier einbrachen. Porno war nicht mehr schick, immer weniger Pärchen gingen ins O'Farrell, um sich einen Film anzusehen, und das Hardcore-Publikum der Steifschwanzpapis begann sich mit Filmen zu langweilen, die mit einer immer dümmlicher werdenden Handlung gedreht wurden. Entscheidend war, daß der Bezirksstaatsanwalt von San Francisco es aufgegeben hatte, Filme wegen Obszönität unter Anklage zu stellen. Das bedeutete wiederum, daß Handlungsgerüste und ›rechtfertigende gesellschaftliche Bedeutung‹ nicht länger lebenswichtig für die Pornographie waren.

Daß die Brüder Mitchell als ernsthafte Filmemacher versagten, kostete sie einige ihrer wichtigsten Angestellten. Mike Bradfort hatte sich dabei ertappt, wie er vor seiner Großmutter, die er liebte, ohne nachzudenken, den Ausdruck ›verfickter Schwanzlutscher‹ benutzte – da wurde ihm erst klar, wie verroht er geworden war. Mike reichte die Kündigung ein, um in Berkeley Buchhaltung zu studieren. Bill Boyer verließ die Firma, weil er nicht den Rest seines Lebens mit der Fließbandproduktion von Sexfilmen zubringen wollte. George McDonald zog sich zurück, weil er nicht für den Rest seines Lebens in solchen Filmen spielen wollte.

Jerry Ward ging wegen finanzieller Streitigkeiten. Wie Earl Shagley hatte auch Ward die Erfahrung machen müssen, daß man Jim oder Artie noch so nahestehen konnte, letzten Endes aber immer ein Außenseiter blieb. Unterm Strich bestand der innere Kreis der Brüder Mitchell doch nur aus Jim und Artie.

Die Brüder Mitchell stellten bei ihrem Ausstieg aus der Pornofilmindustrie das gleiche makellose Zeitgespür unter Beweis, wie sie es bei ihrem Eintritt getan hatten. Im Jahre 1978 kauften Amerikaner Videorecorder in den gleichen Mengen, wie sie früher elektrische Toaster erworben hatten. Der Videorecorder war das ideale Medium für den pornographischen Film: Pärchen und Steifschwanzpapis brauchten nicht mehr ins O'Farrell zu gehen, um sich einen Sexfilm anzuschauen. Sie brauchten nur eine Kassette in ihren Recorder zu schieben und im Schlafzimmer unter die Laken zu kriechen. Sie brauchten sich nicht mehr verstohlen in ein Geschäft zu schleichen, das Dildos und aufblasbare Puppen verkaufte, nur um sich einen Sexfilm zu besorgen.

Nach der Videorevolution verlagerte sich die Pornofilmindustrie nach Los Angeles, wo Produzenten und Regisseure – also jeder, der auch nur halbwegs einen Camcorder wackelfrei halten konnte – den Markt mit Pornovideos überschwemmten. Heute sind so viele Produkte auf dem Markt, daß es in der Industrie eine Faustregel gibt: Wer mehr als dreißigtausend Dollar für die Produktion eines Pornovideos ausgibt, wird sein Geld nie wiedersehen.

»Wir müssen uns unterhalten«, sagte Artie, über Meredith aufragend.

»Na schön, Art. Setz dich, trink ein Bier«, meinte Meredith.

»Nein!« erwiderte Artie.

»Hattest du heute abend ein Spiel?« fragte Meredith. Artie spielte bei den Beavers mit, dem Softballteam der Brüder Mitchell.

»Kein Scheiß, Meredith, wir müssen uns unterhalten«, sagte Artie verzweifelt.

»Also gut, Art, dann sprich«, sagte Meredith.

Meredith und Arties drei Kinder waren vier, zwei und ein Jahr alt. An ihrem einzigen freien Abend in der Woche spielte Meredith Softball in einer Frauenmannschaft. Sie waren gerade damit fertig, und Meredith war in die Bar zurückgekehrt, die die Mannschaft sponserte, um sich ein Bier zu genehmigen. Nun stand ein äußerst aufgewühlter Art vor ihr.

Die beiden Frauen, mit denen Meredith in der Bar gesessen hatten, entschuldigten sich und gingen.

»Hör mal, Meredith, ich weiß, weshalb du so scharf darauf bist, Softball zu spielen«, fuhr Artie fort. »Damit du hier herumhängen kannst. Du bist scharf auf die Band, auf jemanden in der Band.«

Meredith lachte.

»Art! Du bist ja eifersüchtig! Du bist doch noch nie eifersüchtig gewesen! Irgendwie siehst du richtig süß aus damit.«

Artie verzog das Gesicht.

»Mach keinen Scheiß«, warnte er sie.

»Ach, komm schon, Art, nicht so mürrisch«, erwiderte Meredith. »Du kennst mich doch wohl besser. Ich interessiere mich für niemanden. Ich kenne die Mitglieder dieser Band nicht einmal persönlich. Und ich bin auch noch nie länger geblieben, um mehr als ein oder zwei Stücke von ihnen zu hören.«

Artie setzte sich, seufzte, sein Zorn war plötzlich verraucht.

»Meredith, hör mal. Hör mir bitte zu, ja? Ich will keine Scheidung«, flehte Artie, und die Tränen stiegen ihm in die Augen.

Meredith musterte ihn einen Augenblick lang stumm.

»Art, es tut mir leid. Es tut mir ehrlich, ganz ehrlich leid«, sagte sie schließlich. »Es tut mir so weh, dir weh tun zu müssen, aber wir haben die Sache doch schon x-mal durchgekaut.«

Meredith hatte nicht aufgehört, Art zu lieben und seine Gesellschaft zu genießen. Sie hatte lediglich beschlossen, sich von ihm scheiden zu lassen, weil sie es leid war, weit hinter Jim abgeschlagen die ewige Zweite sein zu müssen.

Art war nie zu Hause. Nacht um Nacht, nachdem die Kinder im Bett waren und es in dem Herrenhaus auf der Frankie Lane still geworden war, wanderte Meredith auf und ab und dachte dabei: Das ist Scheiße. Ich will leben. Nacht um Nacht war Art unten im Kino, spielte den jovialen Gastgeber, spielte Billard, rauchte Dope und alberte mit den Jungs herum.

Meredith fühlte sich von Art isoliert; sein wirkliches Leben fand im Filmtheater statt. Sie war nicht der Seelengefährte ihres Mannes, das war vielmehr sein Bruder. Seit sie den inneren Kreis verlassen hatte, um Kinder zu bekommen, hatte sich Merediths Beziehung zu Artie (wie auch die seiner Kinder zu ihm) immer weiter verschlechtert, bis sie kaum noch mehr als eine Schaufensterdekoration war, eine angenehme Hintergrundkulisse mit Publicitywert (›Pornokönig ist in Wirklichkeit liebevoller Vater‹).

Es gab keine Möglichkeit für Meredith, die Sache mit Art zusammen ins Lot zu bringen. Jedesmal, wenn sie es versuchte, explodierte Art, stürmte hinaus und begab sich schnurstracks ins Filmtheater.

»Es wird alles anders werden, Meredith«, flehte Artie. »Ich kann öfter zu Hause bleiben. Dann sehe ich die Kinder auch öfter. Ich will sie nicht verlieren. Ich will dich nicht verlieren.«

»Art, ich habe immer und immer wieder darüber nachgedacht, und es tut mir leid, aber ich glaube nicht, daß sich jemals etwas ändern wird. Jim ist deine erste Frau, ich bin nur deine zweite. Das Filmtheater ist dein erstes Zuhause, unsers ist nur dein zweites. Ich bin lieber allein als immer nur die Zweite, Art.«

»Aber das sage ich doch gerade, Meredith! Du bist doch gar nicht die Zweite. Du bist nie die Zweite gewesen. Und ich werde dir zeigen, daß du es nicht bist.«

»Das wirst du nicht, Art. Das kannst du gar nicht. Es ist nicht einmal wirklich deine Schuld, es ist eben einfach so. Ich werde nie so eng mit dir verbunden sein wie du mit Jim. Ihr beide seid siamesische Zwillinge. Und ich will nicht länger mit siamesischen Zwillingen verheiratet sein.«

»Was, zum Teufel, meinst du damit, siamesische Zwillinge?« fragte Artie, plötzlich wütend geworden.

»Es ist, als ob ... als ob ich gar nicht an dich herankäme«, sagte Meredith und mühte sich, die richtigen Worte für ihre Gefühle zu finden. »Von einer Beziehung erwartet man doch, daß man sich darin weiterentwickelt, nicht wahr? Das haben wir nie getan. Jedesmal, wenn ich versuche, mit einem Problem zurechtzukommen, das wir haben, oder mit einem meiner Gefühle, zum Beispiel damit, weshalb ich mich bei dir nicht mehr behaglich fühle, weigerst du dich, dich damit zu befassen. Das brauchst du auch nicht zu tun, denn du hast ja Jim. Du kannst immer noch zu ihm. Ich habe das Gefühl, als ob dieses emotionale Tauziehen schon seit Jahren stattfindet. Ich bin es müde, müde, gegen Jim antreten zu müssen.«

Artie stand auf.

»Meredith, ich habe dich noch nie wegen irgend etwas angefleht. Keine Frau. Aber jetzt flehe ich dich an: Laß dich nicht scheiden.«

»Es tut mir leid, Art, es tut mir wirklich ehrlich leid, aber ich werde es mir nicht anders überlegen.«

»Na schön, dann geh doch zum Teufel!« schrie Artie.

Artie zog die Faust zurück und hieb Meredith damit auf den Mund, riß ihr die Kieferlade aus dem Gelenk.

Es sollte nicht das einzige Mal bleiben, daß Artie eine Frau schlug.

Das Sextheater

Jim und Artie hatten einen weiteren Coup in der Sexindustrie gelandet, als sie am vierten Januar 1977 im O'Farrell den sogenannten ›Ultra Room‹ eröffneten. Zwar war an öffentlichen Live-Sexdarbietungen nichts Ungewöhnliches; schon 1967 hatten Paare in den Kaschemmen von North Beach Geschlechtsverkehr simuliert, bis die Polizei dem Treiben ein Ende setzte.

Aber Jim und Artie hatten sich nie dafür interessiert, etwas Ähnliches zu tun. Trotz ihrer heimlichen Livedarbietungen für die Japaner betrachteten die Brüder Livedarbietungen nur mit Verachtung. Live-Sexshows waren ebenso getürkt wie Studioringkämpfe.

Auf einer Reise nach New York City im Jahre 1976 änderten die Brüder ihre Meinung über Livedarbietungen. Sicherlich ebensosehr aus professioneller Neugier wie aus anderen Gründen hatten Jim und Artie dort das Melody besucht, einen Sexclub in der Nähe des alten Winter Garden Theatre. Bis zur Mitte der siebziger Jahre hatten die beiden Brüder eine gewisse Selbstgefälligkeit entwickelt, weil sie zur Avantgarde des kommerziellen Sex gehörten – und wegen der vielen Millionen, die sie damit gemacht hatten, die Spießer zu schockieren. Doch diesmal waren es die Brüder selbst, die sich wie vor den Kopf gestoßen fühlten.

Vier nackte Frauen kamen auf eine Bühne, legten sich dort auf vier Matratzen nieder und spreizten die Beine. Männer erhoben sich von ihren Sitzen und stellten sich an einem Ende der Bühne in einer Reihe auf. Nacheinander betraten die Besucher die Bühne und nahmen ein Papiertuch aus einer Plastikbox. Nun wischte der Kunde die Vagina der ersten Frau aus, um sie zu küssen und/oder seine Zunge hineinzuschieben. Dann begab er sich zur nächsten Frau und tat das gleiche. Wischen, küssen. Wischen, küssen. Wischen, küssen.

Das war nicht getürkt, das war echt! Jim und Artie hatten

sich stets geschmeichelt, extremer als alle anderen in der Sexindustrie zu sein, doch das hier ging weiter als alles, was sie je getan hatten. Sie mußten unbedingt etwas entwickeln, das noch wilder und einfallsreicher war als das, was sie im Melody zu sehen bekommen hatten.

Aufgekratzt verließen die Brüder New York. Sie wollten für den Live-Sex leisten, was sie bereits für den pornographischen Film getan hatten. Das war eine Herausforderung, und eine Herausforderung war es auch, was Jim und Artie brauchten.

Sofort wurde Jack Harvey im O'Farrell vom Bühnenbildner und Heimwerker zum beratenden Architekten befördert. Zusammen mit Jim brütete er über Plänen, und schließlich gelangten sie zu der Entscheidung, die alten Arkaden mit ihren Reihen winziger individueller Kabinen wieder aufleben zu lassen. Jim gewährte Jack ein unbegrenztes Spesenkonto und die Freiheit, aus einer Skizze Wirklichkeit werden zu lassen.

Der mit rotem Teppichboden ausgekleidete Raum war zwanzig Fuß lang und zehn Fuß breit. Ein Trapez hing von der Decke herab, und eine schwarze Kunstlederrampe führte in drei Fuß Höhe durch den ganzen Raum. Dildos, Ketten, Peitschen und Paddel waren darauf verteilt. Die Wände waren in viele kleine Nischen aus Einwegspiegeln unterteilt. Über dem Glas waren Haltegriffe in die schwarze Wand eingelassen.

Hinter den Einwegspiegeln befanden sich winzige Kabinen, nur halb so groß wie eine Telefonzelle. Wenn ein Mann in eine Kabine schlüpfte und die Tür hinter sich schloß, ging ein Licht an. Die Darsteller konnten das Licht erkennen und sahen eine undeutliche Gestalt im Schatten stehen.

Jim und Artie beschlossen, diesen neuen Ort den »Ultra Room« zu nennen – der Name klang nämlich gut und schien, wie *Ultrakore,* anzudeuten, daß man unmöglich noch weiter gehen könnte. Und sie wollten auch, daß die Shows sich um Sado-Masochismus und Bondage drehten. Nachdem sie jahrelang förmlich im Sex gebadet hatten, hatten Jim und Artie einen bizarren Geschmack entwickelt. Da sie *selbst SM* sehen wollten, gingen sie davon aus, daß es anderen genauso erging.

Über Sadomasochismus gibt es annähernd so viele Theorien wie es Schulen der Psychologie gibt. Manche Theoretiker sind der Auffassung, daß an Stiefeln und Peitschen unter Freunden nichts ›Anomales‹ ist, da Sex ohnehin eng mit Gewalt verbunden sei. Einige radikale Feministinnen werten SM als Ausdruck dessen, worum es beim Sex ohnehin nur gehe: um Gewalt gegen Frauen. Wiederum andere sehen in SM ein hochstilisiertes Theater, in dem Leute, die sich eine Wagenladung voller Ängste und Schuldgefühle wegen ihrer Sexualität aufgehalst haben, ihren Dämonen die Ehre erweisen und dabei *zugleich* Sex haben können. Manche Männer – oder auch Frauen – fürchten sich so sehr vor dem anderen Geschlecht, daß sie sich einer Partnerin nur dann sexuell nähern können, wenn sie eine Ledermaske trägt und ihre Hände hinter ihrem Rücken in Handschellen gelegt wurden. Andere Männer – oder Frauen – werden so stark von der puritanischen Vorstellung heimgesucht, daß Lust bestraft werden muß, daß sie nur dann Freude daran empfinden können, wenn sie sich als *Sklave* einer Domina ausliefern.

Jim und Artie dagegen schwebte so etwas wie ›SM light‹ vor. Die Shows im Ultraraum sollten SM-Themen andeuten – das stark reglementierte Zusammenspiel zwischen Dominanz und Unterwerfung; die Idee, daß Schmerz im sexuellen Kontext Freude bereiten kann. Die Brüder wußten, daß die Kunden zu zimperlich für Hardcore-SM waren: Auspeitschungen, bei denen echtes Blut floß, Fesselungen von Männern am Hodensack, um sie daran vom Boden in die Luft hochzuziehen, Durchbohren von Brustwarzen. Das Ziel der Mitchells hingegen war es, den Uneingeweihten einen kurzen Einblick in eine Welt zu bieten, die sie sonst nie betreten würden.

Zwei Wochen nach seiner Eröffnung hatte ›Ultra Room‹ sich schon beim Publikum durchgesetzt, als die Tageszeitung *San Francisco Chronicle* ihren Starkolumnisten John Wasserman ins O'Farrell schickte, um das Debüt der Brüder Mitchell auf dem Gebiet des Live-Sex zu bewerten. Wasserman, ein sexueller Genießer, erwähnt in seiner Kolumne, daß er »in dienstlichem Auftrag Vorführungen in Amsterdam und Kopenhagen gesehen hatte, gegen die die Aktivitäten im ›Ultra Room‹ beinahe prüde wirken.« Doch das konnte den Kolumnisten nicht daran hindern, die neue Einrichtung mit Pauken und Trompeten zu bejubeln. Der ›Ultra Room‹ war etwas Neues unter der pornographischen Sonne!

»Auf einem Gebiet, das schon seit Jahrhunderten durchkämmt, durchsiebt und abgesteckt wurde, haben die Brüder etwas entwickelt, das sich als durchaus neuer und einzigartiger Gag herausstellen könnte«, freute sich Wasserman. »Das Geheimnis des ›Ultra Rooms‹ besteht darin, daß er die verbotenste – und somit erregendste – aller Formen des Voyeurismus ausbeutet, nämlich die des Spanners. Nicht nur, daß man die Darbietung in völliger Abgeschiedenheit beobachten kann ... Man tut es auch noch durch Einwegspiegel, so daß einem eine Beobachtung von innen heraus erspart bleibt ... Das ist schlichtweg genial.«

Jim und Artie hatten die Einwegspiegel im ›Ultra Room‹ angebracht und ein striktes Trinkgeldverbot erlassen, weil sie glaubten, daß die Polizei sie nicht wegen Führung eines Bordells belangen könnte, wenn es keine Berührung zwischen Publikum und Darstellern gab und die Darbietenden auch keine Bezahlung für ›sexuelle Dienstleistungen‹ annahmen. Doch diese Vorsichtsmaßnahme war umsonst.

Am 13. Juni 1977, sechs Monate nach seiner Eröffnung, führte die Polizei eine Razzia im ›Ultra Room‹ durch und verfügte Vorladungen gegen fünf Angestellte, denen ›anstößige Entblößung zum Behufe der Erregung unsittlicher Gedanken oder Handlungen‹ vorgeworfen wurde.

Außer dem O'Farrell nahmen die Polizisten auch ›Arena‹ aufs Korn, einen Sexclub auf der Sutter Street mit Livedarbietungen, der erst einen Monat zuvor in dem ungenierten Versuch eröffnet hatte, den Erfolg der Brüder Mitchell nachzuahmen. Ein Reporter des *Chronicle* erfuhr aus polizeilichen Quellen, daß man sich die beiden Filmtheater vorgenommen habe, weil ›Live-Sexshows so erfolgreich waren, daß andere Pornokinos ihrem Beispiel hätten folgen können, wenn man nicht eingegriffen hätte‹.

Im Zuge der vielen Rechtsstreitigkeiten, die die Mitchell-Brüder durchstanden, hatte Jim sich zu einem Experten auf dem Gebiet des Ersten Verfassungszusatzes entwickelt. »In diesem Fall stehen verfassungsrechtliche Fragen der freien Rede und der freien Persönlichkeitsentfaltung auf dem Spiel«, teilte er den fünf verhafteten Angestellten mir. »Wir haben großartige Rechtsanwälte auf unserer Seite. Die werden die Sache bis vor das Oberste Bundesgericht treiben, und keiner von euch wird auch nur einen Cent bezahlen müssen.«

Anstatt also nach der Razzia klein beizugeben und die Show zu entschärfen, gingen die Brüder noch einen Schritt weiter und entfernten die Einwegspiegel im ›Ultra Room‹. Für fünf oder zehn Dollar (je nach Darstellerinnen) durfte der Besucher sich aus seiner Kabine vorbeugen und sein Gesicht, wie kurz auch immer, im Schambereich einer Darstellerin vergraben. Zu besonderen Gelegenheiten konnte er auch gegen Bezahlung an einer Live-Sexshow mit *einem Mann* und einer Frau teilnehmen. Bei einigen dieser Sonderveranstaltungen trat John Holmes auf, der weitbekannte Pornostar, der schon in über tausend Pornofilmen mitgespielt hatte.

Draußen vor dem Gebäude zogen sich die Menschenschlangen rund um den Block, um eine Eintrittskarte für den ›Ultra Room‹ zu ergattern.

Die Cops stellten ihre Razzien vorübergehend ein, während sich die Beamten der Stadt San Francisco daranmachten, rechtlich zulässige Möglichkeiten zu entwickeln, den Livesextheatern den Garaus zu machen. Dabei wurden sie angespornt von Dianne Feinstein, in deren Büro eine große Stadtkarte hing, auf der mit Nadeln die Tatorte von Vergewaltigungen angezeigt wurden. Die meisten dieser Vergewaltigungen fanden tatsächlich im oder in der Nähe des Tenderloin statt, wo sich auch die meisten Sextheater der Stadt befanden, doch war dieses Viertel auch der Wohnsitz der meisten Schwerverbrecher, Prostituierten, Drogensüchtigen und Obdachlosen der Stadt. So erarbeitete die Stadt einen Satz neuer, verschärfter Vorschriften.

Diese neuen Vorschriften hatten eine große Ähnlichkeit mit der Hausordnung bei einem katholischen Schülerball in der Turnhalle. Die Darstellerinnen durften sich nicht auf den Schoß der Kunden setzen; Berührung an den Schamteilen war untersagt; und die Mädchen mußten jederzeit sittlich gekleidet sein.

Die Rechtsanwälte der Mitchell-Brüder und auch jene der Betreiber anderer Livesextheater gingen vor Gericht und konnten die Richter dazu bewegen, eine Reihe einstweiliger Verfügungen zu erlassen (die eigentlichen Prozesse brauchten Vorbereitungszeit, schließlich ging es um verfassungsrechtliche Fragen), mit denen die Polizei daran gehindert wurde, den neuen Vorschriften Geltung zu verschaffen.

In der Zwischenzeit versuchte die Stadträtin Feinstein, den Stadtrat dazu zu bewegen, gesetzgeberische Maßnahmen zu ergreifen, welche die Etablissements für Erwachsenenunterhaltung auf ein Gebiet beschränkten, das von der Market Street südabwärts bis zum Potrero Hill reichte. Damit hätte das O'Farrell automatisch seine Lizenz verloren, weil es außerhalb dieses geplanten Sperrbezirks lag. Doch es gelang Feinstein nicht, den liberalen Bürgermeister George Moscone dazu zu bewegen, diese Maßnahme zu unterstützen. Im Oktober 1977 unterschrieb Moscone einen Kompromiß, der ein viermonatiges Moratorium für die Eröffnung neuer Erwachsenenkinos oder -buchläden vorsah.

Während ihre Rechtsanwälte die Behörden in Schach hielten, veranstalteten Jim und Artie eine Sause, die an die gute alte Zeit von *Green Door* erinnerte. Reporter riefen an und baten um Interviews, und Kenner wie Herb Gold kamen im Theater vorbei, um zu sehen, was die Skandalbrüder sich jetzt wieder hatten einfallen lassen.

Es war Arties Idee: die ›Kopenhagen-Intimlounge‹, eine Art Sex-Boutique. Hier sollte es weicher und gemütlicher zugehen als im ›Ultra Room‹.

Jack baute eine zweieinhalb Fuß hohe und drei Fuß breite Plattform, die sich um den ganzen Raum zog. Fußboden und Plattform wurden mit dichtem Fellteppich belegt, und an jeder Wand hingen Spiegel. Um die Atmosphäre des Geheimnisvollen und Verführerischen zu verstärken, wurden die Glastüren, die in den Raum führten, mit dicken Samtvorhängen bedeckt. Auf der Plattform waren große, weiche, einladende Kissen verteilt. Neben jedem Kissen lag eine Taschenlampe mit einem langen roten, phallischen Aufsatz. Und damit war die »Kopenhagen Intimlounge« auch schon fertig.

Einmal pro Stunde wurden zwei Dutzend Männer ins Kopenhagen geführt. Während die Minuten verstrichen und nichts geschah, steigerte sich die Erwartungshaltung und die Neugier der Männer, die mit ihren Taschenlampen herumspielten und verlegen Witze austauschten.

Plötzlich hallte Rockmusik von den verspiegelten Wänden, und die Lichter gingen aus. Zwei, manchmal auch drei Frauen in langen, fließenden Nachtgewändern betraten den Raum und glitten an den Männern vorbei, ließen sie einen Hauch von ihrem Parfüm wittern. Die Frauen trafen sich unter einem Scheinwerfer in der Mitte des Raums und begannen mit tiefen Zungenküssen, während sie sich die Hände unter die Reizwäsche schoben und einander zu erkunden begannen. Schon bald war die Wäsche abgestreift, und die Frauen ließen sich zu Boden sinken, vollzogen Cunnilingus und gaben dabei tiefe Stöhnlaute von sich. Männer, die sich bemühten, ihr Erstaunen hinter ausdruckslosen Mienen zu verbergen, hielten den Strahl ihrer Taschenlampe auf weibliche Körperöffnungen gerichtet.

Als ein Song endete, war dies das Stichwort für die Darstellerinnen, sich schnell vom Boden zu erheben und auf die Plattform zu springen, mitten zwischen zwei erschrockene Gäste. Sie stützten sich mit beiden Händen am Spiegel ab und warteten ein paar Sekunden, bis der nächste Song begann – damals war »Beast of Burden« von den Rolling Stones ein Renner –, um dann langsam und rhythmisch ihre Scheide auf das Gesicht eines Kunden zu senken. Mit trägen kreisenden Bewegungen der Hüften führten die Darstellerinnen ihr Schamhaar nur wenige Zoll vor den Mund des Kunden, bevor sie sich zum nächsten Mann begaben.

Dann waren sie wieder unten auf dem Bühnenboden, wo sie langsam, auf aufreizende Weise Kosmetikkoffer öffneten und ihre ›Spielzeuge‹ hervorholten: Körperöle und Dildos von verschiedenen Großen und aus unterschiedlichen Materialien – Plastik, Silikon und Stahl. Mit großem Getue streichelten und ölten die Darstellerinnen die Dildos erst, bevor sie sie einführten. Dann sprangen sie zum großen Finale noch einmal auf die Plattform.

Über einem Besucher stehend, hob die Frau einen Fuß und stemmte ihn gegen die Spiegelwand, um ihn nach und nach immer weiter den Spiegel hinaufzuführen, bis ihre Beine fast einen Spagat machten. Dann duckte sich ihre Partnerin unter sie und führte einen Dildo ein. Nachdem dieser wieder entfernt worden war, wiederholten die Frauen die Darbietung auf der gegenüberliegenden Seite des Raums.

Wieder einmal hatten die Brüder Mitchell es geschafft, die Meute anzuführen: Im ganzen Land gab es keine derart gewagte Show, nicht einmal im Melody in New York City.

»Wir haben euch zusammengerufen, weil wir etwas ankündigen müssen«, sagte Artie. »Wir ändern unsere Geschäftspolitik, und das betrifft jeden von euch, also hört genau zu.«

Die Tänzerinnen saßen in der Filmbühne auf den Zuschauersitzen. Jim und Artie standen auf der Bühne, sie wirkten unbehaglich. Der eine wartete darauf, daß der andere weitersprach.

»Ich will es euch gleich ungeschminkt sagen, ihr werdet es aus einer ganzen Reihe von Gründen verabscheuen«, meinte Jim schließlich. »Aber haltet zu uns und versucht es, denn dann werdet ihr sehr viel Geld machen.«

»Es ist eine Frage der Wirtschaftlichkeit«, warf Artie ein. »Ihr werdet mehr Geld machen, und wir werden mehr Geld machen.«

Die Brüder verkündeten, daß die Darstellerinnen nicht mehr für einzelne Auftritte bezahlt werden sollten. Von nun an würden sie nur den Mindestlohn erhalten. Dafür würden die Brüder ihnen erlauben, Trinkgelder anzunehmen. Der Haken bei der Sache war, daß die Darstellerinnen für diese Trinkgelder würden arbeiten müssen.

»Wir wollen, daß ihr euch ins Publikum begebt«, teilte Jim den Frauen mit. »Wir wollen, daß ihr das nackt tut. Wir wollen, daß ihr euch auf Schöße setzt. Auf haufenweise Schöße.«

Die Darstellerinnen sahen sich überrascht an. »Ich weiß ja nicht«, murmelte jemand. »Ich auch nicht«, erwiderte eine andere.

»Wir haben mit den Rechtsanwälten gesprochen, und die meinen, daß uns nichts passieren kann, solange ihr nicht ausdrücklich um Geld fragt. Selbst wenn sie uns ausheben«, fuhr

Jim fort. »Wir verlangen also nichts von euch, was riskanter wäre als das, was ihr bereits im ›Ultra Room‹ getan habt.«

»Es ist lediglich eine Methode, die Kunden etwas näher an das Geschehen heranzuführen«, fügte Artie hinzu.

Für Lisa Loring – Tochter eines Profimusikers und einer Flamencotänzerin und selbst eine leidenschaftliche, aber erfolglose Tänzerin – veränderte sich damit alles. Zwar steigerte sie ihr Einkommen um mehr als das Doppelte und verdiente fortan jeden Abend zwischen dreihundert und vierhundert Dollar an Trinkgeldern. Wenn sie im ›Ultra Room‹ auftrat, warfen die Männer ihr Ein-, Fünf-, Zehn- ja manchmal sogar Zwanzigdollarnoten zu, und im »Kopenhagen« stopften sie ihr die Scheine in die Hand. Im ›New York Live‹ – dem neuesten Live-Show-Raum im O'Farrell legten sie das Geld auf die Bühne. Wenn Lisa mit ihrer Darbietung fertig war, erblickte sie im Publikum geldscheinschwenkende Männer, die sie einluden, sich auf ihren Schoß zu setzen.

Doch soviel sie auch einnahm, Lisa verabscheute es, für Trinkgeld zu arbeiten. Das wertete alles ab, was sie tat. Und die Männer konnten auch so gedankenlos-grausam sein. Lisa war klein und brünett und hatte kräftige Waden. So konnte es vorkommen, daß sie auf einen Kunden zuging und ihn fragte, ob er etwas Gesellschaft haben wolle. »Nein, hau ab, du hast ja Stampfer. Ich warte auf die da drüben«, sagte der Typ dann und zeigte auf eine Blondine mit langen Beinen, die sich im gegenüberliegenden Teil des Raums aufhielt.

Manchmal war es allerdings noch schlimmer, sich auf einen Schoß zu setzen, als fortgeschickt zu werden. Einige der jüngeren Burschen waren zwar nicht so schlimm. Wenn sie versuchten, sie anzugrabschen oder zu zwicken, brauchte Lisa nur zu sagen: »He, was ist denn das für ein Benehmen!« Dann zuckten die Burschen zusammen und entschuldigten sich auch schon.

»Es ist irgendwie schön, die Macht zu haben«, meint Lisa.

Es machte ihr auch nichts aus, auf dem Schoß von alten Männern zu sitzen, die ihr von ihrer verstorbenen Ehefrau erzählten. Sie empfand Mitleid für die unscheinbaren schüchternen Männer, die jede Nacht im Theater erschienen. Schon nach wenigen Minuten Smalltalk wurde deutlich, daß sie keine

Ahnung hatten, wie sie mit Frauen umgehen sollten. Manchmal übernahm Lisa die Rolle einer undiplomierten Therapeutin, indem sie zu einem dieser armen Teufel sagte: »Hör mal, du hast nichts zu befürchten. Ich weiß, daß es irgendwo ein Mädchen gibt, auf das du ein Auge geworfen hast. Sei einfach nur freundlich und geh aus dir heraus, und wenn du glaubst, daß die Zeit reif ist, bittest du sie einfach zum Abendessen.«

Lisa hatte ein gutes Gefühl dabei, Männern für eine Weile Gesellschaft zu leisten und sie aufzuheitern. Was sie jedoch nervte, war der endlose, stupide Smalltalk.

»Hallo. Bist du aus San Francisco?«

»Hallo. Bist du zum erstenmal hier?«

»Hallo. Wie gefällt dir die Show bis jetzt?«

Und sie verabscheute es auch, ihrerseits die immergleichen Fragen beantworten zu müssen. Sie hatte sie schon so oft zu hören bekommen, daß sie die Sätze schon vervollständigen konnte, bevor die Kunden überhaupt richtig losgelegt hatten.

»Wissen deine Eltern, daß du das hier machst?«

»Du bist doch ein nettes Mädchen. Warum arbeitest du dann in einem solchen Laden?«

»Was gibt dir das? Außer Geld, meine ich?«

»Hast du einen Freund? Weiß er, daß du das hier tust?«

»Hör mal, können wir uns nicht treffen, wenn du hier fertig bist?«

»Ich wollte auf der Bühne auftreten, umgeben von einer geheimnisvollen Aura«, sagt Lisa. »Ich wollte nicht ins Publikum und ich selbst sein und über mein Leben sprechen. Wenn man die unsichtbare Grenze zwischen dem Darsteller und dem Publikum überschreitet, zerstört man die Illusionen, die man auf der Bühne mit großer Mühe aufgebaut hat.«

Und was noch schlimmer war: Die Trinkgelder und die Geschäftspolitik der Kontaknahme mit dem Publikum zerstörten die Kameradschaft und das Gefühl für Professionalität, das Lisa so stolz auf ihre Arbeit gemacht hatte.

»Es sprach sich herum, daß man eine Menge Geld scheffeln konnte, und so kamen viele Strichmädchen, denen nicht nach Zusammenarbeit zumute war und die keine Loyalität hatten, nicht diese Leidenschaft, die Welt durch unsere raffinierte Darstellung des Sex zu verändern.«

Die ›Strichmädchen‹ waren da, um Geld zu verdienen, nicht um Tänzerinnen zu werden. Anstelle von aufwendigen Kostümen und durchgeplanten Fantasien wie beispielsweise Lisas Abschlußballnummer, kamen die Strichmädchen einfach in einem Einteiler auf die Bühne, stolperten ein wenig zur Musik herum, legten sich auf den Boden, um sich zu zeigen, worauf sie ins Publikum eilten, wo das eigentliche Geld lag.

Auf dem Schoß des Kunden zu sitzen hatte sich zu einer Form des simulierten Sex weiterentwickelt, den die Darstellerinnen als ›Schoßtanz‹ bezeichneten. Dabei setzte sich eine Frau einem Mann auf den Schoß und machte solange Kreisbewegungen, bis sie seine Erektion spürte. Dann spannte und löste sie ihre Gesäßmuskeln, während sie gleichzeitig auf seinem Schoß vor und zurück schaukelte. Das Honorar dafür war zwar verhandlungsfähig, doch gab es ein stillschweigendes Übereinkommen über einen Dollar pro Minute.

Doch nachdem die ›Strichmädchen‹ kamen, hörte Lisa eines nachts, als sie die Garderobe betrat, wie eins von ihnen sich gerade damit brüstete, einen Typen dazu gebracht zu haben, ihr fünf Dollar für eine Minute Schoßtanz zu bezahlen.

Den Schoßtanz zu überteuern war noch das Harmloseste, was einige der Strichmädchen taten. Um wirklich großes Geld zu machen – und Lisa hörte, wie Mädchen damit prahlten, daß sie achthundert bis tausend Dollar pro Nacht verdienten –, ließen sich einige von ihnen von vierzig bis fünfzig Männern pro Schicht befingern. Andere vollzogen oralen Sex in der ›Kopenhagen Intimlounge‹. Auch wurde es üblich, daß eine Tänzerin einen Mann in die hintere Reihe des ›New York Live‹-Raum führte, um ihn dort zu masturbieren. Andere ließen sich von den Männern penetrieren, während sie sich in den dunklen hinteren Reihen auf ihren Schoß setzten.

Zwar liefen Platzanweiser mit Taschenlampen Streife, und wenn sie eine Tänzerin mit einem Gast erwischten, der seinen Reißverschluß geöffnet hatte, meldeten sie es Jim und Artie, worauf die Mädchen, wie Lisa sagt, ›auf der Stelle rausgeschmissen wurden‹. Lisa und ihre Verbündeten taten ebenfalls ihr bestes, um das Theater zu überwachen. »Die Mädchen, die dort arbeiteten und es liebten, schützten es auch«, erzählt Lisa. »Wenn wir jemanden in einer hinteren Reihe dabei erwischten, wie sie etwas tat, was nicht zulässig war, sagten wir: ›Tu das nicht! Du bringst uns noch alle in Schwierigkeiten!‹

Wenn wir ein Mädchen ein zweites Mal dabei erwischten, meldeten wir sie meistens der Geschäftsleitung, obwohl wir uns manchmal auch selbst darum kümmerten.« Lisa fährt fort: »Das haben wir auch damals im ›Ultra Room‹ mit Suzie gemacht. Wir hielten es für das beste, ihr einen Schrecken einzujagen, einen richtig ordentlichen Schrecken, anstatt sie an Jim und Artie weiterzumelden. Und der Polizei konnten wir sie ganz bestimmt nicht melden. Denn die Polizei wollte uns doch unser Theater wegnehmen!«

Und genau das war es auch, was die Polizei tatsächlich wollte.

Lillian Wright, die unter dem Bühnennamen Dede auftrat, war eine schöne, einundzwanzigjährige Schwarze aus Pittsburgh, die die Arbeit im O'Farrell ebensosehr liebte wie Lisa Loring. Lillian war als Einzelkind in einer römisch-katholischen Familie aufgewachsen, in der der Sex weniger tabuisiert als vielmehr nichtexistent gewesen war. Nun wurde Lillian dafür bezahlt, ihre eigene Sexualität und Macht als Frau zu erforschen. Sie genoß es, im ›New York Live‹-Raum aufzutreten. Die ehrfürchtige Aufmerksamkeit der Männer, die schon kurz vor dem Geifern standen, »gibt dir das Gefühl, eine echte Riesennummer zu sein«, sagt sie.

Für Lillian bestand der eigentliche Reiz darin, mit dem Publikum zu arbeiten. Andere Tänzerinnen pflegten zu fragen: »Möchtest du etwas Gesellschaft haben?« Lillian war stolz darauf, nie diesen Satz zu gebrauchen, weil Gesellschaft für sie soviel bedeutete wie Arbeit. Statt dessen sagte sie immer: »Hallo. Möchtest du spielen?« Wenn ein Typ mit der Frage konterte: »Wieviel wird mich das kosten?« antwortete Lillian: »Ich will dir was sagen. Ich werde mich einfach zu Besuch hier hinsetzen, und wenn du mir aus Höflichkeit oder als Spende für die gute Sache ein Trinkgeld geben willst, liegt das ganz bei dir.« Wenn der Mann dann nichts erwiderte, hauchte Lillian ihm einen Kuß auf die Wange.

»Ich werde jetzt gehen, aber du wirst meinen schwarzen Arsch vermissen, wenn ich weg bin«, sagte Lillian, wie sie sich erinnert. »Wenn ich dann das nächste Mal vorbeikam, wollte er prompt mit mir sprechen.«

Am Spätnachmittag des 9. Juli 1980 hatte Lillian gerade ihre Darbietung im New York Live abgeschlossen und war ins Publikum getreten. Sie erblickte einen attraktiven jungen Mann mit kurzgeschnittenem, sorgfältig gekämmtem Haar, einem säuberlich gestutzten Schnurrbart und einem maßgeschneiderten Jackett mit einem farblich abgestimmten Tuch in der Brusttasche.

»Hallo. Ich bin Dede. Möchtest du spielen?« fragte Lillian und verwendete dabei ihren Bühnennamen. Ohne seine Antwort abzuwarten, setzte sie sich auf seinen Schoß.

Der Mann erstarrte und verlagerte unbehaglich seine Stellung. Er legte die Hände an die Hüften, und Lillian, die darin eine Eröffnung sah, ließ die Hand in sein aufgeknöpftes Sporthemd gleiten und begann, das dichte Haar auf seiner Brust zu streicheln.

»Ich will nicht spielen. Ich will mir die Show ansehen«, meinte der Mann.

»Das ist schon in Ordnung, du brauchst auch kein Trinkgeld zu geben, ich werde trotzdem hier sitzenbleiben«, meinte Lillian. »Du bist süß. Du siehst aus wie Burt Reynolds.«

Der Kunde versuchte, Lillian sanft von seinem Schoß zu stoßen. Lillian sah, daß er totenbleich geworden war und seine Hände zitterten, und das ermutigte sie weiterzumachen. Sie genoß es, Männern Unbehagen zu verursachen. Das gab ihr das Gefühl der Macht

Lillian legte beide Beine über die Sessellehnen und beugte sich vor, führte ihre Brüste dicht an das Gesicht des Gastes heran. Der riß den Kopf zurück und versuchte, der Berührung ihrer Brustwarzen auszuweichen.

»Bist du immer so verspannt?« fragte Lillian, berührte sanft sein Gesicht und beugte sich näher, um sein Aftershave zu riechen. Der Gast versuchte sie zu ignorieren und blickte an ihr vorbei zu der Tänzerin hinüber, die gerade auf der Bühne ihre Show darbot.

Lillian blickte sich um und sah, daß die Tänzerin nackt war und direkt über ihr stand. Langsam wandte sich die Tänzerin herum und berührte ihre Zehen.

»Magst du ihren Hintern?« fragte Lillian.

»Ganz in Ordnung«, meinte der Gast.

»Magst du meinen?« wollte Lillian wissen.

»Den kann ich ja nicht sehen«, antwortete der Gast.

Lillian sprang vom Sessel, drehte sich um und ließ den Slip fallen, mit dem sie immer ins Publikum trat. Den trug sie, weil es ihr Spaß machte, Männer mit ihrem Slip anzustacheln.

»Gefällt er dir jetzt?« fragte Lillian.

Bevor der Kunde etwas erwidern konnte, ertönte eine schrille Trillerpfeife. Irgendwo im Theater rief eine tiefe männliche Stimme Befehle: »ALSO GUT, ALLE MANN! BLEIBEN SIE, WO SIE SIND! DAS IST EINE RAZZIA, UND SIE SIND ALLE VERHAFTET!«

»Burt! Schnell! Du mußt von hier verschwinden!« rief Lillian.

Burt sprang aus seinem Sessel und öffnete einen Jackenknopf. Unter der Jacke trug er einen Stern und einen Revolver, ein Polizeifunkgerät und zwei Paar Handschellen. Jetzt begriff Lillian plötzlich, weshalb er so verspannt gewesen war und seine Hüften mit den Händen bedeckt gehalten hatte.

»Burt!« rief sie ungläubig. »Du bist ja ein Bulle!«

Fünfzehn Sittenpolizisten schwärmten durch das Theater, fotografierten nackte Frauen, die auf Männerschößen saßen, und verhafteten sie; andere rannten gerade die Treppe zum Büro hinauf, um die Steuerunterlagen der Angestellten zu beschlagnahmen.

Jack Harvey war gerade damit beschäftigt, den ›Green Door Room‹ auszustaffieren, als er die Trillerpfeife und die Schreie aus dem ›New York Live‹ hörte. Sekunden später kam ein junger Mann mit einem Abzeichen an seinem Pullover auf ihn zugestürzt.

»Stehenbleiben! Hier findet eine Großrazzia statt«, sagte der Bulle.

»Ach ja?« erwiderte Jack gelassen.
»Wer sind Sie?«
»Ich bin ein Handwerker von außen, ich soll hier ein paar Arbeiten erledigen.«
»Na, dann hören Sie jetzt besser auf zu hämmern«, sagte der Cop, bevor er wieder davoneilte.
Einige Augenblicke später kam Jon Fontana, der Kameramann der Mitchell-Brüder, hereinspaziert, nahm einen Werkzeuggürtel auf und begann damit, Nägel in die Wand zu schlagen. Nun erschienen auch weitere Mitglieder der Truppe, nahmen Hämmer auf und schlugen ebenfalls Nägel in die Wände. Als Alex Benton, der Tontechniker, erschien, waren keine Hämmer mehr übrig, und so nahm er ein Brett auf und begann damit, durch den Raum zu gehen.
»Wer sind die denn?« fragte der Bulle in dem Pullover, als er zehn Minuten später zurückkehrte. Alex Benton lief immer noch mit dem Brett durch den Raum.
»Meine Mannschaft«, erwiderte Jack.
»In Ordnung«, sagte der Bulle und verließ den Raum.
Die Polizisten schleppten neunundzwanzig Leute ab – sieben Darstellerinnen, sieben Mitglieder des Mitarbeiterstabs der Brüder Mitchell, sowie fünfzehn Gäste aus dem Publikum. Lillian Wright wurde nicht verhaftet, weil ›Burt‹ sich um sie kümmerte.
Oben im Büro fanden die Beamten eine Maschinenpistole Kaliber .45 und drei Magazine, die zu einem großen Bananenmagazin zusammengeschweißt worden waren, dazu zwei Büchsen und eine abgesägte Schrotflinte. Außerdem entdeckten sie einen ledernen Totschläger, ein Paar bleigefüllte Lederhandschuhe, Schlagringe, einen Polizeistock, einen Beutel Marihuana und eine weiße, pulvrige Substanz, die man für Kokain hielt.
Die Drogen und die Waffen tauchten in der späteren Anklage nicht auf, weil sie in dem Durchsuchungsbefehl nicht ausdrücklich erwähnt worden waren.

Am 28. November 1978 hatte ein früherer Stadtrat von San Francisco, Dan White, einen Termin mit Bürgermeister George

Moscone vereinbart, um mit ihm über die Rückgängigmachung seines Rücktritts als Stadtrat zu sprechen. White, ein ehemaliger Polizeibeamter und Feuerwehrmann, war wegen der Stadtpolitik frustriert gewesen und hatte die Feststellung machen müssen, daß er seine Familie nicht von seinem Stadtratsgehalt ernähren konnte. So hatte er mit seiner Frau auf Pier 39, einer Touristenattraktion in der Nähe der Fishermans Wharf, einen Verkaufsstand für heiße Kartoffeln aufgemacht und sein Amt als Stadtrat niedergelegt, um seiner Frau behilflich zu sein.

Dann hatte White es sich anders überlegt und entschieden, daß er seinen Sitz im Stadtrat zurückhaben wollte. Bürgermeister Moscone hatte zunächst eingewilligt, es sich dann aber wieder anders überlegt. Dieser erneute Beweis für das Intrigantentum im Rathaus hatte Whites Stimmung zum Überkochen gebracht.

Am Tag seines Termins mit dem Bürgermeister war White durch einen Seiteneingang des Rathauses hineingeschlüpft, an dem es kein Metallspürgerät gab. Kurz nachdem er das Büro des Bürgermeisters betreten hatte, zog White einen Polizeirevolver und erschoß ihn. Dann schritt er den Gang entlang und tötete auch den Stadtrat Harvey Milk, den Sprecher der Schwulengemeinde von San Francisco.

Der Stadtrat wählte Dianne Feinstein zur Nachfolgerin von George Moscone.

Wie alle Bürger San Franciscos waren auch Jim und Artie betroffen und traurig über die Morde. Es war schon schlimm genug, George Moscone zu verlieren, den die Brüder für liberal eingeschätzt hatten. Jetzt aber hatte auch noch ihre ganz persönliche Nemesis in der riesigen Rathauskuppel das Sagen, die nur wenige Blocks südlich vom O'Farrell lag.

Mit Feinstein als Bürgermeisterin konnten Jim und Artie nicht sehr überrascht sein, als die Bullen nach zweijähriger Pause wieder damit begannen, Razzien im O'Farrell durchzuführen. (Die Brüder hatten es inzwischen in O'Farrell Eros Center umbenannt.) Am 1. März 1979 schlug die Polizei im Theater zu und nahm elf Leute fest. Am 1. August gab es die nächste Razzia, bei der elf weitere Tänzerinnen und Büroangestellte verhaftet wurden. Dem folgte am 9. Juli 1980 jene große Razzia mit ›Burt‹ im Publikum, in deren Verlauf neunundzwanzig Personen festgesetzt wurden.

Jim und Artie beschuldigten die Bürgermeisterin Feinstein öffentlich, hinter jeder dieser Polizeiaktionen gestanden zu haben. Nun begannen sie damit, auf der Anzeigetafel die Meldung ›Anfangszeiten bitte bei Bürgermeisterin Feinstein erfragen‹ zusammen mit ihrer Büronummer anzubringen. Und jedesmal, wenn die Bürgermeisterin ihre Nummer wechselte, gaben die Brüder auf diese Weise die neue bekannt.

Am 17. Juli 1980 schlossen Jim und Artie das O'Farrell, um weitere Aufmerksamkeit auf sich zu ziehen, womit sie fünfzig Tänzerinnen vorübergehend arbeitslos machten. Auf der Pressekonferenz zur Ankündigung der Schließung bezeichneten die beiden Showleute das Theater als ›Teil des kulturellen Erbes von San Francisco.«

»Wir sind schon einhundertundfünfzigmal verhaftet worden, doch noch nie ist man dabei so brutal mit uns umgesprungen wie diesmal«, sagte Jim auf der Pressekonferenz und fuhr damit fort, die ›Prügelbullen‹ zu beschimpfen, die während der Razzia am 9. Juli ›Gestapomethoden‹ angewendet hätten.

»Ein Mädchen bekam von einer Polizeibeamtin erst einen Fausthieb und dann einen Kniestoß in den Magen«, teilte Jim den Reportern mit. »Ich werde nicht hier tatenlos herumsitzen und Eintrittskarten verkaufen, damit irgendeiner meiner Gäste plötzlich einen Herzanfall bekommt oder von einem Beamten des Sittendezernats zusammengeschlagen wird. Das ist mir die Sache nicht wert.«

Wenige Tage später gelangte man zu einer formlosen Einigung: Das Theater sollte wieder öffnen und die Polizisten würden nicht zurückkehren, bis in dem für Dezember 1980 anberaumten Prozeß das Urteil gesprochen worden war.

Der Hauptvertreter der Verteidigung der Brüder Mitchell, Paul Halvonik, war früher Vorsitzender der nordkalifornischen Sektion der Amerikanischen Bürgerrechtsunion gewesen. (Michael Kennedy war mittlerweile immer teurer geworden, und so setzten die Brüder ihn nur noch sparsam ein). Halvonik war ein brillanter, gewiefter Jurist, der die Aufmerksamkeit von Gouverneur Jerry Brown auf sich gezogen hatte, worauf ihn dieser an das Berufungsgericht berief. Doch Halvonik und seine Frau waren wegen Marihuana-Anbaus in Schwierigkeiten geraten, und so hatte er im Austausch gegen eine Einstellung des Verfahrens sein Amt am Berufungsgericht wieder niedergelegt.

Sein Gegenspieler war der Stellvertretende Bezirksstaatsanwalt Bernhard Walter. Walter war der Sproß einer alten, in San Francisco ansässigen Familie, und er hatte acht Jahre als buddhistischer Mönch in Sri Lanka zugebracht. Er war der Auffassung, daß das Geschäft, in dem die Mitchell-Brüder tätig waren, zutiefst ablehnungswürdig sei, weil er meinte, daß dort Frauen auf ähnliche Weise entmenschlicht würden wie Feinde im Krieg – Gooks, Schlitzaugen, Krauts, Rote.

»Pornographie ist besonders heimtückisch, weil wir sexuelle Intimität normalerweise mit Liebe und Vertrauen verbinden«, sagte der dunkelhaarige Walter mit seiner sanften Stimme. »Ein kurzsichtiger Beobachter der Gesellschaft, der nur darauf trainiert wurde, an sofortige Befriedigung zu denken, mag in der Pornographie vielleicht keine deutliche und gegenwärtige Gefahr erkennen. Tatsächlich ist es auch wirklich außerordentlich selten, daß sich jemand den *Hustler* anschaut, um sich dann auf das nächstbeste Sexualobjekt zu stürzen und einen devianten Akt zu begehen. Aber Erziehung erfolgt scheibchenweise. Das zeigt die Werbung deutlich. Man kauft nicht etwa einen Toyota, weil man eine einzige Anzeige gesehen hat. Man kauft vielmehr einen Toyota, weil man viele Anzeigen dafür gesehen hat. Ebenso langfristig wirkt auch die Pornographie«, schließt Walter. »Durch Wiederholung zersetzt sie die Vorstellung, daß Sexualität auf Liebe und Vertrauen gründet. Und im Zuge dieses Prozesses entmenschlicht sie die Frauen.«

Walter hatte versucht, seinen Chef, den Bezirksstaatsanwalt Joseph Freitas (und später den Bezirksstaatsanwalt Arlo Smith), dazu zu bewegen, auf eine Strafverfolgung der Gäste, die im O'Farrell festgenommen worden waren, zu verzichten. Schließlich sei das Theater ja offen gewesen; woher hätte ein Gast aus Kansas oder sogar aus Marin County also im voraus wissen können, daß das, was dort drin geschah, illegal war?

Walter war auch nicht daran interessiert, die Darstellerinnen strafrechtlich zu verfolgen. Die gingen schließlich nur ihrer Arbeit nach. Vielmehr hatte Walter es auf die beiden Brüder abgesehen.

Trotz Walters Einlassungen wurden drei Darstellerinnen aus dem O'Farrell von einem anderen Stellvertretenden Bezirksstaatsanwalt vor Gericht gebracht. In zwei der Fälle war die Jury nicht in der Lage, zu einem einstimmigen Beschluß zu kommen. Eine dritte Tänzerin wurde schuldig gesprochen, Geld für einen sittlich anstößigen Akt genommen zu haben, und zu einer dreißigtägigen Haftstrafe auf Bewährung verurteilt, wozu sie noch die Auflage erhielt, zweiunddreißig Stunden sozialen Dienst abzuleisten.

Bernhard Walter fand es ebenso ungerecht wie unschicklich, es den Brüdern Mitchell zu gestatten, das O'Farrell nur wenige Blocks vom Rathaus entfernt zu betreiben. Wenn die Polizei einen schwarzen Zuhälter verhaftete, der zwei oder drei Frauen im Tenderloin laufen hatte, wurde das von den Zeitungen nicht gemeldet. Wenn der Zuhälter sich einen Rechtsanwalt nahm, versuchte dieser nicht, seinen Mandanten als Helden darzustellen, der nur die Unantastbarkeit des Ersten Verfassungszusatzes verteidigt. Für Walter gab es zwischen Jim und Artie und diesem Zuhälter keinen Unterschied. Sie waren lediglich in größerem Maßstab tätig.

»Der Unterschied zwischen einem Straßenzuhälter und den Mitchell-Brüdern besteht nur darin, daß sie ein umfangreiches Geschäft damit machen«, erklärt Walter. »Wenn das Theater, das jahrelang als Bordell diente, von zwei dunkelhäutigen Sizilianern geleitet worden wäre, meinen Sie etwa, daß die Stadt es dann toleriert hätte? Oder wenn zwei schwarze Brüder aus Harlem es geleitet hätten? Ganz bestimmt nicht! Minderheiten, die sich der Zuhälterei schuldig machen, schickt man ins Gefängnis.

Jim und Art konnten nur damit davonkommen, weil sie zwei schlaue, blauäugige Jungs aus Antioch waren, die die Presse verführten, die Politiker verführten, die Mitglieder der Gesellschaft verführten«, fährt Walter fort. »Mir hat mehr als ein Reporter erzählt, daß die Brüder Mitchell großzügig mit ihrem

Kokain umgingen. Die Tänzerinnen aus dem O'Farrell haben mir selbst berichtet, daß sie Vertretern der Presse und Prominenten wie Sammy Davis Jr. und Al Goldstein, dem Verleger des *Screw*-Magazin, als kleine Aufmerksamkeit angeboten wurden.«

Walter hegte nicht die Absicht, dem, was im ›New Nork Live‹-Raum *auf der Bühne* stattfand, Einhalt zu gebieten. Er meinte, daß diese Show durch den Ersten Verfassungszusatz und seine Garantie der freien Persönlichkeitsentfaltung abgedeckt sei. Es ging ihm vielmehr darum, den Kontakt zwischen den Tänzerinnen und dem Publikum zu unterbinden. Dazu studierte er Gesetzestexte und Verordnungen zur Begrenzung von Rotlichtdistrikten, um herauszubekommen, was eigentlich genau Prostitution war oder nicht. Zu seiner Freude und Überraschung machte er die Entdeckung, daß die Gesetze Prostitution definierten als ›Berührung von Brüsten und Geschlechtsteilen von Frauen zum Zwecke der geschlechtlichen Erregung oder Befriedigung im Austausch gegen Geld oder andere geldwerte Leistungen.‹

Die Gesetze sprachen nicht ausdrücklich vom *Geschlechtsverkehr.* Berührung gegen Geld war bereits Prostitution, und so ließ Walter durch Zivilbeamte mit Infrarotkameras meterweise Aufnahmen schießen, die die Kunden dabei zeigten, wie sie praktisch alles taten, vom Oralverkehr bis zum Streicheln von Frauenbrüsten.

»Gesäßbacken, Genitalien und Brüste wurden jeden Tag von Hunderten von Leuten berührt, befingert, geküßt und geleckt«, sagt Walter. »Nach rechtlicher Definition war das Prostitution.«

Der Prozeß, der am 12. Dezember 1980 begann, verlief unspektakulär. Paul Halvonik, der Verfassungsrechtler, argumentierte, es gebe keine eindeutigen Beweise dafür, daß im Theater Prostitution stattgefunden habe. Walter konterte, daß es tatsächlich zu Prostitution gekommen sei, und legte Polizeiberichte und Fotos vor, die von verdeckt ermittelnden Beamten geschossen worden waren.

Der Oberrichter Ira Brown verbrachte mehrere Wochen damit, die jeweiligen Plädoyers zu gewichten, und erließ am 30. Dezember eine Anordnung. Darin wurde den Besitzern und Betreibern des O'Farrell untersagt, ›die Ausübung, Fortsetzung oder Wiederholung obszöner Akte oder solche der Prostitution auf dem Firmengelände zuzulassen.‹

»Das ist ein großer Sieg«, erzählte Jim dem *Chronicle.* »Der Richter hat uns lediglich angewiesen, nicht gegen das Gesetz zu verstoßen, und das tun wir auch nicht. Wir halten das, was hier geschieht, weder für obszön noch für Prostitution.«

Auch Bernhard Walter machte einen Sieg für sich geltend.

»Wir hätten es nicht besser treffen können«, teilte er dem Reporter des *Chronicle* mit und fügte hinzu, daß die Sittenpolizei dafür Sorge tragen würde, die Einhaltung der richterlichen Auflagen durch die Brüder Mitchell zu überwachen.

In Wahrheit hatten allerdings die Mitchells gewonnen. Walter hatte den Richter Brown aufgefordert, dem Theater die Aufhängung eines Schilds aufzuerlegen, das folgenden Text hätte haben sollen: ›Dieses Theater ist gewerberechtlich von der Stadt und dem Bezirk San Francisco zugelassen. Angestellten ist es untersagt: (1) sich sexuell zu betätigen; (2) ihre gesamte Kleidung abzulegen; (3) ihre Geschlechtsteile zu entblößen; (4) Gästen zu gestatten, ihre Brüste oder Geschlechtsteile zu berühren; und (5) Gäste zu berühren.‹ Soweit war die Anordnung des Richters jedoch nicht gegangen.

Einen Tag nach der Veröffentlichung der richterlichen Entscheidung schickte der *Examiner* einen Reporter ins O'Farrell, um sich zu informieren, welche Auswirkungen die Verfügung, die dem Theater ›obszöne Akte oder solche der Prostitution auf dem Firmengelände‹ untersagte, wohl gezeitigt haben mochte. Der Reporter stellte fest, daß eine Tänzerin auf der Bühne des New York Live ›ihre sämtlichen Kleider ablegte und sich zurückbeugte, ihre Genitalien mit den Fingern und einmal auch mit einer langen Feder streichelte. In der Zwischenzeit hielt ein Kunde im Publikum ›ein Trinkgeld hoch‹ hoch. Eine Frau setzte sich auf seinen Schoß, und der Kunde streichelte ihre nackten Brüste‹.

Bernhard Walter mochte die erste Runde zwar verloren

haben, doch war er noch nicht mit den Brüdern Mitchell fertig. Nach wie vor suchten verdeckt ermittelnde Beamte des Sittendezernats das O'Farrell auf, um dort Beweise dafür zu sammeln, daß, wie Walter es ausdrückt, erogene Zonen »jeden Tag von Hunderten von Leuten berührt, befingert, geküßt und geleckt« wurden. Das dauerte zwar achtzehn Monate, doch als Walter schließlich davon überzeugt war, genug Beweismaterial in der Hand zu haben, ging er wieder vor Gericht und klagte Jim und Artie Mitchell wegen wiederholten und absichtlichen Verstoßes gegen die Anordnung des Richters Brown und somit der Mißachtung des Gerichts an.

Damit wurde die Sache ernst. Im Fall einer Verurteilung wäre das Theater geschlossen worden, hätten die Brüder mit einer sechsmonatigen Gefängnisstrafe und hohen Geldstrafen rechnen müssen. Verdeckt ermittelnde Beamte hatten Dutzende und Aberdutzende von Fotos geschossen, auf denen Darstellerinnen und Gäste Dinge taten, die nach so gut wie jedem beliebigen Standard als obszön galten. Einfach ausgedrückt: Der Bezirksstaatsanwalt hatte sie am Kragen.

Diesmal bearbeitete Dennis Roberts den Fall, ein harter, redegewandter Rechtsanwalt aus Oakland. Je eingehender Roberts und die Brüder den Fall studierten, um so mehr gelangten sie zu der Überzeugung, daß ihre beste Verteidigung darin bestünde, dem Bezirksstaatsanwalt den Fall abzunehmen.

Einen Monat vor Prozeßbeginn verkündeten die Brüder, daß sie mit dem Büro des Bezirksstaatsanwalts zu einer Einigung gelangt seien. Im ›Ultra Room‹ sollten Plexiglasscheiben eingebaut werden. Im ganzen Theater würden Schilder mit der Aufschrift ›Trinkgelder untersagt‹ aufgehängt werden. Darstellerinnen, die durch das Publikum schritten, würden Büstenhalter und ›Hosen tragen, deren Beine nicht weniger als fünf Zoll unterhalb des Schambereichs endeten‹.

Dennis Roberts sprach davon, ›daß wir damit guten Willen zeigen wollen«, es handle sich um den Beweis dafür, daß die Brüder Mitchell gesetzestreue Geschäftsleute seien. Bernhard Walter sagte: »Die Stadt hat ganz leise und unbemerkt einen entscheidenden Sieg errungen.«

Doch mit dieser Vereinbarung waren die Brüder rechtlich

noch nicht aus dem Schneider. Sie mußten sich immer noch wegen Mißachtung des Gerichts verantworten. Dieser Prozeß, der am 14. Juli 1982 vor dem Obersten Gericht von San Francisco begann, war frei von der üblichen Dramatik, wie sie Staatsanwalt und Verteidiger herzustellen pflegten, wenn sie sich wegen zweier unterschiedlicher Darstellungen ein und desselben Vorfalls bekriegten. Die Argumentation der Verteidigung war vielmehr derartig bizarr, daß sie dem Prozeß die surreale Atmosphäre des absurden Theaters verlieh.

Dennis Roberts ignorierte den nachgewiesenen Oral- und Fingerverkehr völlig und teilte dem Richter Frank Shaw statt dessen mit, daß das O'Farrell kein Haus der Prostitution sei, das von Männern zum Zwecke der sexuellen Erregung aufgesucht wurde. Vielmehr sei das Theater ein Ort, den Männer aus ›Neugier und Interesse‹ aufsuchten. Das O'Farrell war kein Bordell, weil die Männer nicht dorthin gingen, um sich ›draufzulegen, drüberzurutschen und wieder zu verschwinden‹. Ja sie *wurden dort nicht einmal erregt!* »Erregung und Befriedigung bedeuten für mich mehr als ein schnelles Wegschnupfen«, sagte Margo St. James bei ihrer Anhörung, als Gutachterin für die Verteidigung aus. St. James war die ehemalige Prostituierte, die einst COYOTE (»Hör auf mit deiner alten müden Ethik«), die erste Prostituiertengeswerkschaft des Landes, gegründet hatte.

»In einer Gruppe zusammen mit anderen Männern findet keine Erregung statt«, ergänzte der Reverend Ted McIlvenna, der ebenfalls als Gutachter für die Verteidigung sprach. McIlvenna war ein Methodistengeistlicher und ein Berufssexualwissenschaftler, der damals wie heute das Institute for the Advanced Study of Human Sexuality auf der Franklin Street in San Francisco leitete, die erste Schule für Sexualwissenschaft mit Diplomabschluß in den Vereinigten Staaten.

»Mag sein, daß ein paar Männer tatsächlich eine Erektion bekamen«, sagte McIlvenna aus, »aber die meisten Männer würden das in einer Gruppe mit anderen nicht bekommen.«

Der Richter Frank Shaw traute seinen Ohren nicht.

»Wollen Sie mir etwa weismachen, daß Oralverkehr nur Neugier und Aufklärung bedeutet?« fragte er den Reverend McIlvenna.

»Es ist doch aberwitzig zu behaupten, daß diese Shows im O'Farrell einen Mann nicht sexuell erregen würden«, sagte der Richter später im Laufe des Prozesses zu Dennis Roberts.

»Vielleicht in einer romantischen Umgebung«, erwiderte Roberts schnell.

»Dazu braucht sie nicht romantisch zu sein«, bellte Richter Shaw.

Am Ende des Prozesses gewährte der Richter den Rechtsanwälten beider Seiten zehn Wochen Zeit, um sich schriftlich zu dem Fall zu äußern. Offenbar gab es jedoch nichts an der Einlassung der Verteidigung, das an dem Eindruck etwas hätte ändern können, den Richter Shaw im Laufe des Prozesses gewonnen hatte. Am 2. Dezember 1982 verurteilte er Jim und Artie zu sechs Monaten Haft und einer Geldstrafe von zweiundsechzigtausend Dollar wegen Mißachtung des Gerichts.

Die Rechtsanwälte der Brüder Mitchell legten am Selbstberufungsgericht Revision ein. Dort konnte sich die Staatsanwaltschaft zwar durchsetzen, doch entschied später eine Mehrheit der Richter am Obersten Staatsgericht von Kalifornien, daß die Brüder Mitchell ein Anrecht auf einen Geschworenenprozeß gehabt hätten, und so wurde das Urteil wieder aufgehoben.

Nachdem sich die Wogen geglättet hatten, nahmen Jim und Artie ihre ›Trinkgelder untersagt‹-Politik wieder zurück, und einmal mehr staksten Tänzerinnen in durchsichtigen Büstenhaltern und eher symbolischen Höschen durchs Publikum. Doch diese Veränderungen waren rein kosmetischer Natur, wenn man sie mit dem weniger offensichtlichen, aber sehr viel nachhaltigeren Wandel verglich, der inzwischen im politischen und kulturellen Milieu stattfand.

Die sexuelle Revolution der sechziger Jahre, die auf dem Grundgedanken beruhte, daß die Freiheit, die Sexualität zu erforschen, eine Grundlage jeglicher Freiheit schlechthin sei, jene Bewegung des ›Tue, was dir gefällt‹, des ›Verschont meinen Körper mit euren Gesetzen‹, die einst die sexuellen Libertarier mit den frühen Feministinnen, Schwulen, Lesben und Pornographen wie den Brüdern Mitchell vereint hatte, war inzwischen zerschmettert worden. Und niemand verkörperte diese Zersplitterung besser als Jim und Artie.

In den späten Sechzigern und frühen Siebzigern hatten die Brüder Mitchell Schwule als Verbündete angesehen. Schwule wurden wegen ihrer sexuellen Präferenzen verfolgt; den Brüdern setzte man zu, weil sie den Sex unter der Bettdecke hervorgeholt hatten; sie saßen also alle im selben Boot. Doch nach den Razzien im ›Ultra Room‹ in den späten Siebzigern und frühen Achtzigern hatten die Mitchell-Brüder sich nicht mehr damit begnügt, verbale Kanonaden auf die Bürgermeisterin Feinstein, die Bullen oder das Büro des Bezirksstaatsanwalts abzufeuern. Denn inzwischen hatten sie damit begonnen, auch die Schwulengemeinde anzugreifen.

›Diese Stadt wird immer verrückter‹, teilte Jim dem *Chronicle* nach der Razzia vom 9. Juli 1980 mit. ›Homosexuellen wird das Recht zugesprochen, an öffentlichen Plätzen zu kopulieren, aber über die Entrechtung der Heterosexuellen denkt niemand mehr nach . . . Schwule werden nicht belästigt, weil sie eine politische Kraft darstellen. Die Rechte der Heterosexuellen dagegen werden mit Füßen getreten, weil wir inzwischen eine Minderheit sind.‹

Ein weiteres Indiz für die Auflösung der alten sexuellen Koalition der sechziger Jahre waren auch die Frauen, die nun gelegentlich vor dem O'Farrell zu demonstrieren begannen. Mitglieder einer Gruppe namens Women Against Pornography (›Frauen gegen Pornographie‹) oder WAP marschierten mit Spruchbändern vor dem Theater auf, auf denen die Pornographie verurteilt wurde, weil sie die Gewalt gegen Frauen fördere.

WAP-Marschiererinnen stellten die Speerspitze eines erbitterten Streits über das Thema Pornographie dar, der noch heute in San Francisco und in anderen Städten im ganzen Land ausgetragen wird. Auf der einen Seite stehen die ›Pro-Zensur-Feministen‹; auf der anderen Seite kämpfen die ›Pro-Sex-Feministen‹.

Beide Seiten haben nicht viel füreinander übrig.

»Gloria Steinem hat die Sache verraten und ist eine unheilige Allianz mit der Rechten eingegangen, und Andrea Dworkin (eine radikale Feministin) würde ich am liebsten so lange durchschütteln, bis ihr Gebiß klappert«, sagte Maggie Rubenstein, eine Sextherapeutin und Ausbilderin am Institute for the Advanced Study of Human Sexuality. »Die Frauenbewegung hat die rückständige Position eingenommen, daß alles, was am Sex nicht blümchengeschmückt oder lieblich ist, tabu zu sein habe. Die denken, daß die Pornographie an allem Übel der Welt schuld sei, als wenn es nicht schon vor Erfindung der Druckerpresse Vergewaltigungen oder Brutalität gegen Frauen gegeben hätte.

Das Problem mit dem heutigen Sex sind vierzehnjährige schwangere Mädchen«, schließt Rubenstein. »Daran ist aber nicht die Pornographie schuld. Pornographie ist die Widerspiegelung einer sexualfeindlichen Gesellschaft, und das ist, so leid es mir tut, die Frauenbewegung auch.«

Die feministische Bewegung der frühen Siebziger befaßte sich zu einem großen Teil mit der Erforschung der weiblichen Sexualität: *Unser Körper, Unser Selbst.* Auf einer typischen Konferenz der National Organization for Women (›Nationale Frauenorganisation‹) des Jahres 1972 oder 1973 gab es Seminare über Abtreibung, über Empfängnisverhütung, über die Anatomie der Fortpflanzung und über die sinnlichen Freuden der Frau. Damals schrieb Nora Ephron Essays mit Pointen wie ›Glück heißt zu wissen, wie dein Uterus aussieht‹.

Doch als die Frauenbewegung die Sexualität erforschte, stieß sie unvermeidlicherweise auch auf die dunkle Seite der menschlichen Sexualität. Das führte zu provokativen Untersuchungen über Vergewaltigung und sexuellen Mißbrauch wie Susan Brownmillers *Against our will (Gegen unseren Willen. Vergewaltigung und Männerherrschaft).*

Studien wie jene von Brownmiller gehören zu den dauerhaftesten und wichtigsten Beiträgen der Frauenbewegung. Seitdem wurden Inzest, Kindesmißhandlung und sexueller Mißbrauch von Kindern, Frauenmißhandlung und Schülervergewaltigungen als wichtige soziale Probleme erkannt, die nicht länger ignoriert werden können. Zeitungsbeilagen und Fernsehtalkshows sind zu Diskussionsarenen über Sexualität als Ausdruck der Macht zwischen Vorgesetzten und Untergebenen geworden, zwischen Priestern oder Seelsorgern und Gemeindemitgliedern, zwischen Therapeuten oder Ärzten und Patienten.

Es konnte nicht ausbleiben, daß sich die Feministinnen bei ihrer Erforschung der Beziehung zwischen Sexualität und Mißbrauch oder zwischen Sexualität und Gewalt auf die Pornographie konzentrierten. In einem bahnbrechenden Aufsatz der Augustausgabe von *Ms.* beschrieb Gloria Steinem 1977 die Pornographie als eine häßliche Manifestation der Sklaven-und-Herrscher-Beziehung zwischen Männern und Frauen. Die Frauen in der Pornographie sind ›machtlos und haben keine andere Wahl‹. Das Vergnügen, das Männer aus der Pornographie ziehen, ist kein sexuelles; es ist das Vergnügen, das der Sieger empfindet, wenn er seinen Stiefel ins Antlitz des Besiegten malmt.

›Pornographie‹, schrieb Steinem, ›ist das Vergnügen der Mächtigen an der Demütigung und Entmenschlichung der Machtlosen.‹

In ihrer Einleitung zu *Out of Bondage,* Linda Lovelaces zweiter Autobiographie, stellte Steinem Lovelace als Symbol der gefangenen Frauen dar, die im Sexgeschäft arbeiten, als ein Opfer, das nur tat, was es getan hatte, weil es von dem bösen Chuck Traynor gefangengehalten wurde. Lovelace war eine von ›Tausenden von Mädchen, die im Teenageralter von zu Hause weggelaufen waren, von verängstigten Frauen und sogar Kindern, wie sie jedes Jahr zu Prostitution und Pornographie gezwungen werden; Opfer, die dazu gezwungen sind, länger mit ihren Unterdrückten zu leben und sich diesen auszuliefern, als die Attacke eines Vergewaltigers dauert.‹ Lovelace war eine Heldin, weil sie den Mut aufbrachte, ihre Geschichte zu erzählen, denn diese ›würde nicht nur ihr selbst sondern auch anderen helfen, die zur Pornographie und Prostitution gezwungen‹ wurden.

Verglichen mit Andrea Dworkin und ihrer Verbündeten, der Rechtsgelehrtin Catharine A. MacKinnon, erscheinen Steinems Ansichten über Pornographie noch regelrecht zahm. Für Dworkin ist die Pornographie ›das ins Schlafzimmer überführte und dort zelebrierte Dachau‹. Nicht nur, daß Pornographie von Nazis produziert wird, die typische Vertreter der uralten Beherrschung der Frauen durch Männer sind; sie stellt zugleich eine Sichtluke ins tiefste Innere des männlichen Geistes dar.

Männer sind Tiere; der Penis ist die Waffe, mit der sie herrschen und Schmerz zufügen. Dworkin zufolge ›bleibt der Geschlechtsverkehr ein Mittel oder sogar das schlechthinnige Mittel, eine Frau physiologisch minderwertig zu machen; jeder ihrer Zellen ihre minderwertige Stellung deutlich zu machen, sie in sie einzustempeln, ihr einzubrennen, indem er in sie hineingestoßen wird, immer wieder, gestoßen und geschoben, bis sie aufgibt und nachgibt – was sich im männlichen Lexikon als *hingibt* liest.‹

Dworkin und MacKinnon sind keine theoretischen Feministinnen, die sich damit begnügen, die Pornographie nur am Rednerpult oder in einem Textverarbeitungsprogramm zu verurteilen. Es sind Aktivistinnen, die wesentlich zu den Versuchen beigetragen haben, in Indianapolis und Minneapolis Bürgerrechtsbestimmungen zu erlassen, die aus der Pornographie eine Form der sexuellen Diskriminierung gemacht und es jedem Bürger ermöglicht hätten, vor einem Zivilgericht das Verbot von Hardcore-Pornographie einzuklagen – einschließlich des Schadensersatzes für die Schädigungen, die die Pornographie dem jeweiligen Kläger nachweislich zugefügt hätte.

Aufgrund seiner herausragenden Stellung in San Francisco und wegen der großen Anzahl dort angestellter Darstellerinnen (es sind meistens zwischen sechzig und einhundert Frauen, die dort arbeiten) entwickelte sich das O'Farrell zum Brennpunkt der Debatte zwischen den zensurfordernden und den sexualitätsbejahenden Kräften. Für die WAP-Aktivistinnen, die vor dem Theater demonstrierten, waren die dortigen Tänzerinnen Opfer wie Linda Lovelace. Ihre Arbeit im O'Farrell war zugleich eine Fortsetzung und eine öffentliche Manifestation des schrecklichen Mißbrauchs, den sie persönlich über sich hatte ergehen lassen müssen.

Die sexualitätsbejahenden Kräfte sahen die Sache genau umgekehrt.

»Gloria Steinem hat den Kopf voller Scheiße. Wollen wir etwa behaupten, daß alle Frauen in der erotischen Kunst – und wir verfügen über die größte Sammlung der Welt – mißbraucht werden? Daß Salome Johannes den Täufer köpfen ließ, weil sie mißbraucht wurde? Das ist doch wohl albern!« sagte

Reverend McIlvenna, der bei der Erwähnung der zensurbejahenden Feministinnen in Rage gerät.

»Es ist eine Feministenlüge, daß die Frauen in der Sexindustrie mißbraucht werden. Feministinnen lügen immer!« fährt McIlvenna fort. »Wir haben die sexuelle Geschichte von vierzig bis fünfzig Tänzerinnen im O'Farrell untersucht, und nicht ein einziges Mal fanden wir dort Hinweise auf einen Mißbrauch.«

Ted McIlvenna gründete sein Institute for the Advanced Study of Human Sexuality bereits in den sechziger Jahren, weil er daran glaubt, daß es ›die Mission der Kirche ist, die Menschen zu befreien. Sex ist das einzige Gebiet, wo man weniger Informationen für besser hält als mehr Information. Das ist dumm.‹ Das Institut ist zu einer, wie McIlvenna glaubt, Alternative zu dem ›verstaubten, konservativen‹ Kinsey Institute in Bloomington, Indiana, geworden.

»Die Frauen, die im O'Farrell arbeiten, tun das, weil sie dort sein *wollen*«, sagt McIlvenna und widerspricht damit dem Glauben, daß Pornographie und Gewalt unweigerlich miteinander verbunden seien. »Das O'Farrell stellt in dieser Gemeinde ein Symbol der Freiheit dar. Es ist der einzige Ort, an dem man sexuellen Nachhilfeunterricht erhalten kann, ohne sich dabei schlechtfühlen zu müssen. Die Mitchell-Brüder und die Frauen, die dort arbeiten, haben mehr für die sexuelle Gesundheit dieser Gemeinde getan als sämtliche Sextherapeuten zusammen.«

Tatsächlich gab es – und gibt es noch immer – Tänzerinnen im O'Farrell, die sich nahtlos in *beide* Bilder von in der Sexindustrie tätigen Frauen einpassen lassen: sowohl in das Bild der zensur- als auch das der sexualitätsbejahenden Feministinnen. Lisa Loring und Lillian Wright sowie eine frühere Medizinstudentin, die heute als niedergelassene Ärztin in Nordkalifornien lebt, sind Beispiele für Frauen, die dort arbeiteten, weil sie dort dafür bezahlt wurden, ein Gebiet zu erforschen, das für sie immer verborgen und mysteriös geblieben war.

Eine überraschende Anzahl von Tänzerinnen im O'Farrell – der Prozentsatz bewegt sich stets um die Vierzig-Prozent-Marke – ist lesbisch. Wenn sie über ihre Arbeit reden, sprechen diese lesbischen Tänzerinnen meistens darüber, wie sehr es sie aufregt, sich zu zeigen, und welches Gefühl der Macht doch darin liegt, zu wissen, daß man lesbisch ist, während man gleichzeitig einen ganzen Raum voller Männer aufreizt.

»Das O'Farrell war ein Riesenspaß, ein Abenteuer«, sagte Debi Sundahl, eine frühere Tänzerin im O'Farrell, die Mitgründerin des Magazins für lesbische Erotika, *On Our Backs*, ist. »Es war die Gelegenheit, die Männerwelt zu infiltrieren, und das hatte eine perverse Faszination. Als ich anfing, im O'Farrell zu arbeiten, empfand ich es als unglaublich aufregend, mit jemandem meines Geschlechts zusammenzuarbeiten«, fährt Sundahl fort. »Die Sexualität ist so unglaublich vielseitig, es gibt so viel zu lernen. Ich entdeckte, daß mein Körper sexueller Empfindungen fähig war, von denen ich überhaupt nicht gewußt hatte, daß sie existierten, und das wollte ich natürlich vollständig erforschen. Ich hatte das Gefühl, daß ich dort den Feminismus von erster Hand erforschte und dafür auch noch bezahlt wurde.«

Während der achtziger Jahre waren viele Tänzerinnen im O'Farrell Anhänger des Bhagwan Shree Rajneesh, des Hindu-Gurus, der in der Nähe von Antelope, Oregon, eine Kommune gründete, die eine Vielzahl von Anhängern anzog. Vielleicht liebte der Bhagwan unter dem Strich die Schlange von Rolls-Royces, mit denen seine Anhänger ihn überschütteten, doch mehr als alles andere.

So korrupt er vielleicht auch gewesen sein mag, war der Bhagwan doch Teil einer alten tantrischen Tradition, die daran glaubt, daß die Sexualität eine Form des Yoga sein kann. Der Bhagwan predigte, daß Schuld etwas Angelerntes sei und daß es so etwas wie Sünde nicht gebe, vor allem keine sexuelle Sünde. Der Sex ist ein natürliches Verlangen, und Verlangen sind dazu da, befriedigt zu werden. Die Wurzel alles Bösen liegt im Versagen der Erfüllung dieser Verlangen. Sexuelle Frustration bringt nur sadistische Heuchler hervor, die jene Menschen verurteilen und schließlich sogar vernichten wollen, die jene Freude erfahen haben, welche ihnen selbst versagt geblieben ist.

Die Bhagwananhänger, die im O'Farrell auftraten, taten damit sein Werk. Sie lebten sehr billig in San Francisco, drängten sich oft in kleinen, kaum möblierten Apartments. Wenn sie viel Geld verdient hatten, gingen sie nach Rajneeshpuram, der göttlichen Stadt, die der Bhagwan in Oregon gerade erbaute. Nur wenige Gäste im Theater wußten, daß sie mit den Trinkgeldern, die sie gerade einer Tänzerin gaben, einen weiteren Rolls-Royce des Bhagwans mitfinanzierten.

Viele der Tänzerinnen im O'Farrell machten allerdings aus dem Sex keine Weltanschauung. Dem Reverend Ted McIlvenna und den sexbehajenden Feministinnen zum Trotz bestätigen viele Sexdarstellerinnen die Auffassung von Steinem, Dworkin und den zensurbejahenden Feministinnen, daß Frauen, die in der Pornographie tätig sind, unweigerlich geschlagen und sexeulell mißbraucht wurden.

»Suchen Sie doch mal eine Frau, die bei fürsorglichen Eltern aufwuchs, die ihr das Gefühl gaben, geliebt zu weren, die sie bis zum Alter von achtzehn Jahren glücklich und ausgeglichen aufgezogen haben, und Sie werden sie niemals dazu bekommen, sich für Geld auszuziehen«, sagt Dave Patrick. »Da muß erst etwas Merkwürdiges passieren, damit sie in der Sexindustrie arbeiten will.«

Dave Patrick ist wirklich alles andere als ein feministischer Ideologe. Er ist ein intelligenter, aufgeschlossener Mann, groß und gutaussehend, mit blondem Haar und dichtem Schnurrbart, einer Leidenschaft für Bowling und den Meeresstrand, ein kritischer Redakteur und Starfotograf am *Spectator*, einer Wochenzeitung, die sich mit der Sexindustrie in der Bay Area befaßt. *The Spectator* ist ein Musterbeispiel für eine sexbejahende, pornographiebejahende, die Zensur verwerfende Zeitung, und Dave gehört schon zur Redaktion, seit sich das Blatt 1978 aus *The Berkeley Barb* entwickelte. Er hat Hunderte von Sexdarstellerinnen interviewt und fotografiert. Sechs Jahre lang hatte er Beziehungen zu Dutzenden von Frauen in der Industrie.

»Die Wirklichkeit sieht so aus, daß jede Frau im Sexgeschäft, mit der ich jemals Zeit zugebracht habe, mißbraucht worden war«, sagt Dave. »Einhundert Prozent. Ohne Ausnahme. Was tun sie denn? Sie enden damit, ihren Lebensunterhalt dadurch zu bestreiten, daß sie sich von Fremden begrabschen lassen.

Das setzt doch nur fort, was sie ursprünglich überhaupt erst in den Wahnsinn getrieben hat.

Es scheint fast so, als würden sie sich in dieser Rolle wohlfühlen. Es ist etwas, was sie wirklich gut kennen«, fährt Dave fort. »Manche Frauen haben das Gefühl, daß der Sex ihre einzige Macht darstellt. Ich habe Frauen kennengelernt, die wirklich intelligent sind, es aber nicht einmal wissen, so sehr hat man sie ihr ganzes Leben lang unterdrückt und ihnen eingeredet, sie seien wertlos und zu nichts gut. Das einzige, was ihnen zur Verfügung steht, ist ihr Körper. Sie wissen, daß sie Leute manipulieren können, indem sie ihre Sexualität einsetzen. Das machen sie mit, weil sie nicht wissen, was sie sonst mit ihrem Leben anfangen sollen.«

Dave fühlt sich zu den Frauen in der Sexindustrie hingezogen, weil er sich mit ihnen identifiziert. In einer zweiteiligen Serie schrieb er im *Spectator* über seine Erfahrungen mit seinen Beziehungen zu Sexdarstellerinnen: ›Ich wurde als Kind sexuell mißbraucht. Die Erinnerungen daran sind so schrecklich, daß ich sie fast völlig verdrängt habe, aber diese wohl niemals verheilenden Narben beeinflussen noch heute mein Leben. Deshalb fühlte ich mich zweifellos zu jener Art von ›unmöglichen‹ Frauen hingezogen, von denen sich in der Sexindustrie so viele finden. Ich gebe zu, daß ich manchmal selbst ein ganz schön ›unmöglicher Typ‹ sein kann.«

Dave hatte einen Ritterkomplex. Er pflegte eine Darstellerin kennenzulernen, in Erfahrung zu bringen, daß sie eine schreckliche Vergangenheit hinter sich hatte, um dann zu beschließen: »Mensch, die braucht doch nur einen guten Jungen, der ihr zeigt, daß nicht alle Männer schrecklich sind. Ich kann sie retten, und wenn ich das erst einmal getan habe, wird sie mich wertschätzen und lieben, weil ich sie aus der Gosse gezogen habe.« Es funktionierte nie.

»Da kommt ein netter Bursche daher, und sie wissen nicht, wie sie damit umgehen sollen«, berichtet Dave. »Wenn ich eine enge Beziehung zu so einer Frau entwickelte, fürchtete sie sich plötzlich vor dieser Nähe, also tat sie Dinge, die unverzeihlich waren, damit ich ging. Ich versuchte, echt geduldig zu sein, mit ihr zu sprechen und zu sagen: ›Hör mal, ich bin wirklich nicht zimperlich, du hast da etwas Schreckliches getan, tu das nicht wieder‹, doch das funktionierte nicht, sie tat es trotzdem immer wieder. Es war so, als hätte ich nicht wirklich etwas für sie übrig, wenn ich sie nicht verprügelte, wenn ich nicht wirklich wütend wurde.«

In den fünfzehn Jahren, die er schon im Geschäft ist, hat Dave Patrick immer wieder dasselbe Muster beobachten können. »Die hübschesten, nettesten Tänzerinnen gehen mit den widerlichsten, brutalsten Typen«, sagte Dave. »Jede Nacht hören diese Frauen von Männern, wie schön sie doch sind. Jede Nacht bekommen sie viel Geld für nichts. Ich glaube, daß sie im tiefsten Inneren ihres Herzens meinen, daß sie das irgendwie zurückzahlen müssen. Wenn sie an einen Typen geraten, der sich auf ihnen auskotzt, sind sie irgendwie quitt.

Ich glaube auch, daß diese Frauen die Männer schon so lange gehaßt haben, daß sie ihnen überhaupt nicht mehr verzeihen wollen«, fährt Dave fort. »Immer und immer wieder suchen sie sich üble Typen aus, damit sie dann sagen können: ›Ja, alle Männer sind ein Dreck. Ich habe ein Recht, sie zu hassen‹.«

Dave Patrick hat Berichte über O'Farrell-Tänzerinnen wie Tanya verfaßt, eine schöne schwarze Frau, die sich früh zu Tode getrunken hat, und über Megan Leigh, eine junge Darstellerin aus dem O'Farrell, die 1990 Selbstmord verübte. Er hat mitangesehen, wie sich Frauen in die Bewußtlosigkeit tranken, ist aber davon überzeugt, daß die Sexindustrie selbst die gefährlichste Droge von allen ist.

»Ich glaube, das wohl Zerstörerischste an der Sexindustrie liegt darin, daß sie es diesen Frauen gestattet, ihrer Selbsttäuschung nachzugeben«, meint Dave. »Um eine wirkliche Schauspielerin oder Tänzerin zu werden, bedarf es jahrelanger harter Arbeit. Eine Sexarbeiterin begreift das nicht. Es reizt sie, daß alles schon heute passiert. Sie sucht sich ihre Songs und ihre Kostüme aus und tritt auf die Bühne, und schon ist alles da – die Scheinwerfer, die Musik, das verzückte Publikum. Solange sie auf der Bühne ist, ist sie Madonna, ist sie ein Star!

Die Sache hat ja keinen Preis. Alles ist nur Sofortbefriedigung. Deshalb bleiben auch so viele Darstellerinnen am Kokain hängen. Die Darstellerinnen gelangen an einen Punkt, da sie immer alles sofort haben wollen. Sie gewöhnen sich an die Aufmerksamkeit und ans leichte Geld und lernen nichts anderes mehr. Sie reden zwar immer davon, daß sie wieder auf die Schule gehen oder einen Beruf erlernen wollen, aber das passiert einfach nie.

Bis eine Darstellerin dreißig geworden ist, hat sie schon massig Drogen und Alkohol hinter sich und ist meistens erledigt, ausgebrannt«, schließt Dave. »Sie hat keine beruflichen Fertigkeiten. Sie hat keinen Lebenslauf. Was soll sie da als nächstes schon machen?«

Familienangelegenheiten

»Meredith, wie stehen die Chancen, daß ich diesen Sommer ein wenig ans Cape kann?« fragte Jim.

Meredith und Jim befanden sich in den Büroräumen der Mitchell-Brüder im Jack Tar Hotel an der Ecke Van Ness und O'Farrell, einen Block vom Theater entfernt. Die Brüder hatten die Suite angemietet, weil es angesichts der immerdrohenden Gefahr einer Razzia und der fortgesetzten Parade von guten Kumpeln, Beknackten und halbnackten Frauen durch das obere Stockwerk im O'Farrell weitaus angenehmer war, rechtliche und geschäftliche Angelegenheiten im Hotel abzuwickeln.

Meredith war in ihrem zweiten Jahr Abendschule an der John Fitzgerald Kennedy Law School gewesen und arbeitete als Teilzeitkraft für eine Rechtsanwaltsfirma, die sich auf Inkassotätigkeiten spezialisiert hatte, als ihr Ex-Mann sie angesprochen hatte. »Jim und ich haben die Sache besprochen, und wir meinen, daß es eine gute Idee wäre, wenn du für uns arbeiten würdest«, hatte Artie gesagt. »Wir bekommen astronomische Rechtsanwaltsrechnungen, tausendfünfhundert bis zweitausend Dollar pro Prozeßtag. Du könntest die Recherchen für uns durchführen und die Gutachten formulieren. Dann brauchen wir Kennedy und Joe Rhine nur noch für die Zeit zu bezahlen, die sie tatsächlich auf einen Fall verwenden.«

Meredith hatte eingewilligt und als Assessorin begonnen. Nachdem sie ihre Zulassung als Rechtsanwältin erhalten hatte, hatten die Brüder Mitchell sie als festangestellte Hausanwältin angeheuert. Jim und Artie waren zufrieden mit ihrer Arbeit, und Meredith – die immer noch gern mit Artie zusammen war – war erfreut, wieder dazuzugehören. Inzwischen bekam sie Artie ungefähr zehnmal so häufig zu sehen wie während ihrer Ehe, und zu Jim hatte sie eine sehr behagliche Geschäftsbeziehung aufbauen können.

Jim hatte immer etwas an sich gehabt, was Meredith

erschreckte. Alles, was sie an Art liebte – seine Unbeschwertheit, sein Sinn für Spaß –, ging Jim ab. Jim war autoritär, fast diktatorisch. Adrienne war ein gutes Beispiel dafür. Jim hatte seine Ehe mit Adrienne so gründlich verdrängt, daß sie zur Unperson geworden war. Wenn ihr Name zufällig erwähnt wurde, blieb Jims Miene so ausdruckslos, als hätte er noch nie von ihr gehört.

Jetzt, da Meredith nicht mehr mit Artie verheiratet war, hatte sich ihre Beziehung zu Jim verbessert. Er sah sie nicht länger als Rivalin. Er hörte sich an, was sie zu sagen hatte, und sie arbeiteten gemeinsam an Entscheidungen. Sie hatte ihr Privatleben skrupulös von ihrem Berufsleben getrennt gehalten.

Doch jetzt wollte Jim ans Cape.

Von seiner Bitte leicht benommen, senkte Meredith kurz den Blick. Das, dachte sie, ist wieder ein typisches Beispiel für Jims Konkurrenzgehabe. Er wußte, daß Meredith und Artie fünf Sommer lang immer wieder ans Cape Cod gefahren waren und daß Artie jeden Augenblick dort genossen hatte. Eine der ersten Fragen, die Artie nach Merediths Entschluß, sich scheiden zu lassen, gestellt hatte, war: »Heißt das, daß ich jetzt nicht mehr ans Cape kann?« Und nun versuchte der große Bruder Jim, in das Lieblingsrevier seines kleinen Bruders einzudringen.

»Sicher, natürlich kannst du ans Cape kommen. Warum denn nicht?« erwiderte Meredith, weil sie nicht wußte, wie sie es ihm hätte abschlagen können.

»Ach, das ist ja großartig!« sagte Jim. »Ich wollte schon immer mal wieder dort hin.«

Zusammen mit fünf anderen Familien hatten die Bradfords in den späten Fünfzigern, als die Preise verglichen mit heute noch sehr vernünftig waren, ein Ufergrundstück am Cape Cod erworben. Meredith hatte dort schon so viele Sommer verbracht, daß es ihr gegenüber ihrer Familie schon aufdringlich erschienen war, und so hatte sie ihren Vater nach der Scheidung von Artie um Erlaubnis gebeten, sich ein kleines Strandhaus auf dem Familienanwesen bauen zu lassen.

»Ich werde nicht vor dem frühen Juli dorthin zurückkommen können«, sagte Meredith zu Jim. »Warum nimmst du dann nicht mein Haus im Juni?«

»Abgemacht!« erwiderte Jim. »Je früher, desto besser. Ich muß wirklich unbedingt mal aus San Francisco raus.«

Nach seiner Trennung von Adrienne hatte Jim auf Debbie Marinoff zurückgegriffen, die talentierte, betörend hübsche frühere Studioleiterin des Theaters. Adrienne war zäh gewesen und hatte einen starken Willen gehabt; Debbie dagegen war sanft, kreativ und flexibel. Obwohl sie Jim seine Schließung des Nickelodeons nie verziehen hatte, mochte Debbie ihn sehr. Debbie war ein reiches jüdisches Mädchen aus Beverly Hills, und Jim entsprach ihrer Vorstellung vom reinen Amerikaner, von einem Okie aus den Plains, der den amerikanischen Traum wahrgemacht hatte, indem er aus dem Nichts gekommen war, um sich selbst neuzuerschaffen. Abseits des Theaters und seiner Rolle als harter Pornounternehmer war Jim, wie Debbie festgestellt hatte, sanft und fürsorglich. Sexuell war er sehr konservativ.

Doch es gab auch Dinge an Jim, die Debbie nicht mochte. So liebevoll er sich auch geben konnte, wenn sie in Debbies Apartment allein waren, sprach Jim doch über Frauen auf eine derbe, sexistische Weise, die Debbie auf die Palme brachte.

»Er bezeichnete Frauen immer entweder als Zuchtstuten oder als Huren. Sie waren immer nur das eine oder das andere für ihn«, erinnert sich Debbie. »Bei mir war das anders, ich war gleichwertig, ein Mitglied des Clubs. Er mochte mich, und er mochte auch meine Kunst, am meisten aber mochte er meine enge Pussy. Jim konnte wirklich sehr liebevoll sein, aber im Grunde seines Wesens wollte er immer nur, daß Frauen den Mund hielten und die Beine breitmachten.«

Was Debbie am meisten störte, war, daß Jim sie dominieren wollte. Sie hatte eine kleine Firma für Design und Werbung gegründet, und Jim wollte, daß sie sie aufgab, um ihn zu heiraten. Er bestand darauf, jede Entscheidung selbst zu fällen, und wenn Debbie damit nicht einverstanden war, »zog Jim die Schweigenummer ab.« Dann wurde er kalt und abweisend und sprach nur noch geschäftlich mit ihr, bis Debbie schließlich sagte: »Ach, komm schon, Jim, sei nicht blöd!« Dann setzte sie sich auf seinen Schoß, tätschelte ihm den kahlen Schädel, und bald darauf lächelte Jim wieder.

Mit der Zeit bemerkte Debbie, daß sie immer mehr von sich an Jim preisgab. Sie war eine starke Frau, die dazu entschlossen war, es als Künstlerin zu schaffen – deshalb war sie überhaupt ins O'Farrell gekommen. Weil sie sich eingeengt fühlte, war Debbie nach Los Angeles zurückgezogen. Jim besuchte sie dort jedes Wochenende, und schließlich zogen sie neben dem Filmregisseur Hal Ashby am oberen Rand des Laurel Canyon in ein Art-Deco-Haus.

Dort war Debbie in ihrem Element: Schließlich war sie in dem Haus aufgewachsen, in dem Orson Welles und Rita Hayworth ihre Ehe verlebt hatten, und war fest mit David Cassidy gegangen, bevor er Teenagerherzen zum Schmachten brachte. Nur Jim gewöhnte sich nie an das Leben über dem Laurel Canyon.

»Jim kam mit L. A. nicht zurecht. Er war ein Landei mit einem großen alten Lieferwagen und zahllosen Hunden«, berichtet Debbie. »Er sagte immer wieder: ›Du wirst mich verlassen, weil ich nur ein Okie bin‹, und er hatte recht. Ich war ein nettes jüdisches Mädchen, er war ein Pornograph. Ich hätte ihn niemals geheiratet. Meine Eltern weigerten sich sogar, ihn auch nur kennenzulernen.«

Schließlich trennten Jim und Debbie sich. Debbie versuchte einen Job in der Werbung zu bekommen, aber ihre Pornographiemappe beeindruckte die Agenturen nicht. Nach monatelangen Versuchen gab sie es auf und verkaufte schließlich für L. A. Motors Mercedes-Benz-Wagen in der Downtown von Los Angeles.

Als Debbie gerade durch den Ausstellungsraum ging und dabei in ihrem modischen Dreiteiler etwas über ihr Produkt aussagte, ging plötzlich die Tür auf, und Jim Mitchell trat ein. Debbie blieb abrupt stehen. Jim erblickte sie und stampfte an den glitzernden Limousinen vorbei auf sie zu.

»Ich will dich zurückhaben«, sagte Jim.

Debbie starrte Jim an, sagte aber nichts. Er war irgendwie anders, irgendwie merkwürdig. Sein Augenausdruck war kalt, und er wirkte so verspannt wie das Zündungssystem des Mercedes SL, neben dem Debbie gerade stand. Dann begriff sie, was los war: Jim war zugekokst.

»Du siehst nicht mehr ganz so gut aus«, fauchte Jim und beäugte ihren Anzug.

»Was ist denn das für eine Scheiße?« brüllte Debbie, und ihre Stimme hallte durch den stillen Ausstellungsraum. Hier und dort drehte sich ein Kopf nach ihnen um.

»Wie? Was das für eine Scheiße ist?« wiederholte Debbie etwas leiser. »Was bin ich denn? Die ewige Mieze?«

Debbie beruhigte sich wieder und ging mit Jim an diesem Abend aus. Sie zogen sich eine Koksline nach der anderen rein und gingen noch einmal ihre Beziehung durch. Debbie wollte Karriere machen, Jim wollte das nicht. Jim wollte Kinder, Debbie wollte keine.

Jim kehrte nach San Francisco zurück, und die Monate verstrichen. Und schließlich überlegte Debbie es sich anders und entschied, daß sie Jim wirklich haben wollte. Doch da war es schon zu spät.

»Er war bereits mit Mary Jane zusammen, und sie war schwanger«, erinnert sich Debbie. »Ich sagte: ›Mach schon, heirate sie‹, und das hat er auch getan.«

Mary Jane Whitty war Mitte Zwanzig und arbeitete als Kassiererin und Tänzerin im O'Farrell. Normalerweise hätte das für Jim bedeutet, daß sie ihm, abgesehen von der Ökonomie der Sexindustrie, sehr oder sogar völlig unwichtig gewesen wäre. Doch nach Debbie Marlnoff hatte Jim einen Ritterkomplex, genau wie Dave Patrick vom *Spectator.*

»Mary Jane war eine Damsell in Not«, erzählt Debbie. »Jim hat sie gerettet, hat ihr Leben für sie übernommen. Er liebte es, diese Rolle zu spielen.«

Genau wie Lisa Loring hatte auch Mary Jane ihren Schulabschluß an der Holy Names gemacht, einer in Oakland gelegenen katholischen High-School für Mädchen. Mary Jane hatte künstlerische Ambitionen, sie war eine große, nicht besonders attraktive Frau mit kurzem braunen Haar, das sie gelegentlich rot tönte. Sie kleidete sich, wie Artie gern bemerkte, »wie eine Schullehrerin in Antioch«, bevorzugte konservative Kleider mit Blumenmustern. Wie Lisa Loring hatte auch Mary Jane den Job im Theater angenommen, um eine Welt zu erkunden, die für sie verboten und geheimnisvoll war.

Nachdem Meta, Jims und Mary Janes erstes Kind, geboren wurde, wurde Arties und Merediths erstes Kind, Liberty, ihr Babysitter. Liberty liebte Mary Jane. Mary Jane war ihre erwachsene Freundin, jemand, mit dem sie sich unterhalten konnte. Und Mary Jane konnte auch wunderbar mit Storm und Mariah umgehen, Libertys jüngeren Geschwistern.

»Mary Jane war immer wirklich sehr, sehr nett zu mir«, berichtet Liberty. »Ich hatte den Eindruck, daß ich sie mehr mochte als die Erwachsenen.«

Libertys Eindruck täuschte nicht: Die Jungs oben im O'Farrell hegten zwar keine Abneigung gegen Mary Jane, wie sie es gegen Adrienne getan hatten, luden sie aber auch nicht dazu ein, dem Club beizutreten.

»Ich glaube, Jim hat sich gedacht: ›Diese Frau ist gut für die Stabilität. Sie wird eine gute Mutter für meine Kinder abgeben.‹ Jim war sehr primitiv in seinen Ansichten über Frauen«, erklärt Mike Bradford.

Nachdem Meredith Jim ihr Sommerhaus am Cape angeboten hatte, rief sie ihre Eltern an und teilte ihnen mit, daß Jim, Mary Jane und die kleine Meta dort den Juni verbringen würden. »Macht euch deswegen keine Umstände«, sagte Meredith. »Sagt hallo, seid nett zu ihnen, aber macht euch ihretwegen keine Sorgen.«

Die Bradfords luden Jim und seine Familie kurz nach ihrem Eintreffen am Cape zum Abendessen ein – und taten es immer und immer wieder. Doktor Bradford und Jim kamen auf Anhieb ebensogut miteinander zurecht, wie es schon mit Artie der Fall gewesen war. Schon bald fischten sie Thun und Goldmakrelen und verbrachten Stunden damit, sich auf dem Anwesen zu schaffen zu machen.

Für Jim war Doktor Bradford ein Vaterersatz, der die klaffende Lücke ausfüllte, die J. R.s Tod gerissen hatte. Für Doktor Bradford war Jim ein wunderbarer neuer Freund, der sich ebensosehr für seine Hobbys interessierte wie er selbst.

Jim verlebte einen so schönen Monat, daß er im nächsten Jahr, 1981, beschloß, mit Mary Jane zusammen ein Zweiküstenleben zu führen. Ihre wachsende Familie (inzwischen hatten sie schon zwei Kinder und würden schließlich insgesamt sogar vier bekommen) sollte sechs Monate des Jahres am Cape und sechs Monate in San Francisco leben.

Im Grunde seines Herzens war Jim ein Spieler und ein Outlaw, doch nach zahllosen Verhaftungen, endlosen Rechtsstreitigkeiten und dem unermüdlichen, ungebremsten Hedonismus der Pornoindustrie war er es alles leid geworden. Der Stellvertretende Bezirksstaatsanwalt Bernhard Walter beschrieb Jim einmal als einen Menschen, der alle zwei Stunden hinausgehen würde, um seine Parkuhr zu füttern; Artie dagegen, meinte Walter, würde die Parkuhr ignorieren und der Politesse den gereckten Mittelfinger zeigen, wenn er sie dabei sah, wie sie ihm einen Strafzettel unter den Scheibenwischer schob.

Mit achtunddreißig Jahren war es Zeit für Jim, die ruhige, statt die wilde Seite seines Charakters auszuleben.

Der vorübergehende Rückzug aus der Pornographie war nicht etwa das Ergebnis einer philosophischen Entscheidung, die Jim getroffen hätte. Jim war generell kein philosophisch gesinnter Mensch. Er hatte sich einen ›Jones‹ zugezogen, eine bösartige Koksgewohnheit. Doch würde er sich nicht in ein Krankenhaus mit einem Entzugsprogramm begeben oder ein Zwölf-Stunden-Programm durchlaufen, wie es die Anonymen Alkoholiker oder die Anonymen Suchtkranken anboten. Er war schließlich ein Mitchell-Bruder, und die Mitchell-Brüder waren gegen das Establishment. Sie vertrauten keinen Institutionen. Jim würde seine Sucht auf eigene Weise angehen. Also würde er dreitausend Meilen von seinen Lieferanten fortziehen und es aus eigener Kraft schaffen.

Jim kaufte ein großes Haus im Kolonialstil, landeinwärts vom Anwesen der Bradfords gelegen, und in seiner typischen, großspurigen Art, ließ er eine riesige Garage für die Autos und Boote anbauen, die er nun sammeln wollte. Eins seiner Lieblingsexemplare war ein 56er Ford Pick-up. Jedesmal, wenn er ihn damit erblickte, pflegte der entzückte Doktor Bradford zu rufen: »Da kommt Jim in seinem kleinen roten Laster!«

Leider besuchten der Laster, Jim, seine Frau und die Kinder sowie Mary Janes Freundinnen aus dem O'Farrell das Anwesen der Bradfords etwas zu häufig, und so kam es zu kulturellen Reibungen.

Yankees haben einen sehr großen Respekt vor dem Eigentum, der schon an göttliche Ehrfurcht grenzt. Es gibt Gegenden in Neuengland, die völlig unverdorben geblieben sind, weil die kantigen Abkömmlinge alter Familien, die sie geerbt haben, lieber ›arm auf dem eigenen Boden‹ leben, als ihre Grundstücke an Bauunternehmen zu verkaufen und mitanzusehen, wie Felder und bewaldete Höfe zerstückelt werden. Und die Yankee-Höflichkeit verlangt, daß man ein Haus erst dann betritt, nachdem man ausdrücklich dazu eingeladen wurde.

Jim dagegen war das Produkt der Okie-Gastfreundschaft, einer Welt, in der die Haustür stets offensteht und wo man alles, was man haben will, im Kühlschrank findet. Irgendwie hatten er und Mary Jane die Vorstellung entwickelt, daß das Haus der Bradfords und der Privatstrand, den sie sich mit fünf anderen Familien teilten, ihnen zur uneingeschränkten Verfügung stünde. Jim, Mary Jane, ihre Kinder und ihre Gäste fielen bei den Bradfords ein. Sie benutzen ihr Heim als Strandhaus, ließen Gegenstände auf den Tischen und Windeln in der Toilette liegen, stolzierten ungefragt herein und wieder heraus, um das Bad oder das Telefon zu benutzen. Und die Frauen sonnten sich oben ohne.

So fühlten sich die Bradfords irgendwann in ihrem Privatleben und ihrem Sinn für Schicklichkeit verletzt. Schließlich war es doch ihr Haus, ihr Alterssitz; sie hatten das Recht, zu entscheiden, wer hierherkam und wer nicht. Aber sie machten Qualen deswegen durch, denn niemand wollte es sich mit Jim verderben.

Schließlich beschlossen die Bradfords, wie es Yankees so oft tun, die Angelegenheit direkt anzugehen.

»Jim, ich möchte dich nicht für immer vertreiben, aber das hier ist unser Haus«, sagte Mrs. Bradford eines Nachmittags, nachdem sie und ihr Mann Jim gebeten hatten, in der Küche Platz zu nehmen. »Es gehört dir nicht, und es gehört auch nicht Mary Jane. Ihr könnt nicht einfach hier hereinkommen und euch nehmen, was ihr wollt, und benutzen, was euch gefällt. Wir brauchen auch unseren Freiraum, Jim.«

»Es kann so einfach nicht weitergehen, Jim«, fügte Doktor Bradford hinzu. »Du und ich, wir bekommen das gar nicht mit, weil wir ja meistens zum Fischen draußen sind, aber hier herrscht allgemein das Gefühl vor, daß eine Invasion stattgefunden hat. Die Stimmung wird langsam gereizt, und wir haben uns gedacht, daß wir dir lieber Bescheid sagen, wie wir das sehen, bevor es noch zu unangenehmen Situationen kommt.«

»Wir haben dich wirklich sehr gern hier, Jim«, fügte Mrs. Bradford hinzu. »Wir können es einfach nur nicht zulassen, daß du und deine Freunde das ganze Anwesen übernehmen.«

Jim tat tiefe Züge an seiner Zigarette und blickte zu Boden. Er hatte die ausdruckslose Miene eines müden Spielers, die er immer anlegte, wenn er jemandem zuhörte, der ihm gerade ein Geschäft schmackhaft machen wollte. Als die Bradfords geendet hatten, blieb er stumm und sah weiterhin zu Boden.

»Ich verstehe, was ihr da sagt«, meinte Jim schließlich. »Ich habe wirklich nicht gewußt, daß die Sache so aus dem Ruder gelaufen ist.«

Jim erhob sich langsam und drückte seine Zigarette in einem Aschenbecher aus. »Ich werde mit Mary Jane darüber sprechen«, sagte er und verschwand aus der Tür.

Die Bradfords waren sehr erleichtert. Jim hatte die Sache gut aufgenommen; alles würde sich richten. Dr. Bradford würde seinen Freund nicht verlieren.

Etwa eine Stunde später klingelte das Telefon. Mary Jane war am Apparat. Die sonst so ruhige und freundliche Mary Jane war außer sich vor Wut.

»Wie könnte ihr uns so behandeln! Als wären wir ein Dreck!« schrie Mary Jane Mrs. Bradford an. »Schließlich gehören wir alle zur Familie!«

Mary Jane legte auf, um danach Meredith anzurufen und sie ebenfalls anzuschreien. Als Meredith an diesen Nachmittag vor ihrem Haus vorfuhr, wurde sie dort schon von Jim erwartet. Sie stieg aus dem Wagen, und Jim kam auf sie zu, mit dem Finger auf sie zeigend.

»Du bist gefeuert!« sagte er, kehrte ihr den Rücken zu und stapfte davon.

Am nächsten Tag rief Meredith im Büro an und erfuhr, daß

Jim auch Dianne Ferguson entlassen hatte, ihre Rechtsanwaltsgehilfin.

»Das war wirklich äußerst drastisch«, weiß Meredith noch zu berichten. »Wir hatten alle möglichen Einlassungen am Revisionsgericht und am Obersten Gericht vorgebracht. Dianne war die einzige, die sonst noch mit den Fällen zu tun hatte, und sie war einfach hervorragend, wirklich kompetent. Es war ein großer Fehler, sie zu feuern. Sie war die einzige, die jeden von Jim für uns angeheuerten Ersatz hätte einarbeiten können. Aber das war Jim egal. Er wollte uns einfach nur raushaben.«

Was die Bradfords für vorsichtig formulierte Kritik gehalten hatten, erwies sich als in die tief unter Jims Oberfläche lodernden Minderwertigkeitsgefühle gegossenes Benzin. Die Bradfords waren WASPs (›Weiße Angelsächsische Protestanten‹), Insider, die zuerst dagewesen waren; Leute wie sie hatten schlußendlich immer das Sagen darüber, was richtig und falsch war. Gegen Leute wie sie hatte Jim sein ganzes Leben lang angekämpft.

Jim hatte geglaubt, daß er endlich die Grenzlinie überschritten hatte und als der akzeptiert worden war, der er war. Er hatte einen neuen Vater angenommen, der ihm hätte beibringen können, sich so zu benehmen wie die Leute mit den makellosen Manieren, Leute, die immer instinktiv das Richtige taten. Und sein Adoptivvater hatte ihn verraten, hatte ihm das Gefühl gegeben, ein Eindringling zu sein, ein Okie-Tölpel, der es nicht besser wußte.

In diesem Sommer kehrte Jim kein einziges Mal mehr zu den Bradfords zurück. Wenn er Doktor Bradford zufällig in einem Laden traf, sah er durch ihn hindurch.

»Mein Vater war am Boden zerstört«, berichtet Mark Bradford. »Er hat Jim fürchterlich vermißt.«

Meredith empfand es immer als unfair, daß Jim etwas an ihr ausgelassen hatte, was doch am Cape geschehen war. Schließlich hatte sie gute Arbeit für die Brüder Mitchell geleistet.

Im Sommer, nachdem er Meredith entlassen hatte, kehrte Jim wieder ans Cape zurück, suchte die Bradfords aber nicht mehr auf. Im nächsten Sommer gab er sein Haus zum Verkauf frei und kam nie wieder. Im Laufe der Jahre begegneten er und

Meredith sich zwar auf Familientreffen, wechselten aber kein Wort mehr miteinander. Meredith konnte damit leben. Sie hatte immer gewußt, wie starrsinnig Jim sein konnte. Was sie jedoch quälte, war, was Artie getan hatte: Er hatte versprochen, ihr zu helfen, hatte aber in Wirklichkeit keinen Finger krumm gemacht.

Meredith fragte sich, ob Art sich wohl einmal mehr auf die Seite seines Bruders geschlagen hatte, selbst auf Kosten seiner drei Kinder, von denen er doch immer behauptet hatte, sie zutiefst zu lieben. Vielleicht waren die Wunden der Scheidung immer noch nicht ganz verheilt; vielleicht war es seine Form der Rache, ihr erst Hoffnungen zu machen, um sie dann hängenzulassen. Vielleicht stand ja auch Karen dahinter, Arts zweite Frau. Karen war eifersüchtig auf Meredith und die drei Kinder.

Es war Weihnachten 1982, und die Brüder Mitchell gaben eine Feier für die fündundsiebzig Darstellerinnen des O'Farrell in der Great American Music Hall. Es gab eine Band, männliche Striptänzer, eine offene Bar und ein Buffet, das selbst noch den Gaumen des verwöhnten Rockstars gekitzelt hätte. Verheiratete Angestellte brachten ihre Familien mit, und die Kinder jagten einander durch die Menge. Alle waren ausgelassen und fröhlich, und Lisa Loring saß gerade auf Jims Schoß, kuschelte sich an ihn und gab ihm gelegentlich einen zärtlichen Kuß.

Lisa spürte, wie Jim sich plötzlich verspannte, und sah in sein Gesicht. Sie folgte seinem Blick hinüber zur Tür. Dort standen, wütend zu ihr hinüberblickend, Karen und Mary Jane, die Frauen von Artie und Jim. Entsetzt sprang Lisa von Jims Schoß und ging davon.

Lisa wußte, daß Mary Jane wie eine Glucke über Jim wachte. Wenn Mary Jane in ein Zimmer kam und bemerkte, wie Jim gerade mit einer Tänzerin sprach, trug das der Tänzerin stets einen bösen Blick ein. Wenn sie glaubte, daß Jim und eine Tänzerin sich anzufreunden begannen, verlangte sie, daß die Tänzerin entlassen wurde.

Karen war ebenso besitzergreifend, vielleicht sogar noch

mehr. Karen hatte Artie kennengelernt, als sie für die Firma arbeitete, die während der Dreharbeiten zu *Autobiography of a Flea* den Essensservice abwickelte. Sie war eine Beziehung mit Artie eingegangen, und Karen – die Artie und die Welt, in der er lebte, faszinierend fand – war schließlich als Darstellerin im ›Ultra Room‹ geendet. Als Lisa eintraf, leitete Karen den ›Ultra Room‹, stellte die ›Ultralettes‹ ein und entließ sie und überwachte die Show. Lisa fand, daß Karen bemerkenswert schön war, mit ihrem langen roten Haar, den großen Brüsten und dem hochgewachsenen schlanken Körper.

»Ich war eine der wenigen Frauen, die mit Karen zurechtkamen«, sagte Lisa. »Ich habe sie immer gemocht, aber ich habe ihr nicht immer getraut. Ich hatte das Gefühl, daß sie die Krallen ausfahren könnte, sobald ich ihr den Rücken kehre.«

Jetzt würden die Krallen mit Sicherheit ausgefahren werden. Die Ehefrauen würden ganz gewiß verlangen, daß sie gefeuert wurde, obwohl ihre Beziehung zu Jim und Artie rein platonisch war.

Am Tag nach der Weihnachtsfeier kam Lisa auf Zehenspitzen ins Clubhaus oben im O'Farrell geschlichen. Dort war den Tänzerinnen der Zutritt im allgemeinen untersagt, wenn man sie nicht ausdrücklich dazu eingeladen hatte. Manchmal kam eine Tänzerin ohne Erlaubnis herein, worauf sie von Jim oder Artie oder einem der Manager hinausgeworfen wurde. Aber Lisa war eine alte Mitstreiterin – sie sollte schließlich sieben Jahre im O'Farrell verbringen, was schon an einen Rekord grenzt –, und sie mußte einfach mit Jim sprechen.

»Klopf, klopf«, zirpte Lisa mit ihrer vogelgleichen Stimme.

Jim hob den Blick von dem Pokertisch, der auch als Schreibtisch diente.

»Hallo, Lisa, komm rein«, sagte Jim und ließ ein Lächeln aufblitzen.

»Jim«, fragte Lisa zaghaft, »habe ich noch meine Arbeitsstelle?«

Jim lächelte und zündete sich eine Zigarette an.

»Na ja, Mary Jane und Karen möchten zwar nicht, daß du weiter hier arbeitest«, sagte Jim, durch den Raum lächelnd. »Aber ich habe zu ihnen gesagt: ›He, Lisa und ich sind Kumpel.

Wir hatten nur ein bißchen Spaß.‹ Ich habe ihnen gesagt, wenn sie zu Weihnachten wirklich diese hübschen Golduhren haben wollen, müssen sie auch cool bleiben.«

Lisa behielt ihren Job, aber andere Darstellerinnen, die allzu enge Beziehungen zu Jim oder Artie unterhielten, taten es nicht. Es ist unmöglich, die Ehefrauen dafür zu verurteilen, daß sie eifersüchtig und besitzergreifend waren. Schließlich hatten Jim und Artie tatsächlich Sex mit einigen der Tänzerinnen. Im Theater war Artie für den Sex das geworden, was Jack Harvey für alles andere war: das Mädchen für alles.

Artie Mitchell und Karen Hassell wurden im Juni 1979 unter den Redwoodbäumen in einem Park an der Skyline Drive südlich von San Francisco getraut. Aaron, ihr erstes Kind, war damals ein Jahr alt, und Artie sagte später, daß er seinen Sohn geheiratet habe und nicht Karen. Schließlich zog das Paar in ein großes Bauernhaus in Canyon, einer hübschen kleinen Gemeinde, die tief in den Oakland Hills verborgen liegt. Dort züchteten Karen und Artie Enten, Hühner, Fasane, Marihuana, und mit der Zeit auch drei Kinder.

Als Karen und Artie sich damals kennenlernten, hatten Merediths drei Kinder es stets genossen, ihren Vater und seine neue Freundin zu besuchen. Karen war schön, energisch und athletisch. Sie nahm die Kinder auf Einkaufstouren mit, und gemeinsam mit Artie fuhren sie zum Zelten und Skifahren in die Sierra. Karen oder Kay, wie jeder sie nannte, war standig mit Artie zugange, erzählte den Kindern, wie sehr sie ihn liebte, wie dünn er gewesen sei, als sie ihn kennenlernte, und wie gesund er geworden sei, nachdem sie nun für ihn koche.

Artie genoß diese Aufmerksamkeit. Als er seine älteren Kinder beiläufig fragte: »Was meint ihr? Soll ich Kay heiraten?«, lautete ihre Antwort: »Na klar! Weshalb denn nicht?«

»Kaum hatte sie den Trauring angestreift, als Kay sich auch schon veränderte«, erinnert sich Liberty. »Sie ist so sprunghaft. In einem Augenblick war sie nett und im nächsten bösartig.«

Als ältestes Kind einer geschiedenen Familie hatte Liberty sehr schnell erwachsen werden müssen. Sie wurde für ihre jüngeren Geschwister ein zweites Elternteil, backte Kuchen und machte ihnen das Essen, schlichtete Streitigkeiten und zog sie an, um sie in die Schule zu bringen. Liberty ersehnte sich nichts mehr, als daß beide Familien friedlich miteinander leben könnten. Doch es kam eine Zeit, da Liberty sich noch so sehr anstrengen konnte, ohne daß sie die Dinge noch hätte ins Lot bringen können.

Liberty, Storm und Mariah bekamen ihren Vater und ihre Stiefmutter immer seltener zu sehen. Eigentlich sollten sie jeden Samstag in dem wunderbaren Farmhaus in Canyon zubringen, weil ihre Mutter die Rechtsschule besuchte und samstags Unterricht hatte. Doch Artie hatte damit begonnen, Freitag abends anzurufen und Meredith zu bitten: »Ich weiß ja, daß die Kinder eigentlich kommen sollten, aber bitte besteh nicht drauf. Kay hat sehr schlechte Laune«; oder: »Bitte zwing mich nicht, sie zu nehmen. Kay ist reichlich daneben.«

»Schließlich lernte die ganze Rechtsschule meine Kinder kennen, weil sie die Samstage in der Kantine zubrachten, während ich Unterricht hatte«, erinnert sich Meredith.

Die Samstage, die die Kinder tatsächlich in Canyon verbrachten, wurden immer trauriger. In glühenden Farben schilderte Kay ihnen Ausflüge, zu denen die drei älteren Kinder nicht eingeladen worden waren. Wenn sie gemeinsam einkaufen gingen, kaufte sie zwar etwas für ihre Kinder, aber nicht für die anderen. »Meine Mutter oder mein Vater haben mich nie geschlagen, aber Kay hat es getan«, sagt Liberty. »Ich hatte einen Holzlöffel in der Hand und habe versucht, gefrorenen Orangensaft aus einer Büchse zu löffeln, als sie zu mir sagte: ›Du darfst keinen Holzlöffel dafür nehmen, sonst machst du ihn noch kaputt.‹ Darauf sagte ich in einem wirklich sarkastischen Ton ›Entschuldigung!‹, und plötzlich – klatsch! Sie hat mich voll geschlagen. Ich war wie erstarrt, rührte mich nicht mehr vom Fleck.

Ich weiß noch, was mein Vater sagte, als ich es ihm erzählte. ›Na ja, so ist das eben.‹ Er hat nicht einmal versucht, für mich einzutreten.«

Noch erschreckender, als geschlagen zu werden, waren für Liberty die Prügeleien zwischen Karen und ihrem Vater, wenn sei sich stritten, was oft in einem Zimmer begann und durchs ganze Haus getragen wurde.

»Für ein Kind war das entsetzlich. Sie haben es vor unseren Augen getan«, erinnert sich Liberty. »Kay hat sehr oft angefangen. Sie war mindestens ebenso gewalttätig wie er, wenn nicht sogar noch heftiger. Dann kratzten und traten sie einander und stürzten die Treppe hinunter. Sie stieß Schreie aus – diese Schreie werde ich bis in alle Ewigkeit noch hören – und rannte mit ausgestreckten Fingernägeln auf ihn zu. Sie bewarfen sich mit Vasen. Und ich versteckte mich mit einem Baby unter einem Tisch.«

Schließlich hörten die Besuche fast völlig auf. Merediths Kinder wollten ihren Vater und ihre Stiefmutter nicht mehr besuchen. Als sie fünf geworden war, weigerte sich Mariah geradeheraus, noch einmal dort hinzugehen. Sie teilte ihrer Mutter mit, daß sie sich vor Kay fürchtete.

»Ich habe ihr gesagt, daß sie nicht mehr hin müßte, und ungefähr ein Jahr lang ist sie dann auch nicht mehr dagewesen«, erinnert sich Meredith. »Art bemerkte es eigentlich nicht. Dann kamen auch die anderen Kinder nicht mehr. Manchmal rief ich Art an und sagte: ›Willst du nicht mal vorbeikommen, um sie zu sehen? Das letzte Mal war vor vier Monaten.‹ Dann antwortete er: ›So lang ist das schon her?‹

Er kümmerte sich wohl um seine zweite Familie. Er war der Auffassung, daß er es mit der ersten wohl versiebt habe, und so wollte er es mit der neuen unbedingt richtig machen«, schließt Meredith. »Also verbrachte er seine ganze Zeit mit seinen zweiten drei Kindern. Für meine Kinder dagegen war er der abwesende Vater.«

Für Meredith und ihre drei Kinder war alles ziemlich schwierig geworden. Artie verdiente über einhundertneununddreißigtausend Dollar im Jahr und fuhr einen Mercedes, Kay kaufte bei Neimann-Marcus ein, und ihren Urlaub verbrachten sie auf Hawaii und in Mexiko. Meredith dagegen fuhr einen zerbeulten alten Rambler, kaufte ihre Kleider bei Kmart und arbeitete verbissen daran, ihre eigene Rechtsanwaltspraxis aufzubauen.

Schließlich brachte Meredith Jim und Artie vor Gericht und klagte sie an, gegen eine Vereinbarung verstoßen zu haben, die sie bei ihrer Anstellung getroffen hatten. Tom Steel, der Rechtsanwalt, der auf Meredith gefolgt war, vertrat die Brüder, während Meredith sich selbst vertrat. Sie erzielte zwar ein Unterlassungsurteil über 50 527,80 Dollar, aber die Mitchell-Brüder entschlossen sich zur harten Tour und fochten es an. Am Obergericht von San Francisco hob der Richter das Urteil wieder auf und ordnete eine Neuverhandlung an.

Die Jahre vergingen, während Artie zu Geburts- und Feiertagen erschien, um jedem seiner Kinder einhundert Dollar zu überreichen. Liberty, Storm und Mariah fühlten sich im Stich gelassen, hinter Karens und Arties Kinder zurückgesetzt, und dieses Gefühl wurde immer stärker, bis sie sich schließlich ganz offen feindselig gegen ihren Vater benahmen. In der vierten Klasse begann Storm mit ›Storm Bradford‹ anstatt mit ›Storm Mitchell‹ zu unterschreiben, und seine beiden Schwestern entschieden sich ebenfalls, den Namen Bradford anzunehmen.

Während sie aufwuchs, hatte Liberty das Gefühl, aus zwei miteinander unvereinbaren Hälften zu bestehen. Auf der einen Seite war sie eine Bradford, ein Mitglied einer aristrokratischen Familie in New England, der ›nettesten, saubersten Leute. Sie sind so *zuverlässig*‹, sagt sie dazu. Auf der anderen Seite waren »diese wilden Okie-Outlaws, und ob es mir gefiel oder nicht, ich war nun mal eine Pornoprinzessin. Beide Seiten beanspruchten mich für sich, und ich war irgendwie dazwischen gefangen. Als ich bei den Bradfords war, fühlte ich mich auch wie eine Bradford. War ich bei den Mitchells, fühlte ich mich als Mitchell.«

Liberty hatte ihre Großmutter Georgia Mae besonders gern. Mae war voller Leben. Als J. R. 1972 starb, hatte sie begonnen, sich sehr ernsthaft mit paranormalen Phänomenen zu befassen, und hatte jahrelang bei einem alten Medium studiert. Jim und Artie hatten sie auf die Lohnliste gesetzt, und Mae kassierte ein stattliches Gehalt als ›Vizepräsidentin für paranormale Forschung‹. Ihre Aufgabe bestand darin, Horoskope der Richter und Staatsanwälte zu erstellen, die für die Verfahren der Brüder Mitchell zuständig waren.

Als Liberty älter wurde, erfuhr sie von ihrer Mutter, daß Mae nicht immer so unter Hochspannung gestanden hatte, wie Liberty es an ihr liebte. Solange J. R. noch lebte, hatte Mae alles getan, was er ihr sagte. Sie hatte gekocht und geputzt, die vollkommene Gastgeberin gespielt und eifrig zugehört, während er Geschichten erzählte, die sie schon zahllose Male gehört hatte. Nach jahrelanger Lehrerinnentätigkeit und der Versorgung von J. R. und den Jungen war Mae ausgebrannt gewesen und hatte erschöpft ausgesehen. Auf Familientreffen pflegte sie sich eine Tasse Kaffee zu holen, sich auf einen Stuhl in einer Zimmerecke zu setzen und einzunicken.

Nach J. R.s Tod war Mae wie neugeboren. Sie hatte ihre Karriere als paranormale Beraterin in Angriff genommen, Square-Dance-Unterricht genommen und angefangen, Hotpants zu tragen.

Es war zwar ganz toll, eine Großmutter zu haben, mit der man so viel Spaß haben konnte, doch wurde es dadurch für Liberty nicht leichter, sich damit abzufinden, daß ihr Vater ein Pornograph war. Als sie neun wurde, war es auf der Geburtstagsparty, die Artie für sie veranstaltet hatte, zu einem schrecklichen Zwischenfall gekommen. Die Eltern einer ihrer kleinen Freundinnen waren zur Polizei gegangen und hatten Artie beschuldigt, den Kindern schmutzige Filme vorgeführt zu haben. Sie gaben zur Anzeige, daß Artie seine Kleider abgelegt habe und mit den Mädchen zusammen in das Heißwasserbassin gestiegen sei. Während eines Spiels mit dem Titel ›federleicht‹, bei dem jeder auf der Party eines der Mädchen hochgehoben hatte, habe Artie, so berichtete Libertys neunjährige Freundin der Polizei, ›ihr Höschen beiseite geschoben und seinen Finger in ihre Vagina gesteckt‹.

»Lieber eine Mordanklage, als wegen Kindesbelästigung angezeigt werden«, sagte Artie draußen vor einem Gerichtsgebäude in Oakland, nachdem er für ›nicht schuldig‹ plädiert hatte.

Während des Prozesses stellte sich heraus, daß es sich bei dem schmutzigen Film um *Hoppity goes to town* gehandelt hatte, einen Zeichentrickfilm, den Artie im Fernsehen aufgezeichnet hatte. Vier der sieben Mädchen auf der Party hatten beschlossen, ihre Badeanzüge auszuziehen und nackt in den Heißwasserbottich zu steigen, doch Artie hatte seinen Anzug nicht abgelegt. Und der Richter glaubte auch nicht der Aussage der Neunjährigen, daß sie sexuell belästigt worden sei, weil er, wie er sagte, »Zweifel an ihrer Glaubwürdigkeit« hatte.

Meredith erzählte Liberty, daß sie glaubte, die Eltern des Mädchens hätten nur prozessiert, weil sie sich davon Geld erhofften. So etwas geschah eben mit Leuten, die im Pornographiegeschäft tätig waren, hatte Meredith erklärt, und irgendwann geriet der Vorfall schließlich in Vergessenheit. Doch als Liberty Anfang der achtziger Jahre auf die Junior-High-School kam, wurde der ›Ultra Room‹ regelmäßig von Razzien heimgesucht, waren die Brüder Mitchell ständig in den Nachrichten und kamen immer wieder Kinder auf Liberty zu, um sie zu fragen, ob ihr Vater einer der berüchtigten Mitchell-Brüder sei. Liberty verneinte, erzählte, ihr Vater sei Fischer.

»Das war zwar keine Lüge, aber es war auch nicht die Wahrheit«, berichtete Liberty. »Als mein Vater herausfand, daß ich Schwierigkeiten hatte, Leuten zu erzählen, was er beruflich machte, schrie er mich an, weil ich mich seinetwegen schämen würde.«

Es war während einer ihrer Geburtstagspartys, daß Liberty ihren Vater zum erstenmal begriff. Als seine Beziehung zu Karen sich immer mehr verschlechterte, hatte Artie damit begonnen, seine jeweiligen Freundinnen zu den Familientreffen mitzubringen. Es waren alles Tänzerinnen im O'Farrell, und Liberty hielt sie für Eintagsfliegen. Jedesmal pflegte die jeweilige Freundin Liberty in eine Ecke zu ziehen und zu ihr zu sagen: »Dein Vater ist unglaublich! Er ist der großartigste Mensch, dem ich je begegnet bin!«

»Er muß sie alle unterrichtet haben, daß er und ich Probleme miteinander hatten, denn sie waren ausnahmslos seine kleinen Agentinnen«, berichtet Liberty. »Immer pflegten sie zu sagen: ›Weißt du, dein Vater hat dich wirklich sehr, sehr lieb.‹ Und ich sagte dann: ›Mhm.‹«

Als sie zusah, wie die jüngste Flamme ihres Vaters auf seinem Schoß saß und mit seinem Bart spielte und über alles kicherte, was er sagte, erkannte Liberty plötzlich, daß dies die Pornomagnatenversion von J. R.s und Georgia Maes Ehe war. Ihr Vater wollte wirklich ein Mädchen haben, wie der liebe alte Paps eins geheiratet hatte. Jemanden, der ihn von vorn bis hinten bediente und an jedem seiner Worte hing. Jemanden, der ihn niemals in Frage stellte.

Ihr Vater kam nicht mit Frauen zurecht, die ihm die Stirn boten, begriff Liberty. Deshalb hatte sie auch Schwierigkeiten mit ihm. Deshalb stritt er sich wahrscheinlich auch immer mit Karen. Solange Karen ihn bemuttert hatte und ständig um ihn herum gewesen war, um für ihn zu sorgen, war alles in Ordnung gewesen. Aber kaum hatte sie angefangen, sich selbt zu behaupten, begannen auch die Probleme.

Das war Arts Dilemma. Er wollte völlig willige Frauen, fühlte sich aber zu starken Frauen wie Meredith und Karen hingezogen. (Liberty verabscheute Karen zwar, hätte aber nie behauptet, daß sie schwach war.) Doch kam er mit ihrer Stärke nicht zurecht.

»Mein Vater hatte seine größten Probleme mit meiner Mutter, mit mir und mit meiner kleinen Schwester«, fährt Liberty fort. »Meine Mutter war die einzige, die ihn jemals verlassen hat; alle anderen hat *er* verlassen. Das hat er ihr nie verziehen. Dafür hat er uns alle bestraft.

Wir drei waren die einzigen Frauen, die er nicht herumkriegen konnte«, meint Liberty. »Alle seine anderen Frauen haben ihm die Pornokönig-, die Party-Artie-Rolle abgekauft, die er spielte. Nur wir haben das nicht getan, und das hat ihn regelrecht eingeschüchtert.«

Tanya, eine schöne schwarzhäutige Darstellerin im O'Farrell, war gerade aus dem Kopenhagen gekommen und war so erschüttert, daß sie am ganzen Leib zitterte. Als sie Jack Harvey erblickte, die Vaterfigur des Theaters, stürzte sie auf ihn zu und schlang die Arme um ihn.

»Tanya, Liebes, was ist denn los?« fragte Jack.

Tanya trat einen Schritt zurück und packte ihren Unterarm am Ellenbogen.

»Ich habe meine Faust so tief in Marilyns Arsch geschoben«, sagte Tanya, warf sich Jack wieder in die Arme und begann zu weinen.

Es war im Januar 1985 und Marilyn Chambers Karriere hatte

einen Zyklus abgeschlossen. Sie war wieder im O'Farrell, diesmal als Live-Nummer.

In der Pornographie wird eine Frau zum Star, indem sie Dinge tut, zu denen – falls überhaupt – nur wenige andere Darstellerinnen bereit sind. Im O'Farrell tat Marilyn Dinge, die nicht einmal ihre alten Mentoren, die Mitchell-Brüder, glauben konnten.

Marilyn hatte fast ein Jahrzehnt auf einer Ranch vor Las Vegas mit Chuck Traynor gelebt, ihrem Ehemann und Manager. Sie waren nicht viel zu Hause. Die meiste Zeit reisten sie im Land umher, während Marilyn in einem Pornotheater nach dem anderen das Zugpferd machte. Marilyn war auch in verschiedenen Theaterstücken in Las Vegas und anderen Städten, darunter auch in London, aufgetreten: *Mind with a Dirty Man*, mit Phil Ford und Jane Kean (die in *The Honeymooners* die Trixie gespielt hatte), in *Last of the Red Hot Lovers* und in *The Sex Surrogate*, indem Marilyn die meiste Zeit nackt war und Sex mit imaginären Kunden hatte. Sie war auch Leadsängerin in einer Country & Western Band namens Haywire gewesen.

Gleich wo sie waren, immer hatte Chuck darauf bestanden, daß Marilyn vierundzwanzig Stunden am Tag Marilyn Chambers blieb. Marilyn Chambers zu sein bedeutete, nackt an die Tür zu gehen, wenn ein Hotelpage das Essen aufs Zimmer brachte, und zu ihm zu sagen: »Vergiß das Trinkgeld. Komm mit ins andere Zimmer, dann blase ich dir einen.«

»Um den vollkommenen Pornostar zu erschaffen, mußte das Bild einer völlig ungehemmten Sexkreatur erschaffen werden, die dazu bereit ist, alles zu sein, was man von ihr verlangt«, sagt Chuck Traynor. »Man muß dafür sorgen, daß es zwischen diesem Mädchen und dem Publikum keine Barrieren gibt, damit die Männer denken, daß sie alles genießen würde, was sie von ihr verlangen könnten.

Wenn Marilyn zu dem Burschen vom Zimmerservice sagte: ›Laß mich deinen Schwanz blasen‹, war das alles Teil dieses Bilds«, fährt Chuck fort. »Der Page fickt Marilyn Chambers, oder sie bläst ihm einen, und sofort ist er ein Marilyn-Chambers-Fan. Er geht nach unten und erzählt allen anderen Pagen davon, und schon bald sind sämtliche Pagen da und wollen es mit Marilyn Chambers treiben.«

Nachdem sie Tag um Tag ihr Image gelebt hate, hatte Marilyn vergessen, wer sie war – sie war zu einer Schöpfung Chuck Traynors geworden. Chuck hatte es ihr sogar untersagt, ein paar Seminare an der Universität von Nevada in Las Vegas zu belegen, weil es der Fantasie Abbruch täte, wenn es durchsickerte, daß sie auf die Hochschule ging. Marilyn hatte keine Freunde im Sexgeschäft. Die anderen Darstellerinnen waren eifersüchtig und von Konkurrenzneid besessen, und das ließ sich auch nie aus der Welt schaffen, weil Chuck sie von ihr fernhielt. Ständig galt es, irgendein Flugzeug zu erwischen, wartete eine Limousine darauf, sie zum nächsten Auftritt zu fahren. Marilyn liebte es, Bier zu trinken, sie trank es, wie andere Leute Wasser zu sich nahmen, und sie mochte es auch, Gras zu rauchen und Kokain zu schnupfen. Doch Chuck erlaubte ihr die Drogen nur, wenn er es ausdrücklich gestattete, was nur sporadisch vorkam, meistens nach einem Engagement oder wenn sie zu Hause auf der Ranch in Vegas waren.

Trotzdem war es in anderen Hinsicht kein schlechtes Leben. Sie war ein Star geworden, wenn auch nur in der Unterwelt der Pornographie.

»Ich genoß es, auf ein Podest gehoben und von Millionen von Männern angehimmelt zu werden«, sagt Marilyn. »Ich habe mich nie von Chuck oder anderen ausgebeutet gefühlt. Ich habe mich *selbst* ausgebeutet.«

Marilyn hatte auch eine Zuneigung zu Chuck entwickelt. Er war klug und witzig und auf seine Weise sehr ehrlich. Wenn sie gerade nicht auf Reisen und wenn sie allein waren, vergaßen beide, daß Marilyn ein Kunstprodukt war, und vergnügten sich mit der Jagd, mit Drachenfliegen oder auf Ritten durch die Wüste.

Und Marilyn wußte auch zu schätzen, was Chuck für ihre Karriere getan hatte. Die Tatsache, daß sie es in Hollywood nicht geschafft hatte, war nicht Chucks Schuld, sondern Hollywoods.

Marilyn hatte geglaubt, daß der Durchbruch vor der Tür stünde, als sie für die Rolle der von zu Hause weglaufenden

Tochter vorsprach, die in *Hardcore* zum Pornostar wird. Doch der Besetzungschef warf nur einen Blick auf sie und sagte: »Du siehst nicht aus wie eine Pornokönigin. Du siehst viel zu sauber und gesund aus.«

»Aber darum geht es doch gerade! Deshalb bin ich ja wahrscheinlich auch die größte Nummer, die es in der Pornographie überhaupt gibt!« erwiderte Marilyn.

»Hollywoods Vorstellung vom Sex ist ja so kurrupt«, meint Marilyn im nachhinein. »Die *Hardcore*-Leute wollten eine Frau mit orangerotem Haar, die Kaugummi kaut, eine große Handtasche schwingt und Pfennigabsätze trägt. Das ist so ein abgedroschenes Klischee. Als ich mit Jim und Artie *Green Door* drehte, sagte ich vielleicht: ›Diese Szene kann ich nicht drehen.‹ Dann kamen sie mit dem Bier in einer Hand und dem Joint in der anderen zu mir, ihre Baseballmützen verkehrt herum aufgesetzt, und sagten: ›Na klar kannst du das! Stell dir vor, wie du richtig angetörnt wirst. Stell dir die Millionen von Leuten vor, die du antörnen wirst.‹ Sie gaben mir das Gefühl, richtig attraktiv und auch eine richtige Schauspielerin zu sein.

In Hollywood glaubt man immer noch, daß Sex etwas Schmutziges ist. Dort hat man Angst davor. Sie hatten Angst, den Leuten einen Pornostar zu zeigen, der intelligent war und Talent hatte und auch noch spielen konnte. Das verstieß gegen alles, was die Gesellschaft glaubte.«

Hollywoodstars begegneten Marilyn nur bei den Partys, die Sammy Davis Jr. nach seinen Auftritten in Vegas schmiß. »Sammy war bizarr«, meint Marilyn. »Sexuell gesehen hatte er es mit allem. Er erholte sich von einer Show, indem er kochte und Sex hatte. Er pflegte mich anzurufen und zu sagen: ›Komm doch nach der Show in meine Suite, dann koche ich Chili.‹ Dann sagte ich: ›Und danach machen wir eine Orgie, richtig, Sammy?‹«

Marilyn hatte Sammy mit Jim und Artie bekanntgemacht, und Sammy hatte die beiden Brüder ins Herz geschlossen.

»›Das sind genau die richtigen Leute für mich!‹ pflegte Sammy über die Brüder zu sagen«, wie sich Marilyn erinnert. »Jim und Artie besorgten ihm Frauen, aber ich glaube nicht, daß sie das für Zuhälterei hielten. Ich denke, sie meinten, daß sie jemandem nur ein wenig Spaß bereiteten.«

(Wie unersättlich war Davis' sexueller Appetit wirklich? Chuck Traynor sah ihn zum letztenmal zwei Tage vor seinem Tod. »Er war immer noch der alte Sammy, aber er konnte kaum noch reden – der Krebs hatte sich bis in seine Kehle vorgefressen«, erinnert sich Chuck. »Einer der letzten Sätze, die er sagte, war: ›Chuck, ich werde jetzt anfangen, Sechzehnjährige zu bumsen. Jetzt brauche ich mir keine Sorgen wegen AIDS mehr zu machen.‹«)

Nachdem sie von Chuck dominiert worden war, nachdem sie fast ein Jahrzehnt lang vierundzwanzig Stunden am Tag die Sexkönigin Marilyn Chambers gespielt hatte, hatte Marilyn schließlich rebelliert. Sie war es leid, Chuck und jedem Mann, dem sie begegnete, zu Willen zu sein. Sie war es leid, einen Gig nach dem anderen zu machen, denn »egal, wir hart ich arbeitete, irgendwie schien es nie genug Geld zu geben.«

1982 begab sich Marilyn wieder zurück in den Osten, um in New York City aufzutreten und ihre Eltern zu besuchen. Es war das erste Mal, daß Chuck sie jemals allein hatte auf Reisen gehen lassen. In dem Nachtclub lernte sie einen Leibwächter namens Bobby D'Apice kennen und ging schließlich mit ihm ins Bett.

»Du hast getrunken!« sagte Chuck, als er Marilyn am Flughafen von Las Vegas abholte. Chuck ließ es nicht zu, daß sie Alkohol trank, wenn er es nicht vorher ausdrücklich erlaubt hatte.

»Das ist richtig«, erwiderte Marilyn und stieg in Chucks Kleinlaster. »Hör mal, halt doch mal vor dem nächsten Gemischtwarenladen, ja?«

Chuck tat es, und Marilyn ging hinein, um sich eine Schachtel Zigaretten zu kaufen.

»Die Dinge hier werden sich von jetzt an etwas ändern«, meinte Marilyn und zündete sich eine Zigarette an. Chuck hatte ihr auch das Rauchen verboten.

»Einen Scheiß werden sie!« schrie Chuck.

»Ich gehe«, sagte Marilyn. »Ich werde gehen, sobald wir zu Hause sind!«

»Einen Scheiß wirst du!« erwiderte Chuck.

Marilyn zog zwar tatäschlich noch in derselben Nacht aus, aber der Streit zog sich noch über Monate hin. Chuck machte sich nicht so sehr Sorgen deswegen, daß er Marilyn als Ehefrau verlor, er war vielmehr wütend, weil er sein ›Kapital‹ verlieren sollte. Schließlich zogen Marilyn und D'Apice zusammen, und sie erreichte einen Waffenstillstand mit Chuck, indem sie einen Vertrag unterschrieb, der Chuck fünfzig Prozent ihrer Einnahmen der nächsten fünf Jahre überschrieb. Als sie daher im Frühjahr 1985 ins O'Farrell zurückkehrte, war Chuck noch immer ihr Manager und gab auch noch immer den Ton an, obwohl sie sich getrennt hatten.

Bis auf die Tatsache, daß die Tänzerinnen Büstenhalter und Höschen trugen, wenn sie sich unter das Publikum mischten, war das O'Farrell so freizügig wie noch nie. Jim und Artie hatten kein echtes Interesse daran, sich an die Vereinbarung zu halten, auf die sie sich eingelassen hatten, um sich des Bezirksstaatsanwalts zu entledigen. Wie ein früherer Angestellter im Büro des Bezirksstaatsanwalts während einer Vernehmung aussagte: »Charlie Benton (ein Manager im O'Farrell) kam zu uns und sagte:›Wenn euch nicht gerade Samen in die Augen spritzt, kümmert euch nicht darum, was hier läuft. Wir wollen nicht, daß ihr ins New York Live kommt, um nachzusehen, ob ein Mädchen dies oder das macht. Es ist uns egal, was sie tut. Ihr sollt nur draußen bleiben und die Eintrittskarten überprüfen.‹ Charlie sagte, das seien Anweisungen von oben. Ich nahm an, daß das Jim und Artie und Vince (Stanich) bedeutete«, fuhr der frühere Angestellte fort, um dann zahlreiche Akte der Fellatio, des Cunnilingus sowie die Hunderte von Kondomen zu beschreiben, die die Darstellerinnen benutzten. Für fünf Dollar streiften die Darstellerinnen einem Gast ein Kondom über das Glied und masturbierten ihn.

»Das war ein unverhohlener, eklatanter Verstoß gegen die Verfügung wegen Mißachtung des Gerichts«, sagte der Angestellte. »Wir hatten das Gefühl, als würden wir damit zu dem Richter sagen: ›He, fick dich doch ins Knie!‹«

Nachdem sie sich wenigstens teilweise von Chuck losgerissen hatte, drehte Marilyn durch, stürzte sich zügellos auf sämtliche

Dinge, die sie zuvor eingeschränkt hatte. Sie rauchte und trank und kokste ohne Unterlaß. Im Rückblick auf diese Zeit bezeichnet sich Marilyn als ein wandelndes Suchtbündel. Sie war völlig auf Koks abgefahren, auf die Hektik, die damit begann, das Zeug zu besorgen und es in Lines zu ziehen. Sie wurde high, wenn sie zusah, wie die Mitchell-Brüder die Tageseinnahmen zählten. »Dann hieß es: ›Oh! Schaut mal, wieviel Geld ich eingebracht habe!‹« Doch das größte High bestand darin, mitanzusehen, wie ein Publikum sie in sprachlosem Erstaunen beobachtete.

»Ich meinte, ich müßte meinem Ruf gerecht werden, als ich ins O'Farrell zurückkehrte«, sagt Marilyn. »Ich wollte die Beste sein. Chuck hat immer zu mir gesagt: ›Du mußt dem Publikum geben, was es nicht erwartet.‹ Er sagte: ›Tina Turner fängt wild an und hört noch wilder auf. So mußt du das machen.‹ Das war einer der besten Ratschläge, die ich je bekommen habe. Ich wollte immer, daß die Leute aus der Show kamen und sagten: ›Meine Güte! Hast du gesehen, was sie getan hat? Ich kann es immer noch nicht fassen!!!‹«

Im O'Farrell die ›Beste‹ zu sein, bedeutete SM mit starkem Auspeitschen und Bondage im ›Ultra Room‹. »Das war alles echt«, sagt Marilyn. »Ich halte nichts von Betrug.« In der ›Kopenhagen Intimlounge‹ bedeutete es, die Tür abzusperren und es Männern zu gestatten, ihre Fantasien auszuleben: Oralsex, Geschlechtsverkehr, was immer sie wollten, Marilyn tat es. Und es bedeutete auch, vaginalen und analen ›Faustfick‹ zu vollführen.

»Es ging darum, ihnen zu zeigen, wieviel ich wirklich ertrug«, sagt Marilyn. »Ich zeigte ihnen, daß ich mit dem Hintern eine ganze Faust aufnehmen und daß man mich am ganzen Körper mit heißem Kerzenwachs übergießen konnte. Die Leute pflegten zu sagen: ›Mein Gott! Das ist ja unglaublich! Wie schaffst du das nur?‹ Ich liebte es, wenn mir Leute sagten, wie unglaublich ich war. Ich liebte es, daß die Mitchell-Brüder nicht fassen konnten, was ich tat, und daß die Leute rund um den Block Schlange standen. Das war großartig!«

Auf der Bühne die ›Beste‹ zu sein, bedeutete, eine Show zu bieten, die von Chuck Traynor ausgearbeitet worden war. Zwei schwarze Tänzerinnen – eine davon war Tanya, die schon früh an Leberzirrhose starb – liefen in langen, wallenden Nachtgewändern auf der Bühne auf und ab, während Stroboskope blitzten und laut Rockmusik spielte. Dann verstummte die Musik plötzlich, im Theater wurde es dunkel, und ein Scheinwerfer zeigte Marilyn auf der Bühnenmitte. Dann setzte die Musik noch lauter ein als vorher, während Marilyn, ein langes, mit Rheinkieseln besetztes Gewand tragend, von der Bühne ins Publikum trat. Inzwischen hatte das Publikum zu johlen und im Takt der Musik zu klatschen begonnen.

Schließlich entkleideten die Tänzerinnen Marilyn, und während sie rücklings auf der Bühne lag, schoben sie ihr Stahlkugeln in den After. Langsam holte Marilyn die Kugeln eine nach der anderen wieder hervor. Die Tänzerinnen umgaben sie und begann sie oral zu lieben. Plötzlich erlosch wieder das Licht. Marilyn schrie, als hätte sie einen Orgasmus, während die Tänzerinnen mit Hilfe von Federfächern das Publikum mit warmem Wasser bespritzte. ›Feel the Magic‹ hieß diese Show.

»Du meinte Güte, Lieutenant, mein Partner und ich sind heute routinemäßig durchs O'Farrell gestreift, und Sie glauben nicht, was da los ist!« erzählte ein uniformierter Beamter dem Chef des Sittendezernats von San Francisco, Lieutenant Dennis Martel, am Abend des 1. Februar 1985. »Marilyn Chamber ist dort auf der Bühne, und die Burschen begrabschen sie, es gibt Fingerverkehr, es ist unfaßbar!«

Martel, ein aufrechter, ehrlicher Polizist mit kurzem blondem Haar, einem Schnurrbart und dem Oberkörper eines Gewichthebers, war erst seit wenigen Wochen Chef des Sittendezernats. Er war zögerlich, ins O'Farrell zu gehen. Jedesmal, wenn das Dezernat auch nur in die Nähe des Theaters kam, stürzte sich die Presse darauf und riefen Bürger an, um sich darüber zu beschweren, daß die Polizei unschuldige Gäste belästige, anstatt Straßenräuber dingfest zu machen. Aber Martel hatte seine Pflicht zu erfüllen, und so beschloß er, dem Hinweis nachzugehen.

Zusammen mit fünf weiteren Beamten erschien der Lieutenant an diesem Abend an der Kasse im O'Farrell, wo sie ihre Polizeimarken vorzeigten und verkündeten, daß sie eine Inspektion durchführen wollten. Vielleicht wäre nichts passiert, wäre Marilyn nicht gerade mitten in ihrer ›Feel the Magic‹-Show gewesen. Aber das Timing der Polizisten war perfekt. Als die Beamten ins Theater kamen, begab Marilyn sich soeben unter das Publikum.

In seinem Bericht erklärte Lieutenant Martel: »Ich habe beobachtet, wie ungefähr zwanzig Gäste sexuellen Kontakt mit Miss Chambers hatten. Mindestens fünf von ihnen berührten ihre Brüste und Brustwarzen mit der Hand oder dem Mund, als sie einigen der Gäste ihre Brüste darbot. Anderen Gästen bot Chambers Scheide und After dar und nahm eine Körperhaltung ein, die es den Gästen ermöglichte, diese zu berühren. Ich beobachtete mindestens zwölf Gäste dabei, wie sie ihre Finger in Chambers' Scheide schoben, während sie kreisförmige Bewegungen vollzog. Ich beobachtete mindestens vier Gäste dabei, wie sie den Afterbereich der Chambers berührten, als sie ihre Gesäßbacken durch Vorbeugen direkt in die Gesichter der Gäste streckte. Ich bemerkte mindestens zwei Gäste, die ihre Finger augenscheinlich in den After einführten. Ich bemerkte einen weißen Mann, der Chambers' Vagina ungefähr fünfzehn Sekunden lang oral kopulierte. Ich bemerkte, wie Chambers Kontakt zu mindestens fünf weiteren Gästen herstellte, als sie schließlich wieder den Gang entlang zur hinteren Bühne tanzte.«

Martel hatte genug gesehen. Er befahl seinen Beamten, Marilyn zu verhaften, und zwei Polizisten schritten durch die schwarzen Vorhänge, die den hinteren Bühnenbereich abtrennten, um die nackte, schwitzende Tänzerin festzunehmen. Bobby D'Apice, Marilyns Freund und Leibwächter, kam herbei gelaufen und versuchte die Polizisten aufzuhalten. Die verhafteten ihn wegen Behinderung einer Festnahme und stellten dabei fest, daß er eine .45er mit gespanntem Hahn und einer Patrone in der Kammer bei sich trug. D'Apice hatte keinen Waffenschein.

In der Zwischenzeit hatten die Polizisten draußen im Theater den Gast verhaftet, der Marilyns Vagina oral kopuliert hatte, und versuchten, die anderen Gäste zusammenzutreiben, die die ›Magie‹ gefühlt hatten. Gäste stießen Schreie aus und prallten ineinander, als sie auf die Ausgangstüren zustürmten. Martel forderte Verstärkung an, worauf fünf weitere uniformierte Beamte im O'Farrell eintrafen.

»Kann ich mich noch anziehen, bevor wir gehen?« fragte Marilyn die Polizisten.

Es war ihre erste Verhaftung, und sie versuchte cool zu bleiben. Sie machte sich keine Sorgen darüber, was die Polizisten tun könnten. Sorge machte ihr vielmehr die Aktentasche in der Garderobe, die Bargeld, Kokain und eine weitere Pistole enthielt.

Die Polizisten willigten ein, und als Marilyn in die Garderobe kam, suchte sie nach der Aktentasche, doch sie war fort. Irgend jemand hatte sie bereits versteckt.

Marilyn zog ein Paar Jeans und ihren blauen Fuchsmantel an, dann brachte man sie ins städtische Gefängnis auf der Bryant Street. Die Polizisten sperrten sie in die Ausnüchterungszelle, und dann kamen, einer nach dem anderen, Beamte mit einer Polaroidkamera in die Zelle und fragten Marilyn respektvoll, ob sie wohl für eine Aufnahme posieren würde.

Marilyn wurde der Begünstigung der Prostitution sowie des unzüchtigen Verhaltens an einem öffentlichen Ort angeklagt und um 3 Uhr 44 gegen zweitausend Dollar Kaution auf freien Fuß gelassen.

Normalerweise hätte diese Verhaftung zu einer weiteren Schlacht zwischen Bezirksstaatsawalt und den Rechtsanwälten der Mitchell-Brüder darüber geführt, was Prostitution eigentlich sei. Bernhard Walter war bereit, anzuzeigen, daß die zwanzig Dollar, die die Gäste dafür bezahlt hatten, um die Show zu sehen und die Darstellerin zu berühren, wovon die Polizisten Zeugen geworden waren, Prostitution darstellte. Die Rechtsanwälte der Brüder hätten dagegen vorgebracht, daß Marilyn eine Darstellerin sei, deren Recht auf freien Ausdruck durch den Ersten Verfassungszusatz geschützt sei. Und da sie keine Trinkgelder von den Gästen angenommen hatte, obwohl manche der Männer ihr sogar mit Hundertdollarnoten zuwinkten, konnte das doch wohl kaum Prostitution sein.

Doch dies war kein gewöhnlicher Fall. Dies war Marilyn Chambers, das beliebteste böse Mädchen der Stadt. Und Warren Hinckle war hinter der Story her.

Hinckle, der sich wie ein Geck kleidet, eine Augenklappe trägt und ein starker Trinker ist, der gern irische Bars frequentiert, ist so etwas wie San Franciscos Version von Jimmy Breslin. Als Redakteur von *Ramparts* war er in den sechziger Jahren schon zur Legende geworden, und er gibt einen hervorragenden Journalisten ab, wenn er sich erst einmal gründlich mit einer Story befaßt. In der Regel ist er allerdings mehr daran interessiert, einen Charakter darzustellen, als Journalist zu sein; und selbst für einen Kolumnisten ist er doch weitaus stärker Politiker als Journalist, nutzt er doch seine Kolumne dazu, Gegner anzugreifen und Freunde hochzuloben.

Wie Jim und Artie liebt auch Hinckle die Dramatik. Er genießt es, sich in den Mittelpunkt eines Ereignisses zu stellen, und die Polizisten waren dumm genug, ihn in der Affäre Marilyn Chambers zu einem Star zu machen. Hinckle schrieb eine Kolumne, in der er behauptete, daß während der Razzia Dutzende von Polizisten ins O'Farrell gekommen seien und daß zehn von ihnen Marilyn in ihre Garderobe begleitet hätten. »Die Pornotänzerinnen sind ja auch hochgradig gefährlich; man muß ständig auf der Hut sein, daß sie nicht aus irgendeiner Körperöffnung eine versteckte Waffe hervorholen«, schrieb Hinckle. Nach Marilyns Festnahme, behauptete Hinckle, seien »fünfundzwanzig bis dreißig Gesetzeshüter erforderlich gewesen, um Miss Chambers so nackt wie Venus vor ihrem Bade ins Gefängnis abzuschleppen.«

Zwei Wochen nach der Chambers-Verhaftung nahm die Polizei Hinckle fest, weil er seinen Basset ohne Leine spazierengeführt hatte. Der Hund ist ebensosehr ein Markenzeichen Hinckles wie die Augenklappe. Es schien eine offensichtliche Rache für die Kolumnen zu sein, die Hinckle über Marilyn verfaßt hatte. Hinckles Festnahme hauchte der Chambers-Story frisches Leben ein, und Hinckle war selig, im Mittelpunkt des größten Skandals der Stadt zu stehen.

Das Polizeipräsidium war in den Monaten vor der Razzia im O'Farrell mit mieser Publicity schier überschwemmt worden.

Bei einer Party im Restaurant Ratskeller zur Feier der Aufnahme von Jungpolizisten hatten Beamte des Sittendezernats einen neuen Kollegen gefesselt und zugesehen, während eine Prostituierte mit ihm Oralsex ausübte. Die Schwulengemeinde warf der Polizei vor, daß sie bei einer Razzia in einem Club namens Lord Jims übermäßig Gewalt angewendet habe. Und in den Zeitungen kursierten Geschichten über Hacker im Polizeipräsidium, die sich heimlich Zugang zu den Gerichtsakten von Pflichtverteidigern verschafft hätten.

Und jetzt hatten sich die Bullen ausgerechnet auf eine einhundertundzehn Pfund schwere Sexdarstellerin und einen einäugigen Kolumnisten eingeschossen.

»Die Glaubwürdigkeit unserer Festnahmepolitik steht auf dem Spiel«, teilte die Polizeipräsidentin Jo Daly dem *Examiner* mit. Daly sagte, daß sie einundfünfzig Anrufe von Bürgern erhalten habe, die gegen die Razzia im O'Farrell protestierten, darunter war auch eine neunundsiebzigjährige Frau, die der Polizeipräsidentin gesagt hatte: »Du liebe Güte, (Marilyns) Tat war ja nun wirklich nicht das schlimmste aller Verbrechen.«

Der Druck auf die Polizei nahm immer mehr zu, und der Polizeichef Cornelius Murphy hielt sich bedeckt, weigerte sich, zu den Fragen der Kritiker Stellung zu nehmen. Schließlich ließ der Bezirksstaatsanwalt die Anklagen gegen Marilyn, Bobby D'Apice und Warren Hinckle wieder fallen.

Doch für Jim und Art sollte das Beste erst noch kommen. Im Zuge der Verhaftung Marilyn Chambers' entschied der Stadtrat per Abstimmung, der Polizei das Recht zu nehmen, den Pornotheatern der Stadt Betriebsgenehmigungen zu erteilen.

Die Gesetze zur Eindämmung des Rotlichtbezirks, deren Bekämpfung die Brüder Mitchell Hunderttausende von Dollar gekostet hatten, ja eben die Gesetze, die die größte Gefahr für die Betriebsbewilligung des O'Farrell darstellten, waren plötzlich aufgehoben. Sechs Monate nach der Chambers-Verhaftung entschied das Polizeispräsidium, den Mitchell-Brüdern vierzehntausend Dollar für den durch die Razzia entstandenen Schaden zu bezahlen.

Die Brüder hatten die Cops geschlagen, den Bezirksstaatsanwalt, die Gesetze zur Eindämmung des Rotlichtsbezirks und die Bürgermeisterin Feinstein. Es war ihr größter Sieg.

Und es sollte zugleich einer ihrer letzten sein.

Artie steigert den Einsatz

»Missy, das wird wirklich großartig! Wir werden beide dieses Mädchen bumsen!« sagte Artie gerade, als er seinen langen weißen Mercedes 500 LS nach Süden auf den James Lick Freeway lenkte.

»Was immer gerade ansteht«, meinte Missy Manners, die in einem der großen Ledersitze neben Artie saß.

Artie und Missy hatten die ganze Nacht gekokst, getrunken und Dope geraucht. Im Wagen lief gerade ein Band mit den Grateful Dead – Artie und Missy konnten die Musik dieser Acid-Rockgruppe nicht oft genug hören –, und Missy fühlte sich betäubt, auf merkwürdige Weise losgelöst von den Dingen. Zugleich empfand Missy das tiefe Brodeln sexueller Erregung – das war bei ihr immer so, wenn sie kokste.

Lately it occurs to meeeeeeee, what a looonnnggg . . . strange trip it's been, sang Missy zusammen mit der Band und spürte mit jeder Faser ihres Seins, daß die Dead den Kern aller Lebenswahrheit auf den Punkt gebracht hatten. Das Leben war wirklich ein seltsamer Trip, und wenn man sich nicht darauf einließ, lebte man auch nicht. Das wußte Missy aus erster Hand. So angedröhnt sie jetzt auch war, fühlte sie sich doch nicht einmal halb so betäubt wie in den vielen Jahren, die sie als Elisa Florez verbracht hatte.

Elisa war in Salt Lake City aufgewachsen, als Tochter von John Florez, einem Vertrauten des Senators Orrin Hatch. Florez war Vizepräsident an der University of Utah, war Vorsitzender des Senatskomitees für Arbeitsmarktfragen geworden und wurde später von Präsident Reagan in die Amerikanische Kommission für Bürgerrechte berufen. Elisas Mutter war eine Alkoholikerin, und mit ihrer Stiefmutter kam sie nicht gut zurecht. Doch Elisa hatte immer versucht, ihres Vaters Tochter zu sein, das Inbild einer jungen Republikanerin. Sie hatte als Hilfskraft für Senator Hatch gearbeitet, ihren Abschluß an der Georgetown University gemacht und war für das Nationalkomitee der Republikanischen Partei tätig gewesen. Machtmakler wie Senator Hatch hatte Elisa damit beeindruckt, welchen Fleiß und welche Überstunden sie darauf verwandte, um einem konservativen Kandidaten zur Wahl zu verhelfen.

Aber Elisa war eine unglückliche, farblose junge Frau mit kurzem, häßlichem Haar und teigiger Haut gewesen, die immer nur altmodische, langweilige Kleider anzog. Äußerlich wirkte sie zwar durchaus freundlich, aber innerlich kochte Elisa vor Zorn, Zorn auf ihren Vater, weil er darauf bestand, jede Entscheidung selbst zu fällen (»Er kam mich besuchen, und das erste, was er tat, war, meine ganzen Möbel umzustellen«), Zorn drauf, daß ihre Schwestern als hübscher galten, und letztendlich Zorn auf sich selbst, weil sie ihr Leben nicht eigenständig in die Hand genommen hatte.

Elisa wurde immer frustrierter, bis sie sich schließlich von der Inselwelt im Washington Beltway abkehrte und in die Bay Area zog, um an der Universität von Kalifornien in Berkeley Graduiertenseminare zu besuchen. Sie unterzog sich einer Diät und nahm den anstrengendsten Aerobic-Unterricht, den sie auftreiben konnte; sie ließ sich das Haar lang wachsen und färbte es blond. Mit der Zeit wurde aus dem häßlichen Entlein Elisa eine schlanke, gelenkige, großbrüstige junge Dame mit perlweißen Zähnen, großen, mandelförmigen braunen Augen und einem blendenden Lächeln.

Elisa war entzückt. Sie war ja richtig hübsch! Und das hatte sie alles ganz allein zustande gebracht!

Elisa hatte damit begonnen, Nacktbadestrände aufzusuchen, und eines Tages schlug ihr eine Freundin vor, doch an dem Wettbewerb ›Miss Nude America‹ (›Miss Nacktes Amerika‹) im Bürgersaal teilzunehmen. Sie tat es aus Jux und genoß es jede Minute. Es war aufregend, ein Publikum aus lauter Männern zu haben, die sie beobachteten, und zu hören, wie sie Rufe ausstießen, während Elisa ihren Körper zur Schau stellte.

»Als ich aufwuchs, sagte man mir immer, was ich zu tun hätte, dabei wollte ich doch einfach nur immer ich selbst sein«, sagt Missy. »Ich stellte fest, daß es mir gefiel, Leute zu schockieren. Ich mochte es, jenen Teil meines Lebens zu erforschen, der immer tief begraben gewesen war. Sex war nichts, was in meiner Familie jemals offen besprochen wurde.«

»Der Wettbewerb der Miss Nacktes Amerika hat dir soviel Spaß gemacht, daß du es mal mit dem O'Farrell versuchen solltest«, teilte eine andere Freundin Elisa mit. »Was ist denn das O'Farrell?« wollte Elisa wissen. Die Freundin erklärte ihr, daß es der berühmteste Sexclub von San Francisco sei und daß dort jeden Montag ein Amateurabend stattfände. Der Siegerin winkten einhundert Dollar Preisgeld, und oft bekam sie auch ein Angebot, im Theater zu arbeiten. Elisa beschloß, es damit einmal zu versuchen.

Sie besorgte sich ein Kostüm, suchte sich sehr gezielt ihre Musik aus und warf alles, was sie hatte, in einen Tanz, der Aerobic mit Striptease verband. Sie gewann den Preis von einhundert Dollar, und Artie Mitchell kam persönlich herunter, um Elisa und ihre Freundinnen einzuladen, zu der kleinen Party zu kommen, die er gerade oben veranstaltete.

Elisa war mißtrauisch: Sie war noch nie in einem Sexclub gewesen. Was, wenn dieser glatzköpfige Typ mit dem großen Lächeln von ihr verlangte, an einer Orgie oder so etwas teilzunehmen? Andererseits war sie gut drauf, sie hatte soeben den Amateurwettbewerb gewonnen, und ihre Freundinnen waren bei ihr. Was konnte da schon schiefgehen?

Gerade folgte sie Artie die Treppe hinauf, als ihm ein kleiner Umschlag aus der Gesäßtasche fiel. Eine von Elisas Freundinnen hob den Umschlag auf und öffnete ihn. Er enthielt zwei Gramm Kokain. Die Freundin zeigte es Elisa, und sie lachten, beschlossen schließlich, das Kokain selbst zu nehmen. Artie war so durcheinander, daß er nicht einmal das Fehlen des Umschlags bemerkte.

Elisa fühlte sich zu Artie hingezogen, obwohl er verbraucht wirkte. Er war das genaue Gegenteil der Politiker, die sie in Washington kennengelernt hatte, Männer, die erst die Wirkung eines jeden Worts berechneten, bevor sie auch nur den Mund öffneten. Es kam einige Male vor, daß Artie, wenn er glaubte, daß ihn jemand hereinlegen oder ihm mit Haarspalterei kommen wollte, ihn warnte: »He! Keine Ausreden!« Er schien immer total dabeizusein, völlig vertieft in das, was er gerade tat, ob es ein Billardstoß war, ob er an einem Joint saugte und zuhörte, was Elisa gerade sagen mochte. Sie dagegen war an Washington-Tpyen gewöhnt, deren Blick ständig durch den Raum schweifte, während sie sich überlegten, wen sie als nächstes ansprechen würden.

In dieser Nacht behandelte Artie Elisa mit Aufmerksamkeit, trat zu ihr, um ihr vorzuschlagen, im O'Farrell zu arbeiten, schlenderte wieder davon und kam erneut zurück, um zu sagen: »Du solltest wirklich hier arbeiten, weißt du.« Elisa war von Artie und dem O'Farrell fasziniert. Artie war ein Rebell, ein Outlaw, und Elisa war daran interessiert, es auch zu werden.

»Artie war unübersehbar er selbst, und ich wollte auch unübersehbar ich selbst werden«, erinnert sich Missy. »Die Sexindustrie schien mir die Möglichkeit zu sein, das zu erreichen. Sie war unanständig, etwas, was meine Eltern nicht mögen würden. Es war eine Möglichkeit, meinen Eltern und dem gesamten republikanischen Establishment mein ›Ich scheiße auf euch!‹ zuzurufen.«

Ein paar Tage später kam Elisa im Theater vorbei – sie war ›zufällig‹ gerade in der Gegend –, um Artie zu fragen, ob er Lust hätte, mit ihr auf einen Drink auszugehen. Sie gingen ins Blue Light Cafe auf der Union Street, das dem Softrocker Boz Skaggs gehörte, und Elisa amüsierte sich auch hervorragend, bis Artie plötzlich verkündete, daß er noch eine andere Verabredung hatte und gehen müsse.

Elisa war eingeschnappt und glaubte, daß sie Artie niemals wiedersehen würde, doch wenige Tage darauf rief er sie an, um mit ihr auszugehen. Sie wurden sofort dicke Freunde, konnten sich unbeschwert und unverkrampft über die allerpersönlichsten Dinge miteinander unterhalten. Artie sagte Elisa, sie solle ihn A. J. nennen, weil man ihn als Kind so genannt habe. Und er sagte ihr auch, daß sie ihm das Gefühl vermittle, wieder jung zu sein. Schließlich endeten sie in Arties Haus in Walnut Creek, einem Vorort im Contra Costa County, wo sie sich auf dem Wohnzimmerfußboden liebten.

Elisa glaubte, einen Seelengefährten gefunden zu haben, doch so einfach war die Sache nicht. Artie hatte sie noch nicht initiiert.

Kurz nach ihrer ersten Verabredung rief Artie an und bat Elisa, sich mit ihm im Theater zu treffen, damit sie danach zum Abendessen ausgehen könnten. Als Elisa ankam, fand sie Artie von schönen jungen O'Farrell-Tänzerinnen umgeben vor, von denen sich einige als Rajneesh-Anhängerinnen entpuppten. Elias wußte, daß Artie zahlreiche Freundinnen hatte, und diese hier stellten offensichtlich eine kleine Auswahl dar. Vor allem eines der Mädchen, das Elisa wütend anschaute, als Elisa eintrat. Sie schien geradezu hypnotisiert von Artie zu sein.

Artie war betrunken und sehr high, und als sie alle in Arties Mercedes stiegen, setzte sich sein Freund Dave ans Steuer.

»Okay, jetzt nennt jeder ein Restaurant, in das er gehen will«, befahl Artie.

Als Elisa an die Reihe kam, nannte sie eins, und Artie bellte: »Habe ich mir doch gleich gedacht, daß du in einen so beschissenen Schuppen willst.«

Elisa war wie benommen von Arties heftiger Feindseligkeit. Was hatte sie getan? Sie war doch ohnehin schon verunsichert; die anderen Frauen waren Sexdarstellerinnen, Insider, die Artie schon lange kannten. Sie war doch nur das neue Mädchen in der Gegend.

»Artie. Was habe ich getan? Was habe ich denn gesagt?« fragte Elisa. Ihr Herz hämmerte so schnell, daß ihr fast schon schwindelte.

»Du Schlampe, ich habe eben einfach gewußt, daß du so etwas sagen würdest«, spuckte Artie hervor. »Ihr Säue denkt doch alle gleich.«

Elisa begann zu weinen. Artie beugte sich zu ihr hinüber und riß sie am Haar. Und dann gab er ihr eine Ohrfeige. Die anderen Frauen sahen zu und schwiegen. Das einzige Geräusch in dem großen, ruhigen Mercedes war Elisas Schluchzen.

Sie fuhren zu Maxwells Plum, einem Restaurant auf dem Ghirardelli Square in der Nähe der Fishermans Wharf.

»Ich nehme mir ein Taxi und fahre nach Hause!« verkündete Elisa, als sie aus dem Wagen stieg.

»Ach, scheiß drauf!« schrie Artie. »Ich wußte doch, daß du keinen Mumm hast. Ich wußte, daß du nichts aushältst. Du kannst das Schiff segeln, oder du kannst ein Anker sein. Wenn du ein Anker sein willst, dann verpiß dich!«

Elisa wollte ausbrechen, wollte in eine fremde, verbotene Welt eindringen. Sie glaubte, ihrer Vergangenheit damit zu entkommen, statt dessen wiederholte sie sie nur. Dieser plötzlich widerlich gewordene Okie von einem Pornokönig versuchte gerade sie zu dominieren. Arties Methoden waren zwar anders, aber er tat genau das gleiche, was Elisa schon an ihrem Vater in Wut versetzt hatte.

Elisa beschloß, Artie zu zeigen, daß sie es durchstehen konnte, und folgte ihm ins Restaurant.

»Es tut mir leid, es sind keine Tische mehr frei«, informierte der Oberkellner sie.

»Wir können keinen Tisch bekommen? Sind Sie sicher?« fragte Elisa durch ihren Tränenschleier.

»Aber mein liebes Mädchen!« sagte der Oberkellner, der annahm, daß Elisa in Tränen ausgebrochen war, weil er ihre Gruppe nicht plazieren konnte. »Kommen Sie nur, bitte hier entlang!« sagte er und führte sie in ein Privatzimmer mit herrlichem Ausblick.

Es sollten noch Monate vergehen, bis sie und Jim und Artie ihren vollständigen neuen Namen gefunden hatten – Missy (für ›missing‹ oder ›fehlende‹) Manners (›Manieren‹) –, doch in dieser Nacht wurde Elisa zu Missy. (Judith Martin, die für die Washington *Post* die ›Miss Manners‹-Etikettekolumne schreibt, verklagte Elisa und die Mitchell-Brüder später wegen des Namens ›Missy Manners‹. Man einigte sich außergerichtlich, und die Beklagten stimmten zu, diesen Spitznamen nicht mehr zu verwenden. Danach wurde Elisa einfach nur zu ›Missy‹.) Irgend etwas in ihr ließ los. Sie wußte, je mehr sie über die Stränge schlug, um so mehr Aufmerksamkeit würde sie bekommen; je aufregender sie war, um so mehr würde Artie sie mögen. Missy hatte ein Bedürfnis, aufzufallen, im Mittelpunkt zu stehen. Sie war auf dem Weg gewesen, im Washington Beltway zum Star zu werden; jetzt war sie entschlossen, in der Rebellenwelt von Artie Mitchell ein Star zu sein.

Der Vorfall in dem Mercedes war schon bald vergessen, als Missy und alle anderen am Tisch versuchten, es Drink um

Drink mit Artie aufzunehmen. Sie wetteiferten darum, wer sich am schlüpfrigsten geben konnte, und alle lachten sich halb schwindlig, als Missy vom ihrem Stuhl glitt, unter den Tisch kroch und anfing, mit allen Anwesenden oralen Sex zu treiben, mit Männern und Frauen gleichermaßen.

»Ich war in einer Richtung so verklemmt gewesen, daß ich beschloß, lieber gleich ins andere Extrem zu verfallen«, erinnert sich Missy. »Alle am Tisch hielten es für echt hysterisch. Jedesmal, wenn der Kellner mit einem Salat oder so etwas hereinkam, war ich nicht da, während alle ganz komisch guckten. Wir haben uns wirklich köstlich amüsiert.«

Nach dem Abendessen setzte Artie die Tänzerinnen vor ihren Apartments ab.

»Bitte, bitte, komm mit mir rein«, flehte die Tänzerin, die sich so sehr in Artie verliebt hatte, als sie vor ihrem Apartment hielten.

»Nein, ich gehe mit Elisa«, sagte Artie.

»Nein, bitte! Bitte komm mit mir. Wir werden beide mit ihr ficken«, flehte die Tänzerin.

»Ich kann nicht, ich werde jetzt mit Elisa gehen.«

Missy begriff schon bald, daß der Vorfall in dem Mercedes kein Ausrutscher oder eine isolierte Prüfung gewesen war. Er spiegelte vielmehr Arties Charakter wider. Missy hatte von Leuten, die die Mitchell-Brüder kannten, gehört, daß Jim der Dominierende und Artie der Freigeist sei. Doch das hatte sich als unwahr erwiesen. Artie war ebenso dominierend wie sein älterer Bruder, nur seine Methoden waren etwas anders.

Arties Methode, seine Macht zu demonstrieren, bestand darin, Situationen herbeizuführen, in denen er dominieren konnte. Das tat er am besten auf Partys, weshalb er auch den Spitznamen ›Party Artie‹ oder ›Party Hearty Artie‹ bekommen hatte.

Oben im O'Farrell gab Artie den Ton an. Die Party fing immer erst an, wenn er es sagte. Wenn Artie Poolbillard spielen wollte, spielte man Poolbillard. Artie spielte den Rebellenhelden, erzählte Geschichten von seinen zahllosen Verhaftungen oder von unglaublichen Sexualakten, deren Zeuge er geworden war und an denen er teilgenommen hatte; oder er fragte eine

Tänzerin geradeheraus: »He, wie wäre es, mir mal einen zu blasen?« Artie vergnügte sein Publikum mit Kokslines, mit Acid- und Ecstasy-Trips, mit dichtgerollten Joints aus dem kräftigsten Sinsemilla-Marihuana, das im Humboldt County angebaut wurde, sowie mit einem unerschöpflichen Nachschub von Whiskey, Tequila und Heineken. Missy begriff intuitiv, daß Artie als Regisseur vielleicht seine Schwächen haben mochte, aber zutiefst theaterhaft empfand. Artie liebte nichts mehr, als eine Szene zu erschaffen und mitanzusehen, wie sie sich entwickelte.

Missy wiederum hungerte danach, etwas Dramatik in ihr Leben zu bringen, und so war sie nur zu bereit, in Artie Mitchells echten Lebensproduktionen eine untergeordnete Rolle zu spielen.

Anstatt Artie zu sagen, daß sie ihn verstand, beschloß Missy, es ihm zu zeigen. Zeigen ist soviel dramatischer als sprechen. Eines Nachts schob sie Artie ein Paar Polizeihandschellen unter das Kopfkissen.

»Ich habe nie gesagt: ›Ich werde ewig deine Sexsklavin sein‹ oder so etwas«, erinnert sich Missy. »Ich habe einfach die Handschellen unter sein Kopfkissen getan. Er hat sie genommen, und dann war auch klar, daß er begriff, daß ich bereit war, für ihn devot zu sein.«

Missy war der Star in einer endlosen Serie von Lebensdramen, bei denen Artie Regie furhte. Wenn ein halbes Dutzend Leute auf dem Poolbillardtisch oben im O'Farrell Sex hatten, gehörte Missy stets dazu. Wenn sie und Artie mit irgendwelchen Frauen in eine Bar gingen und eine der Frauen sagte: »Mensch, ihr beide seid wirklich großartig!«, fragte Artie sofort: »Tatsächlich? Willst du mit uns nach Hause kommen?« Und wenn die Frau dann ja sagte – was überraschend häufig vorkam –, hatten Missy und Artie Gruppensex.

»Einmal bin ich splitternackt aus dem O'Farrell gekommen und die Polk Street hinuntergegangen«, erinnert sich Missy. »Ich stieg in den Mercedes, stellte mich auf, schob den Kopf durch das Sonnendach, und schon fuhren wir los. Irgend jemand begann mich mit den Fingern zu ficken, da setzte ich mich hin, und dann fingen wir alle mit oralem Sex und Bumsen an, über die ganze Bay Bridge bis zum Haus eines Freundes, wo wir auch den Rest der Nacht mit Sex zubrachten. So wild war das eben.«

Eines Nachts waren Artie und Missy gerade oben im O'Farrell, als unten ein Touristenbus voller Japaner vorfuhr.

»Schau dir das an«, sagte Artie, durch die Jalousien spähend. »Die Japaner werden mir soviel Scheißgeld einbringen. Komm, Missy, du gehst hinunter zu ihnen, um sie zu begrüßen.«

Missy bestieg den Bus und zog ihr Oberteil aus.

»Hallo, ich bin Missy Manners, und ich möchte Sie im O'Farrell willkommen heißen!« sagte Missy und schritt den Gang entlang.

Japanische Männer begannen, ihre Aktentaschen zu öffnen und ihre Brieftaschen zu zücken.

»Ich will dich ficken!« rief ein Mann mit Anzug und Krawatte und wedelte mit einer Handvoll Geld.

»Ich will dich ficken!« schrie ein anderer, beugte sich in den Gang vor und winkte Missy mit Geld.

Binnen Sekunden schrien alle Männer im Bus: »Ich will dich ficken!« und der Reiseführer brüllte auf japanisch auf sie ein. Missy legte ihr Oberteil wieder an und sprang aus dem Bus. Artie genoß es.

Ein anderes Mal bekamen Missy und Artie Einladungen zu der großen Eröffnung des neuen Speisesaals des Fog City. Das Fog City ist ein modisches Restaurant in San Francisco, wo das Essen vor allen anderen Dingen erst einmal Spaß macht. Diese Einladung war sehr begehrt, und alle, die regelmäßig in Herb Caens Klatschspalte erwähnt wurden, kamen, um die Umwandlung eines Speisesaals der fünfziger Jahre in ein schickes Restaurant der achtziger zu begutachten. Artie und Missy betranken sich heftig, und gegen ein Uhr morgens begann Artie, Lines aus Kokain auf der Marmortheke zurechtzuhacken.

»Die Möse meines Mädchens müßt ihr sehen«, sagte Artie zu den Leuten, die sein Koks mit ihm teilten. »Komm schon, Missy, zeig sie ihnen.«

Missy, die neben Artie auf einem Hocker saß, schwang sich von der Theke ab, zog ihren Rock hoch, streifte den Slip ab und legte ihn auf die Theke. Dann setzte sie sich wieder mit gespreizten Beinen auf den Barhocker, den Rock immer noch hochgezogen.

Fünf Leute ließen ihre Getränke fallen. Der Page ließ sich reichlich Zeit damit, die Glassplitter aufzufegen. Immer wieder kamen Leute vorbei, um sich das anzuschauen, und der Barkeeper reichte Missy einen Schreibstift und bat sie, ihren Slip zu signieren.

»Artie hat ständig den Einsatz erhöht«, berichtet Missy. »Das ging nach dem Motto ›Schön, du willst also meine Sexsklavin sein. Dann wollen wir doch mal sehen, wie bizarr du werden kannst‹.«

In der Nacht, als Missy und Artie den James Lick Freeway nach Süden fuhren, riskierte er mehr als je zuvor. Nichts, was er und Missy bisher getan hatten, war so bizarr wie das, was ihnen jetzt bevorstand.

Artie verließ den Freeway und fädelte den großen Mercedes durch die Seitenstraßen hinter dem Allgemeinen Krankenhaus von San Francisco. Dabei trieb der Wagen immer wieder nach links ab, worauf Artie das Steuer packte und überstark korrigierte, bis er zu weit nach rechts abkam. Dann steuerte er ihn erneut zu stark aus.

Missy bemerkte es kaum. In betrunkenem oder zugedröhntem Zustand autozufahren war nur eine ihrer gemeinsamen Methoden, alles bis an die Grenzen zu treiben. Als Missy und Artie einmal high auf Ecstasy gewesen waren, saß Missy gerade am Steuer und begann zu halluzinieren. Artie kroch zu ihr hinüber und nahm das Lenkrad, während sie mit fünfundsiebzig Stundenkilometern über die Bay Bridge fuhren.

»Das hier wird gewaltig werden«, sagte Artie, als er in einem Winkel von neunzig Grad zum Gehsteig auf einer Straße parkte, die an einem Steilhang lag. Missy folgte Artie eine Holztreppe hinauf, die zu einem farblosen kleinen Haus führte, das in zwei Apartments aufgeteilt worden war. Artie klopfte an die Tür, worauf diese geöffnet wurde – von einem Gorilla.

Der Gorilla streifte seinen Kopf ab, entpuppte sich als Joanne Scott, eine Veteranin unter den Darstellerinnen im O'Farrell, die schon seit Jahren immer wieder einmal Arties Freundin war.

»Art! Wie konntest du?« schrie eine wütende Joanne.

»Verpiß dich gefälligst rein! Beide!« schrie Artie und schob Missy in ein winziges Dreizimmerapartment.

Das Apartment war ein Schrein für Artie Mitchell: Überall gab es Fotos von Artie und von Artie mit Joanne, darunter eins, auf dem einer der beiden neben einem schönen Schwertfisch posierte, den Artie vor Cabo San Lucas in der Baja gefangen hatte. In der Küche hing ein Bild von Jim und Artie und ihren Kindern, das als Illustration zu einer Story in der Sonntagsbeilage des *Examiner* erschienen war. Joanne hatte eine Gesichtsaufnahme von sich selbst ausgeschnitten und mitten ins Bild neben Art geklebt.

»Da mache ich nicht mit, Artie«, sagte Missy und verschränkte die Arme.

»Ich auch nicht«, sage Joanne und legte den Gorillakopf aufs Bett.

»Den Teufel werdet ihr tun!« schrie Artie. Dann fauchte er Joanne an: »Bring mir was zu trinken!«

Joanne trank keinen Alkohol und nahm auch keine Drogen, bewahrte aber eine Flasche Stolichnaya im Eisfach für Artie auf.

Jahrelang hatte Joanne davon geträumt, Artie ganz für sich zu haben, aber sein sprunghaftes Verhalten machte ihr nichts aus. Sie und Artie spielten ein kompliziertes Spiel, das nur sie selbst wirklich ergründen konnten, ein Spiel, das Joanne als zutiefst erregend empfand. Doch heute nacht war Artie zu weit gegangen. Die anderen Tänzerinnen, mit denen er Affären hatte, konnte Joanne noch verkraften. Das waren passive Frauen, Trittbrettfahrerinnen, die schnell wieder verschwanden. Aber Missy, Arties neue Freundin, war anders. Sie war Arties Mitverschwörerin, und das machte sie zu einer Bedrohung.

»Artie, wie kannst du mich nur mit ihr foltern?« fragte Joanne in weinerlichem Ton.

»Foltern? Wer hat denn was von Foltern gesagt?« fragte Artie fröhlich. »Hier geht es nicht um Folter. Das ist ein Test. Mal sehen, wer ihn besteht.«

Joanne, eine kleine, dünne Frau mit großen braunen Augen,

braunem Haar, das sie in einer Kleopatra-Frisur trägt, und mit dem geschmeidigen Leib einer Tänzerin, hat ein seltsames Lachen an sich, das zu den merkwürdigsten Zeiten ausbricht. Sie ist das einzige Kind einer einsamen Hausfrau und eines Armeeoffiziers, der die meiste Zeit nicht zu Hause war, als sie aufwuchs. War Joannes Vater aber mal daheim, wirkte er stets distanziert.

Joanne machte ihren Magister in englischer Literatur an der University of California in Davis und begann mit ihrer Promotion, bis sie im Fach Mittelenglisch durchfiel und ihre Hilfskraftstelle verlor. Ein bösartiger Berater teilte Joanne mit, daß er nie das Gefühl gehabt habe, daß sie sonderlich brillant sei, und empfahl ihr, sich eine andere Tätigkeit zu suchen. So brach die verunsicherte junge Frau ihr Studium ab und zog nach San Francisco, wo sie einen Job als Teilzeitlehrerin bekam, der sie aber langweilte.

»Ich hatte es auf Erfahrungen und Abenteuer abgesehen und nicht einfach nur auf ein Häuschen in der Vorstadt«, sagt Joanne.

Joanne gab ihre Stellung auf, um sich auf der Fishermans Wharf als Straßenkünstlerin mit Tuschezeichnungen durchzuschlagen. Dann beschloß sie, Seminare in Kunstgeschichte zu belegen, die immer morgens stattfanden, und so nahm sie mit zweiunddreißig Jahren an einem Montagabend am Amateurwettbewerb im O'Farrell teil und bekam einen Job.

»Ich stellte fest, daß ich das konnte«, erzählt Joanne. »Ich hatte immer noch einen gewissen Charme übrig. Ich dachte mir: Warum nicht damit etwas Geld verdienen?«

Joanne ist Inhaberin des Dienstzeitrekords im O'Farrell, wo sie acht Jahre lang auftrat. Und weil sie zu den älteren Tänzerinnen gehorte, mußte sie kreativer sein als die jüngeren, attraktiveren Frauen. Eine Weile lang kam sie als Dianne Feinstein gekleidet auf die Bühne und gab einen Auftritt mit einem Dildo. Ihre Nummer in dem Gorillaanzug war eine Lieblingsshow von Hunter Thompson, als er für ein Buch über seine Erlebnisse als Nachtmanager an dem Theater ›recherchierte‹.

Artie hatte sich Joanne genähert, wie er es mit den meisten Tänzerinnen tat, doch während die anderen Mädchen nur ein kurzes, von Drogen ausgefülltes Verhältnis zu ihm entwickelten, verliebte sich Joanne, wie sie immer und immer wieder betont, ›zutiefst in Art‹. Ihre ursprüngliche Anziehung zueinander war der Sex.

Als Joannes Hingabe im Laufe der Zeit immer totaler und fragloser wurde, entwickelten sie ein Spiel, das für Joanne der Liebe ähnelte.

»Er spielte mit meiner Treue«, sagte Joanne. »Er wollte wissen, ob ich ihn wieder zurücknehmen würde, wenn er etwas wirklich Widerliches tat. Bestätigung bedeutete ihm soviel, daß ich ihn immer und immer wieder liebte.«

Artie brachte es fertig, nachts um zwei an ihre Tür zu hämmern und am nächsten Morgen zu verschwinden. Dann vergingen oft Wochen, bis plötzlich mitten in der Nacht das Telefon klingelte. Wenn Joanne dann aufwachte und hallo sagte, erhielt sie keine Antwort. Dann fragte Joanne: »Art? Bist du das?«, worauf der Anrufer auflegte. Wenige Augenblicke später klingelte das Telefon aufs neue. Dann fragte Joanne erneut, ob es Art sei, und wieder legte der Anrufer auf.

»Ich wußte immer, daß er es war, der mich da anrief«, berichtet Joanne. »Es war eine Art neckende Mitteilung, mit der er mich wissen lassen wollte, daß er an mich dachte. Er sorgte ständig dafür, daß ich seine Gegenwart bemerkte.«

Im Laufe der Jahre entwickelte sich Joannes Beziehung zu Artie in Richtung SM.

»Wenn Artie sehr high war und versuchte, eine Erektion zu bekommen, sprachen wir wie Herr und Sklavin miteinander«, sagt Joanne. »Er wollte, daß ich ihn Meister nenne. Diese Art von Sexgesprächen machte ihn geil. Er wollte wirklich immer so sehr das Sagen haben.«

Die Meister-Sklavin-Beziehung ging über bloßes Sexgespräch hinaus. Eines Nachts schmissen Jim und Artie eine Geburtstagsparty für einen Fischer, mit dem sie sich gut angefreundet hatten. Ein halbes Dutzend Fischer waren im O'Farrell erschienen, high von Methamphetamin, das sie genau wie die Überlandfahrer zur Bewältigung ihrer langen, harten Arbeitszeiten benutzten. Oben im O'Farrell setzten die Fischer mit einer Vielzahl von Drinks und Drogen noch einen drauf. Als die Party schließlich im Begriff war zu enden, kam Artie auf Joanne zu und teilte ihr mit, daß sie die Fischer zu ihrem Boot zurückbegleiten solle.

»Art hat es als eine Art *Geschichte der O* aufgezogen, wo die Geliebte ihm um so mehr gehörte, je mehr er sie anderen übergab«, weiß Joanne zu berichten. »Ich wollte es nicht tun, aber ich dachte mir: Okay, ich gehe und werde wirklich skandalös sein, und so ging ich hinaus und verbrachte die Nacht dort. Ich habe nur mit einem Typen herumgemacht, den anderen war von dem Stoff schon viel zu übel, und ich fand es ganz in Ordnung, weil ich die ganze Zeit wußte, daß ich nur Arts wegen dort war.

Zwei Wochen später kamen die Fischer wieder, aber diesmal war Art nicht da«, fährt Joanne fort. »Sie erzählten Jim, wieviel Spaß sie gehabt hätten, und Jim vermittelte mir den Eindruck, daß ich einmal mehr mit diesen Burschen ausgehen müßte, wenn mir mein Job lieb sei. Das hatte aber nun überhaupt nichts mit Art und der *Geschichte der O* zu tun. Das war nur Jim, der mich einschüchterte. Täte ich es, würde er etwas gegen mich in der Hand haben, ebenso wie gegen die Fischer. Dann wären sie ihm einen Gefallen schuldig. Ich glaube, so etwas ist vielen der Tänzerinnen widerfahren.«

Ihrer ›Mal da, mal nicht‹-Beziehung zu Artie ein Ende zu setzen war für Joanne keine Option, die sie ernsthaft in Erwägung gezogen hätte, gleich was Artie tun mochte. Dazu war das Spiel viel zu aufregend.

»Art hat meine Liebe zu ihm frischgehalten«, sagt Joanne. »Das war eigentlich ganz gut, denn wir erreichten eine Intensität, die nur wenige Menschen kennenlernen. Ich habe alle Höhen und Tiefen der Liebe, des Verlusts und der Freude kennengelernt. Ohne diese vielen Schwankungen hätte ich mich mit ihm irgendwo in einem Vorort niedergelassen und die Leidenschaft wäre abgekühlt. Durch unser Spiel, durch die Art und Weise, wie ich ihn liebte, erfuhr ich etwas, das die meisten niemals erleben.«

In dieser Nacht blieb Artie eisern in dem, was er von Joanne und Missy verlangte. Er hatte das ganze Drehbuch im Kopf und forderte, daß die beiden Frauen es genauso spielten, wie er es sich ausgemalt hatte. Joanne und Missy zogen eine lesbische Nummer ab, wobei Joanne den Gorillaanzug trug, dann hatte Artie Sex mit beiden.

»Als es vorbei war, waren sie und ich ziemlich daneben, da hat Artie seinen Gürtel ausgezogen und uns dafür ausgepeitscht, daß wir weinten«, erinnert sich Missy. »Und dann sagte er: ›Komm schon, Missy, zieh dich an. Wir gehen nach Hause.‹ Und dann haben wir sie allein zurückgelassen.«

Teilweise dank Arties drei jüngerer Kinder waren Missy und Artie dazu in der Lage, eine Beziehung aufzubauen, die über Sex und Drogen und das Abhören von Grateful-Dead-Songs hinausging. Sie fanden ein wunderschönes Haus in der Marina, einer der begehrtesten Gegenden der Stadt, und zogen gemeinsam dort ein. Sie heuerten eine brasilianische Haushälterin an, Missy sorgte dafür, daß das Haus voller Blumen war, und Arties drei jüngere Kinder verbrachten die meisten Wochenenden dort.

Missy entwickelte sich schließlich zu einer wichtigen Bezugsperson im Leben der Kinder. Artie nannte Karen vor seinen Kindern eine Schlampe oder eine Nutte, einen Sack Scheiße oder den Schleim der Erde. Missy versuchte ihm das abzugewöhnen, und sie tat ihr bestes, um mit der Mutter der Kinder klarzukommen. Missy und Jasmine, Arties kleines Mädchen, sammelten beide Hello-Kitty-Spielzeug, Uhren und Kleider, und jeden Samstag morgen begaben sie sich auf eine regelmäßige Pilgerschaft in das Hello-Kitty-Geschäft. Missy achtete darauf, für Caleb französischen Toast zu machen – sein Lieblingsgericht.

Einmal im Monat machten Artie und Missy Urlaub. Manchmal steckten sie Mister T., einen Zwergpudel, den Artie für Missy gekauft hatte und der die beiden immer begleitete, in den großen Mercedes und fuhren aus San Francisco hinaus, in irgendeine verheißungsvoll scheinende Richtung, um einfach weiterzufahren.

Doch Nüsse sammeln und einmal im Monat zu fliehen genügte Artie nicht. Er konnte seinen Problemen nicht entkommen – Exfrauen, sein Bruder, zuviel Kokain, zuviel Tequila, Wodka, Bier –, und er konnte auch nicht seiner Rolle als rebellischer, gesetzloser Pornokönig entfliehen.

Wenn Artie sich des Beschallungssystems im O'Farrell bemächtigte, um Danielle from Hell zu beschimpfen oder eine allgemeine Tirade gegen Frauen vom Stapel zu lassen, versuchte er damit nicht allein, sein Image aufrechtzuerhalten. Nachdem er eine ganze Marihuanaplantage verraucht und eine Flugzeugladung Kokain geschnupft hatte, nachdem er mit genügend Frauen sexuell verkehrt hatte, um die Great American Music Hall mit ihnen zu füllen, ja nachdem er Millionen von Dollar für Erwachsenenspielzeug und teure Urlaube ausgegeben hatte, war Artie zu einem sehr zornigen Mann geworden. Und wie so viele zornige Männer gab er den Frauen die Schuld dafür.

Es war Meredith, die für das Scheitern seiner ersten Ehe verantwortlich war, nicht er. Er hatte nicht miterleben können, wie seine älteren drei Kinder größer wurden, weil Meredith sie gegen ihn aufgehetzt hatte. Artie lernte seine älteren drei Kinder erst kennen, als Liberty und Storm alt genug zum Autofahren waren und nach San Francisco auf Besuch kommen konnten. Liberty und Missy freundeten sich sehr miteinander an, während Storm und seine Freunde es einfach genossen, mit Artie zusammenzusein. Artie war Storms coolster Kumpel. Er machte Storm und seinen Freunden Joints und Bier schmackhaft. Storm spielte in einer Band, und Artie besorgte den Bandmitgliedern Bühnenausweise für Konzerte von Aerosmith, Mötley Crüe und Red Hot Chilli Peppers.

Liberty und ihre kleine Schwester Mariah hegten weiterhin sehr ambivalente Gefühle gegen ihren Vater. Sie liebten ihn zwar, verachteten ihn aber auch. Sie konnten nicht so tun, als seien all die Jahre, in denen ihr Vater sie ignoriert hatte, ungeschehen geblieben. Und sie verabscheuten die Pornokönigrolle, die er spielte.

»Mein Vater war ein unglaublicher Egomane, er mußte immer den Mister Macho spielen«, sagt Liberty. »Einige Male sagte er zu mir: ›Deine Mutter ist die einzige Frau, die ich je geliebt habe‹, und ich sagte mir immer: ›Verarsch dich lieber selbst!‹ Nie gab er zu, daß meine Mutter ihm weh getan hatte.

Es ging doch nicht, daß ›Mister Macho der König‹ ein solcher Weichling sein könnte, dem das etwas hätte ausmachen können. Es ging doch nicht, daß er sich tiefgreifend genug änderte, um etwas von seiner Männlichkeit zu zügeln, indem er nicht mit jeder Tänzerin im O'Farrell vögelte. Was hätte Jim von ihm denken sollen, wenn er zu meiner Mutter zurückgekrochen gekommen wäre? Sie hat sich gegen die Mitchell-Brüder gestellt? Dann soll sie auch dafür büßen! Und genau das hat sie auch getan. Das haben wir alle getan.«

Es gab Gelegenheiten, da Liberty ihren Vater genoß. Er war so überschwenglich, so voller Energie, daß es schier unmöglich war, von der Erregung nicht mitgerissen zu werden. Sie liebte es, ihre Freundinnen mitzubringen und sie ihrem Vater vorzustellen – Artie war anders als jeder Vater, dem sie je begegnet waren. Doch im O'Farrell fühlte sich Liberty nie richtig behaglich. Dafür sorgte ihr Vater schon.

»Er pflegte in Gegenwart meiner Freunde ›Ich stehe auf Möse‹ zu sagen, vor allem vor meinen männlichen Freunden. Das war seine Art und Weise, mich zu beleidigen, weil ich weiblichen Geschlechts bin«, erinnert sich Liberty und beschreibt dann die Partys, die immer solange Spaß machten, bis schließlich betrunkene und bekiffte Männer anfingen, »jeden anzuschielen, der weiblichen Geschlechts war. Dann saß ich da und sagte: ›Geh doch zu FeFe oder zu wem auch immer. Ich bin keine von diesen Fickärschen. Ich setze mich nicht auf deinen Schoß.‹ Die ganze Sache hat mich angewidert, und das hat mein Vater mir verübelt. Er versuchte, mir zuzusetzen, indem er sagte: ›Du bist ja vielleicht prüde‹, oder ›Du bist so spießig.‹ Dann antwortete ich: ›Entschuldige, aber es gibt eine ganze Menge Leute, die nicht prüde sind und trotzdem nicht unbedingt glauben, daß es das größte ist, immer und überall herumzuvögeln!‹«

Arties schlechthinniger Beweis, daß alle Frauen schlecht waren, war natürlich seine zweite Frau. Karen und er trennten sich im Dezember 1983 und ließen sich im Oktober 1985 scheiden, doch das bescherte ihnen keinen Frieden. Kay führte einen Prozeß nach dem anderen und zerrte Artie immer wieder vor Gericht, um ihre Versorgung und die Unterhaltszahlungen für die Kinder zu erhöhen, die schließlich fünftausendachthundert Dollar im Monat betrugen.

»Kay benutzte die Kinder als Waffe«, sagte Eugene Seltzer, Arties Scheidungsanwalt. »Sobald sie wegen irgendeiner Sache vor Gericht den kürzeren zog, und ich höre immer noch, wie sie es aussprach, drehte sie sich um und sagte: ›Dieses Wochenende bekommst du die Kinder nicht!‹ Einfach so!«

Doch die eigentlichen Schlachten fanden nicht vor Gericht statt. Die Gerichtsprotokolle sind voller Beschreibungen von Scharmützeln zwischen den beiden.

»Artie Mitchells Abhängigkeit von Alkohol und Drogen stellt eine unmittelbare Gefahr für Gesundheit und Sicherheit unserer Kinder dar. Artie steht häufig unter diesem Einfluß, wenn er mit den Kindern zusammen ist. Ich bin zu ihm nach Hause gekommen, um die Kinder abzuholen, und habe gesehen, wir Artie Stolichnaya Wodka direkt aus der Flasche trank. Manchmal steht er tagelang unter Kokain. Er hat mir gegenüber zugegeben, Heroin, Psilocybin-Pilze und Valium zu benutzen. Er ist schon seit Jahren marihuanaabhängig und ständig stoned.«

Artie konterte mit Einlassungen, in denen er formulierte: »Ich bin weder alkohol- noch drogenabhängig, wie die Klägerin (Karen) behauptet. Ich meine, daß dieselben Vorwürfe eher gegen die Klägerin gerichtet werden sollten. Sie neigt zur Schreierei und zu hysterischen Ausbrüchen, und oft schlägt sie auch unsere Kinder.«

Für Arties Freunde und Verteidiger ist Karen der Bösewicht, die Ursache für Arties sämtliche Probleme. Sie machen sich über die Behauptung lustig, daß Artie Heroin verwendet haben könnte – nur zu gern pflegte er zu sagen, daß die einzigen Drogen, die er nie versucht habe, Heroin und Nikotin seien; und sie weisen auch darauf hin, daß Karen einmal wegen Marihuanaanbaus auf der Farm in Canyon verhaftet wurde. (Sie behauptet, daß Artie sie damals hereingelegt habe.)

»Ich sehe in Kays ständigen Nadelstichen die Ursache für Arties Trinkerei«, meint Meredith Bradford. »(Georgia) Mae und ich sind zweifelsfrei davon überzeugt, daß sie die Sache nur eingefädelt hat, um ihn in den Wahnsinn zu treiben.«

Doch das geht am Problem vorbei. Schwertklingen schärfen sich, wenn sie aufeinanderprallen. Wenn Karen eine Pistole mit sich führte, so deshalb, weil Artie sie bedrohte. Er war tatsächlich häufig betrunken und high von Drogen. Jede Mutter, die sich um ihre Kinder sorgte, wäre beunruhigt gewesen, wenn sie zusammen in einem Wagen gewesen wäre, in dem Artie Mitchell am Steuer saß. Und wenn Karen auch vielleicht eine abartige Freude daraus zog, Artie zu behelligen, indem sie die Polizei rief und seine Verhaftung einklagen wollte, tat Artie seinerseits ebenfalls alles, um ihr das Leben zur Hölle zu machen.

»Ich dachte früher immer, daß zwei Menschen sich immer irgendwann schließlich miteinander arrangieren«, meint Joanne Scott. »Karen und Art haben das nie getan. Sie telefonierten miteinander, und er riß Witze auf ihre Kosten, worauf sie in Rage geriet. Dieser ständige Kampf zwischen ihnen, diese ständige Feindseligkeit – das war ihre ganze Beziehung zueinander.«

Irgend etwas fraß an Artie, etwas Ätzenderes als Karen oder die Drogen oder der Alkohol. Artie Mitchell fürchtete sich vor dem Altwerden.

Alle Männer sind einundzwanzig, behauptet Chuck Traynor beharrlich, und ein großer Teil von Arties wildem, selbstzerstörerischem Verhalten war der verzweifelte Versuch, zu beweisen, daß er, wenn es denn auf die mannhaften Dinge ankam, die als einzige zählten, ein ewiger Einundzwanzigjähriger war. Wenn er trank und unglaubliche Mengen Drogen konsumierte, wenn eine Tänzerin im Teenageralter an seinem Arm hing, dann war das ein Beweis dafür, daß Artie Mitchell, gleich wie alt er tatsächlich sein mochte, ein Teufelskerl war.

»Mein Vater wollte auf jener Entwicklungsstufe verweilen, auf der das Leben eine ewige Party ist«, sagt Liberty. »Deswegen haben Storm und seine Freunde ihn regelrecht angehimmelt. Er hing mit ihnen herum und trank die ganze Nacht Bier. Sie hielten ihn alle für so cool. Natürlich war er cool. Schließlich begab er sich ja auf ihr Niveau herunter.«

Die Brüder Mitchell hatten über zweihundertfünfzigtausend Dollar für die Produktion der Fortsetzung von *Green Door* ausgegeben. Mit diesem Film wollten sie sich wieder als Anführer des Sexindustrierudels behaupten. Jim und Rita Benton (die Frau des langjährigen Tontechnikers Alex Benton), die für die Vermarktung, Werbung und die PR-Arbeit für den Film verantwortlich waren, hatten wochenlang geschuftet und Tausende von Dollar ausgegeben, um diese Premiere zu organisieren. Und ausgerechnet an diesem großen Abend war Artie völlig ausgebufft und außer Kontrolle.

Jahrelang hatten die Brüder Mitchell sich mit Ideen für eine Fortsetzung von *Green Door* getragen. Schließlich hatten sie den Film tatsächlich produziert, aber nicht, weil sie das Geld brauchten oder verzweifelt ihren größten Erfolg wiederholen mußten. Nein, sie produzierten die Fortsetzung, weil sie sich langweilten.

Die Brüder hatten eine Anzeige in der Kinozeitschrift *Variety* geschaltet, in der sie bekanntgaben, daß sie Darsteller für die Fortsetzung von *Green Door* suchten und um die Meldung von dicken Frauen, zweiköpfigen Leuten und Jahrmarktsdarstellern baten.

»Eine derartige Anzeige in einem spießigen Blatt wie *Variety* zu schalten war ihre Art zu sagen: ›Wir sind genauso groß wie ihr‹«, erinnert sich Missy. »Alle DJs in L. A. sprachen darüber, und von überallher kamen Leute, um vorzusprechen.«

Missy hatte entschieden, daß sie die perfekte Nachfolgerin von Marilyn Chambers war, und sie fieberte dem Vorsprechen für den Film nur so entgegen. Sie war blond und hübsch, genau wie Marilyn; sie war frisch und noch nie in einem Film aufgetreten, genau wie Marilyn. Sie würde Missy Manners sein, das republikanische Mädchen von nebenan, das ein Pornostar war!

Artie war begeistert von dem Gedanken; Jim verabscheute ihn. Jim sprach viel darüber, wieviel Reibungen Missy erzeugen würde und daß er es nicht für eine gute Idee hielt, wenn Missy und Artie Privat- und Berufsleben miteinander verbanden. Aber Jim machte nur heißen Dampf – seit wann hatte er sich wegen ›Reibungen‹ gesorgt? Der wirkliche Grund, weshalb er Missy nicht in dem Film haben wollte, war, daß sie die Freundin seines Bruders war.

»Jim war widerlich zu Missy«, berichtet Liberty. »Vielleicht fühlte er sich von ihr bedroht, vielleicht weigerte er sich auch, sie ernst zu nehmen, weil sie die Freundin meines Vaters war. Aber er war gar nicht nett zu ihr, und sie hatten sehr viele Probleme miteinander.«

Jim wollte Missy auch nicht bei den Dreharbeiten haben, weil sie und Artie wilde, den normalen Geschäftsbetrieb störende Shows im New York Live gegeben hatten, wobei sie bis spät in die Nacht tranken und Drogen nahmen, um sich schließlich in der Abdeckung des Billardtisches zusammenzukringeln und unter dem Tisch einzuschlafen. Missy wußte, daß sie und Artie für Jim ein Problem darstellten: »Für uns war das, was wir taten, einfach komisch. Aber ich begriff schon, daß es für Jim nicht so komisch war, denn schließlich mußte er einen Laden schmeißen und hatte eine Menge Leute, die für ihn arbeiteten und von ihm erwarteten, daß er sein Geschäft am Laufen hielt.« Dennoch beschloß sie, sich für den Film zu bewerben.

Missy kam auf die Bühne, wo sie erst einen Striptease hinlegte und dann eine Masturbationsnummer darbot. Als die Zeit gekommen war, einen Orgasmus zu simulieren, griff Missy in die Scheide, worin sie kleine Behältnisse versteckt hatte, und begann damit, einen Strom bunter Tücher daraus hervorzuholen, wie sie Bühnenzauberer aus einem Hut zu ziehen pflegten.

Die Mitchell-Brüder hatten Sharon McKnight angestellt, um bei dem Film Regie zu führen, und als sie von Missys Vorführung hörte, bestand sie darauf, sie sich selbst anzusehen. Missy legte oben im Büro das Band in den Videorecorder, und McKnight und alle anderen schüttelten sich vor Lachen, als die Tücher erschienen.

»Das ist eine erstklassige Vorführung. Damit könntest du überall in New York einen Job bekommen«, sagte McKnight zu Missy.

»Meinst du, sie sollte in den Film?« fragte Jim schließlich McKnight.

»Ich meine, sie sollte in den Film«, erwiderte McKnight.

»Na schön, also gut«, sagte Jim an Missy gewandt. »Schätze, du kannst den Job haben.«

Missy bekam nicht nur einfach eine Rolle – sie bekam die

Hauptrolle als Gloria, die Frau, die sich (anstatt entführt zu werden) vorstellt, wie sie in einem geheimen Club hinter einer grünen Tür vergewaltigt wird. Der Sexclub sollte ein klassisches Ambiente haben, und so beauftragten die Brüder drei Künstler, darunter Mary Jane Mitchell, die Wände des Green Door Room mit Kopien von Gustave Courbets ›Müßiggang und Sinnlichkeit (Die Schlafenden)‹, mit ›Satyr und die Nymphe‹, einem Produkt der Manieristen der Schule von Fontainebleau aus dem sechzehnten Jahrhundert, und mit ›Polyphemos und Galatäa‹ aus dem antiken Griechenland zu schmücken.

Die Mitchell-Brüder drehten *Behind the Green Door: The Sequel* an einem einzigen Sechzehnstundentag im Jahre 1985 im O'Farrell. An diesem Morgen erwachte Missy und fand eine Nachricht von Artie auf ihrem Frisiertisch: ›Liebe Missy – dein Leben wird nie wieder dasselbe sein. Was für ein wilder Trip. Artie.‹

Artie hatte recht, Missys Leben war danach tatsächlich nicht mehr dasselbe. Missy hatte an diesem Tag nicht nur Sex mit dem griechischen Gott Pan und mit Statuen, die zum Leben erwacht waren, sie masturbierte nicht nur und vollzog oralen Sex mit einer Gruppe von Männern, und sie wiederholte nicht allein die Trapezszene aus dem ursprünglichen Film. Nein, an diesem langen Tag entwickelte sich Missy zu einer Fürsprecherin der Pornographie und des Safer Sex.

Dabei kamen ihr ihre Erfahrungen in Washington zugute. Missy konnte mindestens ebensogut mit der Presse umgehen wie die Brüder Mitchell. Sie hatte Publikationen wie die *New York Times, The Wall Street Journal, Playboy* und *USA Today* angerufen, um ihnen von einem Pornofilm zu erzählen, der zugleich eine Botschaft hatte. Wegen der AIDS-Masche und ihrer republikanischen Herkunft – eine Fernsehstation der Bay Area hatte die Geschichte aufgedeckt – waren Missy und der Film sehr gut für Schlagzeilen geeignet. Einige der großen Zeitungen brachten Storys darüber, und schon begannen die Talkshows sich bei ihr zu melden.

Leider war Missy sehr viel besser im Umgang mit der Presse denn als Schauspielerin. *Behind the Green Door: the Sequel* war eine weitere Katastrophe der Brüder Mitchell.

Der Film wies die üblichen Markenzeichen der Mitchell-Brüder auf: verstümmelter Ton, ein unverständlicher oder nichtexistenter Plot, schlechte Beleuchtung und amateurhafte Kameraarbeit. Er braucht Ewigkeiten, um in Gang zu kommen: Missy spielt Gloria, eine Stewardeß, und es gibt eine lange, ziellose Szene, in der sie durch einen Flughafen schreitet und mit anderen Stewardessen plappert. Missy wirkt bleiern vor der Kamera. Die Frauen im Publikum des Sexclubs – Tänzerinnen des O'Farrell, die für diesen Drehtag hundertfünfundzwanzig Dollar Gage bekamen – sind lethargisch, die Sexszenen mit einer dicken Frau sind zu grotesk, um ansehnlich zu sein, die Bezüge zu AIDS und Safer Sex sind weit hergeholt und pedantisch, und der Gebrauch von Kondomen und Latexhandschuhen, so gut gemeint er auch sein mag, wird so erbärmlich gehandhabt, daß der ganze Sex nur absurd und alles andere als erotisch wirkt.

»Eine Orgie beginnt, nur daß sie eher wie eine Herzoperation wirkt«, schrieb ein Kritiker im *Chronicle.* Der Film hat eine unverkennbar klinische Atmosphäre, bedingt durch das viele quietschende Gummi . . . Da macht mich jeder Drogeriebesuch mehr an.«

Und der Film war auch kein Kassenschlager. Die Safer Sex-Geste wurde vom allgemeinen Publikum nicht ernst genommen, verprellte dafür aber die Hardcore-Fans. *Hustler* bezeichnete ihn als den enttäuschendsten Film des Jahres.

»Sie hatten soviel Energie in die Fortsetzung von *Green Door* gesteckt, es sollte ihr Magnum Opus werden, es sollte sie an die vorderste Front im Kampf gegen AIDS katapultieren und zeigen, daß sie Kampfgenossen waren«, erinnert sich Bob Callahan. »Als nichts davon geschah, verstärkte das Jims Verlangen, aus dem Pornogeschäft auszusteigen. Jim sagte immer wieder: ›Ich brauche mehr als das. Ich muß irgend etwas Neues machen.‹ Arties Position dagegen war: ›Nee, das können wir nicht, wir sind doch bloß Arschlöcher, wir würden nur unser Geld verlieren. Wir sollten unser Geld mit dem Theater machen und fischen.‹«

Außer der Altersangst wurde Artie noch von einem weiteren Traum heimgesucht: Der Furcht, sein Bruder könnte ihn verlassen. Er nahm das Scheitern des zweiten Teils von *Green Door* sehr persönlich. Schließlich war seine Freundin die Hauptdarstellerin gewesen, und er hatte wirklich versucht, alles zum Laufen zu bringen. Aber der Film fiel durch, was nur bewies, daß Artie nicht mehr wußte, wie man einen guten Porno machte. Niemand im Theater nahm ihn noch ernst. Die meisten Tänzerinnen verachteten ihn oder fürchteten sich vor ihm. Und jetzt sprach Jim davon, aus dem Geschäft auszusteigen. Das würde bedeuten, ihn zurückzulassen. Aber was sollte er ohne Jim tun?

Artie ging mit seinen Ängsten auf die einzige Weise um, die er kannte. Er verschrieb sich selbst seine eigene Medizin und vergrub sie unter immer größer werdenden Dosen Drogen und Alkohol. Manchmal begrüßte Artie morgens den Tag, indem er ein Glas zu drei Vierteln mit Tequila füllte, bevor er Orangensaft hinzugab.

»Einmal habe ich Artie gefragt: ›Weshalb trinkst du so viel? Meinst du etwa, das würde dir helfen?‹« erinnert sich Missy. »Artie sagte: ›Es macht keinen Unterschied, ob ich heute zur Arbeit gehe oder Golf spiele oder zu Hause bleibe und mich betrinke. Ob ich arbeiten gehe oder nicht, ich werde gleich viel Geld damit machen. Was soll's also?‹«

Während Artie sich in einen selbstmitleidigen Trinker verwandelte, sprach Jim mit seinen Journalistenfreunden über die Gründung einer neuen Zeitung. Zum erstenmal in ihrem Leben strebten die Brüder Mitchell in gegensätzliche Richtungen.

Ocean Beach

»Ich will das Theater verändern, das ganze Konzept«, sagte Jim in Maye's Original Oyster House, ein paar Häuserblocks die Polk Street hinauf, gerade beim Mittagessen zu Bob Callahan. »Was soll ich deiner Meinung nach tun?«

»Clowns«, erwiderte Callahan.

»Clowns?«

»Schick die Clowns hinein«, sagte Callahan mit unbewegter Miene. »Die Stadt sagt, das Theater sei schmutzig, und du sagst, daß es ein Vergnügungshaus ist. Dann mach doch Nägel mit Köpfen. Stell ein paar Clowns ein, laß sie mit den Mädchen umherziehen.«

Callahan musterte Jims meist ausdrucksloses Gesicht und stellte fest, daß er fasziniert war. Das war eins der Dinge, die Callahan an Jim, mit dem er seit fünf Jahren befreundet war, am meisten mochte. Jim hörte zu, er war bereit, Dinge auszuprobieren. Callahan, ein fröhlicher, warmherziger Mann, spürte, daß er einen Einfluß auf Jims Leben hatte, und dieses Gefühl gefiel ihm. Jeder möchte seinen Freunden wichtig sein.

»Ich denke, wir sollten die Zeitung machen«, sagte Callahan, nachdem sie mit den Clowns fertig waren, die ohnehin eher eine Feststellung waren als eine ernsthafte Geschäftsidee. »Wir könnten damit etwas machen, worauf wir alle stolz wären, etwas, das in der Tradition San Franziscos von *Ramparts* und *Rolling Stone* stehen würde.«

»Weißt du was?« meinte Jim, und seine Augen weiteten sich. »Ich habe eine Idee dazu. Wir könnten die Zeitungsjungen zurückbringen: Schwarze, Hispanos, Vietnamesen, wir würden an jeder Ecke einen aufstellen, um die Zeitung zu verkaufen. Wer könnte schon an diesen Kindern vorbeigehen, ohne eine Zeitung mitzunehmen?«

»Das ist eine großartige Idee!« antwortete Callahan. »Sie könnten Schlapphüte tragen wie die Zeitungsjungen früher!«

Callahan, ein fünfzigjähriger Mann mit langem, strähnigem Haar und einem Körper von der Form eines Bowlingkegels, baute keine Luftschlösser. Er war der Gründer der Turtle Island Press, einer der besten kleinen Pressen in Amerika, und der Herausgeber von *The New Comics Anthology*. Zu seinen Freunden gehörten Schriftsteller wie Ishmael Reed und Barry Gifford und der Pulitzerpreisträger und Karikaturist Art Spiegelman. Callahan wußte aus eigener Erfahrung, wieviel Mühe und Wahnsinn dazu gehörten, eine neue Publikation aus der Taufe zu heben, und er war davon überzeugt, daß Jim Mitchell die Intensität und den Antrieb besaß, um ein Verleger zu werden.

Journalisten hatten Jim schon immer fasziniert; eine alternative Zeitung zu gründen wäre seine Chance, selbst einer zu werden. Die Zeitung würde beweisen, daß Jim ein kluger Geschäftsmann war, der in einer neuen Welt erfolgreich bestehen konnte, in der es um Ideen, Politik und Stil ging. Am besten daran aber wäre, daß Jim damit aus der Pornographie aussteigen und sich als ein Mann etablieren könnte, mit dem sowohl in der Welt der Spießer als auch in der Subkultur zu rechnen war.

»Der Unterschied zwischen einem Verleger und einem Pornographen ist der, daß der Verleger nicht betrügen kann«, sagt Callahan. »Jim trat in meine Welt ein. Er war bereit, die Grenzen der Pornographie beiseite zu schieben und die Ketten des weißen Packs abzustreifen, die er aus Antioch mitgeschleppt hatte.«

Jim hatte nicht etwa irgendeine wundersame Bekehrung durchlaufen. Er war einfach in die mittleren Jahre gekommen. Auf seine ruhige, gedämpfte Art hatte Jim fast ebensoviel Gras geraucht, fast ebensoviel Koks geschnupft und fast ebenso viele Frauen gehabt wie sein theatralischer jüngerer Bruder. Aber Jim hatte das Gefühl, daß die Zeit knapp wurde. Die Sechziger waren schon lange vorbei, während er nun auf seinen fünfzigsten Geburtstag zusteuerte. Er sehnte sich wieder nach dem Gefühl damals in den Sechzigern, als seine politisch linksstehenden Freunde ihm sagten, daß Pornographie Amerikas sexuelle Sitten ändern würden.

Inzwischen konnte Jim diese Rationalisierung nicht mehr verwenden. Die Pornographie war zu etwas Alltäglichem geworden, woran die Durchbrüche, die er und Art in San Francisco und mit *Behind the Green Door* erkämpft hatten, wesentlich beteiligt waren. Die Pornographie war jetzt ein Angebot von vielen auf dem Markt. Wer sich heute einen Film ausleihen wollte, brauchte nur in seine örtliche Videothek zu gehen und hinter dem Vorhang zum nächsten Raum zu verschwinden. Calvin Klein-Werbung war schärfer als die frühen Filme, die Jim mit Earl Shagley und Annie gemacht hatte. Aber es hatte sich nichts geändert: Porno blieb immer noch Porno.

Ein Mitchell-Bruder zu sein hatte Jim zwei Ehen gekostet. Adrienne war mit einem Pornodarsteller durchgebrannt, und jetzt hatte sich Mary Jane ebenfalls scheiden lassen. Mary Jane hatte ein Verhältnis mit dem Schwimmlehrer der Kinder angefangen. Doch das Scheitern der Ehe war wirklich nicht ihre Schuld, das wußte sogar Jim.

»Jim erzählte mir, daß er sich eines Abends betrank und sie ohrfeigte«, berichtet Jack Harvey. »Er hatte herumgebumst und Ärger gemacht, und eines Tages kam er auf sie zu und verpaßte ihr eine Ohrfeige. Es hat ihn sehr, sehr bekümmert, daß er seine Beherrschung verloren und das getan hatte. Es widerstrebte seinem ganzen Wesen.«

Jim und Mary Jane hatten sich im September 1986 getrennt und eine dornenreiche Scheidung durchgestanden. Am 11. September erließ ein Richter eine Verfügung gegen Jim, in der ihm verboten wurde, sich mehr als fünfzig Meter Mary Janes Haus zu nähern, ebenso dem Haus ihrer Eltern und Schwestern und dem San Francisco Art Institute, wo Mary Jane gerade studierte. Ein Jahr später, am 26. August 1987, beantragte Mary Jane eine weitere Verfügung.

»Beklagter (Jim) hat in Erfahrung gebracht, daß Klägerin (Mary Jane) damit begonnen hat, mit Männern auszugehen«, sagt ein Gerichtsdokument. »Er (Jim) hat sie seitdem mehrere Male angerufen und gedroht, sie und ihren Freund umzubringen, beleidigend und unbeherrscht. Beklagter wurde schon früher wegen körperlicher Gewalt auffällig. Klägerin fürchtet um ihre Sicherheit und die ihrer Kinder.«

Jim riß sich schließlich zusammen und arrangierte sich mit Mary Jane, wobei Jim fünftausendachthundertsiebenundsechzig Dollar im Monat für den Unterhalt seiner Frau und der Kinder zahlte, dazu das Schulgeld für zwei der vier Kinder und Therapiesitzungen für ein weiteres. Trotz aller Schwierigkeiten, die er mit Artie hatte, war Artie immer noch sein Bruder, und so war Jim bei Missy und Artie in der Marina eingezogen. Später erwarben die Brüder ein riesiges Haus an einem Berghang in der im östlichen Teil der Bay Area liegenden Kommune Moraga. Es war ein langgezogenes, niedriges Haus mit einem Pool dahinter und einem wunderbaren Ausblick. Jims vier Kinder und Arties drei jüngere kamen an den Wochenenden, im Sommer auch für länger, und auch die Bradfordkinder kamen gelegentlich vorbei. Mehrere Hausmädchen halfen bei der Arbeit und bei der Versorgung der Kinder.

Im Laufe der Zeit begann sich Jim mit einer langjährigen Tänzerin im O'Farell, Lisa Adams, zu treffen. Unter dem Namen Lisa Thatcher war sie mit dem SM-Pornostar Jamie Gillis in Filmen aufgetreten. Sie war eine ausnehmend hübsche WASPhafte Blondine, die auf der Bühne als kalt und abweisend galt, und sie war begierig darauf, aus dem Sexgeschäft auszusteigen. Nachdem sie sich mit Jim zu treffen begonnen hatte, hörte sie mit dem Tanzen auf und wurde Sekretärin im Theater. Schließlich verließ Lisa das O'Farell ganz, zog bei Jim ein, wo sie sich darauf konzentrierte, ihm bei der Versorgung seiner vier Kinder zu helfen.

»Jims Kinder mochten Lisa wirklich«, sagt Liberty. »Mit ihr schien er eine Stabilität zu genießen, die er noch nie gehabt hatte.«

Jim und Lisa wollten schließlich ein eigenes Heim haben und zogen in die 47. Avenue in San Francisco, nur wenige Blocks von Ocean Beach entfernt. Karen und die Kinder waren von Canyon in ein Haus auf einem Hügel in Marin gezogen, und Artie wurde es langsam leid, Kinder von Moraga nach Marin zu kutschieren. Er hatte mehrere Prozesse wegen Fahrens unter Drogeneinfluß gehabt, und seine Fahrerlaubnis war eingeschränkt. Es wäre sehr viel einfacher, wenn er etwas näher zu den Kindern in Marin zöge, was er schließlich auch tat.

Missy Manners hatte keine Ahnung gehabt, wie anstrengend Posieren sein konnte. Der Fotograf vom *Playboy* war ein totaler Perfektionist. Alles – Beleuchtung, Make-up, Hintergrund – mußte makellos sein, bevor er weitermachte, und dann mußte Missy jede Stellung, wie es ihr schien, stundenlang halten, während er eine Aufnahme nach der anderen schoß und es mit verschiedenen Winkeln versuchte. Für den *Playboy* Modell zu stehen ist wie Tai Chi, hatte Missy am zweiten Aufnahmetag gedacht.

Missy war erschöpft, als sie zum Knickerbocker zurückging, dem Vier-Sterne-Hotel auf der Walton Ecke Michigan, in Chicago, wo der *Playboy* für sie und Artie eine Suite angemietet hatte. Doch es war die Sache durchaus wert.

Die Kritiker sagten zwar bösartige Dinge über die Fortsetzung von *Green Door,* und an den Kinokassen fiel der Film auch durch, aber das hatte keine wirkliche Rolle gespielt, denn die Safer-Sex-Botschaft des Films hatte Missy zu höheren Weihen verholfen, als sie jemals ein Pornostar erreicht hatte. Nicht einmal Marilyn Chambers war im *Playboy* erschienen. Pornostars paßten nicht in das Konzept des Magazins. Die Playmates waren Unschuldslämmer, die auf einer Seite gezeigt wurden, wie sie gerade einem jüngeren Bruder das Frühstück machten, um sich auf der nächsten auf Seidenlaken zu räkeln.

Missy war in der *Oprah Winfrey Show* und bei *Larry King Live* (mit Rona Barrett als Moderatorin) aufgetreten und hatte sich als intelligente, manchmal auch flamboyante Interviewpartnerin erwiesen. Bei *Oprah* hatte sie die Antipornoaktivisten im Studio in Rage gebracht, als sie Kondome an das Publikum verteilte. Sie hielt Collegevorträge über Safer Sex, die BBC hatte sie für eine Dokumentation über AIDS interviewt, und nun brachte *Playboy* eine Story und eine üppige Bildreportage.

Missy zu bringen war ein kluger Schachzug des *Playboy*. Das Magazin stand unter Attacke der Pornogegner, die sich unter der Fahne der Meese-Kommission zusammengeschart hatten. Sie hatten bereits Southland, den Riesenkonzern, dem die 7-Eleven-Läden gehören, dazu gezwungen, den *Playboy* aus seinem Angebot zu nehmen, und es ließ sich nicht absehen, wo die Zensurbewegung als nächstes zuschlagen würde. Die Missy-Story war eine Möglichkeit für die Herausgeber des *Playboy*, zu demonstrieren, daß ihr Blatt fest im Lager der Safer-Sex-Vertreter verankert war.

»Artie! Artie! Bist du da?« rief Missy, als sie in die Suite kam.

Keine Antwort. »Artie?« rief Missy schon etwas zaghafter, als sie ins Schlafzimmer trat. Abrupt blieb sie stehen und starrte das Bett an. Sie hatte ein Gefühl, als hätte ihr soeben jemand die Faust in den Magen geschlagen.

Das Bett war auseinandergerissen, Decken und ein Laken lagen zerknüllt auf dem Boden, ein Aschenbecher quoll über von lippenstiftbefleckten, halb aufgerauchten Joints, neben einem Kopfkissen lag ein Seidenslip, und auf dem Boden waren gebrauchte Kondome.

Missy ging ins Badezimmer, schloß die Tür und drehte den Hahn auf, um das Badewasser einzulassen. »Ich kann nicht mal ... Er wird nicht mal ...« sagte sie laut und begann zu weinen.

Missy wußte, daß die Szene im Schlafzimmer ein Gruß von Artie war. Es war seine Art zu sagen, daß Missy ihm nichts bedeutete, daß sie und das, was sie tat, wertlos waren. In gewisser Weise überraschte es sie nicht. Artie hatte sich schon sperrig verhalten, seit sie damit begonnen hatte, Interviews zu geben und in Talkshows aufzutreten. Ein Teil von ihm hatte es zwar gemocht, es war gute Publicity für den Film, und es hatte auch Spaß gemacht, bei *Oprah* Kondome im Publikum zu verteilen.

Aber Artie war auch eifersüchtig. Sie hatte ihm den Rang abgelaufen.

»Artie stand immer im Wettbewerb zu mir«, meint Missy rückblickend. »Er konnte es nicht ausstehen, daß ich etwas tat, worüber er keine Kontrolle hatte. Ich glaube, er hatte das Gefühl, daß ich ihn, sollte ich mich mit mir selbst erst einmal richtig wohl zu fühlen beginnen, verlassen würde oder daß irgend jemand auf mich zukäme, und das wäre es dann.

Das war zwar Arties Angst, aber er sprach sie nie offen aus. Artie konnte solche Dinge einfach nicht ausdrücken. Wenn ihn etwas schmerzte, hat er einfach nur getrunken, es betäubt. War er wütend, hat er irgend jemanden verprügelt.«

Missy beendete die *Playboy*-Aufnahmen und verzieh Artie, wie sie es immer tat, dann kehrten sie nach San Francisco zurück. Sie fand heraus, mit wem Artie zusammengewesen war, und als sie in der Wechselsprechanlage im O'Farell die Meldung »Telefonanruf für Artie« und den Namen der Frau hörte, nahm Missy den Hörer auf und teilte der Frau mit, daß Missy, sollte die Frau jemals wieder anrufen, zu ihrem schlimmsten Alptraum werden würde.

Aber Artie benutzte nicht nur andere Frauen, um Missy zu demütigen. Er benutzte auch Gewalt. Feiertage bringen oft das Leid unglücklicher Menschen zum Vorschein, und am Thanksgiving Day, nur wenige Wochen nachdem er mit Missy aus Chicago zurückgekehrt war, geriet Artie in Rage, verfluchte Karen, weil sie sich wegen der Kinder gestritten hatten. Missy, die alles schlichten wollte, sagte etwas, was Artie nicht gefiel, worauf er explodierte.

»Hör zu, Artie, ich habe die Nase voll«, sagte Missy. »Ich kann deinen Scheiß nicht mehr ertragen.« Artie fing an zu toben und riß Missy die linke Gesichtsseite auf.

Artie hatte Missy schon früher geschlagen. Eines Nachts, als sie sich im Mercedes gerade stritten, hatte Artie die Tür geöffnet und sie aus dem fahrenden Fahrzeug auf die Scott Street in der Marina hinausgeworfen. Gelegentlich hatte Missy sich auch gewehrt, indem sie eine Colaflasche oder eine Lampe nahm und ihn damit verprügelte.

Die Fingernagelspuren machten Missy größere Sorge als die Schürfwunden und die blauen Augen es getan hatten, vielleicht weil es so kurz nach der *Playboy*-Aufnahme geschah. Missy bastelte an einer Karriere, die von ihrem Aussehen abhing, und das versuchte Artie zu zerstören. Freunde sagten ihr immer wieder, daß Artie, sollte sie ihn nicht verlassen, versuchen würde, sie zu entstellen. Bisher hatte sie sie ignoriert. Jetzt befolgte Missy ihren Rat.

Missy packte ihre Sachen und zog zu Freunden in Stinson Beach, einer schönen Stadt nördlich von San Francisco hinter dem Mount Tamalpais. Stinson war weit genug entfernt, daß

Artie nicht jederzeit hereinschneien konnte, wenn ihm gerade danach war, und Missy konnte auch nicht zu ihm zurück, was sie eigentlich mehr als alles andere wollte.

Artie zu verlassen, war mit Abstand das schwierigste, was Missy jemals getan hatte. Sie blieb vier Monate bei ihren Freunden, dann zog sie in ein kleines Haus in der Nähe von Ed's Superette, dem Laden von Stinson Beach. Missy schrieb sich bei einem halben Dutzend Therapieprogrammen ein – AA, Al-Anon, ›Frauen, die zuviel lieben‹-Therapie, Beratungssitzungen beim Dienst für mißhandelte Frauen in Marine –, zusätzlich zu ihren Sitzungen bei einem Privattherapeuten. Die Therapie hielt sie in Schwung, und sie führte ein Tagebuch, um ihre Einsichten festzuhalten.

»Ich war eine Dramakönigin«, sagt Missy. »Ich fuhr völlig auf Chaos ab. Mit Artie zusammen gab es eine Menge Chaos – eine Exfrau, die schon einmal vorbeikam, um die Tür einzuschlagen; Freundinnen, die mitten in der Nacht anriefen; einen Prozeß vor dem Obersten Bundesgericht, der ihn ins Gefängnis bringen konnte. Ich bin in Utah aufgewachsen, mein Leben war sehr langweilig verlaufen. Ich wollte Chaos in meinem Leben haben, ich wollte Dramatik.«

Während sie an der Trennung arbeitete, hängte Missy sich im ganzen Haus Mitteilungen auf: »Ruf Artie nicht an. Er hat deinen Bedürfnissen nicht entsprochen. Er wird niemals deinen Bedürfnissen entsprechen.« An manchen Tagen klebte sie den Telefonhörer fest, um ihn nicht abnehmen zu können. Als sie sich dabei ertappte, wie sie das Klebeband entfernte, riß sie das Telefon aus der Wand und warf es aus dem Fenster. Schließlich meldete sie es ab.

Doch immer wieder mal gab Missy nach und erlaubte es sich, sich mit Artie zu treffen. Dann gingen sie gemeinsam zum Mittag- oder Abendessen aus und sahen sich einen Film an, und manchmal verbrachten sie auch die Nacht zusammen. Artie bat sie dann, zurückzukommen, und versicherte ihr, daß alles ganz anders werden würde, aber Missy wußte, daß das nicht stimmte.

Missy hatte mit dem Trinken aufgehört, aber als Jack Davis, ein prominenter Wahlkampforganisator in San Francisco und ein enger Freund sowohl Missys als auch Arties, sie zu seiner Geburtstagsparty in einem indischen Restaurant in San Francisco einlud, fiel Missy sozusagen vom Wagen. Sie schaffte es zwar gerade noch zurück nach Stinson Beach, doch nachdem sie ein pinkfarbenes Flanellnachthemd angelegt hatte und zu Mister T, ihrem kleinen Pudel, ins Bett gekrochen war, konnte Missy nicht einschlafen. Sie vermißte Artie. Sie wollte Artie haben. Sie *mußte* Artie haben.

Missy zog ein Paar hochhackige Schuhe an, kehrte zu ihrem Wagen zurück und fuhr die dreißig Meilen durch die Bay Area nach Moraga. Als sie an dem großen Haus ankam, das Artie sich mit Jim teilte, fiel ihr als erstes Joanne Scotts Wagen in der Auffahrt auf. Wütend klingelte Missy Sturm. Artie wachte schließlich auf und öffnete die Tür; als er Missy erblickte, murmelte er »Ach, du liebe Scheiße!« und knallte sie wieder zu. Missy schlich auf der Suche nach einem offenstehenden Fenster durchs Gebüsch. Als sie hinter dem Haus angekommen war, entdeckte sie, daß die Hintertür nicht verriegelt war, und trat ein.

Artie und Joanne hörten Missys hohe Absätze den Gang entlangklicken und verriegelten die Schlafzimmertür. Missy zog einen Schuh aus und hämmerte dagegen.

»Verschwinde von hier! Raus aus diesem Haus! Wir rufen die Polizei!« schrien Artie und Joanne.

»Dann tut es doch!« kreischte Missy zurück.

Schließlich bohrte sich ihr Schuh mit dem hohen Absatz in die Hohltür, und dort ließ sie ihn auch stecken.

Missy nahm gerade die Ausfahrt Mill Valley auf der Highway 101, als sie hinter sich Rotlicht erblickte.

»Sie haben mich wegen Trunkenheit am Steuer erwischt«, berichtet sie. »Und ich mußte zurück in meine Gruppentherapie und gestehen, daß ich einen Schuß Drama gebraucht hatte.«

Die Zeit verging, und Missy und Artie ließen Gras über den Vorfall wachsen, wie sie es schon so oft getan hatten. Nun begann Artie, seine drei jüngeren Kinder an den Wochenenden nach Stinson Beach mitzunehmen. Es war ganz wie in alten Zeiten: Artie, Missy und die Kinder vergnügten sich großartig, und Artie schien ehrlich darum bemüht zu sein, Missy zurückzugewinnen. Doch sie blieb wachsam, traf sich nur in Gegenwart seiner Kinder mit Artie, bis zu jenem Abend, als sie entschied, daß es schon gehen müßte, allein mit ihm zum Essen auszugehen. Missy bat Freunde, bei den Kindern babyzusitten, dann ging sie mit Artie in ein Restaurant in Stinson Beach.

»Darf ich Ihnen etwas zu trinken bringen?« fragte die Kellnerin, nachdem sie Platz genommen hatten.

»Ich nehme ein Heineken«, erwiderte Artie. »Und können Sie gut schwanzlutschen?«

Missy stand auf. Sie hatte jahrelang mitangehört, wie Artie Frauen als Fotzen, Dumpfbacken, Huren und Säue bezeichnete. Sie würde niemals wieder tatenlos zuhören, wie er Frauen beleidigte. »Fick dich selber ins Knie, Artie«, sagte Missy und warf ihre Serviette beiseite.

Missy ging zu Fuß nach Hause, und Artie fing sie unterwegs ab.

»Für wen, zum Teufel, hältst du dich, einfach vor mir abzuhauen?« sagte Artie.

Bevor Missy etwas erwidern konnte, schlug Artie sie zu Boden und knallte ihren Kopf gegen das Deck. Missy verlor das Bewußtsein. Als sie wieder zu sich kam, blutete sie; Artie war fort. Sie rief einen Freund an, einen Mitarbeiter des Rettungsdienstes von Stinson Beach, und als er kam, kümmerte er sich um sie. Er wollte, daß Missy Anzeige erstattete, doch sie weigerte sich.

»Da wußte ich, daß Artie dazu fähig war mich umzubringen, denn als er ging, hatte er nicht gewußt, ob ich noch am Leben war oder nicht«, sagte Missy. »Da mußte ich mich entscheiden: ›Wen magst du mehr? Dich selbst oder Artie?‹«

Missy entschied sich zwar für sich selbst, aber danach wurde die Therapie härter, und sie verfiel immer mehr in Depressionen. Wenn sie irgendwelche Freunde besuchte, setzte sich sich auf die Couch oder legte sich auf den Boden und begann unablässig zu weinen.

Es war nicht nur ihre Beziehung zu Artie, die Missy anwiderte, es war ihr ganzes Leben. Der Alkoholismus ihrer Mutter und ihre eigene Angst vor dem Verlassenwerden, nachdem sich ihre Eltern hatte scheiden lassen und sie in ein Internat geschickt worden war; Arties Probleme mit Karen und wie sie zusammen mit ihm zur Mitalkoholikerin geworden war; der Zorn und die Mißhandlungen, das Unglück, alles war nur ein einziger schlimmer Teufelskreis. Missy begann zu glauben, daß der Selbstmord der beste Ausweg sei.

»Ein paar Leute, die am Strand lebten, hatten es tatsächlich getan. Weshalb konnte ich es nicht?« fragt Missy sich heute.

Statt dessen ging sie weiterhin zu ihren Therapiesitzungen und AA-Treffen und machte ausgedehnte Spaziergänge den vernebelten Strand hinauf und hinab. Und dann gab Missy eines Tages auf.

»Ich dachte: Scheiße! Das ist ja wirklich Schwerstarbeit. Feiern wir doch!« erinnert sich Missy. »Das war nämlich immer Arties Lösung: Feiern wir doch!«

Missy begann wieder zu trinken und wurde in einem Monat dreimal wegen Trunkenheit am Steuer festgenommen. Als die Polizisten sie das dritte Mal an den Straßenrand winkten, begann Missy zu schluchzen.

»Das ist das traurigste, was mir je widerfahren ist«, brüllte Missy den Polizisten an. »Meinen Sie, ich könnte einfach mal eine Umarmung bekommen?«

Der Polizist traute seinen Ohren nicht.

»Lady«, sagte er, Missy anblickend, »Sie sind in einem armseligen Zustand. Sie sind völlig durcheinander. Und mich widert das an.«

Damit schloß er die Tür und fuhr Missy ins Gefängnis.

Ein Richter sah sich Missys drei Festnahmen wegen Trunkenheit am Steuer an und fragte: »Was ist mit Ihnen los, junge Dame?« Dann verurteilte er sie zu dreißig Tagen Haft und einem Jahr Teilnahme an einem unter gerichtlicher Aufsicht stattfindenden Alkohol- und Drogenprogramm. Im Zuge eines Strafumwandlungsplans konnte Missy die dreißig Tage gegen vier Tage Gefängnis und dreißig Tage Gemeinschaftsdienst eintauschen. Sie saß die vier Tage im Gefängnis von Marin County mit Prostituierten und Drogenhändlern ab, dann kehrte sie nach Stinson Beach zurück, wo sie dreißig Tage damit verbrachte, Toiletten zu reinigen, sie anzustreichen und am Strand und auf den Parkplätzen Zigarettenkippen aufzuheben.

Eines Nachmittags hockte Missy gerade auf Händen und Knien, um eine rote Gehsteigmarkierung um einen Feuerhydranten zu bemalen. Da fuhr langsam ein Wagen vor. Als Missy den Blick hob, sah sie Artie und seine neue Freundin Kristal, eine Tänzerin im O'Farell, von der man wußte, daß sie ein Deadhead war, eine dezidierte Anhängerin der Grateful Dead.

Artie parkte den Wagen, dann stieg er mit Kristal aus und kam auf Missy zu. Kristal trug ein kleines Oberteilchen und ein Paar sehr enger, sehr kurzer Hosen.

»Oh, hallo, Missy«, sagte Artie in gespielter Gleichgültigkeit.

»Hallo, Artie. Hallo, Kristal«, erwiderte Missy und tat ihr bestes, um sich auf ihre Malarbeiten zu konzentrieren.

Artie und Kristal gingen an Missy vorbei und setzten sich auf eine nahegelegene Bank. Und dann machten sie sich übereinander her, wechselten lange, leidenschaftliche Küsse, während sie sich gegenseitig mit den Händen erforschten. Schließlich war Missy mit der Bemalung ihrer roten Zone fertig, begab sich hinter ein paar Büsche und versteckte sich dort, bis Artie und Kristal wieder gegangen waren.

Es war Sonntag, der 18. März 1990, der Geburtstag von Jims ältester Tochter Meta. Liberty und Storm Bradford hatten sich zu ihrem Vater und seinen drei jüngsten Kindern zu einer Party in Jims Haus auf der 47. Avenue gesellt. Am Frühnachmittag sagte eines der Kinder: »Gehen wir Boogie-boarding!« Das klang nach einer großartigen Idee, und so machte sich die Truppe auf den Weg nach Ocean Beach, nur wenige Blocks von Jims Haus entfernt.

Der Himmel war zwar blau, aber es war ein windiger Tag mit Westböen, die eine Geschwindigkeit zwischen zwanzig und dreißig Stundenkilometern hatten. Die Brandung war schwer und sehr aufgewühlt, mit heimtückischen, unrhythmischen Wellen, die von Norden herankrachten, und einer tobenden Flut, die das Wasser durch die Gischt peitschte und zurück ins Meer schwemmte.

Rafe, Jims Ältester, und Aaron und Caleb, Arties Jüngste, legten ihre Gummianzüge an, packten die Boogiebretter und stürzten sich in die Wogen. Jim, Artie und die anderen Kinder breiteten ihre Decken aus und setzten sich auf den Sandstrand. Alles war in Ordnung; die Kinder wurden von der Gischt zwar ordentlich durchgeschüttelt, schienen es aber zu genießen. Und dann bemerkte Liberty, daß sie weiter vom Ufer entfernt waren als vorher. Und sie bemerkte auch, daß sie sich tatsächlich aufs Meer hinaus bewegt hatten.

Rafe kam auf seinem Boogiebrett durch die Gischt herangeschossen. Er stand auf, und eine Welle riß ihn von den Beinen. Er erhob sich erneut, stolperte, dann rannte er auf die anderen zu.

»Da draußen ist es wirklich sehr rauh«, sagte er keuchend und nach Luft ringend. »Sie kommen nicht mehr rein.«

»Storm«, sagte Artie zu seinem achtzehnjährigen Sohn, »begib dich hinaus und hol Aaron und Caleb.«

Storm war ein hervorragender Surfer, hatte aber keinen Gummianzug dabei, und die Wassertemperatur betrug nur knochengefrierende fünfzehn Grad. Doch ohne das leiseste Zögern entkleidete Storm sich bis auf seine Jockeyshorts, packte ein Boogiebrett und stürzte sich in die Brandung.

Kaum war Storm im Wasser, als Jim zu Liberty hinübersah.

»Ruf 911«, sagte Jim, »sofort!« Liberty sprang auf.

»Hol Storms Surfbrett!« schrie Artie, als Liberty den Strand hinauflief.

Liberty schrie: »Hilfe!« und »Ruft 911!« so laut sie nur konnte. Oben auf der Straße sprang ein Mann aus einem Kleinbus und rief: »Ich rufe an!«

Liberty rannte weiter, bis sie am Wagen ihres Vaters angekommen war. Sie packte Storms Surfbrett und raste damit an den Strand zurück. Artie hatte ein Boogiebrett, Jim nahm das Surfbrett, dann stürzten auch sie sich in die zornige Gischt.

Als Storm schließlich Aaron und Caleb erreichte, hatte Caleb sein Boogiebrett bereits verloren und trat nur noch Wasser, zitternd vor Kälte. Storm schaffte Caleb auf sein Brett und konnte ihn durch die Gischt auf den Strand katapultieren. Dann schoß Storm auch Aaron ans Ufer. Doch nachdem er die beiden Jungen an den Strand befördert hatte, war Storm völlig entkräftet. Er konnte nur noch wassertreten, bis sein Vater und Jim eintrafen.

Aarons und Calebs Lippen waren blau angelaufen, ihre Zähne klapperten, und sie zitterten so heftig, daß ihre Knie gegeneinanderschlugen. Liberty wickelte sie in Decken und brachte sie zum Wagen, um sie in Jims Haus zurückzufahren. Die ganze Zeit dachte sie dabei: Wenn Storm irgend etwas zustoßen sollte, lege ich den Alten um!

Als der Notruf mit der Meldung einer möglichen Mehrzahl Ertrinkende vor Ocean Beach eintraf, griff Lieutenant Tilden Hansan von der Feuerwehr von San Francisco nach seinem Gummianzug und setzte sich in Richtung Strand in Bewegung. Hansan, der die Surferrettungsmannschaft der Feuerwehr organisiert hatte, kannte das Wasser um San Francisco besser als jeder andere. Er hatte schwimmend das Golden Gate überquert und war von Alcatraz bis San Francisco geschwommen.

Doch als Hansan am Ocean Beach eintraf, sah er etwas, was er noch nie zuvor gesehen hatte: Im Wasser gab es keine Surfer. Wenn die Bedingungen selbst für die schon zu unberechenbar waren, wer war dann bloß verrückt genug gewesen, sich in die tödliche Gischt zu wagen?

Hansan hatte ein Vorgehensprotokoll für die Surferrettungsmannschaft erarbeitet. Es blieb stets jedem Mitglied der Mannschaft freigestellt, ob er sich ins Wasser begab oder nicht. Der Lieutenant sah aufs Meer hinaus und erblickte drei Boote der Küstenwache, darüber zwei Hubschrauber, dann fällte er seine Entscheidung. Heute würde niemand von der Surferrettungsmannschaft die Option bekommen, sich ins Wasser zu begeben. Er würde seinen Leuten befehlen, draußen zu bleiben.

Doch als Hansan sich seinen Weg durch die Menge von dreihundert Menschen gebahnt hatte, die sich inzwischen am Strand versammelt hatten, mußte er feststellen, daß drei seiner Männer bereits im Wasser waren. Captain Steve Freeman und die Feuerwehrleute Ralph Blanchard und Mark Evanoff fuhren auf ihren Surfbrettern bereits Jim, Artie und Storm entgegen.

Steve Freeman brauchte zwanzig Minuten, bis er sich die ungefähr vierhundert Meter durch das weißkochende Wasser zu Jim, Artie und Storm vorgekämpft hatte. Als ersten erreichte Freeman Artie; er war halb ohnmächtig und klammerte sich krampfhaft an ein Boogiebrett. Freeman war dazu ausgebildet, ein Opfer aufzuwecken und es zum Sprechen zu bringen. Deshalb fragte er als erstes: »Wie geht es Ihnen?«

Artie war zu benommen, um etwas zu erwidern, doch da sagte eine andere Stimme: »Ist das nicht eine ziemlich dämliche Frage?«

Freeman drehte sich um und erblickte Jim Mitchell, der ihn gerade kopfschüttelnd ansah. Jim und Storm hielten sich an einem Surfbrett fest.

Nun traf Ralph Blanchard ein und ergriff das Surfbrett, an dem Jim und Storm hingen. »Ogottogottogott!« murmelte Jim immer wieder. Blanchard sah in Jims Augen und merkte, daß er völlig verstört war.

Jetzt mußten die Retter entscheiden, ob sie weiter aufs Meer hinausschwimmen sollten, den Schiffen der Küstenwache entgegen, oder ob sie sich ihren Weg durch die Brandung kämpfen wollten. Das Wasser zwischen ihnen und den Schiffen war fast ebenso heimtückisch wie die Gischt. Es ist sehr schwierig, in Seenot geratene Menschen bei schwerem Wellengang in ein Boot zu bugsieren, und das Ufer lag näher als die Schiffe, also entschieden sich die Retter für den Strand.

Evanoff legte Freeman (der von einem herrenlos umhertreibenden Surfbrett am Kopf getroffen worden war) und Artie auf ein Surfbrett und begann damit, sie Richtung Norden vor sich her zu schieben, versuchte, sich seinen Weg durch die tosende Brandung zu bahnen. Blanchard war hinter ihm und schob Storm und Jim. Sie brauchten fünfundzwanzig Minuten, bis sie das Ufer und die bereits wartenden Krankenwagen erreicht hatten. »Wie geht es ihm?« fragte Jim, als die Sanitäter Artie verarzteten.

Artie ging es gar nicht gut. Seine Körpertemperatur war auf dreißig Grad herabgesunken, und er litt an starker Unterkühlung. Die darauffolgenden vier Tage mußte er im Medical Center der University of California zubringen. Captain Freeman verbrachte über eine Woche im Allgemeinen Krankenhaus von San Francisco.

»Als sie sie aus der Brandung zogen, fiel ich auf die Knie«, erinnert sich Liberty. »Es waren alle möglichen Leute anwesend, und alle sagten sie: ›Das war aber auch dämlich, überhaupt hinauszuschwimmen.‹ Als ich sah, daß es Storm gutging, war ich so glücklich, daß ich anfing zu weinen.«

Monate später überreichten Jim und Artie im Washington Square Bar and Grill der Surferrettungsmannschaft einen Scheck über zehntausend Dollar und schenkten sechs Mitgliedern Dauerkarten für das O'Farrell. Der Vorfall am Ocean Beach wurde Teil der Legende der Brüder Mitchell: Die Feuerwehrleute waren Helden, und Jim und Artie hatten sie großzügig belohnt.

In Wirklichkeit hatten die Zuschauer am Strand allerdings recht. Jim und Artie waren tatsächlich *dämlich* gewesen, ihre Kinder in eine derart heftige Brandung hinauszulassen. Trotz der vielen Jahre, die sie mit der Jagd und dem Versuch zugebracht hatten, Berufsfischer zu werden, waren Jim und Artie immer noch genauso verantwortungslos wie als Jugendliche. Sie hatten nicht gelernt, daß der ›Respekt für die Natur‹ die allererste Regel für jede Freilufttätigkeit ist.

Kanonen und Drohungen

Am Neujahrstag 1991 zog Julie, eine fünfundzwanzigjährige attraktive Tänzerin kubanischer Herkunft, bei Artie ein. Sie war entzückt, bei dem großen, dem einzigartigen Artie Mitchell leben zu dürfen. Allerdings machte sie sich auch Sorgen. Die meisten Tage war Artie bereits gegen Mittag nur noch ein geifernder, stammelnder Betrunkener. Er konnte in einem Augenblick sehr liebevoll sein, um dann, aus Gründen, die Julie nicht verstand, zu einem Rasenden zu werden, der wie ein tollwütiger Hund losknurrte.

Arties Freunde erzählten Julie, daß Artie seit jenem Vorfall am Ocean Beach nicht mehr derselbe sei. Dr. Donald ›Skip‹ Dossett, einer von Arties ältesten Freunden und ein langjähriger Bewohner des O'Farrell, behandelte Artie wegen einer Unterfunktion der Schilddrüse, die durch die Unterkühlung hervorgerufen worden war. Leute mit Schilddrüsenunterfunktion neigen zur Gewichtszunahme, sind geistig träger als vorher, leiden unter Depressionen und Schlafstörungen. Auch die Toleranz gegen Drogen und Alkohol wird dadurch reduziert.

Aber mit dem Trinken kam Julie schon klar. Sie liebte es, Dope zu rauchen und high zu werden, und wenn Artie durchdrehte, ging sie ihm einfach aus dem Weg. Am meisten Sorgen machten ihr die Waffen. Artie hatte sich angewöhnt, eine 9-mm-Pistole mit Perlmuttgriff in eine schwarze Damenhandtasche zu stopfen und sie überallhin mitzunehmen. Julie hatte davon gehört, wie er die Waffe im Theater gezogen und damit herumgefuchtelt hatte. Tänzerinnen und andere Angestellte gerieten in Panik, wenn Artie durch die Tür kam; früher oder später würde ein betrunkener Artie, ob absichtlich oder nicht, noch irgend jemanden erschießen.

Mitte Januar erschien Artie zu einer Party in Maye's Original Oyster House. Er sah aus wie ein zerlumpter, unrasierter Penner, sah man einmal von seinem brandneuen Achthundert-Dollar-Anzug ab.

»Du siehst ja furchtbar aus!« sagte Jack Davis, der politische Berater, als er Artie erblickte. »Ich bin seit drei Tagen auf den Beinen«, erwiderte Artie mit verschwommener Aussprache.

Artie bestellte sich einen Drink an der Bar, um wenige Minuten später völlig unprovoziert den Reißverschluß seiner schwarzen Tasche zu öffnen, die 9-mm-Pistole hervorzuholen und damit über seinem Kopf herumzufuchteln. Davis und seine Freunde stürzten sich auf Artie und brachten ihn dazu, die Waffe wieder in die Tasche zu stecken. Als Artie gerade nicht hinsah, öffnete Davis die Tasche und versteckte die Kanone in seiner Anzugjackentasche. Beim Schließen der Tasche bemerkte Davis darin einen Beutel Marihuana und etwas, das wie Kokain aussah.

Davis begab sich hinaus und sperrte die Pistole in seinem Kofferraum ein, und Artie vermißte sie auch nicht bis zum Mittagessen. Dann nahm er plötzlich seine Tasche auf und fragte: »Wo ist meine gottverdammte Kanone?« Alle stellten sich dumm, und Davis fuhr Artie zurück ins O'Farrell. Davis hatte die Pistole eigentlich Jim überreichen wollen, doch als sie das Theater betraten, fiel Artie Davis von hinten an, nahm ihn in den Würgegriff und schrie: »Du hast mein Kanone, du Drecksack! Gib sie her!«

Davis gab zu, die Waffe zu haben, und schritt zu seinem Wagen hinaus, öffnete den Kofferraum und überreichte sie Artie. Der stolzierte davon.

Zu Hause in Corte Madera benutzte Artie die 9mm, um damit ein Spiel zu spielen, das er ›Mister Peanut‹ nannte. Dazu führte er jemanden in die Garage hinter dem Haus, zückte die 9mm und kehrte einer Fünfpfunddose Planters-Erdnüsse, die von Einschußlöchern durchsiebt war, den Rücken zu. Bei dem Spiel ging es darum, daß man so schnell wie möglich herumfuhr und auf die Dose schoß, sobald jemand ›Mister Peanut‹ gerufen hatte. Artie hatte versucht, einen der Möbelpacker, die Julie beim Einzug geholfen hatten, dazu zu überreden, ›Mister Peanut‹ mit ihm zu spielen, aber der war völlig entsetzt geflohen.

»Artie, hör zu, ihr müßt das nicht tun. Bei der Sache liegt nichts für euch drin. Ich habe angerufen, um euch *einzuladen*«, sagte Bob Callahan gerade ins Telefon.

»Nein, hier schmeißen wir die Partys«, widersprach Artie. »Sag mir nur, wie viele Leute es sind und um welche Uhrzeit, dann sind wir bereit.«

Callahan war gerührt. Für ihn waren Jim und Artie die beiden letzten wahren Hippies, die es noch in San Francisco gab, die lebende Verkörperung des alten Kommuneethos ›Mein ist dein‹.

Callahan hatte sich mit einem Boxkampfpromoter angefreundet, der gerade versuchte, in San Francisco Mittel für ein Boxsportmuseum aufzutreiben, und durch diesen Promoter hatte er eine ganze Welt faszinierender Charaktere kennengelernt. Der Promoter, Callahan und einige andere Boxjournalisten hatten vor, eine Party für einen im Aufstieg befindlichen Boxer in einer Taverne auf der Clement Street zu schmeißen. Er hatte angerufen, um Jim und Artie dazu einzuladen, doch Artie hatte darauf bestanden, daß Callahan die Party ins O'Farrell verlegte.

Als Callahan oben im O'Farrelll eintraf, war der Kühlschrank voll mit Bier, und auf einem Tisch war ein Büffet angerichtet. Jim und Artie ließen nicht zu, daß Callahan sich bei ihnen bedankte. Alles lief glatt, und Callahan gratulierte sich gerade dazu, daß er so großartige Freunde hatte, als er plötzlich bemerkte, daß Artie inzwischen sehr betrunken und sehr aggressiv geworden war.

»He, Nigger«, bellte Artie plötzlich den Boxer an. »Du hältst dich für einen großen Scheißboxer? Ich trete dir in den Arsch, Nigger.«

Der Boxer, der sich bis dahin gut amüsiert hatte, blickte sich ungläubig um. Wer war denn dieser schmächtige kleine weiße Glatzkopf? Dem könnte er doch noch mit einem Finger den Kopf vom Hals hauen.

»He, du! Du, Nigger!« brüllte Artie. »Du bist ein Nichts!«

Leute stürzten herbei, packten Artie und zerrten ihn davon. Andere entschuldigten sich bei dem Boxer. Callahan blickte zu Jim hinüber und bemerkte, daß er aussah wie ein Mann, der soeben mitangesehen hatte, wie man seinen Hund überfahren hatte. Callahan ging auf ihn zu und Jim ballte die Fäuste, hob sie an die Augen, führte sie wieder herunter an die Hüfte und stampfte aus dem Raum.

»Mein Bruder!« jammerte er. »Er ist so tobsüchtig wie jemand von der Telegraph Avenue! (Die Telegraph ist eine Straße in Berkeley, die berüchtigt für ihre Schnorrer ist.) Nach allem, was wir schon durchgemacht haben, muß ich mich jetzt auch noch mit dieser gottverdammten Scheiße herumplagen!«

»Jim hat alles immer verborgen gehalten, und es war das einzige Mal, daß ich seinen Frust über Artie mitbekam«, erinnert sich Callahan.

»*War News*«, sagte Jim, als Bob Callahan ans Telefon ging.

»Was für Kriegsnachrichten?« erwiderte Callahan.

Es war ungefähr eine Woche nach Beginn des Golfkriegs, und Callahan nahm an, daß Jim ihn wegen Nachrichten über Präsidents Bushs Entscheidung anrief, das Waffenarsenal der Vereinigten Staaten gegen Saddam Hussein zu entfesseln.

Seit dem 16. Januar 1991 beherrschte der Krieg jedermanns Denken. Jim und Callahan waren gegen den Eintritt der Vereinigten Staaten in den Krieg. Das galt auch für Warren Hinckle, der für den *Examiner* eine Kolumne geschrieben hatte, in der er Bush mit Tojo verglich, dem Kriegsminister des kaiserlichen Japan. Die Chefredakteure beim *Examiner* hatten entschieden, sie nicht abzudrucken.

Hinckle und Will Hearst, der Verleger des *Examiner*, hatten schon seit Jahren Ärger miteinander. Hinckle schrieb eine Kolumne über San Francisco, lebte aber zusammen mit seiner Frau Susan Cheever, der Tochter des großen Schriftstellers, in New York City. Hearst wollte Hinckle wieder in San Francisco haben; Hinckle aber argumentierte, daß er in New York bleiben müsse, weil seine Frau eine entsprechende Sorgerechtsregelung mit ihrem früheren Mann hatte. Außerdem kannte er San Francisco so gut, daß er, wie er meinte, nicht erst dort leben mußte, um darüber zu schreiben.

Hinckle war außer sich, als der *Examiner* seine Kolumne

strich, und er verabschiedete sich von dem Blatt. Die irische Gemeinde in San Francisco geriet in Aufruhr, und die Jungen, die im O'Farrell herumhingen, bestreikten den *Examiner*, wobei sie Schilder mit einer Karikatur von Hinckle und seiner Augenklappe trugen, die die Aufschrift hatten: »Aufhören mit dem Druck auf die Sehbehinderten!«

»Keine Kriegsnachrichten. *War News!* So werden wir die Zeitung nennen«, sagte Jim. »Wir treten gegen den Golfkrieg ein. Das ist nur einmal mehr ein Vietnam. Je länger er dauert, um so mehr Leute werden einsehen, daß wir recht haben.«

»Jim, das ist ja großartig!« sagte der plötzlich aufgeregte Callahan.

»Und wir hören auch nicht auf, wenn der Krieg aufhört!« fuhr Jim fort. »Wir machen ständig Sonderausgaben, Der Krieg gegen AIDS. Der Krieg gegen die Obdachlosen. Der Krieg gegen Drogen. Wir werden Storys bringen, die sonst keiner machen will!«

»Tun wir das doch!« sagte Callahan.

»Das werden wir auch!« erwiderte Jim. »Hinckle ist dabei. Er wird Redakteur. Mit Hunter habe ich auch schon gesprochen. Er ist auch mit von der Partie.« Callahan sollte als Redakteur vom Dienst fungieren. Während er mit Jim die Pläne für *War News* entwickelte, erkannte Callahan, daß Jim bereits wie ein Verleger dachte. »Es ist mir gleich, was Hinckle oder Hunter beitragen«, sagte Jim. »Ich brauche nur ihre Namen. Wenn ich Warren und seinen Hund in eine Limousine packen und sie von Talkshow zu Talkshow kutschieren kann, wird das schon genügen.«

In seiner Begeisterung sagte Jim: »Weißt du, Bobby, dieser Krieg ist das beste, was uns je passiert ist!«

Beide Männer hielten inne, um über das Gesagte nachzudenken. Und dann begannen beide zu lachen. Es war zwar politisch nicht korrekt, so etwas zu sagen, aber vollkommen ehrlich. Das war genau die Art von Ehrlichkeit, die sie in die Zeitung bringen wollten.

Jim hatte schon Schritte unternommen, um aus dem Pornogeschäft auszusteigen, bevor der Krieg im Nahen Osten begann. Er hatte in der Broadway 391 ein hübsches altes

Gebäude am Ostrand von North Beach gemietet, wo er mit Dan O'Neill und einigen anderen Investoren ein Restaurant aufmachen wollte – dazu einen Nachtclub, der Kabarettsänger, Tänzerinnen, Komiker, aber keinen Sex bieten würde. Jim hatte einen früheren O'Farrell-Angestellten namens Andy Finley auf die Suche nach einem ähnlichen Gebäude in Los Angeles geschickt. Finley sollte den Club managen. Sharon McKnight sollte für das Bühnenprogramm zuständig sein.

War News wurde in dem Gebäude in Los Angeles gestartet. Callahan rief Freunde im ganzen Land an, Freunde, die in der Vergangenheit alle zu beschäftigt gewesen waren, um für die jeweilige Publiktion schreiben, die Callahan hatte aus der Taufe heben wollen. Diesmal jedoch sagten die Freunde zu, und plötzlich bekam Callahan Arufe von Autoren so unterschiedlicher Organe wie *Time* und *The San Francisco Bay Guardian*, die, ohne Callahan zu kennen, vermeldeten, daß sie einen Antikriegsartikel anzubieten hätten, den sie in ihrem Stammblatt nicht veröffentlichen konnten.

Eine Zeitung aufzumachen ist ein extrem schwieriges Unterfangen, vor allem wenn der Chefredakteur, Warren Hinckle, dreitausend Meilen entfernt lebt und seine Anweisungen per Fax erteilt. Der Mitarbeiterstab, vor allem Jim und Callahan, hatte brutale Arbeitszeiten. Es gab Streit zwischen Leuten, die unterschiedliche Vorstellungen davon hatten, was für eine Zeitung es werden sollte – Dan O'Neill bestand darauf, daß sie humorvoll sei, aber was war an einem Krieg schon komisch? Und was genau war eigentlich der ›Post-Punk Look der 90er‹, auf den sich alle geeinigt hatten?

Doch irgendwie kam die Zeitung zustande. Die Erstausgabe brachte die Hinckle-Kolumne, die der *Examiner* abzudrucken sich geweigert hatte, dazu Storys von Paul Krassner, dem Herausgeber von *The Realist*; Daniel Ellsberg; Michael Kennedy und Michael Moore, dem Produzenten und Regisseur des Films *Roger and Me*. Hunter Thompson schickte ein Fax, und Jim brachte es. S. Clay Wilson, R. Crumb und Gilbert Shelton steuerten Cartoons bei.

Und das war erst der Anfang. Für die Ausgabe Nummer 2 hatten Callahan und Hinckle Ishmael Reed aufgeboten; Todd

Gitlin, den Berkeley-Professor, der ein wichtiges Buch über die Sechziger geschrieben hatte; die feministische Schriftstellerin Barbara Ehrenreich und den linken Journalisten Andrew Kopkind; dazu die Abgeordnete Barbara Boxer sowie Art Spiegelman, den berühmten ›Maus‹-Karikaturisten.

»Wir haben ohne jedes Kapital einen Millionenstab zusammenbekommen«, sagte Callahan immer noch staunend. »Wir haben die Sechziger neu erschaffen. Jim hat beschlossen, daß wir einhunderttausend Exemplare von der Erstausgabe drucken lassen würden, obwohl wir keine Auslieferung hatten. Ein ganzer Haufen von Typen kreuzte auf, die uns dabei halfen, die Zeitungen vom Lastwagen zu heben und ein Stück die Straße hinauf in einer Garage einzulagern. Ich sah mich um, und da spielte Musik, und alle machten mit, und ich begriff, daß wir eine Gemeinschaft gegründet hatten.«

Die *War-News*-Gemeinschaft schloß Artie Mitchell nicht mit ein.

»Es war wahrscheinlich das erste Projekt, das Jim jemals ohne Artie verwirklicht hat«, sagt Callahan. »Er tat es mit einem ganz anderen Stab von Brüdern, und ich glaube, Artie hat es klar und deutlich kapiert. Artie schrie Jim an: ›Verlaß mich nicht! Ich werde dich nicht gehen lassen, ich reiße dich zurück!‹«

Bei Liberty Bradford lief alles großartig. Sie kam in ihrem Schauspielunterricht an der University of Southern California gut voran, sie hatte einen Freund, den sie wirklich mochte, und ihr Vater war nüchtern!

Als Liberty ihren Vater zum letztenmal vor einem Monat gesehen hatte, hatte er sich in einem schrecklichen Zustand befunden. Er schien mit jedem Monat um ein Jahr zu altern. Jim, Artie und sie waren oben im Theater gewesen, als Liberty impulsiv damit herausplatzte, welche Sorgen ihr Vater ihr bereitete. Jim hatte zugehört und hatte damit begonnen zu erklären, wie er das Haus am Cape Cod gekauft und dort sechs Monate zugebracht hatte, um seine Koksabhängigkeit zu bekämpfen.

»Liberty, ich sage dir das in Anwesenheit deines Vaters hier«, sagte Jim und blickte ihr in die Augen. »Ich meine, daß Artie etwa sechs Monate bis ein Jahr Urlaub machen sollte. Er sollte nach Mexiko gehen oder irgendwohin, um sich zu entgiften und sich wieder auf die Reihe zu bekommen. Das Pornogeschäft ist hart, es erschöpft einen. Ich war kokssüchtig, ich mußte mich davon befreien, deshalb habe ich das Haus am Cape gekauft. Nun ist es Zeit für deinen Vater, das gleiche zu tun.«

»Der Meinung bin ich auch! Der Meinung bin ich auch!« hatte Artie immer wieder gesagt. Nun sah es so aus, als sei es Artie tatsächlich ernst, mit dem Trinken aufzuhören. Als Liberty ihn anrief, um ihm mitzuteilen, daß sie am Freitag, dem 22. Februar, für das Wochenende nach San Francisco kommen würde, hatte ihr Vater kristallklar und hoffnungsfroh geklungen. Sein Prozeßtermin in dem Sorgerechtsstreit mit Karen stand bevor, und er war schon seit zehn Tagen trocken! Artie war sicher, daß er siegen würde. Er trank nicht mehr; er hatte Julie Bajo und ihre Mutter auf seiner Seite; ein Beamter des Polizeidistrikts Twin Cities hatte einen Brief geschrieben, in dem er ihn als verantwortungsbewußten und kompetenten Vater beschrieb; und auch alle Nachbarn standen hinter ihm.

Nach Jahren der Entfremdung hatte der Sorgerechtsprozeß Libertys Mutter und Vater wieder zusammengeführt. Drei Monate zuvor hatte Art Meredith im November angerufen, um sie zu bitten, ihn in seiner gerichtlichen Auseinandersetzung mit Karen zu vertreten. Art hatte sowohl Meredith als auch Eugene Seltzer, seinem Scheidungsanwalt, mitgeteilt, daß das Geschäft im O'Farrell schlecht ging. Die Rezession schadete ihnen, Nackttänze waren nicht mehr so neu wie früher, und er konnte sich Seltzers Dienste nicht mehr leisten. Ob Meredith den Fall für fünfundsiebzig Dollar die Stunde übernehmen würde?

Es war ein klassisches Stück Theater, das Artie Mitchell aufführte: Wer sonst hätte seine eigene Exfrau eingestellt, um ihn in einem Prozeß gegen eine andere Exfrau zu verteidigen? Artie erwartete eine sehr bösartige Auseinandersetzung vor Gericht, und freudig erklärte er allen Leuten, daß niemand außer ihm Karen so sehr haßte, wie Meredith es tat.

Ein Richter hatte Meredith abgelehnt und entschieden, daß eine Frau, die von einem Exehemann Unterhaltsgeld für ihre Kinder bezog, diesen nicht gegen eine Exehefrau verteidigen könne, der er ebenfalls Kinderunterhalt bezahlte. Aber das spielte kaum eine Rolle. Liberty war beglückt, daß ihre Mutter und ihr Vater sich wieder zusammengerauft hatten.

Als Liberty an diesem Freitag in San Francisco eintraf, suchte sie als erstes ihren Vater auf. Sie entdeckte ihn bei einem seiner seltenen Besuche im *War News*-Büro auf dem Broadway in North Beach.

»Gehen wir einen trinken«, sagte Artie, als er sein ältestes Kind durch die Tür kommen sah.

Sie gingen in eine nahegelegene Bar, und Liberty bestellte eine Cola. Artie bestellte sich einen Cuervo Tequila und ein Bier. Liberty ließ den Kopf hängen und mußte sich beherrschen, um nicht loszuweinen.

»Ich habe beschlossen, wieder zu trinken«, sagte Artie, als Liberty ihn endlich wieder ansah. »Ich werde trinken, bis ich umfalle!«

»Großartig, Papi«, meinte Liberty. »Gratuliere.«

Artie hatte, wie er erklärte, einen guten Grund dafür. Er hatte den Prozeß gegen Karen verloren. Ein Richter hatte das gemeinsame Sorgerecht aufgehoben und entschieden, daß Artie seine Kinder nur acht Stunden die Woche, nämlich an einem Samstag oder Sonntag, würde sehen können, und das auch nur, wenn ein Vertreter des Gerichts anwesend war. Artie war empört. Wie konnte das Gericht nur dieser lügnerischen Dreckshexe Karen glauben? Begriff der Richter denn nicht, daß sie ihn nur austricksen wollte? Das war ja so, als wäre er ein perverser Kinderschänder! Verdammt noch einmal, er liebte doch seine Kinder!

Doch einmal mehr hatte Karen ihre Gründe. Sie hatte geltend gemacht, daß Artie häufig unter Drogen- und Alkoholeinfluß stand, wenn die Kinder anwesend waren, und das entsprach auch den Tatsachen. Sie behauptete ferner, daß »Artie die Kinder auf Partys mitgenommen hat, auf denen Stars aus nichtjugendfreien Filmen und exotische Tänzerinnen aus dem O'Farrell Theatre anwesend waren.« Das mag vielleicht nicht gestimmt haben, aber es gab einige Male, als die Kinder dort waren, da Julie Bajo oben ohne und nur mit einem Tanga bekleidet im Haus umherstolziert war.

Der erste gerichtsüberwachte Besuch würde morgen stattfinden, teilte Artie Liberty mit, während er einen weiteren Tequila wegputzte. Ob sie mit nach Corte Madera käme? Dann könnten sie alle zusammen fischen gehen.

Liberty sagte ja, sie würde die drei Kinder gern sehen, und nachdem sie sich verabschiedet hatte, fuhr sie nach Lafayette, um ihre Mutter zu besuchen.

»Es war wirklich traurig«, sagte Liberty. »Er hat diese Kinder wirklich vergöttert. Ich hatte das sichere Gefühl, daß er völlig am Boden war, daß er nicht weiterleben wollte.«

Am nächsten Morgen, Samstag, den 23. Februar, verließ Liberty Lafayette und fuhr über die Richmond Bridge nach Corte Madera.

»Wo sind die Kinder? Ich dachte, wir würden fischen gehen?« fragte Liberty, als sie in das kleine Haus auf der Mohawk 23 kam.

»Die Aufsichtsbeamtin hat angerufen und gesagt, daß sie es nicht schafft, deshalb ist alles abgeblasen«, erwiderte Artie düster. Seine Augen waren verschwommen, und sein Kopf schwankte hin und her.

Liberty setzte sich ihrem Vater gegenüber in einen Sessel. Es gab so viele Dinge, die sie ihm sagen wollte. Er war wirklich niedergeschlagen, vielleicht war jetzt nicht die richtige Zeit dafür, andererseits würde sie morgen nach L. A. zurückkehren, und er war doch so unglücklich, vielleicht könnte sie zu ihm vordringen.

»Paps, ich brauche etwas Geld für die Schule«, sagte Liberty.

Ihr Vater sah auf, war plötzlich interessiert.

»Ich mache dir einen Vorschlag. Ich bezahle alle deine Schulden, wenn du hierherziehst«, sagte Art. »Ich besorge dir einen Job. Du kannst für die *War News* arbeiten. Ich habe jede Menge guter Kontakte.«

»Paps, ich lebe mein Leben in L. A.«, erwiderte Liberty. »Ich will nicht für die Mitchell-Brüder arbeiten. Ich will es allein schaffen.«

Der Blick ihres Vaters wurde hart und kalt.

»Alles, was du willst, ist Geld!« fauchte Artie.

»Alles, was du willst, ist, mich zu beherrschen!« fauchte Liberty zurück. »Du siehst doch in jeder Frau, die du nicht beherrschen kannst, eine Bedrohung!«

»Ihr seid doch alle gleich, ihr Weiber! Ihr seid doch alles Schlampen und Nutten! Alles, was ihr wollt, ist Geld!«

»Du hast mir doch noch nie etwas anderes als Geld gegeben!« schrie Liberty und stand dabei auf. »Da könntest du mir wenigstens auch etwas Geld geben, damit ich etwas aus mir machen kann!«

»Du schlägst nach deiner gottverdammten Mutter! Du bist eine gottverdammte Bradford!« schoß Artie zurück, sein schwerstes Geschütz einsetzend. »Du bist eine WASP! Eine WASP mit zusammengekniffenem Arsch! Ohne die Mitchell-Brüder bist du doch ein Nichts! Es gibt doch nichts, was du aus eigener Kraft tust!« Ihr Vater hatte sie auch früher schon beschimpft. Meistens hatte es damit geendet, daß Liberty nach Hause zurückgelaufen war, wo sie sich aufs Bett geworfen hatte und in ihr Kissen weinte. Doch sie hatte sich geschworen, das nie wieder zu tun.

»Du irrst dich!« sagte Liberty und schritt zur Haustür. »Du irrst dich! Und ich scheiße auf dich!«

Liberty knallte die Tür hinter sich zu, und Artie verbrachte den Rest des Tages mit Trinken. An diesem Abend überraschte er Julie Bajo, als er plötzlich verkündete, daß er ins O'Farrell gehen würde. Er ging an einen Tresor im Wohnzimmer und holte die 9-mm-Pistole mit dem Perlmuttgriff heraus. Julie lauschte, während er die Waffe lud, und sie beobachtete, wie er die Halbautomatik in seine schwarze Reißverschlußtasche steckte.

Julie war außer sich vor Furcht. Kaum war Artie in ein Taxi gestiegen, als sie auch schon zum Telefon lief und im Theater anrief, um die Leute zu warnen, daß Artie mit einer geladenen Waffe dorthin unterwegs sei. Nun vergingen Stunden, ohne daß Julie etwas hörte. Und dann klingelte das Telefon. Julie atmete erst tief durch, bevor sie den Hörer abnahm, fürchtete, daß etwas Schreckliches vorgefallen sein könnte, doch es war nur Artie, der sie aufforderte, in ein Taxi zu steigen, weil sie im Theater gerade eine kleine Party feierten.

Julie tat, wie ihr geheißen, und fand Artie und drei Freunde oben, wo sie auf dem großen Brunswick, den Artie einige Jahre zuvor hatte aufbauen lassen, Billard spielten. Julie nahm Platz und konzentrierte sich gerade darauf, einen Joint zu drehen, als ein plötzliches PENG!!! sie wie ein elektrischer Schock durchzuckte. Sie sprang auf und sah Artie, wie er mit der Pistole auf ein Poster in einer Zimmerecke zielte.

PENG!!! Das Geräusch klingelte ihr in den Ohren, wurde immer lauter und nicht etwa leiser. Julie verschloß ihre Ohren mit den Händen. Sie blickte sich im Raum um, erwartete, in den Augen der anderen Männer Entsetzen wahrzunehmen, doch die lachten alle, als wäre das Ganze ein einziger Riesenwitz.

Etwa eine Stunde später bugsierte Julie mit einem Freund Artie in ein Taxi und brachte ihn nach Hause und ins Bett.

»Ich muß mich von Art scheiden lassen«, sagte Jim eines Morgens im O'Farrell zu Jack Harvey.

»Viel Glück«, erwiderte Jack. »Von deiner Ehefrau kannst du dich zwar scheiden lassen, aber wie willst du das mit deinem Bruder bewerkstelligen?«

Jim hatte einen Plan. Wenn er es wenigstens so *aussehen* ließe, als sei es ihm ernst, sich von Art zu trennen, würde Art sich vielleicht zusammenreißen.

Jim hatte Artie das Betreten des Theaters verboten, nachdem er auf das Poster geschossen hatte. Er führte täglich Gespräche mit Rocky Davidson, seinem Cousin, und hatte mit einem der Aufseher im Theater gesprochen, ebenso mit Dr. Skip Dossett, der in einer Klinik in der Downtown von San Francisco arbeitete. Rockys Aufgabe bestand darin, für Artie den Babysitter zu spielen und Jim Bericht zu erstatten; Dr. Skip sollte eine Möglichkeit finden, um Artie in ein Alkoholentzugsprogramm zu bringen.

Jim rief Dennis Roberts an, einen engen Freund und Rechtsanwalt, der schon viele der schwierigsten Fälle für die Brüder

Mitchell bearbeitet hatte, und fragte ihn, ob er ihm den Gefallen tun könnte, Artie ein wenig unter Druck zu setzen. Sag ihm, daß seine Chancen knapp werden, schlug Jim vor. Sag ihm, wenn er sich nicht zusammenreißt, werden sich unsere Wege trennen müssen.

Wenn Jim auch nicht die Absicht hegte, Artie auszukaufen, übermittelte er ihm damit doch eine Botschaft. J. R. hatte immer gesagt, daß zwei Leute besser getrennte Wege gehen sollten, wenn sie miteinander nicht auskamen. Artie würde schon wissen, daß Jim damit J. R.s Gedächtnis beschwor. Dann würde er begreifen, daß Jim es ernst meinte.

Roberts übermittelte die Nachricht, und Arties Antwort lautete: Prima, kein Problem, was immer Jim wünscht. Als Artie Meredith von Roberts' Anruf erzählte, sagte er, daß es ihm gleich sei, was Jim tun würde, solange er selbst seinen fairen Anteil bekam.

Doch innerlich kochte Artie. Der Anruf war ihm ein weiterer Beweis dafür, daß Jim im Begriff stand, ihn zu verlassen. Jim wollte Artie alles wegnehmen, wofür er gearbeitet hatte, wofür er stand. Mit dem Theater war Artie ein Original in San Francisco, ein Rückgriff auf die Barbary Coast, ein raffgieriger Unternehmer und eine Ikone aus den Sechzigern. Ohne das O'Farrell jedoch war er nur ein gewöhnlicher Trinker.

Je länger er darüber nachdachte, um so mehr war er davon überzeugt, daß Lisa Adams, Jims Freundin, hinter Roberts' Anruf stehen mußte. Wenn Jim Artie auskaufen sollte, könnte sie einspringen und seinen Platz einnehmen.

Artie nahm den Hörer auf und rief das Geschäftsbüro im O'Farrell an. Nancy Harrison, die Sekretärin des Theaters, war seit ihrer gemeinsamen Schulzeit in Redwood City Lisa Adams' beste Freundin. Sie war soeben mit Lisa zusammen vom Mittagessen zurückgekehrt und ging gerade *War News*-Abonnements durch, als das Telefon klingelte und Nancy den Hörer abnahm. Lisa sah, wie die Farbe aus Nancys Gesicht wich.

»Was ist los? Nancy! Was ist denn los?« fragte Lisa, nachdem Nancy langsam den Hörer wieder aufgelegt hatte.

»Das war Artie. Er war betrunken«, sagte Nancy.

»Was hat er gesagt?«

»Er sagte: ›Sag diesem Biest Lisa, wenn sie irgend etwas mit den Problemen zwischen meinem Bruder und mir zu tun haben sollte, puste ich ihr das gottverdammte Gehirn aus dem Schädel.‹«

Lisa sackte auf einem Stuhl zusammen. In den mehr als drei Jahren, in denen sie nun schon mit Jim zusammenlebte, hatte Artie sie schon häufig mit angetrunkener Ehrlichkeit begeifert, ihr gesagt, daß er seinen Bruder Jim noch nie so glücklich erlebt habe und wie froh er sei, daß sie einander gefunden hätten. Und jetzt drohte er, sie umzubringen! So sehr war ihm also am Glück seines Bruders gelegen!

»Ruf Jim an«, ermahnte Nancy sie. »Ruf ihn sofort an!«

»Nein, warte«, widersprach Lisa.

Lisa brauchte einen Moment, um sich zu sammeln. Jim wurde ständig von Leuten wegen Artie-Problemen behelligt: Artie hat dies getan, Artie hat das getan, du mußt dich darum kümmern, Jim. Der Druck, der auf Jim lastete, war schier unglaublich. Das bekamen die Leute zwar nicht zu spüren, Lisa dagegen sehr wohl.

Vor einigen Sonntagen hatte Julie Bajo angerufen, um zu sagen, daß Artie bereit sei, eine Suchtklinik aufzusuchen. Jim war entzückt gewesen. »Ich kann gar nicht glauben, daß der Alptraum vorbei ist!« hatte er immer und immer wieder gesagt. Lisa hatte die Nummer des Krankenhauses in Calistoga besorgt, wohin sich Tänzerinnen mit Alkoholproblemen begaben, um sich trockenlegen zu lassen, und wollte sie Artie beim nächsten Anruf geben.

Aber Artie hatte es gar nicht ernst gemeint. In jener Nacht hatte er später wieder angerufen, betrunken und feindselig wie immer. Als Jim diese bösartige Stimme vernahm, überzog ein derart trauriger Ausdruck sein Gesicht, daß Lisa schon glaubte, er würde gleich losweinen.

Lisa kam zu dem Schluß, daß diesmal nicht Jim derjenige sein sollte, der hinter Artie wieder saubermachte. Sie würde sich schon selbst darum kümmern.

»Ich bitte dich, nichts zu unternehmen«, sagte sie, nachdem sie und Nancy bei der *War News* angerufen hatten, um Jim von Arties Drohung zu berichten. »Ich werde die Polizei anrufen und mit einer eidesstattlichen Erklärung einen Haftbefehl gegen Artie erwirken. Wenn er *mich* nicht umbringen sollte, wird er es mit irgendeinem anderen unschuldigen Menschen tun. Aber damit kann ich nicht leben.«

Lisa mochte es vielleicht gut gemeint haben, doch linderte sie damit nicht den Druck, der auf Jim lastete, sondern ließ ihn höchstens noch mehr eskalieren.

»Nein, bitte tu das nicht«, bat Jim. »Du begreifst ja nicht, was dann passiert! Dann gehen die Bullen dorthin, um dem Befehl Geltung zu verschaffen. Da besteht die Möglichkeit, daß Artie dabei ums Leben kommen könnte. Und noch größer stehen die Chancen, daß er einen Bullen umbringt.«

»Alle wollen Arties Drohungen immer nur ignorieren, aber ich werde das nicht tun«, entschied Lisa. »So kann das nicht weitergehen.«

»Halt dich bitte noch zurück. Laß mich erst sehen, was ich tun kann«, bat Jim.

Schließlich willigte Lisa ein, Jim Zeit bis vier Uhr zu gewähren, um einige Telefonanrufe zu tätigen und etwas wegen seines Bruders zu unternehmen.

Jim rief Dennis Roberts und Tom Steel an, aber beide Rechtsanwälte waren gerade in einer Konferenz und konnten seinen Anruf nicht entgegennehmen. Er rief Dana Fuller an, eine alte und geschätzte Freundin, und bat sie um ihren Rat. Dann suchte er in den Gelben Seiten eine Alkohol- und Drogenberatungsstelle und wählte die entsprechende Nummer.

»Wie kriege ich jemanden zu einem Entzug?« fragte Jim.

»Der erste Schritt besteht darin, alle Beteiligten zu einer Beratungssitzung zusammenzutrommeln«, erklärte der Krisenberater.

Jim bedankte sich und legte auf. Artie würde niemals einwilligen. Jim hatte ihm einmal damit gedroht, ihn in eine Zwangsjacke zu stecken und in eine Klinik zu bringen, worauf Artie geantwortet hatte: »Das wirst du nie schaffen. Vorher bringe ich dich um.«

Jim würde die Sache auf seine eigene Weise angehen müssen. Aber wie? Was sollte er tun?

Lisa fuhr nach Hause, wo sie feststellen mußte, daß sie sich allein in ihrem Heim ängstigte. Punkt vier Uhr rief sie Jim an.

»Was hast du erreicht?« fragte Lisa. »Die Zeit ist abgelaufen.«

Jim teilte ihr mit, daß die Rechtsanwälte seine Anrufe noch nicht erwidert hätten, und bat Lisa, ihn noch mehr Zeit zu geben. Lisa bestand darauf, daß sie die Polizei anrufen würde, aber schließlich gab sie nach und willigte ein, sich um 19 Uhr 30 mit Jim in der *War News* zu treffen. Von dort aus würden sie dann in ein Restaurant gehen und beim Abendessen weiter über die Sache sprechen.

Als Lisa eintraf, war sie schon verärgert, und als Jim dann nicht einmal bei der *War News* war, regte sie sich noch mehr auf. Endlich fand sie ihn bei Tosca's, einem klassischen italienischen Bistro in North Beach, wo er gerade einen Drink zu sich nahm.

Lisa war zu aufgewühlt, um noch essenzugehen, also stiegen sie in ihren neuen Ford Explorer und fuhren nach Hause. Sie begannen damit, über Arties Anruf zu reden, und Lisa fing so heftig an zu schluchzen, daß Jim sie dazu brachte, an den Straßenrand zu fahren, damit er sich ans Steuer setzen konnte.

Jim mußte irgend etwas wegen Artie unternehmen. Artie wollte Jim und Lisa nicht ihr eigenes Leben führen lassen.

Aber was? Was konnte er nur tun?

Todesfall in der Familie

»Art ist außer Kontrolle geraten«, teilte Rocky Davidson, ein Cousin, Jim am Mittwochmorgen des 27. Februar 1991 mit, als er mit ihm und O'Neill gerade zusammen einen Joint im Büro der *War News* rauchte. Rocky war in Corte Madera gewesen und erstattete Jim einen vollständigen Bericht. Jim erwähnte, daß er schon daran gedacht hatte, selbst hinüberzufahren, um sich um Artie zu kümmern.

»Ich glaube nicht, daß du das tun solltest«, meinte Rocky. »Er benimmt sich wie verrückt. Wenn du willst, daß ich gehe, gehe ich hinüber und setze mich auf ihn oder fessle ihn. Was immer ich für dich tun soll, will ich auch tun.«

Gegen 13 Uhr 30 klingelte das Telefon an der Bar, und Dan O'Neill nahm den Hörer auf. Jim telefonierte gerade auf einem anderen Apparat mit einem der *War News*-Autoren aus New York.

»Art ist am Telefon«, rief O'Neill.

»Sag ihm, ich rufe zurück«, erwiderte Jim.

O'Neill übermittelte die Nachricht, dann brüllte er: »Er sagt, er muß unbedingt sofort mit dir reden.«

Jim vertröstete den Autor mit dem Versprechen, ihn wieder anzurufen, dann betätigte er eine Taste auf dem Telefon und begrüßte seinen Bruder.

»Du bist ein Hühnerkackenarsch!« kreischte Artie in dem harten, sarkastischen Ton, der er immer benutzte, wenn er wütend war. »Wenn du mit mir sprechen willst, dann komm gefälligst und sprich mit mir. Wenn du mich sehen willst, dann komm und triff dich mit mir. Aber versteck dich nicht hinter einem gottverdammten Anwalt.«

Mit diesen Worten knallte Artie den Hörer auf.

Jim saß da und starrte vor sich hin. Artie hatte ihn gerade so herausgefordert, als wären sie noch immer Kinder auf einem Spielplatz in Antioch. Wenn Art es so haben wollte, schön, dann würde Jim sich eben um ihn kümmern. Das tat er am Ende schließlich immer.

Jim stand auf und machte sich auf die Suche nach Rocky. »Ich gehe heute abend zu Art«, sagte Jim, nachdem er seinem Cousin von dem Anruf erzählt hatte. »Kannst du auch kommen?«

»Ich werde da sein«, erwiderte Rocky.

»Es wäre wirklich gut, wenn wir die Kanonen aus seinem Haus rausholen könnten«, meinte Jim, und Rocky stimmte ihm zu.

»Treffen wir uns ein paar Blocks von seinem Haus entfernt«, schlug Jim vor. »Ich möchte nicht dort vorfahren und miterleben, wie Artie aus einem Fenster auf uns schießt. Im Augenblick habe ich mehr Angst vor Art, als ich überhaupt jemals im Leben hatte.«

Sie entschieden sich für eine Stelle um die Ecke von Arties Haus und vereinbarten, sich dort um 21 Uhr 30 zu treffen. Rocky sagte, daß er versuchen würde, auch Dr. Skip Dossett mitzubringen.

Zusätzlich zu Arties Schilddrüsenunterfunktion behandelte Dr. Dossett ihn auch wegen einer Nebenhöhleninfektion. Die Medikamente verursachten Artie Verdauungsstörungen, eine häufige Nebenwirkung, und so rief Artie am Nachmittag des 27. Februar Dr. Skip an und fragte ihn, ob er ihm eine Spritze geben könne, damit er die Tabletten absetzen könnte. Dr. Skip willigte ein und sagte Artie, er solle in die Klinik in San Francisco kommen. Artie sagte okay und legte auf. Eine halbe Stunde später rief Artie Dr. Skip noch einmal an, um ihm mitzuteilen, daß er nicht nach San Francisco kommen könne. Ob Skip vielleicht nach Corte Madera käme? Der Arzt hatte den Warteraum voller Patienten und sagte, daß er unabkömmlich sei.

Artie begann zu knurren.

»Sie Hurensohn! Sie *Motherfucker*!«

Dr. Skip versuchte, vernünftig auf ihn einzureden, doch Artie wurde immer heftiger. Endlich legte der Doktor einfach auf.

Artie beruhigte sich wieder, wie er es immer nach seinen Wutanfällen tat. Er rief Dr. Skip noch einmal an und entschuldigte sich, worauf der Arzt ihm versprach, nach der Sprechstunde vorbeizukommen und Artie eine Spritze zu verabreichen. Und dann rief Artie im O'Farrell an und sprach mit Nancy Harrison.

Artie wollte sich für den Anruf entschuldigen, in dem er Lisa mit dem Tod gedroht hatte, aber das ließ ihm Nancy nicht durchgehen. »Du kannst nicht erst jemanden bedrohen und dann so tun, als sei nichts geschehen«, sagte Nancy und sprach zum erstenmal in einem wütenden Tonfall mit Artie. Artie versuchte ihren Zorn zu ignorieren und fragte, wann sie nach Corte Madera käme, um sein Faxgerät anzuschließen. Artie hatte Faxgeräte für sich und Jim gekauft und versuchte, Nancy dazu zu bringen, hinauszukommen und sie für ihn anzuschließen. Die Gebrauchsanleitungen verwirrten ihn.

»Ich komme nicht in dein Haus, Art. Ich habe Angst vor dir«, erwiderte Nancy und legte auf.

Artie war außer sich. Eine Frau, noch dazu eine Angestellte, hatte sich geweigert zu tun, was er von ihr verlangte. Und dabei hatte er sie doch ganz nett gebeten!

Artie ging in die Küche, um sich einen Drink zu machen, dann kehrte er genau im selben Augenblick ins Wohnzimmer zurück, als der achtjährige Caleb durch die Tür gesprungen kam. Die Schule war gerade zu Ende, und Caleb suchte nach seinem Baseballhandschuh. Caleb begriff nicht, daß er nicht mehr einfach ins Haus seines Vater kommen durfte, wann immer ihm danach war. Caleb wußte nur, daß es Mittwoch war, der erste Tag der Probespiele der Little League. Er hatte seinen Handschuh im Haus seines Vaters vergessen und mußte ihn unbedingt wiederhaben.

Der Handschuh war nicht aufzufinden, und so gab Artie Julie Geld, um einen neuen zu kaufen, worauf Julie und Caleb in den Dodge Colt Minibus stiegen, der in der Auffahrt stand. Julie konnte ihren burgunderroten 280Z nicht fahren, weil er eine Gangschaltung hatte und sie sich noch immer von ihrer Operation am linken Knie erholte. Sie fuhr Caleb in ein Sportgeschäft und half ihm dabei, einen neuen Handschuh auszusuchen. Sie gingen zu den Probespielen, doch es hatte geregnet, ein seltenes und freudig begrüßtes Ereignis nach fünf Jahren Dürre, und der Boden war zu feucht zum Spielen. Caleb und Julie alberten noch ein wenig im Park herum, dann fuhr Julie Caleb den Hügel zum Haus seiner Mutter hinauf.

Eine halbe Stunde später kehrte Julie nach Hause zurück und fand dort Aaron ›Ace‹ vor, Arties zwölfjährigen Sohn, wie er gerade auf einer Zimtrolle kaute. Artie war in Aufruhr. Als er Julie erblickte, schlug er sich gegen die Stirn.

»Die brauchen nur ein einziges Foto von ihm, wie er hier herumsitzt, und schon werfen sie mich ins Gefängnis!« sagte Artie. »Schaff ihn nach Hause!«

Julie humpelte, so schnell sie es mit ihrem wunden Knie konnte, erneut zum Dodge Colt und fuhr Aaron den serpentinenreichen Weg zum Haus seiner Mutter hinauf. Sie setzte Aaron ab und war bereits auf dem Rückweg, den Hügel hinunter, als plötzlich Karen Mitchells Jaguar auf der Straße unter ihr erschien. Karen kam von Arties Haus, wo sie nach ihren Kindern gesehen hatte.

Karen stieg auf die Bremse und hielt ihren Wagen mitten auf der Straße an, damit Julie nicht vorbeikonnte. Sie riß eine Tür auf, sprang aus dem Wagen und stürzte auf Julie zu. Julie hatte keine Zeit, um sich zu ängstigen. So schnell sie konnte, verriegelte sie die Türen von innen und kurbelte das Fenster hoch.

»Wenn du jemals wieder meine Kinder entführst, lege ich dich um, du Schlampe!« schrie Karen.

Karen hielt eine Pistole in der Hand. Sie schlug damit gegen das Fenster und richtete sie auf Julie. Julie lehnte sich in ihrem Fahrersessel zurück, um möglichst aus der Schußlinie zu gelangen. Doch Karen folgte ihr einfach mit dem Lauf.

»Ich leg dich um, du Schlampe!« wiederholte Karen. Ihre Hände zitterten, und ihre Augen waren feucht. »Ich bring dich um!«

Karen stampfte wieder zu ihrem Jaguar und brauste an Julie vorbei.

Julie atmete tief durch, nahm den Fuß von der Bremse und fuhr zur Mohawk 23 zurück. Als sie dort eingetroffen war, schlug das Adrenalin endlich zu. Julies Hände zitterten. Sobald sie Artie berichtet hatte, was vorgefallen war, würde sie Anzeige gegen Karen erstatten.

»Artie! Artie! Karen hat gerade eine Waffe auf mich gerichtet!« schrie Julie, als sie die Tür öffnete.

Sie rannte durch die Eingangshalle ins Wohnzimmer und blieb abrupt stehen. Dort war Artie, böse funkelnd auf der Couch sitzend. Die Pistole mit dem Perlmuttgriff lag in seiner Hand, und der Boden war mit Tausenden von Glasscherben bedeckt.

Artie brauchte kein Wort zu sagen, Julie wußte auch so, was geschehen war: Karen war vorbeigekommen, um die Kinder zu suchen, dann hatten sie und Artie sich angeschrien, und Artie hatte einen Wutkoller bekommen. Er hatte die Pistole ergriffen und den grüngetönten, gläsernen Kaffeetisch zerschossen. Von allen Gegenständen im Haus war dies ausgerechnet Julies Lieblingsstück gewesen! »Artie! Hast du gehört, was ich gesagt habe? Karen hat eine Waffe auf mich gerichtet!« sagte Julie.

»Was hat sie? Verschwinde! Hol sofort einen Bullen!« schrie Artie, nachdem Julie ihm berichtet hatte, was vorgefallen war.

Julie rannte zu dem Dodge Colt zurück und fuhr umher, bis sie auf eine Polizeibeamtin stieß, die ihre Anzeige aufnahm. Dann kehrte sie nach Hause zurück und begann damit, das Glas wieder aufzuwischen.

Dr. Dossett kam ungefähr gegen achtzehn Uhr und verabreichte Artie eine Spritze gegen seine Nebenhöhlenentzündung, dazu einen Schuß Vitamin B12. Artie wirkte ruhig, und so beschloß Dr. Skip, es noch einmal zu versuchen.

»Artie«, sagte der Arzt, »wir müssen einmal darüber sprechen, dich in einem Programm unterzubringen.«

»Nur durch einen Kugelhagel«, fauchte Artie.

Julie kochte Abendessen. Artie trank weiter und schlief schließlich gegen 18 Uhr 30 auf der Couch ein. Julie war erleichtert und ließ ihn schlafen.

Gegen 20 Uhr 30 rief Georgia Mae an; wie immer machte sie sich Sorgen um ihren jüngsten Sohn. Julie sprach gerade mit Mae die Tagesereignisse durch, als Artie aufwachte und sich den Hörer grabschte. Er fing an, seine Mutter mit einer Stimme anzuschreien, die eher einem Coyoten hätte gehören können.

»RUF JIM AN!« verlangte Artie. »SAG IHM DOCH, DASS

ER SICH SELBST UMBRINGT. ER RAUCHT DREI BIS VIER SCHACHTELN AM TAG. ICH WERDE ZWANZIG JAHRE LÄNGER LEBEN ALS ER. HAST DU MICH GEHÖRT! RUF IHN AN!«

Atemlos mußte Artie eine Pause einlegen.

»Um Jim mache ich mir keine Sorgen«, erwiderte Arties Mutter. »Sorgen mache ich mir eher um dich.«

»ICH WEISS, WIE DAS GEHT!« kreischte Artie. »WENN ICH AUCH NUR EINE DOSE BIER TRINKE, SIND GLEICH ALLE HINTER MIR HER. ABER JIM KANN DREI ODER VIER SCHACHTELN AM TAG RAUCHEN, UND NIEMAND SAGT EINEN TON!«

Mae war zutiefst erschüttert. Die Person am anderen Ende der Leitung war nicht mehr ihr Artie. Artie beachtete es natürlich nicht. Er verlangte, daß seine Mutter Jim anrufe, und dann wurde er, nur für einen Augenblick, wieder der alte.

»Bis bald, Mami. Ich liebe dich. Ich rufe dich bald an«, sagte Artie und legte auf.

Mae rief eine Klinik in Sacramento an, die sich auf Tabletten- und Alkoholsucht spezialisiert hatte, und teilte einem Mitarbeiter in der Aufnahme mit, daß ihr jüngster Sohn geistig verwirrt und gefährlich sei. Ob sie ihn einweisen lassen könnte? Der Berater sagte, daß sie keine unfreiwilligen Fälle annähmen, und gab Mae eine Nummer, die sie selbst anrufen könne, um Hilfe zu bekommen. Nicht ich brauche die Hilfe, sondern Art, dachte Mae, als sie auflegte. Sie rief die andere Nummer nicht an.

Wenige Augenblicke nachdem er mit seiner Mutter gesprochen hatte, rief Artie bei Jim zu Hause an. Dort erreichte er nur den Anrufbeantworter, und so hinterließ er mit undeutlicher Stimme eine Nachricht. Als die Aufnahmezeit ausgelaufen war, legte er auf und rief sofort ein zweites Mal an, um eine weitere Nachricht zu hinterlassen.

»He, Mister Perfekt. Hier ist dein Bruder, Mister Perfekt«, sprach Artie auf den Anrufbeantworter. »Du bist so schlimm dran, daß ich Mutter deinetwegen anrufen mußte. Du hast deiner Freundin versprochen, du würdest mit dem Rauchen aufhören, aber das hast du nicht getan. Diese Zigaretten kosten dich zwanzig Jahre deines Lebens.

Aber mach dir keine Sorgen, ich werde dich noch vorher umbringen, du Mutterfucker!«

Artie legte auf, und Julie deckte den Eßtisch. Artie stocherte in dem Kalbfleisch und den Bohnen herum, dann versuchte er sich für eine Fernsehshow zu interessieren. Als sie zur Hälfte abgelaufen war, sagte Artie: »Scheiß drauf, gehen wir ins Bett.« Artie holte sich ein letztes Heineken aus dem Kühlschrank, dann begaben er und Julie sich in das Schlafzimmer, krochen ins Bett und machten das Licht aus.

»Bitte geh nicht! Bleib zu Hause bei mir! Ich will in Sicherheit sein. Ich möchte, daß du in Sicherheit bleibst«, redete Lisa auf Jim ein, als sie im Regen nach Hause fuhren.

»Du brauchst dir keine Sorgen zu machen«, versicherte Jim ihr, als sie aus dem Explorer stiegen und in ihr Haus auf der 27. Avenue traten. »Rocky wird da sein und Dr. Skip auch, glaube ich.«

Jim hatte an diesem Abend schon ein paar Margaritas zu sich genommen und schritt schnurstracks ins Badezimmer, um sich zu erleichtern. Lisa ging in die Küche und bemerkte die kleine rote Lampe, die am Anrufbeantworter aufblitzte, das Signal, daß er Nachrichten aufgezeichnet hatte. Sie drückte auf den Wiedergabeknopf, und Arties betrunkene, knurrende Stimme füllte den Raum aus.

Lisa schlug mit der flachen Hand auf den Anrufbeantworter und drückte so schnell sie konnte auf den Löschknopf. Niemals wollte sie sie diese gräßliche Stimme noch einmal hören!

Lisa ging zu einer Vitrine, holte eine Cognacflasche hervor und schenkte sich einen Drink ein. Als sie das Glas aufnahm, zitterte ihre Hand.

Der Anrufbeantworter befand sich auf der anderen Gangseite gegenüber dem Badezimmer, nur vier oder fünf Fuß entfernt. Die Tür war zwar geschlossen, dennoch hatte Jim Arties Nachrichten mitangehört. Er kam aus dem Badezimmer und ging auf die Garage zu. Beunruhigt stellte Lisa ihren Cognac ab und folgte ihm.

Jim nahm einen Schlüssel, der über einem Schrank mit Farbdosen hing und öffnete ihn. Dann entnahm er dem Schrank ein Repetiergewehr Marke Winchester .22. Das Gewehr war eigentlich ein Geschenk für Storm zu seinem zwölften Geburtstag gewesen, aber Meredith hatte es nicht im Haus behalten wollen, daher hatte Jim es selbst behalten. Er holte eine Schachtel Munition hervor und lud das Gewehr mit fünfzehn .22er Langlaufpatronen.

»Jim, tu das nicht! Ich bitte dich! Tu das nicht!« schluchzte Lisa.

Jim holte ein Schulterhalfter mit einer .38er Smith & Wesson Chiefs Special aus dem Schrank und schnallte ihn an. Lisa ging auf Hände und Knie, als wäre die Garage eine Kirche und der Farbenschrank ein Altar. »Nicht, Jim! Bitte! Geh nicht! Bleib bei mir!«

»Es wird alles gut«, sagte Jim, versuchte Lisa zu beruhigen. »Das dient nur als Bluff. Ich muß rüber und Arts Kanonen aus seinem Haus holen.«

Jim kehrte ins Haus zurück und legte eine Ivy-League-Mütze an, dazu eine teure, maßgeschneiderte Lederjacke, die Lisa ihm geschenkt hatte.

»Wenn es klingelt, geh nicht dran«, warnte Jim sie, als er ging. »Geh in den hinteren Teil des Hauses. Halt dich vom Wohnzimmer und von den Fenstern fern.«

Als Jim davonfuhr, machte Lisa das Licht aus und setzte sich mit ihrem Hund und einem Glas Cognac auf den Küchenfußboden.

Jim fuhr den Geary Boulevard hinauf und hielt an einer Chevron-Tankstelle, um aufzutanken. Es nieselte und war neblig, als er die Golden Gate Bridge überquerte. Auf dem Highway 101 nahm er die Abfahrt Paradise Drive, bog links auf die Mohawk und fuhr langsam an dem kleinen weißen Haus mit den blauen Fensterläden vorbei, das Artie gemietet hatte.

Jim konnte nicht glauben, daß das Haus tatsächlich dunkel war. Wenn Artie trank und Drogen nahm, blieb er manchmal tagelang auf. Jim war sich absolut sicher gewesen, daß Artie drinnen auf der Couch sitzen würde, in der einen Hand einen Joint und in der anderen ein Schnapsglas Tequila.

Da überkam ihn der Gedanke: Was, wenn Artie wirklich vorhaben sollte, seine Drohungen wahr zu machen? Was, wenn er gerade auf dem Weg zur 47. Avenue war, auf der Suche nach Lisa? Was, wenn er das O'Farrell zusammenschießen würde, wie er es schon so häufig geschworen hatte?

Jim verließ die Mohawk und erblickte Rockys Lieferwagen auf der Straße. Er parkte den Explorer, stieg aus, öffnete die Hecktür und holte das Gewehr hervor. In all den Jahren, in denen er auf die Jagd gegangen war, war dies das erstemal, daß Jim mit einer geladenen Waffe herumgefahren war.

Rocky stieg aus einem Lieferwagen und teilte Jim mit, daß Dr. Skip nicht zu Hause gewesen war, als er ihn angerufen hatte. Als Jim die Flinte aus dem Explorer holte, sagte Rocky: »Mann, Jim, wenn du dieses Gewehr in der Hand hältst, kommen wir nicht einmal bis zu Arties Haus. In jedem dieser Häuserfenster hängt ein Schild der ›Neighborhood Watch‹ (›Nachbarschaftswache‹).«

Jim holte einen großen rotweißgestreiften Regenschirm aus dem Explorer und verbarg das Gewehr dahinter. Mit Rocky schritt er dann zur Mohawk zurück und näherte sich Arties Haus auf dem gegenüberliegenden Gehsteig. Sie musterten das stille Haus, und als sie zu dem Schluß gelangt waren, daß Artie nicht hinter einem Fenster kauerte und im Dunkeln darauf wartete, sie wegzupusten, schritten sie über die Straße und gingen die Auffahrt hinauf.

Jim versuchte den Türgriff. Es war abgeschlossen.

»Sieh hinten nach, ob im Schlafzimmer Licht brennt«, flüsterte Jim Rocky zu. Rocky begab sich hinter das Haus und kehrte bald darauf wieder, um ihm zu berichten, daß auch dort alles dunkel sei.

»Geh und ruf Lisa an und sorge dafür, daß sie sich von den Fenstern fernhält«, wies er Rocky an. »Und ruf das Theater an, um festzustellen, ob Art dortgewesen ist.«

Rocky ging, um in dem nur zwei Blocks entfernten großen Einkaufszentrum ein Telefon zu suchen. Jim stellte sich draußen vor das Haus, ihm wurde von Augenblick zu Augenblick unbehaglicher. Der erste Nachbar, der zufällig aus dem Fenster spähte, würde ihn für einen Einbrecher halten.

Jim setzte sich auf den vorderen Kotflügel des Dodge Colt Kleinbus und zündete sich eine Zigarette an. Wie er später vor Gericht bei seinem Prozeß aussagen sollte, kam er zu dem Schluß, daß dieser Wagen das perfekte Beispiel dafür abgab, was für ein undankbarer Schweinehund Artie doch war.

Art hatte ihn eines Tages angerufen, um ihm mitzuteilen, daß er auf der Stelle einen Kleinbus brauchte, weil er mit den Kindern einen Ausflug vorhatte. Jim hatte herumtelefoniert und schließlich den Dodge Colt aufgetrieben. Art war so oft wegen Trunkenheit am Steuer verwarnt worden, daß er keinen Wagen mehr auf seinen Namen anmelden durfte. Also wurde der Colt auf Jim angemeldet. Weil Art den Wagen fuhr, betrug die Versicherungsprämie erstaunliche achtzehntausend Dollar im Jahr. Für diese Summe kam das O'Farrell auf.

Aber hatte Art sich vielleicht bei Jim für alles bedankt, was er unternommen hatte, um ihm zu dem Kleinbus zu verhelfen? Den Teufel hatte er getan! Am Tag als der Wagen geliefert wurde, hatte Art Jim angerufen und ihm mitgeteilt, daß der Kleinbus nichts taugte, weil er keine automatische Zentralverriegelung besaß.

Jim zog sein Taschenmesser und stach damit den rechten Vorderreifen an. Es bereitete ihm ein schönes Gefühl, zu hören, wie die Luft herausschoß, und so ging er ans Heck des Wagens und stach auch den rechten Hinterreifen an.

Das wird ihn für eine Zeitlang häuslich machen, dachte Jim, während er das Messer wegsteckte. Er sollte sowieso nicht fahren.

Es gab noch einen weiteren Grund, weshalb Jim seinem Bruder zu einem Platten verholfen hatte. »Artie kann nicht mal einen Reifen wechseln«, war schon ein Standartwitz der Familie gewesen, seit Jim denken konnte.

Artie konnte keinen Reifen wechseln. Er konnte bei keinem Film Regie führen. Er konnte kein vernünftiges Drehbuch schreiben. Er konnte mit keiner Kamera umgehen. Und ganz bestimmt konnte er keine Firma leiten.

Jim hatte sein ganzes Leben lang für Artie die Reifen gewechselt. Jim hatte bei den Filmen Regie geführt, Jim hatte das O'Farrell aufgebaut, Jim hatte es aus einem Kino in ein Live-

Sextheater verwandelt. Artie hatte Millionen und Abermillionen von Dollar verbraucht, er hatte einen ganzen Wald Marihuana geraucht und eine Flugzeugladung Koks geschnupft, und alles nur, weil Jim so ein verdammt guter Bruder gewesen war. Er hatte Art den ganzen Weg getragen. Und in jedem gottverdammten Interview hatte er dafür Sorge getragen, daß Art auch die Hälfte der Anerkennung abbekam.

Doch was war der Dank? Ein Artie, der ihn anmotzte, weil der Wagen, den er gekauft hatte, keine Zentralverriegelung hatte. Ein Art, der Lisa mit dem Tod bedrohte. Ein Art, der das O'Farrell zusammenschoß.

Selbst heute abend hatte Artie versagt! Jim und Rocky waren in einer miserablen, regnerischen Nacht die ganze weite Strecke über die Golden Gate Bridge hierhergekommen, um ihn zu beruhigen und ihm seine Kanonen wegzunehmen, aber Art war nicht einmal zu Hause!

Wütend und frustiert trat Jim vor und verpaßte der Haustür einen Tritt. Die Tür sprang auf. Jim trat ins Foyer, unsicher, was er nun tun sollte.

Wenn Art nicht hier war, sollte er vielleicht seine Visitenkarte hinterlassen, indem er das Haus zusammenschoß. Art hatte schließlich auch das Theater zusammengeschossen; mal sehen, wie es ihm gefiel, wenn man ihm sein eigenes Haus zusammenschoß. Art würde schon wissen, daß Jim es getan hatte. Es würde ihm zeigen, wie zornig Jim geworden war.

Falls Art im Haus sein sollte, was Jim bezweifelte – seit ihrer Schulzeit war Art nicht mehr um zehn Uhr ins Bett gegangen –, dann würde Jim ihm einen Schrecken verpassen, der ihm die Scheiße aus dem Darm prügelte. Damit hätte sich die weite Reise über die Brücke schon gelohnt.

»Du sprichst spanisch, deshalb werden wir die günstigsten Tarife bekommen«, sagte Artie Mitchell gerade zu Julie.

Artie lag nackt auf dem Rücken im Bett. Julie hatte ein Bein um Artie geschlungen und spielte mit dem Haar auf seiner Brust. Artie wollte die bevorstehende Mexikoreise zu einer Art Wiederauferstehung nutzen: Morgen früh würde er als erstes

Jim anrufen und ihm mitteilen, daß er und Julie die nächsten sechs Monate in Cabo San Lucas verbringen würden. Er würde sonnengebräunt und trocken zurückkehren. Dann würde er wieder auf dem Damm sein, um im Theater arbeiten zu können, und er würde auch wieder vor Gericht ziehen, um das gemeinsame Sorgerecht für seine Kinder zurückzuerlangen.

»Wir werden nach San Diego fliegen und Storm besuchen«, sagte Artie. Storm studierte als Erstsemestler an der San Diego State. »Dann nehmen wir ein Taxi nach Tijuana und arrangieren alles vor Ort.«

Julie seufzte und stellte sich ein funkelnagelneues Ferienapartmenthaus direkt am Strand vor, wo es nichts anderes zu tun gab als Schnorcheltauchen und Sonnenbaden. Sie würde sicherstellen, daß Artie genug aß, um wieder gesund zu werden. Artie hätte eigentlich ein Zimmer im Betty Ford Center belegen sollen, aber Julie wußte, daß er das niemals tun würde. Sie wußte, daß eine Reise nach Mexiko zum Trockenwerden wie eine Fahrt nach Tangier zur Beendigung des Doperauchens war. Aber es war den Versuch wert. Der Wahnsinn mußte schließlich ein Ende finden.

Julie kuschelte sich enger an Artie und streichelte gerade das Haar auf seiner Brust, als plötzlich die Vordertür aufging und knallend wieder zuschlug. Julie wußte, daß es die Vordertür war, weil sie auf eine bestimmte Weise knarrte. Artie und sie setzten sich beide auf, um zu lauschen, doch keiner der beiden war beunruhigt. Artie ließ die Tür fast immer unverriegelt. Er lud unentwegt Leute ein, sagte ständig zu irgend jemandem: »Die Tür steht immer offen.«

Wieder öffnete sich eine Tür und schlug krachend zu. Sie konnten nicht feststellen, ob es die Tür war, die vom Haupteingang in die Küche führte, oder die Tür zum Wohnzimmer. Aber das zweite Krachen hatte ein ominöses Geräusch an sich, und so warfen Julie und Artie die Bettlaken beiseite und sprangen aus dem Bett. Artie machte ein Licht an und öffnete eine Schranktür.

Peng!!

Peng!!

Die Schüsse waren nicht so laut wie der Hall, der auf Arties

Pistolenschüsse im O'Farrell gefolgt war. Für Julie klangen sie eher nach einer Maschinenpistole. Zwei Geschosse sirrten durch die Luft, und Julie hörte, wie sie sich krachend in das Holz bohrten.

»Gib mir was zum Anziehen!« flüsterte Artie. Julie reichte ihm eine graue Frotteehose, worauf Artie in einen Wandschrank huschte und sie mühsam anzog.

Peng!! Wieder krachte ein Schuß ins Holz.

»Was ist da los? Was geht da draußen vor?« schrie Artie.

Niemand antwortete, aber Julie hörte, wie jemand durchs Haus lief und dabei an Gegenstände stieß. Völlig verängstigt rannte sie auf den anderen Wandschrank zu, blieb aber lange genug stehen, um das auf dem Nachttisch stehende Telefon zu ergreifen und mitzunehmen.

Julie und Artie beugten sich aus ihren Schränken und sahen einander an, verwirrt, unfähig festzustellen, woher die Schüsse kamen. Der eine oder andere Schuß hatte die Jalousien zum Rappeln gebracht. Wurde nun im Haus geschossen oder von außen durch das Fenster? War es eine Schießerei aus dem Auto?

»Ist hier irgendwo ein Baseballschläger?« fragte Artie, der dachte, daß Caleb vielleicht einen im Zimmer hatte liegenlassen. Julie sah sich um, konnte aber keinen entdecken.

»Egal, ich habe schon etwas«, sagte Artie schließlich.

Julie wählte 911 und sagte »Mohawk 23«, als die Koordinatorin, Sherri Tompkins, sich meldete.

»Was ist los?« fragte Tompkins.

»Ich bin im Schlafzimmer, und wir hören Geräusche, wie Pistolenschüsse, draußen vor der Tür«, sagte Julie.

»Sie hören Schüsse?«

»Ich glaube schon.«

Tompkins informierte Polizeibeamte, daß eine Schießerei im Gange sei, und forderte Julie auf, durchzuhalten, die Polizeieinheiten seien bereits unterwegs.

Artie nahm eine Heinekenflasche auf und schritt auf die Schlafzimmertür zu. Wahrscheinlich wollte er ins Wohnzimmer, wo die 9-mm-Pistole im Safe lag.

Julie begann zu schluchzen, dann schrie sie: »ARTIE, GEH NICHT RAUS! ARTIE, GEH NICHT RAUS!«

»Was ist los?« fragte Tompkins.

»Ich glaube, irgend jemand hat gescho...« sagte Julie schluchzend. »ARTIE, O MEIN GOTT! ARTIE, GEH NICHT RAUS!«

»Können Sie... können Sie irgend etwas sehen?« fragte Tompkins.

»Ich bin im Schrank.«

»Okay.«

Peng!... Peng!... Peng!

»ARTIE, WIRF DICH HIN!«

Julie hörte einen Schrei: einen leisen, schmerzerfüllten Schrei.

Sekunden verstrichen, aber sie wirkten wie Minuten. Tompkins sprach weiter mit Julie, die ihrerseits weiterhin im Wandschrank blieb.

Peng! Peng!

Wieder verstrichen Sekunden.

»Können Sie etwas hören, Julie?... Hören Sie vielleicht eine meiner Einheiten oder so etwas?« fragte Tompkins.

Julie antwortete nicht sofort. Sie hatte das Telefon beiseite gelegt und war durch das Schlafzimmer geschlichen, um in den Gang hinauspähen.

»O mein Gott!« erwiderte Julie, als sie wieder ans Telefon kam. »Ich bin zum Gang gegangen und habe... habe eine Bierflasche gesehen. Sie liegt umgekippt im Gang.«

Sekunden später sagte Julie: »Ich habe eine Sirene gehört! Ich habe eine Sirene gehört!«

Tompkins forderte sie auf, im Wandschrank zu bleiben, und schlug ihr vor, sich etwas anzuziehen.

»Gibt es im Haus irgendwelche Waffen, Julie?« fragte Tompkins.

»Verdammt, nein!« erwiderte Julie. »Er hat mir gesagt, ich solle ihm einen Baseballschläger geben, aber nicht einmal den hatte ich.«

Sekunden später informierte Tompkins Julie darüber, daß Beamte an der Haustür stünden, und forderte sie auf, sie einzulassen.

Eine halbe Meile entfernt hatte Polizeisergeant Tom Paraspolo einen der Trunkenheit am Steuer Verdächtigen am Straßenrand halten lassen. Der Polizeibeamte Kent Haas war in der Schicht von drei bis elf zur Streifenfahrt und zur Sicherstellung betrunkener Autofahrer eingeteilt. Doch als Haas eintraf, winkte der Sergeant ihn weiter. Der Sergeant hatte nur eine alte kleine Dame angehalten, deren Nase auf einer Ebene mit dem oberen Rand des Steuerrads gewesen war. Sie hatte sich verfahren und war in Schlangenlinien über die Straße gekommen, weil sie versuchte, im Dunkeln die Straßenschilder zu lesen, und dabei nicht auf die Fahrbahn selbst achtete.

Julie Bajos Notruf kam im selben Augenblick herein, als Haas an dem Sergeant vorbeifuhr. Haas ging sofort auf Code Drei – Rotlicht und Sirene – und trat aufs Gaspedal.

Haas jagte gerade die Mohawk entlang, als die Polizeibeamtin Bonnie Page sich über Funk meldete, um ihm mitzuteilen, daß sie schon früher an diesem Tag eine Überfallanzeige von einer Frau in der Mohawk 23 bekommen hatte. Page teilte den Beamten mit, daß es sich bei der Beschuldigten um eine Frau handelte, und riet ihnen, Ausschau nach einer Frau zu halten, die sich vom Tatort entfernte. Ein Akustikexperte sollte später ermitteln, daß von dem ersten Schuß auf dem Notrufband bis zum letzten 55,9 Sekunden verstrichen waren. Als Haas die Mohawk erreichte, schaltete er Rotlicht und Sirene wieder aus. Er fuhr gerade langsam auf Mohawk 23 zu, nach einem weiblichen Verdächtigen Ausschau haltend, als ein Mann fast unmittelbar neben seinem Streifenwagen auf den Gehsteig kam. Die dunkle Gestalt ging mit steifem Schritt die Straße entlang, von Haas fort. Der Mann trug einen Ivy League Tweedhut, eine dunkle Lederjacke und ausgewaschene Jeans.

Das war zwar nicht die Frau, mit der Haas gerechnet hatte, aber er fand es doch merkwürdig, daß der Mann seinen Regenschirm noch aufgespannt hatte. Der Regen war zu einem Nieseln abgeflaut. Ob diese dunkle Gestalt sich hinter dem Regenschirm nur versteckte? Ob es ein Zeuge war?

Haas stieg aus dem Wagen und forderte den Mann mit einem Ruf auf, stehenzubleiben.

Der Mann beschleunigte seinen steifen Gang. Haas zog seinen Revolver, zielte aber nicht damit. »Stehenbleiben! Polizei!« rief Haas.

Der Mann hinkte noch schneller davon. Wenn er kein steifes Bein gehabt hätte, wäre er gelaufen. Haas setzte ihm nach und hatte gerade auf zehn Meter aufgeholt, als der Mann sich hinter einen in einer Auffahrt geparkten Wagen duckte.

Haas erblickte einen Gewehrlauf und sah, wie der Mann versuchte, eine Flinte aus seiner Hose hervorzuziehen. Zweimal versuchte er, sie freizureißen, aber es gelang ihm nicht. Die Zielvorrichtung am Lauf der Winchester .22 hatte sich in seiner Hose verfangen.

»Hören Sie sofort auf damit, sonst muß ich schießen!« brüllte Haas und zielte mit seiner .38er auf den Brustkorb des Manns.

Die dunkle Gestalt hob zum erstenmal den Blick. Später sollte Haas vor einer großen Jury aussagen, daß der Mann »den verzweifeltsten Blick hatte, den ich je bei einem menschlichen Wesen gesehen habe«.

In dem Sekundenbruchteil, da Haas sich entscheiden mußte, ob er Feuer geben oder eine weitere Warnung ausstoßen sollte, hielt Tom Paraspolo, der Sergeant, der die alte Dame angehalten hatte, seinen Streifenwagen mit kreischenden Bremsen am Gehsteig. Die hellen Scheinwerfer am Seitendach des Wagens leuchteten die Gestalt aus. Der Sergeant sprang aus dem Wagen, zog seinen Revolver, kauerte sich hinter der Tür nieder und schrie: »Heben Sie gefälligst die gottverdammten Hände, sonst puste ich Ihnen den gottverdammten Schädel weg!«

Die dunkle Gestalt blickte Haas einen kurzen Moment an, dann sagte sie: »Okay« und hob die Hände.

Als die Beamten nähertraten, sagte der Verdächtige, daß er eine .38er mit sich trage. Die Polizisten fanden sie unter seinem Jackett.

Haas legte den Verdächtigen in Handschellen und verstaute ihn hinten im Streifenwagen des Sergeanten.

Das Funkgerät knisterte, und Jim Mitchell, der nun mit hinter dem Rücken gefesselten Händen dasaß, begann die Gesprächsfetzen abzulauschen. Er hörte, wie eine Koordinatorin die Feuerwehr anrief und einen Krankenwagen und Sanitäter anforderte. Ein paar Minuten verstrichen. Dann meldete sich die Dame mit der offiziellen Stimme aufs neue und nahm die Anforderung der Sanitäter zurück. Das war der Augenblick, da Jim Mitchell die Erkenntnis traf: Er hatte seinen kleinen Bruder umgebracht.

Epilog

Der Prozeß

In den Gerichtsräumen spiegelt der blaue Stoffbezug der Zuschauersitze das große blaue Dach wider, und große, kreisförmige Lampen bilden einen Kontrast zu den endlosen, geradlinigen Gängen. Gläserne Schiebetüren an den Außenseiten der Gänge führen auf einen Balkon hinaus, und während einer Verhandlungspause am 5. Januar 1992, dem ersten Anhörungstag im Mordprozeß Jim Mitchell, ging George McDonald an den Fernsehkameras vorbei, die im Gang aufgebaut waren, schob eine der Türen auf und huschte hinaus, um eine zu rauchen.

George sah inzwischen stark gealtert aus, mit einem zurückweichenden Haaransatz und Zähnen, die vom jahrelangen Rauchen gelb gefärbt waren. Er stand allein dort draußen, blickte über einen riesigen Parkplatz und ein Gelände, das winterliche Regenschauer in üppiges Grün verwandelt hatten, als plötzlich die Tür aufging und Jim Mitchell auf den Balkon trat.

Nachdem er einen Monat in Untersuchungshaft zugebracht hatte, war Jim am 30. April gegen eine Kaution von fünfhunderttausend Dollar auf freien Fuß gesetzt worden. Er sah übergewichtig aus und wirkte wie ein alternder Buchhalter in seinen braunen Hosen, einer Tweedjacke mit Lederflicken an den Ellenbogen, einem Pullover mit V-Ausschnitt über einer Krawatte und einer roten Schildpattbrille. Jim zündete eine Zigarette an und starrte geradeaus. George wußte nicht, was er sagen sollte, aber irgend etwas mußte er doch von sich geben.

»Hallo, Jim, wie geht es?« fragte George, als er sich umwandte, um wieder hineinzugehen. Dann lächelte er und fügte hinzu: »Ziemlich dumme Frage an einem solchen Tag, wie?«

Jim lachte und drückte seine Zigarette aus. Er schritt zu George hinüber, grinste, rieb George über den Scheitel und kehrte in den Gerichtssaal D des Obergerichts von Marin zurück.

George hatte beschlossen, dem Prozeß beizuwohnen, weil er, wie jeder, der die Mitchell-Brüder gekannt hatte, wissen wollte, weshalb Jim Artie umgebracht hatte. Die Leute würden ihn den Rest seines Lebens danach fragen. Doch als er Jim nachsah, erkannte George, daß es noch einen anderen tiefergehenden Grund gab, der ihn zu dem Prozeß hingezogen hatte. Jim war immer der Leiter gewesen, der Bursche, der alles hinter der Kamera im Griff behielt. George war der Bursche gewesen, der sich ausgezogen hatte und vor die Kamera getreten war. Jetzt hatte sich das Blatt schließlich gewendet. Nun machte Jim die Show. Jetzt würde man *ihn* nackt ausziehen. Und er hatte auch keine Kontrolle über die Produktion.

George gefiel das. Jim hatte immer Verachtung für die Leute empfunden, die sich vor der Kamera entblößt hatten. Diesmal würde Jims Leben entblößt werden. Diesmal konnte er sich nicht oben im O'Farrell in seinem Clubhaus verstecken.

Wie es ihm wohl unter den Scheinwerfern gefallen wird, dachte George, als Jim davonging.

In dem Drama, das McDonald und die Zuschauer, die die Sitzplätze im Gerichtssaal D füllten, zu sehen gekommen waren, kämpfte Michael Kennedy gegen den Stellvertretenden Bezirksstaatsanwalt von Marin County, John Posey. Seitdem er San Francisco verlassen hatte, um in einer Kanzlei an der New Yorker Park Avenue zu praktizieren, hatte Kennedy eine weitbekannte Kanzlei aufgebaut, zu der Mandanten wie Jean Harris gehörten, die zurückgestoßene Geliebte, die einst Dr. Herman Tarnower, den Scarsdale-Diätarzt, ermordet hatte, sowie Ivana Trump, die sich von ihrem Mann Donald hatte scheiden lassen.

Jims Rechtsanwaltsstab ging schon früh zum Angriff über und gewann einige entscheidende Schlachten. Der Prozeß hätte am 16. August beginnen sollen, aber Riordan – Kennedys Experte für Verfahrensfragen – hatte festgestellt, daß das Obergericht, das Jim Mitchell wegen Mordes anklagte, Verfahrensfehler begangen hatte, und so hatte ein Richter die Anklage verworfen. Das hatte den Bezirksstaatsanwalt von Marin dazu gezwungen, den Fall vor ein anderes Obergericht zu bringen, das Jim ebenfalls des Mordes anklagte, dazu noch des Abfeuerns einer Feuerwaffe auf grob fahrlässige Weise und des Hantierens mit einer tödlichen Waffe in Gegenwart eines Polizeibeamten.

Nancy Clarence, eine Partnerin in der Rechtskanzlei von Tom Steel, Jim Mitchells Freund und langzeitigem Rechtsvertreter, arbeitete Kennedy während des Prozesses zu. Clarence, eine hartgesottene ehemalige Bundespflichtverteidigerin, übernahm im Wechselspiel mit Kennedy, der den ›guten Bullen‹ mimte, die Rolle des ›bösen Bullen‹, indem sie den Zeugen der Anklage beinharte Fragen stellte und ihre Antworten zerpflückte.

Jeden Morgen schob der Stellvertretende Bezirksstaatsanwalt John Posey wenige Minuten vor Prozeßbeginn einen Wagen in den Gerichtssaal, der unter dem Gewicht von Akten mit Zeugenaussagen, Polizeiberichten und Gutachterstellungnahmen förmlich ächzte. Posey war teilweise Cherokee, er hatte dichtes, ergrauendes schwarzes Haar, hohe Wangenknochen, eine pockennarbige Haut und glich dem Schauspieler Richard Crenna. In konservative kohlenschwarze oder dunkelblaue Anzüge gekleidet, schritt Posey oft mit grunzelter Stirn von einem Zeugen davon, tief in Gedanken verloren. Dann stürzte er sich plötzlich auf eine seiner Akten mit Beweismaterial und schlug eine farbig markierte Seite auf.

Vom ersten Tag an wurde deutlich, daß es Posey gleichgültig war, wer ihm gegenüberstand: ob ein berühmter und sehr teurer Anwalt aus New York City oder eine öffentliche Verteidigerin, die gerade erst ihre Gerichtszulassung bekommen hatte. Nachdem Posey erst einmal seinen Fall durchstrukturiert hatte, war er so wenig aufzuhalten wie ein Frachtzug. Jeder, der sich vor ihm aufs Gleis wagen sollte, würde überfahren werden.

Vorsitzender bei dem Prozeß war der Richter am Obergericht von Marin County, Richard Breiner. Er war ein attraktiver, sonnengebräunter, grauhaariger Mann Mitte Fünfzig und genoß einen Ruf als bester Richter in Marin. Breiner war klug und mit einem Mutterwitz gesegnet, der so schlagfertig war wie der eines professionellen Komikers. Er war bekannt für seine zügigen, frischen Entscheidungen.

Die Jury aus acht Männern und vier Frauen (später erkrankte

eine der Frauen im Laufe des Verfahrens und wurde durch einen männlichen Geschworenen ersetzt) sah so aus, als hätte man sie in Milwaukee, Wisconsin, zusammengestellt und nicht in Marin County. Die übergewichtigen Hausfrauen; ältere, grauhaarige Männer mit saloppen Pullovern; die jüngeren Männer hatten das ausgebleichte Aussehen von Computertechnikern, die ihre langen Tage über Schaltkreisplatinen verbrachten. Die Geschworenen wurden schon bald miteinander warm, lächelten und tauschten in den Vernehmungspausen Nebenbemerkungen aus, hörten aufmerksam zu und machten während der fünfwöchigen Prozeßdauer emsig Aufzeichnungen.

In seiner Eröffnungsansprache teilte Michael Kennedy den Geschworenen mit, daß Jim Mitchell, hätte er seinen Bruder lieber tot gesehen, ihn einfach in Ruhe gelassen hätte: Artie brachte sich ohnehin schon selbst mit Drogen und Alkohol um. Kennedy wies darauf hin, daß es rechtlich betrachtet einen Unterschied zwischen Totschlag gab, den Jim begangen habe, und Mord, dessen sein Mandant nicht schuldig sei. Manchmal auf ein Bühnenflüstern zurückgreifend, das nur mit Mühe zu verstehen war, rekonstruierte Kennedy den Vorfall vor Ocean Beach, um Jim als einen Helden darzustellen, der ins Wasser gesprungen war, um seinen kleinen Bruder zu retten.

»Ebenso sicher, wie Artie Mitchell in der Brandung vor Ocean Beach (am 18. März 1990) am Ertrinken war, war Artie Mitchell am 27. Februar 1991 dabei, in Alkohol zu ertrinken«, sagte Kennedy zu der Jury. Jim war »bereit, sogar durch einen Kugelhagel zu stapfen ... um Artie vor sich selbst zu retten. Jim Mitchell würde die biblische Frage ›Bin ich meines Bruders Hüter?‹ mit einem hallenden Ja beantworten«, schloß Kennedy. »Er ist höchstens viel zu sehr der Hüter seines Bruders. Wenn er gefehlt haben sollte, so tat er es aus übertriebener Fürsorglichkeit. Er konnte Artie einfach nicht im Stich lassen.«

Der Ankläger John Posey erhob sich zu seiner Eröffnungsrede, um klarzumachen, daß Jim sehr wohl ein Motiv für das Töten gehabt habe. Artie habe eine Lebensversicherung über eine Million Dollar abgeschlossen und Jim als Begünstigten benannt. Jim wäre Alleininhaber des O'Farrell und der Filmrechte der Brüder Mitchell geworden. Und außerdem hätte er sich damit eines trunksüchtigen, gefährlichen, ihn demütigenden Bruders entledigt.

Doch Posey strengte sich nicht allzusehr an, die Geschworenen davon zu überzeugen, daß Jim seinen Bruder aus Habgier getötet hatte. Posey stützte seinen Fall auf eine Rekonstruktion der Tat, die technisch voll auf der Höhe der Zeit war und die, wie er versprach, bei den Geschworenen auch den letzten Zweifel daran ausräumen würde, daß Jim einen gezielten Mord verübt habe. Und damit die Nacht des Tötens für die Geschworenen auch wieder lebendig wurde, spielte Posey das Band mit Julie Bajos Notruf vor. Während des gesamten Verfahrens spielte der Staatsanwalt es bei jeder erdenklichen Gelegenheit aufs neue ab.

Poseys Strategie baute auf die Gutachten zweier Experten: Dr. Harry Hollien, Professor für Linguistik des gesprochenen Worts und Strafrecht an der Universität Florida, und Lucien Haag, ein Spezialist für Verbrechensrekonstruktion mit sechsundzwanzigjähriger Berufserfahrung, der in Phoenix, Arizona, ein Beratungsbüro unterhielt, waren seine Hauptstützen.

Bevor Professor Hollien in den Zeugenstand trat, glaubte man allgemein, daß Artie dreimal getroffen worden sei: Einmal im Oberarm, einmal im Unterleib, wobei der tödliche Schuß von seinem Handgelenk abprallte und in sein rechtes Auge eindrang. Hollien ermittelte, daß fünf der acht von Jim abgegebenen Schüsse auf dem Notrufband zu hören waren, und bestimmte mit Oszillograph und Spektrograph, wann jeder Schuß genau abgefeuert wurde. Seine Studie zeigte, daß Jim den ersten Schuß auf dem Band 5,5 Sekunden nach der Kontaktaufnahme von Julie Bajo mit der Notrufkoordinatorin abgeschossen hatte. Der zweite Schuß kam 1,8 Sekunden später; der dritte erfolgte 15,5 Sekunden danach; der vierte 28,3 Sekunden nach dem dritten und der letzte Schuß schließlich zwei Sekunden darauf.

Der vierte Schuß war auch der tödliche, der Artie im rechten Auge getroffen hatte. Der bereits zweimal getroffene Artie war im Badezimmer zu Boden gestürzt. Er hatte sich wieder aufgerichtet, gemerkt, daß er getroffen war, und war rücklings in den Gang gestürmt. Jim stand ungefähr elf Meter von ihm entfernt, ein Gewehr im Anschlag, das noch auf mehrere hundert Meter genau traf. Er hatte achtundzwanzig *Sekunden* gewartet, eine wahre Ewigkeit in einer solchen Situation, bis Artie in den Gang hinausgespäht hatte. Als er es dann tat, hatte Jim, der ein geübter Schütze war, seinen Bruder durch das rechte Auge erschossen.

Um seine Behauptung zu untermauern, daß Jim seinen Bruder kaltblütig ermordet hatte, ließ Posey den Gutachter Lucien Haag in den Zeugenstand rufen, einen unerschütterlichen, hohlwangigen Veteranen, der schon in über dreihundert Verfahren ausgesagt hatte. Haag verwendete Laser, um die ballistische Bahn der Projektile zu verfolgen, und verwendete Ausdrücke wie ›Festmassenanhäufungen in Höhe von ein Meter dreizehn über dem Boden‹, um die Gruppe von Projektilen zu beschreiben, die man in der Schlafzimmertür gefunden hatte. Haag betonte die Tatsache, daß der Mann, der die Schüsse abgegeben hatte, ein versierter Schütze gewesen sei.

Posey setzte eine neuartige Technologie ein, indem er eine computergenerierte Animation mit dem Titel ›Der Tod des Artie Mitchell‹ herstellen ließ, um das Verbrechen zu rekonstruieren. Zwar waren schon früher Computeranimationen in Zivilverfahren eingesetzt worden, beispielsweise wenn es um Autozusammenstöße ging, und einmal wurde eine solche Animation auch in einem Strafgerichtsverfahren wegen Trunkenheit am Steuer in New Jersey vorgeführt, doch eine Rekonstruktion einer Menschentötung in Form von Karikaturen war noch nie zuvor in einem Prozeß zum Einsatz gekommen. Gegen Kennedys heftigen Einspruch gab Richter Breiner die Vorführung des Videos frei, nachdem es Modifikationen unterzogen worden war, um Illustrationen zu entfernen, von denen die Verteidigung glaubte, daß sie auf Spekulationen und nicht auf Beweisen beruhten.

Die Animation glich einem Videospiel. Artie Mitchell wurde im Schlafzimmer eines dreidimensionalen Grundrisses des Hauses in der Mohawk 23 gezeigt. Er schritt wie ein Roboter aus dem Schlafzimmer in den Gang hinaus. Drei rote Farbstöße, die für die Projektile standen, durchbohrten die Animationsfigur, die Artie darstellte, worauf diese auf dem Fußboden des Badezimmers zusammensackte.

Lucien Haag und die Animation unterstrichen die Hinweise, die Professor Hollien gegeben hatte: Der Schuß, der Artie tötete, wurde nach einer achtundzwanzig Sekunden langen Pause abgefeuert. Der tödliche Schuß war kein Querschläger: Er war direkt in Arties rechtes Auge abgefeuert worden. Der Schütze war wahrscheinlich auf ein Knie gegangen, um seine Waffe beim Feuern zu stabilisieren.

Kennedy bestritt Holliens und Haaks Aussage – die Debatte darüber, ob es den Geschworenen gestattet sein sollte, sich die Computeranimation anzusehen, war besonders hitzig; und er rief seine eigenen Gutachter in den Zeugenstand, um ihre Aussagen zu widerlegen. Kennedys Gutachter waren zwar nicht so beeindruckend wie die der Anklage, doch warfen sie immerhin einige Fragen über die Gültigkeit von Tatrekonstruktionen im allgemeinen und über Professor Holliens Arbeit im besonderen auf.

Im Vorwort zu einem seiner Bücher hatte Hollien geschrieben, daß akustische Rekonstruktionen, sollten sie exakt sein, in einer Umgebung durchgeführt werden müßten, die jene des ursprünglichen Ereignisses duplizierte. Doch der Professor hatte die Akustik in Mohawk 23 weitab in Florida in einem Labor rekonstruiert. Hollien erklärte, daß die Geräte inzwischen soweit weiterentwickelt worden seien, daß eine exakte Duplikation nicht mehr erforderlich sei. Der Professor sagte, daß er sein Buch gegenwärtig umschreibe. George Breiner bemerkte trocken: »Das tut er ja gerade eben hier.« Aber Kennedy hatte immerhin einen Punkt gemacht: Der Gutachter der Anklage hatte seinem eigenen Buch widersprochen.

Nachdem im Laufe von acht Verhandlungstagen eine ganze Parade von Zeugen der Anklage aufgetreten war, begann die Verteidigung damit, ihre Auffassung zu erläutern, und schon bald wurde deutlich, daß der Verteidiger Michael Kennedy nicht etwa Jim Mitchell zum Gegenstand des Verfahrens machen wollte, sondern seinen toten Bruder Artie.

Bezeichnend dafür war ein Ereignis kurz nachdem Kennedy Georgia Mae Mitchell aufgerufen hatte. Georgia Mae trat in einem grauen Anzug mit einem hellorangefarbenen Rollkragenpullover und einem grüngelben Halstuch in den Zeugenstand. Sie sagte aus, wie nahe sich ihre Jungen immer gestanden hatten, wie sie und ihr Mann, J. R., Jim dazu erzogen hatten, sich um Artie zu kümmern, und wie stolz sie auf ihre Jungen gewesen war, weil sie vor Gericht gezogen waren, um für das Recht der Menschen zu kämpfen, auch sehen zu dürfen, was sie sehen wollten. Georgia Mae sagte, daß Jim immer ein Kämpfer gewesen sei, und als sie dies mit der Anekdote unterstrich, daß er sich geweigert hatte, durch eine Streikpostenkette hindurchzuschreiten, um als Student an der San Francisco State am Unterricht teilzunehmen, stand Posey auf und erhob Einspruch.

»Posey will alles blockieren, was mit grundlegender Menschlichkeit zu tun hat, weil er ein Vertreter der Hightech-Welle ist«, sagte Kennedy zu Richter Breiner. »Aber ich muß den Charakter des Mannes darstellen ... Wie sollen wir in einem Gerichtssaal das Porträt eines Menschen zeichnen können, wenn wir nicht jene Leute befragen, die ihn am besten kannten?«

»Welche Relevanz soll die Weigerung in den sechziger Jahren, eine Streikpostenkette zu durchschreiten, für das Abfeuern von acht Schüssen am 27. Februar haben?« fragte Posey den Richter.

George Breiner lehnte den Einspruch ab.

Jeder Zeuge, den Kennedy aufrief – Georgia Mae, Liberty Bradford, Lisa Adams, der Wahlkampfmanager Jack Davis, Charlie Benton, ein stellvertretender Manager, der neunzehn Jahre im O'Farrell gearbeitet hatte – sagte aus, wie unbeherrscht Artie gewesen sei; wie eng Artie und Jim immer miteinander verbunden gewesen seien; wie viele Sorgen Jim sich wegen seines Bruders gemacht habe. Und jeder von ihnen hatte eine Horrorstory über Arties Trinkerei bis zur letzten Nacht seines Lebens zu erzählen. In der Nacht seines Todes hatte Arties Blut einen Promillegehalt von 2,5 gehabt. (Die juristisch zulässige Grenze in Kalifornien beträgt 0,8.)

Jim blickte nur selten die Zeugen an, selbst als seine Mutter aussagte. Jeden Morgen öffnete er ein Notizbuch, legte zwei

Schreibstifte aus und verbrachte den Tag mit Notizen. Eines der wenigen Male, da er Emotionen zeigte, war, als Liberty im Zeugenstand beschrieb, was vor Ocean Beach geschehen war. Da nahm Jim seine Brille ab und begann zu weinen.

Der Augenblick, auf den die fünf Fernsehkameraleute, die drei Pressefotografen, die Gerichtszeichner, Reporter, Schriftsteller, Freunde Jim Mitchells und die neugierigen Zuschauer alle gewartet hatten, kam, als Michael Kennedy leise sagte: »Ich rufe den Angeklagten und Bruder des Opfers, Jim Mitchell, auf.«

»An dem Tag, an dem Ihr Bruder starb, haben Sie ihn da geliebt?« fragte Kennedy.

»Ja, das habe ich«, erwiderte Jim mit ausdrucksloser Stimme. Nur seine bebenden Lippen verrieten seine Gefühle.

»Wir haben Aussagen darüber gehört, daß Artie Alkoholmißbrauch betrieb und keine Kontrolle mehr über sich selbst hatte. Wollen Sie uns etwa weismachen, daß Sie ihn dennoch liebten?«

»Ja, ich habe Art geliebt«, sagte Jim mit gefaßter Stimme.

»Haben Sie ihn jemals aufgegeben?«

»Nein.«

Kennedy ging mit Jim Schritt für Schritt die Ereignisse des Tages durch. Er hatte das Gewehr mitgenommen, »um anzugeben. Vielleicht hatte ich ein besseres Gefühl dabei, ich weiß es nicht«. Nachdem er das Haus betreten hatte, hatte er geschrien: »He, Killer! Beweg deinen dürren Arsch hierher!« Artie war im Gang erschienen, in einer drohenden Haltung zusammengekauert. Jim hatte geglaubt, daß die Heinekenflasche, die er in der Hand hielt, eine Pistole sei. Art hatte gebrüllt: »Okay, Drecksack! Ich puste dir dein gottverdammtes Gehirn weg!«

Da hatte Jim gefeuert. Er hörte einen weiteren Schuß und dachte, daß er getroffen sei. Und dann setzte vorübergehend sein Gedächtnis aus. Das nächste, woran Jim sich erinnern konnte, waren grelle Scheinwerfer, die ihm ins Gesicht leuchteten, und jemand, der schrie: »Heben Sie gefälligst die gottverdammten Hände hoch, sonst puste ich Ihnen den gottverdammten Schädel weg.«

»Ich weiß nicht, wie ich da rausgekommen bin«, sagte Jim aus. Doch nachdem er dem Prozeß bis hierher beigewohnt hatte, wußte er nun, daß Artie in jener Nacht eine Bierflasche in der Hand gehalten hatte und keine Pistole.

»Ich weiß jetzt, was ich in diesem Haus getan habe«, sagte Jim.

»Was haben Sie denn getan?«

»Art umgebracht«, sagte Jim und erstickte fast an diesen Worten.

»Hatten Sie vorgehabt, Ihren Bruder umzubringen?«

»Nein.«

»Wie fühlen Sie sich?«

»Es tut mir leid«, sagte Jim mit gedämpfter Stimme. »Ich wünschte, es hätte mich und nicht ihn getroffen«, fügte er hinzu und wischte seine Tränen fort.

John Posey meinte, daß die Behauptung des Gedächtnisverlusts eine Erfindung in letzter Minute sei, und setzte Jim mit einem Kreuzverhör zu, das drei Stunden dauerte. Er versuchte Jim als herrischen älteren Bruder darzustellen, der seinen jüngeren Bruder umgebracht hatte, weil er ihn nicht länger beherrschen konnte.

»Haben Sie daran gedacht, die Polizei zu rufen?«

»Nein«, erwiderte Jim.

»Sie wollten die Situation lieber selbst meistern, nicht wahr?«

»Das hatten wir gehofft.«

»Sie wollten immer das Sagen behalten, nicht wahr?«

»Ich hatte keine andere Wahl.«

»Sie waren nicht in der Lage, Art zu beherrschen, nicht wahr?«

»Ich habe Art nie beherrscht.«

»Er war Ihnen peinlich, nicht wahr«, sagte Posey in einem Ton, der deutlich machte, daß er damit eine Tatsache formulierte und keine Frage stellte.

»Art konnte mich nicht in Verlegenheit bringen. Er war schließlich mein Bruder und hatte Schwierigkeiten«, erwiderte Jim.

An einem Punkt machte Posey auf dem Absatz kehrt und schritt zielstrebig durch den Gerichtssaal. Er nahm die Winchester .22 auf und trug sie zum Zeugenstand zurück. Der Ankläger zeigte Jim die Waffe und forderte ihn auf, zu demonstrieren, wie er sie in der Nacht geladen hatte, als er Artie tötete. Jim starrte das Gewehr an. Die Hände der Gerichtsstenographin erstarrten über den Tasten. Niemand im Gerichtssaal rührte sich. Und dann begann Jim, langsam den Kopf zu schütteln.

»Ich möchte das nicht mehr anfassen«, sagte Jim.

Posey schritt zurück zu den Asservaten und nahm die .38er in dem Schulterhalfter auf. Er trug sie zurück zum Zeugenstand und forderte Jim auf, zu demonstrieren, wie er sie angelegt hatte. Jim weigerte sich.

»In jener Nacht hatten Sie allerdings keine Schwierigkeiten, sie anzulegen«, bemerkte Posey, als er die .38er zurück zu dem Asservatenwagen brachte.

»Sie sagen, daß Sie geschrien haben, als Sie in jener Nacht in Arties Haus kamen. Könnten Sie uns einmal zeigen, wie laut Sie schrien?«

Jim weigerte sich, und Kennedy sprang auf die Beine, rot vor Zorn.

»Euer Ehren, das ist Sadismus! Diese Fragen braucht er nicht zu beantworten.«

Richter Breiner gestattete Posey fortzufahren, und der Ankläger setzte sein Kreuzverhör fort. Doch Kennedy kochte vor Wut, und nachdem das Gericht die Verhandlung für diesen Tag beendet hatte, bellte er: »Glotz mich bloß nicht so an, du kleiner Haufen Scheißdreck!«, als Posey aus dem Gerichtssaal schritt. Posey gestattete sich ein leises Grinsen und ging weiter.

Nachdem Jim den Zeugenstand verlassen hatte, war deutlich geworden, daß die Aussagen der Zeugen der Anklage und jener der Verteidigung einander in wichtigen Punkten widersprachen. Georgia Mae sagte aus, daß Artie während des Telefonats, das sie noch wenige Stunden vor seinem Tod mit ihm geführt hatte, gesagt hätte: »Am liebsten würde ich Jim eine Kanone zwischen die Augen halten und abdrücken.« Julie Bajo, die während des Gesprächs direkt neben Artie gestanden hatte, sagte dagegen aus, daß Artie nichts dergleichen gesagt habe. Sie bezeugte ferner, daß Artie nicht damit gedroht habe, Jim umzubringen, als er die beiden betrunkenen Nachrichten auf dem Anrufbeantworter seines Bruders hinterlassen hatte.

Jim Mitchell, Lisa Adams und Nancy Harrison, die Sekretärin des O'Farrell, bezeugten alle, daß Artie am 27. Februar den Anruf getätigt hatte, in dem er Lisa mit dem Tod bedrohte. Posey aber brachte Arties Telefonprotokolle vor und zeigte auf, daß Artie an diesem Tag nur einmal das Theater angerufen hatte, nämlich am Nachmittag, um sich bei Nancy zu entschuldigen. Der Drohanruf mußte also ein oder zwei Tage vorher stattgefunden haben.

Jim sagte aus, daß er an die Haustür geklopft habe und daß sie verschlossen gewesen sei, als er sie öffnen wollte. Jim sagte außerdem im Zeugenstand, daß er die Tür mit einem Tritt geöffnet habe. Julie dagegen bezeugte, daß sie niemanden an die Tür hatte klopfen hören und daß die Tür unverschlossen gewesen sei. Ein Polizeibeamter, der die Tür untersucht hatte, sagte aus, daß Schloß und Bolzen unversehrt waren und daß die Tür keine Anzeichen eines Fußtritts aufgewiesen hatte. Jim sagte außerdem, daß er, als er ins Haus kam, geschrien habe: »He, Killer! Beweg deinen dürren Arsch hierher!« Julie dagegen sagte aus, daß sie nichts als das Knallen von Türen gehört habe.

Aber Julie Bajo hatte es auch nicht leicht im Zeugenstand. Da er wußte, daß die Verteidigung es sonst tun würde, wenn er es nicht tat, kritisierte Posey seine eigene Zeugin, indem er auf Widersprüche zwischen den Interviews, die Julie kurz nach der Schießerei gegeben hatte, und den Versionen, die sie Monate später den Reportern erzählt hatte, hinwies. Der größte Teil der Widersprüche rührte daher, daß Julie im Laufe der Zeit zu der Überzeugung gelangt war, daß noch ein anderer Mann in jener Nacht in das Haus eingedrungen war. In dieser Nacht hatte es in dem Haus so viele Geräusche, soviel Klopfen und Schlagen gegeben, daß Julie zu der Überzeugung gelangte, daß außer Jim noch ein weiterer Mann im Haus gewesen sein mußte. Weder die Anklage noch die Verteidigung glaubten ihr. Beide Seiten waren sich sicher, daß Jim allein gehandelt hatte.

Posey brachte auch die Tatsache zur Sprache, daß Julie fünftausend Dollar für ein Interview in der reißerischen Fernsehshow *Hard Copy* erhalten hatte sowie weitere eintausendfünfhundert für ein Interview in *Inside Edition* und daß sie sich, spärlich bekleidet, auf einem Billardtisch für die Illustrierte *People* hatte abbilden lassen, in der auch eine Story dazu abgedruckt wurde. Keine dieser Enthüllungen verhalf ihr bei den Geschworenen zur Glaubwürdigkeit.

Nach Jims Aussage rief die Verteidigung einen Psychiater in den Zeugenstand, der bestätigte, daß Jim Mitchell tatsächlich an psychogenem Gedächtnisverlust hätte leiden können. Wie so häufig bei Strafprozessen, rief die Anklage sofort einen Psychiater in den Zeugenstand, der dagegen aussagte, daß der Psychiater der Verteidigung keine Ahnung von seinem Fach habe und daß es einer sehr viel umfangreicheren Untersuchung bedürfe, um festzustellen, was in jener Nacht in Jim Mitchells Verstand vorgegangen sei. Doch keine der beiden Seiten schien das psychiatrische Argument sonderlich weiterverfolgen zu wollen. Siebenundvierzig Zeugen waren geladen worden – zweiundzwanzig für die Verteidigung, fünfundzwanzig für die Anklage –, und beide Seiten hatten ihr Pulver verschossen.

Zu seinem Schlußplädoyer stand Posey vor einem drei Meter großen Diagramm, das die Ereignisse der Todesnacht veranschaulichte. Jim Mitchell sei in dieser Nacht nicht in Sachen Barmherzigkeit unterwegs gewesen, teilte Posey der Jury mit. Er sei bereit gewesen, »in den Krieg zu ziehen«. Er hatte seinen Bruder getötet, »kaltblütig ... nach einem genauen, bösen Plan«. Jim hatte seinen Wagen drei Blocks entfernt geparkt, um ungehindert entkommen zu können. Bewies das etwa nicht, daß er vorgehabt hatte, seinen Bruder umzubringen? Zeigte es etwa nicht, daß das Töten willentlich und absichtlich geschehen war? Jim hatte versucht, das Gewehr in seiner Hose zu verstecken und die Waffe gegen einen Polizisten zu ziehen. Hörte sich das vielleicht nach einem Mann an, der unter temporärem Gedächtnisverlust litt? Jim hatte ausgesagt, daß er sich davor gefürchtet habe, die Polizei zu rufen, weil sein Bruder den Beamten hätte Schaden zufügen können oder umgekehrt. Aber die Polizei war doch schon viele Male in Arties Haus erschienen, um Streitereien zwischen ihm und Karen zu schlichten, und niemals sei dabei etwas passiert. Jim habe sich nicht bewaffnet, weil er sich in dieser Nacht vor seinem Bruder fürchtete. Er habe sich vielmehr bewaffnet, um in den Krieg zu ziehen. Wenn Jim wirklich davon überzeugt gewesen wäre, daß sein Bruder ein amoklaufender Wahnsinniger war, wäre er zu Hause geblieben und hätte Lisa Adams beschützt.

Was, wenn Julie Bajo nicht so geisteswärtig gewesen wäre, die 911 zu wählen? Was, wenn der Polizeibeamte Kent Haas nicht zufällig wenige Blocks entfernt gewesen wäre? Dann hätte Jim den trauernden Bruder gemimt, und die Polizei hätte Karen Mitchell verhört, die erst früher an diesem Tag eine Waffe gegen Julie Bajo gezückt hatte. Dann würde das Theater Jim gehören, er wäre den Bruder los, den er nicht länger beherrschen konnte, und obendrein würde er auch noch eine Million Dollar Lebensversicherung einstreichen.

»Wenn ich noch einmal um Ihre Aufmerksamkeit bitten darf«, sagte Posey zum Schluß. Dann begann er zu zählen: »Eintausendeins . . . eintausendzwei . . . eintausenddrei . . .« Der Staatsanwalt zählte bis eintausendachtundzwanzig und teilte den Geschworenen mit, daß sie soeben die letzten achtundzwanzig Sekunden von Artie Mitchells Leben miterlebt hätten. Dann nahm er Platz.

In seiner Zusammenfassung kehrte Michael Kennedy auf die Themen zurück, die er schon in seiner Eröffnungsrede angeschnitten hatte. Jim Mitchell war der Hüter seines Bruders Artie gewesen. Er war in jener Nacht nach Corte Madera gefahren, bewaffnet ›zur Selbstverteidigung, um Leben zu retten, in lebensfördernder Absicht. So etwas kann schieflaufen, aber wenn etwas schiefläuft, ist das nicht dasselbe wie geplanter, kaltblütiger Mord . . .‹

Jim mochte vielleicht dumm gewesen sein, mit zwei geladenen Waffen das Haus seines Bruders zu betreten, aber »es ist kein Verbrechen, dumm zu sein . . . Es ist kein Verbrechen, zu versuchen, das Leben seines Bruders zu retten«, teilte Kennedy den Geschworenen mit und forderte sie auf, Jim in allen Punkten der Anklage freizusprechen. Die Geschworenen begannen am Dienstag, den 13. Februar mit ihren Beratungen. Sie hatten die Option, Jim des Mordes ersten Grades für schuldig zu befinden. Ein Mord ersten Grades ist ein beabsichtigter Mord, der mit besonderer Heimtücke ausgeführt wird.

Darauf stehen fünfundzwanzig Jahre Gefängnis bis lebenslänglich.

Ein Mord zweiten Grades ist eine absichtliche und mit besonderer Heimtücke ausgeführte Tötung, doch ohne vorherige Planung. Die Strafe darauf beträgt fünfzehn Jahre bis lebenslänglich.

Totschlag ist ein Tötungsdelikt, das zwar willentlich ausgeführt wird, aber in der Hitze der Leidenschaft, während ein Angeklagter fälschlicherweise, aber ehrlich glaubt, daß sein eigenes Leben in Gefahr sei. Wer des Totschlags für schuldig befunden wird, muß eine Gefängnisstrafe zwischen drei und elf Jahren erwarten.

Jim Mitchell wurde außerdem der grob fahrlässigen Betätigung einer Feuerwaffe angeklagt sowie des Ziehens einer Waffe in Gegenwart eines Polizeibeamten. Jeder dieser Anklagepunkte kann mit Gefängnis zwischen sechzehn Monaten und drei Jahren geahndet werden.

Nach dem kalifornischen Gesetz, das im Volksmund als ›Aufstockung‹ bekannt ist, kann ein Schwerverbrecher, der seine Tat mit einer Feuerwaffe begeht, auf jede Strafe, die ein Richter verhängt, zusätzlich weitere fünf Jahre Gefängnis bekommen.

Posey verlangte, daß diese Verstärkungsklausel auf Jim Mitchell angewendet werde.

Nach dreizehnstündiger Beratung gelangten die Geschworenen am Mittwoch, dem 19. Februar, zu einem Urteil. Jim Mitchell wurde des Totschlags für schuldig befunden, begangen »in der Hitze der Leidenschaft«.

Jim starrte geradeaus, als sei er wie betäubt. Er hatte gewonnen. Es war der beste Urteilsspruch, auf den er vernünftigerweise hatte hoffen dürfen. Er stand auf und umarmte Michael Kennedy und Nancy Clarence, dann die tränenüberströmte Lisa Adams.

»Das ist mehr als nur ein Teilerfolg«, verkündete ein jubilierender Michael Kennedy draußen vor dem Gerichtssaal. »Es ist ein großer Sieg, nicht des Mordes für schuldig befunden worden zu sein.«

Kennedy sagte, daß er gegen das Urteil Berufung einlegen würde – die Berufung würde sich auf die ›voreingenommene‹ Computeranimation konzentrieren –, fügte aber hastig hinzu: »Die Familie Mitchell ist sehr glücklich. die Verurteilung wegen Totschlags macht uns keine Sorgen. Sollte er ins Gefängnis müssen, wird er damit schon zurechtkommen.«

Kennedy hatte die Presse jeden Tag nach dem Prozeß unterrichtet.

Posey hatte sich geweigert, irgendwelche Fragen zu beantworten. Als er schließlich vor den Kameras, den Mikrofonen und den Tonbandgeräten stand, sagte der Staatsanwalt, daß er von dem Urteil nicht enttäuscht sei.

»So funktioniert das System eben«, meinte Posey. »Ich sprach mich für das aus, was die Tatsachen meiner Meinung nach beweisen. Ich glaube an unsere Justiz, und so hat die Jury eben entschieden.«

Es gab drei Hauptgründe, weshalb die Jury zu einem milderen Urteil gelangte, als die Anklage gefordert hatte. Geschworene wollen begreifen, *weshalb* jemand ein Verbrechen begeht, und Posey hatte Jims Taten niemals wirklich erklären können. Statt dessen akzeptierten sie Jims und Michael Kennedys Version der Geschehnisse in jener Nacht: Jim war ausgeflippt. Der Bezirksstaatsanwalt hätte ihn niemals wegen Mordes ersten Grades anklagen dürfen.

»Ich bin extrem zufrieden mit der Entscheidung«, teilte der Geschworene Kentner Scott, ein pensionierter Banker, dem *Examiner* nach dem Prozeß mit. »Ich denke, (Totschlag) ist das, was auch der Ankläger – hätte er seinen Kopf richtig herum getragen – von Anfang an hätte fordern sollen ... Ich hoffe, daß dies dazu führt, daß das Büro des Bezirksstaatsanwalts sich nächstes Mal erst einmal etwas eingehender mit dem Gesamtbild befaßt.«

John Poseys Darlegungen waren viel zu technisch gewesen. Er hatte die Geschworenen unter einer Lawine wissenschaftlicher Fakten begraben. Vor die Wahl gestellt, sich zwischen wissenschaftlichen Beweisen und Beweisen durch menschliche

Emotionen zu entscheiden, hatte die Jury sich für letztere entschlossen.

»Poseys mechanistische Hingabe an die reine Wissenschaft hat mich gegen Prozeßmitte abzustoßen begonnen«, sagte Kentner Scott dem *Examiner.* »Ich habe überhaupt nichts über den Menschen Jim Mitchell gehört. Ich hörte immer nur, wie der staatsanwaltliche Geist tickte und wieder tickte.«

Und schließlich mochten die Geschworenen John Posey nicht. Sie empfanden ihn als prüde und ruppig, vor allem, als er Lisa Adams befragte. Der Versuch des Staatsanwalts, Jim dazu zu bringen, das Gewehr und die .38er zu bedienen, war heftig nach hinten losgegangen, hatte Sympathie für Jim Mitchell und Antipathie gegen John Posey ausgelöst.

»Das hat mich in fürchterliche Wut versetzt«, sagte der Geschworene Scott im *Examiner.* »Ich war so froh, daß Jim Mitchell geistesgegenwärtig genug war, zu sagen: ›Ich will nicht.‹ Ich dachte, daß das eine billige Nummer war, und das bewegte mich dazu, nun erst recht alles, was Posey getan hatte, in Frage zu stellen.«

Der Prozeß endete nicht mit der Urteilsfindung der Geschworenen. Vielmehr trat er danach in eine intensive Phase ein, die abseits der Öffentlichkeit stattfand. Vor einundzwanzig Jahren hatte eine Meinungsumfrage der Field Research Corporation in dem *Reckless Claudia*-Fall gezeigt, daß die Pornographie für eintausendfünfzig Menschen keine drängende Sorge darstellte, was Jim und Artie Mitchell dabei geholfen hatte, eine Anklage wegen Unsittlichkeit abzuschmettern. Jetzt versuchte Jim Mitchells Verteidigerstab es noch einmal mit der gleichen Taktik.

Das Büro des Bezirksstaatsanwalts hatte einen Strafmaßvorschlag an Richter Breiner geschickt, in dem behauptet wurde, daß »es in Marin County öffentliche Empörung« über den Fall Jim Mitchell gäbe und daß Jim daher zu einer Gefängnisstrafe verurteilt werden müsse. Die Verteidigermannschaft glaubte, daß es in Marin keine ›Empörung‹ gäbe, und führte eine Meinungsumfrage unter fünfhundertsieben Einwohnern Marins durch. Zweiundsiebzig Prozent der Befragten verwarfen die Behauptung des Staatsanwalts, daß die Öffentlichkeit empört sei. Sechsundneunzig Prozent der Befragten wußten um den Fall. Achtundachtzig Prozent hielten das Urteil für angemessen oder waren in dieser Angelegenheit neutral.

Zur gleichen Zeit, da die Umfrage durchgeführt wurde, zogen die Jungs oben im O'Farrell einige Fäden, um Jim zu helfen. Jack Davis war der Vordenker des Bürgermeisterwahlkampfs des Außenseiterkandidaten Frank Jordan gewesen, eines früheren Polizeichefs von San Francisco. Warren Hinckle hatte eine wichtige Rolle in der Kampagne gegen den kranken Art Agnos gespielt, und zwar mit einer Reihe von Kolumnen in einer kleinen Wochenzeitung. Davis und Hinckle hatten einige politische Erfahrung sammeln können, und nun griffen sie für Jim Mitchell darauf zurück.

Die Briefaktionskampagne, die Davis und Hinckle organisierten, führte dazu, daß Richter Breiner über hundert Briefe erhielt, in denen um Nachsicht für Jim Mitchell gebeten wurde. Darunter waren Briefe von Bürgermeister Frank Jordan, von dem Polizeichef von San Francisco, Richard Hongisto, vom Sheriff von San Francisco, Mike Hennessey, sowie von dem Ratsmitglied Terence Hallinan. Die Briefe machten ziemlich viel Wirbel, als sie in die Zeitungen kamen.

»An dieser Sache ist zwar nichts ungesetzlich oder unethisch, dennoch stinkt sie«, sagte der *Examiner* in einem Leitartikel. »Es gibt eine Grenze zwischen persönlichem und amtlichem Geschäft. Hongisto, Jordan und Hennessey haben sie überschritten.«

Am Freitag, dem 24. April 1992, erschien Jim vor dem Richter Breiner, um sein Strafmaß zu erfahren. John Posey forderte Breiner auf, die Höchststrafe von elf Jahren Gefängnishaft zu verhängen. Ein Bewährungshelfer las aus einem Bericht von Bruce Pither vor, eines vom Gericht bestellten Psychologen. Pither sagte darin, daß die Tat des 27. Februar 1991 eine Verirrung gewesen sei und daß Jim Mitchell keine Gefahr für die Allgemeinheit darstelle. Aber Pither hatte auch festgestellt, daß Jim ›starke antisoziale, paranoide und narzißtische Persönlichkeitsmerkmale‹ aufwies.

Der Richter Breiner nahm die Briefe, die er erhalten hatte, zwar zur Kenntnis, sagte aber auch, daß »ich in diesem Fall meine Entscheidung nicht danach treffen kann, als ob es hier um einen Beliebtheitswettbewerb ginge. Es obliegt dem Richter, und nicht der Öffentlichkeit, das Strafmaß zu bestimmen.«

Während er auf den vor ihn stehenden Angeklagten hinunterblickte, sagte Richter Breiner, daß die Schwere des Vergehens, nämlich die Auslöschung eines Menschenlebens, ihn dazu zwinge, eine Gefängnisstrafe zu verhängen.

»Sie sind zu Travis Bickle geworden«, sagte Breiner zu Jim, womit er sich auf *Taxi Driver* bezog, den Film aus dem Jahre 1976, in dem ein zutiefst aufgewühlter Taxifahrer, der von Robert De Niro gespielt wird, Rache an den Zuhältern übt, die eine Prostituierte im Teenageralter, gespielt von Jodie Foster, in ihre Gewalt gebracht haben. »Das hat dazu geführt, daß Artie nun tot ist. Trotz seiner Fehler hat Artie es nicht verdient gehabt, zu sterben. Seine Kinder hatten es nicht verdient, zu Waisen gemacht zu werden.«

Breiner verurteilte Jim zu sechs Jahren im Staatsgefängnis. Darin enthalten ist eine dreijährige Strafe wegen Totschlags und eine weitere Dreijahresstrafe für den Gebrauch einer Feuerwaffe.

Jim bekam auch noch sechzehn Monate dafür, daß er einen Polizeibeamten mit einer Waffe bedroht hatte, doch verläuft diese Haftstrafe parallel zu der wegen Totschlags und des Gebrauchs einer Feuerwaffe. Ein Urteil über viereinhalb Jahre wegen des grob fahrlässigen Abfeuerns einer Waffe wird fallengelassen werden, sobald Jim seine Strafe wegen Totschlags abgesessen hat.

Unter dem Strich bleibt: Jim Mitchell wird drei Jahre nachdem er ins Gefängnis gegangen ist, für die Aussetzung der restlichen Strafe zur Bewährung zugelassen sein.

Jim Mitchell hat gegen sein Urteil Berufung eingelegt und ist gegen eine Kaution von fünfhunderttausend Dollar auf freiem Fuß. Das Revisionsverfahren wird zwischen sechs und zwölf Monaten dauern.

»Mister Mitchell hat mir gegenüber zu verstehen gegeben,

daß er das Urteil begreift, er akzeptiert es, er wird ihm entsprechen«, sagte Michael Kennedy nach der Anhörung. »Aber er glaubt auch, daß er in der Berufungsverhandlung freigesprochen werden wird.«

ARTIE MITCHELL wurde neben seinem Vater auf einem Friedhof in Lodi, Kalifornien, beigesetzt, wo er fünfundvierzig Jahre zuvor geboren worden war.

Danksagung

Mein Agent Robert Gottlieb rief mich an einem Märznachmittag 1991 an, um mir mitzuteilen, daß er einen Anruf von Andy Finley erhalten habe, einem früheren Angestellten der Mitchell-Brüder. Finley, der inzwischen in Santa Monica, Kalifornien, als Drehbuchautor und Produzent tätig war, interessierte sich dafür, ein Buch über die Brüder zu schreiben. Jim hatte erst vor kurzem Artie erschossen, ihre Freunde versuchten in den Zeitungen und im Fernsehen zu erklären, weshalb, und ich war ebenso neugierig wie alle anderen. Robert stellte eine Verbindung zu Andy her, und ich flog nach Los Angeles, um mich mit ihm zu treffen. Wir einigten uns darauf, daß Andy Interviews mit Freunden der Brüder Mitchell sowie mit ehemaligen Angestellten arrangieren und ich anschließend das Buch schreiben würde. Andy und ich mußten bald feststellen, daß es nicht so leicht werden würde, Leute dazu zu bringen, mit uns zu sprechen. Es gab eine ganze Anzahl von Autoren, die ebenfalls Bücher über Jim und Artie schreiben wollten, und so hatte sich zum Schutze Jims der ohnehin dicht abgeschottete innere Kreis noch fester zugezogen.

Andy arrangierte eine Begegnung mit Meredith Bradford, Arties Witwe, und wir unterhielten uns lange darüber, was für ein Buch ich verfassen wollte. Wir gelangten zu der Einigung, daß ein gewisser Prozentsatz vom Honorar oder den Tantiemen an Meredith ausbezahlt werden sollte, die das Geld dann unter Arties Kindern aufteilen würde. Meredith willigte ein, jene Abschnitte des Buchs auf ihre Genauigkeit zu überprüfen, die sich mit dem Familienleben befaßten, sollte aber keinen Einfluß auf die inhaltliche Gestaltung nehmen.

Es stellte sich heraus, daß Andy und Meredith hervorragende Partner waren. Andy erwies sich als herausragender Könner, wenn es darum ging, alte Freunde und frühere Angestellte aufzustöbern. Auch der Titel der amerikanischen Originalausgabe

– The Bottom Feeders – stammt von ihm. Meredith verhielt sich die ganze Zeit über aufmerksam und aufrichtig, auch wenn es schmerzlich für sie war.

Ich bin Robert Gottlieb Dank dafür schuldig, daß er mir mehr war als nur ein Agent. Ich möchte auch George McDonald danken, der viele Stunden mit mir zusammen verbracht hat und sicherstellte, daß ich eine Kopie von jeder Zeile erhielt, die in den Lokalzeitungen über die Brüder Mitchell veröffentlicht wurde. Und ich lernte auch Georges bizarren Humor schätzen.

Mike Bradford widmete mir Stunden seiner Zeit, ebenso Joanne Scott, die mir zu einem Verständnis davon verhalf, welche Beziehung sie zu Artie unterhalten hatte und wie es im Leben einer Darstellerin am O'Farrell Theatre zuging. Missy Manners erwies sich während des vierstündigen Interviews als großzügige Gastgeberin und führte mich auf ihre wilde Seite des Lebens mit Artie, und zwar auf eine Weise, die zugleich direkt war und von Herzen kam.

Marilyn Chambers war offen und bereit, jede meiner Fragen zu beantworten, und ich habe viel von ihr gelernt. Stundenlang hörte ich zu, wenn Bob Callahan über die Brüder Mitchell sprach; ich würde Callahan wohl immer zuhören, ganz gleich worüber er spricht. Er ist ein irischer Weiser mit einem starken Loyalitätsgefühl und großer Wertschätzung für seine Freunde. Ich bin Bob dafür dankbar, daß er das Risiko einging und mit mir zu einer Zeit sprach, als nur wenige Mitglieder des inneren Kreises dazu bereit waren.

Zwei meiner produktivsten Interviews führte ich mit Liberty Bradford und Dave Patrick. Liberty machte auf mich einen kraftvollen und differenzierten Eindruck, und ich ging in der Erkenntnis fort, daß ich zwar vorher schon geglaubt hatte, ihren Vater verstanden zu haben, daß es aber erst nach dem Gespräch mit ihr wirklich zutraf. Dave Patrick ist einer jener seltenen Menschen, nach denen die Journalisten immer suchen, nämlich ein geborener Wahrsprecher. Nachdem ich mit Dave gesprochen hatte, schälten sich die Konturen einer für mich vorher noch exotischen und verwirrenden Welt klar heraus.

Der Reverend Ted McIlvenna opferte seine Zeit und gestattete mir, am Institute for the Advanced Study of Human Sexuality (Institut für die fortgeschrittene Erforschung der menschlichen Sexualität) die Akten über die Brüder Mitchell zu sichten. Die Videobänder mit zwei langen Interviews, die Jim und Artie in den Jahren 1978 und 1984 Studenten des Instituts gewährten, waren besonders aufschlußreich. Der Bericht über einen Überfall durch Lillian Wright, eine frühere Tänzerin im O'Farrell, stammt aus dem Interview des Jahres 1984.

Der freie Journalist Rusty Weston unternahm ausgiebige Recherchen für einen Artikel über die Brüder Mitchell, der unter dem Titel ›Fatal Split‹ am 11. August 1991 in *West*, dem Sonntagsmagazin der *Mercury News* von San Jose erschien. Ich erwarb Westons Aufzeichnungen. Als besonders weiterführend erwies sich ein langes Telefoninterview, das Weston mit Karen Mitchell geführt hatte.

Der Titelstory der Illustrierten *New York* vom 18. Februar 1991, dem Artikel ›Ivana's Avenger‹ von Michael Gross, entnahm ich weitere Informationen.

The History of Sex in the Cinema erschien 1967 als Serie im Magazin *Playboy*.

Meine beiden Rechercheure Katrina Jonholt und Rob Neil durchkämmten die Bibliotheken gründlich nach Illustriertenartikeln, ebenso die Gerichte nach Dokumenten, die im Zusammenhang mit den Brüdern Mitchell standen.

Wer über Pornographie schreibt, neigt meist stark zur Polemik, denn ein Autor nach dem anderen gibt sich redlich Mühe, sie entweder zu verdammen oder zu verteidigen. Das akademisch fundierteste, unvoreingenommenste und hilfreichste Buch, das ich zu diesem Thema las, war *The Secret Museum: Pornography in Modern Culture* von Walter Kendrick. Ich habe Kendricks Buch einiges zu verdanken, ebenso *Thy Neighbor's Wife* von Gay Talese, in dem die Rechtsstreitigkeiten erläutert werden, die sich um die Pornographie gerankt haben.

Maitland ›Sandy‹ Zane, der Veteran unter den Reportern des *Chronicle* von San Francisco, vermittelte mir ein Verständnis dafür, wie es sich im San Francisco der sechziger Jahre lebte. Ich bin Iris Frost vom *Chronicle* für ihre Mithilfe bei den Recherchen zu Dank verpflichtet, ebenso Dave Talbot, dem Herausgeber von *Image*, der Sonntagsbeilage des *Chronicle and Examiner*. Dave, der Mitverfasser von *Burning Desires: Sex in America*, eröffnete mir Einsichten in die Welt der Brüder Mitchell, und zwar zu einer Zeit, als ich sie wirklich brauchen konnte. Joan Smith erwies sich als wache, aufmerksame Leserin.

Welche Mängel dieses Buch auch immer haben mag, ist es doch zweifellos dadurch um Klassen besser geraten, daß meine Frau, Jill Wolfson, es Korrektur las und mir dabei half, alles neu zu durchdenken. Immer wenn ich unseren Freunden begegnete, lautete ihre erste Frage nicht etwa: »Wie läuft es mit dem Buch?« Viellmehr hieß es immer nur: »Wie kommt Jill denn mit dem Buch klar?«, was natürlich heißen sollte: Wie kommt sie bloß mit diesem furchtbaren Thema zurecht, das du ihr da angetan hast? Jill hat die Sache hervorragend angepackt, und obwohl ich ihr schon zahllose Male für ihre Hilfe gedankt habe, ist es doch immer noch nicht Dank genug.

Joel E. Fishman war mein Lektor bei Doubleday. Von unserem ersten Gespräch an wußte ich, daß Joel und ich dasselbe Buch haben wollten. Joel war ein intelligenter und einfühlsamer Lektor – nicht immer trifft beides zusammen –, dessen Arbeit an dem Buch äußerst hilfreich war. Ich bin glücklich darüber, daß ich mit ihm zusammenarbeiten durfte.

Meinen Eltern, Reverend John und Elaine Hubner, und meinen Schwiegereltern, Gil und Lil Wolfson, möchte ich für ihre Unterstützung danken; Jon Krim und Joyce Gemperlein für ihre Freundschaft und die Überlassung ihres Hauses in den Bergen von Santa Cruz, als ich Überstunden machte; Jeffrey Klein, meinem guten Freund, dem langjährigen Redakteur beim *West*, daß er mir behilflich war, meine Freistellung bei *Mercury News* von San Jose in die Wege zu leiten; Bob Ingle, dem Chefredakteur des *Mercury* und langjährigen Freund, dafür, daß er mir diese Freistellung genehmigte; David Gelber, der mir in periodischen Abständen zur Hand ging; Cindy Dyer für ihre hervorragende Kinderbetreuung und für das Kopieren einer großen Anzahl von Filmen der Brüder Mitchell (sie sagt, daß sie sich nur *Green door* noch mal angeschaut hat).

Dave O'Brian, mein Freund und Kollege seit meiner Zeit beim *Phoenix* in Boston in den späten Siebzigern, starb, während ich an diesem Buch schrieb. Sein Tod hat mir deutlich gemacht, wie sehr ich ihn bewunderte und wie sehr ich auch seine Ansprüche an Wahrhaftigkeit und Genauigkeit zu den meinen gemacht habe.

Der sechsjährige Alexander Sam und die dreijährige Gwendolyn Sarah mußten damit zurechtkommen, daß ihr Vater nicht so häufig zu Hause war wie sonst. Ich habe ihnen versprochen, es wiedergutzumachen; sie haben mir dafür versprochen, sich von Orten wie dem O'Farrell Theatre fernzuhalten.

ANMERKUNG DES AUTORS

Einige Dialoge in diesem Buch stammen aus Gerichtsprotokollen, Zeitungsartikeln und Interviews mit Jim und Artie Mitchell, die sich in den Archiven des Institute for the Advanced Study of Human Sexuality in San Francisco finden. Der Großteil der Informationen stammt aus einigen hundert Stunden Interviews mit Dutzenden von Menschen, die mit den Brüdern Mitchell aufwuchsen, für sie arbeiteten oder eng mit ihnen befreundet waren. Da sich nur wenige Menschen genau daran erinnern können, was vor zwanzig Jahren gesagt wurde, hat der Autor in zahlreichen Fällen Dialoge nach den Erinnerungen der Betroffenen rekonstruiert. Der Autor hat darauf geachtet, festzustellen, was diese Menschen zur jeweiligen Zeit gedacht und gefühlt hatten.

Namen wurden nicht verändert. Es wurde keine Identität verschleiert, auch wurden keine künstlichen Mischcharaktere erschaffen.

Band 13 511

Norma Jean Almodovar

Cop und Callgirl

Deutsche Erstveröffentlichung

Während ihrer zehn Jahre bei der Polizei in Los Angeles hat Norma Jean Almodovar alles gesehen: Zuhälter und Einbrecher, Drogendealer und Vergewaltiger – und einige der schlimmsten trugen das Abzeichen der Polizei. Angesichts der Heuchelei und Korruption um sie herum beschließt Norma Jean, endlich ein ›ehrliches‹ Leben zu beginnen – und sie vertauscht ihre blaue Uniform mit der Spitzenwäsche eines exklusiven Callgirls.

Ihre Geschichte enthält die faszinierenden, aufregenden und manchmal urkomischen Erlebnisse mit reichen, mächtigen, oftmals berühmten Klienten, darunter Politiker, Hollywood-Stars und arabische Scheiche.

Ihr Gewerbe führte sie nach Beverly Hills, Malibu, Bel Air – und vor Gericht. Als die Polizei erfuhr, daß sie an einem Buch schrieb, das nicht nur ihre Erlebnisse als Callgirl, sondern auch ihre Erfahrungen bei der Polizei von L.A. enthüllen sollte, wurde sie wegen Kuppelei verhaftet. Aber wenn die Behörden glaubten, das Gefängnis würde sie zum Schweigen bringen, irrten sie . . .

BASTEI LÜBBE

Sie erhalten diesen Band im Buchhandel, bei Ihrem Zeitschriftenhändler sowie im Bahnhofsbuchhandel.